LEE MILLER

El ojo del silencio

Marc Lambron

LEE MILLER

El ojo del silencio

Traducción de Juan Abeleira

CIRCE

Primera edición en «Biografía»: Junio, 2001
Primera edición en «Fuera de serie»: Octubre, 1996

Título original: «*L'oeil du silence*»
© Flammarion, 1993
© de la traducción: Juan Abeleira, 1996
© de la presente edición: CIRCE Ediciones, S.A.,
                          Sociedad Unipersonal
                          Milanesat, 25-27
                          08017 Barcelona

ISBN: 84-7765-188-4

Depósito legal: B. 19.831-XLIV
Fotocomposición gama, s.l.
Arístides Maillol, 3, 1.º 1.ª
08028 Barcelona

Impreso en España

Derechos exclusivos de edición en español para todos los países del mundo.

Cubierta: Fotografía de George Hoyningen-Huene por cortesía de Lee Miller Archives, Inglaterra

Ninguna parte de esta publicación, incluido el diseño de la cubierta, puede ser reproducida, almacenada informáticamente o transmitida de forma alguna ni por ningún medio, ya sea eléctrico, químico, mecánico, óptico, de grabación o de fotocopia sin permiso previo de la editora.

«Algunos placeres son como fotografías. La imagen que captamos en presencia del ser amado no es sino un negativo que revelamos después, ya en casa, donde de nuevo tenemos a nuestra disposición ese cuarto oscuro interior cuya entrada está condenada mientras vemos el mundo.»

Marcel PROUST,
A l'ombre des jeunes filles en fleur.

«Un cuadro que contuviese todo cuanto conforma a una mujer en concreto y que no se pareciese a nada de lo que de ella uno conoce.»

Pablo PICASSO,
Conversation.

«Cuando bajabas al Hotel Istria // Todo era distinto en la rue Campagne-Première // En mil novecientos veintinueve a eso del mediodía...»

Louis ARAGON,
Il ne m'est de Paris que d'Elsa.

PRÓLOGO

El 10 de septiembre de 1981, a las ocho treinta y cinco de la mañana, el jumbo *Lope de Vega* de la compañía nacional Iberia aterrizó en el aeropuerto de Barajas. Un sol casi otoñal iluminaba la *meseta** de Madrid. La temperatura ambiente era de 17 grados centígrados. Dos helicópteros se posicionaron en vuelo estacionario por encima del aparato que avanzaba lentamente hacia la terminal del aeropuerto.

En tierra, el dispositivo «Alerta roja» estaba preparado. Varios Seat de los servicios especiales españoles se hallaban situados junto a la pista. En el «Salón de los Embajadores» de la terminal A, una treintena de policías, vestidos de paisano, estrechaban su cerco de protección en torno a las autoridades del Estado, miembros del cuerpo diplomático e invitados del Gobierno español. Los periodistas acreditados aprestaban sus teleobjetivos en una terraza expresamente habilitada para ellos. Las radios chirriaban sin cesar dentro y fuera del aeropuerto rodeado por unidades de la seguridad del Estado.

El jumbo se había detenido en la pista. Un furgón blindado aguardaba debajo del compartimiento de equipaje. Varios encargados del servicio de manutención corrieron hacia el aparato mientras por la puerta trasera de éste salían discretamente tres expertos en terrorismo ETA, un ex-

---

* En castellano en el original. *(N. del T.)*

perto en terrorismo GRAPO, un experto en terrorismo anarquista, un experto en terrorismo ultraderechista y dos agentes del FBI que habían viajado juntos en el 747 procedente de Nueva York.

Los tornos hidráulicos habían iniciado su labor. En el momento en que éstos sacaron a la luz del sol un extraño sarcófago, se oyeron aplausos. Las proporciones de aquella urna de madera eran las del ataúd de un gigante: ocho metros cincuenta de largo, tres metros de ancho y un metro setenta de alto. El embalaje iba precintado con varios sellos rojos. A la vista de todos, uno de los manipuladores rozó con una mano el objeto y luego se persignó como si hubiese tocado una reliquia. Rápidamente, la urna fue instalada en la parte trasera del furgón blindado, y justo después se echó el cerrojo a la puerta. Varios motoristas uniformados rodearon el vehículo y lo escoltaron hasta la salida del aeropuerto. Allí, el furgón blindado se incorporó a un impresionante cortejo de automóviles sin distintivos policiales que, con las sirenas a todo meter, se dirigieron a Madrid. En el cielo, los helicópteros tomaron la dirección de la escolta.

El 26 de abril de 1937, hacia las quince horas cuarenta y cinco minutos, cuarenta aparatos habían despegado de las bases de Burgos y de Vitoria. El general Emilio Mola acababa de iniciar la ofensiva contra el frente de Vizcaya, enviando a luchar a los cincuenta mil soldados de Infantería de la 61ª División de Navarra, apoyados por la 23ª División de a pie italiana y por las tropas ítaloespañolas denominadas «Flechas negras». Los dos grupos de aviones se unieron sobrevolando el océano antes de remontar el curso del río Mundaca. La escuadrilla estaba compuesta por Junker 52 y Heinkel 51 flanqueados por Messerschmitt BF-109. Los aparatos llevaban cincuenta toneladas de bombas, cada una de las cuales contenía una mezcla de aluminio y de óxido férrico que, al deflagrar, desprendía un calor de 2.700 grados centígrados. Aquellas bombas fueron arrojadas sobre un pueblo de siete mil habitantes. Apostado, junto con su estado mayor, en una colina cercana, el teniente coronel Wolfram von Richtofen observaba las evoluciones de la Legión Aérea que él comandaba. Según el parte oficial hubo 1.654 muertos y 889 heridos.

En París, un pintor, a quien el Gobierno republicano había nombrado, simbólicamente, director del Museo del Prado en julio de 1936, comenzó a trabajar, a primeros de mayo, en una tela de tres metros cincuenta y un centímetros de ancho por siete metros cincuenta y dos centímetros de largo. Dicha tela, que el embajador de la República Española en Francia, José Ariquistain, se apresuró a adquirir por 150.000 francos, fue admirada en diversos lugares desde el mismo día en que abandonó el taller situado en el número 7 de la rue des Grands-Augustins, sexto piso, de París. Ocupaba el lugar de honor en el pabellón español de la Exposición Universal de 1937, no lejos de un móvil de Calder accionado por cierta cantidad de mercurio extraído de una mina de Asturias. En 1939, fue trasladada de las paredes de una galería de Londres a las de la galería Valentine de Nueva York. Al estallar la guerra en Europa, el Museo de Arte Moderno de esta última ciudad se la quedó en depósito. La tela pudo ser contemplada en varias exposiciones celebradas en los Estados Unidos antes de regresar, por dos veces, a Europa tras la guerra. El Palacio Real de Milán la recibió como huésped en 1953. Allí, el conocido experto Pellicioli, que acababa de restaurar *La última cena* de Rembrandt, realizó algunos trabajos con vistas a su conservación. La tela regresó a París en 1959, para formar parte de una exposición en el Museo de las Artes Decorativas.

La urna que aquella mañana de septiembre viajaba escoltada, rumbo a Madrid, contenía esa tela. Ésta llegaba a la capital de España gracias al consentimiento de los siete herederos del pintor, al consejo profesional de Roland Dumas, abogado de París, y a las recomendaciones del doctor Simon Levie, del Rijksmuseum de Amsterdam, basadas en la experiencia adquirida durante la nueva presentación al público de *La ronda de noche*. La colecta abierta en los Estados Unidos para el traslado de la tela tan sólo había conseguido reunir 250 dólares en Hollywood, 535 dólares en San Francisco, 208 dólares en Chicago y 1.700 dólares en Nueva York. A todas luces, los estadounidenses no querían desprenderse de ella. Es más: en el aeropuerto de Nueva York, algunos de los allí presentes pudieron ver una lágrima rodando sobre la mejilla de la señora Rockefeller.

El destino final del cuadro era el Casón del Buen Retiro, una antigua sala de baile de la época de Carlos III cuyo techo decoró Tiépolo. La tela sería expuesta con una inclinación de 10 grados tras un cristal blindado de 19 milímetros de grosor, una luminosidad de 150 lux, una humedad relativa de 66 % y una temperatura constante de 22 grados centígrados.

Por primera vez en sus cuarenta y cuatro años de existencia, el *Guernica* de Picasso acababa de entrar en España.

Las actividades que rodearon la inauguración oficial, presidida por los Reyes de España el 24 de octubre de 1981, se desarrollaron en un ambiente de euforia. En febrero, el rey había llamado al orden a los oficiales que amenazaban el país con la clásica intentona golpista. Desde entonces, su autoridad se había legitimado, España se había restablecido sobre sus bases. Las únicas notas discordantes las dieron el líder nacionalista vasco José Aspuru, al declarar: «Nosotros produjimos los muertos y Castilla cosecha el cuadro»; el pintor Antonio Saura, al escribir una diatriba paradójica contra «las plañideras históricas y rapadas de Guernica, los berridos de los mamones de Guernica, los remilgos de las damiselas toreras de Guernica, las orejas trepanadas y los pezones-tornillos de las damas de Guernica», diatriba plagada de insultos contra Rudolf Arnheim, Frank D. Russel y Anthony Blunt, autores de libros sobre Guernica y, según él, tres eminentes agentes del KGB; y, por último, Blas Piñar, el dirigente de Fuerza Nueva, al vituperar violentamente la consagración satánica de «ese rojo», Picasso. Por lo demás, no hubo sino artículos entusiastas, retrospectivas en la TVE y largas colas en la avenida Alfonso XII.

El 26 de octubre tuvo lugar un coloquio en el Círculo de Bellas Artes. Soledad Becerril, ministra de Cultura de la UCD, había invitado a Madrid a un areópago de amigos de Picasso, historiadores del arte y directores de diversas galerías. En el programa se anunciaban las intervenciones de Douglas Cooper, William Rubin, Dominique Bozo, Klaus Gallwitz, Patrick O'Brian, Pierre Daix, David Schuman,

Santiago Amón, Dora Vallier, Harold Rosenberg, Jean Leymarie, John Golding. Asimismo, se esperaba la asistencia del escritor José Bergamín. En 1937, Picasso le había pedido que acompañase al cuadro en sus desplazamientos y que, allí donde su amigo estimara oportuno, pegase una lágrima recortada en papel rojo. Pero el viejo solitario no se dignó a salir del ático de la Plaza de Oriente donde moriría dieciocho meses después.

Rafael Alberti abrió el coloquio recitando su poema «Guernica, dolor de rojo vivo». Iluminada por los flashes de los fotógrafos, su melena blanca parecía una aureola en torno a su cabeza. Cuando concluyó, toda la sala se puso en pie aplaudiendo. José Luis Aranguren, que hacía las veces de moderador, presentó entonces al primero de los oradores, Douglas Cooper. También él fue escuchado con pasión. Cooper era una de las escasas personas en todo el mundo que había visto el *Guernica* tanto en el taller de la rue des Grands-Augustins como tras el cristal blindado del Casón del Buen Retiro, cuarenta y cuatro años después. Consiguió seducir a los asistentes con sus anécdotas sobre cómo era el pintor cuando él lo conoció en 1937. Evocó a Picasso, de pie ante los bocetos preparatorios, mascullando: «Me gustaría que ellos solos subiesen hasta el cuadro, trepando como cucarachas, y se colocasen en él.» Para acabar, Cooper confesó que el cuadro le parecía igual de bueno en su actual ubicación que en la anterior. Los españoles le aplaudieron sin reserva.

El profesor Aranguren presentó entonces a David Schuman, y los presentes vimos arrellanarse ante el micrófono la figura de un imponente y elegante coloso. En los auriculares de los cascos, sus primeras palabras ahogaron la voz de la traductora. Schuman había abierto brecha en un tono semigrave, semiirónico, asestando este golpe: «Los primeros en ver la destrucción de Guernica no fueron los pintores sino los periodistas.» Y citó a George Lowther Steer del *Times*, a Christopher Holme de la agencia Reuter, a Mathieu Corman de *Ce Soir* y a Noel Monks del *Daily Express*. Aquellos de entre el público que conocían el pasado de Schuman intercambiaron una sonrisa.

Yo estaba sentado en la tercera fila de la sala, escuchando atentamente cada palabra. Tenía veinticuatro años. Había ido a Madrid a conocer a David Schuman.

Aun a riesgo de resultar pesado, para aclarar las siguientes páginas debo recordar que el hombre que aquel 26 de octubre de 1981 estaba hablando en el Círculo de Bellas Artes de Madrid se había convertido, con el paso de los años, en una de las leyendas vivas del mundo del arte.

Principalmente, Schuman debía su renombre a un giro imprevisto del destino que le había vuelto enigmático o atractivo a los ojos de más de una persona. Hasta los cuarenta años, había sido uno de los más brillantes periodistas de *Life*, una de esas plumas que habían inventado el reportaje moderno, la investigación rigurosa, la escritura rápida. Releyendo los artículos que publicó a finales de los años treinta, se advierte una densidad estilística, una escrupulosa honradez en lo expuesto que ocultan lo que, quizá, latía en el fondo del personaje: una vieja cólera hacia las cosas, un rechazo bíblico del mundo tal y como es.

En 1946, Schuman había regresado del frente europeo, donde había estado cubriendo el final de la guerra como reportero de *Life*. De manera inexplicable, su vida tomó otro rumbo entonces. Abandonó el periodismo e inició una nueva carrera. Ya fuera porque gozó de protección y favores o porque puso todo su prestigio y toda su energía de antiguo corresponsal de guerra al servicio de un oficio que también exige estrategias, el caso es que los inicios de Schuman no pudieron ser más brillantes. Julien Lévy, uno de los introductores del surrealismo en los Estados Unidos, le patrocinó. Alfred H. Barr hizo todo menos desanimarle. En pocos meses, Schuman se introdujo en el mundillo, y obtuvo luego un préstamo de John Hay Whitney que le permitió abrir una pequeña galería. La historia de la primera inauguración que organizó ha pasado a los anales. Schuman se había ganado la confianza de aquellos a los que, mucho después, en una de nuestras conversaciones, llamó «mis amigos de la calle Ciento cuatro», Esther y Bill Baziotes. Baziotes aceptó ser el primer pintor en exponer en su galería. El local que Schuman había descubierto estaba pegado a Parke-Bernet, la Meca de las salas de venta de Nueva York. El día de la inauguración, una gran muchedumbre abarrotaba la calle. Baziotes y Schuman ya se estaban frotando las manos cuando se dieron cuenta de que Parke-Bernet subastaba ese día un Rembrandt...

Pero Schuman tenía la suerte a su favor. Edward Allen Jewell, del *New York Times*, al igual que Emily Genauer, del *World Telegram*, saludaron elogiosamente a aquel recién llegado que algunos años antes había sido colega suyo en *Life*. En 1948, su amigo Baziotes le introdujo en el Studio 35, una escuela de arte situada en la calle Ocho animada por el propio Bill Baziotes, Robert Motherwell, Mark Rothko y el escultor David Hare; en ella, la pintura norteamericana estaba alcanzando su madurez y emancipándose del surrealismo. Schuman, a diferencia de otros marchantes establecidos como Pierre Matisse o Valentine Dudensing, participó en el movimiento de la manera más activa y conveniente. Él era amigo de aquellos pintores, y de forma natural se convirtió en uno de sus intermediarios.

Fue entonces cuando David Schuman comenzó a descollar, realizando una proeza que le abrió definitivamente las puertas del mundillo neoyorquino: conseguir que Mark Rothko volviese a exponer. Los raros especialistas que existen sobre Rothko saben que, tras la exposición de 1949 en la galería de Betty Parsons, el pintor adoptó una actitud inflexible ante los directores de las galerías. Se negaba a mostrar sus obras. Lloyd Goodrich, en nombre de la Whitney, salió mal parado al respecto; luego, en 1952, fue Dorothy Miller quien se llevó un chasco al intentar que Rothko interviniese en la exposición «Fifteen Americans» organizada por el MOMA.

Por medio de algún extraño poder de seducción, David Schuman había conseguido que Rothko se replantease su decisión. El resultado fue la gran exposición de 1953. Más tarde, Schuman se convirtió en uno de los destinatarios de las cartas que Rothko escribió desde Italia, entre las que destacan la que envió desde Paestum, en la que comenta: «Durante toda mi vida he estado pintando templos griegos sin saberlo», y aquella otra, escrita también en 1958, en Pompeya, en la que describe las «afinidades» que ve entre sus obras y los frescos de la Villa de los Misterios. Cuando

Philip Johnson le propuso a Rothko que decorase el restaurante Las cuatro estaciones del Seagram Building, de nuevo fue Schuman quien actuó como intermediario.

Al amparo de esta buena racha, y a medida que los pintores que le sostenían alcanzaban su plenitud, Schuman conoció una madurez próvida. Willem de Kooning y Philip Guston exponían en su galería. Su casa de Boyceville, en los Catskills, se había convertido en una guarida de cómplices (algunos de los cuales tenían un innegable talento), y también en una pasarela de hermosas mujeres, pues Schuman era un notorio *womaniser*. Es muy probable que, en torno a 1960, se cansase del oficio, pues no intervino tan activamente como otros en la partida del Pop Art. Schuman asistió a las riñas suavizadas entre Larry Rubin y Leo Castelli sin entremezclarse demasiado. Él ya había jugado sus cartas, hecho su fortuna. Observaba envejecer a sus amigos sin amargura, tal y como les había amado.

Así pues, para mí existían tres hombres dentro del orador que aquel día de 1981 intervino en el coloquio de Madrid: el periodista que se había convertido en marchante después de la guerra; el personaje fundamental de la segunda generación del arte contemporáneo en Nueva York, y el amigo de Rothko.

Este último era el Schuman que yo deseaba conjurar, por razones que tal vez puedan hacer sonreír. Yo había concluido por entonces un ciclo de estudios sobre historia del arte en una universidad parisiense. Mi tesina versaba sobre la obra de Mark Rothko. Durante toda la carrera, me había impresionado vivamente el hecho de que en este pintor confluyesen dos venas contradictorias: por un lado, una inspiración griega, antigua, que alcanzaba su plenitud en los murales de los años cincuenta; por otro, una inspiración judeocristiana que abocaba en la obsesión final por la luz o por lo difuminado. Antes de suicidarse en febrero de 1970, Rothko solía afirmar acerca de sus últimas telas: «Lo que yo hago no son cuadros.» Esta contradicción aparente me intrigaba. Sabía que, tras su muerte, los amigos íntimos de Rothko, y más en concreto Bonnie Clearwater, Dora Ashton, Elaine de Kooning y David Schuman, habían velado por el destino de la Rothko Foundation. Pero corría el rumor de que algunos cuadros del legado no habían sido catalogados, o bien que, si lo habían sido, no todos habían salido a la luz. Se hablaba sobre todo de varias telas de la serie *Antigone* (*Antígona*) (1938-1941) y de algunos inéditos del ciclo *Untitled* (*Sin título*) (1949).

Yo tenía la sospecha, propia de un investigador principiante, de que tales inéditos, en el supuesto caso de que existiesen, podían alumbrar mi búsqueda, e incluso de que constituían su razón invisible. De hecho se habían convertido casi en una obsesión. En París, Daniel Cordier tuvo la gentileza de recibirme. Hoy sé que él conocía la respuesta a mis preguntas, pero, con cierta actitud de esfinge, prefirió ponerme en manos de David Schuman: «Ya verá –me dijo– como merece la pena conocer a ese hombre.» Así pues, y con su apoyo, le envié a Schuman una extensa y elogiosa carta un día de julio de 1981. Cinco semanas después recibí la respuesta, redactada en una hoja con el membrete de su galería de la calle Cincuenta y siete. Schuman respondía favorablemente a mi deseo de entrevistarme con él, diciéndome que podíamos vernos bien en Nueva York, cuando yo tuviera oportunidad de ir, o bien en Madrid, adonde él debía acudir a finales del mes de octubre.

Yo había ido a Madrid a conocerle, con fervor pero también con miedo.

La primera jornada de debates concluía con un cóctel. En él tuve ocasión de observar a aquel grupo congregado por «la jungla de cabellos de Guernica, el juego de la masacre de Guernica, el hipo permanente de Guernica, el laberinto tartamudo de Guernica, el concierto infantil y chillón de las rockeras de Guernica», según escribió entonces Antonio Saura. Igual que en tantas otras, se adivinaba en aquella reunión el juego de las primacías, las rivalidades aún candentes bajo la ceniza, la consideración del puesto que cada cual ocupa. Pero también se notaba que unos y otros habían consagrado sus vidas a algo superior a ellos, a algo que consideraban menos inútil que todo lo demás. Y, ni siquiera entre los de mayor edad, nada revelaba en ellos rencor o desidia.

Yo observaba a Schuman sin atreverme a abordarle.

Visto de perfil, con su melena blanca y sus cejas profusas, recordaba al actor Richard Harris. Un fular de seda ondeaba alrededor del cuello de su chaqueta de espiguillas. Corpulento, aunque esbelto, daba calada tras calada a un cigarro puro que sin parar se llevaba a los labios. Sus manos delataban al hombre apasionado por las cosas materiales. La piel apergaminada no desmentía la apariencia general, la de un viejo primitivo civilizado por el tiempo. Resultaba difícil ignorar a la mujer asida a su brazo: unos cuarenta años, pelo corto y rubio, recordaba a esas muchachas de los años sesenta que habían pasado directamente de los campus a los dúplex del Upper Manhattan. Traje sastre *pied-de-poule*, escarpines con tiras, sonrisa fácil, daban ganas de verla desnuda. No le quitaba ojo a Schuman. De hecho, por la forma en que le miraba, parecía estar colada por él. Pero, en cuanto a Schuman, resultaba atrevido asegurar que estuviese muy enamorado; con más de setenta y cinco años, era él quien determinaba la relación. A todas luces, Schuman pertenecía a esa raza de hombres a quienes no les resulta ilegítimo que mujeres más jóvenes que ellos consagren algunos años de vida a su servicio. En realidad, Schuman era muy *estrella*. Y, para ser sincero, me cayó bien.

Aprovechando un momento suyo de vacilación, me presenté. Schuman alzó una mirada irónica sobre mí. Me escuchó balbucear algunas frases preparadas para la ocasión. Soltó una bocanada de humo y luego declaró con voz potente:

–Ha sido muy amable viniendo a verme a Madrid. He leído su *draft*. Está bien, pero creo que debería decirle dos o tres cosas al respecto.

Schuman acababa de expresarse en un correctísimo francés, aunque me pareció advertir en su pronunciación un ligero acento canadiense. La voz bien timbrada y aquella mirada brillante, inteligente, dejaban entrever, bajo la apariencia de tipo-duro-de-pelar, una sensibilidad oculta. Yo no sabía qué decir. Schuman añadió enseguida:

–Pásese esta noche por el Hotel Wellington, a eso de las once... O mejor a las doce: los españoles cenan tarde. Allí nos veremos. Hasta entonces.

Su amiga rubia volvía ya a buscarle. Juntos se perdieron entre la gente.

Acababan de dar las doce. Schuman no estaba allí. Al fondo del vestíbulo del Hotel Wellington, un discreto equipo estéreo difundía un bolero de Antonio Machín. Aquél era el lugar predilecto de la afición taurina, un sitio que, cada mes de mayo, invadían las cuadrillas gloriosas que alcanzan renombre en las corridas de San Isidro. Las pezuñas truncas de un Mihura, los cuernos de algunos hermosos Domecq adornaban las paredes.

Schuman apareció a las doce y cuarto con su rubia acompañante. Yo le aguardaba sentado en un sillón, al fondo del vestíbulo. Vi cómo recogía una llave en recepción, le decía algo a su compañera y le entregaba la llave. Ella se dirigió al ascensor al compás del ruido de sus tacones sobre las baldosas.

Schuman no me había visto. Al levantarme para ir a su encuentro, me divisó y se acercó enseguida a mí.

–No se levante, joven, no se levante –dijo antes de arrellanarse en el sillón que había frente al mío.

Su rostro era igual al de las fotos que había visto de él, pero animado por los colores de la vida.

–¿Quiere beber algo? –me preguntó de pronto–. ¿Un *scotch*?

–Sí, un *scotch*.

Schuman pidió dos. Luego sacó del bolsillo una caja de cigarros puros. Yo notaba que, en pocos segundos, se estaba formando un juicio sobre mí. Encendió el purillo, arrojó la cerilla a un cenicero y soltó de sopetón:

–*And one for the Krauts!*

Prorrumpió en una gran carcajada.

Había entendido bien: *¡Y uno por los teutones!* Era una manera de entrar en materia opuesta al ambiente reverencial en el que había transcurrido la jornada. Schuman le dio una voluptuosa calada a su cigarro puro al tiempo que me miraba con el rabillo del ojo.

–¿Le sorprendo? –me preguntó en francés.

–No –balbuceé yo.

–Sí, seguro, le sorprendo. Dentro de algunos años, ya

nada le sorprenderá. Todo se aprende, incluso la libertad. Incluso el amor a los cuadros. ¿Sabe? En 1944, yo estaba completamente al margen de todo ese mundillo. Pero, bueno, aprendí. Tan sólo es preciso un poco de amor, y algo de ojo.

De pronto se calló y miró a su alrededor. Parecía querer asegurarse de que las cosas estaban en su sitio, o sea, en desorden. A lo lejos, se oía el zumbido de los coches. El eco de una risa resonó en la calle. Era el murmullo de una ciudad del Sur. Schuman levantó el dedo índice.

—¿Oye el ruido de Madrid? —dijo como si aspirase un perfume extraño.

El dedo en el aire, el rostro ligeramente inclinado, parecían acechar un rumor procedente del fondo del tiempo.

—Es hermoso el ruido de una ciudad, ¿no cree?

Sus ojos brillaban. Perseverante, Schuman agarró una revista del corazón que estaba tirada sobre la mesilla, un ejemplar de *Hola*. Deslizó un dedo sobre el canto, adhiriéndolo insensiblemente al satinado del papel. Lo hojeó y se detuvo en una doble página ilustrada. La escrutó durante diez segundos y luego giró la revista hacia mí.

—¿Qué ve usted? —me preguntó.

Aquello me sorprendió aún más. Eran dos páginas dedicadas a los príncipes de Mónaco. En la primera fotografía se veía a Grace Kelly al borde de un estanque rodeado de vegetación mediterránea. Su reflejo solitario temblaba en los destellos del agua. En la siguiente, tomada a bordo del yate *Carostefal*, llevaba los cabellos semiocultos bajo un fular, y unas gafas negras. Dos fusiles con alza automática colgaban sobre los paneles enmaderados del salón de a bordo. La última fotografía la retrataba en plena noche de gala, indiferente y perfecta.

—¿Qué ve usted? —repitió Schuman.

Yo tenía la sensación de estar examinándome ante un profesor.

—Veo un reportaje sobre la princesa Grace Kelly en una revista española.

—Sí, ya, pero observe con más atención. ¿No le choca nada?

—No sé... Puede que ella haya envejecido un poco.

–No, no es eso precisamente. Debe profundizar en la imagen. Observe de nuevo. ¿Qué diría usted de Grace?
–Que parece una persona muda.
–Sí –dijo Schuman–, una persona muda o prisionera. Plantee usted las preguntas correctas. ¿Qué escena está interpretando? ¿Sabe bien dónde está? Más bien no. Es una espía. Una infiltrada... ¿Quién la dirige? Hitchcock, evidentemente. Él la lanzó al estrellato mundial con *La soga*. La retiene a distancia, la obliga a actuar siguiendo un guión cuya clave ella no posee. Observe las gafas negras, los fusiles Remington en la pared, los reflejos del estanque. Esta mujer sufre un hechizo. Está condenada a ensayar una y otra vez, en una película eterna, las escenas de su vida anterior. Y eso es lo que muestran estas imágenes, ¿lo ve? La princesa vive en el pasado todos los actos de su vida presente. Es como una maldición...

Aparté los ojos de la revista. Schuman fumaba su cigarro puro aguardando mis reacciones. Ya iba a plantear las preguntas que tenía en la punta de la lengua, cuando Schuman se me anticipó con un gesto.

–Sé lo que está pensando –dijo–. Pero antes que nada debo advertirle algo. La única idea clara que tengo sobre el tema es ésta: el arte es cosa de *outsiders*. En la Exposición Armory de 1913, Edward Hopper y Joseph Stella fueron seleccionados a última hora. Nadie quería saber nada de ellos, eran unos outsiders. La otra idea que tengo al respecto, aunque menos clara, es que, para salvar obras, a veces se expolia a los muertos. Voy a contarle una pequeña historia que se remonta a 1941... Kurt Valentin, que, como usted sabe, dirigía la galería Buchholtz de Nueva York, se trasladó aquel año a Lausanne. Acababa de comprar, con el dinero del Pulitzer, algunas telas de «arte degenerado» (como ellos lo llamaban) de las que los nazis querían deshacerse discretamente. La transacción se llevó a cabo. Valentin compró a los nazis algunas de las telas que habían robado. Éstos cedieron cuadros que su ideología les ordenaba destruir. En su opinión, ¿qué valor tenían aquellas telas? ¿Quién lo fijaba? ¿Los alemanes, cediendo a precio fuerte obras que menospreciaban, o Valentin, adquiriendo a bajo precio, según el mercado neoyorquino, obras maestras cuyos propietarios agonizaban en los campos de concentración? Se lo pregunto porque sigo sin saber la respuesta. Aun así, casi cada vez que vendo, tengo esta historia presente. Tal vez por eso, también yo he sido siempre un outsider... Pero yo ya he hablado demasiado, ahora le toca a usted.

Los dos vasos de whisky escocés ya estaban en la mesa. Mientras Schuman saboreaba la bebida a pequeños sorbos, comencé, no sin dificultad, a exponerle el objeto de mi trabajo, las derivaciones que inevitablemente surgen en una búsqueda, las preguntas que uno se plantea para retrasar el momento en que es preciso acabar de una vez. Yo estaba empeñado en demostrarle que conocía bien la obra de Rothko, aunque era consciente de lo ridícula que resultaba la situación: un catecúmeno explicándole la misa a un arzobispo.

Schuman me escuchó con benevolencia. Ante una o dos reflexiones mías, le vi aprobar tal o cual hipótesis con un ligero cabeceo. Por increíble que pudiera parecerme, aquel hombre era lo suficientemente indulgente como para seguir con atención una exposición un tanto universitaria, una noche de octubre, pasadas las doce, en el vestíbulo de un hotel madrileño. En un momento dado, la conversación se desvió; Schuman me interrogó acerca de la presidencia de Mitterand, hizo algunos comentarios acerbos sobre la administración Reagan, evocó a su amigo Matta. ¿Quién habría podido creer que aquel hombre tan vitalista, tan imponente, había tenido veinte años en 1925? Yo estaba fascinado. Schuman primero me había puesto a prueba, luego me había abierto la puerta. En torno a él, se extendía un espacio en cuya entrada había un cartel que decía: «Soy diferente a usted.» Pero ésa era la manera más honesta, más luminosa de establecer la posibilidad de un verdadero diálogo. Yo intuía que Schuman era de esa clase de hombres que van por la vida sin premeditación alguna, convencidos de que el azar no dejará de ponerles en su camino algunos seres dignos de conocer; una de esas personas cuya estima obliga y complace al mismo tiempo. Oyéndole hablar bajo la luz un poco amarillenta de aquel vestíbulo, una curiosa impresión se fue apoderando de mí: aquel setentón resultaba romántico, no tanto por su carácter pintoresco sino por las cicatrices soberanas que uno le entreveía, y que le hacían nostálgicamente fraternal. Desde luego no me habría gustado ser el blanco de su cólera, pues se advertía en él algo temible. Pero cuando bajaba la guardia, de su silencio se desprendía, más que un encanto, la certeza de tener frente a uno un auténtico ser humano. Por eso, desde aquel mismo instante, comencé a quererle.

Por fin, tras una hora, más o menos, de disquisiciones, el propio Schuman centró la conversación en Rothko y, en resumen, me dijo:

–Usted parte de una ausencia, o al menos eso cree. Piensa que existen varios cuadros escondidos que encierran la clave de un misterio. Pues bien, míreme a los ojos, se lo digo con absoluta confianza: los cuadros de los que usted habla no existen. El volumen publicado registra la totalidad de las obras que hemos catalogado. Conozco el rumor que le ha llevado a engaño. Lo conozco tanto mejor cuanto que, quizá, no sea yo ajeno a él. Como sabe, a menudo un falso misterio ampara otro real. Para mí, el verdadero misterio –y digo verdadero porque resulta doloroso y difícil de comunicar– es éste: Mark Rothko era un hombre escéptico, a veces triste, pero también un hombre de una gran bondad, de una bondad que él ocultaba como si fuese un vicio. Aún no he conseguido comprender la relación que existe entre su bondad y su suicidio. Sé que la hay, pero no consigo entenderla. Eso es todo. Y, desde luego, resulta mucho más enigmático que esas telas de 1949 que, supuestamente, andan por ahí en un cartapacio...

David Schuman se levantó y me estrechó la mano diciendo:

–Hasta pronto.

Luego se dirigió hacia la escalera y desapareció en la sombra.

No volví a ver a David Schuman hasta el mes de diciembre de 1983. Sin embargo, la conversación de Madrid se prolongó de otra manera. Tres semanas después de nuestro primer encuentro, recibí un sobre procedente de Nueva York. Contenía una carta mecanografiada al final de la cual Schuman había añadido algunas palabras de su puño y letra. Lo que leí me impresionó más de lo que podría expresar. La galería Schuman, que había mantenido contacto con otras galerías y museos europeos, a veces les entregaba *llave en mano* algunas exposiciones, textos y catálogos incluidos. Schuman me proponía ser su traductor al francés y al castellano. No era gran cosa en sí. Pero tal prueba de confianza me llegó al alma. El trabajo estaba bien remunerado y mi entusiasmo corría parejo al interés que sentía por él. Me quedé, no obstante, sorprendido al recibir los primeros textos que debía traducir. Firmados por Valentin Tatransky o Hilton Kramer, todos ellos concernían a pintores de la nueva generación, David Salle, Susan Rothenberg o Eric Fischl, pintores que no me parecían del gusto de Schuman. Probablemente otra persona estaba ahora al frente de la galería. Además, los cheques que me remitían desde Nueva York venían firmados por una mujer, Katrina Elliott.

A finales de 1982, escribí a David Schuman deseándole un buen año. Me respondió con una carta manuscrita en la que me daba las gracias por las traducciones que, al parecer, le habían gustado, y me invitaba a ir a verle si alguna vez pasaba por Nueva York. Se me presentó la ocasión en los últimos días de 1983, cuando unos amigos me acogieron en su piso de Tribeca.

Aquel año, hacía un frío helador en la ciudad del Hudson. El 27 de diciembre, por la mañana, llamé a la casa de David Schuman. Fue él quien cogió el teléfono y me citó para esa misma tarde.

Los dos encuentros que tuvimos entonces, aún hoy, pasados los años, me dejan un regusto amargo. No sé si fue el ambiente de alegría falsa, que cada fin de año suele reavivar las verdaderas tristezas, o más bien los primeros achaques, propios de la vejez, de un hombre que no estaba hecho para la resignación; el caso es que, durante aquellas dos entrevistas, tuve la impresión de que Schuman se hallaba extrañamente abandonado. Aquel americano que yo apenas conocía se fiaba de mí mucho más de lo debido. Sus capacidades no habían disminuido, al menos en lo que respecta a su inteligencia, tan viva como siempre; pero sin duda era presa de una obsesión que se había vuelto esencial para él, una obsesión que en aquel entonces no conseguí descifrar. Ahora, al mirar atrás, comprendo que Schuman deseaba enviarme una señal.

Aquellos encuentros, que tuvieron lugar, uno la tarde del 27 de diciembre, y otro la noche del 29, fueron en realidad un monólogo a veces brillante, a veces cansado, dicho alternativamente en inglés y en francés. No encuentro mejor manera de transcribir su contenido que remitirme a las notas que entonces tomé en mi libreta. Las transcribo aquí con algunos cortes sin importancia.

Martes 27 de diciembre de 1983.

Segundo piso de un inmueble de 1950, en Park con la calle Ochenta y dos. Una vieja sirvienta me conduce a un gran salón. Las persianas corridas probablemente dan al parque. Hay dos lámparas de pie encendidas. Schuman no está allí.

Las paredes y el techo, de color blanco. Sillones, sofás recubiertos de satén beige. Catálogos y libros en una mesilla. Una alfombra cuadrada con motivos geométricos. Detrás de uno de los sofás hay una especie de retablo plegable compuesto de espejos estrechos sostenidos por marcos en cromo. En las paredes, un Rothko de la serie Œdipus, un Loplop de Max Ernst y una caja de búho de Joseph Cornell. Descifro los títulos de los dos libros que hay en la mesilla: una novela de Frederic Prokosch, recuerdos de guerra de Ernie Pyle.

No he oído entrar a Schuman. Al volverme, me lo encuentro allí. La misma anchura de espaldas de viejo guerrero elegante. Aunque el hombre que conocí en Madrid se ha encorvado ligeramente. Lleva gafas para ver de cerca. La mano que estrecho es menos firme, menos animosa. Enseguida comienza a hablarme de mis traducciones. Cuando le pregunto acerca de la caja de búho de Joseph Cornell (un búho disecado encajado en un receptáculo de madera), responde: «Cornell sentía preferencia por las personas muertas y enterradas, sobre todo si eran de sexo femenino.»

Larga conversación. Schuman se muestra atento y melancólico. Se toma tiempo, le pide a la sirvienta que nos sirva el café, no parece agobiado por ninguna clase de obligación. Ni rastro de la mujer de Madrid. Cuando habla, Schuman confunde los tiempos, su perspectiva parece invertida. Utiliza el presente para referirse a anécdotas de finales de los años cuarenta, y el *imperfecto* para acontecimientos que sucedieron anteayer. Parece haberle impresionado el asunto del 747 derribado en septiembre al sobrevolar la isla Sakhaline. Poco a poco, pasa de lo que él denomina «un hecho de guerra» a hablar de su propia guerra. La conversación da un giro extraño. Schuman divaga sobre algo, me toma por testigo como a veces solemos hacer ante un desconocido. De memoria, anoto aquí las frases que me han impresionado.

• Schuman dice que no verá el fin del siglo, y que lo lamenta. Para él, el siglo XX es como un quinteto de cuerda interpretando a Mozart ante una ruina calcinada (cita el K.516 en sol menor).

• Dice: «*Todo cuanto amaba va a morir.*» Habla de la amistad. Añade: «*He vivido en un mundo de conversaciones particulares. En él había personajes encarnados: el soldado, el escritor, el banquero, la mujer..., y uno sabía muy bien quién era quién. Todo cuanto he vivido se resume en este recuerdo: el recuerdo de una conversación particular con alguien que era quien debía ser. Es eso lo que siempre les ha gustado a ustedes los franceses de Giraudoux, esos largos diálogos entre dioses que están por encima de las cosas. Uno lleva un caduceo, otro un tridente, es imposible confundirlos, pues hablan en razón de lo que son, y el mundo se detiene en torno a ellos. Antaño, existía la Sociedad de las Naciones, la sociedad de las mujeres, otras similares, y a veces el silencio. Eso es todo.*»

• «*Las mujeres, ya sabe... Son huellas en la arena que acaban borrándose. Cuando hay guerras, advierten, forzosamente, que los hombres son mortales. Entonces les aman un poco más. Cuando yo llegué, Europa era el mundo de los* missing in action. *Y aquélla era otra clase de mujeres...*

–¿Añora usted algo?

–Creo que sí.

–¿Qué añora?

–La ficción de las circunstancias. Por ejemplo: te has refugiado en un hotel, afuera están disparando, aparece una mujer y, o bien ella acaba en tu habitación, o bien tú acabas en la suya. Ella tiene miedo, al igual que tú. Entonces te vienen a la mente cosas, imágenes de la infancia. Vuelves a ver a tu madre en la mujer que está contigo, y que tal vez sea la última. Ésa es la ficción, el hecho de que esa última mujer te evoque a la primera... Y entonces, de una manera estúpida, aunque aquello es todo menos estúpido, pues posee incluso cierta belleza, llegas a un cierto estado semejante al vértigo. En inglés se diría: when you come, you are. En tales momentos, cuando llegas, eres.»

• «Max Ernst murió hace siete años. Al final estaba semiparalizado y un poco ido. Nadie debería acabar así...»

• Al cabo de un rato: «Deberíamos olvidar normalmente las cosas que sucedieron hace cuarenta años. O al menos no sufrir más por su causa. Tan sólo deberíamos ser castigados cuando hemos cometido actos ofensivos, cuando hemos pactado con el mal. Durante una generación, como usted bien sabe, ese pacto fue ratificado por millones de hombres, por países enteros. Pero no por el mío, en realidad. Éste era mi país simplemente por azar, pero yo nunca lo he lamentado.»

Saca un paquete de cigarros puros del bolsillo, no encuentra su mechero. Le doy fuego. Continúa:

«Creo, racionalmente, que no debo nada. Estoy dispuesto a responder de todo, pero no a ser juzgado por nadie, salvo por Dios, por eso que llamamos Dios. Creo haber hecho lo que había que hacer en cada momento, al menos lo suficiente como para ser eximido de toda idea de culpabilidad; no soy culpable de nada... Lo que, sencillamente, intento decirle es que yo era libre, un hombre libre, si es que eso significa algo. Y la verdadera libertad consiste en no recordar. Por lo tanto, debería haber olvidado. Tenía el derecho de demostrarme a mí mismo, simplemente viviendo y viviendo, que era otra persona, y luego otra distinta, y por último la que está ante usted.»

Toma un sorbo de café. Se oye el ruido de los coches que circulan diez pisos más abajo. Insiste:

«El problema, tal y como usted imagina, es que no consigo olvidar. Algunos años, sí, se han borrado enteros de mi mente; hay dichas de las que no conservo ningún recuerdo, noches en las que creí haber alcanzado la felicidad –y a veces también el fondo de la infelicidad–, de las que, sin embargo, nada queda. Nada. Así es, todo se ha esfumado, puf. Tengo setenta y ocho años, como usted sabe. Tenía doce años en 1917...»

Al decir «esfumado», Schuman, soplando sobre su mano,

esparce un polvo invisible. Luego apaga el purillo a medio fumar en un cenicero. Bajo el halo de las dos lámparas de pie, la charla adquiere un tinte espectral. Schuman vuelve a tomar aliento y continúa:

«*Pero no consigo olvidar. De noche, ciertos recuerdos me asfixian. A veces, mientras camino, se reavivan como una quemadura, sin que pueda evitarlo. La vida nos convierte en un viejo traje lleno de manchas... Recuerdo una estufa de loza en la cocina de mi madre, en Milwaukee. Recuerdo la orquesta de Artie Shaw tocando durante toda una noche en Times Square. Cosas así. Recuerdo una carretera de Alsacia.*»

Calla, me mira directamente a los ojos:

«*Y recuerdo, claro, como todo el mundo, a una mujer.*»

Schuman ha dicho la palabra sin soltarla de sus labios, casi sin pensarla, aunque recalcándola. De pronto tuve la impresión de no ser la persona con la que él deseaba mantener aquel encuentro.

Jueves 29 de diciembre de 1983.

Schuman me ha pedido que vuelva a verle. Acudo nuevamente a su piso a eso de las seis de la tarde. Lleva una chaqueta de andar por casa, unos pantalones de terciopelo negro y unos mocasines de cuero. Vuelve a referirse a mis traducciones, alude a una monografía que ha escrito y que quisiera ver traducida al francés. Me dice que quienes están relacionados con la pintura siempre están en deuda con Francia.

Luego me pide que le acompañe a su despacho. La ventana da al parque, desde ella se ve la hilera desnuda de los árboles. Un gran mueble ocupa el fondo de la estancia. Schuman abre uno de los cajones y saca unos documentos sorprendentes: bocetos de Arshile Gorky para la decoración del aeropuerto de Newark (fechados en 1937), dos caricaturas originales de Bill Mauldin (fechadas en 1945), cartas de Rothko. Luego corre un panel tras el que aparece un juego de pasadores destinados a la conservación de clichés fotográficos. Ignoraba esta afición suya. Schuman extrae cuidadosamente varias tiras numeradas. Una está firmada por Roger Schall, la otra por Edward Weston. Son desnudos. Los rostros, por sus ojos carbonosos y sus cabellos al estilo chico, revelan la época en que fueron retratados. Schuman los observa en silencio. Parece un viejo dux en su biblioteca. Los clichés son más que turbadores. Cincuenta años atrás, estas mujeres se habían desnudado ante el objetivo, sabiéndose captadas, reproducidas, aceptando pasar de la dulzura secreta a la imagen perdurable, y, lo que tal vez sea peor, aun a sabiendas de la añoranza que su imagen les provocaría cuando hubiesen envejecido. Pero estos cuerpos desnudos pertenecen al deseo sin edad. No es su época lo que los distingue, sino su juventud, como si esta mujer de senos tensos viviese dos calles más allá y bastase empujar una puerta para sentir el aliento de sus labios, para poseerla a solas.

Schuman saca del pasador otro cliché. Una mujer desnuda yace tendida sobre una manta, los ojos cerrados, la cabeza apoyada sobre un brazo. Tras ella, una pared leprosa, carcomida por el moho. Su rostro es de raza amerindia. Lleva los tobillos, la parte alta de los muslos y el vientre cubiertos de vendas que dejan al descubierto el vello púbico. Sobre la manta hay cuatro cáscaras espinosas. El cliché, firmado por Manuel Álvarez-Bravo, se titula La buena fama durmiendo. *Tengo la impresión de que Schuman quiere comunicarme algo. Esta mujer no tiene nombre, la única prueba de su existencia que nos ha legado es este cuarto de segundo en el que su espectro ha impresionado una cierta cantidad de sales de plata. La imagen en blanco y negro ha fijado los colores de una joven; luego, con el tiempo, el cliché ha resultado estar más vivo que ella, como si esta primera inmovilidad anunciase la última, la definitiva, la que todo lo borra y remite a sí misma.*

Fin de la extraña ceremonia. Volvemos al salón. Schuman me deja hablar. Temo aburrirle. Él me impresiona. La vejez puede comunicar apatía o tristeza, pero siempre de una manera respetable, como si el tiempo disculpara a los rostros a medida que los altera. En el de Schuman, tan sólo leo una nobleza algo fatigada. De repente, descubro en él un gesto cuyo sentido no entiendo. Tal vez sirva para disipar la nube de pintores, de muertos, de mujeres ávidas de odio o de dinero. Ignoro su secreto, pero a su alrededor flotan los personajes de un libro que de nuevo va a ser cerrado, similares a esas siluetas entrevistas al borde de un camino y que nunca volveremos a ver. Schuman dice:

—Yo no le conozco, pero usted ha escrito en su tesina sobre

Rothko dos cosas que me han llamado la atención. La primera, esa pregunta que usted plantea al principio: ¿cómo puede un artista adolescente rehuir la concepción depredadora de la vida para encontrar su propio camino? La segunda, esa frase en la que afirma que el marco de un cuadro es como un agujero en el cráneo del pintor, a través del cual vemos danzar a sus demonios... Es un buen tema y una buena apreciación. Pero olvida usted otras dos cosas.

—¿Cuáles?

—Las inclinaciones depredadoras no son exclusivas de la adolescencia, ni mucho menos. Y cuando se perfora el cráneo de un hombre, es sangre, antes que nada, lo que mana por el agujero.

En mi libreta, las notas del 29 de diciembre de 1983 concluyen aquí.

Pasaron los meses. Traduje varios textos para la galería Schuman. Después, los encargos fueron disminuyendo. Otros asuntos comenzaron a absorber mi tiempo. Un día, cuando casi había dejado de pensar en él, leí en una nota del *Monde* que David Schuman se estaba recuperando de un ataque que había sufrido en su casa de Boyceville. Corría el mes de abril de 1988: Schuman tenía, pues, ochenta y tres años. La hipótesis de su supuesta recuperación era más bien púdica, nada realista.

En la calle, los objetos me parecieron más concretos, el espacio más profundo de lo habitual. Yo quería compartir con Schuman, aunque fuera mentalmente, el escaso tiempo que le quedaba. Quería creer que aún tenía un lugar en el mundo, un lugar que él iluminaba con su encanto, con su misterio. A su manera, y durante el breve lapso en que le había conocido, Schuman había hecho que la vida me resultara menos estúpida. Ahora volvía a verle desgranar sus paradojas en la mesa del Círculo de Bellas Artes, diciendo: «Guernica no es una transfiguración. A la vista de lo que se avecinaba, es, como mucho, una fotografía.» Cinco o seis años después, escuchaba claramente sus frases. «Cuando comencé, también yo era un *outsider*»... «Aún no he conseguido comprender la relación que existe entre su bondad y su suicidio»... «He vivido en un mundo de conversaciones particulares»... «Las mujeres, huellas en la arena que acaban borrándose.» Al final, cuando los vivos se quedan y es preciso partir, cuando la vieja obsesión de uno mismo regresa, tan sólo quedan algunas frases con las que perfilar la sombra de un hombre. ¿Qué veía Schuman desde el lecho en el que se debatía? ¿Observaba una forma en la pared, la lenta rotación de la luz que se desliza sobre las cosas? Desde ahora, su vida se veía reconducida a un lugar único y múltiple, a un lugar tan libre como la memoria de quienes le habían amado. Schuman había ejercido, uno tras otro, dos oficios propios de la mirada. ¿Qué le impulsaba a ello? ¿Qué buscaba detrás de las palabras, más allá de la tela? Nadie lo sabría jamás.

David Schuman murió el 3 de mayo de 1988.

Al cabo de un mes, me llamaron de Nueva York. Una mujer estaba al teléfono. Dijo ser Katrina Elliot, la encargada de llevar a cabo las disposiciones testamentarias de David Schuman. Ya había empezado a hacer el inventario. Una parte de sus bienes iría a parar a un fondo que llevaría su nombre. Yo oía cómo le temblaba la voz al otro lado del hilo. Finalmente, Miss Elliot me precisó el motivo de su llamada: entre los documentos inventariados figuraba un extenso relato del que existían dos copias. Según estipulaba una de las instrucciones relativas al texto, había que realizar una versión francesa. «Compréndalo –me dijo Katrina Elliot–, en cierta medida era la lengua de su madre...» Schuman había propuesto el nombre de un traductor: el mío.

Si aceptaba, me enviarían el documento junto con un anticipo. Todos los gastos corrían de su cuenta. Probablemente, el texto vería la luz después. Ni siquiera lo pensé: acepté al momento. Miss Elliot me dio las gracias entonces, sin poder ocultar su alivio.

Apenas tuve tiempo para hacerme preguntas. Una semana después, tenía sobre la mesa un portafolios de cuero negro. Me lo había traído un agente de la galería Schuman que había venido a arreglar unos asuntos en Europa. Nuestra charla me sirvió de bien poco. El hombre se contentó con hacerme firmar unos papeles que reproducían las cláusulas habituales de un contrato de traducción.

Las obras sobre las que iba a trabajar no eran originales: el portafolio contenía fotocopias y facsímiles. Con avidez, inspeccioné el material. Esto fue lo que encontré.

La primera fotocopia era una breve nota manuscrita en la que Schuman había indicado su deseo de ver este texto traducido al francés. Mi nombre estaba escrito al final de la página.

La siguiente fotocopia reproducía una pequeña tarjeta con el membrete de la galería de la calle Cincuenta y siete. Su sentido era de lo más enigmático: en él figuraban solamente una dirección de Gran Bretaña (Farley Farm, en los South Downs) y un número de teléfono. Schuman había añadido en inglés unas cuantas palabras: «A veces, un hombre cree ser el amante de una mujer [*a woman's lover*] cuando en realidad tan sólo es su testigo.»

El tercer documento venía dentro de una funda transparente. Se trataba de una reproducción fotográfica de formato 12 x 18. La imagen era borrosa, los tonos negros débiles, los claroscuros inexactos. Pero la belleza del rostro retratado me dejó estupefacto. Era una mujer de unos treinta años, rubia, tomada en primer plano, de manera que el cuello aparecía cortado a la altura del jersey. De una manera algo extraña, la mujer había posado con los ojos cerrados. Sobre un fondo gris, sus párpados transmitían una curiosa sensación hipnótica. La pose evocaba esos viejos daguerrotipos en los que las modelos cierran los ojos, ya sea a causa del sueño indolente tras interminables sesiones posando, ya sea para proteger las pupilas cansadas por la exposición prolongada al sol. Caí en la cuenta de que se parecía a la mujer que había visto en Madrid acompañando a Schuman. Pero era más joven, y mucho más hermosa. La imagen captada pertenecía a otra época, y sin embargo su belleza seguía siendo asombrosamente moderna. ¿1950? ¿1960? El papel amarillento y granulado, la ínfima resquebrajadura que atravesaba la reproducción evidenciaba el tiempo transcurrido: el material en el que habían fijado aquella imagen se había vengado de la mujer retratada. A no ser que, observada, manipulada, escondida y retomada innumerables veces, debiese su palidez a la mirada de

Schuman, confundiendo así en un mismo desgaste la acción del tiempo y el efecto de una pasión.

Había, por último, una pila de folios mecanografiados en líneas apretadas. Ningún título, simplemente una fecha añadida con pluma: 1975. De coincidir esta fecha con la redacción, Schuman habría estado trabajando en este relato en torno a sus setenta años. Los caracteres utilizados variaban de una parte a otra, como si hubiese habido varias versiones rehechas y fundidas en un mismo cuerpo textual. El conjunto, sin embargo, parecía establecido definitivamente, no había en él ni tachaduras ni muestras de arrepentimiento.

Esa misma tarde leí el relato. Al principio no reconocí la voz del hombre que había conocido. Creí que deseaba, como tantos otros, contar su guerra. Schuman parecía haberse despojado de sí mismo para reencontrar al hombre que había sido treinta años antes.

Luego comprendí, página tras página, lo que en realidad quería: fijar el recuerdo de aquello que había trastocado su vida.

Traducir no fue tarea fácil. Schuman escribía en un inglés de cadencia europea, con abundantes latinismos que le acercaban al rudo sajón. Una lengua que –así me lo parecía a veces– él había inventado en contra de su propia lengua. He intentado remedar ese tono tan personal, e incluso puede que, para respetarlo, haya tenido que recrearlo. El relato de Schuman me invitaba a trascender mi labor de traductor, esto es, a amoldarme, igual que él, a la forma de una pasión. He respetado su sintaxis a menudo aposicional, su uso frecuente del guión o de la coma como recursos cadenciales de la frase. Las palabras subrayadas en el manuscrito aparecen en cursiva. Asimismo, he creído conveniente dejar tal o cual expresión escrita en su idioma original, y por ello he rehusado traducirla.

Ha llegado el momento, pues, en que Schuman va a salir al escenario para contar, por última vez, la historia que él vivió. Las luces se apagan. El viento del Oeste barre la hojarasca. ¿Tiene la vida de un hombre más valor si éste se decide a hablar un día? Lo ignoro, pero aguardo a ese hombre entre bastidores. Él me entregó este libro que no merezco, yo se lo devolví a su sucesora. Cuando conocí personalmente a Katrina Elliott, me pareció hermosa y conmovedora. Ella cotejó conmigo el texto original y la traducción.

Tal vez, al pasar las páginas, nos hayamos convertido, si no en sus intérpretes, sí al menos, a falta de éstos, en sus personajes.

El 26 de agosto de 1944 llegué a París en un jeep del 22º Regimiento de la Cuarta División de Infantería estadounidense. Aún conservo en el fondo de mi memoria ese olor que tan sólo se desvanecerá cuando yo desaparezca, un olor a éter y a sangre, a alquitrán caliente, y escucho los gritos y las canciones, y veo las enramadas, la humareda azulada de los Diesel, aquella polvareda verde por encima de las avenidas. Habíamos entrado por la puerta de Italia. El gas de los tubos de escape quemaba los ojos, había banderas en las ventanas y muchachas morenas asidas a los faroles, figuras sobre las torretas y ráfagas lejanas, y en mi interior un corazón palpitante, un aturdimiento continuo, un regusto a polvo y a sol semejante a la dicha.

Aún conservo en el fondo de los ojos la luz de aquella mañana. Los Sherman de estrella blanca ascendían las avenidas con el tric-trac de sus orugas, y de repente ahí estaba el río, ante nosotros, con sus árboles, sus puentes, el humo de los mosquetones, estábamos en Francia, estábamos en París, las mujeres gritaban de alegría tendiéndonos la mano, y veo una garita blanca y roja de la Wehrmacht en llamas, como una araña replegándose ante el ardor de un tizón, como una bola de sangre negra, y aquella garita calcinada, aquel amasijo de madera retorcida sigue ardiendo en mí como la muerte que un día me llevará.

Dos horas antes, había abandonado el Hostal Le Grand Veneur de Rambouillet. Los corresponsales de guerra, los enviados especiales, los cámaras cinematográficos del SHAEF se habían reagrupado allí para ser testigos de la entrada de los franceses de Leclerc en la capital. Yo iba a cumplir cuarenta años. *Life* acababa de enviarme al frente europeo.

Durante quince años, en Nueva York, había estado subiendo los peldaños de esa extraña carrera que es el periodismo. Realizando informaciones anónimas, luego artículos fijos de media página, y por fin los temas de portada, había visto de todo, y había tenido que tragar con todo. Pero me gustaba el oficio. Algunos reportajes míos, muy celebrados, me habían dado una cierta reputación. A finales de los años treinta, la información que llevé a cabo durante varios meses sobre las redes pronazis en los Estados Unidos dio lugar al enjuiciamiento de Burton Wheeler y de Charles Lindbergh. En 1939, *Life* me contrató como autor de *stories*. El género tenía sus reglas y su honor. Una *story* es un reportaje despiadado, escrito a modo de relato, pero en el que los personajes son reales. Nada de literatura, ir más bien al meollo de la cuestión, hablar de lo que se ha visto y se sabe. ¿Quién era Irving Thalberg? ¿Se convirtió Erich Maria Remarque en un novelista norteamericano? ¿Son o no son unos corruptos Frank Haugue y Tom Pendergast? Hay que investigar, confirmar, contar. En resumen, que trabajaba de mirón pero con una pluma. Llegué a tomarle el gusto a aquellas intrigas brutas, un gusto que no era –quiero pensar hoy, al recordar aquello– sino el placer por la verdad.

Igual que los obreros de la imprenta y parte de los redactores, en 1941 fui movilizado *in situ*. Pasé tres años en Nueva York colaborando con la patria. Aquel paripé tuvo sus ventajas. Pero en 1944 llegó a resultarme molesto. Cuando el desembarco en Europa parecía inminente y la reconquista de las islas del Pacífico estaba en marcha, los redactores-jefes de Nueva York no dudaron en enviar a sus *story-writers* al otro lado de uno u otro océano. Querían la exclusiva, el *scoop*: continentes enteros iban a ser reconquistados. Aquella primavera, la dirección de *Life* me propuso unirme a una base de operaciones. Yo no me hice de rogar, pues comenzaba a roerme por dentro la vergüenza propia del «emboscado», del *planqué*, como dirían los franceses. Mis circunstancias de entonces, que no vienen al caso, me permitían marcharme. Me propusieron Europa, y yo pedí ir a Francia. De inmediato me proporcionaron hojas de ruta, credenciales, distintivos de enviado especial y una buena cantidad de dólares. En cuanto al plazo de la misión, no se concretó.

Había llegado a Inglaterra con un convoy de transportes de tropas protegido por dos cruceros de la US Navy. La multitud de barcos a la altura de Islandia, los enjambres de B-17 que pasaban a cada rato por encima del Atlántico indicaban una salida inminente: el fin del Eje era tan sólo cuestión de meses.

En el aeropuerto de Croydon, al calor de agosto, había alineada una escuadra de cazabombarderos. Los aviones despegaban día y noche en medio de un retumbo apocalíptico. No era difícil reconocer la carlinga oscura de los Lancaster del *Bomber Command*, la silueta de gaviota de los Marauder, los enormes B-25 erizados de ametralladoras. Resultaba chocante, como siempre, oír aquellos acentos norteamericanos en tierra extraña, ver a aquellos *boys* sentados en el Dakota que nos llevaría a Francia. Los muchachos parecían continuar una conversación iniciada a los pies del RCA Building y que ni siquiera un océano había podido interrumpir. Sabían que el *Herrenvolk* retrocedía, que el Reich caería tarde o temprano. Confiaban en la victoria.

No creían en la muerte.

Dos días después, me hallaba en medio del *pool* de prensa de Rambouillet. Esperábamos la entrada de los franceses de Leclerc en París. La flor y nata de las redacciones anglosajonas se había congregado en un extravagante hostal que parecía sacado de los relatos de Stevenson. Dos autoametralladoras erguidas sobre sus seis neumáticos vigilaban ante Le Grand Veneur. Varios jeeps dejaban ante el portal su preciada carga, contingentes de estupendos periodistas armados de estilográficas Waterman de afilada pluma. Los reyes de Fleet Street, las estrellas de la prensa británica, pregonaban la arrogancia de un coronel valetudinario en el segundo acto de una obra de Noel Coward. Para ellos, la causa estaba vista: en el mundo exterior, en tiempos de paz, no hay nada más odioso que los franceses y las hormigas rojas. Pero estábamos en guerra. Así que se escudaban en la indiferencia y miraban a los libaneses o a los guerreros sa-

35

ras de las tropas de Leclerc como quien está en Eton, en medio de una borrachera, viendo las cabras ramear en los árboles. Según ellos, Francia era una aldea Potemkin con Byrrh y vermut. A pesar de su petulancia, creo que en realidad no se hacían ilusiones de nada, ni siquiera de su propia importancia.

Los franceses tascaban el freno. Los periodistas exiliados de Bryanston Square, enviados por los FFL para cubrir la liberación de París, aguardaban con impaciencia volver a ver la ciudad que tenía el nombre de su sueño. Vagaban por el hostal, jugaban a las cartas, se desabrochaban con nerviosismo sus zamarras de gamuza. Me recordaban a esos marinos ocasionales que vuelven a tierra después de una larga travesía. Uno de ellos, un viejo fichaje de los periódicos Lazareff, era igualito al actor Jean-Pierre Aumont, y a mí me dio por pensar que los rasgos de aquel joven eran los de Francia. Solía hablarme del general De Gaulle, quien también aguardaba en las estancias del castillo de Rambouillet. Estaba un tanto molesto porque las chicas del hostal, con sus ropas veraniegas, sus suaves piernas desnudas, le hacían menos caso que a los ruidosos americanos que se refugiaban en las botellas de Bénédictine. Con ellos me sentía como en casa: era como estar en una sesión permanente del Harvard Press Club en un motel de Delaware. Allí estaban Ernie Pyle y Ed Ball, contando, como de costumbre, su falsa exclusiva de 1942. Habían anunciado el desembarco de diez saboteadores alemanes en la playa de Amagansett, Estado de Nueva York. Desde Montauk a Bay Shore, todo el litoral se había puesto en pie de guerra; incluso un pobre hombre había sido harponeado por un guardacostas. Charlie Collingwood, de la CBS, canturreaba la música de *Broken Blossoms* imitando a Lilian Gish. Luego iba desgranando, uno tras otro, todos los éxitos de Broadway, *Life with father*, *Pins and Needles*, *Tobacco Road*. Collingwood se había apostado con Ken Crawford, de *Newsweek*, que sería el primer periodista en entrar en París. Ambos negociaban con los oficiales del 38º Escuadrón de Caballería su lugar en el primer cuerpo de asalto. Eran tan divertidos como fastidiosos.

Recuerdo aquella noche, la última antes de entrar en

París. Salí a la terraza de Le Grand Veneur. El hostal parecía un gato arqueado en medio de la oscuridad. Comenzó a caer una llovizna muy fina. Sin embargo, aquélla no era precisamente una tranquila noche de verano. Vehículos y más vehículos blindados, repletos de soldados de Infantería, pasaban por la carretera. En el cruce más cercano había una decena de carros Sherman aparcando. Algunos encargados del bagaje consultaban los mapas del estado mayor a la luz de las lámparas de gas, otros verificaban el estado de las orugas o vertían bidones de gasolina en los depósitos. Los catafaros emitían destellos rojos. Mi mirada se posó en un árbol, en un gran roble. Sus hojas sombrías, lavadas por la lluvia, temblequeaban bajo la brisa. Tres semanas antes, yo estaba paseando por la calle Cuarenta y cuatro, ante el edificio de la Warner. El verano volvía a congregar sobre Nueva York nubes de mosquitos. El periódico luminoso de Columbus Circle hablaba de los avances en Normandía, de los ataques de la 8ª Fuerza Aérea sobre Alemania. Las circunstancias que me habían llevado de una a otra orilla resultaban indiferentes a la vista de aquellos destinos que la guerra forzaba realmente fuera de sí mismos. No tenía ni idea de lo que me esperaba. Una ciudad reconquistada mañana, una avanzada hacia el Este, sí. Pero ¿y después? En mi interior tan sólo había esta certeza, consecuencia de la elucidación de un mito infantil: estaba en Francia, en la misma tierra que habían pisado los de 1917. En cuanto a lo que haría con mi vida, a qué iba a ser de mí... Tan sólo estaba seguro de aquel árbol, del rumor de la lluvia y de que a algunas *miles* de allí estaba París. Iba a entrar en la ciudad el día en que ella se rindiera a sí misma, se reencontrara a sí misma. Observaba el árbol enraizado en la tierra, indiferente al paso del tiempo. El roble era lo que era: algo posado en la noche, en el mundo. Y yo sentía, como rara vez, como nunca quizá, que este mundo era el mío.

Era la tarde del 26 de agosto de 1944. El jeep avanzaba despacio por la rue de Rivoli. Una nube de polvo ascendía desde el Jardín de las Tullerías. Una nube amarilla, mexicana, que envolvía los vehículos blindados, se posaba en las hojas y brillaba bajo el sol de agosto. Recuerdo el clamor incesante que iba de una orilla a otra, se reavivaba y volvía a alejarse acompasado por los tiros lejanos, las campanas de las iglesias y las voces de las mujeres que gritaban a voz en cuello. Jamás había visto una alegría semejante, una alegría sencilla, una alegría liberada.

Todos huían del dolor, del desesperante y asombroso dolor de un país perdido, pisoteado y recuperado. Todos se despertaban a la esperanza, a la desesperante y asombrosa esperanza de la guerra perdida y luego ganada. Pero ante mí estaba París, los árboles del Jardín de las Tullerías, el polvo que se elevaba al paso de millares de botas, de chanclos, de suelas de corcho, de borceguíes, al paso de los neumáticos de los Dodge y de los automotores de 105, al paso de los españoles y de los chadianos de la 2ª DB, una nube hecha del polvo de los regimientos de África y del serrín de la madera de las restricciones, del polvillo de los cartuchos quemados y del maquillaje caído del rostro de las mujeres ultrajadas, de la arena de los simunes y de los vientos de Asia, de la leche en polvo y las migas de chocolate Hershey, del yeso de las estatuas rotas sobre el pavimento, de las carnes podridas, de los huesos apilados de quienes me aguardaban en un camino que yo no podía imaginar.

El jeep se detuvo por fuerza. Había muchachas por todas partes, gritaban, llevaban cintas que se habían hecho con los emblemas negros y blancos de la Kriegsmarine. Un clamor sin fin surgía de aquellas bocas rojo-sangre, de aquellas bocas hambrientas de amor y de melocotones en almíbar, de aquellas bocas francesas que deseaban morder y dar las gracias. El sol del verano jugaba con la transparencia de las ropas y yo podía ver todo, tamborileando con los dedos en el capó, FFI vestidos con tela de arpillera en la torreta destrozada de un Panther, el tembleque de las pistolas ametralladoras disparando ráfagas al aire, hombres llorando, y el cuerpo de un soldado alemán, ejecutado, linchado quizá, bajo un árbol. Era un hombre como cualquier otro, un hombre que había conocido la soledad y el amor, y después había venido a morir ahí por casualidad, a morir declarado culpable en una tarde de París.

El conductor del jeep no daba crédito a sus ojos. Era un recluta de Nuevo-México, llevaba un casco con redecilla y unas gafas oscuras, seguramente había dejado una novia en Albuquerque, y ahora se veía acosado por las maravillosas francesas. No conseguiría salir vivo de allí, con su piel atezada por el sol de Taos, iban a asfixiarle, a raptarle, a arrastrarle hasta su *cantina*, a comérselo con *tamales* y *guacamole*. Ah, sí, ya oía el tintineo de las serpientes de cascabel, el aullido de los cariñosísimos coyotes de la rue de Rivoli, y el joven sonreía a aquellos ángeles.

Distinguí a Charlie Collingwood en medio de la multitud. Intentaba abrirse paso a través de los cuerpos apretujados, los uniformes de arpillera verde, las banderas sostenidas por los brazos en alto. En la acera, una fanfarria interpretaba *God Bless America*. Le hice una señal. Charlie zarandeó a dos muchachas, logró llegar hasta el jeep y saltó a la parte posterior del vehículo. Juraría que ya había vaciado su primera botella; le olía el aliento a «enviado especial un día de mucha emoción», a corresponsal de la CBS. Me dijo, o más bien me gritó, que estaba en París desde el día anterior; el SHAEF acababa de pedir a los periodistas que se reuniesen en un hotel del barrio de la Ópera, en la rue Scribe. Allí había duchas y un servicio de transmisión. Me incliné hacia el conductor. Había que salir de aquel lugar como fuera y encontrar el dichoso barrio.

Una armada de vehículos se arremolinaba ya ante el Hotel Scribe. Varios policías franceses, codo a codo con otros tantos GI de polainas blancas, aseguraban, mal que bien, la circulación. Algunos coches de tracción delantera, con las siglas FFI pintadas en la chapa, se hallaban alineados en la calzada. Unos hombres, que llevaban brazaletes con la cruz de Lorena, hacían guardia en las escalinatas, con el fusil colgado del hombro, observando los techos donde se apostaban algunas siluetas armadas. Dos soldados desplegaban una bandera tricolor en lo alto de un viejo inmueble. Los jeeps se sucedían sin cesar, dejando su carga de oficiales norteamericanos, suboficiales del Ejército de Leclerc, enviados especiales con su material a cuestas. Algunos curiosos contemplaban el espectáculo desde sus ventanas, aplaudiendo el paso de los jeeps o de los renqueantes coches de gasógeno.

El joven de Albuquerque nos dejó delante del porche. La fatiga, como un fardo sobre mis hombros, me recordaba que era un hombre mal afeitado, frito por el sol, y con los riñones destrozados por el traqueteo de la carretera. Charlie caminaba dando tumbos. La puerta giratoria daba a un vestíbulo abarrotado por un murmullo de gente que entraba y salía. Los soldados franceses habían reabierto el bar y ofrecían café a los recién llegados. Algunas muchachas, que se habían colado dentro aprovechando la confusión, ocupaban los sofás, rodeadas de corresponsales de guerra deseosos de una entrevista privada. Aquel lugar olía aún a evacuación apresurada, a nido abandonado en medio del pánico. Varios sacos de arena permanecían apoyados sobre los antepechos de las ventanas. En un rincón había una pila de cascos, insignias, placas de la Wehrmacht. Un busto de Hitler, con la frente horadada por un impacto de bala en forma de estrella, yacía sobre la alfombra roja de *moleskin*. Un curioso olor a acuario flotaba tras las paredes caldeadas por el sol.

Un lugarteniente de la 4ª División se acercó a nosotros. Charlie se había desplomado en un sofá. El lugarteniente nos explicó que el Ejército alemán había convertido el hotel en centro de telecomunicaciones. Algunas habitaciones estaban abarrotadas de aparatos telegráficos, máquinas de escribir, teléfonos. Todo intacto. Los ingenieros del US Army ya se habían puesto manos a la obra, modificando las frecuencias, desconectando con Berlín para enlazar con Londres y Nueva York. Dejé a Charlie en su sofá y me dirigí a la recepción. El sargento al que le mostré mi documentación alzó un párpado –al parecer, *Life* aún imponía cierto respeto a los sargentos del Ejército norteamericano– y me entregó una llave con el número 327.

El pasillo del piso estaba a oscuras, atestado de cajas, aparatos de radio, viejas alfombras enrolladas en el suelo. Apliques descuajeringados, cables eléctricos pelados colgaban de la pared. La llave giró en la cerradura. No estaba echado el cerrojo. Entré. Un rayo de sol incidía sobre la cama deshecha. Un par de botas dormía en un rincón del cuarto. En el escritorio abarrotado de plumas, frascos de tinta, papel de cartas sellado con un águila parda, había una máquina de escribir. Alguien había introducido en la ranura de un espejo varias tarjetas de invitación. En la mesilla de noche, tres libros apilados. Les di la vuelta: poemas de Stefan George, los *Sonetos* de Shakespeare, una traducción de Hipócrates. El huésped anterior, que sin duda había salido pitando, debía de ser uno de esos prusianos de pálidas manos que soñaban con el Neckar maldiciendo en secreto a los mandos del *Gross Paris*. Abrí el armario: uniformes de diario, uniformes con ribetes azules de Hesse, impecablemente planchados y en sus perchas; un estuche de cepillos de cerdas duras junto a un par de zapatos de paisano. Varios discos fuera de sus fundas de papel *kraft*; entre ellos, un *Quintett Es-Dur* de Beethoven y, aún más curioso, canciones de Irving Berlin.

Me metí en el cuarto de baño: había agua caliente. En un santiamén, mis ropas volaron por los aires. Sentía los miembros agarrotados por la fatiga. A lo lejos se oía el murmullo de la ciudad, millares de voces, gritos, ruidos de motores ahogados que llegaban a mis oídos como una marejada. Me di un baño voluptuoso, experimentando algo semejante a la dicha. Y allí, en aquella bañera, mi primer día en París, rodeado de aquellas reliquias abandonadas por un nazi fugitivo, me quedé dormido.

Cuando salí del hotel ya era de noche. Había dormido unas cuantas horas, agobiado de calor. La máquina de escribir del fantasma alemán había sobrevivido a la debacle: con una extraña satisfacción, había escrito en ella mi primer *memo*. Las palabras se hacían de rogar, pero eso era lo de menos.

Un increíble alborozo recorría las calles, el fragor uniforme y reavivado de una marea creciente. Por primera vez desde 1939, todas las luces de París iluminaban la ciudad. Las inmediaciones de la Ópera estaban abarrotadas de gente, y el estrépito de los disparos, de los petardos, de las canciones, resonaba en los bulevares. Muchachas vestidas de blanco parecían volar de una acera a otra: se subían a las torretas de los tanques, que llevaban los faros encendidos, y abrazaban y besaban sin parar a los soldados atónitos. En cada esquina había alguien tocando el acordeón, invitando al baile. Hasta los urinarios públicos lucían banderas y cintas tricolores. Tropecé con un cartel arrancado en el que aún podía leerse *Zur Normandie Front*. Al alzar la vista se divisaban claramente las siluetas de las mujeres asomadas a los balcones. Jamás volveré a ver tantas sonrisas, tantas lágrimas, ni tampoco una noche que dé con tanta intensidad como aquélla la impresión de estar ante *lo cegador*. Yo caminaba solo en medio de aquel regocijo. Había soñado con aquélla ciudad, con París, y ahí estaba ella, delante de mí, en toda su descarnadura, en toda su gloria, ahí estaban sus portales de piedra tallada y sus hijos abandonados en la noche, ahí estaban sus barricadas de adoquines y sus árboles de frondosas copas; amaré hasta el fin de mis días ese verde, ese tono verde-aguada, brillante y profundo, que adquieren los árboles de París a la luz del verano. Estaba feliz, feliz y solo también, lejos de todo y más cerca que nunca de ser yo mismo por fin.

Había estado caminando sin fijarme ni en las distancias ni en los lugares. Tras las grandes avenidas surcadas por la multitud, surgió un entramado de callejuelas, cada cual más tenebrosa, jalonadas por pequeños cafés con las persianas metálicas abiertas. Cantos y risas surgían de aquellas fachadas inquietantes y sombrías. En una de las aceras entreví a una mujer, y luego a otra. Su forma de andar era muy distinta a la de las muchachas de los bulevares. Estaban esperando.

En aquella época, me gustaban bastante las putas. Las chicas de la calle Cuarenta y dos que te llaman *honey*, las del West Side que te llaman *querido*. A su manera, eran las más honestas. Me gustaba el momento del intercambio, ese pacto equitativo que le permite a una mujer pedir dinero por acostarse contigo, cuando la mayoría se acuestan generalmente por nada, o por alguna razón maliciosa, lo que viene a ser lo mismo. Me gustaba el hecho del consentimiento sin reparos, los billetes contados sobre la piel, leídos en cifras. El precio siempre me ha parecido barato en comparación con la libertad que concede: las putas no sólo son amables, son un auténtico chollo. Me gustaba que no besasen, o que lo hicieran con la boca cansada. Cuando estaba con alguna de ellas, aguardaba ese momento de menor ilusión y de plena gracia en que una mujer se muestra tal cual es.

Una de las muchachas se acercó a mí. Llevaba un vestido floreado, ligero, más bien corto, y un peinado hecho con rulos. Me pareció bonita.

–¿Vienes conmigo, guapo? *Come with me?*

Sin decir una palabra, la agarré del brazo, tal vez con cierta brusquedad. Ella me llevó hasta la entrada de una casa baja, siniestra. Subí la escalera tras ella. Sus zuecos de madera resonaban en los escalones. Se volvió hacia mí, me echó una amable sonrisa, buscó la llave en el bolso y abrió. Era un cuartucho minúsculo, empapelado de amarillo. Clavada en la pared, una reproducción de Van Dongen. La cama aguardaba al cliente, con la sábana quitada.

Nada más cerrar la puerta, la muchacha se arrojó en mis brazos.

–*You American. I Like Americans.*

Olí su perfume fresco como una flor recién cortada.

–A mí me gustan mucho las muchachas de París, como tú.

Ella me miró, sorprendida.

–¡Y encima hablas francés!

–Un poco, nada más.

Luego me sonrió con picardía, encorvando la espalda.

–¿Tienes chocolate para darme? ¿Y medias, tienes unas medias? –dijo en un tono insistente, casi imperioso. Me enseñó sus piernas desnudas–. Ahora es verano. Pero en invierno hago lo mismo, ya sabes. ¿Quieres ayudarme con algo? ¿Di, quieres?

Desabroché el bolsillo de mi guerrera y saqué lo que había. Una tableta de chocolate Hershey, un paquete de Camel, un pequeño bloc de papel. La muchacha tendió la mano enseguida, con un brillo encendido en los ojos. Uno por uno, deposité los objetos en su palma. Ella los apretó contra su pecho, como si fueran un tesoro, y luego fue a esconderlos en su bolso. Era una simpática y cariñosa francesa, sencilla y práctica como suelen serlo las demás, con la cabeza un tanto trastornada por la multitud de hombres que acababan de llegar a su ciudad. Observé aquel cuarto miserable, el papel amarillo, la palangana descascarillada en el suelo. La chica debía de tener unos veintidós años. Aún no había perdido su jovialidad, tenía esa sonrisa tímida que la gente humilde le dirige a la vida para que ésta no la olvide, para que ésta no la mate. ¿Cuántos hombres vestidos con otro uniforme habrían pasado por aquel cuarto? ¿Feldwebel? ¿Oberschutze? ¿Gefreiter? ¿Unteroffizier? ¿Cuántas veces la misma escena, el placer de encargo, la mano tendida, la correa del fusil reajustada? Aquella muchacha sometía sus noches a la ley de los vencedores, y yo era ahora el vencedor. Pero comprendí que nuestra victoria tan sólo consistía en eso, en que a partir de entonces se podía conseguir una mujer europea a cambio de una simple tableta de chocolate. Los pontones de Overlord, las divisiones diezmadas en los boscajes de junio, los combates con arma blanca en las ciudadelas del Atlántico, los partes del día del glorioso general Bradley, *put the show on the road and get the hell into Paris*, la valentía del 8º Cuerpo del Ejército, todo se resumía en esta estupenda, en esta evidente conclusión, en esta buena nueva arrojada a la cara del mundo: que ahora se podía conseguir una mujer europea a cambio de una simple tableta de chocolate Hershey.

–¿Vienes? –me preguntó.

–Desnúdate.

A la muchacha pareció sorprenderle mi tono imperativo, y respondió con una pobre sonrisa. Se desabrochó el vestido como pidiéndome perdón. Tenía una piel pálida. Los pechos abultaban el sujetador de la faja. Parecía esbelta, pero aquella impresión era más bien consecuencia de su delgadez, de esa flaqueza forzosa que infligen la escasez, los trapicheos del día a día, la espera nocturna en un portal. Una flaqueza de francesa rellenita con los encantos de una modelo. Se descalzó, primero un zueco, luego el otro. Cada vez que caía una prenda, me imaginaba un cuadradito de chocolate. En la calle, una pequeña tropa francesa daba gritos de júbilo. Ciertamente, había motivos de sobra para estar alegres.

La muchacha dejó caer su faja al suelo, mostrándome unos pechos cremosos de pezones muy marcados. Sosteniéndolos con una mano, me ofreció su boca. La besé, sintiendo aquellos labios de mujer, aquella lengua girando en la boca del vencedor, aquella lengua hambrienta de norteamericanos, de leche condensada, de chocolate Hershey, aquella lengua de muchacha europea que había conocido el toque de queda, aquella lengua sencilla y sin amargura. Comencé a quitarle suavemente las bragas, la tela era áspera, ella me ayudó con una mano, se desligó de mí, ya estaba desnuda.

Sin la menor delicadeza, la tiré sobre la cama. Cayó bocabajo, buscó apoyo en las manos y las rodillas, abrió las piernas. Agachando la cabeza, aquella muchacha se ofrecía con una abrupta resolución. Una línea sombreada dividía sus formas hasta las delineaciones de carne rosa e inflamada, hasta su sexo provocador, enrojecido. Tenía ante mí, en fin, a una amable muchacha. Tenía ante mí a la gran Francia, a todas las mujeres de Francia, abriéndose de piernas a los salvadores a cambio de un trozo de chocolate.

Sentí asco de mí. Me gustaban las putas y deseaba estar con una mujer. Pero no había ido allí para ver el sexo húmedo de una francesa que se sometía a mi uniforme, el sexo de una muchacha que se entregaba a cambio de una tableta de chocolate porque tenía hambre.

Dejé un billete sobre la cama, le sonreí.

Y me marché.

La masa de la Ópera de nuevo volvía a erguirse ante mí, como las cúpulas de una iglesia bizantina o un Palacio de Cristal un sábado al atardecer. Un grupo de FFI montaba guardia en la esquina de un bulevar. A sus pies ardía una lámpara de acetileno: siluetas agrandadas e inquietantes trepidaban en las paredes. París despertaba a su esplendor nocturno, a su suntuoso color negro. Hacía mucho calor. Yo no tenía sueño. En la noche blanca, las bici-taxis llevaban de un lado a otro a los jóvenes en mangas de camisa. Al caminar me iba tropezando con pálidos rostros, con grupos excitados por la ebriedad.

Un cristal me lanzó a la cara un destello entrecortado. En el espejo de una tienda de encajes roto por el impacto de una bala, vi un rostro rajado, cizallado entre dos brechas. Aquel rostro no tenía dudas acerca de sí mismo, ni tampoco miedo, tal vez ni pasado. Tan sólo una gran sequedad en la boca. Una sed intensa y amarga, sed de coñac y de licores franceses. Alcé los ojos hacia el farol que coronaba la entrada del Hotel Scribe. Casi a mi pesar, había regresado a aquella madriguera. Una Dodge de la Cruz Roja pasó haciendo sonar la sirena. Los combates proseguían en los últimos *Stuzpunkte* de la Wehrmacht: quizá algunos hombres morirían esa noche. Morirían por nada.

El vestíbulo del hotel estaba ahora casi desierto, bañado por una luz roja que llegaba del techo. El personal francés nuevamente se había hecho cargo del servicio; el recepcionista hojeaba un periódico, flanqueado por una especie de mozo republicano. Traídos de quién sabe qué reservas, habían aparecido algunos tiestos con plantas, adornados con cintas tricolores, como si fueran árboles de Navidad. El reloj marcaba las doce y cuarto.

Tras las paredes, se oía débilmente una canción, un *hit* de Tommy Dorsey. La música provenía del bar del hotel cuya entrada comunicaba con el vestíbulo. Torcí el paso, con la garganta seca.

Había unas veinte personas sentadas allí, cubiertas por la nube de humo de los Camel: corresponsales de guerra, oficiales norteamericanos, jóvenes parisienses un tanto bebidas. Cuando me acercaba a la barra, una voz me interpeló.

–*I guess Mr Schuman is rushing to his soirée?*

Me volví. Sentado en un sillón rojo, con la boquilla entre los dientes, un hombre clavaba en mí su mirada tierna y temible. Jeremy Barber señaló el sillón vacío que había frente al suyo. La verdad es que no me desagradó encontrarle allí. Barber era una de las pocas cosas buenas que me habían sucedido durante los últimos días en Rambouillet. Acepté su invitación.

Habría que escribir un libro para hablar de Jeremy. Era uno de los enviados especiales del *Times* londinense, y uno de los mejores periodistas de la época. Tenía nariz de pájaro, ojos como de italiano, y mucho encanto. En 1944, no era fácil calcular su edad. Le gustaba hablar de sus excentricidades en tiempo pasado, con una perspectiva allende el tiempo en que había vivido. Al escucharle, la tierra giraba como un ballet ruso. Jeremy no hacía diferencias entre los japoneses, esos samuráis corsos, y los perros circenses del Ejército de Patton. Alababa el código matrimonial de los musulmanes, que él consideraba *simpático*; Kenya, especie de Devonshire algo más descuidado; y a los eunucos, sexo sabio, sexo intermedio, suma de los defectos de los otros dos. Para él, un inglés en París era como un *irish guard* entre los samoyedos. Pero le gustaba la ciudad, que él veía como un Congo cómodo, agradable al lado de la plaza de la Concordia.

Barber solía contar su expulsión de Eton, según él *por falta de espiritualidad y exceso de espíritu*; el baile de 1932 en que llevaba en la chorrera una efigie del hijo de Lindbergh, liquidado recientemente; sus experiencias con dos loros a los que alimentaba con páginas arrancadas de la versión italiana de *El Idiota*, y cómo uno de los dos gallináceos había muerto de indigestión. Amante, más bien, de las golondrinas, le parecía que los Stuka alemanes se veían *fuera de lugar* en el cielo de Londres. En consecuencia, aborrecía a los nazis de una manera fría y tajante que revelaba una cierta violencia oculta, un temperamento de artillero. En Rambouillet, le había visto partir contra la rodilla un disco de Wagner que habían olvidado los anteriores inquilinos, escupiendo con desprecio: *Poor little Walhalla things*. Luego soltaba un par de frases sonoras, a veces amables, a veces despiadadas. Su forma de conversar era la de un juez que se cree desde hace tiempo condenado: Barber clavaba su mirada preferentemente en los hombres. Y, en aquel instante, la tenía clavada en mí.

–¿Qué tal está, Schuman?

–Tirando.

Barber apagó el cigarro en el cenicero. Aplastaba la colilla no tanto con meticulosidad, sino como rematándola. Inmediatamente sacó otro Lucky Strike del paquete.

–¿Fuma?

–No, gracias.

Barber golpeteó la punta del cigarro sobre el reborde de la mesa antes de encajarlo en la boquilla. El gramófono había dejado de sonar, permitiendo que el murmullo de las conversaciones invadiese el bar. Una muchacha soltó una carcajada. Le hice una señal al camarero.

–Una copa de champán, suponiendo que tengan, claro... –le dije en francés.

–Tenemos, señor.

–Tráigame a mí otro oporto –dijo Barber.

El camarero se inclinó y giró sobre los talones. Barber le siguió con la vista.

–¿No le parecen de lo más servil estos francesitos? –me preguntó.

–Hacen su trabajo, hombre.

Me acordé de la muchacha en su cuchitril, de la reproducción de Van Dongen colgada en su marco.

–¿Acaso es un trabajo ser francés? Éste es un pueblo de crupieres y de camareras, ¿no cree? Los franceses saben repartir fichas y hacer las camas como nadie, al menos cuando se les paga por ello.

Barber me escrutó de soslayo. El gramófono había reiniciado su melopea.

–Algunos de mis antepasados eran franceses –le dije.
Barber esbozó un gesto de impotencia.
–Bueno, me da usted la razón. Es evidente que sus antepasados tenían buen gusto. Por eso se exiliaron.
Barber no dejaba de sorprenderme.
–Usted decidió venir aquí como voluntario. Está aquí porque quiere, ¿no?
Barber pareció ofuscarse.
–Evidentemente, Schuman, evidentemente. Detestaría perderme esto.
–¿Perderse qué?
–El momento en que los Nibelungos de tres al cuarto que desde hace cuatro años arrojan sus fumígenos sobre Aldwich creyendo atemorizarnos son arrastrados por el suelo por algunos carros de bueyes guiados por negros peúles y cafeteros bereberes. Evidentemente...
El camarero dejó en la mesa dos copas de champán.
–No piensa usted más que en beber, querido –me dijo Barber.
Luego escrutó al camarero, un joven alto y descoyuntado, con desdén.
–¿No habrá olvidado mi oporto, verdad?
–No, señor. Enseguida se lo traigo.
El champán era excelente, burbujeaba bajo la lengua. En el transcurso de unos minutos, varios recién llegados fueron ocupando las mesas. El camarero regresó con un vaso de oporto. Barber se humedeció con él los labios y volvió a posar el vaso en la mesa.
–Debería pensar en esto, Schuman.
–¿En qué?
–En que ese brebaje no iba a ser para usted. Fue embotellado y enfriado para los *Jerries*. Hace apenas una semana, se lo habría bebido algún *Oberleutnant* en vez de usted. Servido por el mismo pájaro. Observe...
Barber le hizo una seña al camarero, que se apresuró en atenderle.
–*Kann ich bitte einen Eis würfel haben?*
–Sí, señor, enseguida. Yo...
El muchacho se calló. Se puso colorado. Luego se alejó, avergonzado y confuso. Barber sonrió, triunfante.

—No debería hacer estas cosas, Jeremy. Son repugnantes.

—Ahórrese los cumplidos, Schuman. Uno debe saber dónde se mete, nada más. Yo le he pedido un cubito de hielo en alemán y él me ha respondido... Observe las burbujas en su copa. Son pequeñas esvásticas que ascienden y estallan en la superficie. ¡Plop! *Ein Reich.* ¡Plop! *Ein Volk.* ¡Plop! *Ein Führer...*

—No siga, Jeremy, o acabaré arrojándole la copa a la cara.

Una mujer, sentada en la mesa contigua, se volvió hacia nosotros. Barber soltó una bocanada de humo hacia donde ella estaba.

—Olvídelo, David. No era mi intención molestarle. Disfrutemos, pues, de este champán. Me encanta beber en el vaso de los *Jerries*.

Barber se llevó la copa a los labios.

—Hmmm, está bueno —dijo con aire de entendido—. ¡Brindemos, Schuman!

Alzó la copa y exclamó:

—Brindo por el presidente Franklin Delano Roosevelt, que a pesar de su corsé ha hecho polvo, valientemente, el Fuji Yama... Brindo por usted, David, que es un pajolero cabeza de chorlito. Brindo por los jorobados de París, por los ukeleles de París, por las bailarinas del vientre de París. ¡Brindo por el Potomac y la Clyde, Schuman!

En Hyde Park Corner, le habría escuchado cortésmente. Aquí, en medio del ruido de los vasos, de las cantinelas del gramófono, de las conversaciones jocosas, Barber era tan sólo una silueta más. Alcé mi copa. Barber arrugó en ese momento los ojos. Había divisado a alguien en el fondo del bar.

—Ah —dijo—. Es Angus McGuire, de la BBC. No deseo invitarle a sentarse a nuestra mesa, pero tengo que decirle un par de cosas. Discúlpeme un momento, David.

Barber se levantó y fue a hablar con McGuire. Me quedé solo en mi sillón, con la copa en la mano. Suavemente, el alcohol se me iba subiendo a la cabeza. Los ruidos se entremezclaban, el tintineo de los vasos, el eco de las detonaciones en la noche. Mi mirada comenzó a vagar. Un puñado de hombres a quienes pagaban por escribir, por fotografiar, estaban allí reunidos, olvidando el calor apabullante de la jornada, el polvo de París. Habíamos cruzado el primer río. En un rincón, Ernie Pyle contaba por enésima vez la historia de los buscavidas de Amagansett, rodeado por varias muchachas que le escuchaban encandiladas. Éramos los reyes de una ciudad hambrienta de chocolate Hershey.

Un almocárabe de motivos neoclásicos hilaba las paredes de la estancia. Fui siguiendo el recorrido del friso con esa obsesión por los detalles propia del inicio de la ebriedad: partía del mostrador, se curvaba en un segmento cóncavo de la pared, luego llegaba al marco de la puerta, lo ceñía...

Me detuve.

Mis ojos se colaron por la puerta que daba al vestíbulo.

Allí se toparon con una figura que llevaba el uniforme reglamentario de *War Correspondent* y que estaba charlando con alguien a quien no podía ver desde aquel ángulo. Los *slacks* caídos sobre los *rangers* de campaña, el cinturón ciñéndole el talle, la estrella blanca cosida en la manga no daban pie a la confusión. Aquélla era la vestimenta de un periodista o de un fotógrafo acreditado por el US Army. Sin embargo, la relajada elegancia de aquella silueta, la amplitud de los fruncidos y del ensanche de su guerrera y sobre todo la cabellera rubia rozando los hombros no dejaban lugar a dudas: una mujer.

Vista de perfil, me pareció muy hermosa. Una luz extraña procedente del vestíbulo suavizaba sus contornos. Tendría unos treinta y cinco años, tal vez menos. Sus maneras, su sonrisa eran más bien propias de una europea: vestía un uniforme norteamericano, pero algo en ella delataba su procedencia. A una palabra de su interlocutor invisible, echó la cabeza hacia atrás, como si fuera a reírse, y su mano fue a deslizarse por el cabello suelto. El efecto de la luz, pero sólo era el efecto de la luz, resaltaba a distancia una piel muy blanca. Una blancura de estatua que jamás había bajado de su pedestal. Yo no podía escuchar lo que decía, pero por el movimiento de los labios me pareció que hablaba en francés.

Tuve la sensación repentina de estar soñando. De hallarme en medio de un sueño cuya única figura tangible era la suya. Bajo el halo de luz velada, aquella mujer resultaba pasmosamente real. Bebí un trago de champán. Una mano me golpeteó el hombro.

–¿Todavía así de sobrio, Schuman?

Barber volvía a ocupar su sillón. Su espalda me ocultó en parte la silueta del vestíbulo. Tuve que mover la cabeza, sin apartar la vista de ella.

–¿Acaso soy yo quien produce en usted esa rigurosa catalepsia, querido?

–¿Quién es esa mujer?

–¿A quién se refiere? –dijo Barber, un tanto inquieto.

–Detrás de usted, en el vestíbulo.

Barber se volvió. El interlocutor de la mujer rubia era ahora visible. Un hombre vestido de paisano. Barber posó de nuevo su mirada en mí, irónico.

–¿Le interesa, David?

–Me intriga –respondí.

–Es bastante encantadora, desde luego –afirmó Barber con un brillo en los ojos.

–¿La conoce?

–Sí y no... Como bien sabe, las mujeres, por lo general, tienen un cuerpo versátil y una memoria monógama. Ésa, en concreto, no tiene memoria, tan sólo un ojo, lo que resulta aún más interesante. Es el hada Kodak.

–¿Fotógrafa?

–Eso dice ella. Y no hay razón para dudar de las mentiras de una norteamericana. Sobre todo si vive en Londres.

–¿Norteamericana, eh?

–Eso he dicho.

–¿Y vive en Londres?

Barber no ocultó su fastidio. Sacó otro cigarrillo de su paquete de Lucky Strike.

–Allí fue donde la conocí. Un ser extraño. Dicen que tiene un pasado, pero en realidad las mujeres sólo tienen un presente, generalmente en la primera persona del singular... David, le veo un tanto perplejo, y, la verdad, detesto ver a un yanqui perplejo. Debo arreglar esto.

Barber se levantó del sillón, suspiró y fue directamente hacia la mujer rubia. Cuando Barber la abordó, ella primero sonrió, e inmediatamente después se lo presentó al hombre vestido de paisano. Intercambiaron algunas palabras. El hombre señaló su reloj de pulsera, besó a la mujer en las mejillas y desapareció. Barber, a solas ya con la mujer, le dijo algo. Ella pareció dudar, luego ambos entraron en el bar. Apenas acababa de levantarme cuando ya estaban ante mí.

–¿Conoce usted a David Schuman, de *Life*? –dijo Barber.

Yo la miré a los ojos.

–No, aún no –respondió ella, tendiéndome la mano–. Me llamo Elizabeth Miller.

Me había dicho su nombre como intentando librarse de él. Yo le señalé un sillón vacío.

–Le teníamos reservado este sillón.

–Muy amable de su parte, pero bien podía no haber venido.

–Tss, tss –silbó Barber–. Lo llevo escrito en mi agenda desde hace meses. El 27 de agosto de 1944, a la una de la madrugada, reunión amistosa en el Hotel Scribe con Elizabeth Miller y David Schuman.

–¿Desea beber algo? –le pregunté.

–Un ginger ale, gracias.

El camarero vino a tomar nota. El guirigay de la sala no cesaba.

Yo no podía apartar la mirada de aquella mujer sentada frente a mí. A esa hora, entre la noche y el alba, la observaba con ojos ebrios. Otros ojos también se fijaron en ella. Aunque vestía el uniforme de corresponsal de guerra, no era como esas otras mujeres con las que uno se cruzaba en Rambouillet. Su rostro era increíblemente hermoso. El cabello, corto y sencillo, proyectaba en la sombra reflejos pajizos, pero continuos, atenuados por una tez pálida que probablemente probó el arrebol antes de mostrarse al desnudo. Los ojos azules hablaban de viajes, y de tristeza también. Cuando uno conversaba con ella, algo venido de lejos atenazaba el corazón. Las palabras salían de una boca hecha para los besos. Un raro vigor se había impuesto a la amargura y modelado esos labios. No parecía una mujer de dos caras: demasiada presencia inmediata, demasiada vivacidad directa. Y, sin embargo, Elizabeth Miller actuaba como si fuera la sombra de otra mujer, o tal vez de sí misma. Cada detalle, cada gesto parecía estar habitado por su contrario. Esa mano indolente tenía encanto. El rostro ignoraba el maquillaje, más por dejadez que por candor. El propio uniforme refrenaba el garbo de su dueña sin poder ocultar del todo una elegancia a flor de piel. Hablaba un inglés salpimentado de acentos extranjeros. Un inglés de travesía, con lagunas, consecuencia del uso prolongado del francés. Yo la observaba sin oír realmente ni sus palabras ni las mías. Algo había en ella que me dejaba estupefacto. Sus rasgos evitaban el choque de la luz como si hubieran estado demasiado tiempo expuestos, casi deslumbrados. Otras veces, por el contrario, rehuían la sombra y reflejaban claridad.

Lo que nos contó aquella noche no era menos extraño. Tres semanas antes, un *Tank Landing Ship* la había dejado en Normandía, provista de su acreditación y de sus dos Rolleiflex. Nada más desembarcar, se había dirigido a Saint-Malo con la 83ª División de los Estados Unidos. Tras el asedio a la fortaleza, había asistido a la rendición de los hombres del coronel Von Aulock; los soldados alemanes, según nos contó, tenían pánico a las bombas de napalm, la nueva arma secreta del estado mayor norteamericano. Una incursión en zona no autorizada le había costado veinticuatro horas de interrogatorios cerca de Reims. Llevaba dos días en París.

Aún más chocante me resultó el medio para el que trabajaba, y la verdad es que me costó creerla. Elizabeth Miller trabajaba como enviada especial del *Vogue* británico. Nos explicó que la prensa inglesa, incluso la más fútil, se había acostumbrado, desde 1940, a contribuir a la causa bélica. Y así era.

Durante aquella conversación, Elizabeth Miller no dio muestra alguna de querer seducir. Pero sus ojos fatigados no rehuían el contacto cuando se topaban con los míos. Tras el humo de los Lucky Strike, aquellos ojos parecían venir de muy lejos, de otras muchas vidas. Al cabo de unos minutos, su voz se velaba, sonaba casi cascada. Sus gestos a medio hacer, sus formas desdibujadas bajo una tela ingrata parecían decir: para qué. Pero sus maneras a veces díscolas, a veces amables, aquella mano incierta recorriendo el cabello fiero, daban a entender al interlocutor: por qué no. El champán embrollaba las ideas. Yo estuve todo menos brillante. Hablamos de Normandía, de París, de la alegría de los franceses. Elizabeth se expresaba entonces sin cansancio, con mucha firmeza, hasta condenar al silencio a Barber. Creí advertir –algo sorprendente para alguien que parecía estar de vuelta de todo– que ponía en sus palabras, cuando era preciso e incluso cuando no lo era, una rara dosis de generosidad. Sus ojos se cruzaban con los míos sin declarar nada. Sin embargo, aquella noche de la calle Scribe, en cierto momento tuve la impresión de que un cepo se cerraba sobre mí. De cuando en cuando, Barber, arqueando las cejas, nos echaba una mirada sardónica. Elizabeth me observaba desde el fondo de un misterio al que yo no tenía acceso. Así nos dieron las dos de la madrugada. Elizabeth se levantó al oír el reloj, se despidió inclinándose y desapareció tal y como había aparecido.

Pasé el mes de septiembre en París. El estado mayor ubicado en el Hotel George V había puesto a disposición de los enviados especiales algunos coches incautados a la Wehrmacht. Yo compartía, alternativamente, un Horch con un cámara del *Signal Corps*. El coche había sido repintado de verde oliva y lucía dos estrellas blancas. Los bonos de gasolina nos permitían acceder a las provisiones de la 4ª División sin demasiadas limitaciones.

La ciudad respiraba al ritmo de la multitud que transitaba por los bulevares. Las terrazas estaban siempre llenas. Vivíamos un tiempo de flores y de polvo, de cielos límpidos en los que a veces se divisaba el ala solitaria de un Lysander. Yo me levantaba pronto y paseaba el Horch por París. Bajo la luz de las albas de septiembre, las avenidas estaban extrañamente tranquilas. Los jeeps de las patrullas norteamericanas se cruzaban con los pelotones de la Infantería francesa que marchaban en orden cerrado hacia los Inválidos. Tenía la impresión de estar atravesando una ciudad antigua, llena de palacios muertos a orillas del río. La ciudad no reedificaba. Desmantelaba. Se vaciaban los hoteles particulares como si fueran almejas: bañeras, alfombras, aparatos de radio, muebles de Kommandantur salían sin cesar por las ventanas. Algunas carcasas de Tigre, afustes de 88 abandonados atiborraban aún los alrededores de la estación Montparnasse. En los locales de la Waffen SS, situados en la rue Auber, vi los ficheros calcinados de los antiguos verdugos del *Gross Paris*. En la pared aún podía leerse una postrera inscripción: *Französiche Schweine*. En la plaza de la Concordia, los obreros, luciendo su gorra, arrancaban del suelo los raíles antitanques de la organización Todt. Varios soldados franceses les aplaudían desde los balcones del edificio de la esquina, el mismo que había albergado las oficinas de la Kriegsmarine.

Mantuve buenas relaciones con las tropas francesas. Un paquete de *doughnuts*, una lata de melocotones en almíbar, predisponían a la conversación. Los FFI con boina y mono, zamarra de mecánico y borceguíes de soldado, me recordaban a los negros de *Motortown*, a los tipos duros de Michigan camino de la fábrica. Me caía bien aquel ejército andrajoso en el que se entremezclaban los combatientes callejeros y los regimientos regulares. Me caían bien los oficiales con gorro azul, y me admiraba su increíble dandismo: siempre llevaban cigarros puros en la funda del revólver, una piel de katamburu tirada en el asiento del jeep o una botella de burdeos en la caja de municiones. Conseguí entrar en algunas de las prisiones de la ciudad. Los colaboracionistas franceses habían sido encerrados en La Conciergerie. Había *messieurs* bien vestidos con su chaqueta cruzada, tipos corrientes, mujeres de rostro tumefacto. Un representante del Gobierno provisional me los señaló diciendo: «Piense, señor, que hace dos años había más muertos que vivos en la Resistencia francesa.» Yo no sentía ni hostilidad ni compasión por aquella gente. Habían afrontado la guerra a su manera. Sin duda ahora debían pagar por ello, igual que lo hacían aquellas mujeres que vi en una encrucijada, aguantando burlas e insultos, luciendo el cráneo rapado y una esvástica irrisoria, llevando al cuello un letrero en el que se denunciaba a la *puta de los teutones*.

Un *gaullista* con brazalete me recibió a la entrada del cuartel Prince-Eugène, en la plaza de la República. Gendarmes y soldados del Ejército de liberación, cargados de cartucheras como los *peones* de Pancho Villa, estaban encerrando a varios cientos de prisioneros alemanes. Un olor a sulfamida y a sangre reseca corría por los pasillos. Los vencidos, los antiguos héroes del Reich, yacían en el suelo cubierto de paja de las salas comunes: figuras paleolíticas entumecidas bajo sus guerreras y sus vendas. Los rostros terrosos le escrutaban a uno como si hubieran visto acercarse a la muerte. Pero, suya o nuestra, ¿quién era la muerte?

Día tras día, recorría en coche la ciudad. De vez en cuando me cruzaba con algunos, pocos, vehículos más, rescatados de los garages o de los gallineros campestres. Los Celtaquatre con forma de estegosaurio, los viejos doce cilindros traqueteaban por los bulevares. Algunos viandantes los saludaban del mismo modo en que un campesino se quita el sombrero al ver pasar una boda. Imagino que la tranquilidad tan sólo se manifiesta en el momento en que la perdemos. Y ese momento aún no había llegado. En los Jardines de Luxembourg, algunas figuras blancas escuchaban las melodías de Méhul o de John Philip Sousa. Las chicas del Bal Tabarin agitaban al final del espectáculo unas *Star Spangled Banners*: tenían hambre y bailaban. Los franceses, haciendo auténticos milagros, recuperaban botones y hebillas de cinturón para sus uniformes, o bien hacían guarniciones cortando la tela de las banderas. Padres e hijos regresaban al hogar con sus trajes raídos, su raquítica sonrisa, sus sombreros *robe-de-rat*. El recuerdo de la tormenta no incitaba a la reflexión sino, antes que nada, al olvido. Y, cada tarde, llegaba el ocaso.

Cuando recuerdo aquel mes de septiembre de 1944, vuelvo a sentir en la lengua el regusto infame del *café national* que bebíamos en los locales de la rue Gaillon. Noto en la nariz un olor a madera: París era como un bosque despedazado, en el que flotaba ese aroma orgánico tan característico de la pobreza. La fibra de los plátanos descortezados por las balas mostraba en carne viva una pulpa blanca que olía a oquedal. El roble barnizado de las barras de los mostradores, el sonido de las suelas en el pavimento, los paneles de palisandro de los hoteles, desprendían un mismo efluvio arbóreo, el de las fichas de dominó al entrechocarse en su caja, el de los leños aserrados en los patios traseros. La ciudad de raros vehículos se sometía a sus materiales elementales, a ese olor a corteza y a avellana que trae el otoño. Junto al puente Alexandre III, algunos pontones con el casco moteado de verde dormían amarrados en una emanación de agua transitada y de bosque inundado. Las primeras hojas quemadas cubriendo las aceras, las vigas calcinadas del Grand-Palais, recordaban a los transeúntes que antes y después de la podredumbre sobreviene el fuego. En todas partes había un aroma a tila, un color forestal, incluso en el pésimo papel de los periódicos franceses, con su polvillo de astillas desmenuzadas en la retícula. Ese olor a bosque vivaz como la savia, ese olor a culata de fusil y a ropa de mala calidad, es el mío, no puedo evitarlo, es y será siempre el olor de mis otoños.

Creo que la guerra nos hunde o nos redime. A los viles, les rebaja aún más que ellos mismos; a los valerosos, les evidencia un coraje muy por encima de lo que podían imaginar. Todos aquellos con los que me topé entonces, los conductores de tanques de Rambouillet, los africanos de la 2ª DB, todos aquellos con los que iba a tropezarme en el camino, incluidos los matarifes de la *Volksturm*, jamás me dieron la impresión de hallarse en una situación forzada. A menudo tenían miedo. Llevaban pegada en el fondo del casco la foto de una mujer o de una familia a la que añoraban. Pero avanzaban, con el corazón palpitante, al borde del abismo. Se adentraban en ellos mismos, cada vez más lejos, buscando en las tinieblas su rostro último.

En más de una ocasión, me topé con fotógrafos a la caza y captura de una *scoop*. Pero no volví a ver a Elizabeth Miller. Por todas partes surgían rostros de mujer, conmovedores o rapaces. Morenas de miembros enjutos, cuarentonas enardecidas. Pero ninguna me produjo, como ella, la sensación de hallarme ante un ser espectral que rehuía y buscaba la luz alternativamente. Yo me hallaba involucrado en una carrera contrarreloj con Ken Crawford, de *Newsweek*: las redacciones de Nueva York habían iniciado su guerra particular, utilizando como soldados a sus corresponsales. Al principio me entregué con avidez a esos artículos sobre la liberación de París, tiñéndolos de una emoción que incluso a mí me sorprendió. Luego me volví un tanto perezoso.

En el Hotel Scribe, los enviados especiales se tomaban un respiro. Decenas de siluetas ociosas poblaban los bares. La economía del trueque lanzó sobre nosotros a sus agentes. En las unidades posicionadas alrededor de París, comenzaron a desaparecer productos y medicamentos. Las cajas de penicilina, las vendas esterilizadas, los contenedores de raciones K terminaban siendo las nuevas unidades de cambio del mercado negro. Sospechosos intermediarios trapicheaban con exquisiteces y vinos de lujo, transformando las terrazas de los cafés en zocos del Cairo. Las habitaciones del Hotel Scribe se vieron repentinamente surtidas de cajas enteras de coñac Rouyer. Las medias de nailon eran más preciadas que un tesoro. Los servicios de un guía, la habilidad de un mecánico, el cuerpo de una mujer, todo se pagaba con botes de sacarina y paquetes de Camel. Comparado con lo que se avecinaba, aquello era de lo más inofensivo: la gran Francia vendía a sus muchachas desfondando barricas en las aceras.

Yo pensaba en Elizabeth Miller más de lo debido. Las avenidas de las mañanas de otoño, los acentos entremezclados, las incertidumbres de una ciudad desmaquillada, conformaban un rostro ausente: el suyo. Pero nada, ni rastro de ella. Le pregunté a Barber. Se mostró igual de evasivo. Sabía menos sobre ella de lo que había comentado; o más de lo que deseaba decir. Barber afirmaba haberla encontrado en Londres durante el *Blitz*. Trabajaba para *Vogue* y, al parecer, odiaba a Cecil Beaton, que era la estrella de la revista. No le había hablado más que de baterías antiaéreas, catedrales derruidas, escenas del Londres acosado por el fuego de los V-1. Barber sostenía que era una de esas amazonas que sueñan con arrojar granadas a los probadores de las tiendas: seguro que le gustaba el olor a sangre. Además, tratándose de una mujer, le parecía excesivamente inteligente. Evidentemente, Barber no sabría decirme dónde se encontraba Elizabeth ahora. Pero tuve la impresión de que me ocultaba algo.

A finales de octubre, un equipo de *Life* llegó de Nueva York para dar cuenta del avance del III[er] Ejército hacia el Sarre. Me pidieron tajantemente que no les siguiese. Los jefazos tenían su planes: querían enviarme más adelante a Alemania. No para ir a cubrir los combates de contacto o de asedio que se estaban iniciando, sino la entrada en el santuario nazi, el momento en que los nuestros le asestarían el golpe de gracia al Reich. Yo conocía muy bien su cinismo. Las redacciones de Nueva York distribuían a sus corresponsales igual que un estado mayor sus tropas, en oleadas sucesivas sobre los distintos frentes. Desde su punto de vista, habría sido imprudente enviarme a cubrir un combate periférico sabiendo que la *big story* estaba prevista para el inicio de 1945.

Tuve que conformarme, pues, con seguir las operaciones a distancia, gracias a las informaciones que me suministraban los *memos* que venían del frente y los partes clasificados que los oficiales del OSS recibían para uso de los corresponsales de guerra. También leía en los periódicos franceses, con treinta y seis horas de retraso, las noticias que llegaban de viva voz al Hotel Scribe: los B-29 atacan Tokio, agonía del *Tirpitz* bajo las bombas de la RAF. Durante las semanas siguientes, el equipo de *Life* vinculado al III^{er} Ejército siguió avanzando hacia Mulhouse y la línea Siegfried: otro corresponsal, unido a las tropas canadienses, estaba cubriendo la ofensiva *Switchback* en la orilla izquierda del Escaut. Los soldados regresaban exhaustos, trayendo en los ojos un estupor de animal deslumbrado. Yo me contentaba con escucharles, alejado forzosamente de la tormenta.

El otoño había transformado la ciudad. Los miembros del Gobierno provisional invocaban *la grandeur de la France* ante cualquiera que osara negar que París se había liberado sin ayuda. La capital francesa, a diferencia de Londres o de Berlín, era una ciudad intacta. Se empeñaba en hacer olvidar este privilegio con un ápice de chabacanería, dando a entender de paso a nuestros generales que ya había tenido de sobra con una Ocupación. Si París no había sido destruida, me explicó un francés, era gracias a los *collaborateurs* que la habían protegido pactando con el enemigo, y luego gracias a los norteamericanos que habían precipitado su liberación expulsando a los nazis. La equivalencia me pareció insidiosa.

Yo iba descubriendo que todo lo que le otorga encanto a París también puede ser la causa de su ambigüedad: su sentido innato de la chulería y del maquillaje, la confusión mantenida entre la presa y la sombra. *Humbug*, como se dice en Nueva York; y *bluff*, en Londres. París borraba la huella de la bota alemana con el remordimiento de haberla tolerado durante demasiado tiempo. El *Soldatenkino* de la plaza Clichy era ahora un cabaret. Maurice Chevalier había sido rehabilitado por un tribunal de honor. Las *putas de los teutones* se compraban pelucas. Se remodelaba la fachada instruyendo procesos: los franceses, cuando se sienten mal, miran atrás. La elegancia de las mujeres, avivada por años de austeridad, intentaba brillar a la luz del cenit que había alcanzado antes de la guerra. Los modistos creaban la *moda nacional* inspirada por Lucien Lelong: hombros rellenos, cinturones de hebillas anchas, faldas rectas. Al tocar una falda, se notaba la fibra de madera con la que la tela había sido entretejida. Cualquier anfitrión honraba a su huésped con el calor de una buena chimenea, encendida con los leños que, a todas luces, había conseguido cortando los árboles del Bois de Boulogne. París se costeaba con París, y la apariencia con lo natural.

Cierto día de noviembre, un mozo del hotel llamó a la puerta de la habitación 327. Me entregó un sobre en el que alguien había escrito mi nombre con tinta azul. Lo abrí. Unas cuantas líneas en una hoja de papel: *Si aún está usted en París, venga mañana a una pequeña fiesta que dan unos amigos míos. Me gustaría mucho volver a verle.* Firmado: Elizabeth Miller. Luego añadía una dirección que me tomé la molestia de comprobar, pues me resultaba curiosa: *place de Colombie*. Y, en efecto, había una plaza de Colombia en París.

Así pues, Elizabeth estaba en la ciudad. Y yo sabía, al menos durante una noche, dónde podía encontrarla.

Llovía en París. Al volante del Horch, tomé un bulevar que bordeaba el Bois de Boulogne. A la luz de los faros, veía temblar la masa de árboles. Los neumáticos expelían chorros de agua sobre la calzada.

Acerqué el coche al bordillo. Las casas, con los postigos cerrados, erguían ante mí sus muros húmedos de lluvia. El golpazo de la portezuela resonó en las fachadas. La dirección a la que me dirigía parecía corresponder a un enorme edificio con balcones, de estilo 1930, que ocupaba todo un lado de la plaza. Soplaba una ligera brisa, inclinando la cortina de gotillas que azotaba la calzada. Me levanté el cuello del impermeable. La tela desprendía un olor a tabaco mojado. Al mirar la hora, me di cuenta de que se me había parado el reloj.

Entré en un gran vestíbulo neoclásico. No había buzón, ni tampoco portería. Busqué en los bolsillos de mi impermeable la carta de Elizabeth: tan sólo había escrito una dirección, ningún nombre. Fuera, la lluvia arreciaba.

Divisé la escalera, semejante a las que suele haber en los *châteaux* de Park Avenue. Varios apliques iluminaban los escalones. Mi mano resbalaba sobre la barandilla barnizada.

Al llegar al primer piso, vi una puerta precintada. Los sellos de lacre eran una gran mancha púrpura sobre la madera maciza. Una melodía repercutió en mis oídos. Parecía provenir del piso superior. Seguí subiendo. La sonoridad del piano era cada vez más nítida. Otra puerta de roble macizo apareció ante mis ojos. Las cascadas de notas galopaban. Llamé.

La puerta se entreabrió. Un mayordomo se apartó para dejarme entrar. Un murmullo de vasos entrechocados y de conversaciones se confundía con los arpegios del piano. En aquella entrada de paredes laqueadas, observé dos hermosas consolas cubiertas de figurillas de cerámica. Del techo colgaba un candelabro. El mayordomo me pidió el impermeable y desapareció al fondo del pasillo.

Siguiendo sus pasos, me dirigí hacia lo que debía de ser el salón. Una puerta con incrustaciones de marfil se abrió lentamente.

De las cerca de cuarenta personas que estaban allí, tan sólo cinco o seis parecieron advertir mi reciente llegada. Al fondo de la estancia, un pianista interpretaba algunas melodías entrecortadas. Algunos de los invitados se habían instalado en la zona de los sillones, otros estaban apoyados en la pared, y el resto se había sentado en el parqué formando grupitos. Todas las miradas estaban puestas en el pianista, de manera que yo no podía ver prácticamente ningún rostro. Así que permanecí junto a la puerta, sin moverme.

El espectáculo era de lo más engañoso. En aquella inmensa estancia rectangular, con todas las cortinas cerradas, las figuras inmóviles parecían fundirse con el ambiente creado. Unos apliques de escayola iluminaban los revestimientos de madera color tabaco-de-Virginia. Alrededor de una chimenea calculadamente sobria, varios sofás de cuero blanco flanqueaban una larga mesa baja. Alfombras con motivos cubistas recubrían el parqué encerado. En una de las esquinas dormía un aparador adornado de jarrones de ópalo y ceniceros llenos de colillas. En torno al piano yacían unos cuantos *poufs* bien colocados. En las paredes, varias cadenas doradas sujetaban sus respectivos cuadros, entre los que me pareció distinguir un arlequín, una playa constelada de insólitos minerales y, más allá, una naturaleza muerta. Al fondo de la estancia, una escultura que parecía representar un animal cornudo bajo un dosel, una especie de caribú con mantilla. Aquel lugar existía fuera del tiempo. O, mejor dicho, daba una cierta idea de cómo era la modernidad que había desaparecido al estallar la guerra.

Tuve que hacer un verdadero esfuerzo para volver a la realidad. Estábamos en 1944, en el París del quiero y no puedo, de la ropa barata y del chocolate Hershey. Los asistentes, entre quienes se mezclaban los uniformes anglosajones con las ropas de paisano y los trajes de noche, dejaban constancia de ello. Yo buscaba con los ojos a Elizabeth, pero no la veía. Las mujeres de la fiesta parecían mayores que ella. Aquí, un perfil arrugado, allí, un brazalete centelleante. Tenían ese aire encantador y aburrido que adquieren las francesas *chic* cuando se observan unas a otras. Aplaudieron al pianista que había rematado su recital con una pieza breve y brillante. Luego se acercaron a felicitarle. Comenzaron a llegarme a los oídos fragmentos dispersos de las conversaciones:

–¡Francis está en plena forma!
–Siempre sucede lo mismo al acabar una guerra...
–*Where are the services?*
–¿Ha venido Bébé?
–No, tiene paperas.
–Prefiero escuchar a Ravel que comer esos malditos colinabos.
–¿Adónde ha ido Marie-Laure?

El mayordomo reapareció con una bandeja de bebidas. Me resultaba difícil adivinar quién era el dueño de la casa. Dos hombres jóvenes me miraron con insistencia, luego apartaron la vista. Una mujer sintonizó una radio de TSF empotrada en un mueble de caoba: una melodía interpretada por una orquesta sinfónica resonó suavemente en la estancia. Observé a unos oficiales del US Army rodeados de francesas. Me disponía ya acercarme a ellos cuando, por fin, la vi.

Apareció de repente al lado del piano, acompañada por un hombre con el cráneo rapado y un monóculo.

Me quedé atónito.

La mujer del Hotel Scribe se había transformado en otra muy distinta. Sus cabellos rubios, ondulados, sujetos a un lado por un pasador de plata, brillaban en el claroscuro del salón. Llevaba un traje de chaqueta blanco, muy ceñido, adornado con arabescos. Unas medias claras y un par de escarpines color crema completaban su atuendo. Pero lo más sorprendente de todo era su nueva compostura, su apariencia de mujer atemorizada. Por un instante me recordó a esas modelos de Mainbocher que solían verse en Nueva York a principios de los años treinta.

Nuestras miradas se encontraron. También su rostro había cambiado, la tez lisa, los labios ligeramente pintados, los ojos admirablemente azules. Me dirigí hacia ella, fascinado.

El hombre del monóculo me examinó. Elizabeth se había vuelto hacia mí.

–Boris, te presento a David Schuman, de *Life*.

Se había dirigido a él en francés, acompañando la frase con un gracioso gesto de la mano.

–Es un placer –dijo el hombre con un acento eslavo–. ¿Está usted de paso en París?

Su tono era irónico.

–Acabo de llegar con unos cuantos compatriotas –le respondí.

Una sonrisa condescendiente frunció sus labios.

–Ésta es otra ocupación más –dijo– ... Yo mismo llevo más de veinte años, desde 1920 para ser exacto, ocupado por Francia. Yo la proveo de mano de obra extranjera... Les he vendido a Lopokova, Danilova, Markova, Doubrovska, y a unas cuantas más...

Reconocí los nombres: eran bailarinas.

–¿Aún le quedan provisiones? –le pregunté.

Elizabeth se echó el pelo hacia atrás. Permanecía callada. Perfecta y hermosa.

–Por desgracia, querido, todas se han ido a ese edénico país suyo con Balanchine. Qué le vamos a hacer... Adoran los dólares y los ascensores... Lo peor es que, si los bolcheviques llegan a París, me veré obligado a unirme a ellas. Lee me acogerá, ¿verdad?

Se volvió hacia Elizabeth, poniendo una mano en la manga de su chaqueta.

–Estaré en el muelle aguardándote.

–Entonces, a la espera de tan fúnebre perspectiva, y para no perder la costumbre, si usted quiere puedo venderle a Lee. Ya no es tan cara como antes...

Elizabeth y él intercambiaron una sonrisa cómplice. Yo tenía la curiosa impresión de volver a formar parte del trío del Hotel Scribe, con aquel ruso interpretando el papel de

Jeremy Barber. La relación que, en el París recién liberado, podía existir entre un ruso fanático del ballet y un periodista de Fleet Street, entre una fotógrafa vestida de *War Correspondant* y esta aparición con traje sastre blanco, entre el barrio de la Ópera y la plaza de Colombia, me resultaba, como poco, enigmática. Yo me aferraba a una idea: era ella, Elizabeth o Lee, quien me había invitado a aquella velada. Y esa mujer era luminosamente atractiva.

–No le haga caso –continuó ella–; Boris bromea, como siempre...

Elizabeth clavó su mirada azul en mí. Las ojeras de la primera noche habían desaparecido. Vestida con aquel traje de estricta elegancia, parecía volver a interpretar un papel casi olvidado. Boris simuló estar echando un vistazo a la concurrencia, como si estuviera buscando a alguien. Luego preguntó de sopetón:

–Así que Penrose está fuera de juego, ¿eh?

–Aún no –respondió ella–, aún no.

Aquellas alusiones permanentes me exasperaban. No entendía una palabra. Afortunadamente, un hombre apareció de improviso para distraer a Boris. También él buscaba a Bébé. El ruso se lo llevó aparte. Agarré a Elizabeth del brazo, y ella me siguió.

En el salón se habían vuelto a formar varios grupos. El humo de los cigarrillos irritaba los ojos. Nadie parecía dispuesto a descorrer las cortinas o abrir una ventana. Aquel apartamento estaba encerrado en sí mismo, en otra época. ¿Qué hacíamos Elizabeth y yo en compañía de tales espectros?

–Vamos fuera –le dije.

Elizabeth no replicó. Yo olía su perfume, ligero, profundo.

–El apartamento es grande; vamos allí, por aquella puerta. Pero no se olvide de eso –añadió, señalando una bandeja con bebidas.

Agarré dos vasos llenos de whisky de malta y la seguí a través de un pasillo sombrío. La música del aparato de radio se iba perdiendo. Nos cruzamos con una mujer que, al pasar, cuchicheó, sonriendo:

–Siempre tan hermosa, Lee.

Ella no respondió. Al final del pasillo, Elizabeth giró el picaporte de la puerta.

—Aquí estaremos tranquilos.

La habitación era uno de esos *bed-sittings rooms* al estilo 1935: mitad salón, mitad dormitorio. Había varios asientos de madera curvada alrededor de una mesa baja. En la pared, un espejo redondo en medio de dos cuadros. Los muebles desprendían un olor a pino canadiense. Y, al fondo, una cama.

Puse los vasos en la mesa. Elizabeth se dejó caer en un sillón. Tras las cortinas echadas de la única ventana se entreveían unos azulejos mojados por la lluvia. La sensación de estar en una ciudad extraña, lejos de todo, se mezclaba con la certeza de que aquella mujer —que hablaba mi idioma— era aún más extraña.

Elizabeth me había llevado a aquel lugar apartado, y esperaba que fuese yo quien hablara primero.

—Parece que todos la conocen bien —balbuceé.

Elizabeth sostenía su vaso de whisky con la mano derecha. Hizo un gesto como excusándose.

—Viví en París, antaño. Pero eso pertenece al pasado. No se puede volver a comenzar.

Sonrió con tristeza. La palabra «antaño» sonaba extraña en su boca.

—¿Conoce a usted a toda esa gente?

—Son viejos amigos. Me ha encantado volver a verles. Por entonces, viví en casa de unos y de otros. Luego regresé a Londres. Y ahora he vuelto aquí. Pero creo que voy a instalarme en el Hotel Scribe.

—¿Cómo dice?

Ella repitió la última frase, lentamente.

—Voy a instalarme en el Hotel Scribe. Estoy acreditada, tengo derecho a una habitación. No veo nada anormal en ello...

Se llevó el vaso a los labios. Una ráfaga de lluvia azotó la ventana. La música procedente del salón resonaba a lo lejos. Algo no encajaba. Aquella mujer estaba cubriendo la liberación de París vestida de punta en blanco, custodiada por un ruso anticomunista con monóculo. Estaba sentada en aquel *bed-sitting room* como si estuviera en su casa, y sin embargo deseaba instalarse en el cafarnaúm del Hotel Scribe. Era increíblemente hermosa y bebía demasiado.

–¿Sabe? Durante el tiempo que llevo en París, no creo haber visto a más de cinco mujeres luciendo un traje como el suyo.

Ella sonrió.

–Prestado. Es prestado. Aunque yo también trabajo, ¿sabe? Algunas de las casas ya están pensando en volver a abrir.

–¿Qué casas?

–Las casas de moda. Londres quiere fotos. Y también Nueva York.

Casi había olvidado que ella era fotógrafa. Necesitaba saber a qué atenerme.

–¿Para quién trabaja en Nueva York?

–Para Edna Chase.

Correcto. Era el nombre de la redactora-jefe de *Vogue*.

–¿Y en Londres?

–Para Audrey Withers.

–¿Por qué se dedica a eso?

–¿Cómo dice? –replicó Elizabeth, adoptando una expresión vaga.

–Qué razón impulsa a una mujer como usted a andar por ahí en pie de guerra, primero en Normandía, ahora en París, cuando en realidad debería...

–La de sobrevivir.

Elizabeth me había interrumpido sin aguardar el final de la frase.

–¿Necesita usted dinero?

–Como todo el mundo, David. Como usted.

–Podría conseguirlo en Londres, ¿no?

–Audrey Withers paga a sus enviados especiales en dólares. Primas aparte.

No podía creerla. La escuchaba, pero no podía creerla. Una americana tan hermosa, de treinta y cinco años, educada, debería estar viviendo en Madison Avenue con dos hijos, un semiestudio en el Met y un marido accionista de Prudential Bache. Pero no aquí.

Elizabeth encendió un Lucky Strike. Había un cenicero en la mesa baja. Mis ojos se fijaron en uno de los cuadros

colgados en la pared. Una mujer con el perfil dislocado, mirada triple, boca geométrica.
–¿Es un Picasso? –pregunté estúpidamente.
–Sí, claro –me respondió.
Se volvió un instante hacia el cuadro, como para asegurarse de que seguía estando en su sitio.
–Sólo Dios sabe qué habrá sido de Picasso durante esta guerra –dije.
Ella me miró sorprendida.
–Le va muy bien –aseguró.
–¿Está en París?
–Sí. Que yo sepa, nunca se marchó. La semana pasada estuve con él...
Creí que bromeaba. Pero no había un ápice de ironía en su rostro.
–¿Le conoce?
–Un poco.
Elizabeth me miró de una manera rara. Yo tenía la extraña sensación de que estaba buscando a algún otro hombre en mí. Como si ambos hubiésemos vivido ya aquella escena.
–¿Por qué me ha invitado usted a venir a su casa? –le pregunté bruscamente.
Ella apartó de sus labios el vaso, lo sostuvo en el aire con las yemas de los dedos.
–¿Por qué cree usted?
Aguardaba atentamente mi respuesta.
–Porque deseaba mostrar a nuestros muchachos de *Life Incorporated, New York*, cómo es la vida en los barrios donde los ricos hacen tintinear sus joyas. Porque es usted norteamericana y ya ha olvidado su país. Porque usted me intriga, y eso le agrada.
Ella sonrió de nuevo, casi con tristeza. Afuera, arreciaba la lluvia.
–Usted no es un «muchacho de *Life*», David. Usted es el mejor, y lo sabe. Todo el mundo lo dice, incluso Jeremy Barber.
–¿Y qué?
–Suponga que le necesitara...
Se estaba burlando de mí. La miré a los ojos. Vi seriedad en ellos.

–¿Necesitarme, a mí?

Los muebles proyectaban sombras en la pared. Me fijé en los arabescos del cuello de su traje. La deseaba.

–Escuche, David, no voy regresar a Londres. Al menos por ahora. Y, al igual que usted, tampoco voy a permanecer mucho tiempo en París. He hablado con Audrey Withers. Si le doy las fotos, me dejará cubrir el final de la guerra.

–¿En los talleres de costura?

Su mirada se volvió afilada. Adiviné su orgullo. La radio de la TSF había enmudecido.

–No, señor Schuman. En el lugar de los hechos.

–¿Y...?

Tomó otro sorbo de whisky. Sus labios brillaban, húmedos. Sí, bebía demasiado.

–Y sé hacer fotos, bastante bien, además. Pero, en Alemania, necesito estar con alguien. Usted me llevará allí.

Elizabeth me pareció repentinamente divertida. Pero yo no tenía ganas de reír. Pensaba en lo que me había dicho Barber. El frente de Normandía. La 83ª División. Aquella mujer, que estaba a años luz de la que aparentaba ser, no sólo no rehuía sino que buscaba los encontronazos.

–¿Quiere usted que formemos un *pool*? –le pregunté.

Era algo habitual. En campaña, los enviados especiales de los periódicos no rivales solían trabajar por parejas. De pronto me sentí estúpido. Había hablado como si estuviera en una reunión de trabajo. El Picasso de la pared tenía sus tres ojos clavados en mí.

–Exactamente –contestó–. Un *pool*...

–¿Por qué quiere usted meterse en semejante berenjenal?

Elizabeth hizo un gesto evasivo.

–No siga preguntando, David. Conteste sí o no.

Otra ráfaga de lluvia azotó la ventana. Aquella docilidad altiva, aquel distanciamiento carente de desprecio, me hacía tambalear. Necesitaba recuperar las riendas.

–Hablemos de otra cosa –dije.

–¿Sí o no, David?

–Me gustaría hablarle de la mujer más hermosa que he visto a este lado del Atlántico.

–¿Ah, sí?

—Es más: si quiere se la presento.

Ella se mostró sorprendida. De nuevo volvió a escucharse el piano, a lo lejos.

—¿Y dónde está?

—Acérquese ahí y la verá —dije señalando el espejo redondo de la pared.

Elizabeth esbozó una preciosa sonrisa. Bajó la cabeza, dejando flotar su mata de cabellos rubios. Volví a hallar en su rostro los rasgos de aquella primera noche, su incertidumbre de mujer algo fatigada, sus maneras de antigua jugadora que perdió, ganó y volvió a perder. El contorno exacto de su traje, aquella boca en la que el fervor difuminaba una amargura, atraían como un recuerdo. Una vez más tuve la sensación de estar ocupando el lugar de otro. Y aquellos ojos hundidos me decían que ese otro la había estrechado antes con sus brazos, hasta matarla.

—Se ha quedado mudo, David.

Sí, me había quedado mudo. Tal vez porque sentía como nunca que aquella mujer encerrada en un *bed-sitting room*, una noche lluviosa de otoño, se parecía a lo que la vida no me había dado: la certeza de que al final, cuando todo estuviese dicho, permanecería el recuerdo de esos ojos.

Elizabeth volvió a poner el vaso vacío en la mesa.

—¿Quiere usted otro?

—No, por ahora no... Dígame, ¿siempre es usted tan serio, David?

—¿De verdad le parezco serio?

—Hasta que me demuestre lo contrario, sí.

—¿Y eso le desagrada?

Se alisó el cabello con una mano, estiró una pierna.

—Al contrario. Me gusta mucho la manera en que lo es.

Me fijé en su tobillo dobladillado por el escarpín. El piano seguía sonando a lo lejos. La lluvia no había cesado.

—Si fuese realmente serio, la invitaría a bailar.

Ella me tendió la mano.

—Invíteme.

Me levanté, di dos pasos, agarré su mano y al momento la sentí junto a mí. Olía su perfume, tan próximo y tan lejano. Sentía sus ojos azules clavados en mí.

—Usted desea besarme, David, así que hágalo.

Y la besé por primera vez. Sus labios aguardaban abiertos, su cabeza oscilaba suavemente. Una lengua sinuosa, indagadora. Veía su cabello reflejado en el espejo. En la pared, el rostro triple con el perfil hendido era la sombra del espejo o la mujer del retrato, o ambas a la vez... Vista a la luz de la memoria, aquélla no es más que una habitación sombría en una casa repleta de huéspedes desaparecidos, el traje de Elizabeth era blanco, todas las noches son blancas, distingo a las dos mujeres por el material de una tela que va a caer, desabrochada, arrancada, veo de nuevo los asientos de madera curvada, el ojo terrible del ruso con monóculo, aspiro el olor a pino de los muebles, *Now do it to me*... Aquélla era la época de los cuerpos ávidos, golpeados por las pasiones igual que el viento hace batir una puerta, y ella se abre en el silencio, chirría en mi memoria, Lee Elizabeth, desnuda bajo la tela blanca, forro tornasolado, piano al final del pasillo, yo era aquel hombre que se creía joven, con aire de soldado, con aire de bailarín de escuela, y no podía saber adónde nos llevaría la carretera, el infinito camino que se iniciaba allí... Hojas arrancadas por la borrasca, pegadas al cristal mojado por la lluvia, siento la habitación invisible girando a nuestro alrededor, y la fatiga, busco el relato, la perspectiva, busco ese instante en que tuve su boca en la mía, la cama empotrada al fondo del *bed-sitting room*, noches, noches de aquel otoño de 1944, y cuando me incliné sobre ti, asida, fuertemente abrazada, ya no podía ver el azul, ya no podía ver tus ojos de espanto abiertos a la noche.

Lee se presentó dos días después en el Hotel Scribe. Yo estaba en mi habitación, leyendo unos despachos procedentes de Nueva York. Oí que llamaban a la puerta. Me levanté para abrir, pero ella ya estaba entrando.

La besé del modo en que se vuelve a estrechar en los brazos a la mujer con la que se ha estado la noche anterior, con la incertidumbre y el deseo de lo porvenir. Ella respondió largamente a mi beso. Cuando se desligó de mí, volví a ver el rostro de aquella primera velada. Iba vestida con un traje sastre gris, muy sencillo; llevaba unos zapatos sin tacones. Su rostro desmaquillado parecía decirme: ayer fui una aparición nocturna, ahora tómame tal y como soy, tal y como quiero ser.

Me dijo que ya era hora de ponerse a trabajar. Le habían dado la habitación 412. Iba a instalarse allí.

Al escucharla, una pregunta me quemaba los labios. Se la planteé.

–Elizabeth...

–Sí.

–Dígame una cosa.

Me miró como si hubiera adivinado la pregunta.

–¿Por qué hace esto?

–¿El qué?

–¿Por qué ha decidido venir a esta ratonera?

Meneó la cabeza de derecha a izquierda, con mucha gracia.

–No me haga preguntas, David. Jamás. Ésa es la única condición que impongo. Usted me gusta, yo le gusto, eso es todo.

–¿Ésa es su norma?
–Sí. Ésa es mi norma.
Puso un dedo en la pared e hizo como si trazara dos letras. Por el movimiento advertí que eran una N y una A.
–¿N-A?
–*Never ask*, David. *Never answer*. ¿De acuerdo?
–De acuerdo.
–Gracias, David. Así, así es como usted me gusta.

Creo que aprobé su llegada del mismo modo en que uno a veces abre la puerta a la vida de otra persona: aceptando lo que vendrá. Entre todas las imágenes que conservo de ella, intento ahora evocar la de aquellos primeros días. Y me gustaría evocarla, al menos por una vez, sin excesivo apasionamiento. Por aquel entonces, yo no era muy dado a esa especie de amable inquisición que solemos inflingirnos en los primeros momentos del amor. La psiquiatría sentimental me aburría soberanamente. Los recuerdos infantiles, la ciencia de las profundidades no tenían más importancia para mí que la que le daba el gran psicoanalista Fred Astaire en *Amanda*: la de hipnotizar a su pareja Ginger Rogers para cazarla. Nada relativo a mi vida podía apasionarme. Y yo intuía confusamente que era esa ignorancia, esa tregua-conmigo-mismo lo que Lee buscaba en mí.

Cuando pienso de nuevo en aquellas semanas de finales de 1944, siento como si estuviera en suspenso, casi embotado, interiormente. La euforia de septiembre iba desapareciendo al afrontar un mundo en el que cada cual volvía a ocupar su lugar. Una frontera americana avanzaba por Europa, dejando tras ella cadáveres doblados por las ráfagas, banderas plantadas en los campanarios. Los del frente llevaban la peor parte. Nosotros aguardábamos en París. Aguardábamos las tempestades prometidas, pero la vida se detenía entonces en aquellos pocos barrios de una capital aterida de frío. Lee se acoplaba a aquella estación suspendida, oreada, sin mañanas. Se iba instalando poco a poco en mi vida, hasta el punto de que yo a veces creía no haber conocido jamás otra existencia: el sabor del pan, los grandes tragos de coñac, las alfombras de las escaleras conducían a la habitación 412. Todo volvía a comenzar como un hermoso día de verano. Y la Europa crepuscular, con sus monstruos, su noche sin fin –su noche alemana–, se abría ante mí como una extraña aurora.

Al principio nos dedicamos a hacer el amor, todo el tiempo, con esa sed que hace que dos desconocidos se arrojen uno en brazos del otro. Lee tenía unos senos redondos, muy pegados al torso; le gustaba llevarlos libres bajo la tela, dos pequeños pechos de aréolas endurecidas por el frío. Sentía una cierta inclinación hacia la desnudez, una cierta nostalgia de antigua modelo. Le gustaba exhibirse y atraer las miradas. Debo confesar que el pudor de las mujeres siempre me había parecido exagerado, hasta el día en que comprendí que en él puede haber una cierta dosis de vergüenza: por una silueta estropeada, por unos pechos caídos, por un envejecimiento del cuerpo. Lee no tenía esa clase de pudor. Y aunque era imperfecta, se mostraba gloriosamente imperfecta. De madrugada, la fatiga dibujaba cercos en sus ojos. La nariz podía recuperar su nervadura enérgica, su perfil ligeramente marcado. Recuerdo el lunar que tenía en el hombro derecho; la leve asimetría de los senos, que un escultor habría vuelto regulares. Me encantaba su imperfección de mujer hermosa, porque la distinguía de las demás. Me conmovía todo aquello que la hacía falible, humana, reacia a lo idéntico. El único cuidado que Lee le proporcionaba a su cuerpo era el del agua, bañera descascarillada de la habitación 412, guante de crin rascando la epidermis. Los vestidos o los trajes que lució estando conmigo en París eran todos prestados, la mayoría de ellos de Paquin. Era como si un día hubiese decidido castigar a la antigua belleza, y esa resolución se hubiera convertido luego en una costumbre.

Yo ignoraba entonces qué relación podía haber entre el salón de la plaza de Colombia y aquel hotel mal caldeado, habitado por un desorden semejante a la vida. Lee había atado las cortinas de la habitación 412 con abrazaderas improvisadas. Varios bidones de gasolina, regalo de los anteriores ocupantes, permanecían pegados en *pack* en el pequeño balcón. Había colocado en el escritorio una máquina de escribir Baby Hermes, montones de papel, una botella de coñac Rouyer. Varias cajas de bombillas de flash rodaban tiradas por el suelo. Junto a la cama, y siempre a mano, un estuche de cuero que resguardaba sus dos Rolleiflex. La puerta mal cerrada del armario dejaba entrever varias guerreras de campaña, un par de *rangers* y una buena reserva de películas Ansco. Lee había colonizado el cuarto de baño alineando en los estantes de madera frascos, cubetas, pinzas de fotógrafo. Un cargador de metralleta alemana yacía en un rincón. Unas cuantas cajas más de película dormían apiladas junto a la bañera.

Los rollos fotográficos sin usar parecen decirnos que el tiempo prosigue su curso: aún quedan imágenes por captar. Ella los almacenaba en aquel recodo igual que una ardilla guarda provisiones en el agujero de un árbol, y yo notaba que esos rollos le aseguraban que la vida continuaría, aunque fuese en una tierra de muerte.

Antes de abandonar Nueva York, vi la última película de la Garbo: *La mujer de dos caras*. No estaba seguro de que Lee tuviera dos personalidades. Pero su rostro era el de otros amores, un rostro de violencias olvidadas, así como en toda mujer que no es la primera, en todo cuerpo abierto, se imprime la huella de aquellos que llegaron antes, así como bajo la tierra removida por la cosecha duerme la herida del surco. Lee había surgido aquella noche de la plaza de Colombia, con su traje adornado de arabescos, con su rostro maquillado, disparando al blanco. Era una mujer de 1930 adaptada al reciente escenario, alfombras con motivos geométricos, arlequines en las paredes, una mujer yendo al encuentro de ese ser ajeno que era yo y que no era yo.

Apenas se veían mujeres en el Hotel Scribe. Marguerite Higgins, del *New York Herald Tribune*, se había marchado ya. Otra fotógrafa, Margaret Bourke-White, tan sólo había estado unos cuantos días, durante el mes de octubre. Cuando Lee se instaló en él, era la única representante de su sexo. Ella se desenvolvía en aquella comunidad de hombres con una familiaridad distante, trastocando las reglas de un juego que, según yo intuía, conocía mejor que nadie. Enseguida advertí que Lee había venido a París a hacer su trabajo. Jamás se separaba de su Rolleiflex. Llevaba el estuche alrededor del cuello, sobre el pecho, y con suma precaución lo depositaba en las mesas de los cafés. Cuando sacaba la cámara lo hacía del mismo modo en que un músico extrae su instrumento de la funda; acariciaba con un dedo las aristas de metal brillante, giraba las ruedas graduadas del objetivo. Luego calzaba el pulgar bajo el *box*, inclinaba la cámara, ponía el índice en el disparador. El mundo destacaba en el visor como un cuadro en su marco. Muy pronto advertí que Lee podía analizar cualquier cosa con ojo fotográfico: distanciando y captando al mismo tiempo.

Cuando volvía a dejar la cámara, sus manos volaban en el aire como para conformar un modelo o una perspectiva; años después reconocí ese gesto al observar a los grandes cámaras de Hollywood. Lee se mostraba entonces alegre, locuaz, se burlaba mucho de los ingleses, evocaba un Nueva York que parecía tener diez años de edad, pues su *slang* estaba un tanto anticuado. Al conversar se adentraba en tierras desconocidas para mí. Hablaba con gusto de los curiosos ángulos que descubría en los pintores surrealistas. Luego se sumía en prolongados silencios, en tristes ensoñaciones. Hasta que regresábamos a nuestras habitaciones.

Al principio la creí un tanto insincera. Pero poco a poco fui descubriendo, bajo distintos ángulos, esa franqueza y ese espíritu práctico de las neoyorkinas que su refinada educación no ha logrado ahogar. Lee era una de esas escasísimas norteamericanas que no hablaban de sus maridos, de la cuenta bancaria de su padre ni de la subdivisión de la iglesia protestante a la que pertenecen. Podía ser sencilla, ir directamente al grano, decir tres veces *shit* como si nada. Lo hacía sin darle excesiva importancia. Pero uno adivinaba enseguida, bajo la superficie, los negros destellos de su antigua vida de cabeza-loca.

A lo largo del día, se dedicaba a sus cosas. Yo incluso tenía la sensación de que deseaba alzar un muro entre el lado francés de su vida y yo. Me hablaba vagamente del editor del *Vogue* de París, un tal Michel de Brunhoff. Éste se hallaba muy liado preparando la reapertura de la tienda, pero encontraba tiempo para suministrarle a Lee cartas de presentación. A cambio, ella le entregaba películas vírgenes enviadas desde Londres. Cecil Beaton acababa de llegar a París, agasajado como un virrey por la Embajada británica. Lee afirmaba conocerle, pero no quería verle. Yo notaba que aquellos reportajes improvisados, aquellas sesiones en las casas de moda no le interesaban ya. Su inquietud la impulsaba más allá. Parecía haber reencontrado una sencillez perdida que le hacía rechazar todo aquel refinamiento.

Lee solía desaparecer por la tarde y regresar ya entrada la noche. Estaba acostumbrada a aquella ciudad que para mí seguía siendo un laberinto. Sus conocimientos topográficos, sus continuas alusiones me desconcertaban. Un día vi una nota en su mesilla de noche firmada por *Louis Aragon*. Le pregunté, o más bien la interrogué, acerca de las afinidades de *Vogue* con los poetas comunistas. Ella respondió riendo que «Louis» tan sólo era un viejo amigo. Me explicó que había estado viviendo en París a principios de los años treinta, que había aprendido su oficio trabajando con los fotógrafos de entonces, Hoyningen-Huene, Horst..., y que aún tenía amistad con algunos franceses de aquella época. Ella no quiso hablar más del tema, así que yo tampoco.

Yo aguardaba una señal, una orden de Nueva York. *Life* me pidió que aguantara algún tiempo más en París. A falta de un auténtico reportaje, les enviaba crónicas generales de dos columnas, tipo *columnist*. Recuerdo uno o dos títulos. *The money and the flesh*, un pequeño homenaje a la francesita que conocí la primera noche, a los sexos de las jóvenes hambrientas, a la Europa devastada que los analistas de Washington ya estaban descuartizando en zonas dispuestas a recibir nuestros dólares, nuestro jazz, nuestras biblias, con la bendición de los *Quakers*, de los *Shakers*, de los anabaptistas y de los valientes generales del VIIIº Ejército. *Bethleem in flames*, un artículo que evocaba los cadáveres olvidados al borde de la carretera, porque con cada hombre muerto moría un antiguo niño salvador, porque los *kids* de Minnesota caían para redimir una tierra que no era la suya. Yo guardaba las formas. Los censores del SHAEF hacían la vista gorda. Aunque debo admitir que escribí todo aquello de oídas, pues aún no habíamos visto nada.

Una mañana de diciembre, llamé a la puerta de la habitación 412. Silencio. Abrí. Lee no estaba. Vi un periódico francés, llamado *Combat*, en la mesilla de noche. Lo hojeé mientras la esperaba. Al volver a dejarlo en la mesilla, encontré una credencial de periodista. La miré. Era la suya. La credencial respondía al modelo estándar del *War Department*. Fecha de expedición: 30 de diciembre de 1942, a nombre de la señora Elizabeth Miller Eloui, ciudadana estadounidense, nacida el 23 de abril de 1907. En la fotografía, Lee, hermosa como para volver loco a cualquiera, llevaba una blusa ajustada.

Dejé la credencial en su sitio. Gracias a ella me enteré de tres cosas. Lee estaba acreditada desde 1942, mucho antes de lo que yo imaginaba. Tenía treinta y siete años, aunque parecía dos o tres años más joven. Y estaba casada.

Era una señora, y llevaba el apellido Eloui pegado al suyo. Nada de lo que me había dicho, nada en su comportamiento me lo había dado a entender. No llevaba anillo de casada. Ningún ser en el mundo parecía contar para ella. Permanecí allí sentado, pensativo. Debería haberle hecho una, e incluso varias preguntas.

Pero no le hice ninguna.

Fui presa del vértigo. Las ciudades norteamericanas están construidas en torno a un centro al que uno acude durante la jornada, antes de abandonar, al llegar la noche, sus oficinas vacías. París, en cambio, era como un punto focal que coincidía con los barrios edificados a lo largo del río. Bordeando la avenida de la Ópera, el hotel glacial se hallaba enroscado en el corazón de una ciudad pétrea. Así me imaginaba yo a Lee en el momento en que nos habíamos conocido, atravesando también los arrabales de su propia vida para llegar al centro de las cosas. La veía incierta, de pie en la encrucijada de los caminos. La mujer del traje blanco estaba allí aguardando, esperando que alguien la mirase; pero el ojo de su Rolleiflex se fijaba, como un *voyeur*, en los demás seres. De entre todas las personas lejos de su tierra que se agolpaban en los pasillos del Hotel Scribe, Lee era, con mucho, la más extranjera. Y, sin embargo, respiraba París como nadie, pues sabía acoplar sus gestos a aquella ciudad tan llena de recuerdos, y tal vez de obsesiones, para ella.

El momento en que mejor la adivinaba era aquel en que la poseía. Su primer rostro reflejaba dulzura y cansancio.

Oscilaba en mis brazos, sus labios hallaban los míos, le desabrochaba la guerrera del US Army, cosa que siempre me resultó extraña, quitarle, aquella prenda de hombre. Tenía entonces la sensación de ser yo quien dirigía los primeros juegos, de tenerla en mi mano. Reconocía los rasgos de aquel rostro echado hacia atrás, aquella boca abierta de mujer anhelante. Las mujeres tumbadas con los ojos abiertos se abisman en el recuerdo de sus ensueños. A mí no me atemorizaba aquella belleza dócil, sustraída de sí misma. Lee era dulce al principio, me agarraba la mano y la ponía debajo de su cuerpo. El silencio pesaba en la noche fría. Aquella lentitud inicial crispaba su rostro, se le cerraban las piernas, duras. Pronunciaba frases simples, *be a man, you're my man*, sobre todo la palabra *man*, acentuada por breves escalofríos. Clavaba su mirada en mí, su mirada azul, como por encima de las cosas: sus ojos se volvían transparentes a fuerza de ausencia. Durante un segundo, volvía a ver la superficie de los grandes lagos de mi infancia, tentadores y profundos. Las formas se embrollaban. Yo hablaba en voz muy baja, pero ella ya no me escuchaba: Lee había tomado un camino por el que yo no podía seguirla. Yo podía ser cualquier otro entonces; y tal vez era otro quien le hablaba. Aquel cuerpo en el que rompía la marejada, indescifrable, se sometía a una ley que no era la mía.

Luego volvía en sí del mismo modo en que se sale de la espesura de un bosque: a menudo con los ojos deslumbrados por la luz del día. Decía *David* con labios de moribunda, se ofrecía, y yo sentía una ligera retracción al entrar en ella. Pero yo deseaba aquello, la satisfacción, las horas olvidadas, la canallada de los animales desatados. Otro rostro renacía en el de la mujer diurna, la cabeza oscilando hacia atrás, sacudida por una violencia cuya causa no era yo. Las pupilas se ennegrecían, las uñas se clavaban en mi espalda como para defenderse, y atraerme también hacia una sima sin fondo. Y, al borde del placer, veía surgir un nuevo rostro, generalmente poseído, *devilish*, un rostro de demonio herido, rodeado por ese halo blanquecino que las noches de luna llena proyectan sobre las ciénagas del Sur. Tal vez me atemorizaba: aquel rostro era el de un ser que había muerto muchas veces.

Una noche, sus labios comenzaron a moverse lentamente. Lee articuló algunas palabras: *Estoy desgarrada por dentro... Estoy tan retorcida por dentro.* La voz era hipnótica. Luego volvió a subir suavemente a la superficie, como una ahogada al filo del agua.

Rara vez había estado yo tan cerca de una mujer sin conocerla. Aquella Lee *devilish* se transformaba de la noche a la mañana como si nada. Comenzó a pedirme que la acompañase en sus paseos, en su búsqueda de imágenes.

París estaba cubierto de nieve. El Horch iba de una orilla a otra bajo una luz de invierno helado. Atravesábamos puentes tendidos por encima de un agua negra. La explanada de Los Inválidos estaba desierta, tan sólo se divisaban aquí o allí algunas siluetas vestidas con abrigos grises. Lee me guiaba por aquellas avenidas de árboles muertos. Me acordaba de otra mujer a la que había amado, verano de 1939, casas de madera, Georgetown. La vida entonces era veloz, libre, aérea. Atravesábamos en un Packard las plazas redondas como atolones. Jamás los caminos me habían parecido tan despejados, tan claros como durante aquel mes de julio, que aún revive para mí a través de la orquesta de Gene Krupa, el vestido verde de Vivien Leigh, la voz del presidente Roosevelt chirriando en la radio.

Años después, en París, volvía a sentir una mano distinta sobre la mía, el Horch, con su ronroneo germánico, nos llevaba a barrios desconocidos, despachurrados sobre sí mismos como los chamizos de un cuento. Lee observaba ensimismada los carteles, las vidrieras de los cafés, las placas azules clavadas en las piedras de cada esquina. El filo de la nieve acusaba los contrastes, igual que un cliché los blancos y los negros. París recuperaba su edad invernal, una estación anterior a la guerra.

Lee buscaba los lugares vacíos, o bien los edificios antiguos con sus frontones de teatro. A decir verdad, no parecía una profesional de los *news* sino todo lo contrario. Se tomaba tiempo, cambiaba de opinión, aguardaba a que la luz natural coincidiese con la iluminación deseada. Yo conocía bien esa lentitud, esos escrúpulos: son típicos de los fotógrafos de estudio. En Nueva York, los alumnos de Brodovitch nos calentaban los cascos con su arte de cartón piedra y se endeudaban hasta las orejas cuando *Life* les encargaba una portada. Lee era así, pero sin la menor arrogancia. Fotografiaba las avenidas cubiertas de nieve, la libertad durmiente de las cosas.

A lo largo de aquellos paseos, yo notaba que ella tendía a ir hacia un barrio concreto de la orilla izquierda. Subíamos el bulevar Saint-Michel hasta llegar a los alrededores de la estación de Port-Royal. Yo aparcaba el Horch en una avenida próxima al Observatorio de París. Luego recorríamos a pie el bulevar Montparnasse. La silueta de un coche o del triciclo de un repartidor cortaba furtivamente la perspectiva vacía. Lee alzaba la vista, observaba las fachadas, y a veces rozaba con un dedo la piedra tallada como si estuviera desflorando un seto vivo en un sendero estival. Remontaba aquellas callejuelas laterales que desembocan como afluentes en el bulevar. Veíamos postigos cerrados, techos de cristal enterrados bajo la nieve. Lee contemplaba todo en silencio.

Una tarde, se detuvo ante un hotel aprisionado entre dos edificios bajos. Había unas tablas clavadas en la puerta rota. Una cartel avisaba: CERRADO PROVISIONALMENTE. Encima de la puerta, un letrero pintado de verde: Hotel Istria. Las letras descoloridas por el deterioro habían adquirido un tono líquen. Lee avanzó unos cuantos pasos por la acera. Una placa indicaba que estábamos en la rue Campagne-Première. Lee observó durante algunos instantes el inmueble de al lado, un edificio modernista, la fachada adornada con vaciados. Un ojo de buey coronaba el portal. A través de los ventanales se adivinaban varios talleres de artistas. El nombre del arquitecto –Arfvidsson– estaba grabado en la piedra, junto a una fecha, 1911.

En aquel momento, ella me asía del brazo. Creí notar una presión más insistente. Luego seguimos caminando hacia el bulevar Raspail.

Lee no había sacado ni una sola foto.

A finales de enero, salimos de París. El foco de los combates se había desplazado gradualmente hacia las orillas del Rin: el paso inminente había provocado un revuelo en las redacciones, todas querían conseguir el *scoop*. El SHAEF avalaba aquellos destacamentos con más ardor que nunca, pues se presentía el asalto definitivo, la caída del santuario alemán. La carrera había empezado. El 12 de enero, los mariscales Joukov, Koniev y Rokossovski habían iniciado en tres frentes distintos su ofensiva hacia el Oder. Dos millones de soldados se abismaron en una inmensa brecha abierta en Poznan y en los dos flancos del saliente, Silesia y Pomerania. El IVº Ejército alemán se replegaba en la orilla Este de los lagos Masures. El IIº Ejército se encontró aislado en la orilla izquierda del Vístula. El cepo comenzaba a cerrarse sobre la araña. Muy pronto sonaría el toque de acoso.

Recibí un mensaje de *Life*. Ya era hora de unirse al frente del Oeste. Un equipo estaba cubriendo ya la contraofensiva de las Ardenas a partir del QG del general Hodges, en Spa. Me pedían que acudiese a la entrada del puente de Alsacia.

Lee recibió la noticia con una extraña excitación que, menos que nunca, supe explicarme. Cuando le pregunté si *realmente* estaba dispuesta a seguirme en medio de aquel avispero se encogió de hombros. Hizo un gesto con el brazo, señalando el desorden de la habitación 412, y dijo con tono irónico:

–No pienso quedarme en esta ratonera, David.

Yo insistí recordándole los peligros de la misión, pidiéndole que me diera al menos una razón que justificara su marcha, pero ella me mandó callar diciendo:

—Yo siempre pago mis deudas, David. Debo ir allí.

Luego volvió la cabeza, con determinación, y de nuevo alzó entre nosotros un muro de silencio.

Debíamos unirnos a la 3ª División norteamericana del general «Iron Mike» O'Daniel, que estaba actuando en el corazón del dispositivo Norte junto a la 5ª División blindada francesa del general De Vernejoul y los contingentes marroquíes del general Guillaume. Antes de partir, releí todos los despachos provenientes del frente de Alsacia. No eran muy alentadores.

Un viento glacial barría la llanura alsaciana. El 2º Cuerpo del Ejército Interaliado del general De Monsabert se había concentrado en el flanco Norte de la bolsa de Colmar. Las tropas del general Béthouart cerraban los accesos al Sur. La campaña se había iniciado con un intenso despliegue de artillería en un frente que iba de Mulhouse a los Vosgos. La Infantería marroquí avanzaba bajo borrascas de nieve atravesando una red de canales y de riachuelos helados. Los Jagdpanther que no habían sido desplazados al frente del Oder permanecían emboscados en posición de acoso en los sotobosques y los matorrales que constelaban aquel relieve ocelado como el pelaje de un felino. La Infantería alemana se desplazaba de un pozo de mina a otro, convirtiendo cada entrada de galería en punto de apoyo. Alrededor de la ciudad de Kuhlmann y del pozo Anna habían tenido lugar varios combates cruentos. Era preciso expugnar, a veces cuerpo a cuerpo, los batallones de la Wehrmacht atrincherados bajo el encofrado de los túneles. Acosados en cada entrada de zapa, los infantes verdigrises resistían como animales cavadores, furiosos ante la idea de tener que morir sin volver a ver la luz del día. Los zapadores marroquíes estaban convencidos de que unos diablos rojos salían de las galerías para arrojar los cadáveres a una boca del Infierno. Uno de los partes aludía a la capa de nieve como si fuera un sudario que velase los mayores horrores subterráneos, hablaba de los centinelas que vigilaban el umbral de las galerías conquistadas como si fueran ángeles ante el Sepulcro. Pero ningún demonio, ningún salvador, volvería a salir de aquel lugar.

La tarde del 24 de enero, un jeep nos condujo hasta la primera línea de fuego. Lee, al igual que yo, vestía nuevamente el traje de campaña, aquella armadura de arpillera, *rangers*, jersey verde oliva, que olía a cuero y a lona. El sargento del Maryland que nos había escoltado desde el *Battalion Aid Station* sacó tiempo para explicarnos lo que sabía. La 3ª División de «Iron Mike» O'Daniel avanzaba por un pasillo delimitado por Colmar y el bosque de Illwald. Su misión era destruir las defensas enemigas situadas en el canal del Ródano al Rin, para luego avanzar hacia Neuf-Brisach. El día anterior, varios correos, partiendo del bosque comunal de Colmar, habían liberado el paso de Maison-Rouge, en Ill. El puente estaba intacto, la vía, abierta.

Nos acogieron en el acantonamiento forestal con las típicas palmaditas en la espalda que un grupo de hombres suele dar a quien llega de la retaguardia y trae consigo un poco de ese aire fresco que pule las costumbres. En las ramas de los árboles, largas husadas de hielo simulaban una guirnalda polar. Reconocí los *command-cars* erizados de antenas, los grandes Dodge que escoltan el avituallamiento, los *half-tracks* cubiertos por detrás con una lona como las carretas de los viejos colonizadores. Los pasadizos abiertos a palazos cortaban en ángulo recto los montones de nieve brillantes como el metal fundido. El enjambre de las tiendas dormía bajo la bóveda de los árboles, pequeñas Jungfrau emergiendo de un caparazón helado. Visto desde lejos, el acantonamiento podía parecer un pueblo de colmenas sepultado por la nieve, del que tan sólo sobresalía una techumbre triangular que ocultaba bajo tierra una vida zumbadora y cerosa. La noche adormecía ya las cosas en un silencio algodonoso. Los sonidos se elevaban en el aire para luego extinguirse como un paciente anestesiado: una vida de animales hibernando bajo la superficie, refugiados en las entrañas de sus madrigueras. Varios fanales de llamada, velados con filtros azules para aminorar el destello, jalonaban los límites del campamento. De aquella desnudez boreal emanaba el peso de algo inminente, el aliento contenido de un ejército en marcha. La tropa situada en los puestos de observación se refugiaba tras la masa del territorio reconquistado. Detrás, una respiración más amplia y más agitada soliviantaba la tierra liberada. Pero mañana nos adentraríamos, más allá de aquel lindero, en una extensión incierta, en un cielo donde los pájaros suspendían su vuelo.

Un joven capitán de Indiana nos recibió bajo la tienda de mando. Tenía ese gesto de contrariedad típico de los suboficiales que han recibido la orden de acoger a visitantes indeseables. Al ver entrar a Lee, parpadeó. Aquel animal con traje de arpillera, los cabellos recogidos bajo el casco, que llevaba al cuello el estuche de sus cámaras y se quitaba los guantes, era sin duda una mujer. El capitán la miró como si se tratara de una espía. A la luz de una lámpara, ante un mapa del estado mayor agujereado por decenas de banderitas, la escena resultaba de lo más espectral. Cuando Lee se desabrochó el casco, sus cabellos readquirieron su ondulación vivaz: una mancha de luz en aquel claroscuro de antro. El capitán la observó sin comprender nada. El que una mujer fuese corresponsal de guerra era ya de por sí sorprendente; pero el hecho de que, además, fuese tan sumamente hermosa superaba cualquier consigna.

El capitán había bajado la cabeza, y probablemente, en aquel momento, se había puesto colorado. Para salir del apuro, comenzó a darnos explicaciones nimias. Según nos dijo, «confidencialmente» aunque, ya que estábamos allí, no había por qué ocultarlo, el avance continuaría al alba (su mano iba trazando líneas en el mapa), en la bisectriz del ángulo recto formado por el canal de Colmar y el canal del Ródano al Rin. El objetivo era Jebsheim. Dado que los *Frenchies* de la 1ª División francesa del general Garbay no habían cumplido su cometido, el flanco izquierdo de la 3ª División US se veía ahora expuesto a los contraataques de los *Jerries* escondidos en el bosque de Grussenheim. Como periodistas que éramos, podíamos seguir la operación a tres millas de la línea de asalto, o bien esperar en el *Field Hospital*, o también...

–¿Bromea?

El capitán dio un respingo. Lee había saltado de improviso, con una voz cortante. Se echó el pelo hacia atrás y lanzó una mirada funesta al capitán. Estaba tensa, impaciente.

—¿Bromea, verdad?

Esta vez el oficial no pudo ocultar su azoramiento, como si un superior le estuviera echando una reprimenda.

—No bromeo, señora. Mi deber es velar por su seguridad.

Lee hizo una mueca irónica.

—Capitán, usted debería saber que el Ejército es una institución maternal. Soy yo quien debe velar por la suya.

Hubo un silencio. El capitán me miró abochornado.

—Son las órdenes —replicó.

—¿Qué órdenes? A ver, enséñemelas.

—No puedo. Son órdenes verbales.

—Entonces no existen.

—Son las órdenes —repitió el capitán.

El rostro de Lee adquirió un aire malvado.

—El señor Schuman y yo hemos venido aquí a hacer nuestro trabajo. Este país no les pertenece, ¿sabe? Además, yo trabajo para un periódico británico. Que yo sepa, usted no ejerce el mando interaliado en Fleet Street. ¿Acaso quiere que toda Inglaterra se entere del comportamiento hostil que nos demuestran los capitanes del US Army en campaña, y en particular usted? ¿Es eso lo que quiere?

Aquello sobrepasó ya al joven capitán, que exclamó fuera de sí:

—¡Por mí se pueden ir al diablo, si quieren! Pero no seré yo quien les cubra allí.

—Gracias, capitán —dijo Lee con una sonrisa zalamera.

Al alba, nos pusimos en camino en compañía de un destacamento de reconocimiento. Los blindados ligeros nos seguían a distancia, unidos por radio a los exploradores del frente. El grueso de la división unida en retirada seguía el rastro de sus elementos desperdigados.

La noche abandonaba lentamente el bosque. Grandes nubes abombadas se deshilachaban en haces lanosos en las copas de los árboles. Un viento intenso aguijoneaba el rostro. Delante de nosotros, en lo alto de aquella extensión sinuosa, veíamos ondular hasta el horizonte un relieve tiznado por la mancha sombría de los pinares. Perlas de hielo brillaban en las ramas como cascabelillos. Resucitábamos del sepultamiento nocturno para nacer a un día precario en el que el silencio era la otra cara del peligro. La costra de nieve reciente crujía bajo nuestros pies.

El grupo de reconocimiento se había dividido: una parte iba a campo traviesa, como despliegue ligero, otra, por un camino comunal. Binomios de infantes se sucedían, rotándose, en la cabecera. Les veíamos avanzar, luego desaparecer bajo el arco de las ramas sobrecogidas por la helada. Los GIs llevaban el casco cubierto con haces de ramitas: una curiosa cimera de animal de los bosques, un sombrero de *kobold* brincando en medio de las hayas enanas. Husmeaban el camino como una partida de zorros en las cercanías de algún lugar habitado. Siguiendo sus huellas, el grueso del destacamento se había diseminado en dos líneas que avanzaban del mismo modo en que los ojeadores se internan golpeando los troncos en una cacería. El fusil al hombro, la mano en la pistola ametralladora, serpenteaban entre los tocones de los árboles talados. Los que transportaban las bazucas caminaban más despacio: acarreando los tubos sobre sus hombros, recordaban la silueta fantasmagórica de los cazadores con venablo de Breughel. A un lado del camino, se adivinaba el tenebroso estremecimiento del lindero, un secreto oculto en el corazón del bosque. Tras el océano de los oquedales palpitaba una vida adventicia, desolada, la de un territorio de caza furtiva. Unas huellas redondas y menudas indicaban el paso nocturno de algunos animalillos. El silencio pesaba. A veces se abría ante nosotros el sendero de un claro cuyo fin no alcanzábamos a ver. Había algo mágico en aquellos sotos de ensueño donde las siluetas incendiadas de las casas de carboneros evidenciaban la antigua presencia de los moradores de los bosques. En la hebra de aquellos caminos, uno soñaba con vivaquear, con rendirse al sueño. Daban ganas de echarse a dormir en la nieve.

Pero no dormíamos, no. El rechinar de la nieve pisoteada resonaba bajo las enramadas. Era el ruido de una tropa en marcha, alerta ante una posible emboscada, como una banda de *bootleggers* en zona de patrulla. De vez en cuando miraba a Lee. Caminaba deslizándose entre los pinos, apartando las ramas, adentrándose en aquellos pasadizos naturales como una muchacha selvática. A veces me tendía la mano al ir a cruzar un declive, se apoyaba en mí, y el silencio impuesto por el avance no me dejaba sino aquella mano asida a la mía. Cuando su bota hollaba la nieve crujiente, Lee parecía liviana como un jardín después de la lluvia.

Al salir del acantonamiento, Lee había sacado de su macuto un objeto que no le había visto antes, un casco del US Army al que ella le había quitado el resalto frontal. En su lugar llevaba una visera móvil, como el yelmo de un caballero, fijado a los lados con dos tornillos. De ese modo podía fotografiar sin que el reborde del casco la molestase. Cruzando los bosques, llevaba la visera bajada, las dos Rolleiflex colgadas al cuello: veinticuatro clichés disponibles antes de tener que recargar.

De aquella mañana, conservo una imagen sedosa y suave, parecida a la que podría dejar, no un avance para abrir brecha –con todo lo que esta expresión conlleva de decisivo, de inexorable y de tajante–, sino el recuerdo de un paseo por un *bayou*, por uno de aquellos pantanos de Luisiana, las masas tropicales, la succión tibia de la ciénaga, el estallido de una tormenta que ensombrece el agua verde. Los pinos negros, encuadrando la carretera, destacaban sobre el lecho de nieve endurecida. Las talas cubiertas por la helada evocaban un marasmo inmemorial. Una partida de hombres silenciosos avanzaba por un bosque blanco: no era un campo saqueado por la invasión, sino más bien una tierra de árboles y de claros que la nieve originaria recuperaba. En medio de aquella tropa en marcha bajo el cielo gris había una mujer. Reconocía su mano bajo mi guante, tenía la sensación de que jamás me abandonaría.

De pronto surgió la inquietud. Aquel vacío, aquel camino blanco, era algo improbable. Un disparo de artillería había desgarrado la calma, pero muy lejos, en los alrededores del bosque que, según el mapa, se llamaba de Elsenheim. Los hombres se habían quedado inmóviles como un perro que olfatea el viento. Todas las miradas se dirigieron entonces hacia la línea de árboles. Nada. El oficial que iba a la cabeza se puso de acuerdo con uno de los exploradores. Hizo una señal, y continuamos avanzando. El ruido de artillería se intensificaba a lo lejos. Era como el sonido apagado de un gong resonando en los sótanos de un castillo. Después, el eco trajo un cric-crac de armas automáticas, reducido por la lejanía a un golpeteo leve de picoverdes cebándose en el tronco de un abedul. El binomio que iba en cabeza se había detenido. El oficial, con un gesto, paralizó a sus hombres y se puso delante de los exploradores. Éstos se habían parado junto a una tala donde la hilera densa de las coníferas iba despejándose. Presentíamos la linde inminente. El dorso de un declive no nos dejaba ver cuál era nuestra posición exacta. El oficial dio la señal de reagruparse. Al avanzar hacia él, fuimos descubriendo el paisaje. A la derecha, las aguas de una quebrada se abismaban en el cauce de un torrente helado. A la izquierda, el camino se perdía en una ondulación para luego serpentear a través de un bancal de pastos nevados. Un encinar flanqueaba el borde de la carretera. En la cimbra del último meandro, un caserío alzaba su mole de piedra.

Los prismáticos brillaban ya fuera de sus estuches. Los hombres, con el casco puesto, los ojos enroscados en los gemelos, parecían curiosos diablos soltando bocanadas de vaho. Lee se había pegado a mí. Veía sus mejillas coloradas, sus ojos encendidos. Desde la cresta del talud donde estábamos apostados distinguíamos las casas de pedernal, los techos blancos, el campanario de una iglesia. El humo de las chimeneas ascendía al cielo. Ningún movimiento, ninguna figura humana. Pensé en esos cuentos de hadas en los que los protagonistas descubren, al salir del sotobosque, la casa hospitalaria de los enanos situada en un bancal de alfalfa.

Pero la vertiente del terreno, los sotos casi pelados, las primeras vallas que cercaban las tierras de pasto, nos alertaban de que nos adentrábamos en una extensión talada donde debíamos avanzar al descubierto. La sensación de inmunidad que habíamos tenido bajo los grandes troncos de los pinos se esfumó allí, en las proximidades del caserío dormido: estábamos en la tierra de los hombres, y los hombres estaban en guerra. Un nuevo silencio se impuso, un silencio distinto al que reinaba en el bosque. Un silencio poblado que encendía el rostro del mismo modo en que uno retiene el aliento ante un animal venenoso. Tras el saledizo de las tapias escarchadas, tal vez nos aguardaba algo. Conocía las órdenes que habían recibido los GIs: penetrar, eludir las defensas si fuera necesario, pero reducir *in fine* las bolsas de resistencia. La impunidad no iba a durar mucho. Aquel pueblecito olía mal.

Una avanzadilla de reconocimiento se encaminó hacia el encinar: seis hombres salían del sotobosque, encorvados como si fueran a atravesar un túnel evitando las vigas mortales. Les vimos pasar un desnivel y aventurarse luego por la carretera. Las siluetas sombrías, recorriendo aprisa aquella cinta inmaculada, dando brincos blanquinegros, me hicieron pensar, por un segundo, en las absurdas pantomimas de las *Serial cops* de Mack Sennett. Abandonando rápidamente la carretera, los GIs cruzaron el terraplén y escalaron el muro del arcén. Las huellas impresas en la nieve evocaban el paso sombrío de un *wanderer* solitario, o las cagarrutas de un misterioso yeti alsaciano. Les vimos desaparecer bajo los troncos de las encinas. La sensación de quietud y de solaz que me había invadido en el bosque volvía lentamente. Lee se había arrodillado junto a un seto de zarzas. Las espinas espolvoreadas de escarcha formaban una corona arácnida semejante a esas estrellas de papel plisado que suelen ponerse en los árboles de Navidad. Tres GIs, situados junto a ella, la cubrían. La guerra despertaba alrededor de una mujer el instinto del cazador macho que acecha y protege.

Dos hombres del grupo de reconocimiento acababan de reaparecer a la entrada del encinar. Agitaron los brazos: vía libre.

El grueso de la tropa salió del desplome forestal para internarse en el desnivel que conducía a la carretera. Dejamos atrás los sotos enraizados bajo la nieve profunda, aquel claroscuro encima de nuestras cabezas. Un pájaro espantado por nuestros pasos salió volando de un arbusto. El caserío parecía sumido en un continuo sueño. Los infantes que iban a la cabeza alcanzaron la carretera siguiendo el rastro de los exploradores. Le di la mano a Lee para ayudarle a saltar un erizo de ramas. Sonrió.

Todo sucedió muy rápido.

Un restallido. Un hombre que iba delante de nosotros cayendo al suelo. Gritos en la carretera, siluetas arrojándose a la cuneta. El tiro provenía del lindero del pueblo. Agarré a Lee de un brazo y nos pusimos cuerpo a tierra. Otros dos cuerpos se tumbaron al momento junto a los nuestros. Sonaron varias ráfagas un poco más abajo. Varios GIs se habían metido en un hoyo que había a unos veinte pasos de nosotros. Les vi montar precipitadamente un tubo de Hotchkiss sobre su afuste. Debíamos arrastrarnos aprisa para llegar hasta ellos y ponernos a cubierto. Un silbido atravesó el aire. El obús explotó a la derecha, en un pequeño bancal de nieve. Una lluvia de tierra roturada, una granizada de grava abofeteó nuestra posición. Instintivamente, los hombres tendidos en el suelo se habían protegido los ojos. Un tufo de pólvora me invadió brutalmente los pulmones, decantado por el frío intenso. Alcé la cabeza. En el punto de impacto, la nieve mostraba haces de hierba quemada. Una serpentina de humo ascendía del agujero. En el instante de la deflagración, me había aferrado a Lee. Ella volvió hacia mí un rostro ceniciento, arañado por astillas de ramas muertas. Levantó el pulgar como diciéndome: OK.

Las ráfagas provenían del encinar. Una voz devuelta por el eco del terraplén chirrió no muy lejos de nosotros: un mayor refugiado tras un tocón acababa de establecer contacto por radio con la retaguardia. El soldado del Hotchkiss introdujo una tira de cartuchos en el cargador. La culata produjo un chasquido seco al cerrrarse. Un GI señaló un punto en el límite de las casas. En ese momento, el silbido de un segundo obús cruzó el aire, obligándonos nuevamente a tumbarnos. La carga explotó detrás de nosotros, cerca de la entrada del sotobosque. Los *Krauts* erraban el tiro. Pero ¿durante cuánto tiempo?

—Disparan con mortero —dijo un cabo que acababa de llegar rodando a mi lado.

Tenía la cara descompuesta por el miedo, las manos crispadas en el fusil.

—Suéltales un buen chorro —le dijo el mayor al soldado del Hotchkiss.

El zambombazo nos desgarró los oídos. Los casquillos saltaban y volvían a caer humeantes en la nieve. El mayor asomó la cabeza por el terraplén y dirigió sus prismáticos hacia la entrada del pueblo. De nuevo reinaba un silencio precario.

—Los morteros están detrás —dijo el mayor—. Los que nos están atizando están en la primera línea de casas.

Eché un vistazo a mi alrededor. Grandes placas de nieve se desprendían de las ramas y caían con un ruido sordo al suelo. Un mundo inmenso y suave se extendía bajo los árboles helados. Tenía un nudo en el estómago. Me puse a mirar cómo Lee le quitaba la tapa a una de sus Rolleiflex y comenzaba a fotografiar a los hombres tendidos junto al afuste de la bazuca. Un tercer silbido anunció entonces otro impacto. Bajé la cabeza. El suelo tembló. El obús de mortero había roturado un amasijo de tocones que había a treinta pasos delante de nosotros. La radio chirrió de nuevo. Si no nos movíamos, el siguiente obús nos daría de pleno.

—*Motherfuckers!* —aulló el cabo.

—*Shit!* —repitió el mayor haciendo eco.

Giró desesperadamente los mandos de su radio. El aparato sonaba a fritura. La comunicación con la segunda línea se había cortado.

—No podemos quedarnos aquí —dijo el mayor—. Nos van a hacer papilla.

Lee había posado su Rollei en el borde del talud y no cesaba de darle al disparador, apoyada en un codo.

Sentía que el corazón me latía muy aprisa, y al mismo tiempo tenía una extraña certeza que expulsaba el miedo de mi interior: la sensación absurda de que *así eran las cosas*, no quería morir allí pero lo aceptaba, aceptaba todo. El mundo pasaba ante mis ojos, como a cámara lenta.

La emboscada había detenido el avance de los GIs, les había inmovilizado. Los hombres que iban en cabeza, una vez alcanzada la carretera, tan sólo habían tenido tiempo de saltar a la cuneta. Uno de ellos yacía en medio del camino, muerto o herido. Un poco más allá, los seis exploradores ocultos en el encinar habían iniciado un tiroteo para cubrirnos. Los demás soldados se habían dispersado por la pendiente que descendía hasta la carretera, pegados a los tocones, tumbados tras algunos setos. En cuanto los morteros enemigos afinaran la puntería, conseguirían diezmarnos, del mismo modo en que en el juego de los barcos un disparo aleatorio pero concentrado acaba por hundir las naves. Había que moverse, y pronto. Pero cualquier movimiento nos exponía al fuego de las armas automáticas. Volvieron a oírse detonaciones. En la ventana de la torre de una granja pude distinguir con toda claridad el pequeño fulgor anaranjado de la boca de una ametralladora escupiendo sus ráfagas.

La radio del mayor dejó de chirriar. Confiábamos en que los hombres de la retaguardia hubiesen recibido el primer mensaje. Varios GIs se volvieron: era imposible emprender una retirada hacia el sotobosque. Expuestos en aquella pendiente árida seríamos como dianas de feria para los *Krauts*. Además, en aquella época, el Ejército norteamericano no era de los que se volvía atrás. Estábamos condenados a abrirnos paso hacia abajo, a alcanzar la cuneta de la carretera. Le oí gritar al mayor:

–*Kick your ass! To the road!*

Una leva de formas sombrías salió disparada de la nieve. Los GIs descendían la pendiente zumbando. De inmediato, los alemanes apostados en las casas redoblaron el fuego. Yo no me había movido. Lee permanecía clavada en su sitio. Tanto en ella como en mí volvía a hacerse patente la inclinación al retraso, a la incredulidad.

Lee, nuevamente, alzó el pulgar: OK.

–¡Vamos allá! –grité.

Desplazamiento del cuerpo, saltar el talud, correr, hay que correr. La nieve es como plomo en las suelas. Corro. Ese reguero que fríe la nieve es una ráfaga. Un hombre cae delante de mí, mucho más abajo, sus camaradas le arrastran por la nieve, Lee también está tumbada en el suelo, se levanta, corre, no le ha pasado nada, el cielo está gris, veo el cielo estúpido, corro hacia el cielo, no llegaré abajo, varios hombres se arrojan a la cuneta, un sobresalto, una ametralladora, un brazado de madera muerta estalla a diez pasos, cizallado por las balas, me pesan las piernas, Lee sigue corriendo, me arden las sienes, me arden los pulmones, llego a la barrera, el mayor grita, le odio, *he's a motherfucker too*, otra ráfaga descresta un poste, seguir corriendo, saltar, tirarse, ahí está Lee, nos tiramos, la nieve es cálida y suave, la siento en la cara, la nieve por fin, la cuneta.

Alcé la cabeza, aturdido, ensordecido. El tiroteo era infernal. Lee estaba tumbada en el hoyo de la zanja, empapada. También yo: la película de hielo que recubría el fondo de la cuneta había cedido. Me volví hacia la pendiente. Varios cuerpos desvencijados por los tiros alemanes yacían en la nieve. Dos hombres reptaban entre los montículos. Todos los supervivientes se habían tirado a los hoyos que había a uno y otro lado de la carretera, donde se ocultaban como en el ramal de una mina.

–¡La bazuca! ¿Dónde coño está la bazuca? –gritaba una voz delante de nosotros.

Nadie respondía. El soldado que la llevaba había desaparecido. En la torre de la granja seguía crepitando una llama naranja. Sonó el estampido de otro disparo de mortero. El obús explotó en la parte baja de la pendiente arrancando las estacas de una barrera. Los *Krauts* apuntaban ahora a la cuneta. Tampoco íbamos a poder quedarnos mucho tiempo ahí. Comenzaron a disparar otras tantas ráfagas al tuntún. El olor a pólvora quemaba los ojos y la garganta. Con la cabeza sumida en un charquillo de nieve fundida, veía a Lee arrastrándose delante de mí. Por un instante pensé que me iba a morir, la vida me había enviado una última señal; una hermosa señal, sin duda, no me arrepentía de estar allí con ella. Aquello parecía no tener fin. Desde donde estaba lo veía todo, los *boys* paralizados en la nieve fangosa, los que cruzaban la carretera corriendo hacia el encinar, los cuerpos ensangrentados, el barboquejo desabrochado de un casco tirado en el suelo, el cielo bajo, un bosquecillo de pequeños castaños al borde de la cuneta, las pavesas chisporroteantes de las casas donde se ocultaban los tiradores de la Wehrmacht, la mecha de cabellos rubios que sobresalía del casco de Lee, aquel paisaje de invierno moteado de rojo donde se detenía el camino.

Los obuses de los morteros caían cada vez más cerca. Había que seguir corriendo, intentar cruzar la carretera, refugiarse detrás de los troncos cariacuchillados de las grandes encinas desnudas. Estaba a punto de saltar fuera de la cuneta cuando un ruido seco me dejó clavado en el sitio. Un triquitraque mecánico hacía vibrar el bosque a nuestras espaldas. Algo similar al estruendo que producen los carretones sobre los rieles, un eco repercutiendo entre los árboles. Me volví. El ruido de orugas se intensificaba, llegaba a mis oídos como un rumor de olas. También Lee se había vuelto.

—¡Aguanta, Dave! —me gritó.

Clavé la vista en la carretera. Nada. Un deseo intenso de cigarrillos y café caliente se apoderó de mí.

De repente el aire se espesó a lo lejos, cargado de humo azulado. La enorme masa de un Sherman surgió del bosque rodando a toda marcha, con la torreta cubierta de ramas de pino. El tanque avanzaba por la carretera como un elefante ciego. Se giró hacia el caserío. Una autoametralladora, deslizándose sobre sus seis neumáticos, seguía las huellas del Sherman. Los dos vehículos se dirigían directos hacia nosotros abordando de frente la ciudadela de las casas. Llegaron adonde estábamos, inundando la trinchera con el humo de sus tubos de escape. La carretera temblaba. Las orugas del tanque, arroyando la capa de nieve, dejaban en carne viva la calzada. Tenía los pulmones llenos de humo. Un poco más atrás, varios vehículos blindados se habían detenido en el lindero del bosque. Una nube de infantes venía con ellos, con las bazucas al hombro.

Los alemanes se habían ensañado con el tanque. Un aluvión de balas rebotó contra el blindaje. Todos nos echamos cuerpo a tierra en las zanjas de la cuneta. El Sherman siguió avanzando, luego se paró de golpe, con hipo de dinosaurio. Alcé la cabeza, pero enseguida volví a agacharla. Una espoleta amarilla acababa de desgarrar el aire antes de estallar a pocos metros delante del tanque. Disparaban contra el *Panzerfaust*. Miré a Lee: con la cámara alzada por encima de su cabeza, intentaba fotografiar desde la cuneta en contrapicado, a ciegas. La torreta del tanque giró sobre su eje. El cañón se detuvo mirando a la torre de la granja donde aquella ametralladora no cesaba de escupir ráfagas. Una detonación apocalíptica me sacudió los tímpanos. El tanque, irguiéndose sobre su parte trasera, alzó el morro como un caballo que se engalla. La techumbre de la torre había explotado en el punto de impacto, precipitando una lluvia de escombros sobre la base labrada del edificio. Tuve la impresión, sin embargo, de que el nido de ametralladoras no estaba neutralizado. Volvió a resonar una segunda detonación ensordecedora. El Sherman se encabritó de nuevo. Su obús había alcanzado de frente la torre. Una aureola de polvo envolvió la construcción antes de que ésta desapareciese en medio de una nube negra. Las llamas del incendio borboteaban en la brecha. El fuego graneado había cesado. Tan sólo persistían las ráfagas de las pistolas ametralladoras. El *Panzerfaust* permanecía mudo, destruido –así lo esperábamos– por el primer obús. El Sherman aceleró su motor en marcha y arrancó hacia delante. La autoametralladora blindada fue tras él. La torreta del vehículo giró a su vez, encuadrando un flanco del caserío. Sus dos tubos de ametralladora abrieron fuego. Los comandos que habían descendido de los blindados avanzaban detrás de ellos, pegados a los vehículos como guerreros a sus escudos; la imagen me evocó el período anterior a la guerra, cuando los *sixdaymen* se arrimaban con sus bicis a las ruedas de las motos socavando la pista de ceniza.

Las ametralladoras coaxiales del Sherman también entraron en acción. Las balas agrietaban las paredes humeantes de las primeras casas. A distancia de tiro, los comandos se apostaron en los arcenes de la carretera calzando en el terraplén bazucas y fusiles-ametralladoras. En pocos minutos, el combate había dado un giro de noventa grados. La entrada de un apacible pueblo alsaciano se transformaba en un campo de maniobras con sus fachadas picadas de impactos. Vimos cómo la llama amarilla de las bazucas fundía la nieve. Los hombres de la patrulla salían de las zanjas, cubiertos al frente por el asalto de los blindados y de los comandos. Algunos llevaban la cara negra, manchada de fango, y daban tumbos como boxeadores sonados. Otros, furiosos por la emboscada, se unían al cuerpo de asalto. Dos camiones Dodge, luciendo una cruz roja en la cubierta de lona, se habían parado en el lindero del bosque. Varios camilleros con casco corrían hacia nosotros, con las parihuelas desplegadas.

Lee se restableció al borde de la carretera. Tenía la guerrera manchada de barro, la cara cubierta de salpicaduras. Se sacudió como un mendigo repescado del agua. La línea de fuego se aproximaba cada vez más a las casas. Los comandos despejaban las inmediaciones con la seguridad de un ladrón de ganzúa. Oímos las ráfagas de las armas automáticas, y luego la explosión, como una burbuja que estalla, de las primeras granadas. Nuestra mayor preocupación era tener que combatir en la calle. Los comandos hacían todo lo posible por evitarlo.

–Mira –me dijo Lee.

Mejor hubiera sido no mirar. Junto a las casas, distinguí varios grupos de soldados avanzando tapia tras tapia. Colgadas a la espalda, llevaban unas bombonas parecidas a las botellas de oxígeno de los submarinistas. Empuñando la contera de un tubo rígido, regaban los vanos de las casas. Pero no era agua lo que expelían aquellos artefactos. Era una monstruosa voluta anaranjada, una nube similar a la que escupen los tragafuego, una zarza ardiente que disparaba sus lenguas y calcinaba lo que encontraba a su paso.

Lee me señaló su Rolleiflex con un leve gesto de negación. Aunque hubiera podido fotografiar aquello, incluso a distancia, los censores del SHAEF jamás habrían permitido la imagen de un asalto con lanzallamas.

Una media hora después, ya reinaba en el pueblo ese ambiente de tregua que siempre sucede al combate. Varios automotores de 105 y otros tantos camiones Pacific de despacho se habían alineado a lo largo de las fachadas. Con un cigarrillo en la boca y el casco tirado a sus pies, los *boys* tomaban el fresco en el umbral de las casas. Nosotros nos habíamos dirigido antes al lugar del asalto. Vistas desde el otro lado, las construcciones donde se habían atrincherado los agresores, la torre desde la que nos habían ametrallado, mostraban su verdadero rostro: dependencias de granjas y de graneros cubiertas de lúpulos, edificadas frente al bosque. El fuego había evidenciado su poder. Lienzos de paredes ennegrecidas se erguían hacia el cielo. Los cabrios de las techumbres pendían hasta tocar el suelo. Las vigas rayadas de balas no eran ya sino hilas cuya fibra leñosa mostraba su blancura abierta en carne viva. Había cráteres en el suelo, en el mantillo resquebrajado por los fragmentos de metralla. Una chimenea rústica permanecía erguida, solitaria en medio de un alud de escombros. Con curiosa preferencia, su campana aspiraba la nube terrosa que ascendía de aquellos restos: en lo alto del cañón, las moléculas de polvo se arremolinaban en el aire como el humo de una casa. Allí olía a tierra, olía a muerte. Una fina película de carboncillo ensombrecía violentamente las puertas derruidas, desencajadas de sus goznes. Los comandos no habían tenido escrúpulos. Varios trozos de pared yacían debajo de los agujeros hechos en la piedra. El asalto había finalizado con lanzamientos de granadas, como lo demostraban los impactos en forma de estrella de mar y las incrustaciones de granalla. Sobre el empedrado desencajado rodaban los despojos: cargadores, morrales *feldgrau*, cascos, pedacillos de chedita, montones de casquillos. Las paredes estaban salpicadas de sangre, gotitas o regueros; vi algo parecido después de la guerra, el *dripping*, Pollock era un gran guerrero. Un olor a carne quemada, un tufo orgánico, de pocilga, se entremezclaba con las emanaciones ácidas de la pólvora. Era repugnante. Y además los muertos, los cadáveres que estaban siendo alineados en el patio, con la pelvis hundida, la cabeza destrozada. Los uniformes habían ardido a la vez que los cuerpos, mezclando sus fibras con la red de tendones retorcidos por el fuego. Una mano separada del brazo flotaba en un charco de sangre. Nubarrones de moscas, surgidas de Dios sabe dónde, revoloteaban por encima de los cadáveres, bailoteaban sobre la nieve. Lee fotografiaba sin cesar. Yo me preguntaba cuántos carretes llevaba ocultos en los bolsillos.

Diez prisioneros aguardaban apelotonados en un rincón del patio, sentados, con los ojos clavados en el suelo. Varios GIs les vigilaban, apuntándoles con sus ametralladoras. Nos dejaron acercarnos. Al ver a Lee, uno de los GIs esbozó una gran sonrisa y se volvió hacia su compañero:

–Eh, mira a ésa. La conozco. Estuvo en Utah Beach con nostros. *Come on, Salt Lake Sissy!*

Lee hizo un pequeño gesto. Los tipos se pusieron como locos. Yo miraba a los alemanes. Miraba a los vencidos. No iban a morir. No iban a ganar. Apenas una hora antes habían estado luchando en las vanguardias del Reich. Ahora habían perdido el pedazo de tierra que debían defender. Cochino invierno.

Un soldado alemán agonizaba en un cobertizo. Un sargento nos condujo hasta él, como para demostrar a los valerosos corresponsales de guerra que el Ejército norteamericano dejaba morir libres a sus prisioneros. Era un hombre joven, de unos veinticinco años. Estaba tumbado boca arriba; una manta le ocultaba el vientre. Su pecho ascendía y descendía al compás del aliento entrecortado. Alzó los ojos hacia Lee. Una mujer. El joven la miraba con terror, con fervor. Abrió los labios y repitió varias veces la misma palabra. *Mutter... Mutti...* Llamaba a su madre. De repente extendió la mano, alzó el brazo hacia Lee. Miraba fijamente algo de ella, algo que estaba más allá de ella. Aquel soldado había sido niño. Había sido amado. Su mano volvió a caer de golpe, se crispó sobre la manta: había muerto.

Dejé que Lee acabara su carrete. Aquel reajuste me asqueaba. A lo lejos, volvían a sonar los cañones. El frente debía avanzar hacia Jebsheim y el canal de Colmar. Los camiones cargados de bidones de gasolina hacían una parada en las calles del pueblo. Tanques, autoametralladoras y jeeps pasaban sin cesar camino del frente. Yo ya había tenido bastante con aquel día.

Poco a poco, las calles se repoblaban. Aquél era el típico pueblo de Alsacia, con sus árboles, su plaza mayor, su ayuntamiento wilhelminiano, sus ventanas de vidrieras, sus tascas, en las que los parroquianos bebían vino blanco y cervezas de Schutzenberger. Una tierra que, por haber sido invadida y reinvadida constantemente, tardaba en acostumbrarse a las liberaciones, o bien lo hacía con prudencia. Una voz me llamó de improviso.

–Señor, señor...

Me volví.

Dos hombres de una cierta edad, en el umbral de una casa. Uno llevaba una boina y una bufanda roja. El otro tenía un llamativo bigote gris. Me invitaron a entrar en su casa, ofreciéndome una taza de café.

Era una vivienda decente y pobre. Había una cafetera hirviendo en la estufa. Los dos hombres, muy efusivos, me explicaron que eran hermanos. Llevaban días aguardando nuestra llegada. Les ofrecí unos cigarrillos pero los rehusaron. Luego, con cierta timidez, el hombre del bigote me enseñó un diploma, cuidadosamente enmarcado y colgado en la pared. Un papel amarillento, adornado con una orla rectangular de hojas de encina. Sobre unas armas cruzadas en forma de haz se erguía un gallo galo. Vi un nombre escrito a mano.

–El 113º, señor –dijo el hombre del bigote–. El 113º Batallón de a pie. En el 17, con ustedes.

Los dos hermanos me felicitaron, me agasajaron. Yo no les entendía. O les entendía demasiado bien. Al ver a aquellos hombres, enseñándole su certificado de valentía al primer norteamericano que había pasado ante su puerta, se me encogió el corazón. Eran como los de mi país, los reclutas de 1917 que había visto regresar a Milwaukee cantando *Yankee Doodle* y también, en francés, *La Madelon*. Los combatientes de Fleury y del Bois des Caures, de Souville y del fuerte de Vaux que habían escalado sin flaquear treinta años antes. Ellos habían soportado un invierno similar a éste, bajo los shrapnels, sumidos en el fango, ¿y para qué? Para conocer años después la humillación de ser invadidos y, lo que tal vez sea peor, la vergüenza de ver retroceder a sus hijos. Y ahora le abrían los brazos a otros hijos desconocidos, a los hijos de Pershing que les devolvían una tierra en la que morir, una tierra en la que sus viejos huesos podrían descansar libres. *El 113º, señor.*

Cinco días después, el 7 de febrero de 1945, ya casi habíamos llegado al Rin. Los dos cuerpos de la batalla de Alsacia se habían unido en Rouffach. Colmar acababa de caer. En medio de la noche, los zapadores de «Iron Mike» O'Daniel lanzados al asalto de las fortificaciones de Neuf-Brisach se habían visto obligados a combatir en la primera línea de Vauban. Se habían arrojado, granada en mano, sobre el flanco de los bastiones. Visto con los prismáticos, el espectáculo era pasmoso. A la luz de los reflectores, los GIs sitiaban los fosos, lanzaban escalas sobre las medialunas, derribaban las cortinas con los morteros. Nada más extraño que ver a aquellos *boys* de Virginia corriendo por los glacis, zigzagueando entre los rebotes de las balas, tiroteando contra las escarpas de una fortificación construida para defender la frontera real en la época en que los guerreros tenían nombres de minué.

Al día siguiente, sopló sobre la tropa ese viento de ilusión y de temor que encoge los corazones al inicio de una travesía. El Rin aguardaba entre dos riberas blancas. Hasta el momento, nosotros éramos los libertadores. Pronto comenzaría otro avance hacia el santuario de los dioses muertos. De nuevo flores arrojadas desde los balcones, muchachas con cabellos de lilas, vasos de vino ofrecidos al borde de los caminos. Los *Krauts* aguardaban en su madriguera. Más allá, en las estepas, a orillas de los lagos del Norte, la marea soviética avanzaba hacia el Oder.

Nos habíamos alojado en Durrenentzen, una aldea cercana al Rin. Caía la noche. Lee y yo paseábamos por las calles. La quimera mágica, blanca del bosque había sido sustituida por aquella concentración de hombres en la frontera. Un viento tibio de deshielo soplaba en la orilla izquierda del río. De nuevo resonaban por doquier voces francesas, los paracaidistas de Le Bourich, los capitostes del 3er Batallón de la Legión Extranjera, los *goums* argelinos del general Guillaume, cuyos hombres había visto rezar postrados en la nieve, mirando hacia La Meca. Al atardecer, volvían a sus acantonamientos, dejándonos solos en la calle. Lee se había peinado hacia atrás sus cabellos recién lavados. Iba vestida con su singular uniforme; extraña obligación, la de vestirse como un hombre, que le imponía aquella vida de ejército en marcha.

Poco a poco iba disminuyendo la luz en la aldea. Un tenue fulgor, anunciando neblina, ahogaba las formas. Era como abrir la puerta de un sótano profundo, y del que surge un aroma nocturno de estancia condenada. Veíamos brillar las lámparas detrás de las ventanas. La vida se enroscaba en sí misma en la intimidad de las casas.

Caminamos hasta las afueras del pueblo, topándonos con centinelas que pateaban en la nieve para calentarse los pies. Un mirador cubierto de hayas dominaba la llanura. Seguramente antes, en las tardes de verano, acudían allí grupos de muchachas sonrientes. Ahora todo estaba desierto. Nos detuvimos junto a una balaustrada cubierta de nieve. Al quitar con la mano la fina capa blanca, noté las asperezas de la toba. Lee se acodó en la balaustrada. Me puse a su lado. Veía su perfil pálido sobre el fondo de la noche, su mirada perdida en el horizonte. El viento le agitaba un mechón, el mechón le rozaba la cara. La deseaba como se desea a una mujer, y la deseaba aún más como se desea un país reencontrado, un sabor más suave que el olvido, una estación perdida que regresa. El azar nos había llevado hoy a aquella frontera, ¿adónde iríamos mañana? El único vínculo que yo veía entre aquellas últimas semanas era el de la continuidad de los instantes, el momento a momento. El hecho de haber estado allí. En la sucesión de imágenes que atesoraba de Lee, nada parecía responder a una necesidad cualquiera. Varios perfiles divergentes se arremolinaban alrededor de la mujer que estaba de pie junto a mí, bosquejando un enigma, tan sólo un enigma. Y yo amaba aquel enigma. Ella era la aparición del primer día con Jeremy Barber. La mujer de la habitación 412 entre cajas de coñac Rouyer. La fotógrafa castigadora que humilló al avergonzado capitán. La caminante cruzando el bosque. La corresponsal de guerra alzando su Rolleiflex por encima de la zanja. Ella era la sombra en el espejo, aquella noche de otoño en que la había besado por primera vez. Al principio no podía creer que una mujer tan reservada pudiese albergar tal furor dentro de sí, como si me hubiera fallado, como si ella hubiera querido dejar una pobre y hermosa huella antes de la noche.

En fin, que aún no sabía nada de ella. Nada salvo aquel impulso que nos hacía avanzar por la carretera, la risa clara de la que no tiene nada que perder. Vivía en Londres; había vivido en París. Cuando se terciaba, bebía bastante, tal vez demasiado, aunque no sería yo quien se lo reprochase. Alsacia había borrado de un plumazo todas las preguntas.

En la noche de febrero, puse mi mano sobre la suya. Guante contra guante. Ella volvió hacia mí su rostro algo cansado. Le aparté el pelo, mi mejilla rozó la suya. Ella dejó caer la cabeza sobre mi hombro, apretó la mejilla contra el cuello de mi zamarra.

–David...

Estábamos solos al borde de la llanura. Las luces centelleaban a lo lejos. Un pájaro nocturno chilló. Lee alzó la cabeza, me miró. ¿Qué pasado dormía detrás de aquellas pupilas? ¿Desde el fondo de qué mundo me escrutaba aquella mujer?

–¿En qué piensas?
–En nada, David.
–Dime, ¿qué ocultas detrás de esos ojos?
Ella sonrió con tristeza.
–No oculto nada. Aguardo.
–¿Qué aguardas?
–No sé. Aguardo el día de mañana, y el de pasado mañana.

Lee bajó la cabeza tiritando. Luego volvió a poner su mejilla en mi hombro, se apretó contra mí.

–Protégeme, David. Protégeme.

Habíamos llegado a Colmar. Un viento suave despertaba la llanura socavada, herida por los combates del invierno. Un deshielo brutal había transformado los arroyos en torrentes y los caminos en ciénagas. En unos cuantos días habíamos cumplido nuestras obligaciones profesionales. Los clichés de Lee ya estaban camino de Londres; mi *story* volaba hacia Nueva York vía París. Las redacciones enardecidas aconsejaban la más extrema imprudencia: los lectores debían sentir que estaban en el frente. No hay guerras más encarnizadas que las que se realizan por poderes: el ciudadano de Duluth quería temblar en Okinawa o estremecerse montado en los tanques del VII° Ejército.

Nos hallábamos en medio de ese sosiego tenso que sucede a la ofensiva y precede a la batalla. Todos aguardábamos el momento de cruzar a la otra orilla. Los primeros camiones Brock Way surcaban las carreteras de la Alsacia libre, cargados con enormes flotadores destinados a la construcción de los puentes de barcas. A pesar de todo, el paso del Rin se iba retrasando. Las órdenes del general Bradley pedían una *incursión rápida y decisiva*. Pero sus unidades habían salido demasiado perjudicadas de la batalla de las Ardenas, y el ánimo decayó. A partir de ese momento, el Ruhr se convirtió en el objetivo principal de los estados mayores. La misión incumbía al XXI° Grupo de ejércitos de Montgomery, desplegado en el Norte entre Nimega y Roermond. En la inmensa franja territorial que se extendía al Sur desde Lieja a Colmar, dos grupos de ejércitos US aguardaban, cubiertos en el flanco meridional por el Ier Ejército francés del general De Lattre.

Colmar lucía los colores de la bandera francesa, y por

todas partes se oía esa lengua que tanto agrada a las mujeres, los burlones acentos de los ordenanzas del general De Vernejoul coqueteaban descaradamente con las preciosas enfermeras de las ambulancias. Los soldados sentados en sus respectivos camiones partían hacia Saverna cantando. Pronto volvería la primavera, con sus campanas, sus hilillos de agua fluyendo de las fuentes romanas. Aquella alegría no era la mía, aquella tierra era la suya, y sin embargo ese sentimiento de pertenencia que nace en las fronteras recién desplazadas también se apoderaba de mí.

Los días que pasamos en Colmar fueron extraños y hermosos. De cuando en cuando, una máscara cubría el rostro de Lee. Los rasgos que adquiría entonces eran los de otra nueva mujer, aún más desconocida.

Los primeros combates la habían fortalecido, como si el hecho de atravesar aquellas extensiones nevadas hubiera ahuyentado sus malos sueños. El muro de incertidumbre comenzaba a resquebrajarse. Lee renacía móvil, veloz como una llama, atenta a todo. Se había vuelto muy popular entre los oficiales franceses, que la llamaban *la belle Elizabeth*. Le ofrecían insignias y botellas de licor de ciruela. Ella se ponía las insignias en la guerrera con un giro de mano increíble. A veces sacaba de su morral una gorra de lana, que llevaba ladeada sobre la frente, inclinada hacia atrás. Me gustaba su manera de entremezclar el inglés y el francés, de recomponer las frases, de encajar las palabras. Recordé que el único libro que había visto en su mesilla de noche, en el Hotel Scribe, era el *Ulises*.

Un día obtuvo un gran éxito charlando en la calle con algunos *goumiers* que la observaban acodados sobre un montículo de fardos liados. Lee les habló en *árabe*. Los marroquíes atónitos, risueños, querían, uno tras otro, estrecharle la mano, después le ofrecieron una cacerola. Ella les dio las gracias calurosamente. Lee estaba a la altura de aquel instante: una mujer radiante hablando otra lengua en medio del azaroso devenir de una calle, agasajada por un puñado de hombres que jamás la volverían a ver. Pero ¿dónde diablos había aprendido árabe? «En Egipto», me respondió, como si fuera de cajón. Y luego se echó a reír.

Lee era adorable. Era como esas mujeres fatales que

han bajado la guardia a sabiendas: saben seducir como nadie, pero prefieren actuar como si no, hacer como que las cosas suceden naturalmente. En una palabra, Lee no se tomaba en serio. La hermosa prisionera de las tardes de París estaba escapando, pero ¿de qué? No sabría decirlo. Pero cuanto más era ella misma, más la amaba yo.

En la vida de cualquiera llega un momento en que cada cual roza con el dedo su propio límite. La jaula es pequeña, y sea lo que sea lo que hayamos sido, debemos resignarnos a los barrotes, sobrevivir cortésmente. Los barrotes de mi jaula eran el edificio de *Life Inc.*, las neblinas del Hudson, las teclas de las máquinas de escribir. Pero aquella guerra nos llevaba más allá de lo que estaba escrito. Había una extraña dicha en cada nuevo amanecer, pues nos sentíamos liberados de nuestra propia gravedad, liberados de nuestra leyenda en el sentido profesional del término; un pie de foto que la describe y la fija. Las existencias se entremezclaban azarosamente: experimentábamos el eterno presente justo en el instante en que podía concluir.

En Colmar, Lee se burlaba mucho de mí. Decía que a los corresponsales de *Life* nos trataban a cuerpo de rey, que yo era como un potentado de Nueva Jersey de visita en las líneas, y que en consecuencia ella se había convertido en la escolta de uno de los personajes con mayor influencia del frente. Yo le replicaba que ella era la reina de los perendengues, la amazona de las cortinas de seda. Pero lo cierto es que yo la observaba trabajar con algo más que estima: con admiración. Como todo el mundo, yo conocía a las figuras de Magnum, Bob Capa, Jimmy Dugan o David Douglas Duncan. En aquella línea fronteriza de Alemania, Lee no tenía nada que envidiarles. La lentitud que yo le había reprochado en París se había esfumado con la nieve. Ahora fotografiaba *aprisa*: un infante deslizando un cigarrillo en la redecilla del casco, un cardenal francés que había ido a bendecir la catedral, un vejete mascando tabaco en su silla. Su agilidad y su precisión eran pasmosas. Manejaba la Rollei con la seguridad de un virtuoso: la cajilla niquelada en su mano, rotación del cuerpo, flexión, búsqueda del ángulo. Alzaba la cámara hasta su ojo, la bajaba un segundo, luego la acercaba de nuevo, inmovilizada en el punto exacto por la fuerza impulsora de su brazo. Yo ya había visto antes ese gesto que preludia el ataque, que busca la *puerta de entrada*: es el del *jazzman* que humedece la lengüeta de su instrumento, moviendo nerviosamente los dedos encima de las llaves, acechando el instante rítmico en que va a iniciar su canto. Las cosas parecían existir única y exclusivamente para reclamar su mirada. Ella lo observaba todo, y a veces el ojo de la Rolleiflex se clavaba en mí.

Lee tenía sus rarezas. En la plaza Rapp, se arrojó a los brazos de un tanquista francés. Juntos evocaron *su* París, un París desconocido hecho de nombres y lugares cómplices. Enumeraron fechas, parecían ir tras las huellas de ciertos personajes notables, *Jean* que había permanecido en París, *Max* que vivía en Arizona, *Julien* que seguía viviendo en Nueva York. Fue como una sesión espiritista, salpicada de palmaditas en la espalda. Cuando le pregunté acerca de aquellos secretitos, Lee hizo como si espantara un insecto y se contentó con explicarme que había nacido en Poughkeepsie, sede del colegio Vassar y capital del hastío moderno.

Una noche en que me había demorado en su habitación, mientras ella buscaba ampollas de flash en su morral se abrió un bolsillo lateral que estaba cosido a la tela. De él cayeron un peine, varios carretes y un par de esposas cubiertas de pintura dorada. Me quedé de piedra. Le pregunté medio en broma medio en serio si *Vogue* la había enviado una temporada a la prisión de Sing-Sing, única explicación que se me ocurría para justificar aquello.

–No. Mi madre me ataba con ellas para que no frecuentase las *speakeasies* –me respondió con gesto irónico, fríamente, sin pestañear: siempre mentía haciendo creer que mentía.

–¿Sabes cómo llaman los mexicanos a eso?
–No –dijo con un mohín.
–*Las esposas*.
–¿Y...?
Me miró de refilón, conteniendo la risa.
–Pues que esas *esposas* tal vez hayan encadenado las manos de alguna mujer casada.
–¿Como por ejemplo?
–Tú.

Lee puso cara de sorna.
–¿Inquisidor, Dave?
–No, periodista siempre.
–¿Incluso conmigo?
–No, contigo no.
Lee sacó un Lucky Strike del bolsillo. Lo encendió, aspiró con fuerza, soltó una bocanada.
–No tiene la menor importancia. Pero, en fin, si tanto te interesa saberlo, sí, estuve casada. O mejor dicho, aún estoy casada.
–¿Y tu marido?
–¿Qué?
–¿Dónde está?
Se encogió de hombros.
–En Egipto, creo.
–¿Crees?
–Bueno, hace cinco años que no le veo.
Apagó el cigarrillo en el reborde de la mesa.
–¿Eso es todo lo que este objeto te inspira?
–El pasado, David, es como este cigarrillo: ya se ha consumido, sabía bien, pero los próximos sabrán mejor.
–Bonito concepto –le dije.
–El único válido, *my love*, cuando no se quiere sufrir.
Sacó otro cigarrillo. En cierto modo, me sentí aliviado. De todos los maridos posibles, aquel marido desaparecido, barrido de un capirotazo, era el que más me convenía.

Las noches seguían siendo frías. Lee y yo paseábamos al atardecer a lo largo de la Lauch. Los civiles franceses nos ofrecían huevos o botellas de aguardiente. Los viejos alsacianos señalaban la dirección del río invocando el *Vater Rhein*. Los oficiales de la 2ª DIM frecuentaban, altivos, su rincón de historia. Seguían con los ojos a Lee, mujer que pasa, novia de hasta luego. Siempre veíamos el mismo cartel pegado en las paredes y en los árboles, un texto firmado por Jean de Lattre. A fuerza de verlo, nos aprendimos algunos fragmentos de memoria: *Habitantes de Colmar, tras cuatro años y medio de opresión y de sufrimiento, cuatro años y medio soportando una separación tan cruel para nuestros corazones, vuestra ciudad se reencuentra con la Madre*

Patria y la Bandera Tricolor. Desamparada, Alemania se bate en retirada. Desde ahora, descartada ya toda amenaza, bajo la protección de nuestras tropas, sois devueltos a la libertad y a la vida francesa.

Lee y yo los recitábamos de memoria. La vida francesa... ¿Qué diantres significaba eso, *ser devuelto a la vida francesa?...*

Solíamos hallar refugio en una taberna de los Unterlinden frecuentada por los hombres de la 5ª DB francesa. El lugarteniente Charles Berthecourt nos aguardaba a menudo allí. Se había trasladado a Argel en 1941 y había hecho la guerra con las fuerzas francesas libres. Antes del conflicto era, a decir de él, profesor de letras y noctámbulo. A Lee le parecía muy divertido; a mí me resultaba muy francés. Nos hablaba de las putillas del parque Monceau, de los obreros de Zola, de los garages de la puerta Champerret. «Su amiga es muy simpática», me decía. «Es una mujer fuera de serie, y, créame, conozco bien el paño.»

Una noche, le preguntamos qué significaba eso de volver a la vida francesa. Berthecourt reflexionó un instante, y finalmente nos confesó que no podía respondernos, que no estaba seguro. Aunque poco después, como rectificando sus palabras, dijo algunas cosas que me chocaron:

–Para mí, el hecho de volver a la vida francesa me sugiere antes que nada el misterio alemán. Primero nos invaden, luego les echamos y se van. Es como si nos amaran. Yo no acabo de creer que Alemania sea intrínsecamente mala. Aunque miren lo que han hecho... Y sin embargo es también la amable Alemania de los profesores sin manos y de los viajeros en la nieve... La Alemania de los delicados espectros y de los quintetos de cuerda. Yo no le reprocho lo que es, algo que a dos generaciones de norteamericanos les ha permitido descubrir que Europa existe. Lo único que sé es que el Reich ha trazado en cada uno de los países que ha invadido una línea divisoria entre la infamia y el coraje. Que ha puesto a cada cual ante sí mismo... ¿Saben? Al regresar de Argel me enteré de que tal amigo había sido un traidor. Y que tal otro, a quien yo creía un ser débil, se había superado a sí mismo combatiendo. Sin nazis no habría habido colaboracionistas. Pero sin colaboracionistas no habría habido héroes... Alemania va a perder la guerra. Pero sus filósofos ya la han ganado, revelando al corazón de cada nación invadida la verdad de cada conciencia. Eso es lo que significa, para mí, volver a la vida francesa...

Berthecourt seguía hablando un rato, luego nos dejaba solos convencido de que nos incordiaba. Lee y yo nos íbamos entonces de taberna en *Weinstube*, bebíamos embriagados por el olor a viejo mostrador y a col cortada, bebíamos en las mesas francesas que nos acogían, bebíamos en todas partes. Lee no se quedaba atrás. Tras unos cuantos vasos sus ojos brillaban extrañamente. Su alegría podía ser entonces salvaje, exagerada; notaba sus labios abiertos contra mi boca, perfume de las cosas ácidas, racimos de los licores oscuros, cerraba los ojos ante la noche que oscilaba, estaba lo más cerca posible de algún otro mundo cerrado, labios de ebriedad que me daban placer, labios que se abrían sin confesar, tan sólo hay momentos aislados, bésame *my little one*, quédate, no te vayas nunca, quédate conmigo que no merezco nada, sé la mujer del instante, la que ya no perderé.

Algunos comenzaban a ver a Lee como a una mujer extravagante. Un ejército en descanso es como un pueblecillo: ciertos caracteres salen a relucir, ciertas curiosidades se manifiestan. Se sabía que *Vogue* había enviado una fotógrafa a esta parte del frente, que ésta había afrontado los combates de finales de febrero junto a un corresponsal de *Life*; se decía de ella que era hermosa e intrépida. En el estado mayor del general Devers, los oficiales me felicitaban con aire de complicidad: «tú sí que no debes aburrirte». Estaban dispuestos a pedirle a Einsenhower que intercediese para que *Vanity Fair* y *Harper's Bazaar* enviasen varios contingentes similares. A los soldados franceses, en cambio, les parecía un tanto *descarada*. Al contrario que en París, donde los amoríos se ocultan tras la piedra, allí Lee y yo estábamos expuestos a la mirada de todos. Algunos nos llamaban *Dave & Lee*, como si fuéramos una pareja de music-hall. Invitar a uno equivalía a invitarnos a los dos. En el hotel donde nos alojábamos, los botones deslizaban los mensajes indiferentemente bajo su puerta o la mía. Pero ciertamente había en aquella frontera demasiada fatiga acumulada, o demasiada simpatía verdadera como para reprocharle a alguien ser el que era. El camino recorrido desde París había endurecido a más de uno. Todo cuanto se perdía del lado oscuro, el sexo, la muerte, tenía su justificación y su recompensa en aquella tregua momentánea. Allí, amé a Lee en toda su ligereza, en toda su inteligencia. Ella me observaba, se transformaba en mi doble. Había comenzado a conocer su vivacidad, su risa, aquella extraña dulzura que sucede a las tormentas. Ambos nos entregábamos al juego aun sabiendo que la idea de formar pareja, por muy halagadora que fuera para mí, estaba muy lejos de la realidad.

Yo no podía denominar «pareja» a aquella búsqueda nocturna, a aquella soledad desgarrada por otra. Aquella Lee de Colmar, deliciosa, chusca, cabal en su oficio, volvía a ser cada noche la mujer que me había pedido *protégeme* temblando, como si se sintiese amenazada por una presencia invisible, y más aún por aquella otra mujer que era ella para sí misma. Ciertos gestos suyos me turbaban profundamente, no porque me resultaran excesivos, sino porque eran como una llamada, como un grito.

Yo no sabía si ella me estaba utilizando o no. Pero lo cierto es que por su piel blanca corrían escalofríos, escalofríos que la habitaban, dotados, cada uno de ellos, de una inflexión propia, como si ella regresase, paso a paso, hacia un recuerdo oscuro, como si estuviera sintiendo viejas impresiones reavivadas, una tras otra. Extrañas expresiones iluminaban su rostro ora calmo, ora convulso. Yo tenía la inusitada sensación de que Lee volvía a experimentar entre mis manos ciertos estados olvidados, de que, al hacer el amor, *retrocedía en el tiempo*. Aquella exaltación febril debía de proceder de algo que ya había existido. Lee viajaba bajo mis dedos, muy lejos, en su interior, como si otros seres se hubieran adueñado de ella de manera obsesiva. Sus largas piernas se replegaban y se extendían en silencio. Sus ojos cerrados, al volver a abrirse, se clavaban en algo que yo no veía. ¿A qué profundidades, a qué fondos cenagosos descendía? Yo creía percibir fulgores verdes, algas expandiéndose en la orilla de un río, bajo la luz de la luna. La habitación se deslizaba sobre una capa de aguas muertas hasta encallar como una barca en una dársena de fango.

Luego sus rasgos se recomponían hasta recuperar un aire de dulzura. Lee volvía en sí entre mis brazos. Yo acariciaba sus sienes. Sentía su sangre palpitante en la palma de mi mano.

Yo estaba vacío.

Una noche, se presentó en el hotel un correo del Servicio de Transmisiones norteamericano. El hombre traía un mensaje para Lee. Mientras lo descifraba, parecía contrariada. Guardó la nota arrugada en su bolsillo y se fue a buscar un teléfono.

Regresó al cabo de un rato, visiblemente molesta. Me dijo que debía volver a París. Nada grave: la redacción de *Vogue* necesitaba urgentemente un fotógrafo para la edición francesa de la revista; una sustitución de unos quince días. El motivo me pareció curioso. Lee ya no podía estarse quieta; se abalanzó sobre una botella de whisky. Su tristeza era evidente. Pero de pronto sospeché que me mentía.

A la mañana siguiente, había un jeep esperándola. Lee debía llegar a una estación de este lado del frente. La acompañé hasta la calle. El sol iluminaba las fachadas. Una vieja alsaciana sacudía una alfombra en el umbral de su puerta. Le di un beso apresurado, y luego la vi partir, con el petate al hombro, los cabellos sujetos bajo la gorra de lana, el casco atado a una de las correas del morral. Se volvió, me sonrió. El conductor aguardaba. Lee pareció dudar un momento antes de montarse en el jeep.

–*See you in Germany!* –gritó.

El jeep arrancó. Lee agitó los brazos, transformada en una silueta al final de la calle. Luego desapareció en la lejanía. Pegado en la pared de enfrente del hotel, volví a ver el cartel del general de Lattre. *Cuatro años y medio soportando una separación tan cruel para nuestros corazones...*

Tan sólo permanecí unos cuantos días en Colmar. La habitación vacía, las calles empavesadas que recorría sin rumbo me resultaban solitariamente sosas, como un domingo otoñal. Me parecía que Colmar, con sus soldados cargados de bidones, el eco de los borceguíes sobre aquellos puentes en miniatura, había sido repentinamente llamada al orden de otra época, de otra guerra. Creía estar viendo aquellas fotos conservadas en las casas de mi infancia, los casacas azules posando con sus sables y sus uniformes manchados de barro alrededor de los morteros de boca negra del general Ulysses S. Grant.

Mediados de marzo. Todos los días arreciaban las noticias. La semana anterior, los hombres del general Hodges habían encontrado el puente de Remagen intacto. Patton concentraba sus tropas en la orilla izquierda del río, teniendo como punto de mira Mayence. Varios equipos de *Life* estaban cubriendo ya aquellos sectores, por lo que mi jefe de redacción me pidió que me uniera en Sarre-Palatinat al VII° Ejército del general Patch, desplegado en orden de batalla en el eje de Mannheim. Me aconsejó que me hiciera con un automóvil, a fin de que, una vez en Alemania, no tuviera que depender de los transportes de tropas.

Me puse a buscar un vehículo por los alrededores de Colmar. Tras varios intentos infructuosos, di con él. En el hangar de una antigua fábrica de jabón, un viejecillo con anchas patillas me condujo hasta una pila de cajas de madera, tras las cuales se ocultaba una forma cubierta por una lona. Cuando levantó la tela, no pude contener un silbido. Igual que un mago, el viejecillo hizo aparecer ante mí un Chevrolet modelo 1937. Aun cubierta por una capa de polvo, la carrocería azul se veía nueva. Las ruedas descansaban, ligeramente desinfladas, sobre cuñas de pino. Los neumáticos apenas estaban desgastados. El olor de los asientos de cuero se mezclaba con el aroma higiénico y picante de la vieja jabonería. Cuando intenté arrancar el motor, primero soltó una tos ronca, como un fumador al despertar. Luego los cilindros entonaron un suave ronroneo. El eco de los maderos del techo me recordó el del cañón de una chimenea al ser deshollinado. Probé la dirección: respondía bien. El hombre me entregó el coche por 120.000 francos.

Al día siguiente, un camión del Servicio de Material vino a reparar el Chevy. Los mecánicos cambiaron las cámaras de aire, arreglaron el motor, hicieron el *check-up*. Con un pulverizador, pintaron de verde oliva la carrocería. Luego un genio del estarcido dibujó en las puertas, y también en el techo –por precaución aérea–, una estrella blanca dentro de un círculo. Incluso tuvo la delicadeza de reproducir con un pincel el logotipo de *Life* en las aletas. Mi tanque estaba listo. Sólo Dios sabía adónde me conduciría.

Partí al día siguiente hacia el Sarre. La carretera estaba despejada, abierta para mí bajo los brotes duros de marzo. Los meandros de la calzada se amoldaban a la ondulación sedosa de las colinas de Alsacia. Pensaba en Lee, en la ausente que huía de mis brazos. Los carteles abatidos en la hierba seguían indicando en letras góticas la dirección de Estrasburgo. El olor del cuero, el ronroneo del Chevrolet, la mancha intermitente de los pequeños lagos me devolvían a la infancia. Sabía las dos lenguas que se hablaban en aquella frontera. Los letreros con las armas del *Rathskeller* y las copas resinosas, puntiagudas, de los árboles me recordaban otros lugares, otros años.

Yo nací en el fin del mundo. Nací en 1905 en un lugar llamado Milwaukee. Mis primeros recuerdos de Wisconsin se yerguen a flor de agua. Un muelle, *docks*, la línea de los silos a orillas del lago Michigan. El trigésimo Estado de la Unión era una pequeña Prusia; escandinavos y alemanes habían llevado allí sus cultivos de lúpulo, sus pesquerías y sus fábricas sistematizadas. A lo largo del Milwaukee River se extendía el muro de ladrillos rojos de las fábricas de cerveza Miller Pabst. Los obreros salían de ellas con sus gorras y sus fiambreras. Eran hombres melancólicos y vehementes, amables con los niños, dotados de esa sentimentalidad de orfeón y de cortinas cerradas que distingue a los ribereños de los países lacustres. Yo paseaba escudriñando con la mirada el horizonte de un mar cerrado. Los indios winneebagos llamaban a aquel lugar *la reunión de las aguas*. Los franceses habían buscado allí el paso del Noroeste en dirección a China. Pero tan sólo habían encontrado aquellos lagos rodeados de bosques, aquellos fiordos arenosos. Hacia 1915, la orilla oeste del lago aún conservaba los vestigios de un asentamiento inconexo, de colonias enjambradas al tuntún al borde de las aguas. Había campamentos de leñadores dispersos a la entrada de los bosques, de los que salían decenas de hombres llevando mandiles de cuero, hombres como quemadores de chimenea que se encaminaban hacia los aserraderos de los troncos embadurnados de savia portando sus hachas recién afiladas. En medio del lago, los irlandeses de Chicago transportaban en sus trenes de agua las viguetas de acero Bessemer, acompañados por el mugido alegre de sus sirenas. El olor de la salmuera señalaba la ensenada de las pesquerías, con sus canastas de finos listones blancos donde los pescadores ponían sobre un lecho de hielo los lucios y las percas apenas limpias. La orilla giraba. El olor a cuero y a pescado, el aroma de los troncos descortezados, se mezclaban en los confines del antiguo país de las pieles. A la entrada de New Glarus se extendían las queseras de la colonia suiza, un bufido de rebaños y de cencerros. Algunas familias de indios kickapoo, embrutecidos por el alcohol, vendían al borde de la carretera sus muñecas trenzadas con tiras de cuero flexibles. La gente que se adentraba más allá daba un rodeo para evitar la serrería mormona de Black River Falls, donde los que huían de Utah ofendían a los habitantes del país con sus costumbres de harén. «*Schweinehund*», se oía decir a veces cuando pasaban aquellos falsos ascetas de sombrero redondo.

Mi padre era magistrado en la *Court House* de Milwaukee. Se había licenciado en una universidad del Este, antes de regresar a aquel lago próximo a las extensas tierras canadienses. Cuando rememoro mis recuerdos más lejanos

–1910 quizá, yo tenía cinco años–, le veo en su bufete escribiendo en una hoja de papel vitela de Appleton. Aquélla era una época en que la autoridad de los padres tan sólo se sometía a la igualdad de los ciudadanos, una época de pelucas arrojadas al suelo y de farmacopea a la antigua. Durante las veladas, mi padre leía a los constitucionalistas ingleses y a Walt Whitman, a quien tenía, a pesar de su aspecto desaliñado, por una especie de padre fundador. Le gustaba llevarme a ver los invernaderos cubiertos por una cúpula del Mitchell Park, y también el edificio de la *Public Library*, porque para él la horticultura y la lectura eran dos facetas de una misma prodigalidad dominada, de una memoria del mundo sometida al orden de los hombres. También le gustaba estar al tanto de los adelantos en la construcción, viajaba a Chicago para visitar a los maestros de obras que le informaban de los nuevos revestimientos de mampostería, recibía los boletines de las exposiciones universales. Elogiaba la velocidad porque, según decía, es propia de los hombres, mientras que la lentitud es cosa de la naturaleza, como los grandes lagos adormecidos, como el paso de los ríos y de las estaciones.

Mi madre procedía de una de las familias que fundaron Milwaukee. Sus antepasados se habían instalado a orillas del lago poco antes de que Salomon Juneau abriera su establecimiento, con su cohorte de traperos, de judíos alsacianos y de perdidas. Pertenecía a aquella vieja cepa francesa que gustaba evocar a La Fayette y había obligado a incluir el *Bastille Day* entre las fiestas oficiales de Milwaukee. Diez años antes de que yo naciera, habían vuelto a erigir, piedra por piedra, una capilla del siglo XV francés en el recinto de la Universidad Marquette. También por esa época, los *Frenchies* de Milwaukee habían obligado al conservador del Museo Público a adquirir una partida de animales disecados en las tiendas de los taxidermistas de la calle del Bac, en lugar de hacerlo, como él quería, en las oficinas especializadas de Leicester Square. De hecho, mi primer contacto con la vida francesa fue un león africano convertido en estatua por su disecador.

Viajando en coche hacia el Sarre, tenía ante mis ojos el perfil de mi madre interpretando a Onslow al piano, deteniéndose un instante para mirarme con amor. Ella me incitaba a leer viejas novelas francesas, me hacía deletrear las palabras con este acento ligeramente canadiense que aún tengo. Hacia 1944, los norteamericanos de mi generación adoptaron el fraseo de Frank Sinatra, y también el de Orson Welles. Yo, en cambio, me temo que tan sólo he conservado el acento de mi madre.

Me había convertido en periodista. Deseaba acortar la distancia que un padre como el mío, un padre juez, ponía entre él y las cosas, acortarla por medio de las palabras, sacándole partido a todo cuanto se resistía a surgir en mi interior. Esa actitud no conduce a nada, pero obliga a ver. Ahora iba viajando por aquella carretera de Alsacia donde la historia se escribía sola: pero la pluma y la tinta procedían de una época en la que yo había observado a los pájaros alzar el vuelo más allá de las aguas hacia otra frontera. Tenía la sensación de que al doblar una curva me iba a encontrar con un cervecero con mandil o con un indio kickapoo. Las tres lenguas de mi pasado, el inglés que escribo gracias a mi padre, el francés que hablo gracias a mi madre y el alemán que oía a los demás, se entremezclaban de nuevo a orillas del Rin como si la guerra europea hubiese sido mi origen y mi fin, como si el océano que había cruzado me hubiese dejado en la playa de la infancia. Al acercarme al río no me adentraba en lo desconocido, me dirigía al encuentro de mí mismo.

Tan sólo permanecí un par de días en el QG del general Patch. El ataque era inminente. Las barcas desmontables, los *ducks* anfibios y los puentes articulados del Genio aguardaban desplegados en masa en la orilla del río. Los pontoneros del VII° Ejército, seguros de sí, me prometieron cruzar el Chevrolet a la otra orilla durante las próximas cuarenta y ocho horas tras la abertura de la cabeza de puente. Yo formaba parte, por derecho propio, del caravasar.

Llamé varias veces al Hotel Scribe. La señora Miller había salido. Al cuarto intento, la recepcionista me dijo que creía que se había ido a Londres. No tuve tiempo de sorprenderme. El asalto comenzó aquella misma noche, en Worms. Todo sucedió como un sueño. La artillería había iniciado un violento tiroteo de cobertura. Desde la orilla vi cómo una armada de barcas y de *ducks* se lanzaba a la marea. La luna iluminaba débilmente las colinas del Odenwald. El viento impulsó a los fumíferos hacia la orilla derecha iluminada por el fulgor de las balas incendiarias. Los alemanes apenas ofrecieron resistencia. Durante las horas que siguieron al combate, varios destacamentos se posicionaron en el *Autobahn* Darmstadt-Mannheim. Al día siguiente nos encontraríamos con el III[er] Ejército de Patton.

Treinta y seis horas después, una barca depositaba mi Chevrolet en la orilla derecha del Rin. Era el 28 de marzo de 1945.

Había cruzado el río.

Lee reapareció el día 12 de abril en el campamento de prensa de Frankfurt. Yo estaba aguardándola allí con el Chevrolet, tras recibir un mensaje desde París anunciándome su llegada. Lee saltó de un jeep para ir a caer en mis brazos. «¿Cuándo nos vamos?», fue lo primero que dijo. Tal y como era, sosegada o ardiente, Lee no dejaba lugar a mis preguntas. Bien es cierto que los acontecimientos se habían precipitado. Los ejércitos aliados avanzaban a gran velocidad hacia el Elba. Un sinfín de periodistas recorría ya el oeste de Alemania como si fuera un país conquistado de hecho. Yo había perdido algunos días esperando a Lee: *Life* me había pedido que me uniese sin tardanza a las líneas norteamericanas que iban al encuentro de las tropas soviéticas.

Al día siguiente partimos hacia el Este.

Entre el 12 de abril, fecha en que Lee y yo nos encontramos en Frankfurt, y el 8 de mayo de 1945, cuando la capitulación nos sorprendió en Rosenheim, transcurrieron cuatro semanas que aún hoy me obsesionan. Durante varios días nos habíamos internado, primeramente, en un territorio *pacificado*. Atravesábamos un país en ruinas, avanzando confusamente, sin ningún contacto y con muchas dificultades. Los vehículos, que llevaban pintadas en las carrocerías las imágenes de Betty Boop o de Mickey Mouse, circulaban bordeando las casas despanzurradas. En la carcasa de los muros que aún se mantenían en pie, los carteles gloriosos prometían invasión y revancha, *Invasion und Vergeltung*. Pero ¿qué clase de revancha aguardaba aquel pueblo de músicos lívidos, aquellas almas grises custodiadas por fantasmas con uniforme caqui? Cuando Lee apuntaba con su

Rollei a un alemán, éste aceleraba el paso. Las mujeres, sobre todo, se tapaban la cara, un gesto que tan sólo he vuelto a ver a las transeúntes de las ciudades turcas. Sabían que sobre Dresde, que sobre Hamburgo, habían caído las *Phosphorblättchen*, aquellas bombas que inflamaban los cuerpos, aquellas lenguas de fuego que devoraban el aire. Unos colegas del *Daily Express* nos contaron que en el zoo de Berlín, castigado por las bombas, los tigres escapados de sus jaulas habían dado caza a varios antílopes en llamas. Los animales morían estúpidamente en el incendio del mundo.

Desde el primer momento, Lee me había parecido anormalmente alegre: las Rollei siempre a punto, excitada como un cazador al acecho. Pero enseguida comprendí la razón de aquella euforia. Mientras el Chevrolet atravesaba un pueblecillo lúgubre, sacó una caja del bolsillo, la abrió, cogió dos pastillas blanquecinas.

–Toma –me dijo dejando caer en mi mano una de ellas.
–¿Qué es esto?
–Bencedrina.
–¿Bencequé?
–Sulfato de anfetamina. Ayuda a entonarse.
Ella se tragó la otra pastilla.
–Venga, Dave, venga.

Siguiendo su ejemplo, me tragué la mía. Media hora después, las cosas comenzaron a adquirir ante mis ojos un perfil duro, azulado, eléctrico. Sentía un flujo de corriente bajo la piel, sentía que podía atravesar el lago Michigan a nado o escalar hasta la cima de un volcán. Los ojos de Lee brillaban como gemas. La bencedrina iba a ser nuestra compañera habitual durante aquel viaje. Por eso, al mirar hacia atrás, pienso que vi aquel país sin verlo, más allá de él mismo: lo vi bajo el dominio de una droga.

Día tras día, el cielo iba a cubrirse de alas, de motores zumbadores, de fortalezas volantes y Liberators que sobrevolaban Alemania como si fuese un mapa de estado mayor. En tierra aguardaba el circo de Buffalo Bill comprado por la General Motors; miles de latas de *spam*, de contenedores de queroseno, de cajas de obuses y de cartuchos. El gran *show* americano, en fin: un salón desmontable que sus dueños pasean por el desierto, un orden nómada que se sobreimpone al país que atraviesa. En las zonas US de las ciudades reconquistadas, nuestro muchachos se habían asegurado de encontrar un perímetro rodeado de *checkpoints*, repleto de tiendas, de orquestas, de comodidades temporales. Al ver la bandera estrellada ondeando encima de las casas, al seguir con la vista los jeeps erizados de fusiles que circulaban ante los palacios desplomados, más de una vez me imaginé un campamento de escuadrones instalado al pie de algún *pueblo* de Nuevo México. Metro a metro, Europa se iba convirtiendo en un estudio cinematográfico donde los cámaras de la Warner rodaban su último *western*. Nosotros éramos las legiones de Hollywood en el Danubio, los neptunos de Esther Williams saltando a través de un aro de fuego.

Los hijos del Middle West se lanzaban a una cruzada hacia el pasado. Ya no eran los exploradores indios atravesando los bosques que limitan con las grandes llanuras: ahora contemplaban cómo la frontera de este otro continente era empujada sin cesar hacia el Este. Los correos del general Hodges apuraban sus motores igual que antaño los jinetes de la Wells Fargo fustigaban a sus caballos. Nuestros antepasados habían abandonado el viejo mundo; nosotros, hijos de la fortuna, volvíamos a recorrer aquella tierra devastada, arruinada, aquel *Wonderland* destruido por los magos. Europa era una zona de sortilegios oscuros que los B-29 sobrevolaban dejando caer sus bombas incendiarias.

Yo provengo de una civilización joven, de una sociedad que predica la perfectibilidad de las condiciones y el orden de las conciencias, de un sistema que grava el nombre de Dios en sus *banknotes*. Por eso tardará aún bastante en concebir su propio ocaso. Los soldados de Omar Bradley no comprendían que Europa, a la que veían como un solo y único país, se autodestruyese de aquella manera: *Europe is a bastard country*, se oía decir en los vivaques. Un sargento de Queens me expuso una noche su visión del asunto. Imaginaba que dos conservadores del Metropolitan Museum se habían vuelto locos y que, atrincherados cada uno de ellos en un ala del museo, se bombardeaban mutuamente hasta conseguir acabar con las estatuas, los cuadros y los guardias. No podía explicarse de otra manera aquel desastre, las catedrales incendiadas, los palacios arrasados, los relicarios pisoteados.

Pero sus camaradas no se enredaban en tales sutilezas. Los GIs tenían una palabra clave: *Liberated*. Todo cuanto despertaba su deseo era inmediatamente «liberado». Así, les vi liberar un segmento de césped, relojes de pulsera recogidos de entre los escombros, una fresquera repleta de *knackbrot* de centeno. *Liberated* la casa donde se ha pasado la noche, *liberated* la llave inglesa encontrada al borde de la carretera. Si Lee hubiese sido alemana, no habrían tardado ni un segundo en liberarla.

Ambos participamos en una de aquellas sesiones de liberación. Ante una casa de Hanau, nos encontramos a varios GIs yendo y viniendo de la puerta a sus jeeps, cargados de botellas. Frené. Lee saltó del coche.

–¡La bodega está llena! –nos gritó un sargento–. ¡Hay que liberarla!

Bajamos con los GIs al sótano abovedado. Una bodega henchida de olor a musgo abrigaba cientos de garrafas, de toneles y de botellones. Lee subió a por algo. Yo sondeé los moyos enarcados de hierro. Estaban hinchados como vientres. Los GIs metían mano a la reserva en medio de exclamaciones jubilosas. Lee reapareció con dos bidones.

–Vamos a llenarlos, David.

Algunas barricas revelaban su contenido: «Vino bordelés de Sauternes.» Abrí una canilla. El vino de Francia manó a borbotones. Tras llenar los dos recipientes, fui a buscar otro que llevaba en el maletero del Chevy. La cosecha había sido buena.

Durante los días siguientes, nuestros colegas, los corresponsales de guerra, al vernos hundir un par de cubiletes en los bidones, comentaban estupefactos:

–Dave y Lee se han vuelto completamente locos. Se pasan el día bebiendo gasolina...

Entre una ciudad y otra, el Chevy atravesaba siniestras extensiones de herbazales. Las casas rechonchas, con sus fachadas amarillo oro y sus techos de pizarra, desaparecían en la lejanía. Una lluvia fina anegaba a veces la inmensidad de los campos. A lo largo de los ríos, filas de civiles ennegrecidos y postrados aguardaban junto a los puentes derruidos, el tablero clavado en ángulo recto en los macizos de juncos. Los ancianos se apoyaban en sus bastones o se sentaban en unos rebujos de tela. Iban cargados con sacos de yute en los que llevaban patatas, pedazos de tocino o un enorme repollo. Nubarrones de mosquitos se lanzaban sobre ellos desde las riberas. Más abajo, algunos pájaros se alojaban en las claraboyas de las gabarras sumergidas.

Aquella gente que huía no miraba con malos ojos a los americanos. Los intérpretes del US Army nos decían que en realidad a quien más temían los civiles era a *Iván* –los soldados rusos que afluían en masa desde las cabezas de puente del Oder–, y que vivían como una humillación la presencia de los franceses, pueblo braquicéfalo, pueblo vencido. Lee y yo pasábamos junto a aquellas columnas en silencio. Yo siempre tenía a mano, bajo el asiento, un colt que me había dado un oficial de la 63ª División. Pero no tuve que utilizarlo ni una sola vez.

A menudo, nos topábamos con algunas barreras que nos cortaban el camino. Los GIs apartaban las alambradas de púas y nos indicaban los itinerarios posibles en el mapa. El Chevy se deslizaba entre los muros de sacos de arena y luego reanudaba su marcha. De cuando en cuando aparecían cadáveres al borde de la carretera, con las ropas quemadas por el impacto, los cabellos pringosos de sudor y de sangre. Tenían los ojos abiertos, la piel plisada como una cáscara de nuez. Por dos o tres veces nos perdimos. El Chevy se internaba por un camino que nos conducía a aldeas fantasmas. En un laberinto de carreteras llenas de baches, de minas tal vez, nos veíamos obligados a avanzar lentamente. Aquellos desvíos de bosques bañados por la frescura de la maleza eran como un gollete de sombra donde la vida renacía. Los pájaros cantaban en las ramas. Luego volvíamos a encontrar la carretera principal, descendiendo en picado hacia las humaredas que ascendían en el horizonte.

En el camino se cruzaban sin cesar las columnas de refugiados y las de los regimientos aliados que avanzaban hacia el Este. A veces nos quedábamos atascados entre un cañón-obús de 105 y un gran carro destructor. Los conductores se convertían en *barmen* ocasionales, cercados por el humo azul de los motores. Sacaban de sus baúles metálicos una botella de whisky y amenizaban al personal improvisando unos pasos de *shimmy* en la calzada.

Montañas de mercancías y de víveres se erguían en los puntos de abastecimiento. Allí nos entregaban saquitos de chocolate y cajas de paté, treinta litros de gasolina, cartones de Camel, espuma de afeitar, pastillas de permanganato para desinfectar el agua y, como un favor especial, varias raciones U, las de los oficiales superiores. Lee siempre conseguía algo más. Los hombres de la intendencia la agasajaban con un chasquido de lengua admirativo:

–*This lady is absolutely fearless!*

Ocasionalmente, algunos otros vehículos se unían al nuestro, luciendo las siglas de los grandes periódicos de Londres o de Nueva York. El *Harvard Press Club* se reunía circulando, intercambiando frases de portezuela a portezuela similares a los desafíos que se lanzan los corredores automovilísticos antes de la última vuelta. «*See you at Uncle Joe's*», gritaba uno al arrancar. El tío Pepe era Stalin, claro. Algunos corresponsales británicos, como Richard Dimbleby de la BBC, estaban convencidos de que las tropas anglosajonas avanzarían hasta Moscú.

La cubierta de las ruedas chispeaba sobre la grava. Los baches sacudían bruscamente los amortiguadores. Constantemente me veía obligado a girar el volante, a sortear los fragmentos de vidrio y los residuos desparramados por la carretera. El revestimiento de la carrocería se había desconchado, revelando bajo la capa verde oliva el destello del azul cromado. En las ciudades, escudriñaba sin cesar el empedrado de las calles. A menudo me encontraba con que los raíles de los tranvías habían sido extirpados de sus surcos para obstaculizar el avance de los blindados. Sobresalían del macadán como si fueran espolones de aristas cortantes.

Pero aquello ya no eran ciudades, tan sólo campos de piedras, ciudadelas ennegrecidas irguiendo sus viguetas hacia el cielo. En algunas zonas, los torpedos aéreos habían reducido a escombros todo signo de vida. Los armazones desplomados sobre maniquíes desnudos, los cubos de agua estancada que merodeaban los perros evocaban una tierra devastada por alguna epidemia mortal. Ventiladores y platos de hojalata, juguetes y piezas de motor yacían esparcidos por el fango. A veces, en el lienzo de alguna pared, veía los restos de un cartel, el perfil de un *Sonnenknabe*, de un hijo del Sol, bajo su casco marcial. El cielo de los atardeceres era rojo. A veces me mareaba. Un poco de bencedrina y el corazón se me disparaba, las cosas recuperaban su perfil duro y azulado. El volante giraba veloz bajo mi mano, me sentía arrebatado, transportado hacia otro mundo.

En un cuadernillo, iba anotando alguna que otra descripción, frases que se me ocurrían por el camino. Arriba, encabezando cada página, el nombre de un lugar; debía distinguir aquellas ciudades tan similares ahora en su destrucción recurriendo a algunos de sus rasgos, una catedral famosa, la sede de un *Landhaus*, debía darle un nombre a la nada. Alineaba párrafos, bosquejos. Al final, mi letra resultaba ilegible, discurría en zigzags. Lee observaba aquellos ideogramas por encima de mi hombro. Parecía envidiarme. Pero yo sabía que la verdad no saldría de allí, sino de su Rollei. Sabía que aquella guerra significaba el fin de la escritura, el fin de mi oficio.

A veces, experimentábamos algo semejante a la gracia. La intimidad de las viejas callejuelas prolongaba el silencio de las plazas. Sombras errantes merodeaban por los antiguos mercados, con sus mojones miliares, sus anillas de hierros, una divisa gravada en letras góticas: *Es ist passiert*. Una luz abrileña iluminaba las cúpulas reventadas. La sinuosidad de un río, la fugacidad de un collado le daban al paisaje una belleza de mujer madura, repleta de líneas onduladas y de torrentes conmovedores. El vaivén de la carretera nos acunaba. Los ojos de Lee se perdían en la sangría de los árboles. Ella sabía una palabra alemana para designar aquello, *Lichtung*, la tala luminosa de los bosques, y aquella luz que venía de muy lejos, sombreada por las copas de las hileras de troncos, se parecía a cuanto yo sabía de ella, a aquel destello velado en el que iba a perderme.

Lee no me inspiraba premura, sino amor y respeto. Y cuando le preguntaba si quería hacer una parada, permanecer algún tiempo en la retaguardia, siempre contestaba: «No, sigamos.» Era una mujer sencilla y hermosa, entregada al azar, como si en aquella existencia cambiante al borde de la muerte estuviese buscando la justificación de su propia vida. Aquel rostro iluminado a veces por una sonrisa era el de una auténtica reina, reina caída sobre una tierra en llamas, *fallen angel* arrojado a la maldición de los cuerpos y de los hombres. Cubierto por el maquillaje del polvo del camino, adquiría los rasgos de una máscara nō.

Tan sólo una vez la vi trastornada, físicamente enferma. Un Junker-88, solitario, probablemente extraviado, lejos de su base, surcaba el cielo de Hesse. Bajo sus alas distinguimos las cruces negras con un ribete claro de la Luftwaffe. El avión iba describiendo círculos, como un insecto atolondrado por la luz de una lámpara. De repente, otro ronroneo resonó en el Este. Dos cazas, volando casi a ras del suelo, aparecieron en el horizonte: dos Mustang. Lee alzó la cabeza, sus ojos revelaban inquietud. Los cazas viraron para atenazar al Junker. El avión alemán intentó una maniobra de huida. La ametralladora de su cola escupía una línea incesante de puntos rojos. Vimos cómo los emblemas de los aparatos se aproximaban en el cielo, extraño zodíaco, dos estrellas blancas contra una cruz negra. Los Mustang no le dieron la más mínima oportunidad al Junker. Los dos se abatieron sobre él en picado, ametrallándole. El JU-88 se sobresaltó en el aire, cizallado por las ráfagas. Una nube de llamas surgió del ala. Fuera de control, el avión alemán descendió oblicuamente como un planeador loco. De pronto, se convirtió en una antorcha. Sentí las uñas de Lee clavándose en mi brazo, sentí su rigidez, sus espasmos tetánicos.

El Junker se abismaba dibujando un arco de humo en el cielo. Lee miraba caer aquella masa en llamas con una indescriptible expresión de dolor. Una explosión, y luego, volutas de queroseno bullendo en el horizonte. Lee permaneció erguida, con la mirada perdida, hasta que una gran arcada la sacudió.

Durante unos minutos, estuvo vomitando al borde de la carretera.

Al llegar a Fulda, hallamos refugio en una villa ocupada por hombres de la 69ª División de Infantería US. Al fondo de un parque plantado de hayas, dos cañones de la *Flak* yacían abandonados, apuntando hacia el cielo. La boca de los tubos emergía de entre las ramas. Los técnicos de un grupo de transmisiones habían conseguido poner en marcha un grueso radar *Horchegerät* situado en un promontorio. A unos cuantos kilómetros de nosotros, varios B-17 se disponían a bombardear las fábricas del Elba. La pantalla verde del radar estaba cubierta de puntos móviles: los pilotos de la US Air Force volaban hacia el Este, dispuestos a desencadenar el Harmaguedón. Pero en la pantalla no eran más que un reguero de pulgas.

Había un aparato de radio encima del tablero del radar. Giré el mando. Un chirrido desgarró la noche. Luego se oyó una voz calma, letánica, implacable, citando en alemán varios nombres y apellidos. No era difícil reconocer el acento del locutor: eslavo. Creí estar soñando: una voz rusa estaba leyendo ante el micrófono una interminable lista de nombres alemanes.

–Radio-Moscú –comentó el oficial del Servicio de Transmisiones–. Es la hora de las *Vermisste*. Todas las noches difunden los nombres de sus prisioneros. Para ablandar a los *Krauts*. O para intimidarles, que para el caso es lo mismo.

La voz persistía, monótona, sádica. Aquel tipo se recreaba en el placer, o, mejor dicho, en el lento suplicio.

Volví a girar el mando de las frecuencias: la caja de madera nos regaló una melodía jupiteriana.

–*Beethoven's Third* –afirmó Lee.

El sonido era confuso, sucio, como velado por una cortina de lluvia. La cadencia marcial, elocuente, arreciaba sobre un pueblo enterrado en sus casuchas. A lo lejos, una nueva oleada de B-17 se aproximaba. La música se cortó de repente. Una voz ahogada, furiosa, se alzó entre nosotros. La arenga, siguiendo todas las reglas de la oratoria, perseguía el apogeo inmediato. El efecto era apabullante.

–El señor Goebbles –dijo el oficial.

Los B-17 pasaron por encima de nuestras cabezas, acallando la voz de Berlín. Pero enseguida volvieron a resonar aquellos aullidos fantasmagóricos, surgidos de la garganta de un lobo. Era la muerte quien hablaba, la muerte guadañera de nervios encendidos, la muerte visceral, gimiendo en un tono agudo de soprano. Lee la escuchaba, yo la escuchaba, escuchábamos la voz de la muerte.

Pero ¿dónde nos hallábamos aquella noche de abril, en qué espacio, en qué mundo de aviones ronroneantes, manchas en la pantalla verde, voces norteamericanas, listas de vivos lentamente salmodiadas en el éter, y con aquel aullido de muerte, aullando hasta el fin de las cosas, aullando en la noche infinita?

Los vestigios de los bombardeos salvajes desfiguraban las inmediaciones de Erfurt. Dos noches atrás, los *blockbusters* habían asolado la ciudad. La tierra había temblado bajo el impacto de los enormes torpedos aéreos. A varios kilómetros de allí, unos fogonazos rojos iluminaban el cielo.

Cuando llegamos allí, las ruinas aún seguían humeando. A la entrada de la ciudad, los especialistas en explosivos se afanaban alrededor de un depósito de *Tellerminen* sin utilizar. Las cabezas de las minas, semejantes a minúsculos buques marcianos, transformaban el terreno en el decorado de una película de Flash Gordon. Un olor a óxido de carbono flotaba en el aire. Creí estar viendo las trincheras de la guerra anterior. Varios *bulldozers* empujaban hasta los agujeros de las bombas un amasijo de alambradas de púas, de transmisores desvencijados y de baterías lanzacohetes. Los tubos de *Nebelwerfer*, similares al tambor de un colt monstruoso, oscilaban en la fosa.

Los habitantes recogían a sus muertos. Ya no estábamos en Alsacia, aquella guerra cuerpo a cuerpo en mitad de la nieve. Entrábamos en ciudades devastadas durante la noche anterior, en la que el fuego había caído del cielo. Rara vez se combatía en primera línea: la aviación ya había hecho su trabajo. Oleadas de B-17 y de Liberators nos precedían en el camino, machacando sin cesar. Nosotros nos limitábamos, pues, a avanzar, en medio del hedor atroz de la carne quemada.

En Erfurt, varias cargas de demolición colocadas en los edificios públicos habían sido activadas por las SS antes de su repliegue. Los cadáveres adquirían entre los escombros el color de los cascotes, horrible mezcolanza de nitrato y de tendones, estatuas rígidas sin ojos. De entre un amasijo de ruinas surgía el pie de una mujer; el tobillo estaba manchado de sangre reseca. Lee se puso a sacar varias fotos. Tardaba demasiado.

–¿Crees que las zorras de Belgravia querrán ver eso? –le dije.

Lee se volvió hacia mí, furiosa.

–Las zorras de Belgravia saben mucho más de esto que las de Madison Avenue. Han visto cómo las bombas destrozaban los techos de sus casas... Yo hago lo que puedo, Dave. Trabajo para una revista, me pagan por hacer fotos. Eso es todo.

No pude responder. Junto a un pilar derruido yacía el cadáver de un soldado alemán, con los ojos clavados en el cielo y las manos reventadas. Los canales abiertos de las arterias resaltaban sobre aquellos dos muñones calcinados en un picadillo de huesos y de ligamentos. Lee se acercó, pero enseguida apartó la vista. Estaba pálida como una muerta.

A escasos metros de allí, se hallaba un piano aplastado bajo la vigueta de un techo. Las teclas blancas y negras habían volado al suelo como dientes partidos. Lee se agachó a recoger algo. La vi sacar de entre los cascotes un metrónomo intacto que desempolvó con cuidado. La varilla del péndulo se había atascado en el fanal. Lee la desencajó de un manotazo: el resorte funcionaba. Oímos el tic-tac, tan regular como el mecanismo de un reloj. Lee dejó el metrónomo en el suelo, desenfundó su Rollei, sacó una foto. Luego aceleró el compás del triángulo graduador. Otra foto. ¿Por qué malgastaba de esa manera el carrete? Ni idea, pero la vi acelerar una vez más el compás y apretar nuevamente el disparador. ¿Qué *tempo* quería fijar fotografiando aquel objeto? Foto. Otra más. Velocidad máxima de compás. Foto. Lee respiraba más aprisa, daba vueltas alrededor del metrónomo. Parecía llevar a cabo una ejecución, asesinar el ritmo en doce fotos. Al llegar a la duodécima, la Rollei se bloqueó. Lee dejó caer la cámara sobre su pecho. Mi confusión aumentó cuando de pronto le vi arrearle un patadón al metrónomo, que cayó dando botes en medio de las ruinas.

Seguimos avanzando hacia el Elba en aquella noche más

sombría que la noche. La carretera serpenteaba, el viento segaba las humaredas de los incendios sobre la llanura, y todo se consumía, ardía. El Chevy tragaba litros y litros de gasolina, la estrella blanca rodaba por las carreteras, el cielo volvía a llenarse de alas, de cientos de aviones sobrevolando nuestras cabezas; ¿qué ciudadelas irían a incendiar, qué dios negro? Yo me aferraba al volante, la sangre bullendo en las sienes, ni una palabra, café en los termos, vino en los bidones, un comprimido de bencedrina, los tímpanos martilleados por los impactos de las bombas. Pero era otro hálito el que me doblegaba, estaba reventado de fatiga y de miedo; ¿en qué universo entrábamos, qué país era aquel en cuyas paredes leíamos consignas de muerte; *Wir siegen mit unserem Tod*: la muerte que logramos es nuestra victoria?; pero ¿qué clase de victoria era ésa, contra qué y contra quién?

Dormir, dormíamos a veces al lado del coche, a veces en las camas de hierro de la intendencia, a veces en medio de un bloque de casas cercado por los Sherman y los centinelas. El ruido de los motores se perdía a lo lejos. Yo observaba a Lee, arrebujada en su saco. El polvo del camino agrisaba sus cabellos. Una bruma roja pasaba ante mis ojos, al adormilarme me llevaba conmigo su mano abierta como un enigma.

Ya no recuerdo si llegué a tocar a Lee por entonces, creo que no, demasiada fatiga, los nervios siempre tensos, podía sentirlos bajo la piel, bencedrina, café, polvo, las sirenas aullando, la noche repleta de motores, a la mañana siguiente, lo mismo, carretera y manta, el volante, un poco de vino en el cubilete. Aquella guerra borraba a los seres, ya no había más que multitudes, aquella guerra mataba las cosas, ya no había más que acontecimientos; y sin embargo, sí, lo recuerdo, una noche cerca de Jena, o en otro lugar, ya no veía a Lee ni ella me veía a mí, éramos dos cuerpos enmarañados, nada que ver con el amor, tan sólo dos cuerpos que se aferraban uno al otro para huir del cadáver; yo deseaba vivir.

En Leipzig, las estatuas que adornaban las fachadas del Burghaus sostenían las astas de las banderas hitlerianas que habían dejado en sus manos. Una alegoría de la Justicia alzaba solemnemente su pequeña balanza de hierro. Recogí del suelo varios casquillos de bala y los deposité en uno de los dos platillos. El astil se inclinó suavemente.

–*You win* –me dijo Lee.

Un olor a cadáver caliente reinaba en el interior del edificio. Los fieles del *Burgmeister* nazi acababan de inmolarse alrededor de él. Una decena de cuerpos yacía en los despachos, tendidos bajo retratos de Adolf Hitler y reproducciones de Altdorfer. Algunos de aquellos cuadros habían sido rasgados por los propios suicidas: una aguja de hacer punto permanecía aún clavada en un retrato del Führer, a la altura de un ojo. Al fondo del despacho del burgomaestre, descubrimos a un hombre de unos cincuenta años, desplomado en un sillón. Llevaba un uniforme de la *Volksturm*. Una mujer de la misma edad estaba postrada a sus pies.

Cianuro.

Apartada de ellos, sobre un gran sofá de cuero negro, una muchacha parecía dormir. Arrebujada en un abrigo gris, llevaba un brazalete de la Cruz Roja alemana en el brazo. Bajo su mano entreabierta había una cápsula de veneno. La cabeza inclinada hacia atrás revelaba que sus finos cabellos rubios eran consecuencia de una implantación. Tenía los brazos cruzados sobre el pecho. Lo más impactante no era la palidez de su piel, sino la boca lívida, entreabierta como para un beso postrero. La hija del burgomaestre había seguido a sus padres en la muerte.

Lee se acercó al cadáver.

–Tiene unos dientes excepcionales –dijo sin pestañear.

La Rollei ya estaba fuera de su estuche. Lee sacó una foto tras otra. Con suma tranquilidad, sin la menor inquietud, encuadrando una y otra vez. Aquella fría obstinación parecía interminable. Tras sacar la duodécima foto, Lee se volvió hacia mí. Su rostro estaba anormalmente pálido. Me espetó:

–El suicidio embellece a una mujer, ¿no crees?

Yo estaba convencido de que ciertas situaciones, ciertas imágenes eran para ella como un encuentro consigo misma. A medida que fotografiaba, Lee parecía constatar viejas deudas. Pero ¿cuáles?

La noche del 24 de abril, apenas pude dormir. Habíamos

sido desviados hacia una granja de Trebsen ocupada por un destacamento de la 69ª División de Infantería. Los GIs yacían adormilados en un granero alfombrado con briznas de paja. El polvo amarillo que cubría el suelo desprendía un olor a pesebre. Lee dormía enrollada en una manta. De cuando en cuando, un sinfín de patitas rozaba los cuerpos dormidos: los ratones emigraban.

Yo miraba las estrellas a través del techo reventado. Las constelaciones misteriosas brillaban lejos del mundo de los hombres. Un fragor tormentoso retumbó a lo lejos: las fortalezas volantes iban camino de sus objetivos. Un hálito letal atravesaba el cielo, avivando aún más la sensación de abúlico cansancio, de vida agobiada por su fin.

Presa de una náusea repentina, me incorporé. Salí al patio de la granja. Los centinelas montaban guardia. La noche era cenicienta, lejanos rubores de incendio la recorrían. Era como si una tempestad nos hubiera arrojado allí, en medio de un torbellino contenido. Durante algunos minutos escuché el tronar de las bombas que devastaban las defensas del Elba. Poco a poco mi oído se había rendido a lo que le asaltaba: el estremecimiento sordo del suelo machacado, los zumbidos de los motores que recorrían la carretera y el cielo, las ráfagas crujiendo como madera seca. Desde hacía varios días, Lee y yo apenas hablábamos. Ella almacenaba imágenes; yo garabateaba en mi cuaderno jeroglíficos ininteligibles. Tenía que hacer un verdadero esfuerzo para prestar atención a las voces humanas, para escucharlas y comprenderlas.

Regresé al granero. La luz de la luna bañaba los cuerpos dormidos. Los rasgos de Lee parecían extenuados y graves como los de una mujer gruesa. Respiraba suavemente, tan pálida, tan cansada. Su boca tenía una mueca infantil. Me pareció notar que sus labios temblaban, que al borde del aliento pronunciaban algo. Los labios articularon con mayor lentitud aquella palabra. *Father*. Luego, su rostro recuperó la calma. En aquella noche de Alemania, Lee, con una voz somnolienta, había llamado a quien la había creado. Tan sólo un padre habría podido escucharla, quizá un padre la había escuchado.

Al día siguiente, a última hora de la tarde, varias patrullas de la 69ª División de Infantería se unieron en el Elba con otras avanzadillas de la 58º División soviética. Esa misma noche llegamos a Torgau con el grueso de la 69ª. Un tren de vehículos recorría, con todos los faros encendidos, la ribera occidental del Elba. Una débil bruma temblequeaba sobre el agua. Los trazos de las balas rojas prorrumpían sobre las dos orillas del río mientras los cazas rasgaban el cielo. El Genio había ordenado instalar una batería de proyectores alrededor de la ciudad. Varias hileras de camiones convergían en Torgau haciendo sonar sus cláxones.

–Esto parece Coney Island –comentó Lee.

Los faros iluminaban un espectáculo pasmoso. Dos columnas de refugiados, avanzando en direcciones opuestas, se habían visto sorprendidas por la tenaza aliada. Por un lado, civiles alemanes huyendo del avance de *Iván*; por otro, polacos y rusos liberados por las tropas norteamericanas intentando llegar al Este. Los alemanes, inmóviles al borde de la carretera, creían llegada su última hora. Los polacos y los rusos agitaban las banderolas de su suerte. Se habían apoderado de un *Panzerspähwagen* abandonado al borde de la carretera y disparaban ráfagas de ametralladora hacia el cielo. Cientos de hombres gritaban en varias lenguas, cientos de cuerpos vestidos con harapos saltaban de alegría alrededor de los vehículos verde oliva. Lee enroscaba, uno tras otro, sus flashes. Fotografiaba los rostros yesosos, las manos extendidas hacia los bidones de agua.

A paso de tortuga, el Chevy consiguió llegar hasta la plaza mayor del Burg. Una luna primaveral brillaba en el cielo. Decenas de vehículos orugas, camiones y jeeps aparcaban a la luz de las bengalas. Los vítores aumentaban, mezclados con risas y cantos entonados en una lengua áspera, una lengua llena de sangre y de tierra como el viento que arrastra las hojas arrancadas por el granizo.

Los primeros soldados soviéticos surgían del fondo de la noche. Los tanquistas del mariscal Kornian blandían sus gorras de cuero y caían en los brazos de los GIs de la 69ª División. Una camada de perrillos amarillos ladraban entre nuestras piernas. Los reclutas de Fort Worth abrazaban a los grandullones de Ucrania y a los héroes del Piatiletka, tipos con piernas de jinete y hoyuelos horadados por el viento. Yo estrechaba las manos desnudas de los conductores de carros, manos fuertes, manos inclementes. Sus ojos de gatos grises habían visto la estepa y las horcas, sus brazos de mecánicos habían sido modelados por el acero de los conglomerados. Eran los *spez* del Don y los *oudarniki* del Volga, habían atravesado las llanuras y los osarios, sabían que en aquel momento Alemania estaba dividida en dos. Berlín aguardaba como un fruto maduro, a tres días de camino.

Unos soldados rusos insistieron en que les acompañáramos hasta sus camiones Ford-Ruski, unos cacharros increíbles semejantes a los que se pudrían desde 1930 en los hangares de Talahassee. A cada minuto veíamos entrar una hilera de Shermans en la plaza y aparcar al lado de los enormes JS-3 marcados con la estrella roja. Los tanques rusos, con su caja sorprendentemente baja, parecían al lado de los nuestros saurios temibles, surgidos de la sombra.

Los pájaros despertados por el tumulto se habían puesto a cantar en los árboles. Sus píos se mezclaban con los cantos, con las detonaciones, con las melodías de los acordeones. Me resultaba difícil creer que aquella travesía a través de un país devastado tuviera por término aquel *ballroom* improvisado a orillas del Elba, con legiones de cosacos, GIs derrengados, habitantes desaparecidos, algunos reporteros del *Daily Express* recién llegados y la señora Lee Miller, del *Vogue* británico, cubriendo la primicia para las lectoras de Mayfair.

Un soldado ruso, al verla, comenzó a gesticular como esos vendedores orientales que intentan atraer a un cliente hasta su tenderete. Nos señaló un camión.

–Vamos –le dije a Lee.

Comprendí el sentido de aquellos gestos al acercarnos al camión. Bajo la lona había cinco enfermeras vestidas de uniforme, sentadas en medio de un batiburrillo de cajas llenas de frascos, vendas e instrumentos esterilizados. El soldado quería que la mujer norteamericana se reuniese con las mujeres rusas. Tras guiarnos hasta allí, nos abandonó. Las enfermeras nos estrecharon la mano efusivamente. Subimos al camión. Aquellas jóvenes rusas tenían hermosos cabellos claros, los pómulos algo colorados. Con su parloteo incomprensible intentaban, sin duda, darnos la bienvenida. Nos ofrecieron unos cigarrillos de tabaco negro. Lee despertaba su curiosidad; las enfermeras la rodearon, le ofrecieron un cubilete de vodka, remarcando con un *hoï* cada trago. Una de ellas posó su mano sobre la guerrera de Lee, con el delicado tacto de una costurera que palpa una tela desconocida.

–*Amerika* –dijo otra enseñando la Rollei.

–*Hollywood* –comentó una tercera señalando a Lee.

Todas se echaron a reír, también Lee. Las enfermeras debían de tomarla por una actriz en misión propagandística. Otra hizo un gesto de emparejamiento con las manos. Lee comentó:

–*Yes, he's my man*.

Las enfermeras aplaudieron y colocaron autoritariamente mi brazo alrededor del cuello de Lee. Yo deposité un pequeño beso en sus labios. Las rusas volvieron a aplaudir, dando muestras de enérgica aprobación. Otro, otro, parecían decir. Luego, una de ellas, con un gesto de interrogación, señaló los pechos de Lee, al tiempo que se tocaba también los suyos, a la altura de los pezones. Su rostro revelaba perplejidad. Las demás intentaron ayudarla. Se llevaban las manos al busto, que todas tenían muy voluminoso, como si estuviera relleno. Con toda naturalidad, Lee se desabrochó la guerrera y les mostró que no llevaba sostén. Las rusas soltaron un grito de asombro y se pusieron a hablar muy deprisa entre ellas. Luego me indicaron que me volviese y no mirase. Las obedecí. Ellas rieron de lo lindo. Y Lee no se quedó corta.

Al cabo de un momento, sin poder aguantar más, me volví. Las enfermeras chillaron, asustadas y encantadas. De nuevo aparté los ojos. Lo que había visto no carecía de interés. Las jóvenes se habían desabrochado los uniformes para enseñarle a Lee sus corsés gruesos como armaduras emballenadas.

Las enfermeras volvieron a vestirse. Después vaciamos una botella de vodka. En aquel camión que olía a éter, en medio del estruendo, aquellas jóvenes soviéticas improvisaban alegremente una fiesta llena de calidez y de olvido. Lee y yo nos bajamos del camión un tanto borrachos.

La noche era azul.

Al día siguiente, en el primer *briefing* de prensa, las cosas tomaron un rumbo distinto. El teniente-general Courtney H. Hodges, con el mismo aire siniestro que tenían los suboficiales desde hacía quince días, nos informó personalmente de la situación. Roosevelt había muerto el 12 de abril en una casa de Warm Springs. La noticia pendía sobre nuestras cabezas como el presagio del fin. Una época concluía, una época que había tenido el rostro de aquel patricio inclinado ante los micrófonos, el pesimismo de la mirada azul incesantemente desmentido por una voz henchida de coraje. Acallando la melodía de *Lili Marlene*, los GIs comenzaban a cantar *Oh Mr Truman when shall we go home? Stars and Stripes* llevaba días informando de la muerte de F. D. R. A pie de página, se leía que los ejércitos de Joukov acudían en tropel desde las cabezas de puente del Oder. La jauría iba al olor de la encarna: Berlín sería para los rusos.

La tenaza se cerraba. En Italia, Bolonia había sido liberada, y las tropas del general Alexander avanzaban hacia el valle del Po. Los británicos ya estaban cerca de Bremen y de Hamburgo. El VI° Ejército tenía cercada la ciudad de Nuremberg desde el 16 de abril. Viena había caído tres días antes; los T-34 soviéticos remontaban el Danubio intentando ganar por la mano al III^{er} Ejército US que iba a su encuentro. Los oficiales de prensa no nos ocultaron que, al principio, los corresponsales occidentales no podríamos acceder a Berlín: *Iván* se reservaba la presa. Tendríamos que buscar nuestros *scoops* más al Sur, en el santuario bávaro. Allí, las últimas ciudadelas del dios negro aguardaban. No había elección.

Luego nos comunicaron un mensaje del general Patton, tan elegante como siempre: *Munich is one call piss-down the road*.

El viaje no acababa allí. La carretera continuaba hacia el Sur.

Dos días después, llegamos a Múnich. Las tropas de Patton acababan de sitiar la ciudad, pero aún quedaban focos de resistencia en algunos barrios. Por todas partes se oía el ulular de las sirenas, el crepitar de las ametralladoras, el vuelo raso de los cazas y el estrépito lento, grave y sordo de las casas afectadas. Los prisioneros, embutidos en un uniforme de paño gris, luciendo un brazalete rojo con una cruz gamada negra, eran conducidos bajo estrecha vigilancia a unos edificios del más puro estilo *Drittes Reich*, decorados con águilas góticas y estatuas de atletas arios. En la calzada yacían algunos perros pastores de las SS, con el morro levantado y la cabeza destrozada. Los amos de la ciudad prohibida abatían a sus animales antes de suicidarse con una granada.

En el QG de Patton, los oficiales estaban desaforados. El SHAEF quería que Baviera estuviera bajo control antes de una semana. Estábamos a 29 de abril: tan sólo quedaba una semana de guerra, pero nadie lo sabía. En Múnich me encontré con Dick Pollard, el oficial de prensa preferido de Patton, a quien yo había conocido en Nueva York cuando él trabajaba para *Life*. Era un tipazo vivaz, avispado, la clase de hombre capaz de encontrar caviar bajo una piedra. Dick me llevó aparte. Me contó que la *Rainbow Company* de la 45ª División iba a partir esa misma tarde en operación especial. Me ofreció un puesto en el convoy. Acepté sin reservas. Lee podía venir conmigo.

Una hora después, un jeep vino a recogernos y, a toda prisa, nos unimos a una columna de vehículos que se dirigía hacia los arrabales de Múnich. Varias autoametralladoras iban abriendo paso, seguidas por otros tantos blindados repletos de soldados. Dos cañones arrastrados por tractores nos acompañaban en el viaje, así como varios jeeps equipados con ametralladoras móviles.

Lee iba sentada junto a mí en la parte de atrás, con su casco de visera móvil, sus Rolleiflex recargadas y un par de Ray-Ban. Llevaba la camisa remangada, exponiendo a los rayos del sol de abril sus antebrazos. El cabo negro que conducía el jeep se volvía de vez en cuando hacia nosotros, señalando las cámaras.

–*Hey, Lady, please take a pitcha'!*

Lee sacó una foto en marcha, sin tan siquiera quitarse las gafas. Luego se inclinó hacia el cabo para preguntarle adónde nos dirigíamos.

–Bâton-Rouge, Louisiana –respondió él con una enorme sonrisa.

El convoy se internó en una avenida desierta. Patrullas de cascos blancos de la MP aguardaban en los desvíos y agitaban sus manos enguantadas para indicar que el camino estaba despejado. Algunos Sherman aguardaban estacionados a la entrada de las calles, con las ametralladoras coaxiales apuntando a las fachadas. No se oía más que el ruido de las turbinas de los motores, el estrépito de las orugas, un prolongado mugido metálico devuelto por el eco de las casas. Éramos como un cortejo de dragones aterrorizando aquellas hileras de viviendas. Al Este, se veía una columna de humo ascendiendo al cielo. El polvo levantado de la calzada, mezclado con el pólen de las plazas ajardinadas, se metía en los pulmones obligándonos a toser. Algunas casas habían desaparecido bajo el impacto de los enormes *blockbusters* que las bandadas de B-17 habían soltado durante la semana anterior. Un olor a escombros y a sucedáneo de café nos saltaba a la cara, pero luego se esfumaba con la brisa veloz. En las fachadas aún se veían algunos carteles rojos y negros, en los que se podía leer al pasar: *Führer, befiehl, wir folgen* –Führer, ordena, nosotros te seguimos–; y en casi todos los árboles, una inscripción en letras góticas, *Um Freiheit und Leben*, el lema de la *Volksturm*, el testamento de los niños-soldados. En aquellas amables casas con techos de pizarra, los bávaros ahora amedrentados seguramente tenían cerrada en el bolsillo la mano que antes habían alzado en exceso. Escuchaban el ruido de las orugas mordiendo el pavimento, un estruendo angustioso, apocalíptico. Nosotros éramos para ellos la *spotted death*, la muerte moteada, la peste en marcha, aunque éramos menos que eso, puesto que no éramos rusos.

A medida que avanzábamos, cada vez resultaba más raro ver alguna casa. El convoy iba ahora a una buena velocidad. Los tubos de escape echaban volutas de humo a chorros, mezcladas con el chisporroteo furioso de los motores. Las antenas de los vehículos, curvadas por la velocidad, azotaban el aire como la rabiza de una caña de pescar. Una columna adentrándose en tierra extraña, cielo de primavera alemán, estrellas blancas en los blindajes, y Lee a mi lado mirando el horizonte.

Múnich iba quedando atrás. Entrábamos en una zona sembrada de campanarios en forma de bulbo y de caseríos. El convoy bordeaba un riachuelo orillado de herbazales. Sacamos los prismáticos. La región no era segura. Incluso en Múnich, las tropas de Patton habían escuchado en sus radios las arengas del alcalde nacional-socialista que emitía desde un estudio clandestino. Más adelante, cerca de Berchtesgaden y de Austria, nos aguardaba una última línea alemana.

El convoy aminoró la marcha. Al sentirnos, los pájaros huían de los bosquecillos verdes caldeados por el sol. El cielo estaba azul, moteado de nubes densas y rojizas como la humareda de un incendio. Dos aviones sobrevolaron la franja de llanura que se extendía a la izquierda de la carretera. Lee alzó la vista al mismo tiempo que yo. Eran B-26. Enseguida se perdieron en el horizonte. Aminoramos aún más la velocidad. En la cabeza del convoy, gritos de órdenes. Por un instante nos cegó el brillo de los cañones automáticos de la autoametralladora que nos precedía. El cabo asió el FM que iba posado en el asiento. Luego reanudamos la marcha. Al avanzar, fuimos descubriendo por qué íbamos tan despacio. Una fila de carretas discurría por la calzada, unas tiradas por bueyes y caballos, otras, a brazo. Iban cargadas de muebles, andrajos de todo tipo, mil y un utensilios, fardos de ropa. Asistíamos al éxodo de varias familias alemanas. Un olor a polvo se desprendía de aquel batiburrillo, en el que se distinguían las cabezas delgadas de los niños, aterrorizados por el miedo que sentían sus padres. Recordé por un instante los carteles que había visto en Alemania, denunciando *las matanzas causadas por los negros norteamericanos en la Francia del judío De Gaulle.* Aquella gente debía de huir de su última hora, convencidos de que pronto serían destripados por los machetes de los puertorriqueños, hechos picadillo por los salvajes de Harlem. Al bordear aquella columna improvisada tan sólo se veían rostros vencidos, cabezas gachas. Durante doce años, habían vivido prisioneros de un mundo que rechazaba al mundo, que no podía ver en el otro sino a un esclavo o a un monstruo. Para aquellos niños, yo era el vampiro, el *Blutsauger*. Al igual que el cabo negro, al igual que esa mujer con una cámara. En aquel momento, en aquella carretera, compadecí a aquellos padres por haber inoculado semejante terror en la mirada de sus hijos. Ni siquiera les habían transmitido su odio, no, tan sólo les habían inculcado su miedo.

Lee había enfundado su Rollei. Imagino que porque comprendía aquello; no quería conservar la imagen del monstruo que era ella a los ojos de aquellos niños alemanes.

–*Commit thy way unto the Lord* –dijo el cabo, embragando.

Era el primer versículo del salmo 42, el *Lamento del levita desterrado*, que suele cantarse en las iglesias baptistas. Tan sólo veía su nuca, pero sabía lo que estaba pensando, también él.

Continuamos nuestro camino. Siniestros cuadros de pinos orillaban los terrenos colindantes. Entre las ramas primorosamente podadas se distinguían los postigos verdes de las villas de Baviera. Los GIs habían desenganchado sus gruesas armas automáticas del varal de los blindados. Las colocaban en el afuste, con el cañón posado en el borde de los volquetes. Lee se incorporó en el jeep; asida a la barra transversal, permaneció de pie. Luego, alzando el pulgar, me indicó: OK. Parecía una reina depuesta, avanzando con los cabellos al viento. Observaba sin saber el mundo infinito, la ausencia de mundo en la que íbamos a adentrarnos.

Tras una curva de la carretera nos topamos con un carro

Mark III volcado en la cuneta. Dos impactos habían perforado el blindaje. La máquina yacía de costado como un gran animal que ha rodado por el suelo. El metal fundido despuntaba en lengüetas aceradas, con un color mortal mezcla de restos de pintura, negruras de incendio, destellos grises de hierro candente. La escotilla de la torreta estaba abierta. Un olor atroz emanaba de aquel despojo, olor a gasolina desparramada y a carne quemada, a pólvora y a aceite de motor, como si un fogonazo hubiese calcinado los humores de aquel animal de hierro, fundiendo a la vez las palancas, los hilos, las antenas, la sangre y los huesos de los seres con casco que habitaban sus entrañas.

Ante nosotros se desplegaba ahora un cielo ensombrecido. Una extensión de hierbas había suplantado a los pinarcillos. Las desbandadas de pájaros habían cesado. Ni un solo hombre, ni un solo ser vivo alrededor. Tan sólo las vibraciones de la calzada sacudida por las orugas de los blindados propagaba a ras del suelo un estremecimiento que inclinaba la hierba. Puñados de mosquitos se estrellaban contra el parabrisas. Un nube sombría se había alzado en el horizonte. Un vapor bajo, estático que, más que caído del cielo, parecía exhalado por la tierra. No era el humo de una fábrica o de un pueblo, sino una masa retenida, incubada por el azul inmenso.

Mis ojos fueron a posarse en el arco iris pintado sobre la calandra del jeep. La *Rainbow Company* rodaba hacia una nube. Pero aquél no era el espectro de siete colores que señaló en el cielo el fin del Diluvio. Era, en tres kilómetros a la redonda, un nubarrón fuliginoso como jamás había visto, denso, encallado en su origen, aplastado sobre el horizonte.

Lee se había vuelto a sentar. Metió sus Ray-Ban en un bolsillo. Su mirada azul se encontró con la mía. Estaba dispuesta, yo ignoraba a qué, pero estaba dispuesta. Llevábamos semanas juntos en aquellas columnas de soldados que podían disparar, abatir a un *Kraut*, arriesgar sus vidas en la medida exacta en que debían defenderse. Yo les había seguido, a veces exponiéndome tanto como ellos, pero siempre un paso atrás, inerme, teniendo como única prueba de mi virilidad a aquella mujer que ellos envidiaban y que me justificaba a sus ojos. «*This guy is OK, he's got a splendid lady.*»

Varias líneas se habían entremezclado, varias líneas que confluían en aquella tarde de abril, no había otro fin, otro objetivo que el de avanzar hacia lo que nos aguardaba.

Los vehículos se habían reescalonado a fondo, dejando un intervalo mayor entre uno y otro. Los encargados de las ametralladoras se hallaban en estado de alerta. Las radios chirriaban.

–*Last checkpoint!* –gritó el cabo.

La compañía se había situado en posición de combate. Pero ¿contra quién íbamos a combatir, salvo contra aquella nube encrespada sobre la línea del horizonte? Al borde de la carretera, varias casamatas abandonadas se reflejaban en los charcos de agua negra o, quizá, de gasolina desparramada. De la hierba amarillenta ascendían oleadas de vapor. Una sensación de espeso estancamiento se apoderaba del ánimo ante aquellos colores de tierra resquebrajada, aquellos tonos de escoria. Matojos de cardo picaban el borde del camino. Siendo niño, me colé un día en un criadero de setas abandonado. Una luz de luna entraba por la vidriera coloreada del techo. El perfume astringente de las fibras se mezclaba con los efluvios de tierra húmeda. Las setas abandonadas a su suerte habían proliferado en un desorden germinal y uliginoso. Volví a sentir aquel olor en la garganta.

La *Rainbow Company* acababa de franquear un desnivel. Una nueva perspectiva se abrió ante nosotros: la columna se internaba en una hondonada. La ondulación del terreno abrazaba en su curva los campaniles de un pueblo, las diagonales de una vía férrea y, más allá, las estribaciones de una colina boscosa. Desde el fondo de aquel paisaje tranquilo ascendía algo semejante al fulgor de un puesto ambulante, o a la ondulación de un lago de hollín. Pensé en los enormes campamentos de los Confederados construidos durante nuestra guerra civil. La nube que atestaba el horizonte se elevaba desde aquella hondonada, y parecía mantenerse suspendida allí como el nubarrón grisáceo que cubre las riberas de un río cuando graniza. Un olor espantoso, que no procedía ni de la carretera ni de los campos, flotaba por doquier; no era el olor propio de los cuerpos destripados, ni el de los armazones metálicos volados por los obuses, ni tampoco ese olor a guerra antigua, mezcla de hilas y de nitrato, sino un hedor a sótano, a putrefacción, a carroña, una acidez orgánica que se extendía como una capa sobre el convoy, difuminando el olor familiar del humo de los tubos de escape, e incluso el recuerdo de la piel, de su gusto, de sus sombras. Aquel hedor impulsado por el viento parecía sobreimponerse a todo, impregnaba los campos, se adhería a las cosas. En nuestro caso, tal vez un animal habría vuelto sobre sus pasos.

–*Gee, it's hell!* –gritó el cabo.

Vi cómo la mano de Lee se crispaba estrujando la barra transversal. Una sensación de angustia brotaba de aquella tierra sin hombres. Los cañones de las ametralladoras se inclinaron, dispuestos a soltar sus ráfagas. Al ir adentrándonos en la hondonada distinguimos con más claridad los detalles del relieve. Había varias alambradas de púas desplegadas en las líneas de defensa, como matas de espinos arrastradas por una tempestad de arena. La carretera estaba jalonada de carteles ACHTUNG BLINDGÄNGER; el terreno o sus aledaños debían de estar minados. A la derecha, había varias líneas férreas que se entrecruzaban en dirección al fondo de la hondonada. Uno de los ramales se dirigía hacia algo que ahora nos pareció un campamento delimitado por torres de observación.

El convoy aceleró. El hedor envolvía una zona desolada, similar a un escorial en cuyos alrededores tan sólo se ven minerales muertos, breñas sin pájaros. De pronto, una sirena comenzó a aullar. Sin duda nos habían divisado. Los motores zumbaron a todo gas. Lee sacó del estuche una de sus Rolleiflex. Segundo a segundo se iba precisando la forma de aquello hacia lo que nos dirigíamos. Algunas alambradas más protegían un *Hinterland* vacío más allá del cual se extendía un recinto amurallado con varias puertas monumentales. La estructura era lisa, vil, semejante a la de los grandes mataderos de Michigan. Las torres de mampostería del recinto estaban protegidas por puestos de observación edificados sobre pilotes. La sirena había enmudecido. Nada se movía. Mi corazón latía desaforadamente. El convoy franqueó las primeras torres de observación; distinguí los pilares y las viguetas cruzadas, los parapetos de planchas, la luneta redonda de los reflectores. El hedor era cada vez más insoportable. Una de las ametralladoras que iba delante disparó una ráfaga al azar. No hubo respuesta. Mi reloj marcaba las dieciséis diez. Los primeros vehículos de la columna se internaron en la explanada habilitada en el eje de la entrada principal. Veía cómo iba creciendo la puerta. La cabecera de la columna se quebró bruscamente. Tres autoametralladoras se salieron de la fila y se posicionaron en los ángulos de la explanada. Los blindados que iban detrás redujeron la velocidad y luego se detuvieron. Decenas de GIs saltaron a tierra para cercar las inmediaciones. El cabo redujo la velocidad. Varios vehículos nos adelantaron. El jeep se detuvo bruscamente. Lee se aferró a mi brazo. Ante nosotros se había iniciado un combate sin enemigo. Protegidos por los cañones de las ametralladoras, los infantes de la *Rainbow* habían saltado al foso que rodeaba el recinto amurallado. Al no encontrar resistencia en aquel flanco, se dirigieron encorvados hacia las torres de los ángulos.

Había algo en aquel avance que causaba estupefacción, era como una imagen apocalíptica en medio del silencio. Los muros altos y grises, las torres vacías, la enigmática extensión que se abría más allá del recinto, nada se parecía a cuanto yo había visto o conocía de aquella guerra. Lee observaba todo aquello muda, con la cámara en la mano. La hierba seca, las raicillas a flor de tierra, parecían extintas bajo una fina capa de cenizas. Contuve el aliento. Los primeros soldados alcanzaron la base de las torres de observación. Varias autoametralladoras les seguían de cerca, situándose en el eje de su avance; tan sólo se escuchaba el eco lúgubre de los motores. Pasaron algunos minutos. Lee había descendido del jeep, sumamente pálida. Escrutó el cielo un instante, como si estuviese aguardando una señal.

De repente, oímos el ruido sordo de una explosión, luego otra, y otra más. Varias granadas habían explotado en el flanco sudeste del campamento. Luego se desencadenó un continuo crepitar de armas automáticas. Varias balas rojas disparadas desde algún lugar que no alcanzábamos a ver surcaron el cielo. Las autoametralladoras se dirigieron rugiendo hacia el lugar en que la avanzadilla acababa de abrir fuego. Me entraron náuseas, pero al mismo tiempo me sentí aliviado al oír el ruido seco de las ráfagas. Otra partida de GIs corría hacia el lugar del combate. Lee permanecía inmóvil, al igual que yo. Un sonido había golpeado nuestro oídos, como provocado por el tiroteo, más allá de los muros. Un sonido que ascendía en oleadas giratorias y que no se parecía a nada. No era el hálito de un incendio que se propaga, ni el temblequeo de los techos azotados por el viento; no era el fragor de la resaca en la orilla ni el gemido del hierro golpeado sobre el yunque. Era una voz lenta, difusa, el grito de un despertar desesperado que atravesaba el cielo como una bandada de pájaros dolientes. Las armas automáticas crepitaban, las granadas explotaban, y aquel clamor ascendía, impulsado por el viento; eran los gritos de una multitud, un rumor de tumulto arremolinándose en el infinito silencio. Y aquel rumor acongojaba, ponía un nudo en la garganta, porque era algo humano, algo hecho de voces humanas que desgarraban el cielo con un aleluya incalificable.

Sonaron más tiros, más deflagraciones. Los soldados disparaban con mortero. Luego cesaron los tiros. Las autoametralladoras se desplazaron hacia la entrada del campamento. El clamor era cada vez más intenso.

A las dieciséis cuarenta, se abrieron las puertas. Estábamos en un campo de concentración. Habíamos entrado en Dachau.

Ahí se extiende una línea. La línea del silencio. No hay palabras, o bien, en mi caso, muy pocas para describir aquello.

Recuerdo el telegrama que Lee mandó a Londres anunciando el envío de los primeros clichés. Había escrito ocho palabras: *I implore you to believe this is true*. Te suplico que creas que esto es verdad.

Recuerdo al rabino Max Eichhorn, que había hecho toda la campaña con la 45ª División. Recuerdo su intransigencia y su compasión. Fue en Múnich, dos días después. El rabino alzó los ojos y dijo: «Quien no haya entrado allí no entrará jamás. Quien haya entrado no volverá a salir.»

Después, tras un silencio, añadió: «La prueba es más fuerte para poner a prueba la fe.»

No tengo ánimo para contar lo que nos sucedió después. Fue, sin embargo, uno de los más hermosos *scoops* de aquella campaña, uno de los últimos. Existen fotos para demostrarlo, y hablan por sí solas. Aunque lo cierto es que todo fue cosa del azar.

La noche del 30 de abril estábamos de vuelta en Múnich. Al acercarnos al centro de la ciudad tuvimos que pasar varios controles. Algunos de los barrios estaban ardiendo. Espesas nubes de humo se elevaban en el horizonte. En el QG de Patton, los de intendencia nos asignaron una tarjeta de acantonamiento que correspondía al número 27 de la Prinzregentenplatz. Pero llevábamos demasiado horror en los ojos como para prestar atención al lugar en el que dormiríamos esa noche.

Dick Pollard había resguardado el Chevy en el hangar destinado a los vehículos de la prensa. Fuimos a por él. Una patrulla nos indicó la dirección. La luna iluminaba las calles, por las que circulaban algunos Sherman con todos los faros encendidos. Intenté evitar los destellos vidriosos que brillaban en el asfalto como una granizada reciente. Lee permanecía callada. Miraba los árboles recortados, estremecidos por la brisa. Yo deseaba encontrar una casa, una habitación en la que poder conciliar el sueño que borrase la vergüenza.

Fuimos a dar a una plaza. Había varios jeeps aparcando a la sombra de los grandes castaños. Un blindado alemán había explotado en la calzada. Oíamos las voces alegres de los GIs resonando en el aire. Lee me señaló una placa clavada en la piedra gris de Baviera: *Prinzregentenplatz*.

–Ahí es –dijo.

Buscamos el número 27 entre aquellas casas adornadas de gárgolas. Una sirena aullaba a lo lejos. Lee examinaba las fachadas. Yo veía sus cabellos dorados flotando en la noche. Delante del número 27 había una anciana sentada en un banco. Los habitantes de Múnich estaban obligados a acoger a las tropas norteamericanas. La mujer nos entregó la llave con cara de pánico, luego desapareció sin decir una palabra: probablemente una vecina, o la casera.

Abrí la puerta, busqué a tientas el interruptor: había electricidad. El recibidor podría haber sido muy bien el de un burgomaestre amante de las estatuas, pues en él había varios desnudos neoclásicos posados sobre peanas de mármol negro. En la pared, un cuadro costumbrista representaba una escena de caza, en el que se veían *Jäger* con plumas y algunos *setters* de reluciente pelaje.

–Es horrendo –dijo Lee, desconcertada.

La vivienda era un tanto *pulcra*. A diferencia de los lugares que habitualmente veíamos durante las primeras horas de ocupación de una ciudad, en éste no había señal alguna de huida apresurada. Más bien se respiraba ese ambiente de helada suspensión que se adueña del visitante en algunas salas de pintura, o el habitáculo de un navío desarmado pero repleto aún de sus instrumentos de navegación. Lee empujó una puerta. Un despacho apareció ante nosotros bajo la luz eléctrica. Las cortinas, corridas, eran de una tela oscura decorada con árboles y pájaros, muy del gusto austríaco. Las detonaciones que resonaban en las calles se amortiguaban allí, como en el corazón de una estancia acolchada. Un retrato de Bismarck colgaba de la pared. El olor a cera que reinaba en el despacho emanaba de un pequeño escritorio con el reborde tachonado. Sobre él, cuidadosamente dispuestos, había un reloj pequeño de mármol, un pisapapeles, un aparato de radio de tamiz circular, dos libretas de cuero, una estatuilla con el cráneo vaciado que hacía las veces de portalápices, una caja de plumas Pelikan, varios mapas de estado mayor plegados, una lupa. Aquélla era la estancia de un arquitecto desaparecido que antes de marcharse había parado todos los relojes. En ella pendía un hechizo, semejante a la sombra de un árbol maléfico. Lee se fue a explorar las otras habitaciones; yo me quedé en el despacho, intrigado por el perfecto orden de su biblioteca. El propietario no era un enemigo del régimen. Había alineado meticulosamente en las estanterías libros del doctor Rosenberg, tratados de Haushofer, y también esos curiosos *westerns* alemanes escritos por Karl May. Todas las encuadernaciones llevaban el mismo monograma punzado: AH. De uno de los anaqueles saqué el *Kampf um Berlin* del doctor Goebbels. Había una dedicatoria en la primera guarda. Al descifrarla, grité.

–¡Leee!

Ella acudió corriendo. Luego me dijo que en aquel momento yo estaba como loco.

Aquélla era la casa de Adolf Hitler.

Por increíble que pueda parecer, nadie en la intendencia se había dado cuenta de que el número 27 de Prinzregentenplatz era la antigua residencia muniquesa del dictador, aquélla en la que había madurado su ascensión, aquélla en la que Geli Raubal se había suicidado y había sido hallada una mañana. Lee soltó una carcajada, una carcajada que aún sigo oyendo como la expresión de lo imposible y lo absurdo de aquella guerra. Luego hizo algo inaudito. Sin decir una palabra, se dirigió hacia el baño, abrió el grifo de la bañera y comenzó a desnudarse. Llevábamos días sin darnos una ducha. Las botas, la guerrera, los *slacks* cayeron volando al suelo. Lee se metió en la bañera, agarró un guante y comenzó a frotarse enérgicamente. El baño, muy estrecho, estaba alicatado de blanco. Sobre un mueble lacado reinaba la estatuilla de una diosa bañándose, con la mano alzada hacia el frente. Saqué del estuche una de las Rollei y fotografié a la señora Lee Miller en el *bathtub* de Adolf Hitler.

Allí la dejé, y me fui a avisar a los oficiales acantonados en las casas vecinas. Enseguida se formó una pequeña aglomeración delante del número 27. En el interior, Lee, ya vestida, ametrallaba las habitaciones con el flash. El teniente-coronel Grace se presentó poco después. Era un excelente germanófono. Me llevó al despacho y descolgó el auricular del teléfono. Una voz respondió en alemán que el QG de Berchtesgaden estaba a sus órdenes. La voz exigía la correspondiente palabra clave. «*Rinderbratten*», soltó marcialmente el coronel.

–¿Qué significa *Rinderbratten*? –le pregunté.
–Buey salteado con tocino.
Un grupo de GIs invadió la vivienda. Se mostraban respetuosamente curiosos en aquella especie de museo. Uno de ellos descubrió en la biblioteca un ejemplar de *Mein Kampf*, entró en la habitación del amo de Alemania y lo hojeó tumbado en la cama. Por una vez, fui yo quien sacó la foto.

Era la noche del 30 de abril de 1945, doce años y tres meses después del advenimiento del III Reich.

La tarde de aquel mismo día, Berlín se había desmoronado bajo los efectos del incesante bombardeo soviético. Alrededor de las dieciséis horas, el Sturmbannführer Heinz Linge salía del bunker en compañía de una joven ordenanza. Portaban un cuerpo envuelto en una manta *feldgrau*. El fardo fue depositado en el fondo del cráter de un obús, rociado de gasolina y quemado.

El cuerpo del dios funesto desapareció en medio de las llamas.

Todo concluía. Berchtesgaden fue nuestro adiós a aquella guerra, una salva postrera antes del crepúsculo. En la neblina cálida de la primera noche de mayo, vimos llamear el *lodge* de piedra y de hormigón. Los hombres de «Iron Mike» O'Daniel habían librado su último combate. El Berghof ardía en medio del inmenso circo boscoso. Las pavesas rodaban sobre la hierba empujadas por el viento. El armazón crujió. Luego las chispas prendieron las ramas bajas de los pinos. Los GIs de la 15ª División observaban cómo se consumía el Nido del Águila. Un poco más allá, ardían también las casas de Goering y de Martin Bormann. La mirada se perdía en la libertad infinita del paisaje, y sin embargo seguían oyéndose los mismos gritos en la noche, durante el saqueo de las urbes del mal. No sé por qué me venían a los labios unas palabras oídas en la infancia, unas frases del *Apocalipsis*, o, mejor dicho, lo sé perfectamente. «*Vi entonces a la Bestia y a los reyes de la Tierra con sus ejércitos reunidos para entablar combate contra el que iba montado en el caballo y contra su ejército. Pero la Bestia fue capturada, y con ella el falso profeta...*»

Una sensación de angustia se apoderó de mí delante de aquel incendio. Lee trabajaba con el flash a diez pasos de mí. Fotografiaba llamas: la buena y la mala luz, la que alumbra y la que quema. Aquella guerra sin palabras estaba finalizando, terminaba con aquel olor a savia y a vigas desplomadas, con el ruido de las figurillas de cristal estallando en medio de las hogueras de Baviera. Yo no le había dado nada salvo el camino que conducía allí; ella no tenía nada que devolverme salvo la certeza de haber estado presente. Apostados en un último saledizo, vimos arder el armazón del último bastión. Yo estaba en la mitad del camino de mi vida. Y estaba allí con ella.

Poco después, descendimos a las entrañas del Berghof. Los GIs recorrían, incrédulos, aquella inmensa red de sótanos: varios comedores, un cine, varias despensas de vituallas. Entre los escombros encontré una bandeja de plata con las iniciales AH grabadas. Se la entregué a Lee. Ella, a su vez, me dio un tomo encuadernado en cuero verde que recogió de entre las ruinas: una edición alemana de las obras de William Shakespeare.

Ahora, mientras escribo, veo el canto resquebrajado del volumen. Ahí está, entre los libros de mi biblioteca de Nueva York. Ya entonces contenía la furia y las llamas entre las que fue hallado. Aún las contiene hoy, y las contendrá eternamente.

En la mañana del 6 de mayo, viajando desde Berchtesgaden, nos incorporamos al campamento de prensa que el VI° Ejército acababa de instalar en Rosenheim, al sudeste de Múnich. Los encargados del Servicio de Transmisiones trabajaban aprisa y bien. En una antigua escuela habían improvisado una central de enlaces aun mejor que la del Hotel Scribe.

Nos alojaron en un buen sitio, en una casita abandonada. Un tortuoso sendero conducía al pequeño edificio rodeado por un jardín que olía a periodicucho. La reja del gallinero había sido arrancada, las gallinas habían volado. En el interior de la vivienda, todo evidenciaba que sus habitantes habían huido precipitadamente. Los utensilios de cocina estaban desperdigados por el suelo. Una estufa apagada destacaba en medio de una batería de atizadores y de cajas repletas de leños. La ventana de la única habitación estaba adornada de cortinas de pésima tela. La imagen de un crucifijo nos observaba desde la pared.

Dejamos las mochilas en la habitación. La fatiga acumulada durante las últimas semanas se hizo patente de golpe. Lee descorrió la cortina, abrió la ventana. Un rayo de sol iluminó las paredes. Descolgó el crucifijo y lo arrojó al polvo.

–*I fuck God*.

Vi entonces en sus rasgos lo que debería haber leído hacía tiempo: un expresión desgarradora de niño herido. Se sentó en el borde de la cama, agobiada por el silencio de aquella casa vacía. Su cabeza se desplomó sobre la almohada. Durante un instante, Lee clavó la vista en el techo. Me acosté a su lado, le acaricié el pelo. Ella rechazó suavemente mi mano.

–Tengo sed, Dave. Quiero beber.

Yo había conseguido dos botellas de whisky en la intendencia de la 15ª División. Las saqué de la mochila y fui a buscar un par de vasos a la cocina. Lee se lo llenó hasta el borde.
–*Cheers, my love* –dijo sonriendo levemente.
Bebió varios tragos. Le temblaba la mano.
–Está bueno...
Se volvió a tumbar. Su cara acusaba la fatiga.
–Descansa, Lee, descansa.
Le agarré la mano. Ella apenas respondió a mis caricias.
–Pronto acabará esta guerra. No podremos continuar.
–Continuaremos –le dije.
Ella barrió el aire con la mano.
–Continuar, ¿hacia dónde? En París, nos aguardaba la carretera. Pero ahora...
Lee se incorporó, se atusó el pelo, sacó un cigarrillo del bolsillo. Yo le di fuego con mi Zippo.
–Gracias, Dave.
Se levantó, aspiró una bocanada y fue a acodarse en la ventana. Tan sólo veía sus hombros sobre el fondo verde del jardín.
–Cumplí treinta y ocho años en abril –dijo sin volverse–. Ya no habrá otra guerra. No como ésta.
–Debes descansar, Lee.
–Pero si me siento muy bien...
Permaneció inmóvil ante la ventana. Di dos pasos, intenté atraerla hacia mí. Ella se resistió. La agarré con mayor firmeza por los hombros. Al volverse, vi que estaba llorando. La estreché entre mis brazos.
–Te quedarás conmigo, Lee.
–No sé lo que quiero, Dave. Ya no sé nada...
–Tú necesitas algo, algo que yo te daré mientras pueda.
Ella alzó los ojos. Su rostro bañado en lágrimas rozaba el mío.
–¿Qué?
–Amor.
Sus cabellos rozaron mi mejilla. Apoyó la cabeza sobre mi hombro.
–Ya no sé nada, Dave.
–Oh, sí, claro que sabes. Nadie puede vivir sin amor.

Lee se pasó los tres días siguientes borracha. Cuando cruzaba la puerta de la habitación, me la encontraba adormilada en la cama, con un brazo colgando sobre el suelo. Las botellas de whisky se agolpaban en la mesilla de noche. Respiraba lentamente, con la cara pegada a la almohada. Bajo sus párpados cerrados acontecía un viaje que yo no podía ver. Cuando salía de aquel torpor, me llamaba: *Dave*. Yo acariciaba su mejilla.

–Descansa, Lee, descansa un poco más.

Ella sonreía, pero la luz se había velado. Su brazo se desplomaba de nuevo.

–Por favor, Dave, ve a buscar otra.

Yo salía a buscar las botellas que me pedía. Durante aquellas dos jornadas, 6 y 7 de mayo de 1945, hice muchos viajes de las cantinas del VIº Ejército a la habitación de Lee. ¿Qué otra cosa podía hacer? Yo también bebía un poco, por acompañarla, sin ganas. En la habitación reinaba el mismo desorden, las mochilas abiertas, el estuche de las Rollei, los cascos de combate. Varios ejemplares de *Stars and Stripes* rodaban por el suelo, con sus rimbombantes titulares. *Splendid news from Moscow, Berlin has fallen*. Por muy abstracto que nos resultara a nosotros, Berlín había caído.

Ni siquiera el 8 de mayo logró sacar a Lee de aquella postración. Por la tarde, varios altavoces comenzaron a gritar por toda la ciudad: *IT'S ALL OVER HERE! VICTORY IN EUROPE IS OURS!* Los soldados vaciaban sus cargadores disparando al aire. El tiroteo duró varias horas. Yo no sentía nada. La victoria nos pertenecía, sí, pero no era la nuestra.

Aquella noche, una lluvia fina comenzó a caer sobre Rosenheim. Las gotas resonaban en el techo como mil punzadas de aguja. Lee dormía a la luz de una vela, respirando suavemente; el aliento le olía a alcohol. La idea del fin me angustiaba. Tampoco yo sabía adónde iríamos ahora.

Salí al jardín, algo borracho. Había un árbol plantado en él. Sus hojas goteaban monótonamente agua de lluvia. El árbol era lo que era, algo enraizado en la noche, en el mundo. Pero yo no sabía si aquel mundo era el mío.

Aquellas semanas de 1945 vuelven a dejar en mí una

sensación de amargura, semejante a la que se apodera de uno al salir de una fiesta triste. Todo se ha acabado, caminamos pisoteando serpentinas, y la vida ya no es tan hermosa. Lee siguió bebiendo durante varios días. No sé si por cobardía o por cansancio, el caso es que me despreocupé un poco de ella. Durante el día la dejaba sumida en su extraño letargo y me montaba en el Chevy para ir a Múnich. Yo huía de Lee como había huido de mí mismo.

Por todas partes los GIs, detenidos en su avance, veían perfilarse el fin del viaje. No morirían, volverían a ver a sus hijos. El acantonamiento en el que la victoria les había sorprendido era algo más que un punto de apoyo: era la orilla del continente que ellos habían recorrido, en el interior de ellos mismos, durante varios años. En el bosque de Rosenheim, seguí el rastro de un animal junto con dos sargentos del US Army. Ambos eran oriundos de Pine Bluff, Arkansas. La paz les impulsaba a esa otra clase de guerra que es la caza: habían visto morir a muchos hombres, ahora tan sólo abatirían perdices. Aquellos tipos reían como niños andando entre la maleza del bosque. Los grandes troncos de los pinos les recordaban los vastos terrenos de caza de su Estado, las altas copas ondulantes de la *Bible Belt*. «*Look, it's a swamp*», gritaban señalando una ciénaga. Aquella región en la que el armisticio les había pillado por sorpresa era, para sus corazones, como un adelanto del regreso, como un placer anticipado del otro Sur. Baviera era su Arkansas provisional, y ellos cerraban los ojos, ofrecían sus rostros al sol, creían descubrir a la vuelta de una alameda la casa hecha de troncos donde su padre había nacido.

Me dirigía a Múnich. La calzada de la *Reichsautobahn* era un reguero de cráteres de bombas. Los arbustos crecían a su antojo en los jardines abandonados, floridos de lilas recientes. Al acercarme a los suburbios, veía cómo las muchachas macilentas se refugiaban en las casas. El Isar fluía por su lecho de piedras. Las fachadas en perspectiva alzaban su armazón por encima de la orilla. El Chevy perdía velocidad, daba botes sobre los tablones del puente Max-Joseph. Yo miraba aquellas riberas despobladas pensando en la mujer dormida de la que me alejaba, y de la que no podía huir. En lo alto de la columna de la Paz, el ángel dorado aguardaba oculto bajo una red de camuflaje: sus alas cegadas por la guerra permanecían replegadas bajo la tela. Cuadrillas de italianos vagaban en busca de alguna madriguera a lo largo de la Föhringer Allee. La ardilla se había convertido para ellos en un manjar exquisito. Las cazaban con tirachinas en las frondas del Herzogspark. Las pequeñas bolas de pelo caían como frutos maduros, con la cola paralizada por el postrero espasmo.

    Al acercarme al centro de la ciudad, me cruzaba con filas de soldados alemanes, andrajosos, sucios, caminando en silencio hacia la estación. Una vez desarmados, los hombres de la Wehrmacht eran devueltos a la vida civil; sólo los oficiales superiores y los cuerpos de elite de las SS eran detenidos e interrogados. Trenes habilitados *ex profeso*, circulando por las raras líneas férreas que aún quedaban intactas, repartían a aquellos hombres por todos los rincones de Alemania. Como ya se habían dado varios casos de *Flecktyphus*, cada cual miraba a su vecino como si fuera un cadáver andante, cada rostro era para el ajeno la efigie de una muerte prevista. Sus campamentos improvisados en las calles, sus sopas magras cocidas en agujeros de obuses, sus ojos fugitivos eran la imagen de un mundo consagrado a una única obsesión: sobrevivir. Los rostros crispados por el odio de los hijos de la *Volksturm* no despertaban en mí ninguna compasión. Yo los observaba de lejos, en medio de su polvo: semblantes de reitres raspados hasta los huesos. Algo se había calcinado en ellos, el impulso sexual, el deseo, como si la derrota les hubiese castrado. Les aguardaba la verdadera condena, no la que nos declara culpables, sino la que nos aleja del Dios que nos juzga. Se defendían de la mirada compasiva, se preservaban para siempre del perdón. Ellos, al menos, se librarían de la lenta expiación que ya había comenzado en el Este. Miles de prisioneros caminaban hacia los campos de concentración de Ucrania llevando sobre la nuca la sombra de los fusiles. Los rusos, que querían ignorar a Dios, castigaban aplicando otra ley más cruel: la de los hombres. Creo que en aquel momento yo era partidiario de la justicia soviética. Partidario de la ley del talión.

    Se rumoreaba que los oficiales encargados del OSS estaban llevando a cabo operaciones de «limpieza». De cuando en cuando se veía algún grupo de ingenieros militares, agentes del Abwehr partiendo discretamente rumbo a los *Headquarters* de Frankfurt. El castigo caía finalmente, y con mayor dureza, sobre los traidores de los países ocupados. Los soldados de las tropas indígenas de las divisiones Nordland, Viking y Charlemagne, eran perseguidos como si fueran *outlaws*. Los ajustes de cuenta entre europeos habían comenzado.

El abatimiento que se había apoderado de Lee durante los primeros días de mayo no era sino un signo precursor, o al menos eso quería creer yo, del hastío que empezaba a invadir los regimientos. Durante meses, las unidades que aguardaban el combate habían sido presas de una sensación de urgencia. La energía se condensaba en cada partida para luego desbordarse en cada asalto. Ahora, había que habituarse a la paz. Los estados mayores reubicaban sus divisiones en cuadriláteros geográficos, al igual que antaño la Caballería dominaba el Oeste con sus fuertes: decididamente, tratábamos a los *Krauts* como si fueran indios pawnees. Los centinelas permanecían a la defensiva, alertas, pues se decía que algunos francotiradores de la *Volksturm* merodeaban aún por los bosques. Cada día partían batallones hacia Austria. Los cañones de 105, cubiertos por la bandera estrellada, dormitaban bajo las enramadas en flor. Los GIs, cargados de *Silver Medals* y de *Purple Hearts*, agitaban alegremente la mano. Habían desembarcado en Utah Beach, perforado la bolsa de Estrasburgo, resistido un tres-contra-uno alrededor de Mortain cuando el Feldmarschall Von Kluge lanzaba su última contraofensiva. A su paso, las ventanas alemanas se cerraban. «*Schade Tag*», murmuraban los viejos transeúntes. Su tristeza era distinta a la nuestra.

En el campamento de prensa, los corresponsales de guerra comentaban ampliamente la situación: Baviera recuperaba su curso normal al igual que un río recupera su cauce. Los habitantes de Múnich juraban no saber nada. El Reich les había perseguido; todos tenían parientes de sangre *no aria*; eran auténticos demócratas. Los informes del Servicio de Inteligencia daban cuenta de las conversaciones mantenidas en los cafés de Múnich. «Hitler está vivo», decían los parroquianos. O bien: «Hitler era un verdadero austríaco, un hombre sensible, un buenazo.» E incluso: «Él también poseía la bomba, pero era demasiado noble como para utilizarla.» Los bávaros defendían que los alemanes y los angloamericanos podían llegar a entenderse. Muchos creían en la existencia de un pacto secreto para tomar Moscú.

Cada día corrían nuevos rumores entre los enviados especiales. La mayoría de ellos cierta. En las prisiones nazis aparecían horcas hechas con cuerdas de piano, hachas y tajos, e incluso algunas *vírgenes de Nuremberg*, estatuas huecas, forradas por dentro de puntas de acero. Algunos informes hablaban de los proyectos ciclópeos del Führer, que quería edificar en Linz una megalópolis de mármol más grande que Nueva York. En las villas de los oficiales quedaban vestigios de las orgías reproductivas que allí se celebraban: hasta las últimas semanas de la guerra, los sementales de la SS habían estado montando a sus perfectas hembras dolicocéfalas. Uno de los hijos de Thomas Mann, que se había nacionalizado norteamericano y trabajaba para *Stars and Stripes*, había descubierto recientemente que la casa de su padre había sido transformada en *Lebensborn*. Camarillas de periodistas partían hacia Garmisch, donde el viejo Richard Strauss dedicaba sus fotos elogiando a Baldur Von Schirach y al *gauleiter* Hans Frank, unos auténticos melómanos. El chocho compositor explicaba con gran orgullo que su hijastra había sido la única judía en libertad de la Gran Alemania, deplorando, eso sí, que el régimen hubiese estimado útil prohibir la montería a tan excelente amazona.

Pero lo normal era que los bávaros no dijeran ni mu. Los ilustres ciudadanos católicos, ansiosos de hacerse con las riendas de sus municipios, negociaban bajo cuerda con las autoridades norteamericanas. Yo no les tragaba, e intentaba no encontrármelos. Escribí una larga *story* alemana que *Life* publicó por entregas. Nueva York envió las felicitaciones de costumbre, y el asunto quedó postergado por un tiempo.

También asistí a varias ruedas de prensa, que casi siempre acababan aburriéndome. Un joven oficial, que llevaba en la cinta de su casco diecisiete cruces de hierro confiscadas al enemigo, venía a darnos los partes del día. Los mapas de estado mayor, llenos de flechas que traspasaban Alemania como si fuera un San Sebastián, fueron sustituidos por una consigna de letanías impregnadas de ese espíritu misionero que se apodera del Ejército norteamericano cuando ha conquistado un territorio. Pero el corazón de los combatientes ya no estaba en él. En los acantonamientos, los soldados mataban el tiempo. Los reclutas de Brooklyn esculpían minúsculos Empire State Buildings en los neumáticos. Entre los GIs negros corrían de mano en mano discos de Robert Johnson o de Big Bill Bronzie; las gargantas rasposas del Delta o de Chicago rememoraban con ayuda de los gramófonos otras pesadillas: jaurías persiguiendo a los esclavos, batidas en los pantanos, rituales alrededor de las cruces quemadas. Llegaba el verano, las guerreras estaban empapadas de sudor. Muchachas con las piernas desnudas aguardaban rozando las fachadas. Un kilo de harina costaba trescientos marcos en el mercado negro, una cucharilla doscientos marcos, una mujer algo menos. Oficialmente estaban prohibidos los contactos personales con las bavaresas. Pero uno notaba cómo se intensificaba esa frustración del soldado que no dejará de darse el gustazo con alguna lugareña. En Francia, les habían dejado a sus anchas. ¿Por qué no iban a poder ahora, en aquel país ocupado, vapulear el vientre de las hijas de los asesinos? «*I'm gonna fuck a little Kraut*», se oía decir por todas partes. Reinaba una bruma estival, un ambiente de putrefacción; esa ondulación de la curva que solemos llamar *anticlimax*.

Yo esperaba la llegada de algún cable de Londres o de París que me impulsara a buscar alguna nueva pista. Pero nada. Éramos gacetilleros con hambre de noticias, encallados en la orilla de un mundo nuevo.

Por la noche, volvía a encontrarme con Lee. Con Lee y con el alcohol.

Por fin, una mañana, Lee se puso un uniforme limpio, recargó su Rollei. Caminaba a tientas, como una convaleciente que se apoya en la pared. Me daba perfecta cuenta de que ella, al igual que yo, estaba buscando la energía que nos había impulsado a recorrer las carreteras de Alemania. Lee abrió una botella de *scotch*. Dos horas después, estaba nuevamente postrada en la cama. Su mano flotaba sobre la almohada. Ora clavaba los ojos en el techo, ora se acurrucaba bajo la manta. No había nada que hacer, era como una concha sometida a una presión demasiado fuerte. De cuando en cuando sus labios moribundos dejaban caer alguna frase. Decía:

–La tristeza me está matando.

Y añadía, barriendo el aire con la mano:

–No tenemos derecho a quejarnos. Nosotros no...

Permaneció dos días más sumida en aquel estado. A veces se levantaba, salía al jardín. Caminaba con una especie de rigidez extenuada, sin preocuparse realmente de mí. A duras penas conseguía mantenerse de pie. Cuando regresaba a la habitación, se tumbaba en la cama con lentitud de opiómana. Yo la veía hundirse en un delirio mudo por el que desfilaban imágenes que sólo ella podía ver. Parecía atravesar un universo que se engullía a sí mismo. De pronto, se estremecía. Algo la habitaba, algo que había existido, algo de lo que ella huía hasta en mi desconocimiento.

El alcohol no era la causa de todo. El segundo día, casi no bebió, pero la postración se acentuó. Le propuse ir a la ciudad a comprar ropa femenina. No quiso. Sus frases eran cada vez más confusas, más inconexas. Repetía con insistencia:

–En Colmar, deseaba que el tiempo se detuviese.
Luego, en un tono más bajo:
–Los que vendrán, no tienen honor... ni integridad... ni tampoco vergüenza.

Yo intentaba comprender, pero me flaqueaba el ánimo. A veces, cuando se observa una estancia familiar a través de las persianas, uno ya no consigue reconocerla: la perspectiva ha cambiado, sus habitantes moran en ella de un modo distinto. Yo estaba junto a Lee pero ya no la sentía. Una hermosa desconocida. Una mujer que vivía pegada a su Rollei. Yo adivinaba lo que ella quería almacenar en la cámara: el mundo de lo visto, y también a ella misma. Ahora ya no había nada que ver, o quizá Lee había visto demasiadas cosas.

Tampoco yo andaba demasiado bien. Recordaba el último verano, en Nueva York. La multitud aplaudía el cartel luminoso de Colombus Circle donde se anunciaba el triunfo de los ataques aéreos sobre Alemania. Recordaba París, aquella noche de agosto en la que dos extraños se habían cruzado. Un abismo me separaba del hombre que yo había sido apenas diez meses atrás. Había atravesado un mundo, y sabía que Lee no miraba ese mundo como lo hacía yo. Sin embargo, cuando ella abría los ojos, tumbada sobre la cama, yo creía ver en ellos un atisbo de orgullosa nobleza. Lee me había arrastrado en su incertidumbre. Yo la había seguido hasta el fondo de su silencio, tal y como ella deseaba.

Durante aquellas horas atormentadas, yo vagabundeaba con frecuencia por el jardín. El huerto, el gallinero derruido vegetaban tristemente bajo el sol. Antes de aquello, me hubiera resultado imposible imaginar otro mañana que no fuera el de aquellas carreteras abiertas sin cesar ante nosotros. Tal vez estaba dejando finalmente atrás a aquel joven infiel que me había acompañado hasta la mitad del vado. «El Ejército es una institución maternal», le había dicho Lee al oficial de Alsacia. También la vida es una institución maternal, hasta el día en que nos abandona. Yo había amado a Lee, había amado su coraje y su desamparo. Pero ahora tenía miedo. Desde que salimos de Múnich, Lee se estaba destruyendo.

Los acontecimientos de los últimos meses, que ahora desaparecían porque la fatiga y la necesidad que yo tenía de ella anulaban cualquier pregunta, se reordenaban como las piezas de un rompecabezas. Imágenes confusas me asaltaban a cada instante. Tan sólo ángulos, fragmentos, del mismo modo en que en una ampliación fotográfica tal detalle adquiere repentinamente la mayor importancia. Yo reunía esos fragmentos, pero ¿cuál era la figura resultante?

Una tarde, mientras Lee dormía abismada en su extraño tormento, me senté bajo el árbol del jardín. Había tomado bencedrina. Anoté en una cuartilla todo lo que me pasaba por la cabeza. El texto se escribió solo.

- *Lee. Ahí está, a dos pasos. Y constantemente lejos.*
- *Se llama Elizabeth Miller Eloui. Un marido en Egipto. Se ha desligado de ese hombre. Quizá. O quizá no. En las calles de Colmar, hablaba en árabe.*
- *El piso de la plaza de Colombia. El ruso blanco quería vendérmela. Ella conocía a toda aquella gente alrededor del piano. Pero ya no la amaba.*
- *Habría podido quedarse en París; quiso partir. Lee huye de algo. Su ceñido traje-chaqueta blanco,* Vogue; *y su ceñido uniforme,* slack.
- *Detrás de ella, en aquel piso, había otra mujer: el ojo triple del cuadro de Picasso. Y aquella carta del poeta francés, Louis Aragon. Sin embargo, ella vive en Londres. En Colmar, me dijo que regresaba a París. En realidad se fue a Londres.*
- *El hada Kodak, la llamaba Barber. Él sabía algo.*
- *Ella habla el* slang *neoyorquino de hace diez años. 1935. Dice haber aprendido su oficio en París. Citó dos nombres: Horst, y otro que he olvidado.*
- *Acreditada desde 1942. En París, aún tenía maneras de estudio. Desde Alsacia, podría ser Bob Capa. Lee ametralla como un infante. Se sorprende a sí misma. Lee necesita sorprenderse.*
- *Inteligente, guasona cuando quiere, sombría. Carole Lombard era así. Pero Lee tiene doble personalidad: ora una estatua, ora un ojo. Lombard no la tenía.*
- *Tres veces la he visto fascinada. La danza ante el metrónomo. El horror en sus ojos cuando se estrelló el JU-88. La hija del burgomaestre que se suicidó en Leipzig. Esas escenas le dicen algo. ¿Por qué?*

- «*Tengo que pagar mis deudas.*» *Una mujer jamás dice tal cosa. Pero ella lo dijo.*
- *Aquellos paseos por París. El Horch rodaba bajo la nieve. Rue Campagne-Première, Lee se detuvo ante aquel hotel. El Istria. Su perturbación era evidente.*
- *Increíble valor físico. Alsacia, Torgau. Lee puede fotografiar lo imposible cara a cara. El alcohol, como yo. El odio a los nazis.*
- *Huye de una luz demasiado intensa, sin advertir que ella es esa luz.*
- *El demonio herido. Les nuits* devilish. *Aquel retraimiento, y ahora este torpor. Lee se pierde, se remonta en el tiempo. Para ella el sexo es una forma de recordar.*
- *¿Por qué esa extraña idea, cuanda nada es comparable? He pensado muchas veces en la* story *de 1935, cuando T. E. Lawrence murió. El desaparecer, el anonimato. Todos esos mecanismos.*
- *Habría preferido no saber nada, nada en absoluto.* «You are my man, David.» *La he conservado tal y como la encontré. la he conducido al lugar al que quería ir. Esta guerra la liga a mí. Ella amaba la tregua, el silencio. Lo sé. Esta guerra ha acabado.*

Volví a leer estas palabras nada más escribirlas. Me acongojaban, me angustiaban. Aun estando tan cerca de ella, incluso en la promiscuidad, no la había visto tal como era. Desde que habíamos salido de París, silencios y furores se habían interpuesto entre nosotros. Hasta el alcohol era un silencio.

Me miraba las manos: habían asido las cosas, acariciado la piel de algunas mujeres; podían describir todo cuanto habían tocado, consignar en el papel el recuerdo de los cuerpos. Pero tan sólo podían hacer eso, y también abrirse impotentes hacia el cielo.

Cuando regresé a la casucha, la cocina olía a *spam* y a maíz cocido. Al entrar en la habitación, vi a Lee acostada. Su respiración era lenta, entrecortada. Le toqué la frente. Estaba ardiendo. Lee abrió los ojos. Me agarró con fuerza de la manga.

–¿Eres tú, Dave?

La abracé. Estaba temblando.
–Voy a buscar un médico.
–No, Dave, quédate. Estoy mejor. Quédate a mi lado.
Me echó una pobre sonrisa. Me dieron ganas de gritar. Lee, una mujer tan hermosa, abatida en aquella absurda casa de Rosenheim...
Lee se incorporó apoyándose en los codos, se tocó la frente.
–Había una mujer muerta –dijo con voz extraviada.
–¿Qué mujer?
De nuevo se derrumbó sobre la cama y cerró los ojos.
–*The dead woman*. La mujer muerta. Estaba ahí.
–Aquí no hay nadie, Lee. Sólo tú y yo. ¡Lee!
Había perdido el conocimiento. La zarandeé bruscamente. Volvió a abrir los ojos, y con su voz transformada por el alcohol murmuró:
–Déjame en paz... Quiero dormir...
Se giró y vomitó sobre la manta.

Aquella noche, permanecí a su lado. Hice lo único que me quedaba por hacer. Me agarré una borrachera de muerte.
La luz del día me despertó diez horas después. Lee estaba acurrucada en la cama. Me levanté como pude, el cuerpo me pesaba enormemente. En el cielo matinal, algunas nubes blancas y rosas se deslizaban por el horizonte. Una gran flor amarilla se había abierto en el jardín. Sentía que me iba a estallar la cabeza, pero estaba decidido: aunque fuera a la fuerza, tenía que sacar a Lee de allí. La llevaría a un centro de la Cruz Roja que había cerca de Rosenheim. Si era preciso, pediría que nos evacuaran a Frankfurt. Los ejércitos estacionados en Baviera parecían cada vez más una partida de alcohólicos, de misántropos, de chiflados que veían revolotear manchas de colores ante sus ojos. Cada semana eran repatriados en convoyes especiales. No era aquél el fin que yo había soñado.
Cuando Lee se despertó, le hice ver que la decisión ya estaba tomada. Para mi gran sorpresa, no protestó. Se tomó un trago de whisky, recogió sus cosas y se metió rápidamente en el Chevy. Dejamos atrás la casucha. Tomé una ca-

rretera que bordeaba la ciudad. Lee permanecía callada, con la mirada extraviada en el camino. Me pesaba la cabeza. El Chevy avanzó bordeando un pinarcillo hundido por la masa más densa de un bosque. Entre dos montículos de árboles se divisaba la linde de un camino.

–Para –dijo Lee.

Frené bruscamente. Su rostro revelaba firmeza.

–Quiero caminar. Ahí, por el bosque.

–¿Estás segura?

–Sí, Dave.

Acerqué el coche al arcén, frené y apagué el motor. El silencio del bosque cayó sobre nosotros. Salí del coche y la ayudé a bajar. El sol amarillo temblaba en el cielo. Un cúmulo de nubes blancas huía hacia el Este. Descendimos desde el talud a un desnivel umbroso. Lee se separó de mí.

–OK, Dave, puedo ir sola.

Lee se aventuró bajo las enramadas. Un fulgor verde bañaba las banquetas de musgo. En un pequeño barranco fluía el rumor de un arroyo. Lee avanzaba despacio, con precaución. Alzó la vista hacia la copa de los árboles.

–Deberíamos quedarnos aquí.

Su voz sonaba curiosamente *natural*.

–¿Seguro que estás bien?

–Estoy bien, *stupid*. Y contenta.

Un olor a verano nos rodeaba, un aroma a enramada y a tierra aluvial. Los pájaros cantaban encima de nuestras cabezas. Me acerqué hasta Lee. La tierra aspiraba mis botas, más pesadas que bolas de plomo. Me fijé en las siglas de *War Correspondent* que Lee llevaba en la manga, al igual que aquella primera noche en el vestíbulo del Hotel Scribe. Mi memoria atesoraba aquellos días de París, reliquias de una estación en la que daba gusto existir. Divisamos el arroyo en el fondo de una cañada. A su paso iba dejando una llovizna de gotillas en las hojas de las moreras. Era un sonido cantarín, fluido, suave como un día sin preocupaciones.

Lee se detuvo de pronto. La bóveda de los árboles se había cerrado encima de nuestras cabezas. Luego me miró con recelo.

–Tú quieres abandonarme, Dave. Quieres que me pierda en el bosque. Quieres que la palme, ¿eh?

—No digas gilipolleces, Lee.

Su expresión era vehemente, pero de una tristeza insondable. Un mirlo cantó en la penumbra de las ramas.

—¿Sabes? Nadie me ha hecho eso. Ningún hombre, jamás...

—Volvamos al coche.

—No, continuemos.

Lee se agachó y, con el impulso, tropezó; luego se incorporó, con una vara en la mano. Comenzó a golpear los troncos. Los chasquidos secos resonaban en el oquedal. Su eco repercutía en mi cerebro. Lee se había puesto a canturrear:

> *I used to be colour blind, but I met you*
> *And now I find there's green in the grass*
> *There's gold in the moon, there's blue in the sky.*

Un ataque de tos interrumpió la canción. Era una romanza de Irving Berlin, pero Lee la había entonado como si fuera la cantinela de una chalada. Me parecía estar escuchando un *limerick* canturreado por una loca errante en la landa. Me pesaba la cabeza. En la corteza de los árboles, los nudos de la madera giraban como espiras. Lee hablaba consigo misma.

—Somos como niños. Como niños. Nada más.

Me pareció ver la sombra de un soldado tras los árboles. De un momento a otro iba a reaparecer aquel pueblo de Alsacia, a comenzar el tiroteo de las ametralladoras. La sangre me latía con fuerza en las sienes, un rebato, un estrépito. Las prensas mecánicas de *Life* tableteaban en la noche. Los *boggies* del tren de Chicago chirriaban en la estación de Milwaukee. Bandadas de B-7 sobrevolaban la llanura de Hesse. Voces obscenas cantaban en los árboles, el mundo se proyectaba sobre nosotros en mil fragores hirientes. Lee canturreaba otra canción:

> *Heaven, I'm in heaven*
> *And my heart beats so that I can hardly speak*
> *And I seem to find the happiness I seek...*

De nuevo tropezó. Decía, riendo:

—¿Dónde está la vida? ¿En la cogorza de oporto?... ¿En el Pimm's? ¿Dónde?...

Lee caminaba más deprisa. A duras penas conseguía seguirla. Golpeaba los troncos con la vara y los saludaba.
–Hello, Max... Hello, Jean... Hello, Tanja...
Lee huía. La veía correr a unos veinte pasos de mí. Me ardían los pulmones.
De pronto se detuvo en seco. Comenzó a tambalearse. Corrí hasta ella y la agarré del brazo. Estaba lívida. Tenía los ojos clavados en algo. Con una voz neutra balbuceaba:
–No debes acercarte...
Sus ojos aterrorizados estaban clavados en un estanque semioculto entre unos macizos de enredaderas. El agua negra dormía quieta, inmóvil bajo los árboles. La agarré de los hombros e intenté girarla hacia mí, pero se resistía.
–¡Lee!
–No debes acercarte...
Su voz era la misma de aquellas noches *devilish*. La estreché con fuerza. Un escalofrío la sacudió de pies a cabeza. Sus labios articularon varias palabras incoherentes. Me pareció escuchar:
–La muerte está en el agua.
La zarandeé. Volvió a decir:
–La muerte está en el agua...
–¿De qué muerte hablas, Lee?
Ella me miró con ojos de loca. No soportaba verla así, tan ida, tan enloquecida, me sentía mal, aquella maldita guerra volvía a estallar en mi interior, también yo me estaba volviendo loco, los dos nos estábamos volviendo locos.
–¡Lee!
Estaba despavorida, fuera de sí. Sin pensarlo, le di una bofetada. Lee se llevó la mano a la mejilla y me echó una mirada que nunca olvidaré. Una mirada mezcla de odio, sorpresa y algo parecido al amor. Ya no miraba el agua, tenía clavados en mí sus ojos surgidos de la profundidad, estaba ahí delante, entera, repentinamente firme, tal y como había sido, tal y como era.
El viento penetraba las frondas de junio. Miré a Lee Miller a los ojos. Le dio la espalda al estanque y se apoyó en mi brazo.
Por primera vez, me habló de ella.

Lee provenía de un mundo que yo no podía imaginar. Si lo que ella me dijo me lo hubiera dicho cualquier otra, tal vez no lo habría comprendido. No habría intentado razonar ciertas cosas que por entonces difícilmente podía entender. Una mujer pasa, no es más que el rostro de un instante, alguien que te da su insolencia y su gracia, y que luego desaparece para siempre. Yo soy un misterio, pero tú no lo sabes. Yo soy el presente que se desvanece; tú eres el tiempo que corre y me libera del tiempo.

1945, Lee me habla de su vida en el bosque de Rosenheim. Ella es para mí la mujer del Hotel Scribe, mi compañera de viaje por Alemania. ¿Quién puede adivinar, frente a otro ser, los pasados sucesivos que han conformado su presente? Si Lee existía para mí en aquel momento, ¿no era acaso borrando todos los demás? Durante aquellas largas semanas en Europa, el relato de Lee iba a fundirse con las sombras de la carretera. Ambos nos adentraríamos en el corazón de una noche cada vez más negra, y aquella sepultura en el espacio, aquel mundo empujado hacia sus límites no tenía enigmas: todo era posible, y no había nada que yo no pudiera comprender.

Llevo años escuchando como en sueños lo que ella me contó entonces, viajando por la carretera. Lee tenía una memoria precisa, viva, implacable. No he olvidado ni una sola de sus palabras. Mi vida ha discurrido en su ausencia como un río en su lecho. Lee me obligó a salir de mi vida, a caminar delante de la gente que ella había conocido. En 1947 me fui de *Life* y cambié de oficio. No me costó demasiado. Para bien y para mal, a ella le debo el ser lo que soy.

Estos treinta últimos años han pasado como un soplo.

Cuando leo en mi agenda: 1975, el número 7 no me cuadra. Pero sí, acabo de cumplir setenta años. Así que, desde ahora, voy a escribir como lo que soy, alguien que carga con su edad y quiere contar por última vez lo que ha visto. Al hacer recuento de mis años, he imaginado aquellos en los que yo no estaba presente. Una parte de Lee está más allá de sí misma, está en mí. La historia que voy a reiniciar ahora la he reconstruido sin llegar a comprenderla del todo. El ambiente en el que viví a partir de 1947 me animaba a ello: el recuerdo de Lee seguía vivo en mi interior. Indagué, confirmé datos. Lee me dio algo que era más grande que yo, algo que justifica ante mis ojos el que yo haya estado allí. Pero si todo aquello existe ahora es simplemente porque existió entonces, más allá de ella y de mí. La novela que yo no escribiré es la novela de Lee.

Todo cuanto recordaré de mi vida es la vida de Lee.

Cuando pienso en ella, cosa que a veces hago en sueños, veo a la chiquilla que no conocí. La niña me mira, me tiende la mano; quizá me suplica que la vaya a buscar a una época que ya no volverá. Ésa es la primera imagen que, entre todas las que conservo de ella, me asalta. Digo imagen, aunque en realidad son palabras, sus palabras, y aún sigo oyendo la voz que las pronunciaba.

Una tarde de verano, 1917. Lee tiene diez años. Una barca flota perezosamente en un estanque de Nueva-Inglaterra. El sol juega en la superficie surcada por insectos. A veces el salto de una tenca deja un destello plateado sobre el cenagal. Lee acaba de montarse en la barca con un chaval de su edad. Con la ayuda del remo se alejan de la orilla y surcan el agua. Una estela muda se dibuja al filo del estrave. Lee es intrépida, risueña. Un lazo de terciopelo domeña sus cabellos pajizos. Lee no ve los troncos apilados en la orilla cubierta de maleza, ni las grandes burbujas que acaban de estallar en la superficie. Tiene los ojos clavados en su compañero de juego. Ama a ese chaval, su *boy-friend*. Él la llama Lili, la lleva detrás de los setos para abrazarla a escondidas, le entrega unas gruesas ágatas que ha robado en el *General Store*. La barca se ha deslizado lentamente hasta la mitad del estanque. Los tallos de un macizo de nenúfares se hunden sinuosamente en el limo. El estanque es muy profundo, el agua tan sólo revela su fondo oscuro. Lee pica a su noviecillo. Fanfarroneando, jugando, el chaval quiere agasajar a su princesa. Se inclina sobre el agua, tiende la mano hacia un capullo de nenúfar. El chaval tira del tallo de la hoja. La barca se balancea suavemente dando de banda. El tallo se resiste. El chaval tira con más fuerza, la barca cabecea y de pronto le desequilibra. Él intenta sujetarse, pero sus manos tan sólo encuentran un agua negra, su cuerpo ha basculado. La barca vuelve a erguirse como un caballo encabritado, Lee grita, ve cómo la superficie se traga al niño. Un remolino de burbujas, gritos en la orilla, Lee clava las uñas en la madera de la barca. Grita y grita sin parar.

A veces, de noche, me parece escuchar ese grito. Un grito que tan sólo se acallará cuando ella muera.

En el bosque de Rosenheim, le temblaba la voz. Las palabras que dijo después –*father*, *childhood*– tenían para ella, igual que para todos, un sentido particular, exclusivo de nuestra propia vida, de nuestra propia muerte. La infancia de los demás es un país extraño. La de Lee, en cierto modo, no me dice nada. Nada que no me hayan dicho ya sus actos, pues tan sólo me importa lo que ella era, sin que el pasado deba justificarla. Todos, a lo largo de nuestra vida, creemos estar constantemente ante el tribunal de nuestra propia infancia, creencia igualmente superflua. Perdemos mucha vida y energía al no sabernos inocentes, al no eximir a los demás de nuestra carga.

La niña de 1917, ¿realmente se diferencia tanto de la mujer que en 1944 cruza el vestíbulo del Hotel Scribe? Esa mano que se posa en la mía sintió la mano de un padre. Ese rostro, cuando era más menudo, cuando aún no estaba bien perfilado, fue mirado con amor. Pero ¿qué más?

Lee me habló aquel día de un pueblo con un nombre indio, Poughkeepsie, en el que había nacido. Me habló de los furiosos otoños del Estado de Nueva York, de la lluvia pesada que azota los bosques. Una historia de provincias, como diría un europeo. Pero en nuestro país todo son provincias, provincias con sus pastores, sus brigadas de bomberos, su alfombra de hojas amarillas. Lo cual nos inmuniza contra el apego excesivo: cada cual es de un lugar y de ninguna parte al mismo tiempo. Lee era de Poughkeepsie, y era la hija de un padre.

Puedo imaginarme a ese hombre mejor de lo que ella me lo describió. El padre de Lee era aficionado a los sistemas, a las máquinas y a los inventos. Lee me contó que había huido de la casa de sus padres, había viajado a México y se había hecho a sí mismo. Theodore Miller había llegado a ser director de una empresa de equipamientos mecánicos de la Costa Este, se había casado con una enfermera de Ontario, indulgente y bonita. Su mujer le había dado dos hijos varones antes de que naciera la pequeña Elizabeth. El señor Miller instaló a su familia en una casa sombreada por los tilos de la carretera de Albany. Dividía su tiempo entre la fábrica, los viajes por carretera para visitar a sus clientes y el bienestar de su hogar.

He conocido a muchos hombres así. Son una mezcla temperamental entre ingeniero y vendedor de elixires. Alimentan una pasión renana por los ríos; han constelado el canal del Hudson y el lago Michigan con sus torres de perforación, sus fábricas, sus casas con baldosas de plomo. En Milwaukee les oía enzarzarse en discusiones bizantinas. Ensalzaban las locomotoras Duryea y las máquinas desborradoras de algodón, destripaban los fonógrafos y resolvían entre cerveza y cerveza problemas hidráulicos.

A Theodore Miller le gustaban los instrumentos ópticos. Convirtió una de las habitaciones de su casa en un laboratorio de fotografía. Unos gruesos álbumes acartonados atesoraban sus primeros clichés: obras de arte y acorazados, puentes de hierro y aeroplanos. Luego, como era padre, como Lee y sus dos hermanos despertaban en él miradas solícitas, se dedicó a fotografiar a sus hijos. Y así, tal vez por primera vez en su vida, Theodore nació a los seres igual que ellos habían nacido de él. En el lugar más recóndito de su memoria, Lee veía a un hombre que la observaba detrás de un ocular niquelado. Cuando más amaba a su hija, pensaba él, era en ese instante en que colocaba sobre un trípode aquella caja con monóculo, aquel cíclope robaimágenes. Como si, más que su presencia vivaz, amase en ella aquella infancia eternizada en los negativos. Pues a veces los padres miran a sus hijos con infinita desesperanza.

Su padre la quería inmóvil, ella le desafiaba con su fugacidad. Lee era una chiquilla revoltosa. Acosaba a los ratones en los graneros, le bajaba los pantalones a los chavales bajo el claro de luna, cerraba los ojos para ver estrellas en esa otra oscuridad. Puedo imaginar sin demasiado esfuerzo cómo fue su infancia en América: exactamente igual que la mía. Ambos nacimos en torno a 1905, ambos éramos hijos de padres que habían echado raíces y rehuido la aventura. Ya no había llanuras por conquistar ni historias por escribir. En 1917 se originó un tumulto en los campos de Europa. Los jóvenes primogénitos, tras haber librado su guerra, regresaban exaltados. Recuerdo mis juegos de entonces, en los que el enemigo podía llevar el *tomahawk* de los crees o el casco con punta del Ejército Falkenhaym. En aquella guerra de matorrales en la que los muertos volvían a la vida una y otra vez, cuántos indios y verdigrises no habré matado... A los doce años, escuchando aquellos relatos de batallas en las Ardenas, yo soñaba con luchar al otro lado del océano. Así éramos los niños de entonces. Las circunstancias particulares que hacen de Lee una niña furiosa, una fugitiva constante, se ven reafirmadas por la época en que creció.

Lee fue una alumna difícil, indómita, a la que expulsaron de varios colegios. Intuía que su lugar no estaba precisamente en Poughkeepsie. Sus padres la observaban con inquietud: los ojos de su hija habían visto morir a un muchacho. Le dieron rienda suelta, y ella la aprovechó.

Creo que cualquier vida se mide por el rasero de la resignación. ¿En qué momento nos vemos obligados a consentir, a causa de qué o de quién abdicamos? ¿Por el hecho de que una mujer reciba el nombre de madre, debe su hija inevitablemente parecerse a ella? Imagino a la Lee rebelde de los quince años. Las cosas apasionantes, las estrellas en la bóveda del cielo la extasiaban. Lee sentía hasta el vértigo la extrañeza de estar allí. ¿Debía resignarse a aquel lugar donde el destino la había arrojado? Asumir durante toda su vida que una noche dos seres llamados padre y madre se habían unido por error, por amor.

Lee escuchaba el grito de las lechuzas en el umbral del

bosque. Una cálida dulzura pendía de las ramas del hermoso mes de julio. La carretera de Albany se perdía a lo lejos, en el polvo, en dirección a otro mundo. Lee descubría en el espejo, y aun más en los negativos de nitrato de su padre, la imagen invertida de una belleza que se estaba formando. El pelo corto enmarcaba un rostro en el que la mirada azul, la boca carnosamente dibujada, la nariz ligeramente afilada, revelaban impaciencia. Fue entonces cuando tuvieron lugar aquellas curiosas sesiones. Theodore Miller había comprado una cámara estereoscópica. El aparato podía captar simultáneamente dos clichés que, visionados a través de una lentilla prismática, parecían estar en relieve. Theodore Miller sentía pasión por las anatomías. A falta de modelo, recurrió a su hija: Lee posó para él, casi siempre desnuda. ¿Añoranza de escultor o adanismo de viejo pionero? No sabría decirlo. Pero la imagen de una hija desnuda ofreciendo su adolescencia a la larga indagación de la pose, a la mirada de su padre, provoca en mí una turbación cuya única respuesta es el silencio.

A los dieciocho años, Lee impuso sus condiciones. Quería vivir en Nueva York. Una escuela de arte fue su coartada. Allí estudiaría escenografía e iluminación teatral. Como nada ni nadie podía oponerse a las fantasías de aquella muchacha indómita, sus padres consintieron. Tal vez Theodore Miller veía en aquella vocación por la utilería, por la ilusión, un reflejo de sus propias obsesiones. Puso a disposición de su hija un peculio con el que poder alquilar un estudio en un *brownstone* de la calle Cuarenta y nueve. Lo primero que hizo Lee al entrar en él fue colocar un ramo de orquídeas en un florero. Así como la camelia es la flor del ocaso, la orquídea es la flor del adiós. Lee tenía pinta de estudiante. En realidad era una prófuga.

Al iniciar su camino, tomó atajos. Primero, algunas faltas esporádicas a clase, luego dejó de ir a la escuela. Hallaba vitalidad en las comidas frugales y en los combates de boxeo de la Brooklyn Arena. Frecuentaba los *speakeasies* y los cines de Broadway. Este planeta le había entregado California a los actores del mismo modo en que había confiado el Himalaya a los yoguis y África a los leones. Los jóvenes de entonces contábamos con ellos para que nos ayudaran a soñar a lo largo de las avenidas de Manhattan. Lee hizo cursos de danza, intervino en sainetes de night-club. Se vestía en las rebajas de Wanamaker's, prestaba a los hombres una sutil inatención, descubría que su belleza respondía al gusto de la época. El pelo rubio cortado a lo chico y los senos puntiagudos, las piernas largas y la piel de muchacha de campo respondían a la exigencia neoyorquina.

Nada del otro mundo, al fin y al cabo. Hoy suelo toparme con esas bellezas de 1925, primas-hermanas de Lee, ya septuagenarias, paseando con sus gafas de ojo de gato, sus trajes estampados de flores, del brazo de esos hombres con sombrero *stetson* que hacen campaña por Gerald Ford. Fueron jóvenes a la vez que yo. En la época en que las mujeres eran transformadas en objetos y los objetos en nombres propios. En la época de los pianos Hartman y la *cold-cream* Pond's, de los cigarrillos Camel y las camas Simmons. En la época en que cuando uno besaba a una mujer estaba obligado a escuchar la lista de sus perfumes. Recuerdo uno de ellos, My Sin. Seguro que Lee lo usó: qué hermoso pecado debió de ser...

Un día, Condé Nast se fijó en ella. Era uno de los reyes de la prensa norteamericana. En pocos años, había tallado dos auténticas joyas, *Vogue* y *Vanity Fair*, que le hacían la vida imposible al *Harper's Bazaar* de Hearst. Lee parecía un ángel caído en el asfalto. Nast le rogó que se pasara cuanto antes por sus oficinas.

Allí la examinaron, la peinaron, la maquillaron. Al verla en su primera prueba, los directores artísticos se frotaron las manos. Lee era impresionante, hermosa como un día de verano. A partir de entonces, todo fue como la seda. En marzo de 1927, Lee apareció en la portada de *Vogue*. Recuperé aquellos años al encontrar ese número; es la misma vieja imagen que conservo de ella. Un ilustrador francés la pintó a la acuarela sobre un fondo nocturno de Nueva York. En las ventanas de los edificios brillan las luces encendidas. Bajo su sombrero de campana, el rostro de Lee sigue siendo reconocible a lo largo de los años. El lapicero ha endurecido la expresión, Lee parece sofisticada con relación a su edad. Pero es ella, Lee, diecisiete años antes del paisaje nevado de Alsacia. También la portada de mi ejemplar ha envejecido y adquirido esa pátina que llega con el tiempo. Al mirar a Lee, sé que esta superficie descolorida, este papel amarillento que lleva su imagen de los veinte años no se diferencia de la memoria que conserva impresos en ella, como el primer día, los contornos de un rostro.

De la noche a la mañana, Lee se convirtió en la niña mimada de la prensa Nast. Así fue descubriendo un mundo de modelos trepidantes, de redactores dictatoriales, repleto de cotorreos y amores por memorándum. Las gacetilleras estaban todo el día de uñas. Las muñecas se suicidaban una vez a la semana, pero resucitaban a la hora de cobrar su *cachet*. «Contrariamente a lo que opinan los metodistas, el dinero y el éxito son buenos para el alma», se oía decir en los pasillos. Era gente que adoraba el falso Chippendale, las copelas de plata llenas de anémonas, los amoríos melodramáticos. A Lee, siempre inactiva, siempre disponible, le encantaba aquel barullo. Tenía veinte años. A excepción de las chicas del Spanish Harlem, ardiendo bajo el sol de las calles, una libertad como la de ella no era algo frecuente en Nueva York.

Un hombre la modeló. Edward Steichen era el fotógrafo mejor pagado de América. En París, había sido amigo de Rodin. Con su mirada griega, su precisión de escultor, a Steichen le gustaba nimbar, desdibujar las líneas exactas de las mujeres que retrataba. De Lee le sorprendieron sus increíbles aptitudes para posar: parecía estar plegada desde siempre a la mirada de un hombre. Steichen fijaba su silueta sobre fondos nubosos; tensión, relajación, Lee sabía aquietar por un instante su premura vital. Detrás de aquella disciplina bullía una inteligencia inquieta. Lee aprendía con rapidez. Su juventud ayudaba a resaltar el valor de los objetos, digámoslo así. Lee no era más que un perchero de carne y hueso para colgar trajes de *flapper*, velos de gasa. Ella aceptó su papel y le sacó partido. A sus veinte años, jugaba con dos barajas. Tenía maneras francesas, el mechón lánguido sobre el párpado, y no llevaba medias para mostrar su despreocupación.

No puedo decir con certeza si Lee recordaba con cariño a la joven que había sido. Me habló de ella como si se tratara de otra persona, de un pariente lejano. Aún la oigo decirme, con cierta dejadez: «Parecía un ángel, pero en realidad era un diablillo.»

En Nueva York, las chicas del *Vogue* eran el adorno obligado de cualquier fiesta. Se las invitaba por su gracia, por sus virtudes decorativas. Así lograban introducirse en casas generalmente vedadas a quienes no figuraban en el *Social Register*. Al anochecer, los jóvenes amigos de Lee pasaban a recogerla al volante de sus coupés Essex Super-Six. Juntos atravesaban la ciudad en dirección a Beekman Place o al New Haven Lawn Club. Ella se burlaba en secreto de su aire de trovadores; cultivaban la dicción dental, citaban a Mencken, embragaban ruidosamente en los cruces. La vida estaba al alcance de la mano en cuanto la luna aparecía por encima de los rascacielos.

Lee se hallaba de pronto ante aquellos vestíbulos neoclásicos donde los porteros saludaban quitándose la gorra. Todo un protocolo a la europea, pasado por el tamiz del espíritu Mayflower, marcaba las apariencias. Las invitadas giraban sobre sí mismas como derviches; la servidumbre paseaba bandejas de plata con floriituras. Vaso en ristre, los jóvenes herederos de mandíbula azul y corbata Brook Club discutían acerca del seísmo de Kiou-Siou o de las manías aeronavales del presidente Coolidge. Lee descubría en los espejos su imagen espectralizada por el fulgor de los candelabros. Ignoraba qué iba a hacer con su vida, qué iba a hacer la vida con ella.

Una noche, Lee estaba acodada en uno de esos balcones que dan a Central Park. Una brisa primaveral le acariciaba el rostro. Tras ella, sonaba la música amortiguada de una banda de jazz, el murmullo de un salón donde había un montón de gente bailando. Lee se vio repentinamente flanqueada por dos hombres un poco más mayores que ella, con aire de galanes. Se presentaron. Uno era el señor De Liagre; el otro el señor Argylle. Parecían dos de esos jóvenes *gentlemen* que se pasean desde siempre entre la calle Setenta y la Ochenta y cinco, o se sientan en las terrazas adornadas de gladiolos de Park Avenue. Eran joviales y seductores. Lee se dejó divertir. Su deslumbrante cabello rubio destacaba sobre las frondas del parque. La banda de jazz interpretaba una melodía lenta, metálica. Poco a poco, la invadió una intensa dulzura, surgida de todo un mundo nocturno. Ansiaba el rostro de un hombre inclinado sobre el suyo. Lee se sentía enamorada, sin saber de quién.

Lee podría haber sido la hermana de ambos: se convirtió en su amante. Alfred de Liagre era un joven de carácter resuelto. Sus aires de *clubman* ocultaban una gran fantasía. Le gustaba el mundo del espectáculo, Broadway, se codeaba con los empresarios de entonces, David Belasco o Gilbert Miller. Hacia el año 1950, su nombre comenzó a aparecer en los carteles: se había convertido en un famoso productor de music-hall. En 1928 no era más que un joven juerguista que arramblaba con Nueva York junto a su inseparable amigo Argylle. Atlético, amante de la velocidad, Argylle se había marchado de Canadá para darse la gran vida en Nueva York. Como le chiflaban los aeroplanos, se pasaba los días ante un cuadro de mandos, *looping the loop* en su biplano Jenny.

Alfred de Liagre fue el primero en obtener el favor de Lee, pero Argylle no se quedó atrás. En apariencia, ambos se la repartían, aunque en realidad era ella quien disfrutaba de ambos. Como a la mayoría de las mujeres vistosas, atractivas, a Lee le gustaba ofrecerse. Entregó su cuerpo vibrante de juventud a dos seres unidos por la amistad confiando en que el amor no podría separarlos, si bien al principio surgieron algunos nubarrones en el horizonte. Lee sabía que si llegaba a manifestar la menor preferencia por uno u otro acabaría enfrentándolos. Su primer acierto fue tratarlos por igual: una noche uno, una noche otro, segura de ser deseada siempre. Le gustaba estar desnuda, con esa desnudez de mujer joven que primero se desprende de su ropa sin malicia y luego comprende que ese simple gesto conlleva una cierta violencia. Lee la utilizó con ellos, pero levemente, como jugando. Liagre le divertía. Argylle la atraía de un modo romántico.

En medio del polvo amarillo de Nueva York, los tres vivieron una época que jamás volvería a repetirse. La excitación de las noches en vela, los bailes en el Breevort, los vestidos rosas ondulando sobre los céspedes, los bailarines negros del Sugarcane, las paredes cubiertas de terciopelo oscuro del Monterey, los paquebotes saludados desde los *docks* sombríos, los labios de Argylle en los suyos, los cócteles con ajenjo, las calas en las ensenadas arenosas, las regatas del Rye Beach Club, el coupé gris de Alfred de Liagre llamando la atención estrepitosamente, las peinetas en los cabellos dorados y los paseos a la luz de una luna chinesca. El alba les sorprendía en los muelles desiertos del Battery. Se olvidaban de la ciudad que dejaban atrás respirando el aire de la primera mañana del mundo. Los rayos del sol prendían reflejos plateados en las olas. Creían haber llegado a los confines del continente, impulsados por una inocencia extraordinaria. Otros mundos aguardaban allí, a lo lejos, otros mundos que sus ojos jamás verían. Lee se sentaba en un banco. Su cabeza oscilaba del hombro de Alfred de Liagre al de Argylle. Permanecían en silencio, contemplando el océano.

Aquel *ménage à trois* duró demasiado poco como para llegar a aburrir a Lee, y lo suficiente como para contagiarle el gusto por las emociones fuertes. Recordaba sobre todo los inicios, el intercambio de los cuerpos, aquel miedo que hacía latir su corazón en las primeras noches. Aquella relación templaba el temperamento. Lee temía el fin previsible: en lugar de dos amantes, acabaría teniendo un marido y un padrino de boda. Viviría en una gran casa con un precioso jardín, criados con peto y paquetes rosas bajo el árbol de Navidad. Manhattan se convertiría para ella en una celada tropical.

Lee soñaba con otros horizontes. Nueva York acabaría empachándola como una golosina empalagosa. Estaba cansada del acoso de Steichen, de sus ramos de flores blancas. En 1929 todo evocaba Francia. En las páginas del *Vogue* se veían mujeres con nombres de perfumes, abrazando a falsos marineros tumbados sobre sofás de Leïz. La parte alta de la ciudad, con sus sirvientes empolvados y sus colecciones del XVIII francés, era como un Trianon cerrado e imaginario. Nueva York vivía pendiente de los ecos de París, imitaba sus hábitos, sus apariencias, sus reclamos, sus dictados mudos. Lee tenía a veces la impresión de andar en medio de fantasmas hechos a medida de otra ciudad cuyas llaves no poseían. Nueva York estaba habitada por París, como hechizada por su ausencia. Lee imaginaba una capital de calles mojadas, de carreteras sin fin bajo el arco de las enramadas. Ya fuera como huida o como prolongación, aquellos devaneos la impulsaban a la ciudad extranjera.

A comienzos del verano de 1929, Lee no pensaba en otra cosa que en marcharse a París. El proyecto iba madurando secretamente en su interior. A la hora de contarlo, se limitó a decir que iba a tomarse unas «vacaciones continentales». Le anunció su partida a Liagre y a Argylle entre risas, entre champán y champán, en medio del humo de un night-club. Los dos jóvenes no tuvieron más remedio que aceptarlo. Se quitaron el clavel que cada uno de ellos llevaba en su respectivo ojal y, anudando someramente los tallos, colocaron las flores enlazadas en el escote de Lee. Argylle puso entonces una moneda encima de la mesa. Ya que ella no había sabido escoger entre los dos, debía ser el azar el que decidiera quién la acompañaría al muelle. Lee lanzó la moneda al aire, la cazó al vuelo y, volviéndola, la depositó en la palma de su mano: cara. La cara de Alfred de Liagre.

Varios días después, el *Comte de Grasse* partía del puerto de Nueva York. Lee agitaba el pañuelo blanco que Liagre había colocado alrededor de su cuello al abrazarla por última vez. Lee vio cómo se empequeñecía la figura de su amante en el muelle. La doble hélice formaba una estela gris de espuma y de adiós. Nada más recoger la pasarela, los pasajeros reiniciaron su vida de ciudad en el puente. Los camareros vestidos de librea roja iban de aquí para allá, un tintineo de campanillas y timbres sonaba por doquier, las mujeres retocaban su aspecto. Una brisa salada azotaba las crujías. Manhattan erguía a lo lejos su silueta de ciudadela india atacada por la erosión. El paquebote avanzaba acompañado por un zumbido incesante. A Lee le bastaron unos segundos, y los índices alzados de sus vecinos, para comprender que aquel ronroneo provenía del cielo. Un biplano Jenny se aproximaba sobrevolando el eje del paquebote. El avión dibujó una curva, se alejó para examinar el terreno y se situó encima del puente batiendo sus alas. A Lee le iba a estallar el corazón: había reconocido el aparato de Argylle. El Jenny viró y sobrevoló una vez más el *sundeck* del paquebote, en medio de aplausos. Una lluvia coloreada comenzó a caer desde la carlinga al puente. Cuando Lee se acercó a ver qué era aquello, se emocionó más de lo que nunca podría haber imaginado.

Argylle había largado sobre el puente un montón de rosas rojas.

De lo que ocurrió entonces, Lee no se enteró sino varias semanas después. De no ser cierto, podría parecer el colmo de lo romántico. Tengo aquí, en mi despacho, la copia del recorte de prensa, verano de 1929.

Tras haber sobrevolado el *Comte de Grasse*, Argylle aterrizó en el aeropuerto Roosevelt. Acto seguido volvió a despegar acompañado de un joven al que estaba enseñando a pilotar. ¿Quién llevaba entonces el aparato? ¿Estaría Argylle sumamente afectado por la marcha de Lee? Jamás se sabrá. Pocos minutos después de despegar, el biplano cayó en picado al suelo y se estrelló en llamas. Dos cuerpos jóvenes se retorcían en el fuego.

Mientras, el *Comte de Grasse* navegaba en alta mar. Lee alzó los ojos al cielo. Un cúmulo de nubes avanzaba hacia el Este. Pasarían varios días, varias noches, y por fin llegaría a Francia.

Aquella aventura resultaría singular.

Lentamente, regresamos hacia la casa de Rosenheim. Aquella noche, Lee se acostó en la habitación y durmió quince horas de un tirón. Yo me había deshecho de nuestra provisión de bencedrina. Lee no la reclamó. A la mañana siguiente, fui al campamento de prensa a buscar varias cajas de somníferos y bolsitas de café. Lee pareció emerger del horroroso estado en el que la había hundido el Victory Day. Apenas tocaba el alcohol. El café y los cigarrillos le ayudaban a mantener la cabeza fuera del agua.

Al recordarlos ahora, aquellos días dejan en mí el mismo regusto de la época de la infancia, cuando caminamos bajo una luz que parece tener que durar toda la vida, y si tropezamos siempre hay una mano compasiva a nuestro lado que nos levanta del suelo, alguien dispuesto a cogernos en sus brazos. Aún conservo en la boca el sabor a mar de las primeras amarguras, su piel contra la mía, su cabeza apoyada en el hueco de mi hombro. En eso consiste la vida de los hombres, en ser de un lugar e imaginar otros adonde ir, en donde amar a mujeres desconocidas que les aguardan con los brazos abiertos.

Instalé dos butacas de mimbre bajo el tilo del jardín. Lee pasaba allí las horas. La brisa estival traía el aroma fértil y agradable de los campos. De vez en cuando un caza cruzaba el cielo en dirección a Austria antes de desaparecer detrás de las montañas. Arrullados por el canto de un cuclillo invisible, oculto en el follaje, éramos como dos convalecientes abandonados. Oíamos el tintineo de metal blanco de las campanillas de la puerta. Lee se había tapado las piernas con una manta. Daba una calada al cigarrillo, una voluta de humo ascendía lentamente. Era un momento de calma en el silencio cercano de los bosques.

Lee apagaba su Lucky; las pequeñas ascuas rojas caían en la hierba. Entonces comenzaba a hablar, con voz suave. Al hilo de sus frases iban naciendo rostros, ciudades, estaciones ya idas. En el jardín de Rosenheim surgían Nueva York y París, El Cairo y Londres. Lee no se compadecía, ni de los demás ni de ella misma. No era una mujer nostálgica. Allí donde estuviera, se aferraba a la firmeza y la libertad de la mirada. Aquella guerra la había hecho tambalearse, pero otra vida se divisaba ya al borde del abismo. Al escucharla, iba comprendiendo que para Lee las cosas simplemente sucedían. Jamás las olvidaba, pero no sacaba de ellas ninguna conclusión, ninguna certeza.

Poco a poco iré contando lo que ocurrió, y más aún. Pero sé desde este instante que los acontecimientos desagradables de aquellos últimos meses confirmaban su regla de conducta, la que le había guiado durante sus mejores años: tan sólo en los peores momentos somos libres, tan sólo escapando aprendemos a amar. Todo cuanto Lee me contó entonces arrojaba luz sobre ella, y qué luz... Yo veía una sucesión de perfiles conformándose en profundidad, semejantes a esas imágenes que los espejos reflejan infinitamente. Y, sin embargo, ella seguía siendo algo muy valioso por razones que tan sólo me incumbían a mí, y que habían nacido en un hotel de París, una noche de agosto de 1944.

Yo sabía qué era lo que la agobiaba: también yo había sido testigo de ello. Aquel marasmo de Baviera, tan hermoso a la luz del verano, decía que no tardaríamos en volver a los lugares de nuestra antigua vida, que jamás seríamos los mismos. Yo no quería pensar en el regreso. Desde que recibieron mi *story* alemana, los de Nueva York me habían dejado en paz. Lee había enviado a París sus últimos clichés; ni Withers ni Brunhoff habían dado señales de vida. Me imaginaba a la plana mayor de *Life* en los brindis oficiales... La foto de familia de los gloriosos corresponsales, los de Iwo Jima y los de Anzio, los de las Ardenas y los de Corregidor, la bandera nacional izada entre los aplausos de los accionistas, las muchachas sedientas de sangre y de hijos aguardando en los *ballrooms* de Madison Square. Adivinaba la futura tristeza de los domingos en Nueva York, a orillas de un océano que ya no volvería a cruzar.

Lee sabía tan bien como yo que aquellos días de Baviera no durarían. Cuando pronunciaba la palabra *London*, articulaba las sílabas con una actitud de infinita lejanía, como uno cita el nombre de una ciudad que ha conocido por casualidad, seguro de que jamás regresará a ella. Y ¿cómo habría podido yo dejarla, tomar el tren de vuelta a París, recorrer la rue Scribe entregada de nuevo a su quietud? Yo me negaba a regresar al Oeste, me negaba con todas mis fuerzas. Todo cuanto Lee me contaba a la sombra del tilo, aunque fuera a ratos, era para mí como un viaje que me transportaba al instante al que aludía, y luego al instante siguiente que había que salvar. Yo no quería retener ni un ápice de su pasado, me daba igual, lo que realmente quería era ir más allá, avanzar en un presente que siempre sucedería al presente.

En uno de aquellos atardeceres de Rosenheim, la sombra del tilo pintó en la cara de Lee un claroscuro de invernadero. Al ver sus pómulos lisos, el fulgor de sus pupilas, me di cuenta de que estaba mejor. Ya no le temblaba la voz.

–Nada de lo que te cuento tiene importancia –dijo–. Si hablo de ello es porque necesito hacerlo, me tranquiliza. He hecho muchas tonterías, muchas. Para librarme de mis fantasmas. Y no me arrepiento. Pero no me gustaría volver allí...

El jardín desprendía un olor a humus. El perfil de Lee destacaba sobre el fondo de la noche.

–¿Allí dónde?

–A Londres. Allí creí que todo había acabado.

–Ve a París.

Lee cogió otro cigarrillo y sacó la caja de cerillas que llevaba en un bolsillo.

–París, sí... La última vez, tenía miedo. Miedo de lo que iba a encontrarme.

–¿Y qué fue lo que te encontraste?

Ella me miró con una preciosa sonrisa.

–A ti, David.

Apartó la vista y comenzó a tantearse los bolsillos buscando otra caja de cerillas.

—Tú no fuiste a París en mi busca, Lee...
—No —dijo apartando un mechón de su frente—, pero tuve suerte. No habría podido hacer esto sola. Al menos hasta el final. Tu has sido un maravilloso compañero para mí, lo sabes muy bien.

Dio una calada al cigarrillo. Me alegraba ver que volvía a ser ella misma, igual de hermosa, igual de sencilla.

—Podría haber sido cualquier otro. Me alegro de haber sido yo, pero podría haber sido cualquier otro.

—No, Dave. Tú me has tomado tal y como soy. Sin preguntas. Ninguno de los hombres que he amado habría hecho lo que tú has hecho.

—Yo no he hecho nada.

—Todos ellos saldrán con vida de ésta. Todos. Sé muy bien dónde están ahora, en Londres, en El Cairo, en Los Ángeles. Tenían sus razones, es cierto. Pero se han pasado la guerra metidos en sus agujeros. Y no los culpo. Sencillamente, son así.

Se había levantado una ligera brisa. Las hojas tiritaban encima de nuestras cabezas. Miré a Lee a los ojos. Aún seguía siendo frágil.

—¿Qué va a pasar con nosotros, Dave?

No sabía qué responder. Lee bajó la cabeza.

—Le pediré a *Life* que me envíe a África. Tú vendrás conmigo.

Ella sonrió tristemente.

—Podríamos regresar a Nueva York —dijo ella—. Edna Chase me daría trabajo. Haría fotos...

—Sí, podríamos hacer eso.

Lee no tenía ninguna gana de regresar a Nueva York. Apagó la colilla de su Lucky.

—Siento algo extraño, Dave, algo que nadie podría comprender.

—¿Qué?

—Esta guerra era apasionante. Horrible, sí, pero realmente apasionante.

—Es cierto. Yo siento lo mismo.

El ruido de un motor resonó a lo lejos. Luego, volvió la calma.

—También podríamos hacer otra cosa —dije.

–¿Qué?
–Quedarnos en Europa. Pedirles una acreditación indefinida.
–¿Crees que aceptarán?
–No lo sé. Creo que sí.
Sus ojos brillaron.
–Entonces hagámoslo, Dave, hagámoslo. Enseguida.

A la mañana siguiente, fui al campamento de prensa. Varios GIs desocupados vagaban entre los edificios. Un cabo del Servicio de Transmisiones llamó por mí a nuestra oficina de Londres. Expuse la situación a Bob Harding, el nuevo director en Europa. Le dije que estaba dispuesto a cubrir cómo se desarrollaban los acontecimientos, pero un poco más al Este. Harding no daba crédito a sus oídos: los corresponsales le agobiaban pidiéndole ser repatriados. Me prometió llamar a Nueva York a lo largo del día.

Iba a entrar en el Chevy cuando un soldado salió de la oficina de Correos agitando un sobre. Iba destinado a Lee. El papel kraft llevaba sello británico. En el dorso del sobre había un nombre y una dirección escritos en tinta azul. *Roland Penrose. 21 Downshire Hill, Hampstead*. Adiviné lo que contenía aquella carta que me quemaba los dedos. Habría podido romperla allí mismo, pero no lo hice.

Cuando se la entregué a Lee, se contentó con guardarla en su bolsillo diciendo: «Bueno, ¿cuándo nos vamos?» También ella fue al campamento de prensa, y regresó sorprendentemente aliviada. Sus fotos habían gustado tanto que la redacción del *Vogue* estaba dispuesta a aceptar todas sus iniciativas. Audrey Withers le había dado carta blanca para ir a Austria.

Al día siguiente recibí un telegrama de Bob Harding. Los de Nueva York, sorprendidos por mi decisión, me daban todo el tiempo y el dinero necesarios. *Go to Vienna, and good luck*. Tan sólo faltaba obtener los visados. Varios días antes, los altos mandos habían confeccionado en Londres el nuevo mapa de Austria. Los soviéticos, por haber sido los primeros en llegar a Viena, se habían quedado con la Baja-Austria y el Burgenland. Las zonas de Estiria y de Carintia pasaban a ser británicas. Los franceses recuperaban el Tirol y el Voralberg. La zona americana comprendía la Alta-Austria y el territorio de Salzburgo. En cuanto a Viena, era imposible acceder a ella por carretera sin la autorización de al menos dos de las cuatro potencias. El documento se hizo esperar. Los estados mayores, desbordados, no sabían cómo gobernar aquellas nuevas fronteras. Por fin, recibimos dos salvoconductos, adornados con el sello del *War Department* e indescifrables inscripciones cirílicas.

Cinco días después, provistos de uniformes nuevos, varios carretes de película y bidones de gasolina, franqueamos la última barrera fronteriza antes de entrar en Austria.

En las afueras de Salzburgo, nos topamos con un batallón norteamericano descansando en un brezal. Los GIs, vivaqueando entre los Dodge desentoldados, descamisados y sin sus Ray-Ban, nos saludaron con la mano.

El Chevy llevaba dos horas rodando bajo el sol estival. A lo largo de las aldehuelas perdidas entre los bosquecillos de aulagas, nos habíamos cruzado con varios convoyes en dirección a Berchtesgaden. El mundo que se abría ante nosotros no podía parecerse más al que dejábamos atrás. Los abedules requemados moteaban el paisaje con su color madera, mortecino. Austria era otra Baviera, en ella se veían los mismos hacinamientos de tocones formando claros, los mismos nidos de pájaros instalados en los bulbos de las iglesias. Tal vez nos habíamos entregado a una especie de dicha, más amarga que la guerra, más fuerte que el tiempo.

La ciudad apareció de pronto tras un montículo pizarroso. Cúpulas y campanarios brillaban entre las colinas sombrías. Un riachuelo fluía al pie de una ciudadela. El paisaje me pareció más fresco, sorprendentemente liviano.

–Seguro que la gente se divierte mucho aquí –comentó Lee, elevando la voz por encima del ruido del motor.

–¿Tienes ganas de divertirte?

Lee apartó el mechón de cabellos que acariciaba su frente.

–Sí, Dave. Ahora sí.

–Pues no se hable más.

Pisé el acelerador. El Chevy se encabritó como un caballo y Lee se vio repentinamente impulsada contra el asiento. La dirección respondía bien. En aquella carretera zigzagueante, el Chevy era como un vagón de *scenic railway* soportando las ondulaciones del asfalto y hundiéndose en el vacío. Nos acercábamos a una gran curva. Iba a sortearla por fuera cuando de pronto sentí un pie en mi bota. Lee había puesto su pie sobre el mío pisando a tope el acelerador. Intenté levantarlo pero Lee insistió. Embragué, redujé la marcha, frené. Las ruedas rechinaron, el coche patinó hacia un lado y luego se reincorporó a la carretera dando botes. Sólo entonces levantó el pie.

–¡Estás completamente loca!

Lee me miró con aire malicioso.

–Querías divertirte, ¿no?

No volví a abrir la boca hasta que entramos en Salzburgo. Por poco acabamos el viaje estrellados contra un pino. Apenas me fijé en las balaustradas, en los patios con arcos de las primeras casas. Los vehículos que iban delante de nosotros redujeron la marcha. Tres volquetes precedidos de un jeep de la MP portaban unos inmensos paneles de tela y de madera sujetos con cuerdas. En una de las telas pintadas se veía un pedazo de mar azul: un decorado de algún grupo teatral del Ejército que, a no ser por la capa de pintura reciente y brillante, muy bien podría haber sido de la época Pershing. Un jeep nos adelantó tocando el claxon. El GI que lo conducía iba acompañado por un oficial soviético. El ruso parecía un plantador de Virginia paseando en *dog-cart* con su chófer-liberto. Al borde de la carretera caminaban dos hombres vestidos con el uniforme del Ejército francés.

–Pero bueno, ¿a qué viene todo este circo? –le pregunté a Lee.

–*Too much benzedrine* –me respondió.

Al llegar a la altura de los franceses reduje la velocidad. Iban andando tranquilamente, con las manos a la espalda.

–¿Qué pasa aquí? –grité.

Ambos nos miraron con asombro.

–Pero ¿cómo? ¿No lo sabe? –dijo uno de ellos–: ¡Comienza el Festival!

Comenzaba el Festival, sí, y ni yo ni Lee lo sabíamos. Mientras Truman, Churchill y Stalin acordaban en Postdam eximir a Austria de cualquier tipo de desagravio, mientras varios regimientos acantonados en Baviera volaban hacia Filipinas, mientras el coronel Paul W. Tibbets efectuaba sus vuelos de entrenamiento en el B-29 *Enola Gay*, el general Mark Cork, virrey de Salzburgo, había decidido, por el bien de Austria y el de sus oficiales, realizar el primer festival *desnazificado*.

Nada más llegar a la ciudad, un oficial de prensa nos consiguió una habitación en un hotel requisado de la Kapitelgasse. No podíamos creer lo que veíamos. Las sábanas estaban limpias, había agua corriente, el encargado del hotel había puesto en un jarrón un ramo de gramíneas. Al abrir los postigos de las ventanas, se veía una vieja calle empedrada, se respiraba el olor de la hiedra que trepaba por la fachada. El aire fresco de las montañas limpiaba los pulmones. Parecía como si un mago hubiese tocado con su varita aquella isla para protegerla de la miseria, de la amargura, de la infamia. Esa misma noche fuimos invitados por el estado mayor. Lee refunfuñó al principio, pero al final se dejó llevar por la curiosidad. La velada no nos decepcionó.

El general Mark Cork se había convertido en *der König von Salzburg*, el reyezuelo norteamericano de Salzburgo. Recibía a sus huéspedes en los jardines Mirabell, rodeado de sus oficiales y de las WACS más vistosas del contingente. Los de intendencia habían levantado varias tiendas de lona del US Army ante las mismas narices de las estatuas regordetas que con sus cuernos de abundancian repartían los más variados frutos de mármol, racimos de uvas y manzanas frondosas, raudales de peras y de fresas, bajo la mirada golosa de los invitados, que eran agasajados con *spam* y crema de zanahorias desprovistas de vitamina D y luego depuradas en una solución con un 2 % de cloro.

El general respondía a una de las dos categorías morfológicas propias de los estados mayores US en Europa: los altos mandos podían ser o bien personajes tipo cowboy, corpulentos, con acento de Montana, o bien personajes desgarbados con aire juvenil, gafas y manos de costurera. Sin gafas, pero provisto de una nariz aguileña y de unos ojos azul acero, el esbelto general Cork pertenecía a esta segunda raza. Se decía que vivía envuelto en constantes aventuras amorosas, e incluso que se había liado con Marlene Dietrich. No era enemigo de los periodistas, a nosotros nos trató con cordialidad, aunque sin saber bien a qué dar prioridad, si a las consideraciones obligadas para con *Life* o al interés que demostraba abiertamente por Lee. El general nos habló con orgullo de su ciudad, como si desde siempre hubiese sido el burgomaestre elegido por aquellas náyades de mármol. Amaba Europa, pues para él era un continente espiritual que había tenido el acierto de edificar a través de los siglos palacios, arcos de triunfo, teatros ajardinados en consideración a las tropas que tenía el honor de mandar. Se notaba que el general Cork había cambiado gustosamente los editoriales de Walter Winchell, los postes de la RKO y las turbinas de los *Liberty Ships* por los monstruos marinos y los caballos alados que adornaban los frontones del Viejo Continente. Apreciaba el lado New Hampshire de Austria, sus comodidades sanitarias, los buenos modales de sus habitantes, que contraponía, ante nosotros, a los zarrapastrosos y maleducados napolitanos, según él unos mexicanos sin petróleo que se jugaban sus GIs a la lotería y desmontaban los Sherman en un abrir y cerrar de ojos para revender las piezas, o al menos eso contaba uno de sus amigos de allí, *this crazy Malaparte*. Decía «amigo» porque al general Cork todo lo de Europa le resultaba amigable, las ciudades que había gobernado temporalmente, las hileras de lugareños aplaudiéndole al borde de las carreteras, e incluso los oficiales de la Wehrmacht que sabían capitular manteniendo las formas, bien afeitados y con las banderas arriadas. Salzburgo era su última amante, su último capricho: su coronación con música marcial a través de los campos de su propia gloria. Un alumno de Stokowski que estaba bajo sus órdenes era el encargado de supervisar la organización del Festival. El director Reinhardt Baumgartner, exiliado en Suiza, había aceptado ir a dirigir a Salzburgo. «La nuestra es una orquesta de inocentes», decía con cierta gracia el general Cork, amante siempre de la inocencia. A fin de añadir a aquel coro de ángeles algunos demonios recomendables, había hecho venir a Salzburgo a cincuenta soldados soviéticos, sus invitados personales, pues también los rusos eran amigos del general Cork. Señalándonos los arriates de los jardines Mirabell, las tiendas del US Army, la gran escalera de honor festoneada de banderines aliados, nos dijo:

–Feel at home.
Por una vez, seguimos al pie de la letra las órdenes de un suboficial.

Los días que pasamos en Salzburgo fueron como un período de bonanza en medio de una tormenta. Lee no bebía, o bebía muy poco. Yo tomaba unos somníferos que me dejaban KO por la noche. Al despertar, una agradable luz se colaba a través de los postigos. Bajábamos a un salón donde servían café, *cans* de jugo de naranja y tostadas. Las provisiones norteamericanas abastecían, por orden del virrey Cork, a todas las tropas aliadas, así como a los músicos y a los cantantes. En la calle se reconocía fácilmente, por su aspecto sanote, a los civiles que tenían acceso al maná yanqui. Los demás, los desdichados que seguían viviendo de sus reservas de manteca de cerdo y frijoles negros, paseaban penosamente sus rostros de parientes pobres.

En todo Salzburgo reinaba un ambiente de *summer camp*. En la Domplatz se entrecruzaban los uniformes de cuatro ejércitos. En las horas menores de la mañana, los GIs, luciendo el pantalón corto reglamentario, corrían alrededor de las plazas: parecían el Olympic Track Team entrenando en medio de un bosque de estatuas. Pasaban bajo las cornisas de las viejas casas donde las banderas norteamericanas ondeaban sobre los escudos de los príncipes-arzobispos. Hacia el mediodía, las WACS comenzaban a aparecer delante de las verjas de la capilla de los franciscanos. Pasaban contoneándose, carmín en los labios, botines de cordones, como Irene Dunne subiendo los peldaños del Chinese Theatre. A semejanza de los tritones esculpidos en las fuentes, los sargentos reptaban en torno a ellas silbando:
–Hey, sugar, blow me a kiss.
–Trade your things. Chewing-gum for kisses!
Salzburgo prodigaba un tesoro de sorpresas a los hombres del general Cork. Al alzar la vista hacia las escenas de lucha turca pintadas en el techo del antiguo picadero de invierno, los GIS reconocían algunas posturas de Jack Dempsey. La estatua del Hombre salvaje estaba evidentemente inspirada en la expedición de Lewis y Clark. Se podía ver la casa del Gershwin local, Wolfgang Mozart, y los retratos del

emperador Francisco José cuyas patillas habrían podido rivalizar con las del presidente McKinley. Las galerías que había alrededor de las plazas recordaban a los de Nueva Orleans las calles de Storyville en un día de fiesta. Recuerdo a un cabo negro que se pasaba las horas sentado con su guitarra bajo los arcos. Deslizaba el cuello de una botella por las cuerdas, tocando, al estilo *slide*, los blues del Delta. La tristeza del Sur resonaba bajo las cornisas de Salzburgo, con el sufrimiento del hombre que ni ha pedido vivir ni ha merecido morir. Aquel cabo era, al igual que todos nosotros, un figurante perdido en las ruinas de la vieja Europa.

A veces se veía pasar un grupo de oficiales franceses, con la granada cosida en el quepis, la guía Baedeker en la mano. Hinchaban los pulmones contemplando los bajorrelieves esculpidos en la piedra y, con cara de agüistas, comentaban:

–Hay que reconocer que estos austríacos tienen algunas cosas buenas. Ni siquiera en Plombières o en Pougues-les-Eaux verás nada parecido. –Y añadía, señalando el Mönchsberg: –Jesús, menudo despeñadero.

Los británicos, que no siempre habían soportado los exagerados ademanes del general De Gaulle, evitaban a los franceses, haciendo como que retomaban una conversación interrumpida por la guerra. Delante del Bürgenspital en ruinas evocaban con aire de entendidos la capilla del Hartford College y el gran hotel de Taormina, superiores, desde cualquier punto de vista, a aquellos platos montados austríacos, uno por su espiritualidad, el otro por su servidumbre. Siempre que podían, alababan la generosidad del Ejército norteamericano, que se había tomado la molestia de incluir a algunos blancos en sus filas. El bueno del general Cork no era rencoroso. Había puesto a su disposición una *Wunderkammer* repleta de mapamundis, conchas raras, cerraduras labradas, cuernos de cabras montesas y otras curiosidades antiguas. Los oficiales británicos, llevados por su pasión imperial y naturalista, se pasaban horas allí, en actitud de hombres ranas recogiendo corales. Me di cuenta de que Lee les rehuía, como había rehuido hasta aquel momento la parte de sí misma vinculada a Inglaterra. En cambio, desde que habíamos estado en Torgau, sentía gran curiosidad por los soviéticos. Le gustaba encontrárselos en cualquier esquina, llevando aquellas gorras de empleados de la Western Electric, aquellas gruesas cámaras, aquellas medallas de bronce cubriéndoles el pecho. Los soviets remoloneaban a gusto ante los titanes de mármol de la Residenzplatz, excelentes metalurgistas para el próximo plan quinquenal, y se asomaban con verdadero interés a los motores de los jeeps aparcados delante de las iglesias abaciales. Una gran sonrisa iluminaba sus rostros. Habían sido los primeros en entrar en Viena. No les faltaban razones para creer que tal vez mañana también aquel país les pertenecería.

Lee y yo recorríamos las callejuelas que rodean la catedral blanca. Ella dirigía su Rollei hacia las cúpulas italianas, hacia los adornos grutescos y las gorgonas de mármol. Fotografiaba a San Ruperto entre dos pilastras llevando su barrilito de sal y a San Pablo empuñando la espada; el hambre y la guerra aguardaban en la piedra el fin de su reino. Bajábamos sin prisa hacia la orilla del Salzach. Los niños del carillón, los *Glockenspielkinder*, jugaban en los patios floridos de la Getreidegasse. Miraban con ojos atónitos el carnaval de uniformes que había invadido su ciudad. Era evidente que las forrajeras francesas, que la estrella blanca y la estrella roja de los uniformes aliados reemplazaban, como si de una colección de soldaditos de plomo se tratase, las águilas de la Wehrmacht, la orla roja de la artillería, la dorada de la caballería, el caduceo de los médicos, el rayo rojo del Servicio de Transmisiones, y el sello gótico de los colombófilos.

Salzburgo nos purificaba. A orillas del río, las mariposas revoloteaban bajo los follajes umbrosos. Las agujas de las casas rococó se reflejaban en el agua. Las nubes eran luminosas, blancas, delicadas. Bajo la insignia de hierro forjado de un viejo palacio nos topamos con una pareja milanesa, vestida con pasamontañas ligeros y pantalones bombachos. No habían vuelto a Salzburgo desde 1937, un año antes del Anschluss. Según ellos, la ciudad no había cambiado y apenas había sido dañada. Habían desaparecido, eso sí, las placas de la Judengasse, reemplazadas por otras que a su vez acababan de ser desatornilladas. Enumeraban con emoción varios títulos de óperas, *Eurianto*, *Las bodas*, *Fidelio*, *El caballero*, *Electra*, recuerdos de aquel verano de 1937 en que habían visto a Bruno Walter dirigir la orquesta del Festspielhaus bajo la mirada impaciente de los lugartenientes de Seyss-Inquart. Nos recomendaron asistir a la representación de *El rapto del serrallo* que Baumgartner iba a dirigir esa misma noche, con la rumana Cebotari. Se lo agradecimos, aunque nosotros ya teníamos entradas.

El general Cork se había ocupado personalmente de conseguírnoslas.

Salzburgo, entrada la noche. Las arañas del Festspielhaus iluminaban un patio de butacas color caqui. En la primera fila, el general Cork destacaba como un príncipe de Estiria, flanqueado por un senador de Washington vestido de paisano y por el general Andreiev, nuca pelada, guantes blancos de cabritilla, bromeando con las acomodadoras que repartían un programa impreso en el papel cedido por *Stars and Stripes*. Las butacas estaban cubiertas de quepis, gorras, morrales. Los cincuenta infantes soviéticos habían sido acantonados en un rincón, como por temor a que tomaran al asalto el escenario. Los franceses se habían arremolinado cerca de la salida. Los británicos estaban repartidos por la sala como los zorros del desierto por el Sáhara: con respecto a la ópera, un género aburrido a no ser en el Covent Garden, seguían la misma táctica que tan útil les había sido contra el Afrikakorps. Los GIs habían sido invitados a ocupar los huecos libres que los desertores, el público habitual, habían dejado. A falta de una buena bolsa de palomitas, su última esperanza era que al levantarse el telón apareciesen un piano y unas cuantas *can-can girls* que resucitasen a la gran Lily Langtry o que, si preferían algo más moderno, les ofreciesen un número de *tap-dance* a la manera de Eleanor Powell.

Pero también había varias decenas de espectadores vestidos de gala, italianos, griegos, británicos, que parecían haber aguardado el final del conflicto encerrados en sus villas y reiniciar ahora sus antiguas aficiones. Observaban con inquietud a aquella concurrencia de baile de caridad. Ellos a su vez, eran vistos con suspicacia, con envidia. Tarde o temprano recuperarían su territorio ocupado indebidamente por la soldadesca. Eran ellos los auténticos vencedores de la guerra, de aquella guerra que no les había quitado casi nada y ya les estaba devolviendo casi todo. Rara vez se oía algún acento germánico. Tan sólo algunos ciudadanos notorios, indiscutiblemente libres de toda sospecha de nazismo, habían sido invitados a sellar con su presencia el gran pacto, la reconciliación musical ofrecida por el virrey Cork. Pues se daba por sentado que a partir de aquel momento era el Ejército norteamericano el que respondía de Mozart, de sus quintetos y de su *Réquiem*, de su melancolía y de las mil tres conquistas de Don Giovanni, un tipo mucho más seductor que Errol Flynn.

Lee miraba todo aquello con aire divertido. Con aire nostálgico.

Baumgartner hizo su aparición bajo una lluvia de aplausos. Silencio. Un gesto del director, y la obertura resonó en la noche. La sala en pleno contuvo el aliento. La música que surgía de los instrumentos de cuerda, el lejano eco de los instrumentos de metal, parecían proceder de un mundo que ignoraba el fango, las carnes desgarradas, las ráfagas de los francotiradores. Un soplo de gracia cantaba su promesa por encima de los años grises y rojos. A todos los que habían sobrevivido, aquella música les recordaba cuán maravilloso era estar allí.

Se levantó el telón. Los GIs del general Cork descubrían un mar de papel azul. La proa de una galera capitana apareció a orillas de un muelle de cartón piedra. Un hombre paseaba frente a la fachada de un palacio morisco, cantaba, luego se ocultaba precipitadamente en una esquina del decorado al ver entrar a un turco con el cráneo afeitado idéntico al sonador de gong de la Rank. Vi cómo la decepción se apoderaba de los rostros. Los GIs esperaban un espectáculo de Broadway, y no la fiesta de fin de año de un colegio de Delaware. La música era lenta. Los clarinetistas se obstinaban en no tocar como Glen Miller. El argumento, calcado del de *El hijo del caíd*, con sus eunucos negros y sus caftanes malvas, pedía a gritos un buen guionista. Se oyeron murmullos de protesta al fondo de la sala. Algunos de los hombres bien vestidos se volvieron con cara de enfado. Cuando los jenízaros, luciendo sus *ketchés* de ceremonia, entraron en escena y cantaron a coro, algunos de los infantes soviéticos comenzaron a llevar el compás. Las WACS, reglamentariamente rubias, medias grises y gorro, miraban al techo o se pintaban las uñas aguardando el entreacto. Luego el ambiente se caldeó. Cada una de las arias era despedida con aplausos. Los soviéticos festejaban los maquillajes circasianos, dando su visto bueno a lo que Mozart tiene de tártaro con encajes, de príncipe-pajarero de Minsk diciendo florituras ante la Corte.

De pronto se impuso un respetuoso silencio. Maria Cebotari entraba en escena. La cantante se deslizaba como una sombra roja, lenta, desgarrada. Era la hermosa cautiva del serrallo, la novia que ha perdido a su amado. La Cebotari avanzaba entre celosías y narguiles de cristal amarillo. Me volví hacia Lee. Parecía escrutar una imagen en el espejo. Sus ojos seguían a aquella mujer que se ofrecía a todos, dispuesta a cantar una melodía de *Traurigkeit*, de tristeza dulce y fiel. También Lee, como comprendí entonces, había sido una prisionera en Oriente. ¿Estaría rememorando en aquel instante los laberintos de adobe de El Cairo, el sol abrasador de los jardines de Gizeh? Había huido del Nilo y de su légamo amarillo, había huido del gin-rummy bajo los tejadillos de Zamalek, había huido, ella, Elizabeth Miller Eloui, de ese nombre que aún podía leerse en su carné de corresponsal de guerra.

La voz de la Cebotari ascendía como una llama, y yo escuchaba por vez primera aquellas palabras que tantas veces he escuchado después...

Welcher Wechsel herrscht in meiner Seele
Seit dem Tag da uns das Schicksal trennte!

¡Ay! ¡Cómo ha cambiado mi vida desde que el destino nos separó!...

Un silencio angustioso se apoderó de la sala. El día anterior las autoridades del Festival habían hecho saber que Maria Cebotari interpretaría su papel a pesar de las difíciles circunstancias que atravesaba. Su marido, un actor llamado Gustav Diesel, acababa de sufrir un ataque al corazón. Entre ensayo y ensayo, la cantante iba a verle a su lecho. Estaba mejor, pero aún corría peligro. La elegía que Constanza dirigía a Belmonte, su amante extraviado, se elevaba ahora por el Festspielhaus como un canto de amor a aquel enfermo, a aquel hombre postrado en un hospital...

> *O Belmont, hin sind die Freuden*
> *Die ich sonst an deiner Seite kannte!*
> *Banger Sehnsucht Leiden*
> *Wohnen nun dafür in der beklemmten Brust!*
> *Traurigkeit ward mir zum Lose*
> *Weil ich die entrissen bin...*

¡Ah, Belmonte! ¡Ya han desaparecido las alegrías que viví hace poco a tu lado!... El tormento sin fin de la ansiosa espera es la suerte diaria de mi corazón angustiado... La tristeza es mi única compañía desde que me han arrebatado la esperanza de mi vida...

Las inflexiones de la voz desposaban las notas escritas siglos atrás por un niño prodigio de Salzburgo, y la Cebotari *era* Constanza en aquel momento, del modo más cercano a la verdad. Las miradas se clavaban en aquella mujer sola en el escenario. Cada hombre escuchaba una voz en su voz, la de ella y la de otra mujer. La voz de las mujeres, de todas las mujeres de la guerra que también habían aguardado, en Leipzig y en Denver, en París y en Volgogrado, en Katowice y en Birmingham, que habían aguardado en medio del tormento y de la dignidad sabiendo que la vida de los hombres tiene un precio, que es preciso conservarles la dicha de ver crecer a sus hijos a lo largo de los años... Había un tiempo maravilloso por vivir, en el que envejecer, un tren había partido llevándose consigo rumbo a otras ciudades a esos hombres con los que ellas habían compartido su juventud, volverían los momentos hermosos, los agradables paseos por el río y los abrazos a los que se habían entregado; dónde se hallaban ahora aquellos seres que habían sido sus seres, aquellos jóvenes que habían amado, en qué casamata, qué infierno, llegaban cartas y ya no llegaban, tan sólo les quedaban fotos e hijos que se les parecían, hijos que durante toda su vida recordarían en sueños la época en que sus padres no estaban con ellos, y en aquella noche de Salzburgo cada cual escuchaba eso, la suave, la sublime *Sehnsucht* de una mujer que sabía que un hombre estaba luchando por ella, por sobrevivir, tan cercano y tan lejano, y los rostros franceses, rusos, ingleses, norteamericanos, se habían petrificado porque aquella llamada, aquel reclamo procedente del otro lado del mundo resonaba en *el idioma del enemigo*, el idioma de las primeras líneas donde sus hermanos habían muerto, el idioma de los kapos y de las ametralladoras, el idioma de las horcas de Ucrania y de las fosas de Lidicia, y la voz rumana de Maria Cebotari encarnaba la voz austríaca de Mozart como si fuera la de ellas; en aquella dulzura desgarradora los hombres escuchaban la voz perdida de una mujer, de todas las mujeres, y era su propia historia la que aquellas palabras alemanas contaban al mundo, y por siempre.

Miré a Lee. Estaba llorando.

Al día siguiente regresamos a la ribera del Salzach. El agua de las fuentes fluía cristalina. El eco de una campana cruzaba a veces la lejanía. Nos sentamos en la orilla. Lee tiraba piedras al río; sus pómulos tostados por el sol parecían decir que la vida volvería, otra estación recorriendo las carreteras. Una bandada de pájaros volaba ante el Mönchsberg. Varias mujeres paseaban por la otra orilla. Lee se levantaba de pronto, impulsada por algo, un recuerdo, una imagen. Nos habíamos perdido y reencontrado en este mundo en que vivimos, no hay otro igual, no hay nada más hermoso.

–¿Qué estamos haciendo aquí? –dijo de repente, como si algo le hubiera abierto los ojos–. En Salzburgo, con el general Cork y sus muchachos... Qué bobada.

–¿El qué es una bobada?

–Nada.

Tiró una piedra al agua. Las hojas de un castaño se reflejaban en el río.

–¿En qué estabas pensando?

–En nada... Bueno, sí, pensaba en esas mujeres.

–¿Cuáles?

–Las mujeres de la calle. Las austríacas. Me miran de una manera curiosa. Yo soy rubia como ellas, pero llevo un uniforme que les atemoriza. Me miran como si fuera una traidora.

–Como la Dietrich –dije–. La detestan. Sin embargo, ha sido la dicha del general Cork...

–Sí. De hecho, yo...

Lee se calló, tiró otra piedra al agua.

–¿Tú, qué?

–Creo que me gustaría fotografiarlas. Justo en ese momento en que me miran como si fuera una traidora. En ese instante sus ojos...

Lee se quedó ensimismada mirando el Salzach. El agua fluía sobre un lecho de piedras.

–¿Te gusta fotografiar mujeres?

–Me gustaba, sí. En París, cuando comencé, varias mujeres se prestaron enseguida a posar para mí. Morenillas, algo chicazos. Nos reíamos mucho, pero en el momento del *shot* las mandaba callar. Lo que realmente me gustaba era ese silencio. Y también las manos, los guantes. Las joyas sobre la piel. Y sus rostros...

–¿Qué tenían de especial?

Lee apoyó la cabeza en su mano, pensativa. Un mundo de estudios desvanecidos cobraba forma tras ella.

–Cuando miraban el objetivo, me entraba miedo.

–¿Miedo?

–Sí, Dave, miedo. Un rostro es como un vestido, tan sólo dura una temporada, tal vez algo más, y luego nada, se acabó. Por eso me pregunto si está bien conservar la imagen de algo que desaparecerá...

–En eso consiste tu oficio, ¿no?

–Sí, claro. Pero no debemos jugar demasiado con las cosas temibles. Y un rostro es realmente algo temible... Yo he jugado, incluso con el mío. Pero eso ya no importa, ahora.

Sus labios esbozaron una sonrisa. Lee también había jugado con la guerra, con su vida. Tal vez estaba jugando conmigo.

–¿Te gustan las mujeres?

–Sí, pero no como tú piensas. Soy yo quien no les gusto a ellas.

–¿Por qué dices eso?

–Porque es verdad. Jamás les he gustado.

–Has tenido amigas, ¿no?

Lee se encogió de hombros.

–No sé. Hace veinte años, tenía una amiga en Nueva York. Tanja... Era como mi hermana. No sé qué ha sido de ella. La perdí, también a ella.

Acerqué mi mano a su rostro y le acaricié la mejilla. Ella inclinó la cabeza, dejando flotar sus cabellos sobre mi mano.

–Mmm, qué bien, Dave.

—Te gustan las caricias, ¿eh?
Sonrió.
—Sí, mucho.
—Eres como una gata.
—Como una vieja gata. Una gata en otoño.
El sol de agosto prendía reflejos en el agua. Un calor fresco de mañana alpina.
—Bueno, en realidad aún es verano...
—Sí, es cierto. Pero dentro de tres semanas ya hará frío, la gente encenderá las chimeneas y volverá a su pequeña vida. ¿Y tú, Dave? ¿Tienes ganas de regresar a tu pequeña vida?
—No. No más que tú.
—Nadie tiene ganas de hacerlo. Nadie —dijo Lee volviendo la vista hacia el río.
—¿Es que hay alguien que sepa realmente de qué tiene ganas en cada momento?
Sus ojos volvieron a posarse en mí. Sus ojos azules, profundos.
—Sí, a veces sí —me contestó.
—Dime, ¿de qué tienes ganas ahora?
Lee sonrió de una manera extraña.
—Tengo ganas de cosas negras.
—¿De cosas negras?
—Tengo ganas de ir a Viena.
—Bueno, pues vámonos a Viena.
—Las ciudades son negras. Incluso París es negra.
—Aún sigues pensando en París...
Lee hizo un gesto con la mano, como si todo se hubiera esfumado.
—Sí, creo que sí. Pero aquél era un París distinto.
Silencio. El agua cabrilleaba a nuestros pies. Lee comenzó a hablar. Las palabras surgían simplemente, brotaban de una herida que tal vez no se había cerrado. Aquel día, durante mucho más tiempo que en Rosenheim, Lee me habló de cosas ocurridas dieciséis años atrás. ¿Comprendí entonces que aquella Lee que jugaba con una brizna de hierba a orillas del Salzach, que mi compañera de Alsacia y de Baviera sería algún día una leyenda?
En verdad, no. No hay leyenda que valga para aquellos que avanzan, para aquellos que aún pueden amar.

Lee llegó a París a comienzos del verano de 1929. La luz de junio inundaba las calles. En la habitación del hotel, las maletas revelaron su desbarajuste: vestidos claros, barritas de regaliz, frascos de cosméticos, un fajo de cartas atado con un chal.

Lee no tenía ningún compromiso, pero sí un anhelo. Estaba cansada de la esclavitud que conllevaba ser modelo. Quería convertirse en fotógrafa.

Meses antes, en Nueva York, alguien le había mostrado unos extraños clichés. Una mano suspendida, flotando en la luz gris. Mujeres de intachable belleza recorriendo una galería de espejos. Fetiches primitivos rodeando el rostro ovalado de una mujer. Aquellas fotos venían de París. Su autor se llamaba Man Ray. La gente susurraba ese nombre con el respeto y la excitación que inspiran los jóvenes maestros. Aquel hombre se había granjeado ya cierta reputación, la de un pintor neoyorquino que había huido de los Filisteos de Manhattan para instalarse en París. Allí se había abierto camino como fotógrafo, hacía retratos y trabajaba para las revistas de moda mientras seguía investigando en su taller. También se le conocía como cineasta, amigo de Duchamp, tejiendo su tela en el corazón del París que creaba.

Eso era todo lo que Lee sabía al respecto. Pero su deseo de vivir en París se confundía con aquellas imágenes enigmáticas. No conocía al autor, ni siquiera había visto su rostro. Se lo imaginaba receloso, crepitante: todo un carácter. Había decidido ir a conocerle en cuanto llegase. Para eso hacía falta ser un tanto descarada y, tal vez, un tanto inconsciente. Lee no lo dudó. Se puso un vestido color amaranto, se peinó el cabello corto hacia atrás. El taxi la dejó en la dirección indicada: 31 *bis*, rue Campagne-Première.

El conserje le dijo que monsieur Man había salido. Lee se batió en retirada. El sol abrasaba. Entró en un café. El dueño, con una servilleta sobre el brazo, le sirvió una cerveza helada. Los ojos de Lee vagaban por la calle agobiada de calor. De pronto apareció un hombre. Era fornido como un boxeador, oscuro entrecejo, aire resuelto.

–Aquí tienes, Man –dijo el dueño.

Lee se levantó y se plantó frente a aquel hombre.

–Hola. Soy su nueva alumna.

Man Ray la miró de arriba abajo y, con tono gruñón, le replicó:

–Yo no tengo alumnas. Y, además, me voy hoy mismo a Biarritz.

Lee le miró directamente a los ojos:

–Entonces me voy con usted.

Y así fue.

Cuarenta y seis años después, tan sólo puedo imaginar la insolencia de aquella pasión. Man Ray, a quien todo el mundo llamaba *Man*, se enamoró locamente de Lee. Hasta entonces había vivido con modelos de la calle, francesitas guasonas que parecían sacadas de un cuadro de Lautrec. Lee fue la intrusión norteamericana, la evidencia moderna. Era una mujer inteligente, vivaz, de rara belleza. Apenas unos días después, Man despejó el lugar y mandó a paseo a su antigua compañera, una reina de Montparnasse conocida por el nombre de Kiki. Lee se instaló de manera estable, poniéndose delante y detrás de la cámara.

Me imagino a aquella Lee de veintidós años. La veo sentada en un sillón del pequeño taller, balanceando una pierna. Sus ojos claros brillan en la penumbra. Sus labios hablan con pasión. Hablan de Nueva York, de la dicha, de las cosas que el otoño marchitará. Su pelo es rubio, la noche es negra. El viento se abate suavemente. Y todo es como una antigua canción que vuelve a sonar, como un sentimiento de la infancia que renace.

Lee estaba deslumbrada, lo sé. París era la ciudad de los espejos. Ella veía su reflejo en el laberinto del Palacio de

Cristal, en los escaparates de las tiendas, en las lunas de los pasadizos. Las calles le hablaban de ella, aquella ciudad invitaba a la juventud, aquella ciudad aguardaba desde siempre que vinieran a contemplarse en ella las mujeres bellas, las mujeres enamoradas. Los tranvías echaban chispas a los árboles. Le parecía que las casas, similares a las del *Little Nemo* de su infancia, iban a echarse a andar. Recorría junto a Man los puestos de los mercados donde le ofrecían cerezas al pasar. Las columnas Morris alababan el *París brillante*; las damiselas de Sion pasaban ante la casa de la Moneda que fue la torre de Nesle de las damas galantes. Las estatuas de las plazas se besaban bajo la mirada de los niños. Lee soñaba con una estación interminable, con un placer más intenso que la espera. Los castaños proyectaban su sombra bajo sus pies. Atravesaba la plaza Maubert como si fuera un jardín con olor a col y a flores cortadas. Una ligera brisa le rizaba el pelo. Reconocía ya a los gatos cómplices, el banco que se ofrecía a los paseantes, la vidriera ahumada de las casas de ilusiones. Un olor a pan crujiente emanaba de los tenderetes. El tren de legumbres de Arpajon corría levantando una polvareda hacia les Halles. Lee respiraba el aire de las calles; lucía, sin llevar nada debajo, el mismo vestido color amaranto con el que Man la había conocido. Lee se sentía de París como la lluvia se siente del cielo.

En un estudio del tamaño de un cuarto de baño, Lee conoció lo que a partir de entonces sería su vida: la penumbra alrededor de una cubeta de madera y el amor por las imágenes. Un oficio artesanal de papel, de líquido y de luz. Man era un hombre, el suyo. Era su maestro. A veces tenía el aspecto de un gran médico. Man le enseñó cómo tratar un tema en perspectiva oblícua en lugar de hacerlo en posición frontal. Cómo jugar con una forma temblorosa para hacer sensibles los movimientos. Ella le escuchaba amorosamente. Man, que a veces era algo brusco, sabía no ser imperioso. Con paciencia, con firmeza, iluminaba el mundo de las imágenes. Transmitía. Lee estaba llena de gratitud, y, por encima de todo, atónita. Nadie le había dado jamás tanto.

Man había inventado algunos trucos. Le mostró unos curiosos espectros de objetos en tonos grises, un inquietante jaspeado de líneas. Le había bastado con impresionar una placa sensible posando en ella un peine, unas pinzas, unas llaves o un revólver. Llamaba a eso sus rayógrafos. Luego sacaba varios retratos firmados por él: Picabia montado en un coche, Tzara subido a una escalera, Nancy Cunard con los brazos cargados de brazaletes. Lee se asombraba: la luz actuaba sobre aquellas superficies de una manera anormalmente suave. Man le explicó que fotografiaba a distancia antes de manipular el negativo en la ampliadora, concentrándose en los rostros. De ese modo, los retratos adquirían un toque aterciopelado, sedoso, una tersura de piel de melocotón. Man, que era más profundo en sus cartones, exhumó para Lee sus primeras series parisienses. Ocho años después, quedaban algunas copias mudas. Rostros. Ernest Hemingway. Pablo Picasso. James Joyce. Man había tenido el acierto de elegir.

Lee no podía explicar con palabras la primera lección de Man. Él le hablaba de la amistad, de las hermandades de artistas que nacen en las metrópolis. Man, no sin tristeza, le dijo entonces: un fotógrafo jamás forma parte del grupo al que, supuestamente, pertenece. El ojo es una licencia, la cámara abre todas las puertas, pero el *snapshot* borra a aquel que ve. ¿Quieres ser fotógrafa? Bueno, pues ten presente que te eclipsarás en ese instante, serás el pasamuros y la ausencia que muestra, desaparecerás en la imagen que nace al igual que yo moriré al perder tu amor.

Las noches eran ardientes. Man la arrojaba a un torbellino de rostros, lugares, colores. Aquél fue un verano terrible. Recuerdo el alquitrán de la Madison Avenue derritiéndose bajo los pies, recuerdo el humo que desprendían las aceras. En París, Lee se reía como un joven ídolo bajo las enramadas. Siempre había fiestas, montones de fiestas. Rue de Babylone, una condesa italiana organizó un baile de blanco. Era una de esas veladas que los extranjeros de París ofrecen a los parisienses que están de paso. Los servicios de Man habían sido requeridos para sazonar los placeres. Una pista repintada de blanco aguardaba a los bailarines en el jardín de un palacete particular. La orquesta estaría semioculta tras un matorral. Varios criados empolvados como ancianas viudas se encargarían de los bufés en los que destacaban varias fuentes de champán. Los reposteros colocaban en las mesas dulces de Oriente, botellas de marrasquino de Zara, frutas enteras a la duquesa Zichy. Man instaló un proyector en la balaustrada de la cornisa principal. Había traído una buena provisión de viejas bobinas de Méliès. Los invitados cruzaban el pórtico con atlantes y bajaban al jardín. Man proyectaba las imágenes de aquellas películas mudas sobre la pantalla de las siluetas en movimiento.

Man iba vestido con ropa de tenis. Lee llevaba unos pantalones cortos blancos y una blusa de Madeleine Vionnet. Giraba en medio de la pista, apretujada contra los bailarines. Le gustaba aquella ebriedad de noche clara, la suave inclinación de los árboles de junio, el modo en que los franceses le miraban las piernas. Las películas de Méliès, con sus sacudidas, proyectaban un rostro contra un plastrón, una locomotora sobre una sombrilla, la luna sobre un sombrero. La banda de jazz tocaba, en efecto, semioculta tras un arbusto. En los bailes de Nueva York, Lee tan sólo había tenido *partners*. Aquí, en cambio, había *cavaliers*. Galanes alegres, descarados pero sin pasarse, que le hacían sentirse mujer. Entre baile y baile perdía a Man, lo recuperaba. Él le señalaba algunos personajes célebres de París. Aquel príncipe oriental con una diadema, una pluma de avestruz y una barba de rajá cubriéndole los falsos cabujones, era Arthur Rubinstein. Aquellos oficiales de Marina realizando una bordada, con sendas gorras Pondichéry ladeadas sobre la cabeza, se llamaban Jean Godebski y Carlos de Beistegui. Un joven vestido con la casulla de los Dominicos y provisto de un crucifijo abordaba a las mujeres más hermosas proponiéndoles ser su confesor. «Todo esto tiene más de Directorio que de Regencia», afirmaban algunos entendidos en materia de estilos a su alrededor. Alguien le presentó a la princesa Natalie Paley, pamela, suéter de espuma de nylon blanco, ofreciendo su mano a los besucones mortales. No eran más que nombres, vidas que andaban por allí, todo pasaría, había que bailar, bailar en la pista donde los pañuelos adornados de coronas ducales enjugaban la frente de los galanes, bailar hasta el final de las noches. El guirigay de los gritos y los crujidos del suelo pisoteado resonaban al fondo del jardín como el sonido grave y continuo de un bajo mezclado con las florituras de las carcajadas de las muchachas.

Luego la anfitriona pidió silencio. Hizo traer un gran pedestal blanco y colocarlo en mitad del césped. Los proyectores se apagaron. Cuando volvieron a encenderse, había cinco personajes antiguos formando un cuadro viviente. Una voz anunció el espectáculo: *El despertar de Ariadna*.

Ariadna, envuelta en una toga plisada, languidecía sobre el falso mármol. La suya era una belleza más bien española, la de una *maja* que hablaba por una nariz muy estrecha y respingona. «Es la vizcondesa de Noailles», le susurró Man al oído. De una columna dórica surgía un busto viviente con la cabeza cubierta por un keffieh de piel de búho. El rostro embadurnado de un afeite macilento permanecía impávido. «Es Madame Bousquet», dijo Man. Tres siluetas enmascaradas se erguían hieráticas alrededor del pedestal: un solista tañía las cuerdas de una lira; un hoplita corpulento protegía a Ariadna con su lanza; un pastor de cabello ensortijado apretaba una caracola contra su corazón. Man le dio un nombre a cada una de aquellas máscaras: Boris Kochno, Bébé Bérard, Jean-Michel Frank. La multitud aplaudía. También Lee aplaudía aquella extraña ceremonia. Decididamente los franceses eran gente curiosa. Se las ingeniaban para transformar a sus mujeres en estatuas y sus casas en ruinas griegas. En la rue de Babylone se soñaba con Atenas. A decir verdad, aquello le traía al fresco. «*I don't give a damn. I love you, Man.*»

Había que vivir. Lee era antes que nada modelo. Provista de recomendaciones se presentó en la redacción parisiense del *Vogue*. La recibieron con esa clase de mirada que se les echa a las hermosas imprudentes que hablan inglés. Lee reconoció aquel ambiente de panteras devoradoras de camelias, aquel desmadre de horóscopos y de notas de gastos, aquel grupo kabuki de artesanos dopados de jenjibre que también reinaba en la oficina de Nueva York. La hicieron pasar a una habitación. Parapetado tras una boquilla, un joven alzó las cejas. La miró de arriba abajo. En un inglés gutural, dijo algunas palabras poco agradables. Lee le conocía de oídas. Permaneció impertérrita. George Hoyningen-Huene tenía treinta años. Era una de esas personas que por la tarde se empeñan en detestar a quienes han amado por la mañana. Aquel hijo de un oficial de la casa del Zar era el mandamás. Había abandonado Rusia en 1917, predicado la pobreza y perseguido la riqueza, diseñado ropa y estudiado fotografía. Le llamaban el maestro de la luz: no pensaba más que en Italia y quería reencontrar con su Leica el aterciopelado de los óleos de Bellini, las penumbras de Giorgione, las *velature* diáfanas de Ticiano. Tenía fama de despiadado, escultor de mujeres, monstruo de la publicidad. Lee le pareció un pastor griego de pelo corto, arrancado de los robledales de la Arcadia por la turbulencia norteamericana.

Lee iba a convertirse en una de sus modelos predilectas. Durante meses conocería su despotismo, su mano dura, sus estallidos de pintor de iconos. Él le ajustaba los escotes anudados y los sujetadores bordados de cequíes. En el estudio, Lee lucía para él trajes de noche y de luto blanco. Sentía cómo las telas le acariciaban la piel, cómo los pliegues le rozaban las piernas. Le gustaban las telas con vuelo, los drapeados que realzan el paso y visten los andares. Los pantalones de playa, los pijamas ondulando sobre los tobillos le encantaban. Entonces tenía la sensación de que París la envolvía con un crespón blanco, que un soplo de aire la elevaba al cielo.

Hoyningen-Huene era un ser contradictorio. Buscaba al mismo tiempo el rigor y el exceso. Los años veinte habían sido una época de rienda suelta, ahora había que recuperar la brida: domar a la forma para que ésta pudiese renacer. Hoyningen-Huene no desdeñaba el pelo corto, el cuerpo bronceado, las piernas desnudas de Lee. ¿Una norteamericana cubierta de yodo? Tanto mejor. Un esmoquin varonil, un fular a modo de pajarita adornando un traje sastre, un vestido tubo, eran preferibles a los días griegos, esos en los que el fotógrafo feminizaba a la modelo virilizando el corte. A veces le daban prontos de gran duque, necesitaba como fuera los bordados con hojuelas de Jean Dessès, los rayones rojos, las espirales de Molyneux. Lee se volvía de satén y encaje, giraba sobre sí misma constelada de accesorios como un relicario. Pruébate esa pulsera de ónices, o esos guantes calados, o quizá ese broche sobre empedrado de perlas, o bien ese clip de plata, toma, este bolso tipo concha te va que ni pintado con unos escarpines-garapiña, ponte esta capellina de Louise Bourbon, no, mejor este sombrero Mickey de Violette Marsan, date la vuelta, hacia el otro lado, ahuécate la blusa, estás jugando al mah-jong, vas paseando con una sombrilla, esto no funciona, vamos a dejarlo.

Lee se sentía manipulada, estaba harta. Se sentaba en una silla, en un rincón del estudio, aplacaba su sed con un vaso de agua. El nuevo ayudante de Hoyningen-Huene, un muchacho rubio, faunesco, se acercaba a ella, le susurraba al oído algunas obscenidades internacionales que la dejaban como nueva. A ella le gustaba mucho aquel joven alemán, Horst, descarado, sarcástico como un troll. Durante los descansos, Lee conversaba con los dos acólitos. Les preguntaba acerca de la técnica, de la iluminación. Aprendía.

Aún recuerdo cómo se reía al contarme aquellas sesiones quince años después. Lee llevaba su *battle-dress* con la sigla de *War Correspondent*. Señaló su casco, tirado en el suelo, y dijo: «Aquí tenemos un sombrero de Maria Guy.» Palpó la tela áspera de su guerrera: «Éste es un sujetador de Marcel Rochas.» Se levantó los rangers: «Y esta maravilla, unos mocasines de Ferragamo.»

Lee sentía gratitud hacia Horst y Hoyningen-Huene. Y también, creo yo, cierto rencor. Le habían sacudido demasiado las alas. De aquellas sesiones recordaba sobre todo algunas frases. Cuando sus pequeñas manos sacaban los vestidos de las cajas, Lee les oía deletrear la referencia: el número del artículo y el nombre de la prenda. Fue entonces cuando comprendió la rareza, la belleza del idioma francés, a través de aquellas palabras fútiles, rugosas al oído como un tejido al tacto. ¿Qué demonios es un *plissé soleil*? ¿Una *jupe à godets*? ¿Una *robe de grand soir*? ¿Una *basque rebrodée*? ¿Una *surpiqûre discrète*? Lee apenas recordaba ya las prendas. Pero la magia, el embrujo de las palabras seguía vibrando a lo largo de los años.

Existen imágenes que dan cuenta de aquellas sesiones. Pero no me dicen nada de Lee. En ellas, parece otra, tal y como era, tal y como será: un misterio.

Foto de George Hoyningen-Huene.

Lee lleva un vestido de noche con motivos arabescos. Los cabellos peinados hacia atrás, la mirada carbuncosa. Talle ceñido por una muselina de cloqué, los pliegues del tejido caen formando un ligero vuelo. Los brazos al desnudo, la abertura del escote remonta el pecho conformando dos triángulos que se adelgazan y descomponen en finos tirantes. Brazaletes, colgante a juego. La sombra redobla la silueta sobre una pared blanca. Lee tiene las manos cruzadas sobre el pecho. La mirada dirigida hacia un punto situado fuera del campo visual. La luz le ateza la piel, la arrastra hacia la noche.

Foto de George Hoyningen-Huene.
Lee descansa sobre una tumbona. Lleva una camisa de tela cruda, mangas amplias, cuello abierto y plegado en dos vueltas. El rostro inclinado, más acá, apoyado en una mano. Las cejas pintadas, los labios muy marcados. Se la adivina distante, desligada, un poco chicazo. El fotógrafo ha buscado la belleza norteamericana, el cutis sano. Un *souvenir* de Cape Cod.

Foto de George Hoyningen-Huene.
Al fondo, dos jarrones de cuello estrecho con lirios. Lee lleva un vestido de seda y de satén que cae a la altura de los tobillos, drapeado, ondulado, ceñido al talle por un cinturón de nudos inglés. Bajo la tela, se vislumbra el pezón del seno derecho. Las manos, echadas hacia delante, las muñecas ceñidas por brazaletes *strassés*. Hombros y brazos desnudos. Justo donde el contorno se corta, aparece la piel. El rostro ha adoptado una inclinación lateral muy graciosa. El perfil marca la línea divisoria entre sombra y luz. Los cabellos flotan semilargos, cenicientos. El fondo es negro, hay jirones de sombra sobre el vestido.

Junto a Man, Lee llevaba una vida despreocupada, llena de noches en blanco. El ministerio Tardieu, el escándalo Oustric, la muerte de Conan Doyle les importaban un rábano. Creo, simplemente, que ambos lo pasaron bomba.

Las ventanas daban a las avenidas estivales. París era una retahíla de noches para bailar. Veladas en las terrazas, en las calles, banquetas de molesquín de las cervecerías, árboles de la avenida de l'Observatoire, paseos por el bosque de Fontainebleau, apartamentos del casco antiguo de Vaneau, cafés de la rue Boulard, los manzanos en flor de las carreteras de Normandía y el Marne al atardecer, la mano de Man en la suya y las sonrisas en la calle, el alba en las fachadas de la rue Cassini, y siempre, en las verbenas en las que las muchachas se llamaban Louise o Suzy, los matchiches y los tangos, los valses con esos pases, esas vueltas increíbles, los franceses tenían las corvas ejercitadas, extraño grupo folclórico de aquella provincia que antes era París, el corazón abstracto de las cosas, la absoluta ligereza del mundo.

También en el amor, Man era dado a los juegos. Le gustaba la luz oblícua sobre una piel desnuda, los silencios de la sombra. Sus amigos surrealistas le hablaban del *Marqués* con cara de corredor de apuestas elogiando un buen lebrel. Pero parece que no hubo nada de eso entre ellos; o bien lo hubo pero de otra manera. Lo más similar a la muerte es la exaltación que experimenta el niño perverso en lo más recóndito de sí mismo. Lee amaba la vida. No sacaría nada de la humillación y, en cambio, todo del consentimiento. Y si en algo estaba dispuesta a consentir era en su propia vergüenza.

Una noche, siguiendo nuestro camino, me contó de pasada, aunque su mirada no era esquiva, algo que sin duda quería que yo supiese. Algo que llevaba oculto en su interior y que cada hombre que conocía sacaba a la luz. Cuando era una niña de siete años, tan hermosa, tan rubia, Lee había sido violada por un joven de dieciocho años.

Era una niña. Era una mujer. El ajamiento de sus siete años había hincado en ella una flor negra cuyos pétalos se abrían en lo más hondo. Lee buscaba desesperadamente el momento en que la vergüenza enterrada se convirtiese en aceptación. Aquel momento llegó, o al menos eso creo adivinar, cuando Man le entregó su amor. Man ponía de manifiesto esa parte de Lee que todo lo censuraba. A él le gustaba su vergüenza y la avivaba con gestos secretos. Ojalá que extremando las cosas ella, a pesar de todo, pueda sentirse amada, absolutamente amada. Ojalá que la herida se manifieste a los ojos de un hombre que lo acepta todo, que al llegar a lo más bajo de sí misma encuentre allí a un hombre que no juzga, para que así consiga salvarse. Lo que Lee halló en lo más profundo de sí misma, al final de su vergüenza, fue el amor de Man.

Aquel amor se parecía a una cámara oscura. Lee trabajaba horas y horas en el estudio de Man, con él, o sola. Allí realizaba con sumo cuidado operaciones que ya le resultaban familiares. Y en aquel ballet restringido entre las cubetas, la linterna, la ampliadora, los frascos y las pinzas, bajo la luz ambarina que bañaba el cuarto, ella se sentía extrañamente exaltada, libre, y prisionera también, como entregada a un mundo de recuerdos que la obsesionaba. Manipulaba aquellos objetos del mismo modo en que un ladrón repite un atraco, era la oficiante de un misterio que sobrepasaba la razón: cómo captar una imagen, cómo obtener de un mismo negativo un número infinito de copias idénticas. Aquello se parecía a un robo, aquello no se diferenciaba mucho del amor. De la fotografía le gustaba todo cuanto evocaba los inicios, el arte de los pioneros: el granulado áspero de las calitipias de cloruro de plata, el olor de los papeles impregnados de aceite, las salumbres de Brébisson. Los efluvios de las emulsiones simpatizaban con otras mezclas ácidas, olores intensos de los laboratorios químicos, vivacidad de una tierra recién removida por el aguacero. Los ruidos del bulevar Raspail se elevaban a lo lejos, amortiguados por las paredes. La noche avanzaba. Al humedecer las placas en el líquido fijador, Lee a veces descubría un reflejo sorprendente en medio del agua turbia, surgido del otro lado de las imágenes. Veía configurarse una máscara recubierta de láminas de oro. La figura de un ídolo sumergido. Adivinaba, en aquel primitivo que era un reflejo de sí misma, el recuerdo de un juego de superficies atacadas por la luz del que un siglo antes había surgido una primera imagen, incierta pero irrefutable. Man Ray le había hablado largamente de la infancia de la fotografía, la piedra de Múnich, el jardín de Niepce, el método de Fox Talbot, pues intuía que relatando el origen de aquel arte apaciguaría los temores de la principiante. Lee se había sentido requerida más de lo debido por aquel oficio de tintas grasas y de ácidos elementales; después había comprendido qué era lo que le atraía de aquellos azules actínicos, de aquella placas de vidrio, de aquellos viejos daguerrotipos: le recordaban a su padre, metido en aquel laboratorio, nimbado de aquel claroscuro que para ella seguía siendo el color de la infancia, y también el del remordimiento. Pensaba en lo que Man le había contado, los primeros balbuceos, las fotografías del siglo anterior, como intentando hallar ahí el rastro del joven que su padre había sido mucho antes incluso de que ella pudiera recordarle. Así por ejemplo, decía Man, los primeros fotógrafos disolvían el betún de Judea en la esencia de lavanda, y luego lo extendían en una placa de estaño. Vertían en la superficie impresionada un disolvente que atacaba las partes sin aislar, aquellas en las que se habían endurecido los tonos sombríos. En la imagen resultante, los blancos se obtenían empleando el betún pálido, y los negros poniendo el metal al descubierto en una solución de ácido. Finalmente, se hacían copias en grabados en dulce. A Lee le encantaba la palabra francesa, *taille-douce*. Le parecía que su propia vida era como una de esa imágenes granuladas que un fogonazo pigmenta con violentos asaltos de luz sobre una superficie sensible. En el estudio, ella escrutaba el misterio de los gestos inmovilizados: los negativos fijaban el aspecto de aquella otra mujer indescifrable que era Lee para sí misma.

La fotografía era un secreto a propósito de un secreto.

A sus ojos, Man se comportaba como un buscador de oro pobre. Aparentaba realizar sus trabajos por una cantidad insignificante. *La fotografía no es nada*. Y, sin embargo, aquellos negativos de marcado contraste similares a aguafuertes, aquel trabajo en largo focal sobre las naturalezas muertas, su empecinamiento en el estudio, todo indicaba que Man perseguía como un pintor lo que la pintura ya no le daba. Ocho años antes, un francés llamado Cocteau había ido a verle para pedirle que retratara a un escritor que acababa de morir. Man había atravesado un París otoñal bajo los árboles de hojas amarillentas. En el quinto piso de un edificio de la orilla derecha, una mujer con mandil blanco le había acompañado hasta una habitación donde hasta las cortinas estaban impregnadas del olor mareante de las flores. Un hombre yacía en una cama de cobre, junto a una mesilla de bambú cubierta de cuadernos. El difunto tenía el rostro comido por una barba de dey, los cabellos negros como las alas de un cuervo y, bajo los ojos, unas ojeras malvas como una noche asiática. En aquella estancia confinada donde flotaban miasmas de medicamentos, Man había desplegado sus aparatos mientras una dama depositaba orquídeas y un hombre con cara de Buda cuchicheaba nombres propios. Era la primera vez que Man fotografiaba un cadáver. La muerte había rejuvenecido aquellos rasgos hasta hacerlos parecer los de un hombre de treinta y cinco años. Man retrataba a aquel hombre, sí, pero sobre todo la ausencia de aquel hombre, la desaparición del ser más allá de la fragilidad del cuerpo. Entre cliché y cliché tenía que poner otra placa. Man dudaba. Le parecía que era la muerte misma quien arrojaba ácidos sobre el objetivo. Nuevamente, el busto de Marcel Proust aparecía encuadrado en el reverso de la cámara: Man estaba realizando un retrato, el retrato de un cadáver, cuando de pronto vio clara una verdad. Aquellos rasgos de adolescente que ahora volvían a hechizar el rostro del muerto se parecían a la imagen positiva que surge de un negativo durante el revelado. La muerte revelaba una certeza del mismo modo en que una imagen latente activada por el baño restituye un fragmento de tiempo. En el instante en que el fin le devolvía al rostro de Proust los rasgos de su juventud, Man comprendió que la razón última de la fotografía era aguardar ese momento, que toda vida combate, en que la muerte se confunde con la verdad.

Aquello ocurrió en octubre de 1922. Hasta la llegada de Lee, Man se dedicaba a otras cosas. Ponía en peligro su imagen entregándose a ocurrencias graciosas que agradaban a la sociedad de la época, o que la molestaban, lo que vino a ser lo mismo. René Clair le había sacado en una película jugando al ajedrez con Marcel Duchamp: las piezas se desplazaban solas sobre el tablero blanquinegro. Los mecenas le encargaban películas, las revistas compraban sus fotos. Bebía con Kiki y Picabia en el Hotel Istria. «*New York is sweet but cold. Paris is bitter but warm.*» Y, sin embargo, cuando en invierno pasaba ante las fachadas de la rue Campagne-Première, el restaurante Rosalie en el número 3, el edificio del número 17 donde había vivido Atget, Man volvía a ver al hombre que yacía en una habitación de la rue Hamelin, recordaba aquel instante en que la muerte se había confundido con un cliché que sobrepasaba a la muerte. Los surrealistas alemanes de su entorno decían buscar la *Urform der Kunst*, la forma original del arte. Man se irritaba, aquellas teorías tan sólo servían para entretener a los profesores de estética, para arrojárselas a los perros. Y sin embargo... Por la noche, encerrado en su estudio, trabajaba obstinadamente, buscando bajo el granulado de las copias satinadas algo que le devolviera la vida a su vida. Cada foto era como un cuadro, como una escena. Entre la superficie de la imagen revelada y el reverso blanco, en aquella hoja de papel sin espesor, Man buscaba la prueba que confirmase lo ocurrido aquel día de octubre de 1922 en que había creído ver; en que había visto.

Man no hallaba nada. Había encontrado a Lee.

Al principio, Lee creyó que Man, al igual que un padre, le había dado todo. Luego sintió que en su amor había también una cierta furia posesiva, que él buscaba en ella la solución de un misterio cuya clave Lee no poseía. Cada una de las sesiones en las que posaba para él se convertía en una ceremonia. Lee seguía órdenes, obedecía. Más que adoptar una actitud sumisa, Lee se entregaba a un hecho perturbador. Le parecía que la mirada de Man se fijaba en algo que estaba más allá de ella. Aquello no era un maleficio, sino justo lo contrario: la travesía de una ilusión. ¿Quién era realmente ella ante el objetivo? ¿Qué ves tú de mí que yo no conozca? ¿Soy un cuerpo? ¿Una persona? No sé, Lee, simplemente estoy buscando. Tú eres más bien una huella, una sombra. Los objetos te cortejan, te sobreviven. Yo no fotografío la forma, sino el rastro: o mejor dicho, el rastro de un rastro que el cristal esmerilado percibe, invertido, en un espectro de luz blanca. Una lenta celeridad aplicada sobre una forma en movimiento crea un halo. Tal vez tú seas ese halo. Mi mano ajusta el diafragma, calcula la apertura. Yo soy tu deudor, tu decorador. Y también tu sol, tu maestro. Los reveladores aplicados sobre las placas mordidas por la luz hacen surgir la imagen: igual sucede con las amistades, los amores, los demás, que *revelan* en cada uno de nosotros lo que estaba grabado pero oculto. Yo puedo sacar de un mismo negativo un número indeterminado de copias idénticas: yo te multiplico como una galería de espejos multiplica una silueta. Yo tengo la clave de lo uno y de lo múltiple. Describir sin intervenir; desaparecer en el instante en que te imprimo. Tu reflejo se fija, se endurece: pereces. Pero también sobrevives; la foto perdurará. Para conservar tu silueta hay que matar la profundidad. Tú estás delante de mí en todas las dimensiones del espacio. En el instante en que aprieto el disparador, el relieve se aplana, nace una imagen. Para ver, primero hay que invertir. Blanco y negro intercambian sus tonos, se transforman uno en otro. ¿Qué dice el negativo? ¿Cuál es tu color? La vida ha elegido el matiz de tu gris. Mi foto lo fija. ¿Soy un pintor? ¿Un escritor? Someto las formas al papel, el mundo se escribe ahí. Soy un pintor, vale, pero eres tú quien me ha dado el tema. Soy un espejo que aprisiona los contornos, pero tú eres el contorno vivo de la muerte que se aproxima...

Lee había vivido varios meses con Man. Recordaba perfectamente la entrada del 31*bis*, la fecha que el arquitecto Arfvidsson había grabado en el portal: 1911. El aprendizaje tocaba a su fin. Lee se emancipó, encontró un taller cerca del cementerio de Montparnasse. Quería tener un estudio propio: el único derecho que Man tenía sobre ella era el de la gratitud que Lee sentía hacia él. Lee cambió de casa pero no de amante. La calle se llamaba Victor-Considérant.

Lee deshizo las maletas, puso colgaduras sobre las ventanas y despejó el lugar. Quería tener un espacio claro y luminoso. En Montparnasse, los bohemios cultivaban su particular chovinismo, hecho de camisas sucias y de imitaciones de Tatline, de uñas grises y de bacanales en sandalias. Lee no compartía aquel nacionalismo marginal que, de Fulhamm a Greenwich Village, de Formentera a Petrogrado, exigía casa de ladrillos, brazaletes constructivistas y amor al gramófono. Era una mujer pulcra y elegante. Quería recibir a los clientes en su casa.

Y los clientes acudieron, atraídos por su fama creciente. Lee se autodenominaba retratista. La gente pagaba por verse mejor que nunca. Las mujeres de los maharajás se vestían de personajes de Gainsborough, los duques de bailarines argentinos. Los más originales querían una foto de su perro chow-chow o de su lagarto, el retrato de un animal costaba lo mismo que el de un niño. Luego fueron acudiendo las casas de moda para las que Lee había trabajado como modelo. *Vogue* y Chanel, Schiaparelli y Patou requerían sus servicios. Lee había pasado la mitad de su vida posando, ahora quería pasar la otra mitad fotografiando. Aquello era más que un éxito: era una resurrección.

Creo –y lo digo sin ningún irónico desdén– que Man fue el hombre a quien más amó. Y, en consecuencia, también el hombre a quien más engañó. Lee no le prometía a nadie la exclusividad de sus deseos. Y Man no fue una excepción: también a él le dejó bien claro que no dejaría de acostarse con quien le apeteciera. Ella era una mujer inteligente, requerida, sin apuros económicos; le llovían contratos de Londres. Se dejaba ver por el Jockey con su amigo Julien Lévy, por la casa de Bricktop con la panda de Cocteau.

Cocteau planeó, no sin malicia, llevarse el gato al agua, introducir a la mujer de Man en su mundillo. Como por entonces estaba preparando una película, le ofreció a Lee un pequeño papel, el de una estatua viviente.

El ambiente en el rodaje era tenso. Cocteau, con la camisa remangada, zalamero y puntilloso, dirigía como podía a un elenco imposible. Barbette, el travestido, se pasaba el día haciendo el ganso. Un puñado de jovenzuelos con las cejas depiladas deambulaban bajo los focos. Georges Auric gesticulaba al pie de la cámara. La película se llamaba *La sangre de un poeta*.

Los ayudantes le pusieron a Lee sobre los hombros un armazón de yeso para simular el busto de una estatua con los brazos cortados. La vistieron con una toga blanca de la que sobresalían los muñones. La embadurnaron con un maquillaje macilento. Finalmente, le alisaron los cabellos dándole un ondulado corintio con una capa de mantequilla y de harina.

Situaron a Lee en medio del decorado: una habitación adornada con un gran espejo mural. Era la estatua. La boca ahogada parecía extenderse en una pequeña zona de luz blanca. La cámara rodaba. Enrique Rivero entró, con el torso desnudo. La puerta se cerró como por arte de magia. Rivero llevaba unos labios impresos en la mano, unos labios que se movían, tenía una boca viviente en la palma de su mano. El protagonista miraba a la venus inerte, se acercaba a ella, pegaba la palma de la mano a aquel rostro blanco, calcando aquella boca viva en los labios de la estatua, insuflándole aliento. La estatua comenzaba a mover los párpados. Una mujer sin brazos se despertaba de un sueño secular, movía la nuca, cobraba vida. Bajo la luz de los focos, Lee sentía cómo el emplasto harinoso comenzaba a endurecerse, a apelotonarle los cabellos. Sus labios se movieron, pronunció las palabras que Cocteau había escrito para ella. «¿Crees que es tan fácil librarse de una herida? ¿Cerrar la boca de una herida? Aún puedes hacer algo: entrar en el espejo y pasear por él.» Enrique Rivero se acercó entonces al espejo, pasó la mano por la superficie. Lee giró su perfil mineral hacia él. «Te felicito. Has escrito que uno puede entrar en los espejos sin creerlo realmente. Inténtalo. Inténtalo de nuevo.» El hombre apoyaba las manos en el espejo. El espejo le absorbía igual que el agua de un estanque se traga un cuerpo.

–Corten –dijo Cocteau–. Vamos a hacerlo otra vez.

Por aquella época, Lee tuvo una aventura con un arquitecto, un ruso blanco que se hacía llamar Zizzi Svirsky. Era un tipo presuntuoso, muy dado al despilfarro, que iba rompiendo corazones a su paso. Tenía aires de espadón al que un violín hace llorar. *Dobri Tchass Zbogom!* Le enseñó a Lee a excederse sin pensar en mañana, a decapitar botellas, a reptar salvajemente sobre la alfombra de la cama. Ella se reía al recordar el modo en que Svirsky le cuchicheaba al oído: «*I luv' you, your hair is so springy*» –T'amo, tu pelo es tan mullido–, mientras le palpaba el cráneo.

Man no era indiferente a aquellos escarceos: le hacían sufrir. Y el sufrimiento se transformó en violencia, pero siempre dentro del estudio. Comenzó a fotografiar lirios, porque la pronunciación de la palabra francesa *lys* le evocaba el nombre de Lee. Elegía lirios blancos, voluptuosas flores africanas de venenoso perfume. Le daba a las fotos un amargo tono gris. Tú eres mi flor que hiere, mi corola blanca de pétalos de pena.

Constelaba sus cuadros de cerillas y tornillos, de figuras matemáticas y de cabezas suspendidas. El sufrimiento es una ecuación. Te considero irresoluble porque te has ido, tú eres mi cifra adorable y perdida. Su venganza iba dirigida contra los objetos. Man entró en una tienda de Saint-Sulpice, compró una de esas bolas de cristal llena de nieve ficticia. Tras desatornillar el soporte, introdujo una réplica del ojo de Lee. Como no estás conmigo, te dejo tuerta. Tú eres la mirada prisionera de la nieve que alumbra mi amor.

Man vagabundeaba por el bulevar Montparnasse. Las campanas daban a lo lejos la hora de la ausencia. Cada casa que veía le parecía hostil. Regresaba a su estudio, con los brazos cargados de cachivaches disparatados. Siempre le habían gustado las máscaras, las joyas y los guantes. Había pintado unas efes de violoncello en la espalda de Kiki, fotografiado anatomías de mármol junto a bustos vivientes. La inconstancia de Lee reavivó su fetichismo. Man ponía lágrimas de cristal en el rostro de sus modelos. Tú eres este duro llanto que no rueda, este ojo sin auténticas lágrimas que ya no me mira. Martirizaba a aquellas mujeres de belleza incólume, aprisionándoles la garganta con un collarín, desparramando por su cuerpo desnudo los naipes de una baraja, mezclando su imagen con los tótems de un dios maléfico, ídolos de las islas Fidji, penachos de las islas Nicobar, máscaras de carey del estrecho de Torrès. Te he amado terriblemente, celosamente. Tú has matado todas mis otras pasiones.

Lee, sin embargo, volvía, jamás se había marchado. Seguía siendo la mujer rubia del primer día, que de nuevo llegaba a él traída por el viento. Hermosa, repentina, sus labios se abrían suavemente, una boca de mujer que se abandona, lindero del aliento en que uno se abisma, temblor verde de los árboles, polvillo dorado en el aire, eres tú la que ha empujado la puerta, la que ha entrado en esta casa donde estaba perdiendo mi vida. Recorres las estaciones como una soberana, recuerdo el baile blanco, te recuerdo allí, *very smart shorts and blouse*, y la luz en tu rostro... ¿Por qué abandonaste este camino, por qué otro hombre que no comprende nada, por qué motivo?...

Ella le besaba, le rodeaba con sus brazos el cuello. De nuevo la efusión, los objetos trastocados, el techo que gira... La tormenta iba a estallar.

Lee visitaba con frecuencia una casa resguardada por una alameda de la Villa Saïd. La villa había pertenecido a un escritor, Anatole France. En aquel barrio donde reina el pillaje y la orgía de lujo –alrededores de l'Étoile, cerca del Bois de Boulogne–, Lee era recibida por el amo y señor del lugar, un egipcio de hermoso aspecto llamado Aziz Eloui Bey.

Era un hombre regio y cortés como un príncipe salido de un Diván. A sus cuarenta años, gestionaba desde París sus acciones en la Misr Bank y en la compañía de ferrocarriles egipcios, además de las rentas que recibía de sus antiguos dominios de Jédive. Estaba casado con una deslumbrante circasiana, Nimet, indolente y mimada por el mundillo de la moda. Las gacetas de la época la tenían por una de las diez mujeres más bellas del mundo. Aziz sentía por Nimet ese afecto apático que los ricachones prodigan a sus esposas cuando éstas son hermosas y útiles. Como suele ocurrir en esos casos, aquel repudio tolerante les servía como un remedo de vida conyugal.

Una extraña corte se hacinaba en su casa, entre los jarrones de mayólica rebosantes de tulipanes y los cajones llenos de viejos *warrants* de la Compañía del Canal. Surrealistas ocasionales, corredores de bolsa coptos y mujeres de yate aliviaban la soledad de aquella pareja de modernos faraones. Lee se implicó con aquella gente, y también se divirtió allí. Estaba cansada de la dicha estudiosa que reinaba en la orilla izquierda. Le gustaba ver a aquellos musulmanes emancipados, amantes del jerez y de las *poker parties*.

Lo que ocurrió entonces sorprendió a más de uno. Lee fue invitada a Saint-Moritz, a la Villa Nimet. La pareja pasaba allí sus vacaciones en medio de un harén de relaciones, de un barullo de perlas y de chapkas. Entre los amores de verano y las locuras de invierno, Aziz se enamoró de Lee. Aziz tenía encanto, tenía embrujo, y esa manera de ser tan mediterránea que impulsa a sacrificarlo todo por lo que se desea en ese momento sin pensar en lo que pueda suceder después. El que Lee haya respondido a sus requerimientos por mero juego no es nada sorprendente. Pertenecía a esa clase de mujeres que siempre encuentran quien las busque. Lo raro, y no menos misterioso, es que aquel juego le haya resultado de pronto apasionante: el amor de Aziz, como diría un español, fue *correspondido*. Podría decirse que en la vida de Lee, a principios de 1932, se registró un incremento de pasión por Aziz Eloui Bey. Y, la verdad, a la luz de lo que iba a ocurrir después, no consigo explicármelo del todo. La vida de cada cual se consume de una manera que a cualquier otro le resulta, antes que nada, incomprensible. ¿Emanciparse de un maestro para arrojarse en brazos de un dueño? ¿Acaso habrá visto en Nimet *la Circasiana* un doble invertido, un negativo de su rubia belleza? He conocido a más de un hombre que, creyéndose amado, no era en realidad sino el objeto de una transacción entre dos espejos, entre dos mujeres...

Para relatar los acontecimientos de entonces habría que echar mano del ritmo a trompicones de las viejas películas mudas. Todo ardía. Lee y Aziz ya no se escondían. Nimet, arrojada de su cama por una norteamericana, caía en un abismo de melancolía. Man Ray recorría Montparnasse con aire de pistolero empuñando un revólver ante las narices de los viandantes. Escribía cartas desesperadas, se autorretrataba una y otra vez con una soga al cuello, garabateaba obsesivamente en pedazos de papel el nombre *Elizabeth Elizabeth Lee Elizabeth*. En sus primeras visitas a la Villa Saïd, Lee había fotografiado a Nimet. El rostro ovalado de madona, la admirable tez pálida, aparecían realzados por el fino arco de las cejas y la nariz de pájaro de exposición. ¿Podía saber Lee que aquel retrato era portador de muerte?

Nimet estaba deshecha. En aquellos tiempos aún había mujeres a las que el abandono hería de muerte. Una extranjera rubia había invadido su casa, le había declarado la guerra sin previo aviso y, peor aún, con las armas de la inocencia. Nimet Eloui Bey había perdido a su marido.

Nimet se encerró en una habitación del Hotel Bourgogne et Montana. Un famoso proveedor le vendió los licores más corrosivos, vodka, ginebra, ajenjo. En unas cuantas semanas, postrada en su cama, Nimet se suicidó con alcohol.

Para Lee, el estupor fue demoledor. Allí de donde se iba,

allí por donde pasaba, su legado era siempre el mismo: un muerto. Un chiquillo se ahogaba en un estanque. Un avión se estrellaba en la pista del aeropuerto Roosevelt calcinando un cuerpo amado.

París se iba convirtiendo en un cepo negro. Lee caminaba sola por las calles, ocultaba su rostro en la sombra. El alcohol le quemaba la boca. Ya no podía ir desnuda, no soportaba el roce de las telas sobre la piel. La palidez muda de la muerta la condenaba, veía en el espejo un reflejo terroso que la acusaba desde el fondo de la noche. Lee se sentía envilecida. Ofrecía su cabeza a los chubascos helados. Gritaba... Pero, en fin, no quiero dar más detalles de una época en la que tanto sufrió. No, decididamente no deseo detenerme en ellos. Tan sólo me importa la resolución, el final.

Aziz y Man adquirían los rasgos de una maldición. Con todas las naves quemadas, Lee decidió abandonar París para siempre. Se fue a escondidas, como una ladrona. Había malvendido su estudio, había destrozado su vida. Todo se precipitaba. Todo concluía.

El último día, fue a ver a Man. Le debía aquel adiós. Abrió la puerta, el estudio estaba vacío. Lee advirtió que había un nuevo objeto tirado en el suelo. Era un metrónomo normal y corriente, de los que se encuentran en cualquier tienda de música. Pero tenía algo distinto, un ojo, recortado de una foto, pegado en la manecilla del péndulo. Lee lo reconoció: era el suyo.

Lee se agachó, graduó el metrónomo a cien pulsaciones por minuto. El compás de un corazón que late muy deprisa. Luego cerró la puerta.

Lee debía embarcar en el puerto de Havre en un transatlántico de la Cunard. Su destino: Nueva York.

Lee y yo íbamos camino de Viena. Tras pasar por Linz, una impresión de abandono había invadido la llanura. Bajo la luz de agosto, una extraña angustia gravitaba por doquier. El viento húmedo y caliente agitaba las hojas de los árboles. Algo se estaba incubando, algo parecido a la fiebre que irradia un lugar pantanoso. Las casas bajas se encogían agobiadas por el torpor. A veces una grava blanquecina saltaba entre las franjas de pastos. De tarde en tarde, aquí y allá, aparecían carcasas de vehículos militares, calcinadas, deshuesadas tiempo atrás. Sus llantas de metal se oxidaban bajo el sol. En abril, un pánico apocalíptico había echado a estos caminos a los ejércitos que huían de Viena. Ahora tan sólo se veían algunos ciclistas solitarios, con los manillares y los portaequipajes cargados de fardos de ropa. Mujeres con falda larga, hombres con la chaqueta manchada de polvo. Pasaban a nuestro lado sin levantar la vista, sin atreverse a mirar la estrella blanca del Chevy.

En los alrededores de la ciudad, tuvimos que franquear varias barreras. Las patrullas aliadas vigilaban los accesos. Los soldados, alzando la mano, detenían a los vehículos que se habían aventurado hasta allí. El polvo nos había transformado en dos excursionistas de antes de la guerra. Incrédulo, uno de los GIs nos interrogó. «*What the hell are you looking for in Vienna?*» No habría sabido responderle. Aquella mujer y yo avanzábamos por la sencilla razón de que la llanura se abría ante nosotros, extendiéndose sin cesar más lejos de las fronteras. Un poco más allá, varios soldados soviéticos aguardaban tras otra barrera. Un oficial examinó durante un buen rato nuestros pases. Había un curioso brillo malva en sus ojos. Miraba a Lee como si fuera una presa.

Luego extendió el brazo haciendo un gesto con el que parecía querer decirnos: sigan, sigan, allá ustedes, pero algún día nos los zamparemos.

Entramos en una ciudad de cenizas. Las agujas de las iglesias vibraban bajo el vapor estival. Los frisos dentados de las casas cortaban las avenidas. Los infantes aguardaban parapetados tras sacos de arena. En el acero de las ametralladoras bailoteaban manchas de luz. Sus rostros, bañados de sudor, relucían. Ante los portalones profundos de los edificios pasaba una procesión de carritos cargados de ropa blanca, de chatarra, de muebles miserables. En todos los rostros se veía ya la sombra azul de la muerte. Lee observaba en silencio los troles torcidos de los tranvías, los muros grises y amarillos. Aquella ciudad tal vez sería la última.

Tuvimos que rodear unos cuantos barrios antes de llegar a la zona americana. Luego vimos surgir las banderas estrelladas y la silueta familiar de las patrullas de GIs. La sigla de *Life* se había ido descascarillando desde Colmar, pero aún era legible. Un sargento nos fue abriendo camino con su jeep hasta el QG de zona, un palacete con un frontón adornado de estatuas de mármol. Dentro olía a tabaco y a sopa. Un capitán nos recibió sin demasiados miramientos. Llevaba el pelo al cepillo, y una *Silver Medal* adornándole el pecho. Estaba cansado, harto de las delegaciones del Congreso que venían a todo pasto a Europa a supervisar el buen uso de las ayudas concedidas, harto de los periodistas que confundían el parque automóvil del US Army con una compañía de taxis amarillos, harto de las fronteras americano-soviéticas trazadas en medio de ciudades donde los yanquis y los rusos no tenían nada que hacer. A todas luces, Lee le intrigaba. Cuando logró descifrar en su carné de prensa la palabra *Vogue*, alzó la vista con cara de estupefacción. Luego nos comunicó que la cuota de habitaciones reservadas del Hotel Sacher tan sólo permitía alojar a un periodista, pero no a dos. «Con una tenemos de sobra», dijo Lee. Suspirando, el capitán firmó un permiso de alojamiento acompañado de las habituales recomendaciones de uso. La circulación por la ciudad se autorizaba por zonas. Así que lo más conveniente era solicitar un visado cuádruple refrendado por las diferentes autoridades nacionales. La quinta zona, la del centro, era administrada rotativa y mensualmente por cada una de las potencias ocupantes. El capitán nos alertó contra los cambios de horario que hacían la vida imposible en Viena. La zona británica se regía por la hora del reloj de Greenwich, a la que finalmente se adaptaron también los norteamericanos. Los franceses seguían la hora de París, y los rusos la de Moscú. Así pues, según el lugar de la ciudad en que uno se hallara, podían ser las ocho, las nueve o las diez. Bastaba cruzar una calle para cambiar de huso horario. La vida en Viena, nos dijo, se parecía a la de la Liebre de Marte. Le dejamos allí, sumido en sus reflexiones.

Pasamos los dos días siguientes metidos en el Sacher. La habitación que nos habían dado, situada al fondo de un pasillo cubierto por una vieja tapicería, era más amplia que la del Hotel Scribe. Desde que salimos de París, había olvidado lo que era un auténtico hotel de centro-ciudad. La ducha funcionaba, sin agua caliente, pero funcionaba. Un par de batas con el nombre del hotel marcado nos aguardaban colgadas en la percha. La cama grande olía a sábanas lavadas con jabón negro. Un sillón de cuero rojo yacía en un rincón apoyado contra un escritorio de madera barnizado.

Nos quedamos allí más que nada por Lee. Salzburgo la había limpiado. Aquella forma etérea iba recuperando poco a poco sus contornos. Lee daba la impresión de haberse vencido a sí misma, de haberse escapado una vez más. Se refugiaba en el baño, donde iba gastando, uno tras otro, los jaboncillos del US Army. Cuando salía de la ducha, con el cabello peinado hacia atrás, la bata entreabierta mostrando sus piernas frescas, y se tumbaba suavemente sobre la cama, yo notaba cuánto se alegraba de librarse por un tiempo de aquel uniforme que la había consumido. Las botas, los *slacks*, la cazadora, bailaban por el suelo. Su cuerpo volvía a adoptar esa postura muda de mujer a la espera.

Yo sentía un nudo en la garganta. No teníamos ganas de follón, pero ahí estaba Lee, desnuda una vez más ante mí. Alrededor de aquel cuerpo gastado por las miradas despertaba la belleza como un reclamo: de nuevo el rostro alzado hacia mí, de nuevo el pecho que se ofrece, de nuevo el triángulo umbroso entre los muslos. En aquella habitación de Viena me encaré con Lee. Allí estábamos los dos, cara a cara, uno frente al otro. Ella era una mujer de treinta y ocho años que había sentido otros labios sobre su cuerpo, otros rostros contra el suyo. Yo no podía saber desde el fondo de qué mundo me veía ella. La tenía por una mujer misteriosa, pero el misterio de los seres no es nunca sino la certeza palmaria que éstos tienen de sí mismos, hasta el silencio.

Al poseerla, cabeza inclinada, ligera retracción, a duras penas me colaba en aquella vida dispersa, malgastada, entregada al viento. Una sensación de vértigo me ahuecaba el vientre. Deseaba anonadarme, olvidar los inicios, todo lo que yo había sido. Volvía a ver, pero ¿qué? Era como desvestir el cuerpo de una desconocida, te has fijado en ella, medias de seda, ojos ardientes, y ella te ha tendido la mano... Las muchachas que yo había amado, vestido de tul y cinta en el pelo, las grandes enramadas por encima de sus hombros, recuerdo lo complicado que era desenredar aquellas telas que se les pegaban excesivamente al cuerpo, y también sus voces en la complicidad de la cama... Así es, tan sólo había amado a las mujeres de mi generación, las que respiraron el aire de 1937, cuando **NBC Broadcast** chirriaba en la noche de Norteamérica, aquellas mujeres, simples mujeres, las que conocieron un mundo que también era el mío. Y desde entonces Lee, Lee en aquella habitación de Viena, *tómame, Dave, ahora soy tuya*, el sol de agosto pegaba fuerte en los postigos, se oía el ladrido de los perros macilentos, el rugido de los camiones que pasaban ante las fachadas. Un día, dos días, allí.

Lee se hundía, regresaba, yo la necesitaba a cada instante con su miedo, su perfume, sus gemidos. La guerra había acabado: los restos de un paquete de tabaco, ampollas de flash en la mesilla... Pasaban las horas. De cuando en cuando bajaba al bar a comprar botellas de cerveza, almendras tostadas. Lee no dormía. Me esperaba sentada en el sillón de cuero rojo. Blanca, desnuda. *Night-blue.* Mírame, *my little one*, tan sólo soy este hombre que ignora, que se aferra a tu cuerpo en una ciudad extranjera. Los objetos son ásperos como la carretera, siento sus aristas en mi piel, aún sigue aquí esta sombra que late bajo mi mano, pasan y pasan las horas, tan sólo nos queda esta vida arrojada a los lobos.

En el armario había un espejo empotrado, un espejo

claroscuro, arena y agua de hotel vienés, y Lee surgía de él, desnuda, como del fondo de un río helado. El hombre que estaba de pie tras ella le alzaba la cabeza para que pudiera verse. «He vuelto de un viaje, Dave, y ahora quiero que me mires.» Pero era ella quien veía renacer en el espejo a otra mujer, y a otra cuyo rostro yo no conocía, y luego a otra más. De la profundidad del tiempo resurgía la primera imagen antaño fijada en una placa, una chiquilla amorosamente observada por su padre... Las mujeres prisioneras de los álbumes duermen en la lejanía del pasado, en los positivos, en el polvo de los contactos... Tu cuerpo ha sido acechado, capturado... Entras en una habitación de Brooklyn en la que un hombre te herirá para siempre, *creepin'*, *crawlin'*, las cortinas están cerradas a la vida, las cartas desparramadas por el suelo. Pero no, las luces que se ven son las del Rye Beach Club, dos jóvenes con cuello inglés montan en un cupé. Apartan el fular que ondea al viento para poder besarte, primero uno, luego el otro, un avión va a estrellarse, un cuerpo cae al agua. O bien estás en un barrio de París. Los puentes te observan en el río, caminas con Man. Las cosas se te escapan, pero son piedra y madera, el reflejo de las casas se topa con tu palidez, caminas pisando el pavimento reluciente de las calles. Sientes el roce aterciopelado de una mano recorriéndote el cabello hasta la nuca, y todo es consecuencia de la felicidad de amar.

Me encendía un cigarrillo. Lee se quedaba tumbada en la cama. Los ruidos de la calle llegaban amortiguados, un oleaje parecía batir contra las paredes. La fatiga nos entumecía. ¿Qué gritos, qué fantasmas volvían como la cola de un vestido en la rojez de las hojas? Se nos había acabado un tiempo que yo medía malamente, que buscaba a tientas entre los muebles, los pomos de las puertas, los pasillos. Risas masculinas en las habitaciones. Lee estaba ahí, en el sueño que se agita, en las noches semejantes a un grimorio. La única certeza de las cosas desaparecidas, aquella extraña calma... Yo contenía el aliento. Un vendaval había atravesado las habitaciones. Ignoraba, más que nunca, dónde estábamos, adónde íbamos. Buscaba el aire como un hombre que se ahoga. Lee me habitaba como un fuego. Lee me consumía.

Treinta años después, aquella historia vuelve a mí con sus detalles. Lo recuerdo todo. Finales del verano de 1945. Lee y yo vivimos en aquella habitación de Viena. Ahora sé que alrededor de ella había algo que intimidaba. Aquellos nombres propios que con el tiempo se han convertido en pasaportes. La vida en Francia en torno a 1930, un fotógrafo llamado Man Ray. Un cineasta, Jean Cocteau. Y sin duda aquello me influyó, pues mi vida cambió de rumbo en 1947. Pero lo confieso sin pudor, sin vergüenza: en el Sacher, aquellos nombres me decían bien poco.

En 1945, Lee es como una clandestina. Una mujer bella y famosa en el París de 1930, pero casi desconocida fuera de allí. Una modelo que ha convivido con artistas. En Alsacia, en los jeeps de «Iron Mike» O'Daniel, Lee tan sólo pertenece a su silencio. Todo cuanto capto de ella, todo cuanto ella quiere decirme de sí misma, me resulta infinitamente menos intenso que lo que vivimos momento a momento. Años después comprendí en qué había consistido su vida. Tal vez en estas páginas la rememoro más precisa de lo que en realidad fue. Pero en septiembre de 1945 Viena nos engullirá como una jungla. Lee es entonces mucho más que su pasado: es la mujer de cuyo valor yo había sido testigo en Alemania. La amo tal y como es, con su meticulosidad de gran fotógrafa. Un ser se asemeja al momento en que lo amamos. Lee deseaba aquella ciudad que sucedía a otra, y aquel gran murmullo de muerte reciente. Vivíamos en el presente. Lee deseaba perderse en Viena.

Y nos perdimos los dos.

Los pases habían llegado al hotel. Con ellos podíamos circular por todas las zonas, con la salvedad de que durante la noche estaba prohibido andar por la zona soviética. Pasamos varios días dando vueltas por Viena. La ciudad desprendía un olor a patatas y a coles cocidas, a queroseno y a fármacos; un aroma anodino y tramado que recordaba la vida, tan diabólica, tan desprovista de verdaderos pecados. El Chevy franqueba una y otra vez los *checkpoints*. Aún se respiraba en el ambiente parte de aquella concordia que había sellado el fin de los combates: en los puestos soviéticos, los centinelas examinaban minuciosamente nuestros documentos, luego nos dejaban pasar sin refunfuñar. El telón aún no había caído.

Aquel mes, el primer distrito, zona interaliada, estaba bajo la jurisdicción de Iván. El espacio ubicado entre la Hofburg y la Ópera en ruinas se había convertido en un Kremlin temporal: zares con gorra, levitas de sarga, comisarios políticos. Una inmensa bandera roja ondeaba en la cúpula de bronce de la Hofburg. Los oficiales rusos caminaban por la Josephplatz cogidos del brazo, igual que esos adolescentes que suelen verse en las plazas italianas. Se notaba que eran despiadados y dicharacheros, un poco orientales, capaces de estrangularte a la primera de cambio con el lazo que llevaban oculto en el bolsillo. El las fachadas de los viejos palacios austrohúngaros, banderolas cubiertas de caracteres cirílicos anunciaban los grandes espectáculos del Karltheater. La guerra futura se ensayaba en los escenarios. Mientras en la zona francesa se interpretaban las misas de Mozart y de Schubert, los gruesos Antonov rusos traían de Moscú a Chabukiani, Sergeyev y Ulanova para que bailasen *La sílfide* bajo las ovaciones de los mariscales.

El casquete bohemio de los pequeños teatros albergaba pequeñas compañías de actores que representaban *La ópera de cuatro cuartos* en escenarios donde colgaban los retratos de Stalin y de Harro Schulze-Boysen, el héroe de la *Rote Kapelle* ahorcado en 1942 con su hermana Libertas. Viena se convertía para los rusos en otro Leningrado; las estatuas escitas y las marismas del Danubio se confundían con los bastiones italianos reflejados en los canales de la antigua Petersburgo. Los soviéticos ocupaban su barrio austríaco con aquel espíritu misionero que llevaban consigo a todas partes desde la época en que los bailes del Proletkut terminaban en las células de la Loubianka, con un revólver en la sien. Pero, en realidad, la ciudad entera era la viva imagen de un hombre amenazado. Los cañones de las ametralladoras aguzados como el pico de una cigüeña, los gruesos chasis de los SU-100 destacando sobre el Prater acabaron de convencerme: yo era un norteamericano que asistía al suicidio de Europa.

En los alrededores de la zona soviética, atravesábamos una landa urbana cubierta de alambradas: un *Hinterland* de casas desmanteladas bajo estricta vigilancia. Los banderines rojos y amarillos de la policía militar rusa ondeaban sobre las ametralladoras en guardia. Varios focos proyectaban una luz de *flood* sobre aquellos glacis. Al atardecer, los soldados pululaban alrededor de los SU-37 estacionados en las ruinas, como una tropa de águilas rojas a la caza del pajarillo. Los servidores de ametralladora ocupaban su puesto en los nidos que sobresalían de las cornisas. Los perros, escuálidos, solían aventurarse por aquel laberinto de cascotes. Tarde o temprano, eran cercados por el halo de algún proyector e, inmediatamente después, destrozados por una ráfaga seca. La risa de los servidores siempre al acecho despertaba el eco de las fachadas. Los soviéticos detestaban a los perros nazis, con su pedigrí tatuado en el interior de la oreja, sus colmillos acostumbrados a morder al tránsfugo, a la mujer, al judío, al niño. Cualquier perro, tatuado o no, era para ellos la encarnación con patas del último hitleriano. Los rusos ametrallaban a aquellos pobres animales como si fueran la forma vil en la que el alma del *Herrenvolk* hubiese renacido por última vez.

Bajo las torrecillas de los palacios con sus ventanas rotas, los vagabundos arrojaban pedazos de sillas a las fogatas en las que cocían patatas. Al acercarnos a ellos descubríamos que no eran vagabundos, sino habitantes que salían como ratas de sus casas, hostigados por el hambre, la suciedad, el hastío. Aquellos hombres con sombreros de fieltro gris, cubiertos de harapos, tenían aspecto de coraceros blancos, de excelentes valsadores venidos a menos. Bajaban la vista, se subían el cuello de la chaqueta. Aquella situación era para ellos su parada y fonda, la espera de una patria siempre presentida pero jamás encontrada.

En la explanada del Zentralfriedhof los velones votivos ardían como un fuego fatuo. A traves de las verjas, bajo la guardia de los fusiles aliados, se disntinguían cortejos furtivos perdiéndose entre los árboles. Los vieneses enterraban a sus muertos como con vergüenza, vergüenza de sepultar a los suyos vestidos de pobres, vergüenza de ser cacheados por los centinelas eslavos, vergüenza de haber dejado morir a sus hijos de hambre, de escasez, de penicilina trapicheada. Tras las verjas, bajo la luz temblorosa de las antorchas y el olor a podredumbre, Viena volvía a ser la ciudad de los *Schnörrer*, de los mendigos. La ciudad del silencio. El kaddish ya no volvería a sonar en aquellos parajes, ni tampoco la voz de los poetas borrachos de vino blanco del Danubio. El canto de los adioses susurrado al borde de las fosas se perdía en la tristeza fugaz de las hojas, como si aquel otoño perdurase desde hacía siglos, como si cada muerto tendido en su caja de tablones llevase en el costado izquierdo la herida del archiduque asesinado en Sarajevo.

En los jardines imperiales del Belvedere, los soldados rusos disparaban a las grandes y lentas carpas. Los peces ondulaban bajo la superficie turbia de los estanques. El proyectil azotaba de repente el agua, una forma gris saltaba por los aires, caía y luego emergía de costado, con la cabeza reventada. Una bala rusa se había alojado en el ojo de una carpa centenaria tan sólo porque los hombres tenían hambre, y el hambre de los hombres gobierna el mundo de las cosas. Viena se había convertido en un imperio de la escasez donde únicamente contaba la supervivencia. Lo demás, los edificios, los cuadros, el precio que una mujer pusiera a su pudor, no valía nada.

Cualquier mujer joven que alzara los ojos hacia ti lo hacía con el mismo aire orgulloso y lánguido de las putas. Así esperaba conseguir un alojamiento, una recomendación, un visado, un poco de leche para su hijo anémico. En cualquier momento podía comprar lo que necesitase con su piel, en cualquier momento podía ofrecerte su cuerpo. De noche, en las alamedas de los parques, las mujeres iluminaban sus piernas con lámparas que pintaban de azul para atenuar su fulgor, para no ser descubiertas y arrestadas por violar el toque de queda. Los jeeps de la MP recorrían las alamedas repletas de luciérnagas azuladas que prometían el olvido, los labios mordidos, el sexo rubio y moreno de las mujeres austríacas. Los GIs tarareaban al verlas estribillos de canciones norteamericanas, *Come dance with me*, o bien *O have you seen my little Lola with a shape like a bottle of Coca-Cola*... A veces recogían a una de aquellas «pantorrillas azules», ensangrentada, molida a puntapiés por sus rivales.

Estuvimos varios días dando vueltas con el coche, buscando dios sabe qué. «*We're drifting*», decía Lee. Callejeábamos sin rumbo, topándonos en cada esquina con una misma tristeza amplificada por el silencio y la simetría. A lo largo de las alamedas geométricas del parque del Augarten, tres torres de la *Flaktürme* permanecían erguidas hacia el cielo. A veces vislumbrábamos entre los escombros de algún palacio artesonados hechos trizas, espejos empotrados en paneles de cedro. Su superficie deslustrada devolvía la perspectiva de la calle, captada por el reflejo, prolongada en otro mundo. Viena era una ciudad donde los acontecimientos se reproducían hasta el infinito. El espacio ausente centelleaba entre las cosas. Las cristaleras desplomadas en los jardines, las ventanas en trampantojos, las rocallas ceremoniales nos recordaban en cada esquina que la vida tan sólo existe para ser puesta en escena, y que si finaliza es para no distinguirse ya de su imagen. Ciudad amarga e irreal, ciudad de maniquíes y de rumores, resumen de todo cuanto transcurre, engaña, muere y desengaña, las quiebras, las mujeres, los espejos.

Para recorrer las orillas del Danubio teníamos que cruzar la zona soviética. Yo buscaba, aunque mucho menos que Lee, esos detalles que revelan al extranjero cómo es una ciudad: una luz sobre la pared, la sonrisa de una viandante. Vistos desde los muelles, los puentes derruidos ya no eran más que reliquias entre el agua del cielo y la del río. Moros esculpidos empuñaban su cimitarra sobre los altos relieves de las fachadas. Algunos palacios de la Doble Monarquía yacían desplomados como boxeadores en la lona. Caminábamos despacio junto a los muros revestidos de argamasa amarilla. Azotada por el viento del anochecer, Viena parecía un ser humano con sus líneas de fuga, sus fragilidades, sus arrugas. Las fachadas adornadas de banderas rojas se miraban en el agua. Las olas débiles, menudas, surcaban el estiaje del muelle. Tenía la sensación de estar asomado al balcón de un consulado suspendido sobre las escolleras asfaltadas de una gran laguna: aquel asilo de materias desmentía con sus aristas, sus estucos desconchados, todo lo excesivamente desencarnado de Viena: las flores mórbidas, las vitrinas Biedermeier, las luces de finales de verano. Las policromías se habían descascarillado; bajo los agujeros de metralla se veían los ladrillos. Los maderos de Carintia se pudrían en el agua negra del río como cascos olvidados en la carena.

El viento despeinaba con furia a Lee. Durante un instante parecía acoplarse a los ocres difuminados, a los blancos de aquella ciudad dormida. Era como si Viena, tras soltar amarras, zozobrase, fuese a la deriva hacia un remolino de llamas. El rostro de Lee revelaba la inclinación al secreto, la abnegación sencilla de la mujer que ha sido adulada, y no con las mejores intenciones, y ahora quiere pasar desapercibida. Bajo la luz de Austria, Lee era hermosa y vulnerable. Yo la amaba.

Pero aquella ciudad tenía la cara de la muerte. Decenas de prisioneros agonizaban en el fondo de las cárceles soviéticas. El tifus había diezmado algunos de los islotes que rodean Grinzing. Los ancianos se caían en la calle para no volverse a levantar. Cada semana se veían listas de desaparecidos en los portales de las iglesias. Las ambulancias militares se cruzaban unas con otras, circulando con las sirenas apagadas, como si guardasen luto por los cuerpos devueltos al silencio.

Una mañana de septiembre acompañé a Lee hasta el *Allgemeines Krankenhaus*, el inmenso hospital general del distrito IX. Los guardias nos dejaron entrar con la mayor indiferencia. La rampa de acceso daba a un patio con pórtico. Había unas enormes placas conmemorativas clavadas en las paredes. Por ellas nos enteramos de que Billroth había creado en aquel lugar la cirugía moderna, y Semmelweis la antisepsia. Hebra el dermatólogo y Skoda el maestro del diagnóstico nos miraban desde sus medallones. Varios convalecientes vagaban de aquí para allá, apoyados en sus muletas.

Un sol raquítico bañaba el césped. Las enfermeras atravesaban el patio con paso apresurado. Tenían cara de cansadas y llevaban los vestidos arrugados. «*Shortage of drugs*», decían los comunicados aliados: agotados los medicamentos. Mientras que los enfermos de las tropas de ocupación eran llevados a clínicas donde se almacenaban las pilas de medicamentos escoltados desde Múnich a Frankfurt, los hospitales austríacos no contaban con ninguna ayuda. Sus reservas se habían agotado enseguida, por lo que sufrían una cruel carencia de vacunas, antisépticos y penicilina.

Al atravesar un patio, Lee me señaló un hombre con una pierna vendada. En lugar de protegerle la herida como es debido, con las compresas y los vendajes habituales, le habían enturbantado el miembro herido con retazos de sábanas, papel de embalar y cabos de bramante malamente entrecruzados. Varios inquilinos del hospital se acercaron a pedirnos cigarrillos. Uno de ellos, con el brazo escayolado y cara de ido, llevaba aún rastros de sangre coagulada en la camiseta. Un mal menor, en realidad, comparado con el de todos aquellos cuerpos que mordieron el polvo de Francia y de Alemania. Pero, con la llegada de la paz, aquel hospital había entrado en otra guerra, la de la escasez, la de la muerte ordinaria, la muerte de los pobres y de los niños que jamás combaten contra nadie, salvo contra sí mismos. Las paredes de aquel recinto rezumaban desesperación. Antaño, se había descubierto en él una nueva forma de escrutar un cuerpo enfermo, de tratar las llagas que lo desfiguran. Ahora la muerte se vengaba incluso en la paz.

Una enfermera y un médico se acercaron a nosotros, atraídos por las siglas de corresponsales de guerra. El hombre hablaba inglés. Brevemente nos explicó que en 1938 el hospital había sido dotado con los quirófanos más modernos. Contaban sobradamente con todos los instrumentos de cirugía, con todos los equipos médicos que un practicante puede soñar. Pero, en abril, las tropas soviéticas se habían apropiado de las provisiones de sueros, vendas estériles y penicilina. Gracias a una escasa reserva de anestésicos, aún podían realizar las operaciones más graves. En cuanto al resto, los médicos tan sólo podían velar por los que iban a morir en sus manos. El hombre continuó hablando. Esperaba, según nos dimos cuenta, que aquellos dos enviados especiales viesen y contasen, al menos por una vez; que la compasión primase por encima de los uniformes que nos separaban.

Lee y yo le seguimos hasta la entrada de un pabellón de piedra gris. El médico abrió una puerta que daba a un largo pasillo. En las paredes se veían frisos adornados de paisajes alpinos, con ballets de osos y de conejillos. El suelo estaba recién barrido; limpieza de internado, de cuartel triste. Había dos carritos pegados a una pared, y varios utensilios alineados cuidadosamente en las copelas: tijeras, imperdibles, catéteres, termómetros. No se notaba ese olor a éter característico de los hospitales, sino un olor mate, severo y frío como el mármol. El médico empujó una puerta y nos invitó a entrar. Vimos tres camas con barrotes blancos colocadas en medio de la habitación. Bajo las sábanas respiraban unas formas menudas.

Niños.

En las dos primeras camas, sus pequeños ocupantes reposaban boca abajo. Dormían. Tan sólo se les veía la parte posterior de la cabeza, completamente pelada, extrañamente reducida. El médico se acercó a la última cama. Fui tras él. Lee se había quedado inmóvil, paralizada: de nuevo *aquel rostro*, el mismo que nos perseguía desde aquella tarde de abril. El niño no dormía, ni tampoco lloraba. Tenía los párpados abiertos, fijos, los ojos grises. Unos dos años, pero la piel pegada a la osamenta, la clavícula saliente y los ojos enroscados en las órbitas le daban aspecto de anciano. Su respiración silbante alzaba levemente la caja torácica. El corazón cautivo latía bajo el arco de las costillas.

–Ha pillado un virus –dijo el médico–. No tenemos nada con que curarle.

A causa de una fiebre fría, el niño estaba rígido. Al ver a Lee, esbozó un movimiento ralentizado, el de un hombre que se despega lentamente del fango. Intentaba estirar el brazo. El músculo extensor, visible bajo la piel, funcionaba mal. Lee le cogió la mano.

–¿Dónde están sus padres? –preguntó.

–No lo sabemos –contestó el médico–. Han desaparecido.

Los delgados dedos se crisparon como un pulpo en la mano de Lee. El niño no lloraba. Sus ojos, aún coordinados, acompañaban a los gestos. Sobre la piel del brazo se veían marcas de cianosis. Aquel niño era real en todos sus contornos. La mano de Lee permaneció aferrada a la suya. La vida que nos había atenazado a nosotros, que nos tenía entre sus brazos, le sería arrebatada antes de haber comenzado. Aquel niño tan sólo había tenido el tiempo justo para experimentar en carne propia la injusticia de las cosas, el absurdo deslizarse hacia la nada. También él era un ser humano, semejante a aquellos hombres escuálidos que ya no volverían a hablar... Los hombres dan la vida en el lecho de las mujeres que les aman un poco, y luego la ven partir cuando la tienen delante, sin poder hacer gran cosa.

El médico se había mantenido alejado. Se acercó y me susurró al oído, mirando a Lee:

–¿Cree usted que le molestaría sacar una foto?

–Pregúnteselo a ella.

El hombre se acercó a Lee y le dijo algo. Ella le escuchó, sosteniendo aún la mano del niño. Luego la soltó, dejando suavemente el bracillo del pequeño sobre la sábana blanca. Agarró la cámara, pareció dudar, hasta que, lentamente, le quitó la tapa al objetivo.

Lee fotografió al niño.

Queríamos olvidar. El bar del Sacher acabó convirtiéndose en nuestro refugio. Yo pasé allí varias tardes escribiendo una *story*. Lee había descubierto un laboratorio que revelaba los negativos de los corresponsales aliados.

Aquéllas fueron las primeras fotografías suyas que vi: hasta entonces, había enviado los rollos directamente a Londres. Lee fotografiaba ruinas, paseantes furtivos. La cantante Irmgard Seefried había posado para ella en medio de los escombros de la Ópera. Justo cuando Lee había apoyado el dedo en el disparador, la Seefried había comenzado a cantar un aria. La voz se había perdido. Tan sólo quedaba la sombra de una mujer cantando en un decorado derruido. La voz de Viena perdida en el fondo del silencio.

Cuando Lee se iba, me ponía a trabajar ante un vaso de whisky y un plato de almendras tostadas. El bar del Sacher era un hervidero de rumores. Los oficiales anglosajones se veían allí antes de cenar. El local tenía todas las comodidades de un comedor de oficiales, en el que invariablemente se encuentran las mismas botellas, los mismos menús, el mismo ambiente cálido de guarnición, todo ello avivado por la sensación de que el enemigo era otro distinto. Oficialmente, se trataba de aplicar los acuerdos de Londres. En realidad, se vigilaban los movimientos, las decisiones, los mensajes filtrados desde la zona soviética. Los británicos habían enviado a Viena a algunos de los mejores oficiales de su Servicio de Inteligencia. Se reunían en un rincón del bar, encendían sus cigarrillos de filtro dorado, cigarrillos *Hanimeli*, venidos directamente de Estambul, e intercambiaban veladas opiniones. Cuando se sentían observados, llamaban al camarero y señalaban la mesa en la que se hallaba el curioso de turno, recalcando con voz sonora: «*Bring us a bottle of whatever this young man is drinking. It's African wine, isn't it?*» El importuno se arrellanaba en su sofá y no tardaba en ahuecar el ala.

Los oficiales del US Army eran menos discretos. Con los bolsillos llenos de dólares y de schillings, se dedicaban a hacer largas rondas nocturnas por Viena. Eran los amos de los bares del *Innere Stadt*, el night-club Oriental, el café Victor, donde tipos vestidos con abrigos grises vendían bajo cuerda fotos de mujeres desnudas o donde podía comprarse por unas cuantas monedas el cuerpo blanco de las muchachas austríacas, ojerosas y famélicas.

Una tarde, al entrar en el bar del Sacher, oí una voz que me decía desde un sofá cercano a la puerta:

–*I guess Mr Schuman is rushing to his soirée?*

Me volví. Ya había escuchado antes aquellas palabras, en un hotel de París, una noche del verano anterior. Era él, sí. Sentado en un sofá de cuero marrón, Jeremy Barber me observaba. Soltando una bocanada de humo, me señaló el sofá que había frente al suyo. Le di una palmadita en el hombro. Barber se llevó la mano a la hombrera del uniforme e hizo como si se limpiara el polvo. Pero sus ojos seguían teniendo aquel extraño brillo en el que se adivinaba una cierta bondad.

–Siéntese, Schuman –dijo tranquilamente–. Veo que aún sigue vivo, *old friend*.

Barber acababa de aparecer ante mis ojos como un geniecillo árabe en aquel sofá del Sacher. Yo aún seguía vivo, en efecto, al igual que él. Barber llevaba el mismo uniforme que en París, con la camisa superalmidonada y el distintivo de los enviados especiales británicos. Seguía hablando aquel mismo inglés, recalcando con su pronunciación *à la française* las palabras de origen yanqui, para dejar claro que ellos no eran de los suyos. Cuando le pregunté qué había estado haciendo desde que nos vimos en Francia, me respondió que había *frecuentado* la zona de ocupación británica en Alemania. Citó, con soberano desprecio, el nombre de algunas ciudades, Dortmund, Bochum, Essen, como si regresase de la selva. Aunque no dudó en alabar los techos de pizarra azulgris y las casas de entramado de Alemania, mucho más coquetas que las chozas isabelinas.

Barber no había cambiado un ápice. Yo estaba seguro de que había asistido a todos los duros combates que había librado el XXI Grupo de Ejércitos de Montgomery, pero él se empeñaba en hablar de los techos de pizarra azulgris. Pidió dos vasos de whisky.

Cuando le dije que Lee estaba en alguna parte del hotel, Barber comentó, con absoluto convencimiento:

–Lo dudo.

–¿Por qué?

–Porque usted es el hombre que le conviene, David. Al menos en este momento. Y porque, permítame que se lo diga, tiene usted aspecto de alucinado.

Barber frunció el ceño. Varios oficiales británicos se acomodaron en la mesa de al lado.

–¿Por qué dice usted eso, Jeremy?

–Simple deducción. Ya en París advertí su interés por usted. A la chita callando, usted es lo que los demás pretendemos ser en esta guerra: un general del periodismo, y a ella le encantan los generales. Elizabeth necesita salvarse, o sea perderse. Usted es digno de confianza, Schuman. No es un charlatán. El pasado no le atormenta. *You're a reliable man*...

–¿De verdad lo cree, Jeremy?

–Sí, amigo mío. En cierto sentido, Lee está enferma. Como yo. Como usted quizá.

–¿A qué se refiere?

Barber agarró el vaso que tenía delante.

–*Cheers*, David. Usted sabe muy bien a qué me refiero. Usted no tiene nada que hacer por aquí, ni yo tampoco. Si nos hemos quedado ha sido por una razón en particular. Yo conozco la mía. Y adivino la suya. Usted se ha quedado porque está contaminado por Europa igual que un coronel de Sandhurst por las aguas del Ganges. Ha pillado un virus del que no se librará nunca. Está fascinado, David, fascinado. Y usted se ha quedado por una mujer. Se ha quedado por ella.

Me quedé callado. La noche caía tras las cortinas del bar. Barber, curiosamente, se iba poniendo serio. Continuó diciendo:

–Usted ha adquirido cierta responsabilidad trayendo a Lee hasta aquí, y lo sabe. No porque ella esté loca, sino todo lo contrario. Pero está poseída por su demonio. Su *dibouk*, como dicen mis amigos de Whitechapel. Ella necesita hacer su trabajo, cambiar de continente a cada solsticio, y para eso requiere un hombre. Usted es el hombre. El último hasta la fecha.

–¿Qué insinúa?

–Nada, amigo mío. Como usted sabe, en Londres la traté un poco. Ella vive en un mundillo que, a su modo, es bastante civilizado. Toda esa gente está vagamente afiliada al surrealismo, se besa en las dos mejillas farfullando cosas ininteligibles en su jerigonza sideral. Si continúa el declive del mundo, los cuadros que tienen en sus paredes les harán ricos antes de quince años. Y si quiere saber lo que opino...

–Desde luego.

Barber se llevó el vaso a los labios, prolongando al máximo el placer.

–Opino que Elizabeth vale más que todos ellos juntos. Odio tener que decir tal cosa de una mujer pero, en fin, es lo que pienso. A ella le gustaba mucho aquel ambiente. Luego se hartó. En París me dijo que deseaba comenzar de nuevo. Esta guerra nos ha drogado, Schuman, nos ha *enganchado*. A todos.

–Usted no parece estar muy mal...

–No lo crea –dijo Barber–. Cada uno paga su precio, y yo no soy una excepción. Cada uno paga por volverse humano. Durante esta guerra, nos hemos vuelto locos, y nos hemos vuelto humanos. Incluso Elizabeth se ha vuelto humana. Evidentemente, ello puede tener sus consecuencias. El vértigo, por ejemplo.

Tomé un buen trago de whisky. El alcohol dejaba una agradable sensación de calor en el estómago. Barber alzó la nariz como si estuviese aspirando el aire del mar.

–Otra cosa, Dave...

–¿Sí?

–Usted sabe que un hombre la aguarda en Londres. Nada es seguro, pero probablemente la esté aguardando. Lo sabe, ¿no?

–Sí, lo sé. ¿Y qué?

–En fin –dijo Baber–, no he dicho nada. ¿Está ella aquí?

–Trabaja en un estudio. Revelando.

–Por cierto, ¿ha encontrado usted buenos temas en Viena?

–Ya lo creo. Esta ciudad es el sueño de cualquier *story writer*. ¿Y usted?

Barber suspiró.

–Llevo aquí cinco días y... Entre nosotros, esto es bastante peor que Alemania. Los socialistas del *Daily Express* me están pisando los talones. Piensan que la zona soviética es un laboratorio. Piensan que los pecados de guerra se redimen mejor bajo una administración comunista, porque ofrece esperanza, igualdad y olvido. Por mi parte, pienso que los pueblos ocupados son pueblos corruptores. Cuanto más dados a la corrupción son sus ocupantes mejor viven ellos. Y nosotros somos muy dados a la corrupción.

–Exagera usted, Jeremy.

–No lo creo. Los soviéticos violan a las mujeres. Nosotros las compramos. Pero no es nuestro dinero lo que las corrompe. Son las mujeres austríacas quienes en realidad compran a nuestros valientes soldados haciéndoles ver que se acuestan con ellos por una ración U o por un paquete de Lucky.

–Tienen hambre.

–Como toda Europa –dijo Barber–, salvo quienes, como nosotros, viven de las provisiones norteamericanas. Tal y como yo lo veo, hay dos clases de países: los de las mujeres violadas y los de las mujeres vendidas. En Austria, se venden.

Barber encendió otro cigarrillo.

–Naturalmente –le dije–, las mujeres británicas están libres de toda sospecha...

Barber soltó una voluta de humo.

–Aún está por ver que en nuestras islas –dijo con una sonrisa de hiena– haya seres que merezcan el nombre de mujeres. Y fíjese, cuando, por casualidad, consigo domesticar a una (de importación, bien es cierto), resulta que me la vuelvo a encontrar completamente consumida a cien leguas de Jermyn Street.

–Lee es norteamericana.

–Yo no estoy tan seguro. Elizabeth se ha enturbiado la sangre con toda clase de opios. A su modo, es sincera. Y yo siempre he pensado que la sinceridad crea la decadencia,

mientras que la hipocresía crea la civilización. Fíjese en Viena, por ejemplo: es una ciudad civilizada.
–Como Londres –añadí.
Barber le dio una calada al cigarrillo.
–Londres es *la* civilización, amigo mío. Tal vez por eso me he ido de allí.
–No me diga que ahora le gusta la decadencia...
–Me gusta estar entre dos aguas, Schuman. A estas alturas, supongo que no le sorprenderá.
Barber se inclinó hacia mí como para hacerme una confidencia.
–Pero, ya que está usted interesado por la civilización, si quiere puedo enseñarle mi último descubrimiento.
–¿Descubrimiento, dice?
–Sí –dijo Barber con aire de júbilo–. La princesa Ágata Windischgrätz.
–¿Ha descubierto usted a una princesa?
–Hay una detrás de cada matorral del Danubio, amigo mío. Pero a ésta vale la pena conocerla. Permaneció en Viena durante la guerra, aunque su hermano se exilió cuando se produjo el Anschluss. En fin, una dama intachable.
–¿Qué años tiene?
–Unos treinta y cinco. Bastante culta. Viste ropa inglesa. Bonitos ojos verdes, por si le interesa. Tiene a todos los altos mandos en el bolsillo. Menudo espectáculo: debería usted verlo. Recibe a los oficiales superiores en su palacio, y ellos, a cambio, abastecen sus cocinas. Cosa que les enorgullece.
–Unos *paying guest*, vamos.
–No –dijo Barber–. Es ella, precisamente, quien les corrompe. La princesa se sacrifica por su país. ¿Sabe? Voy a pedirle que les invite, a usted y a Lee. Tengo curiosidad por ver qué pasa.
Barber alzó su vaso y me guiñó un ojo.
–*Cheers*, David.
–*Cheers again*, Jeremy.

Bajo la penumbra del gran comedor, las velas iluminaban unos espejos empotrados en grandes paneles de caoba. Un candelabro de cristal cargado ahora de bombillas eléctricas pendía del techo. Varias molduras moteadas encuadraban los nichos murales adornados de porcelanas *creamware*. Se notaba el contraste entre el color rosa pálido de las paredes y los tonos rosa marchito, más marcados, del tapizado de los muebles. En un mural pintado en perspectiva se veían varios personajes enmascarados inclinados sobre una góndola. De ella descendía un grupo de gente que parecía venir de desvalijar el almacén de una peluquería: cabelleras de seda, moños de cola pelada, pelucas tipo fragata, mechones rizados con hierros candentes. Una dama acodada en la falsa ventana llevaba atado un monito tití. El revoque de los frescos se había resquebrajado aquí y allá, dando la impresión de que los rayos de una tormenta atravesaban aquel carnaval.

La princesa Ágata Windischgrätz me observaba.

Una media hora antes, habíamos atravesado un vestíbulo donde varias copelas de plata bordeaban otros tantos trincheros con viejos ejemplares de *Vanity Fair*. Por la cúpula del techo se filtraba una luz azul. Lee y yo llevábamos nuestro uniforme de corresponsales de guerra. Lee no iba realmente maquillada, pero había remarcado con un *lipstick* el contorno de su boca.

De golpe comentó:

—Detesto este lugar.

El viejo que iba delante de nosotros, un mayordomo recocido, ni se inmutó.

El hombre empujó una puerta: encuadrado por el marco apareció un salón. Tres personajes se levantaron al vernos, uno con premura, los otros dos con elegancia. El coronel Yarborough, *American Provost Marshall*, se había puesto su uniforme de gala. Era un hombre grueso, siempre agobiado, el mejor de los soldados y el rey de las cantinas, que tenía vara alta en la intendencia US de Viena. Toda la ciudad le cortejaba, y su programa de fiestas, repartido en cinco zonas, no tenía nada que envidiar a la agenda de compromisos de un *Mayflower Pilgrim* en plena temporada bostoniana. El centro de su satisfacción vital eran sus falanges: al coronel Yarborough le encantaba frotarse las manos, y eso era precisamente lo que estaba haciendo cuando entramos.

Jeremy Barber se había despegado con mayor negligencia del sillón. Tenía el aspecto de las grandes ocasiones, el de un Lord Justice que casa a su hija. Al vernos entrar, le había tendido la mano a su vecina igual que un bailarín de contradanza. La señora Lee Miller, del *British Vogue,* fue presentada formalmente a la princesa Ágata Windischgrätz, e inmediatamente después también el señor Schuman, de *Life,* tuvo ese inmenso placer. La dueña y señora del lugar nos invitó a tomar asiento. Barber, que tenía la palabra cuando llegamos, no la soltó. Había adoptado ese tono disgresivo tan característico de los ingleses cuando no se sienten como en casa. Lee, que conocía el percal, hizo una mueca de divertida complicidad. Pero advertí la manera imperceptible en que examinaba a la mujer que tenía en frente.

La princesa Windischgrätz nos observaba sin dejar de sonreír. Poco más o menos de la edad de Lee, iba embutida en un traje sastre color tila, y llevaba las piernas enfundadas en unas medias claras. Un broche a juego con el verde de sus ojos centelleba discretamente en la solapa del cuello. De su rostro triangular llamaba la atención cierta expresión de inteligencia que la educación no había logrado borrar. Un mechón moreno proyectaba un halo sobre su frente, que era muy marcada, de una palidez de porcelana china. Una sombra de rubor teñía los pómulos, pero con sencillez, como una nota jovial en aquel rostro, que era hermoso. Su porte carente de afectación sugería una familiaridad que promete sin dar. Un leve desacuerdo entre ella y el lugar la distinguía. Su palacio era una concha, pero ella recibía allí a sus huéspedes como si fuera un campamento. El aire de exagerada independencia de las patricias de Nueva Inglaterra, que se las ingenian para parecer una Ginger Rogers canalla en medio de sus columnatas demasiado blancas, tenía en la princesa su equivalente y no su caricatura. Uno sentía que la princesa aceptaba sin ostentación cuanto había recibido, tanto los mármoles de su mansión como los pasos del lambeth-walk, sus parientes en Carintia o las frecuentes visitas del coronel Yarborough, y que no haría de todo ello, que le resultaba divertido, un buen negocio. La princesa dijo algunas palabras en un inglés casi perfecto. La pronunciación era precisa, el acento mozartiano. No le quitaba ojo a Lee.

Lee, con su guerrera, sus botas de cordones y su *slack*, no desmerecía a su lado. Sus cabellos ondulados, espesos, flotaban sobre sus ojos de viajera. Las ojeras sombrías, el bronceado de Salzburgo, le daban un aspecto salvaje. Lo que distinguía a una de otra no era la elegancia, pareja en ambas, sino, como resultaba fácil adivinar, el sentido de la posesión. La princesa permanecería en su palacio porque, pasara lo que pasara, ella seguiría ligada a su ciudad. Lee atravesaba un mundo donde todo lo ganado sería destruido. La princesa había sido cortejada, Lee aún podía amar.

Barber pasaba revista a algunos cotilleos de antes de la guerra. Evocó a Anthony Eden sorprendido en contemplación activa ante los Endimiones del Palatino, los tapiceros de Bloomsbury cambiando las sábanas de las camas, las escapadas entrecruzadas del matrimonio Nicolson. El coronel Yarborough comentó que el amor, en esencia, se paga caro. Barber le fulminó con la mirada. La princesa Ágata Windischgrätz escuchaba a Jeremy con aquel aire italiano, aquel aire provinciano a pesar de todo que adopta la gente del Sur, o del Este, cuando alguien evoca delante de ella algo relacionado con Gran Bretaña. Lee observaba a la princesa sin abrir la boca. En el fondo, ella trabajaba para mujeres así. El silencio de la modelo ante la cámara, las interminables sesiones de pose. A Lee le había gustado aquel mundo. Tal vez aún le gustara entonces.

La princesa nos invitó a pasar al comedor. Los cubiertos aguardaban dispuestos en una mesa demasiado grande para tan escasos comensales. Los vasos de cristal veneciano destacaban ante los platos marcados con el escudo de los príncipes Windischgrätz. Reconocí las botellas de vino reclinadas sobre los cestos: las mismas que degustaba el estado mayor norteamericano. Lee me dirigió una sonrisilla cargada de ironía que no le pasó desapercibida a la princesa.

Una sensación de irrealidad flotaba sobre la estancia. Igual que en un estudio, la existencia allí era puesta en escena. Aquella ciudad se moría de hambre, pero la Europa nobiliaria que vivía en ella mantenía imperturbablemente sus ritos. Y tampoco Jeremy estaba dispuesto a dejar de llevar la batuta.

La joven princesa había situado a su derecha al coronel Yarborough. Yo estaba sentado a su izquierda. Lee, frente al coronel, y Jeremy frente a mí. El viejo mayordomo reapareció sosteniendo una sopera de plata. Uno a uno, nos fue sirviendo un aguachirle del color de las sopas Campbell que le daban al grueso de la tropa. La princesa hundió en él su cuchara como si nada. Barber, impávido, puso cara de gourmet que degusta un plato suculento. Las figuras enmascaradas de los frescos nos veían cenar, burlonas y hieráticas. Ágata Windischgrätz tenía un rostro encarnado, una boca roja, una gran soltura en sus maneras. Lee, con sus cabellos ondulantes, ponía una nota de fiereza y de ardor.

En aquella estancia alumbrada por la llama de las velas y la luminaria eléctrica del candelabro, las uñas pintadas, los gestos delicados de la princesa evocaban una época cortesana, llena de indiferencias, de sensualidades rosas, de tristezas ocultas. El olor de la sopa Campbell mezclado con el del parqué encerado, los reflejos atenuados de los aguamaniles y de las porcelanas de Augarten componían un cuadro otoñal que tenía el brillo secreto de las cosas corrompidas.

Barber enmudeció. El recuerdo de una ausencia velaba sus ojos. Por un instante pensé que sus arrogancias, su chanza despiadada, no eran sino la máscara de su decepción. También a él, probablemente, alguien le había partido el corazón. Aparentaba ser un egoísta que se burlaba de todo, pero en el fondo aquélla era otra manera de hacer caso a los demás.

La princesa Windischgrätz debió de advertir su repentina melancolía, pues enseguida se dirigió a Barber con aquel tono aflautado producto tanto de las suaves cadencias de Franz Schubert como de la lectura del *Harper's Bazaar*.

–Parece usted triste, Jeremy.

Barber despertó de su sueño con una cómica mueca.

–Jeremy jamás está triste –dijo Lee–, ni siquiera en Londres. ¿No es así, Jeremy?

Barber volvió a adoptar su aire faunesco.

–Sí, sí, estoy tristísimo. La única razón que me impide arrojarme al Danubio es saber que, tras mi muerte, Novello, Messel y los demás serían capaces de organizar un velatorio extremadamente divertido, en el que todos bailarían valses de Strauss tocando las castañuelas.

–¿Quién es Novello? –le preguntó la princesa.

–Uno de mis queridos compatriotas, tan dañino como la sarna –respondió Barber–. Además, tiene nombre de italianucho, de *wop*, como dicen nuestros amigos norteamericanos.

El coronel Yarborough frunció el ceño. Aquella velada comenzaba a hacer mal viso, y semejante alusión a la jerarquía sin duda le inquietaba.

–Novello me recuerda cierto proverbio –continuó Barber–. *Inglese italianizzato, diavolo incarnato*.

–¿Conoce usted al tal Novello? –dijo la princesa volviéndose hacia Lee.

–Ignoro lo que es un *wop* –dijo Lee–. Novello es amigo de Beaton, y eso me basta.

–Pero eso es maravilloso –comentó la princesa.

–Querrá decir lamentable –añadió Lee.

–¿Por qué? ¿No le gusta Beaton? –preguntó Ágata Windischgrätz.

–Cecil es un jardinero que se cree pintor –intervino Barber maliciosamente–. No hay más que verle podar las rosas de su jardín de Reddish. Parece un peluquero griego viéndoselas con un musmón. Cuando alguien le presenta a unas duquesas las toma por begonias de exposición. Sueña con podarlas con el secador, a todas sin excepción.

—Pero las mujeres no son flores —dijo Ágata sonriendo.
—En efecto —dijo Lee escrutándola.
—Precisamente por eso —saltó Barber—. Si le preguntara a Cecil al respecto, sin duda le explicaría que las mujeres son flores imperfectas a las que constantemente hay que llamar a su orden natural: la muerte por ajamiento. Él las retrata junto a colgaduras, columnas, tapices. Hace brillar los oros y las cristalerías —llevado por su lado *butler*— y coloca a las mujeres como tulipanes en un jarrón. Y, como colofón, enciende las lámparas.

—Las flores se pudren por el tallo —dijo el coronel Yarborough con aire de enterado.

Aquella afirmación, cuyo sentido no era ni mucho menos obvio, dio paso a un silencio desconcertante.

—Así es —continuó Barber—, y es Cecil quien hace crecer la urna bajo los pétalos.

—Pero ¿por qué dice usted que se las da de pintor? —preguntó la princesa.

—Porque se cree Joshua Reynolds. Cecil es capaz de explicarle a usted, con la mayor seriedad, que sus retratos de la duquesa de Gloucester no tienen nada que envidiar a la *Perdita Robinson* de Gainsborough.

—Perdita... Parece el nombre de un perro —dijo el coronel Yarborough.

—Beaton detesta a los perros —comentó Lee.

—Beaton afirma tal cosa —repuso la princesa—, porque ama a la monarquía inglesa.

—¡Es un regicida! —rugió Barber—. En otros tiempos le habrían colgado de un árbol en Highgate. ¿Sabe usted cómo compone los fondos de sus retratos de la familia real?

—No —dijo Ágata Windischgrätz.

—Remedando a los pintores italianos —reveló Barber—. Qué espanto: cuadros *wop*. Localiza ardacas romanas en las obras de Borromini, ruinas en las de Pannini, escenas de baile en las de Nicolo Dell'Abate... Luego las fotografía, las amplía, elimina a los personajes y coloca el resultado como telón de fondo.

—No veo nada malo en ello —dijo el coronel Yarborough—. En Hollywood hacen lo mismo.

—A eso precisamente me refería yo —comentó Barber con

una sonrisa sardónica, justo cuando el mayordomo retiraba los platos soperos.

La princesa Windischgrätz comenzaba a cobrar vida, como una figura surgida de aquel fresco. En *Ana Karenina* hay un personaje del mismo estilo Luis xv que el salón de la princesa Betty Twerskaïa. La princesa, con la leve diferencia propia de la modernidad, se parecía un poco a él. Ágata se volvió hacia Lee.

–Así que usted trabaja para la misma revista que Beaton... ¿Es su jefe? –dijo subrayando con una pizca de perfidia la palabra «jefe».

–Fui contratada en 1926 por el señor Nast –respondió Lee, glacial.

–¿De veras? No le echaba yo tantos años... de servicio –replicó la princesa con una graciosa sonrisa.

Las bombillas del candelabro comenzaron a parpadear hasta que se apagaron bruscamente. La estancia quedó iluminada únicamente por las velas. La central eléctrica del sector estaba situada en zona soviética, y los cortes eran cada vez más frecuentes. De pronto, oímos el ruido de una carrera en un salón contiguo. La puerta comunicante se abrió y dos hombres de la MP irrumpieron en el comedor, palpándose la cartuchera.

–*Welcome to the rodeo* –soltó Barber alzando su vaso.

El coronel Yarborough, con un gesto de enojo, les señaló la puerta por la que habían entrado. Los policías militares retrocedieron y se esfumaron.

–Mis hombres son algo quisquillosos –dijo el coronel, sonrojado.

–Pero bastante bien parecidos –añadió Ágata, como buscando la aprobación de Lee.

–¿También hay escasez de hombres en Viena? –preguntó ésta mirándola a los ojos.

–¿A quién va dirigida esa pregunta? –dijo Barber.

–A nuestra anfitriona –dijo Lee.

Ágata hizo un gesto con la mano.

–La nuestra es una ciudad de cafés. Una ciudad de mezclas, como usted sabe. Nos gusta revolver la crema con el chocolate...

Ágata Windischgrätz se volvió ligeramente hacia mí.

Cuando se inclinaba, el escote de la chaqueta dejaba entrever unos pechos pequeños, firmes, bajo la blusa.

El mayordomo fue poniendo en los platos varios trozos de encebollado de liebre, probables reliquias de alguna de las cazas que practicaban los oficiales en la Wachau.

—A propósito de mezclas —dije—, ¿qué piensa usted de los recién llegados?

El coronel Yarborough alzó la vista. En la calle se oían los gritos de los centinelas, llamándose a voces. La princesa Ágata permaneció callada durante unos segundos, como una cantante colocando la voz.

—Como usted sabe, los turcos llamaban a Viena la manzana de oro, pues para ellos era el reino a conquistar. Creo que esta guerra ha entregado la manzana en bandeja a quienes la devorarán.

—Pero ¿dónde ve usted turcos? —dijo el coronel Yarborough.

—Entiéndalo como quiera, coronel. Los vieneses tenemos un dicho: los griegos construyen, los turcos destruyen.

—Pero ¿quién les ha destruido? —le pregunté—. ¿Quién les ha destruido primero?

—Ustedes sabrán —respondió Ágata—. Desde luego, no faltan culpables. Antes existía un mundo, un mundo que yo conocí siendo niña, y que ahora ha desaparecido. Los viejos consejeros áulicos en el fumadero, los casinos de Brione. La volatería... Yo he oído a nuestra niñera preguntarle a mi madre: «¿Cuál de sus hijos irá a pasear hoy con usted?», y a ella contestar: «El que vaya a juego con mi vestido azul.»

—Excelente *punch-line* —aprobó Jeremy.

—Sí —continuó Ágata—, pero no estábamos en un teatro. Y la frase no era de Noel Coward, sino de mi madre.

—Ya, pero explíqueme eso de los turcos —insitió el coronel, que se había quedado colgado de aquella frase.

Ágata le miró como a un niño. Luego, desgranó las palabras lentamente:

—Los turcos, coronel, sitiaron muchas veces esta ciudad, aunque jamás lograron entrar en ella. La última vez, en 1643, cuando las tropas imperiales de Charles de Lorraine expulsaron a los hombres de Kara Mustafá. Cuando los generales turcos regresaban vencidos a su patria recibían un cordón de seda. Esta vez, los rusos están en Viena. Y nadie les entregará un cordón de seda...

–Ah, ya entiendo –dijo el coronel, aliviado–. Los turcos son los soviéticos...

–No sé quiénes son los turcos –dijo Ágata suspirando–. Durante la Guerra de los Siete Años, Federico *el Grande* amenazaba con envenenarse si la suerte no estaba con él. Durante mucho tiempo, todos nosotros nos hemos envenenado como prusianos. No, creo que nosotros hemos sido nuestros propios turcos, y no dejaremos que nadie nos entregue el cordón.

Miré a Lee. Permanecía callada. La mujer sentada a mi derecha era una mujer inteligente. Resultaba fascinante ver cómo aquella austríaca hacía frente a un adversario del que se estaba aprovechando. Tenía la sensación de que, a pesar de todo, la princesa se fiaba de Lee. Y también de que deseaba verla acorralada.

–He visto una extraña escultura en la zona francesa –comenté–. Fue realizada en 1942. Representa a Charles de Lorraine pisoteando los despojos del bajá turco. Todo encaja a la perfección, salvo en un pequeño detalle: el estandarte que está aplastando no lleva la media luna, sino la estrella de David.

El coronel Yarborough frunció el ceño. Ágata no pestañeó.

–Tal vez porque no querían dejar a los judíos sin su cordón de seda –soltó Lee.

Barber observaba la escena en silencio, con aire de procónsul romano contemplando el circo.

–El instinto y la sedición de los judíos vieneses hacían de Viena la ciudad que era –continuó Ágata ignorando el comentario de Lee–. Viena se mostró sediciosa con ellos, consigo misma, y por eso ha muerto.

–O sea, que, en cierto modo, los judíos se han dado muerte a sí mismos –dijo Lee elevando la voz.

–Yo no diría tal cosa –corrigió Ágata–. Cuando yo era pequeña y me abalanzaba sobre un pastel, me decían: «Niña, contén esa ansia judía.» Pues bien, los vieneses expulsaron a los judíos con ansía judía.

–¿Quiere decir que expulsándoles de aquí se convirtieron ustedes en judíos? –preguntó Lee en un tono mordaz.

—No quiero decir nada —respondió Ágata—. Tan sólo digo que la muerte eligió a unos cuantos pueblos como interlocutores, y que, a los ojos del mundo, los austríacos nos hemos convertido en uno de esos pueblos.

—¿Y a sus propios ojos? —pregunté yo.

—Jamás he atentado contra la vida de nadie, aunque tampoco he movido un dedo para salvar la vida de nadie. Mi familia ha hablado por mí. Pero no teman, no es mi intención pisotearles como Charles de Lorraine. Al contrario. Eso se lo dejo a sus amigos, los que acaban de cortar la luz. Además, no olviden que éramos un país ocupado.

—Con su beneplácito —añadí.

—Es cierto. Y si aún permanezco en este país es porque me siento obligada a pagar, cuando sea preciso, lo que él ha hecho. La nuestra era la generación de la *Dreissigjähriger Blitzkrieg*, de la guerra-relámpago de los treinta años. Y pagaremos por ello. Las mujeres antes que nadie. Las calles de Viena están repletas de muchachas dispuestas a acostarse con los vencedores, porque tienen hambre.

Ágata se volvió ligeramente hacia mí.

—Y, desde luego, yo no me excluyo del lote —añadió suavemente—. Basta con que algún soviético me pesque en la calle.

—Les tenemos vigilados —dijo el coronel Yarborough, con aire de estar al tanto.

—Para eso no hacía falta perder —intervino Lee, vengativa—. Ustedes no sufren la ley de la justicia, sino la ley de los vencedores, que es peor.

—Un vencedor también puede ser un asesino —dijo Ágata—, como bien sabe este país. Desde 1938, Austria pertenecía ya a otros vencedores, aunque más débiles.

—¿Débiles?

—Sí, señor Schuman, débiles. Hay una frase de Nietzsche que lo explica muy bien: *Wir haben ein ungeheure Kraft moralischer Gefühle in uns, aber keinen Zweck für alle...*

—Traduzca —pidió el coronel Yarborough.

—Tenemos una enorme fortaleza de sentimientos morales en nuestro interior, pero nada en qué emplearla.

—¿Y...? —pregunté.

—Y la fortaleza de los alemanes —continuó Ágata— era en

realidad la debilidad de los futuros vencidos. Ya sé que resulta difícil de comprender, pero aquel pueblo no encontró en aquella enorme fortaleza sino derivados que tan sólo de lejos se asemejaban a la moral, las mujeres a la cocina, los hombres al frente, aun sabiendo que no estaban a la altura de ellos mismos, de esa *ungeheure Kraft moralischer Gefühle*. A los alemanes no les atemorizaba la fortaleza, les atemorizaba la debilidad. Por eso martirizaron a quienes creían débiles, o bien a quienes odiaban como a sí mismos. Los alemanes combatieron sin llegar a comprender que el verdadero *Übermensch* era el demócrata. Ahora, por fin, lo saben. En cuanto a mí, tengo curiosidad por el futuro... El de ustedes está claro: tiene el rostro de quienes acaban de apagar el candelabro.

–Quienes acaban de apagar el candelabro son nuestros aliados –dijo Lee.

–¡Vaya! –exclamó Barber–. Nuestra amiga con nombre de general sudista se ha vendido ya a los Kazakhs. Tal vez está harta de Fabergé, y ahora prefiere la mantequilla rancia.

–*Don't be so highbrow*, Jeremy –replicó Lee–. Los rusos tienen sus ventajas, incluso para ti.

Barber pareció salir de su concha. Se sacudió una manga, emitió un suspiro prometedor. Le veía venir.

–Todas esas chifladuras petersburguesas serán nuestra perdición –soltó Jeremy resoplando–. Lo que comenzó con Chaliapine en Drury Lane acabará con Vichinsky en el tocador de Anthony Eden. Todos esos grandullones de Alma-Ata, con sus cuervos domesticados y sus mujeres a sueldo... Tienes unos ojos muy pequeños, muy chop-suey. Parecen hunos en medio de un campo de adormideras. El que sean bolcheviques no tiene demasiada importancia. Lo cierto es que son tártaros, epilépticos. Idiotas, en el sentido telúrico del término. No son soviets lo que hay ante sus puertas. El soviet es una invención suiza, patentada en el Savoy, revisada y corregida por el decoro alemán. Son rusos. *Rusos*. Pronto tendrán que cargar con el monje Rasputín, los zarévitch hemofílicos, las borracheras de isba, Iasnaia-Poliana, las convulsiones a los postres y, para colmo, el ejército Wrangel.

–Nosotros estamos aquí para impedirlo –afirmó el coronel Yarborough–, aunque respetando siempre nuestros acuerdos.

–Pero, coronel –tronó Barber–, ¡sus acuerdos nos les obligan a interpretar *Stars and Stripes* con balalaikas! ¡Cada vez que veo a uno de sus bantúes de Harlem dándole el brazo a esos sacos de *bortsch*, la verdad, me parece la peor de las atrocidades ocurridas desde el nacimiento del señor Simpson!

–¿A quiénes llama usted mis bantúes de Harlem? –dijo el coronel, descubriendo que tenía a su cargo una unidad cuya existencia ignoraba del todo.

–A sus negros, coronel, a esos que llevan collares de dientes de facoquero y beben leche condensada. ¡Al menos podría usted comprarles unos turbantes!

–¿Ahora eres racista, Jeremy?

–Soy inglés, Elizabeth. Beethoven añadió una marcha fúnebre a la Tercera sinfonía cuando Bonaparte se coronó emperador; no me gustaría que alguien le añadiese un solo de tam-tam a *Pomp and Circumstance* el día en que algún wolof reine en Viena.

–Pero ¿qué tiene usted contra los negros? –le insistí yo.

–¿Yo? ¡Nada en absoluto! –clamó Barber–. *They are awfully divine...* A su edad, usted ya debería saber que los misántropos son las únicas personas sin la menor inclinación racista, ya que detestan a todo el mundo por igual. Del mismo modo en que los solitarios no pueden ser acusados de misantropía, puesto que no tienen trato con nadie.

–Sin embargo, Jeremy, usted se siente anglosajón, ¿verdad? –dijo el coronel Yarborough en un arranque de reconciliación.

–¿Y usted? –replicó Barber.

–Yo también, por supuesto –afirmó el coronel.

–Ya, pero también a ese respecto existen matices... Sus compatriotas adoran disfrazarse de mohawks para arrojar balas de té al agua. Nosotros, en cambio, preferimos echar agua en nuestro té.

–Pero hablamos la misma lengua –dijo el coronel, insistiendo en ser amable.

–No siempre. Aunque, en efecto, el *pidgin English* parece extenderse entre nosotros... Me temo.

—En resumen —intervino la princesa—, que usted es de Londres como yo soy de Viena.

—Me veo obligado a constatar —respondió Barber— que pasado Brighton se encuentra uno con las cigüeñas, con las patronas de los hoteluchos de la calle Blomet, con los peúles. Al sur de Ruán comienza la Tierra de Fuego.

—Le aseguro —dijo Ágata— que no han vuelto a verse peúles en Viena desde 1938. Seyss-Inquart se ha encargado de ello personalmente.

Hubo un silencio. La princesa Ágata Windischgrätz se levantó.

Anfitriona y huéspedes pasamos al salón, iluminado también con velas. La conversación prosiguió, más anodina. El café ya estaba servido. La llama de las velas dibujaba sombras sobre el rostro de Ágata. Barber la había descrito como una mujer intrigante, pero yo ya no sabía si era realmente amoral, como pensaba él, o si más bien buscaba refugio en la vida tal y como venía, con sus quimeras, sus pruebas, sus vencedores ya vencidos. ¿Quién podía saberlo? Tal vez Ágata había rodado en los brazos de los *Staatssekretäre* que poblaban la corte servil del Seyss-Inquart al que acababa de aludir. O tal vez aquel destello que atravesaba sus ojos verdes era el de una mujer que había llorado por causa del miserable paisaje moral de un orden opulento, con la cabeza gacha, que para colmo había asesinado su ciudad. Ágata me miraba a través de la llama con aquella mirada turbia, soñadora, que da la cera consumida. Aquello era casi el comienzo de una novela. Bastaba con volver la carta y descifrar la figura. Ágata sería la extraña en un día de otoño inquieto. Lee terminaría queriéndola. Las dos charlarían caminando por el Ring de lo divino y lo humano, del jaleo del mundo, de las rarezas del corazón. Habría noches tibias y claras, sin luna. A lo largo de mi vida, yo había dejado escapar muchos rostros, y aquél me ofrecía su promesa, su derrota.

Pero aquella historia no era la mía, y jamás la sería. Aquel palacio, con sus luces tamizadas, sus acentos internacionales, sus flores mórbidas, atravesaba la noche como una postal vieja. Me fijé en una cajita de música posada sobre un aparador. Había unos minúsculos pastores con cayados cincelados en el cofre. El resorte, destensado, sobresalía del interior. Lo mismo le ocurría a Viena; los relojeros sobrevivían junto a sus maquinarias desvencijadas, socarronas como el mal. Volvía a experimentar una sensación de infinito desapego. Aquel lugar comenzaba a agobiarme. Miré a Lee. Se le notaba en la cara que deseaba huir de allí. Un par de minutos después, nos despedimos de nuestros acompañantes.

Después salimos huyendo como ladrones.

La calle estaba mojada. Llovía lenta y cálidamente. Los hombres del coronel Yarborough nos saludaron al pasar. Caminando hacia el Chevy divisamos a lo lejos, junto a las orillas cenagosas del Danubio, los haces de los proyectores soviéticos cruzándose en el cielo. El perfil de Lee destacaba, pálido, sobre las paredes. Le cogí la mano y la cerré, diciéndome:
–*This is a wicked city.*
Sí, aquélla era una ciudad maldita. La acera estaba cubierta de botellas viejas y de papeles sucios. Los tiros de enfilada habían hecho saltar el yeso de las fachadas. La noche esculpía las formas con duros contrastes como en la luz confusa de los primeros cinematógrafos. Todo se volvía blanco y negro.
Las puertas del Chevy crujieron, el motor despertó el eco de las casas. Justo cuando el coche arrancaba, miré a Lee. Su rostro había adquirido el brillo de la cera. En aquella oscuridad de ciudad destruida, Lee volvía a tener la tez de las hermosas mujeres de 1925.
La aguja de la Stephanskirche culminaba a lo lejos sobre las cúpulas reventadas. Varios jeeps patrullaban a lo largo de las avenidas con su pavimento reluciente. La ciudad era un cúmulo de murmullos. Disminuí la velocidad al acercarnos al Oriental. Dos muchachas despechugadas conversaban ante la puerta con varios hombres que llevaban el uniforme del *Signal Corps*. Un olor a alga y a asfalto emanaba de la cuneta. Escuchamos algunas palabras al vuelo:
«Cleveland, Ohio... *Schön*... I want to drink *pulque*... Two schillings are enough...»

Varios soldados franceses vestidos de calle paseaban en grupitos por la acera. Aceleré. Lee mantenía la vista clavada en las sombras de la calle. Los objetos esparcidos por la calzada, un peine de celuloide, una botella vacía, eran, también ellos, el espectro de imágenes perdidas. Pasamos ante las ruinas de una casa estilo Secesión adornada aún de montantes *streamlined* y de marcos de acero cromado. Una patrulla se había guarecido en los escombros. Los haces de unas linternas barrieron la carrocería, recortando en la luz el rostro de Lee.

Aparqué el coche más o menos cerca del Sacher. Los centinelas apostados ante la puerta rondaban la calle, con sus capotes relucientes de lluvia. La ropa se pegaba a la piel. Entramos en el bar. Como cada noche, una luz azulada caía del techo. Varias muchachas con los ojos cargados estaban sentadas en las banquetas, en medio de un grupo de oficiales aliados. El ligero escote de sus vestidos dejaba ver unas carnes enjutas. Aquellas pequeñas burguesas acudían impulsadas por la necesidad, acompañadas de galantes oficiales que sólo a la segunda noche se atrevían a llevarlas allí. Las piernas bien formadas, los pies desnudos en unos escarpines fatigados. Un calor húmedo pringaba el bar. Lee pidió un whisky, yo un brandy. Al llevarse el vaso a los labios, Lee dejó un ribete rojo estampado en el reborde: el lápiz de labios, única reliquia de la cena en casa de Ágata Windischgrätz. El barullo de las conversaciones no llegaba a cubrir el ruido de la lluvia que arreciaba afuera. Los camareros iban por las mesas recogiendo paquetes de *Gold Flakes*. Lee se quedó mirando algo que había a mis espaldas. Estaba distraída, o intrigada. Haciendo un gesto con la cabeza me indicó que me volviese.

Al hacerlo, vi a una decena de personas reunidas en torno a una mesa. Había tres soviéticos, cosa que me extrañó, pues cada vez se aventuraban menos a salir de noche por la zona occidental. Cuatro oficiales británicos les acompañaban; eran jóvenes, parecían recién salidos de la Public School. Todos ellos, soviéticos y británicos, prodigaban su atención a una mujer de unos cincuenta años. De porte erguido, los cabellos cortados a lo chico, iba vestida con una chaqueta de hombre demasiado ancha y con una falda de mala calidad. Tenía los ojos caídos, pero nada en su aspecto sugería sumisión. Al contrario, aquella mujer de imponente compostura era la reina del pequeño círculo. Torciendo voluptuosamente la boca encendió un cigarrillo, mientras uno de los británicos se apresuraba a ponerle un cenicero delante. Aquello parecía el descanso de un rodaje, la actriz se sienta en una silla y se vuelve el centro de atención de un ballet de asistentes. Habría jurado que no era austríaca, pues por su actitud, por sus gestos, parecía pertenecer al clan de los vencedores. Aquella mujer tenía el aire triunfante de una reina fatigada que vuelve del exilio.

Había un hombre de lo más extraño sentado junto a ella. El cráneo prácticamente rasurado coronaba un rostro de nariz algo chata. Aunque evidenciaban unos cincuenta años, aquellos rasgos de viejo adolescente habían debido de poseer una rara belleza, un poco asiática, un poco cruel. Pero la piel adquiría bajo la luz del bar un color leñoso, el de una raíz tropical retorcida por la savia enferma. El hombre llevaba un traje de sarga gris, una camisa abotonada hasta el cuello, y unos tremendos zapatones. Estaba apoltronado en su asiento, con las manos cruzadas sobre las rodillas como un niño castigado. Sus ojos paseaban lentamente por la concurrencia, pero inexpresivos, como si en realidad no mirasen nada. De hecho, por un momento creí que era ciego. Pero, sí, veía, pues de pronto le echó mano a su vaso lentificando los gestos. Se llevó el vaso a la boca, pero con extrema precaución, y luego lo volvió a dejar sobre la mesa. Aquel misterioso personaje no soltaba prenda. En un momento dado en que la mujer se acomodó el cuello de la chaqueta, el hombre esbozó una sonrisa de bebé satisfecho. La mujer parecía dirigirse a los oficiales soviéticos en su lengua. Cuando éstos hablaban, el hombre, con una sonrisa de arrobo, asentía meneando la cabeza, como si hubiese escuchado una música jubilosa y olvidada.

–Qué personajes tan extraños –me dijo Lee.
–Sobre todo el hombre. Mírale.

El hombre había arqueado lentamente los hombros. La mujer sentada a su lado no paraba de hablar con encantadores ademanes de actriz. Pero se notaba que la deferencia del grupo no era sólo para con ella, sino sobre todo para con él. Los oficiales soviéticos y británicos escrutaban, como si fuera un oráculo, a aquel hombre agobiado de estupor. Acechaban en vano una palabra, un gesto suyo. Parecían estar adorando a un dios vivo. La escena resultaba incongruente y sobrecogedora a un tiempo.

–Tengo que hacerles una foto –dijo Lee–. Me voy a acercar a verles.

Lee se dirigió hacia ellos sorteando las mesas. Pensé en Barber. Seguramente nos estaba maldiciendo en el salón de aquel palacio donde se servía sopa Campbell y vino del estado mayor. Por toda Viena había seres extraños y extranjeros mezclando sus vidas pisoteadas...

Lee ya había abordado al pequeño grupo. La mujer la observaba con ojos encandilados. Uno de los oficiales británicos hablaba con Lee como si estuviese en una reunión militar. Pasaron varios minutos. El hombre mudo no manifestaba la menor emoción. Lee se mostraba locuaz, anormalmente solícita. Por fin se despidió, le estrechó la mano a la mujer y se encaminó hacia donde yo estaba. Traía las mejillas coloradas, se la veía excitada, lucía una sonrisa nerviosa, como si hubiese descubierto algo increíble.

–Adivina quién es el hombre –me espetó.

–Ni idea.

–Nijinsky. Mañana le haré unas fotos.

Me quedé helado. Lee me repitió lo que le habían contado. Al bailarín loco le había sorprendido en Hungría la invasión alemana. Temiendo por su vida, su mujer Romola le había escondido en una casa próxima a Sopron, junto al lago Neusiedler. Allí habían vivido varios meses, medio muertos de hambre, calentándose con la leña que recogían en la nieve. Cuando los bombarderos rusos aparecieron en el cielo, Nijinsky se había despertado de un silencio de veintiséis años y había pronunciado una sola palabra: *Bog*. «Dios», en ruso. Cuando las fuerzas terrestres sitiaron la región, el rostro de Nijinsky se iluminó: de pronto, todos los hombres que había a su alrededor hablaban su lengua. Los asombrados infantes rusos se habían postrado ante el gran Vaslav Fomitch, pues *él* había bailado, sí, había bailado para ellos en medio de sus vivacs. La pareja vivía desde entonces en el Sacher bajo la protección aliada, rodeada por una corte de oficiales balletómanos.

Lee se acabó de un trago el whisky y soltó una carcajada como de loca. Sentado en su sillón, el bailarín mineral meneaba lentamente la cabeza.

El teléfono acaba de sonar. Dejo la pluma. Me invitan a ir a Broadway, a ver una obra de Neil Simon. Iré. Por supuesto que iré. La interpretan Walter Matthau y George Burns. Éste es mi país, con sus teatros y sus actores. La biblioteca, como un capullo mullido, encierra mi soledad. Las frondas del parque ondulan hasta los acantilados del West Side. Pronto volverá el otoño. Temo dejar de existir en mi vida. Algo que me había sido dado se ha ido agotando a lo largo de los años. He intentado convencerme de que todo tenía un sentido; de que mi oficio era útil, aunque sólo fuera a los artistas. El hombre solitario que vacila ante la tela es digno de amor. Un año sucede a otro, un rostro a otros rostros: a eso lo llamamos el tiempo. Pero ha habido otros artistas, otras épocas, y yo sabía, al mirarles, que todo había perdido ya su sentido.

Vuelvo a ver a Nijinsky en la noche de Viena. Sus ojos vacíos se posaban sobre el mundo de las cosas rechazadas. Romola estaba a su lado, vituperando el racionamiento, los visados inencontrables, las colas, el mercado negro. Le había acompañado hasta lo más lejos, se había convertido en la madre de un mudo. Nijinsky sonreía igual que un niño tiende la mano hacia ese pájaro maravilloso que nadie atrapará jamás. Regresaba a la infancia perpetua, a la sombra blanca en la que estamos exentos del dolor. Junto a él, Nijinskaya reinaba como la guardiana de un ídolo petrificado, la vestal de un dios abatido. Los oficiales la saludaban con deferencia. Nijinsky ya era enteramente suyo, por fin se lo había arrebatado a los hombres, a las mujeres, a las multitudes, por fin tendría para siempre a su muchachillo dócil hasta el fondo del silencio. Aquel hombre aureolado de la bondad del idiota era semejante a los ángeles caídos de las cornisas, a los *putti* del Belvedere hundidos en el polvo austríaco.

Treinta años antes, Nijinsky había sido el fauno de Debussy y la silueta rupestre de la *Consagración*, rodeado por la danza mágica y las germinaciones misteriosas, los augurios de la primavera y los círculos encantados del rito. Veo ante mí sus ojos muertos, Viena 1945, el dios esquizofrénico del Sacher no abría la boca sino para invocar a su dios, *Bog*. Y a través de los años remontaba un tumulto, una escena de París, tal vez allí había comenzado a extraviarse... Un estrépito de olas desencadenadas subía hacia él, Nijinsky estaba solo bajo la luz de los focos en aquel océano bárbaro, el ojo-monóculo de Stravinsky clavado en él, las bailarinas llorando... Público vociferante de 1913, el rostro de Monteux en el foso, las condesas indignadas, Florent Schmitt gritando «que se callen las zorras de la dieciséis»... Buscaba con los ojos a Karsavina, sombras, llamas en el suelo, el atuendo de crespón de China le quemaba como la túnica de Neso... Vaslav Fomitch, veinticuatro años... Asimetrías, movimiento roto en gestos, *sideway runs with bent knees*, la gravedad acrecentada para así poder eliminarla... Perfil egipcio, figura en ángulo recto, cabeza vuelta, repentinamente hundida de nuevo en los hombros... Los tambores resonaban, el bailarín extremaba la técnica dándole su brillo postrero a la escuela *arqueada* de Petersburgo bajo los acantilados de la prehistoria, armonías roncas, murallas de basalto en fusión... luego todo se había nublado. Vaslav Fomitch se había despertado en la nieve de Sopron, extraño silencio roto por señales en el cielo... Estaba recogiendo leña en las orillas del lago Neusiedler, buscando el espectro de una rosa y los faunos de la ribera... Cuando los bombarderos habían sobrevolado el lago, él se había llevado las manos a la cabeza. El escándalo de 1913 volvía a retumbar en el cielo, una vez más las tormentas de la prehistoria y la danza sagrada, pero no eran las ninfas lánguidas y las vírgenes del ballet lo que veía, era la estrella roja de los *spez* surgiendo de las llanuras, era la cara carbonosa de los *snipers* avanzando por la Hofburg. El telón se desgarraba desvelando un paisaje en llamas, una noche esteparia donde el tiempo ya no existía...

Lee aguardaba en el Sacher, cámara en mano, como siempre, y ahora sé lo que pensaba, o más bien lo adivino al recordar un nombre que se le escapó al día siguiente: *Picas-*

so. Lee le había vuelto a ver algunos meses antes en París, imperial, rey secreto del siglo. También él se había topado en 1916 con la caravana de Diáguilev, cuando éste se casó, con Olga bajo las flores. Un misterioso azar reunía en la vida de Lee a los creadores de los años veinte, y el bailarín hecho pedazos tal vez estaba pagando por el glorioso pintor. También ella había sido un cuerpo dominado, exhibido, un maniquí sacado a la luz igual que el bailarín. Después había elegido la sombra, se había convertido en fotógrafa.

Aún hoy recorro a tientas aquel laberinto, me cuesta descifrar aquellas coincidencias. El bailarín loco que yo había visto en el Sacher había sido para Rodin *el modelo ideal, el que todo artista sueña con dibujar y esculpir...* Hacia 1905, Rodin posó ante Steichen, el mismo que en 1926 fotografiaba a Lee en Nueva York... Veinte años después, Lee fotografiaba a su vez a Nijinsky en un hotel de Viena... Todo se desdibuja, ya no comprendo nada, no sé quién es aquel hombre tan parecido a mí que espera en el vestíbulo del Sacher, aunque más delgado, más ignorante y más joven... Y sin embargo soy yo, yo junto a aquellos seres que habían ardido como sarmientos, que no habían cesado de encontrarse a lo largo de los años. El tiempo apuesta y vuelve la carta que yo soy, es como una puerta batiendo en una casa vacía, desde hace mucho me he extraviado en su laberinto, y seguiré extraviado hasta el final. Aquí, en mi ciudad, aguardo lo que se avecina. Ya no saldré de ella. Regresamos siempre a Nueva York para vivir, y un día, al fin, para morir.

Noviembre de 1932. Desde el puente del *S. S. Europa*, Lee vio Manhattan surgiendo de entre la bruma. Una luz invernal anaranjaba el costado de los edificios. El chillido de las gaviotas se confundió con las sirenas desgarradoras del Battery. Varios transbordadores se dirigían hacia Ellis Island. Caía una nieve mala.

Lee observó los puentes abismados en los *boroughs*. Estaba llegando a aquella ciudad donde los hombres son alineados por plantas como platos puestos a escurrir. Tenía miedo. La última vez que se fue, una lluvia de rosas rojas había caído desde un avión, y la pista del aeropuerto Roosevelt se había manchado de sangre. Ahora se había visto obligada a volver porque en una habitación del Hotel Bourgogne et Montana, en París, el corazón de una mujer había dejado de latir.

Nada más poner el pie en el muelle, Lee supo que nuevamente todo estaba por hacer. Otra vez en Nueva York, como en los primeros días de 1926. Nadie la estaba esperando.

Se apeó en el Hotel Taft. El invierno aprisionaba al Hudson, hielo amontonado en un shaker gris. Las escaleras de emergencia estaban erizadas de husos de hielo. El *blizzard*, el viento del gran Norte, barría la nieve de las cornisas levantando una polvareda blanca. En las encrucijadas, los *Police squads* se afanaban intentando quitar de en medio los vehículos atascados. Barrios enteros dormían, sobrecogidos, y se oía el crujido de los cables al desmoronarse. Algunos días, Lee estuvo sola como raramente solemos estarlo, como jamás quisiéramos estarlo. Escudriñaba los pasos en la nieve, su desgarro suave de fieltro. Aquella ciudad muerta, sobrecogida por los hielos del origen, se asemejaba a su corazón. Lee había llegado a París en julio. Nueva York tan sólo le concedía su invierno.

Pero Lee no tuvo más remedio que animarse. El dinero pronto escasearía. Con veinticinco años, podía seguir posando todo el tiempo que su belleza la protegiese. Pero había aprendido un oficio y estaba decidida a ejercerlo. Lee puso en el empeño toda la energía de una mujer amenazada. En pocos días, atosigando a las telefonistas del hotel, volvió a contactar con algunos de sus antiguos conocidos, condesas de cruceros, directores del cine mudo más bien locuaces, principiantes que habían comenzado ya hacía tiempo.

Los galanes de turno reaparecieron oportunamente. Cada noche, una Nash o una Frazier pasaba a recogerla y la llevaba al restaurante Claremont, hasta las verjas de Pearl Street o a la terraza cubierta del Saint Regis, con sus proyectores y sus ramos de magnolias. Lee apretaba los dientes. El recuerdo de Man y de Aziz, la herida, le impedían mostrar sus sentimientos. Empujaba las puertas giratorias de los grandes hoteles, subía la escalera de las casas en las que se bailaba. Volvía a encontrarse con un pueblo fútil, la espalda desnuda de las bailarinas, los *brokers* con sus talonarios de cheques, los fanáticos de las regatas soltando nombres de actrices y de *skippers*. Todos hablaban ese inglés norteamericano en el que de cada tres palabras una es francesa, *négligé*, *cachet*, *chic* o *déjà-vu*. El champán corría a mares. Lee buscaba clientes que aceptaran posar para una mujer joven, hermosa, que había vivido en París. Esperaba encontrar algunos grandes *tycoons* de la moda que la impusieran como fotógrafa.

Lee buscaba clientes, y encontró protectores. En una de aquellas veladas, dos hombres de negocios, jóvenes, con jovialidad de *sportsmen*, aliviaron su inquietud. Cliff Smiths era el heredero de la Western Union. Entre las mujeres tenía una aceptación que él sabía pagarles con creces, era animoso y cortés. Su amigo Christian Holmes llevaba una vida de opulencia tranquila, regulada desde siempre entre los títulos al portador y los castillos de Cape Cod.

No sé si Lee sintió por Cliff Smiths algo más que amistad. En cambio, no ocultó nunca su relación con Christian Holmes. Supongo que debería dar fechas pero, sinceramente, me dan igual. Lo importante es que Smiths y Holmes pusieron los fondos necesarios para que Lee pudiera abrir un estudio. Si fue amante de Holmes antes o después de, la verdad, ni lo sé ni me importa. Entiendo muy bien que en el mundo de aquella época, en que las mujeres solas no podían llegar muy lejos, Lee necesitara en cada nueva ciudad un hombre en quien apoyarse, al menos durante un tiempo. Ella no podía aceptar esa rendición que solemos llamar, a falta de otra palabra mejor, matrimonio. Pero su libertad se acomodaba aquí y allí con algunos amantes útiles, como Holmes. Y digo útil porque, en circunstancias normales, Lee no lo habría retenido.

Smiths y Holmes la dejaban a su aire. Lee habilitó un estudio de fotografía en medio de Manhattan. Enseguida comprendió dónde estaba el filón. En Nueva York, la vanidad y sus costumbres tenían un precio. La tarifa dependía del valor que los poderosos diesen a su ego. Si la cotización de su propia imagen no estaba en alza se sentían como arruinados. Varios pintores, como un tal John Sargent, ya habían sacado provecho de ello. Lee tendió sus redes y se declaró retratista. Rápidamente especuló con la imitación. Para ello alentaba la admiración descabellada, la *hype*. Mediante un elaborado sistema de captación, atrajo a unos cuantos personajes importantes deseosos de posar ante su objetivo. Lee era una perfeccionista. Examinaba meticulosamente copias y copias que, al menor defecto, rayaba con las uñas. Pero ofrecía a sus clientes, sobre todo a los bobalicones de Madison Square, un refinamiento que les subyugaba.

Dos años antes, había ocurrido un extraño incidente en el estudio parisiense de la rue Campagne-Première. Su protagonista, un ratón. Lee estaba revelando, el animal pasó rozándole un pie, ella gritó sorprendida y encendió unos segundos la lámpara. Una docena de negativos que había en las cubetas quedó expuesta durante unos segundos al resplandor. Lee había fotografiado a una mujer desnuda sobre un fondo negro. Con el efecto de la luz repentina, el segundo plano se había quemado hasta los contornos de la forma principal. Como resultado, un ligero ribete negruzco resaltaba la silueta desnuda.

Lee repitió la experiencia con Man hasta dominar la técnica a la perfección. Aquella *solarización* provocaba un efecto sobre los contornos, estilizando las formas. Los rostros aparecían misteriosamente aislados, como un icono en blanco y negro.

Ducha ya en el invento, Lee *solarizó* a sus primeros clientes neoyorquinos, que se quedaban maravillados. Muy pronto todo «lo más» de Manhattan quiso conocer aquella novedad, obra de una mujer fascinante y de un ratón francés. Lee puso mucho empeño en aquel negocio. Cada cliente posaba durante varias horas, a veces un día entero. La calidez del lugar les relajaba, la conversación de Lee les encantaba. Durante las sesiones, ella les ofrecía *delicatessen*, crêpes Suzette, sodas de Park & Tilford. En el estudio no se permitía la presencia de ningún extraño.

Allí, en aquel gabinete oscuro, Lee aprendió las artimañas de Nueva York, conoció la gran comedia. Los hombres ensayaban un perfil de púgil a lo Gable. Muchas de sus clientes parecían salidas de los huevos de dinosaurio de la misión Andrews. Rostro carmíneo, piernas pringadas de *crème fouettée*, aspecto de confianza realzado por el abrigo de visón. Vivían consagradas a la adoración salvaje del yo. Lee evidenciaba los potingues antiarrugas, los cabellos esculpidos con moldeador, la piel acribillada por la aguja depiladora. Ellas se presentaban en el estudio emperifolladas como un tótem, luciendo sus piedras ciclópeas, sus aguamarinas, sus ágatas irisadas. Aquellas mujeres habían vivido demasiado aprisa para aturdir al tiempo; aquí algunos mundos duraban una semana. Pero la rapidez envejece, y sólo la lentitud conserva. Las damas neoyorquinas destilaban *gossip*, alababan a Toscanini a la cabeza de la NBC Orchestra, hablaban de sus cocinas hechas de esmalte de Kohler y de los escándalos rosas de Broadway, hasta que al final le metían prisa a Lee y abandonaban el estudio con cualquier pretexto, un baile en casa de los Whitney, la *première* de Elsie Huston en Tony's, o el hidroavión que las aguardaba en la Marine Terminal de La Guardia. Lee las despedía muy educadamente. Y, en cuanto cerraba la puerta, se metía en la ducha muerta de la risa y exhausta. En Europa se solía grabar el perfil de las reinas en las monedas. Aquí, en al anverso de los nickels había un bisonte.

Lee al fin pudo respirar tranquila. En pocos meses, con entereza y energía, se había recuperado sacándose de la manga una renta. Pero Nueva York, borrado por aquellas largas horas de estudio, había desaparecido de su vista. En la primavera de 1933 volvió a abismarse en la noche, resuelta y desenfrenadamente. Había vivido tres años en un continente luminoso. Lee, desde entonces, deseaba alejar la tristeza, familiarizada ya, y sin miedo, con lo peor. Creo que Christian Holmes fue su objeto, y tal vez su víctima.

Lee quería a Holmes como a un camarada elocuente, solícito, perfumado con agua de Givenchy. Tal y como ella me lo describió, era más dado a las cañas de pescar que a las estanterías de la Biblioteca de Nueva York. Ella iba a buscarle a su oficina situada en la parte baja de la ciudad. Los *buildings* financieros desplegaban sus sucursales por las contrahuellas de la vieja New Amsterdam. Águilas de oro se encaramaban a la fachada. Lee atravesaba un gran vestíbulo, con su techo de madera barnizada y sus recepcionistas de cera. En alguna de las plantas encontraba a Holmes sumido en una especie de cubeta de Mesmer: especulaciones cargadas de tensión, telefonistas en levitación, ujieres apresurados blandiendo títulos de la Canadian Pacific. El *ticker-tape* escupía tiras de cinta a trompicones. Los teléfonos sonaban como campanas en un día de boda. Era evidente que allí se estaba librando un combate invisible, retransmitido por la comunicación sin hilo y la Iglesia adventista de la calle Siete. El dinero fluía del cuerno de la abundancia, pero como una hidra fabulosa que con su monstruoso coletazo podía hacer añicos todos los sueños.

Lee no dudaba del talento de Christian, de su capacidad. Estaba impregnado de esa ponderación activa propia de las profesiones estables. Y, sin embargo, Christian no le impresionaba lo más mínimo. Por lo que ella pudo juzgar, su oficio dependía de la destreza que se tuviera para realizar algunas operaciones medianamente complejas, además del arte de conseguir buenos *tips* –informes de primera mano–

y a veces de una dosis de audacia o de dotes adivinatorias. En fin, que aquello era una especie de periodismo parlamentario mezclado con la quiromancia. En cuanto a su inteligencia, Holmes tenía la que los demás creían necesaria y la que, según él, debía bastarle para sus fines.

Aun con la mejor voluntad del mundo, Lee no podía escribir el signo *igual* entre aquella gran capacidad como intermediario y las inconmensurables sumas de dinero que se embolsaba Holmes. El efecto multiplicador, que Lee aceptaba en tanto en cuanto se beneficiaba de él, le parecía desproporcionado. Acababa de dejar a Man Ray, así que podía comparar punto por punto a ambos. Por mucho afecto que Lee sintiera por Christian Holmes, éste no le llegaba a la suela de los zapatos a Man, a pesar de que el fotógrafo tenía que dar clases a domicilio para poder pagar el alquiler de su estudio. Aquella desproporción le parecía un tanto injusta. ¿Quién determinaba el valor de las cosas?

Una noche, Lee sintió vergüenza de sí misma al ser consciente de aquella situación artificial. Estaba sentada junto a Holmes en una sala del *Famous Door*, uno de aquellos clubes de capas de armiño a los que se iba a aplaudir a Dinah Shore o a Lena Horne. Sobre el escenario, el quinteto de Lester Young. Noche tras noche, el saxofonista interpretaba aquellos números que ningún contable consignaría jamás, y todo por nada, por un puñado de dólares que acabarían en el bolsillo del *dealer*, por la única razón de que había que aguantar y seguir adelante. A aquellas horas, las oficinas de Wall Street estaban cerradas, y Lester Young tocaba como Dios. Sobre la mesa, entre el cubo del champán y el cenicero, había una rosa roja. Lee se inclinó hacia Holmes y le pidió un billete de cien dólares. Holmes, un poco sorprendido, se lo dio. Lee clavó la esquina del billete verde en una espina del tallo y arrojó la rosa a los pies del músico. Cien dólares era el *cachet* de varios *sets*. Lester Young recogió la flor, desclavó el billete. Le hizo una seña a una camarera negra que pasaba junto al escenario. Se inclinó hacia ella y le metió el billete en el escote; luego, fijándose en Lee, le devolvió la flor arrojándola con tanto tino que cayó a los pies de la joven admiradora tal y como había caído a los suyos.

¿Quién determinaba el valor de las cosas?

Lee concibió entonces aquella idea idiota, pero demostrable, según la cual en el mundo existen seres reemplazables y seres que no lo son. Si Christian Holmes se retirase, algún otro corredor ocuparía su lugar, con idéntico clavel en el ojal, idéntico celo, y la empresa no se hundiría por eso. Man, en cambio, iba labrando su propio camino, inútilmente quizá, pero siempre su propio camino. La soledad es la única compañera de quien decide ser él mismo y nada más. Si Lee pudiese encontrar su parte *insustituible* conseguiría salvar lo que la llamaba a voces, lo que constituía su razón de ser. Lee había viajado, había amado. Pero los viajes y los amores no eran sino preguntas que respondían a otra pregunta. ¿Y bien? Nada, aún nada. Era necesario arder, partir, a falta de algo mejor, a falta de sí misma.

Creo que Lee, en la plenitud de sus veinticinco años, le hizo pagar a Christian Holmes sus propias incertidumbres. El candor de Holmes le parecía reprobable. Él se tenía por un buen amante, gímnico, entrenado. Pero en realidad su imagen del amor era la que veía en los cines de la calle Cuarenta y dos: una rumba sentimental de vaivenes marcados y contoneos cariocas. Es algo muy típico de los países protestantes, exagerar lo que desconocen, tanto los peligros del mundo exterior como la lascivia de las mujeres. Lo que ellos toman por desenfreno adopta siempre un aire forzado, una mímica un tanto histérica en la que se advierte la huella del Diablo, pues el demonio, más que maligno, es kitsch. Aquellas bocas desmesuradas que se fundían en la pantalla del Roxy, aquellas ondulaciones montañosas no eran ni siquiera turbadoras: eran débiles. Al lado de Christian Holmes, Lee se sentía una muñeca rota llevando una vida en la que las casas con columnatas, las torres de la Iglesia reformada y el comercio de las mujeres estaban higiénicamente distribuidos, como certezas otorgadas antes del gran sueño.

Lee le dio caña. Le espabiló. Tenía que enseñarle todo, en especial lo que no se aprende. Intuía que enseguida se cansaría de él; había que echar leña al fuego antes de que estallara el aguacero. Lee le hizo comprender lo mucho que le gustaba oír palabras soeces en boca de un hombre elegante. Para que supiera mezclarlas, destilarlas en una conversación secreta. El ser tratada como una ramera intensificaba la turbación que le producía ver a un hombre reprimido confesar los pensamientos bruscos, el deseo bruto que ella le despertaba. Lee notaba que aquel salvajismo prolongado por la inteligencia de las palabras se parecía a la vida, profusa, oscura, turbia, hecha para perderse en los brazos recios de otro ser. El satén llamaba al desgarro, el rostro a las lágrimas, la noche a todas las promesas. «*Vous n'avez pas froid aux yeux*» le decían en París: usted no se anda con chiquitas. La expresión le hizo gracia, pero no encajaba con ella. Lee era libre sin depravación. Habría querido pasar entre las cosas como si estuviera paseando con una fruta recién cogida en la boca, cuando su pulpa, todavía tibia, sabe a la luz del Sur. Incluso en los peores momentos, siempre me pareció elegante, tal y como era, tal y como había sido.

Pero la elegancia, en el Nueva York de 1933, no era precisamente la de la señora Harrison Williams emperifollada como Nefertiti, nimbada de *make up* blanco, enfundada en sus arabescos. La elegancia, y Lee lo sabía, era Lester Young tocando en el Famous Door, haciendo maullar como un gato su saxofón, con su cigarro de colombiana pinzado en una de las llaves del instrumento. Era la calle, con sus líneas, sus siluetas, sus fulanas de la calle Ciento dos contoneándose con sus vestidos de rayón barato, insolentes como reinas.

Una noche, mientras ella y Holmes salían de un club del Upper West, y cuando ya se disponían a montarse en el cupé Ford de éste, una putilla les llamó. Estaba apoyada en la pared con una pierna a escuadra, irguiendo sus pechos puntiagudos bajo la blusa. La muchacha mascaba un chicle. Al ir Holmes a abrir la puerta, señaló a Lee con el dedo y le espetó, guasona: «*Hey, Mister, lend me the lady?*» Lee, riendo la ocurrencia, hizo ademán de acercarse a ella. Ruborizado, Holmes la agarró del brazo y la metió a la fuerza en el coche. Por aquel simple gesto que resumía todos los demás, Lee dejó de quererle.

Desde aquel momento, podía volver a sus placeres, librarse de la *café society* de la que dependían sus ingresos. París le había enseñado a amar las ciudades. Y en Nueva

York existía otro París. Lee se dio tiempo. Caminaba sin rumbo, dejando que sus pasos la llevasen a los barrios donde una inflexión luminosa, un armazón arqueado, un batiborrillo de tenderetes, le evocaban otras calles sombreadas por los castaños, otros lugares oscuros. Atravesaba la pequeña Siria de Rector Street, un Mouffetard de contrabando repleto de albañiles piropeadores. Alrededor de Sutton Place, los *cottages* de la calle Sesenta, con sus tiaras de tejas rojas y sus avenidas de boj podado, le traían a la memoria otras casas sombrías bajo las enramadas, los talleres de la rue Boissonade, las villas ocultas del distrito xiv. Bajo el empuje de los *buildings*, bullía una vida enrasada de minúsculos núcleos urbanos protegidos del profano por el timbre niquelado de las alarmas. Allí pululaban los emigrantes de los Balcanes con sus enaguas tradicionales, los plumajeros cargados de edredones, los húngaros con ojos de romanza. Todas las vidas que no le serían dadas se congregaban en un mismo lugar. A Lee le gustaban los falsos chinos de Bayard Street, cebados de lúpulo, engastando bombillas eléctricas en los ojos de los dragones. Y las noches malvas de Central Park cuando los adeptos del *homerun* corrían bajo las lámparas voltáicas, cuando los obreros italianos estrechaban sobre las mantas a cuadros a sus alegres compañeras. Algunas calles más allá, la ciudad volvía a ser un estrépito de cláxones, una calzada surcada por los tranvías rojos. Los furgones de la Crosstown Rapid corrían hacia la sangría del río. Sobre el East River Drive, enormes apisonadoras arrollaban la orilla. Lee pensaba en los puentes sobre el Sena, en el encanto de la primavera.

Había huido de Francia, y París volvía a buscarla, por remordimiento y, desde aquel momento, por nostalgia, hasta el pie del Woolworth Building, hasta lo alto del periódico luminoso de Columbus Circle que pregonaba el nombre de Adolphe Menjou. Pero ¿dónde estaban los franceses oliendo con su larga nariz el corcho de las botellas, y las habitaciones azules de la Villa Saïd, y el vestido amaranto del primer día?

Por aquella época, Lee cambió de amistades. Seguía viendo a Holmes, pero sin placer alguno, ni siquiera el de hacerle sufrir. Buscaba, sin confesárselo a sí misma, un Montparnasse en Nueva York, pero no lo encontraba. A falta de él, frecuentaba a agentes literarios y productores de teatro. Con ellos malgastaba el dinero jugando al póquer, bebía a destajo. Pero aquellos sucedáneos no le satisfacían. Creo que tan sólo un hombre supo decirle lo que ella deseaba escuchar. Julien Lévy había conocido a Lee en el círculo de Man. Acababa de abrir una galería de arte en Nueva York. Mucho después, yo llegué a considerarle como a un maestro, y él me habló de Lee. Su voz grave, su tono de amarga sabiduría coqueteaba a gusto con el sarcasmo. Julien, huyendo de una dinastía de constructores cuyo heredero era él, había preferido en su juventud el taller de los pintores. Era capaz de venderle un Dalí a Harpo Marx, y de hecho le vendió varios. Según él, tan sólo había aprendido cuatro palabras yidis: *pupik*, vientre; *brust*, seno; *tokus*, trasero; *zoftig*, placentero.

Tras asistir de lejos a los episodios de París, Julien conocía a Lee lo suficiente como para tenerle cariño, y demasiado bien como para prendarse de ella. Al encontrársela en Nueva York, en 1933, consiguió mantenerse en ese límite en el que un hombre conoce a una mujer sin llegar a tocarla. Amigos tal vez, amantes jamás. Precisamente por eso, por no poseerla, Julien se encariñó con ella. Le dio lo que Lee ya no esperaba tener: el afecto de una lucidez que no juzga. Ella se pasaba veladas enteras pendiente de su conversación, de sus desvaríos soñadores y tocados por la gracia. La agudeza de Julien Lévy provenía de su descontento: a todas las cosas le veía su lado grotesco, su parte de comedia. Pero su encanto era también reflejo de su mansedumbre: en todos los seres advertía la fragilidad de cuanto está abocado a un fin. En Manhattan, durante aquel invierno de 1933, Julien le hablaba a Lee del olvido que consiente y de las horas mágicas, del tiempo consumido y de la dulzura que perdona. En los mejores momentos, el rostro de Nueva York era el de Julien Lévy.

Lee acusaba sin embargo las primeras embestidas del desencanto. Como fotógrafa de sociedad, tenía dinero, relaciones, una ventana que daba a Manhattan. No estaba segura de amar lo que descubría: las mujeres endurecidas por la prisa y los destinos sin carácter, la indigencia despreciada y el hábito de las pequeñas traiciones, al ignorar que también los grandes pueden perder. Aquel país sin duda sabía crear tipos duros y fascinantes, James Cagney y su revólver humeante, Babe Ruth y su bate despiadado. Folclore, sí. Pero ¿y qué más?

Creo que Lee experimentó por vez primera el sentimiento, que ya no la abandonaría, de incumplir lo que se le exigía: de desoír la voz que la llamaba. No es que sintiera gran estima por sí misma, precisamente, pero era orgullosa y no se contentaba con poco. En París había creído descifrar el enigma que seguía siendo para sí misma. Un rostro aparecía al fondo de la cubeta de madera. El papel revelaba como en un agua estancada su reflejo captado por un hombre que la adoraba. Man colocaba su ojo detrás de la cámara como antes lo había hecho Theodore Miller, y por segunda vez Lee había sentido que aquel objetivo frío albergaba la mirada del amor. También ella había querido desentrañar el secreto, situarse en el lugar desde donde había sido amada: ser fotógrafa. Lee buscaba en el mundo la última imagen, la mirada postrera que le devolviese la que un padre amante había clavado para siempre en ella. Lee había perdido a Man. Ahora, en Nueva York, no encontraba nada.

Lo que sucedió entonces, a principios del verano de 1934, parece haber sido una de esas decisiones que modifican una vida, sin reflexión ni remordimiento. Un calor tropical había invadido la ciudad. Los neoyorquinos deambulaban insomnes, con la chaqueta al hombro. El alquitrán se pegaba a las suelas de los zapatos. Miles de siluetas agobiadas mendigaban el aire en las terrazas, a la sombra de los parques, bajo la luz de una luna blanca que parecía anunciar el fin del mundo. Lee estaba agotada de sudor. Se refugiaba en los rincones, buscaba el agua fría de la ducha. Los vestidos se le adherían a la piel.

Una noche sonó el teléfono. La voz que escuchaba provenía del pasado. Palabras francesas mezcladas con un inglés untuoso le hablaban de deseo, de tregua, de porvenir. Aquel hombre llamaba desde un hotel de Nueva York, pero su tono evocaba otra vida, dos años atrás. Era la voz de Aziz

Eloui Bey. Estaba en los Estados Unidos a causa de unos contratos. Deseaba verla antes de regresar a El Cairo.

Quedaron en el Seaglade. La orquesta tocaba unas romanzas. Los ventiladores giraban sin parar. Al principio apenas intercambiaron unas palabras contenidas, casi tímidas, las de aquellos que alguna vez se han amado. En aquella noche asfixiante de Nueva York, Lee fue recordando lo que creía olvidado, la dulzura de Aziz, su amabilidad, la gran cortesía egipcia. Durante la locura de aquella temporada en París, Lee había sido demasiado ardiente, y demasiado ciega también, como para prestar atención a lo que ahora veía en él: el encanto sereno de un hombre de cuarenta y cinco años que buscaba una compañera para el final del viaje. Aziz le había hecho la cruz a París, había vendido la casa de la Villa Saïd y domiciliado sus asuntos en El Cairo. La muerte de una esposa a la que ya no amaba le había afectado, pero no le había destruido. Ahora volvía a Lee, la única superviviente de su antiguo mundo, la única que aún contaba para él.

En aquel momento, Lee anhelaba viajes y sosiego. El hombre del que había huido en París regresaba ahora a buscarla a Nueva York. Lee consideró aquella señal con esa firmeza, no desprovista de exceso, que ponía en quemar una vida tras otra. Estaba cansada del macadán de Madison Avenue, harta de las pasiones indóciles.

Hasta entonces, cada vez que se había apasionado con alguien lo había destruido. Argylle, Man, Aziz, Holmes, habían pagado el pato, y otros tantos, cuyos nombres no recuerdo. Por primera vez, uno de sus amantes volvía de más allá del abandono, de más lejos que la tempestad. Aquello ya no era la violenta querella del amor que hiere y arrastra, sino la sensación de reencontrar una morada conocida, el olor amargo de sus revoques, la dulzura familiar de sus rincones. Aziz le hizo sentir que ella no era ni de París ni de Nueva York, sino del lugar del mundo donde pudiera apoyarse en el brazo de un hombre durante el tiempo en que aceptara compañía, durante el tiempo en que un dios ausente consintiera en mezclar los rasgos de ambos. Él la aguardaba y no la retendría.

Lee se sintió aliviada. Sus sucesivas pasiones la habían ahogado tanto o más que un matrimonio. Al poner su mano sobre la de Aziz más allá de las tormentas extinguidas, se divorció de la fatalidad. Serenamente, sin extraviarse, fue libre.

Todo se precipitaba. Lee rompía con la rebelión que la había encadenado. Se arrojó en los brazos de la ley que la liberaba. Lo hizo sin transigir, con insolencia, como antes, como siempre. A finales del mes de julio de 1934, Elizabeth Miller se casó con Aziz Eloui Bey en el Consulado Real de Egipto. En la Séptima Avenida, vestida con su traje sastre blanco, Lee alzó la vista hacia aquella prisión de cristal y de humo que iba a abandonar. Las calles vibraban de calor. Todo estaba bien.

El verano iluminaba Nueva York. Quemando sus últimas naves, Lee decidió cerrar el estudio. Antes lo tenía todo, ahora no tenía nada. Así pues, sin lamentar demasiado cuanto dejaba atrás, cerró la puerta. Aziz volvía a acogerla en sus brazos. Concluía una época. Las maletas fueron embarcadas en un paquebote de la P & O.

Destino: Port-Saïd.

Habíamos salido de Viena el 25 de octubre de 1945. Estuvimos quince días recorriendo lúgubres despachos para obtener los visados. Aquella ciudad no sería la última. Un hechizo más intenso nos atraía, impulsándonos a seguir carretera adelante, hacia aquellas desconocidas llanuras presas del otoño. Lee acarició durante algunos días la idea de viajar a Moscú. Pero resultaba imposible. Algo extraño se había interpuesto entre los dos bandos. Desde abril a octubre, la hermosa unanimidad de Torgau había sido desbancada por una desconfianza de animales al acecho. Dos bombas habían caído en agosto sobre Japón: los soviéticos nos consideraban ahora como un pueblo temible. Sus burócratas rechazaron rotundamente cualquier solicitud de acreditación. Tan sólo concedían visados para los países que estaban bajo la tutela interaliada. La frontera de la vecina Hungría nos aguardaba abierta.

En la misión norteamericana, un tal mayor Betz intentó disuadirnos. El invierno prometía ser crudo. Las provisiones llegaban con dificultad a Bucarest, donde tan sólo había apostados unos cien norteamericanos, en cumplimiento de las cláusulas del armisticio firmado por el gobierno Miklos. Los «Cruces Flechadas» y los partisanos de Szalasi eran víctimas de una depuración terrible: la comisión militar interaliada estaba presidida en Bucarest por el mariscal Vorochilov, que de ese modo sacaba la mejor tajada. El mayor Betz hablaba del país como si ya lo diera por perdido.

Nos enseñó varios despachos de información reservada. En ellos se declaraba estado de exacción en los campos húngaros. En Györ, una patrulla soviética había asesinado a un obispo por negarse a abrir la catedral en la que se habían refugiado varias mujeres que temían ser violadas. En el este del país, varias bandas formadas por desertores del Ejército Rojo, delincuentes húngaros y fugitivos del Ejército Vlassov, merodeaban al borde de las carreteras. Un segundo despacho informaba de varias desapariciones misteriosas. El mayor nos hizo partícipes de la preocupación de los occidentales respecto a la suerte de un diplomático sueco, Raoul Wallenberg. Aquel hombre había salvado a millares de judíos durante el conflicto. Desde el mes de marzo, había desaparecido.

Aquellas revelaciones nos causaron el efecto contrario al que el mayor esperaba. Yo deseaba más que nunca cruzar aquella frontera. Y Lee salió de allí convencida de que realmente existían ciudades más excitantes, más perdidas que aquella Viena de estuco y de nata montada. Tal vez no fuera más que un pretexto, pero nos bastaba.

Aun así, debíamos tomar ciertas precauciones. Lee llenó el maletero del Chevy con varias cajas de película, un capote caqui y medias de nailon provenientes de los excedentes US. También llevaba un neceser de maquillaje y varios cartones de Lucky. *Vogue* había aceptado cubrir su viaje a cambio de un reportaje para el número de Navidad: la moda en Budapest tras el asedio. Lee se lo tomó a guasa: aquélla era justo la clase de reportaje irrealizable. Yo, por mi parte, me hice con un abrigo, algunos libros, varios bidones nuevos y llenos. *Life* me daba carta blanca.

El día antes de salir de Viena, un oficial del OSS vino a buscarme al Sacher. Con aquel tono marcial y conspirador, reconocible a diez pasos, tan típico de nuestros servicios especiales, me dio dos consejos. El primero, llevar siempre un arma encima. Le respondí que desde que había salido de Alemania guardaba un calibre 45 en la guantera del Chevy, aunque jamás había tenido que utilizarlo. El segundo consejo me lo dio indirectamente. Pídale a la señora Miller, me dijo, que saque todas las fotos posibles durante el trayecto. Le respondí que la señora Miller trabaja en principio para el *Vogue* británico, y que sobre todo estaba interesada en los rostros de las húngaras. Aquélla fue la primera vez que pude constatar algo que después se convertiría en una regla, primero del OSS y luego de la CIA: la tendencia a utilizar a cualquier enviado especial como *stay-behind*.

Al amanecer del 25 de octubre habíamos dejado Viena atrás. Lee estaba sentada a mi lado, y eso era lo único que importaba.

Tardamos un día entero en llegar a Budapest. La carretera era extraña. Bajo un cielo gris, color roquedo, hileras de prados cenagosos se extendían hasta el horizonte. La larga cinta de macadán devenía de cuando en cuando una vía insegura en la que, bajo los bloques desprendidos, se vislumbraban los restos de antiguas calzadas romanas. Un viento perezoso arrastraba por la greda montones de hojarasca. La carcasa de un camión, los restos de un carro de combate corroído por la herrumbre y los líquenes surgían a veces ante nosotros. La tierra había cerrado sus cicatrices recubriéndolas con un fango húmedo. Aquél ya no era el olor a chamusquina de las carreteras de Alemania bajo las lilas de abril. Era un aroma de vegetación pudriéndose en el agua, una materia esponjosa que se adhería a las ruedas y que arrojaba sobre la rejilla del radiador chorros amarillentos. Aquel paisaje, tan llano que a veces creíamos ver curvarse en el horizonte, nos aspiraba hacia abajo como cuando uno camina por el fango de la orilla de un pantano escuchando el gorgoteo que mana de las huellas con un ruido de succión. A nuestro alrededor, un torpor aletargado petrificaba las cosas sin destruirlas. Los carteles señalizadores habían sido cambiados por pancartas nuevas que indicaban en caracteres cirílicos la dirección a Budapest. Matorrales erizados de espinas negras nos asaltaban desde las cunetas. El rastro reciente de los automóviles orugas, la rodada de los convoyes de camiones, habían socavado los flancos de la carretera, señalando el paso profundo de los hombres. Su huella se leía claramente como cuando a veces encontramos incrustada en las piedras desgastadas de un arroyo la orla fósil de una gran digital. Hora tras hora, la masa turbia de una nube derivaba en el cielo.

En varias ocasiones tuvimos que detenernos ante las sucesivas barreras militares que jalonaban la carretera. Los centinelas soviéticos, con sus largos capotes y sus cascos calados hasta las orejas, apuntaban hacia nosotros sus *banjoguns* de cargadores cilíndricos. La estrella blanca pintada en la carrocería no dejaba dudas sobre nuestra nacionalidad. Aun así, exigían ver nuestros salvoconductos, los examinaban largamente, daban vueltas alrededor del vehículo con aire de desconfianza. Una y otra vez, escrutaban a Lee. En Viena le habían recomendado que disimulara sus formas femeninas, sobre todo de noche. Los cabellos recogidos bajo el casco verde oliva, el rostro cubierto por el polvo del camino y el uniforme de campaña le daban el aspecto de un reporterillo andrógino. Al final, los soldados rusos terminaban pidiéndonos cigarrillos que encendían juntando las manos en forma de concha, como si no hubieran conocido otros países que los de los grandes vientos. En realidad, nada nos protegía de ellos, salvo aquellos documentos que estaban obligados a respetar. De haberlo querido, habrían podido matarnos como a perros y alegar que había sido por error. Pero siempre nos dejaban pasar.

Reanudábamos la marcha. En la cima de las ondulaciones del terreno aparecía de cuando en cuando un pueblo. Ante nuestros ojos se perfilaban de repente los campaniles en forma de bulbo, las casas ocres y verdes. Aquí y allá, veíamos siluetas atravesando los campos. Ancianas vestidas con túnicas bordadas nos observaban al pasar. Una luz desolada bañaba aquellas aldeas que olían a corral, a paja y a estiércol. Los cerdos vagaban entre las acacias plantadas alrededor de los caserones destartalados. Por un instante divisábamos arados abandonados junto a las granjas, aperos tirados por el suelo. Hungría parecía una tierra de marea baja: tras retirarse las aguas, tan sólo quedaba una vida sorprendida por el reflujo, cautiva de la arena.

Las heridas de la guerra aún eran visibles. En los linderos de los sotobosques, veíamos a veces una granja de alcaceñas sombrías quemada. Algunos claros dejaban ver los herbazales que crecían en los lugares donde hacía poco los hombres se habían matado. No era raro descubrir a orillas de aquellos campos roturados un cuadrado de tumbas coronadas de cruces mal puestas. Tales visiones se perdían en la tristeza de la llanura como un soplo de viento en un torbellino.

Lee se asomaba por la ventanilla. Aspiraba la fiereza de una tierra saturada de aguas negras. Jamás era tan ella misma como cuando estaba de viaje entre dos ciudades, insegura ante el destino, liberada de lo que dejaba atrás. Poco antes de llegar a Budapest canturreó: *We are approaching the river Jordan, crossing into Canaan*. Me acarició la nuca, como si me estuviera dando las gracias. Yo era su guía, y ella mi hermana dulce y violenta. Sí, he atravesado los ríos y el agua fluía sobre las piedras, sí, me he internado en la tierra que tú me habías mostrado. Éramos prisioneros del Faraón y tú me has llevado de la mano adonde debía ir. Yo iría adonde ella quisiera llevarme, siguiendo aquel interminable deambular que era su vida. Yo había realizado mi labor en Europa y sabía que aquélla sería la última vez, que aquello no duraría. Pensaba en los demás corresponsales enviados a los frentes de aquella guerra. Tipos risueños, grandes plumas humedecidas en lo vivo. Bill Lang, de *Time*. Red Mueller, de *Newsweek*. Joe Liebling, del *New Yorker*. Bob Neville, de *Stars and Stripes*. Todos habían regresado a casa. Ahora serían directores prestigiosos. Se casarían. En Norteamérica les aguardaban los discos de *bop* y las películas de William Wyler. En cierta manera, yo no era de los suyos. Cuanto más avanzaba, más comprendía a Lee. Lo que Europa me había enseñado en pocos meses, aquel lento y venenoso hundimiento, ya lo sabía ella desde hacía veinte años.

Budapest apareció bajo una luz otoñal. Ante nosotros, en declive, veíamos extenderse hasta muy lejos los sinuosos meandros del Danubio. Resultaba cautivador, tras salir de las llanuras indecisas, encontrarse con el inmenso lecho arenoso del río. Todo el paisaje había adquirido un matiz de hojarasca. La silueta de la ciudad configuraba una masa confusa, abierta en dos por las aguas lentas. Sobre la colina que dominaba las orillas, los restos de una fortaleza se recortaban como la chimenea resquebrajada de un volcán. El viento inclinaba humaredas en el cielo. Bajo unas enormes, desgarradas nubes grises, la ciudad adquiría un color mineral, el de un campo de piedras esculpidas por la erosión. De lejos, distinguí unas pequeñas vigas sumergidas en las aguas negras del Danubio; al observarlas mejor, advertí que eran tableros de puentes dinamitados.

Tuve que reducir la velocidad. La cinta de asfalto que se

abismaba en los suburbios estaba repleta de agujeros de obuses que habían sido torpemente rellenados con paletadas de tierra fresca. Las ruedas de atrás patinaban sobre aquella superficie engañosa. Lee se asomó por la ventanilla, con la Rollei preparada. Varias siluetas caminaban por el borde de la carretera. Mujeres cargadas de sacos de yute, ciclistas con gorras. Aquellos suburbios me recordaron los de las ciudades industriales de Michigan: el mismo tono ferroso, los mismos cobertizos en los jardines, la misma carretera asfaltada que se desgaja del campo para entrar en una zona de pequeñas fábricas que huelen a orín y a aceite de motor. Varios niños jugaban en mitad de un descampado. En una montaña de colchones, bidones de hierro y ollas rotas, habían construido unas cabañas semejantes a las que los *hobos* de la época de la Depresión hacían podando los zarzales que bordeaban las vías férreas. Una impresión de soledad me oprimió el corazón. Alrededor nuestro, un olor a piedra carbonizada, a salitre y a sopa, se mezclaba con los efluvios de la hojarasca podrida.

En una curva nos topamos con dos T-34 montando guardia ante una ruina. Los centinelas soviéticos levantaron el brazo. Nos dirigimos hacia los tanques, temiendo la ruda acogida de los soldados. Pero éstos estaban de buen humor y, por lo que pudimos apreciar, algo borrachos. Su improvisado vivac revelaba aburrimiento. Un acordeón yacía posado sobre una piedra. Habían colocado unas varas en la hendidura de mira de las torretas, en las que ponían a secar su ropa. Uno de ellos señaló la estrella blanca pintada en la carrocería, y luego la estrella roja que lucía en su charretera, dando a entender que éramos amigos. El soldado hizo ademán de subirse el capote resoplando –hacía frío–, luego se tanteó el estómago resoplando una vez más; tenía hambre, probablemente. Lee llevaba como siempre los cabellos recogidos en un moño bajo el casco. Su rostro al natural podía ser el de un joven de largas pestañas. Los soldados la miraban extrañados. Tal vez les parecía, a través de las brumas del alcohol, un periodista un tanto afeminado. Nos dejaron pasar.

Las casas desmoronadas de los arrabales fueron sustituidas por una red de avenidas. Las cicatrices del asedio eran visibles por doquier. Budapest había sido cercada en febrero por las tropas de Vorochilov. Los cañones soviéticos habían machacado la periferia durante semanas. Una vez neutralizadas las baterías de *Flak*, los pilotos arrojaron sus bombas ligeras volando a ras de tierra. Varias zonas de inmuebles habían saltado por los aires. Después, el fuego de la artillería se había concentrado en el Var, la fortaleza de Buda donde resistían los enconados fieles de las SS y los batallones escogidos de la Wehrmacht.

Recorriendo aquellas avenidas jalonadas de edificios del siglo XIX, tenía la impresión de que una maquinaria monstruosa había triturado los árboles, las casas, la carne humana. El revestimiento de las aceras había reventado en surcos de tierra mollar. Los lienzos desplomados de las paredes ennegrecidas por las llamas invadían los cruces. En las plantas de aquellas ruinas se veían restos de papel pintado, puntales de vigas calcinadas, y a veces el esqueleto de una cama de hierro suspendido en una cornisa. El cielo plomizo pesaba sobre aquellos escombros como un mañana catastrófico. Lee se inclinó sobre mí y me dijo:

–Esto es París bombardeado.

Las alineaciones al descubierto, los árboles arrancados de cuajo, las vidrieras de hierro forjado, resucitaban, en efecto, la imagen de otros bulevares. Budapest, más que una ciudad oriental, parecía una metrópoli europea perdida en la llanura, con el espectro de sus gentes elegantes, de sus periódicos, de sus cafés. Aún quedaban algunas siluetas recorriendo furtivamente las plazas ajardinadas. Al llegar a una esquina, Lee me señaló los túmulos y las cruces de unas tumbas recién cavadas en mitad de un jardín. Los húngaros habían enterrado a sus muertos en plena ciudad. Varias insignias intactas, colocadas encima de sus respectivos portales, recordaban que allí había habido unas tiendas y sus curiosos nombres: un erizo, una tortuga, un ciervo de larga cornamenta. Los escaparates destrozados habían sido sustituidos por tablas torpemente clavadas.

No teníamos la menor idea de dónde íbamos a pasar la noche. Debíamos encontrar un hotel. Decidí seguir al azar a un coche, un Adler solitario que parecía conocer bien aquellas calles. Al salir de un laberinto de callejuelas, se abrió un claro que se extendía hacia el cielo. Ante nuestros ojos deslumbrados apareció el río. Atraqué el Chevy junto al muelle.

El Danubio corría bajo un puente desmoronado. El sol poniente teñía de fulgores rojos la corriente. Al bajar del coche, nos pusimos a mirar cómo las olas cenagosas golpeaban los cascos del tablero del puente medio sumergido. Había un puente de barcas entre las dos orillas, vigilado a ambos lados por dos autoametralladoras. El agua se abismaba tumultuosamente bajo los arcos de madera, ensortijada como la crín de un animal salvaje. A lo lejos, un islote cubierto de grandes árboles erguía su estrave en medio de las aguas. El viento ondulaba la superficie del Danubio provocando largas olas que repercutían río abajo. Más cerca de donde nosotros estábamos, varios edificios ministeriales mostraban sus frontones rayados por la metralla. Pero lo que más atraía nuestra mirada era la silueta de una fortaleza situada en lo alto de la ribera opuesta y recortada como un enorme diente picado. Entre las casas pegadas a la ladera de la colina, unas manchas semejantes a racimos de frutos púrpuras señalaban las masas crecientes de árboles y el ribete más fino de las hileras de yedra. El crepúsculo anegaba con un matiz vinoso aquel acantilado poblado. A lo lejos del todo, la raya del horizonte parecía demarcar el fin de un mundo.

Lee se volvió hacia mí.

–Lo ves, Dave, hemos llegado.

Su rostro acusaba la fatiga del viaje, de todos los viajes. Apoyé la mano en su hombro. Lee tenía los ojos clavados en el islote. Tal vez, en aquella frialdad otoñal, estuviese viendo de nuevo otro islote ceñido por las dos orillas de un río solar. Tal vez, en aquel instante, estuviese pensando en Zamalek. Permanecimos allí un rato más, mirando el Danubio que se adentraba más lejos que nosotros. La luz comenzó a declinar. Decididamente, debíamos encontrar un hotel.

Al lado del río había un establecimiento con la insignia del Bristol abierto. El recepcionista nos condujo a través de los dos pisos de una extraña ruina. El hotel parecía estar completamente vacío. No había luz. El hombre nos enseñó varias habitaciones. A la luz de una vela distinguimos camas sin sábanas ni mantas, paredes laceradas, un suelo polvoriento. Los cuartos olían a madera quemada y a cagarruta de rata. Sentí náuseas. Lee dio media vuelta. Las peores *posadas* de Nuevo México apestaban menos. Sin demasiados miramientos, dejamos al recepcionista en su cuchitril. Como último recurso, el hombre tuvo la bondad de recomendarnos otro hotel, el Astoria, en la calle Kossuth. Unos viandantes nos indicaron la dirección aprisa y corriendo. Muy pronto íbamos a descubrir las ventajas que conllevaba entonces ser norteamericano en Hungría. A lo largo de la calle Kossuth, había varios vehículos soviéticos aparcados en fila. Cuando entramos en el Hotel Astoria, diez miradas sorprendidas se volvieron hacia nosotros: unos oficiales rusos que jugaban a las cartas. Sin interrumpir la partida, nos siguieron con los ojos. Un miembro del personal del hotel nos llevó enseguida al piso superior. Parecía molesto. También él nos enseñó otras tantas habitaciones siniestras. No había calefacción. Una bandera nazi con la esvástica negra servía de colcha a una de las camas, como si el dueño no hubiera tenido más remedio que recurrir a los despojos del antiguo ocupante. El Astoria olía a la peor, a la más tétrica indigencia. Comenzamos a sospechar algo. Le pregunté al empleado del hotel si era posible telefonear a la delegación norteamericana. Al oír aquello, nos condujo con evidente alivio a un cuchitril, giró la manivela de un teléfono negro, y esperó a que el operador le pusiese con el número que él le había dado. Luego me pasó aprisa el auricular. Al otro lado de la línea, una voz carrasposa con acento del Middle West pareció salir de un dulce sueño. Después prorrumpió en exclamaciones desagradables. Teníamos que habernos presentado en la delegación norteamericana nada más llegar. Por acuerdo tácito, los lugares de alojamiento estaban repartidos entre las diferentes potencias aliadas. El Hotel Astoria era territorio soviético. Si nos quedábamos allí, seríamos expulsados antes de una semana bajo cualquier pretexto. Mi interlocutor nos invitó, aunque aquello parecía más bien una orden, a trasladarnos inmediatamente a un lugar seguro donde se hospedaban los norteamericanos que estaban de paso: el convento de las Hermanas de la Piedad, en Stefania Ut. Y colgó.

Tras comunicarle el contenido de tan agradable conversación, Lee puso mala cara. Pero, a pesar de todo, ni las cagarrutas de rata ni las banderas con la cruz gamada resultaban más atrayentes que la otra opción. Cuando salimos del Astoria ya había anochecido. El Chevy zarpó de nuevo.

El portal del convento de las Hermanas de la Piedad daba a una gran avenida sombría. Llamé varias veces con la aldaba. Ninguna respuesta. El eco repercutía detrás de la puerta. Nada. Lee cruzó los brazos. Luego escuchamos el ruido de unos chanclos que alguien iba arrastrando. Una cara blanca apareció tras la rejilla del portillo. Lee exclamó:
–*American correspondents! Journalists!*
Silencio. La puerta se entreabrió rechinando. La sombra blanca nos escrutó a la luz de una linterna. Era una joven religiosa de esquivos ojazos. Volvió a cerrar la puerta, giró furtivamente los talones indicándonos que la siguiéramos.

Estábamos en un patio con árboles que olía a corteza. El fulgor de un candil alumbró unos medallones de piedra fijados en los muros. La grava crujía bajo nuestros pasos. La joven monja nos guió hasta un corredor de bóveda gótica. Al llegar al fondo del pasillo torció y nos señaló un portalón de roble. Tras recuperar el aliento, llamó respetuosamente antes de empujar la puerta.

Dentro, una figura vestida con un sayal aguardaba sentada tras una mesa de madera maciza. La luz de un candelabro revelaba los rasgos de un hermoso rostro de unos cincuenta años. La Madre superiora nos observó en silencio. En un inglés un tanto altanero nos invitó a tomar asiento en las dos sillas que había frente a ella. La joven salió cerrando suavemente la puerta. La Madre superiora nos observó durante unos instantes.

–Están ustedes en uno de los mejores conventos de Hungría –dijo por fin, en un tono muy británico.

La mujer no dejaba de mirar a Lee con evidente curiosidad.

–Gracias por acogernos –dije.

–No me dé las gracias –me replicó con cierta brusquedad–. Las circunstancias mandan. Nuestros deberes son para con Dios, pero, por desgracia, nuestra libertad conlleva también otro tipo de exigencias. Esta casa está abierta a todos aquellos que algún día podrán ayudarnos a cumplir nuestra misión. Nuestra regla no prohibe que, en ciertas situaciones, haya hombres aquí. O, al menos, así lo entendemos nosotras. Hay algunas celdas libres a su disposición. También tenemos una cochera donde, si lo desean, pueden dejar su vehículo; ordenaré que les entreguen la llave. Nadie les hará preguntas. Pero debo advertirles algo: éste es un convento católico. Recuerden que están ustedes en una casa de oración. Hemos soportado a Bardossy y a los nazis. Sabemos resistir en nombre de la fe. Pero queremos ser respetadas por lo que Dios exige de nosotras. Ahora, vayan a alojarse, se hace tarde. La hermana les acompañará.

–Gracias de nuevo –dijo Lee.

La Superiora la miró un instante sin hablar. Un instante largo. Parecía dudar. Luego añadió despacio:

–Observen bien Budapest. Sepan amarla. Antes era una hermosa ciudad...

Entonces, inclinó la cabeza haciendo un gesto con el que parecía darnos permiso para marcharnos. La puerta volvió a abrirse detrás nuestro. La joven monja nos aguardaba fuera.

Por la noche me desperté sobresaltado. Cogí mi linterna. El haz de luz iluminó una pared encalada de la que colgaba un crucifijo. Eché un vistazo a mi reloj: las cuatro. Hacía frío. El ventanuco alto de la celda enmarcaba un pedazo de cielo negro. Tenía un nudo en el estómago, un nudo provocado no por el hambre sino por la angustia. Tenía ganas de tomarme un trago. Estaba solo.

Me levanté a tientas, me puse el pantalón y las botas. Las religiosas habían dejado varias velas sobre la mesa. Una sensación de carencia, similar a la náusea, me atenazaba. Lee dormía tres puertas más allá, en una de las celdas del pasillo. Deseaba verla. Algo tan intenso como un mal sueño me decía que se había marchado. Tal vez únicamente por no tenerla a mi lado. La guerra nos había trastornado. Pero habíamos seguido avanzando, más allá de la paz, apoyándonos uno en el otro como niños extraviados. Lee se había convertido en una droga, sí, ahora me daba cuenta, ahora que me la habían arrebatado por una noche.

El pasillo estaba desierto. Un rayo de luna bañaba el suelo. Avancé despacio, conteniendo el aliento. Tras unos pasos más, corrí el pestillo, empujé la puerta y volví a cerrarla silenciosamente tras de mí. La linterna iluminó el camastro. Lee estaba encogida bajo una manta. El aro de luz recorrió la celda. Estuviéramos donde estuviéramos, Lee siempre recreaba un desorden semejante al batiborrillo de un *dressing-room* atestado de ropa. Yo conocía aquel ritual. Lee tiraba todo sin ton ni son, salvo las dos Rollei que sacaba del estuche. Desfloraba con un dedo las arandelas niqueladas, limpiaba la cámara con unos trapos secos. Sus gestos tenían la firmeza de una manecita que pliega los dobladillos de una tela. Finalmente volvía a meter las dos cámaras en su sitio habitual, el morral cuidadosamente dispuesto en un rincón de la estancia.

Busqué el morral: estaba al pie de la cama. Las botas habían volado sobre el enlosado. En la mesilla de noche había dejado un paquete de rollos de película, al lado de su casco y de un pequeño cuaderno de notas.

Lee se revolvió bajo la manta. Allí estaba, durmiendo en la celda de un convento de Budapest. Un perro aulló a lo lejos. Lee hizo una mueca de niña contrariada. Me acerqué a ella. Su sueño era inquieto. Los labios exhalaban un tufillo a alcohol. Una contracción le hacía fruncir el ceño. De repente abrió los ojos. Su boca muda se redondeó, creí que iba a gritar. Le tapé la boca con la mano, Lee se crispó, me apretó la mano con la suya. Suavemente, aflojé el nudo de dedos.

–Eres tú, Dave –dijo con voz velada.

–Sí, claro, soy yo.

Lee pestañeó como emergiendo de un sueño. Luego se incorporó y se dejó caer en mis brazos. La estreché con fuerza. Sus cabellos flotaban sobre mi hombro. Estaba temblando.

–¿Tienes frío?

–No, estoy bien... Pero ¿qué haces aquí, Dave?

–No podía dormir.

Lee se aferró con más fuerza a mí.

–Pues quédate aquí. Quédate. Tengo miedo.

La voz era hipnótica. La voz de las primeras noches de

París. Nuevamente, una fiera agazapada en su interior parecía despertarse. Y aquella presencia era mucho más amenazadora que todas las sombras de la carretera.

–¿Miedo? ¿De qué?... Todo está en calma, Lee.

Su cabeza permanecía recostada sobre mi hombro, su cuerpo contra el mío.

–Tengo miedo. Desde Rosenheim, tengo miedo. Pero no puedo hablar de eso.

Había un poso de sueño, o más bien de pesadilla, en su voz pastosa.

–Anda, sí, cuéntamelo. Cuéntamelo, Lee.

Sentía sus senos levemente pegados a mi pecho. Su voz se iba haciendo más clara.

–Sueño... –dijo–, sueño siempre lo mismo.

–¿Y qué sueñas?

Lee me acarició el cabello con su mano.

–Veo a mi padre. Tiene la cabeza oculta bajo un paño negro. Me observa desde detrás de su cámara. Quiere que me una a él... que mire por donde él mira. Parecerá una tontería, pero nunca lo consigo. No puedo pasar al otro lado.

–Bueno, no me parece algo tan espantoso.

–No –añadió ella–. Pero me quedo paralizada... Entonces llegan otras personas para ocupar mi lugar... Veo a Steichen, sonriéndome. Veo a Hoyningen y a Horst, haciéndome muecas tontas. Y a Man... Me miran desde detrás de la cámara. Yo me quedo de piedra, me pesan las piernas. Pero luego huyo... Camino al borde del agua... Veo gente corriendo. Estoy en un país de mujeres quemadas. Mujeres muriendo entre llamas... Pero es en mí donde algo arde. Un hierro candente. Una quemadura atroz. Entre mis piernas, Dave, entre mis piernas. Ellos lo han quemado todo...

Sus uñas se clavaban en mi espalda.

–Tranquilízate, Lee.

Ella me abrazó con más fuerza aún.

–No quiero saber nada de aquella habitación de Brooklyn, no quiero. Veo su rostro. Lo veo en sueños.

–¿El rostro de quién?

Un repentino sollozo la estremeció. Lee hablaba y lloraba al mismo tiempo.

–No lo sé, Dave. Tiene el rostro de Man, el de Argylle, el

de Aziz... Ni siquiera sé ya su nombre. Estoy jugando en una habitación sombría, como ésta. Las cortinas están echadas. Él empuja la puerta, entra. Yo levanto la cabeza. Delante de mí, sobre el parqué, hay dos muñecas. Llevo un vestido claro, calcetines bajos, zapatos con cordones. Él se acerca, se arrodilla. Acaricia los cabellos de lana de las muñecas. Me habla, me llama Lee, Lee. Me dice que soy bonita. Yo le sonrío. Después siento que en realidad está acariciando mis cabellos, como tú ahora, Dave... Pero eso es algo normal, mi madre también me los acaricia, y mi padre... Le dejo que siga. Él me dice que soy una niña preciosa, que debo quererle... Pero ¿es que acaso le quiero? Sí, claro, le quiero mucho, tengo siete años... Me roza los labios con un dedo, me pregunta si me gustaría mordérselo... Por supuesto que sí, me encantaría hacerlo, y me pongo a mordisqueárselo como un cachorrillo. Es divertido. Su otra mano sube y baja, sube y baja por mis piernas, provocándome una sensación curiosa, poniéndome la carne de gallina, abriéndome un agujero en el estómago... No hay nadie más en la casa, tan sólo se oyen los ruidos de la calle... ¿Adónde se han ido todos? No lo sé... «Mira –me dice–, yo también tengo piernas, más largas que las tuyas. Si quieres, puedes tocarlas, son duras y fuertes.» Me resulta gracioso tocarle las piernas a un mayor, tiene dieciocho años, ya es muy viejo... Me agarra la mano, la sube por la tela del pantalón hasta la entrepierna. Noto un bulto, algo que se tensa... Su mano desciende hacia la cintura, le quita el corchete a la presilla... ¿A qué quiere jugar? Pero yo no tengo miedo... Más bien tengo ganas de mirar. Él se ha desabrochado el pantalón, espera. Cada vez respira más aprisa. Me agarra con fuerza los muslos, enrolla con sus dedos mi braguita de algodón. «Quítatela, Lee, Lee, hace mucho calor. Sé que tienes demasiado calor.» Sus manos estiran la tela, lentamente comienza a bajarme la prenda por las piernas. Pero no, no quiero que me quite la braguita, ¿por qué lo hace?... Me pasa la mano por debajo del vestido, el agujero del estómago se hace mayor, siento vértigo... Por su frente resbalan unas gotas de sudor... Su mano, Dave, su mano asciende hacia mi sexo liso, mi sexo de niña... Al principio sentí un extraño placer, pero ahora tengo miedo... Él me tumba boca arriba mientras se desabrocha el cinturón. El pantalón resbala hasta los tobillos. Él se coloca encima de mí, con los codos apoyados a ambos lados de mi cabeza... Va a caer sobre mi cuerpecillo, me va a aplastar, tengo miedo... Se baja bruscamente los calzoncillos, tiene una cosa enorme, tensa entre sus piernas... No, le digo, no, déjame... «Tranquila, Lee, tranquila, no te muevas. No quiero hacerte daño», me contesta... Pero yo siento su respiración sobre mí, él me atenaza el brazo, mi corazón explota, el pánico me roe el estómago... Tan sólo soy una niña, Dave, aún no sé qué es lo que hacen los hombres y las mujeres... Grito, él me tapa la boca con su mano, me ahoga, yo me debato con furia... Hay un brillo de maldad en sus ojos, un brillo de locura como jamás había visto, me quiere matar, estoy segura, me quiere matar, y papá no está allí para impedírselo, ni mamá, por qué me han enviado a aquella casa, por qué me dejaron marchar... Él me levanta el vestido con una espantosa sonrisa, chillo, pero nadie acude en mi auxilio... Nadie... Oh, Dave, me arde el vientre... Ese horrible mayor me quiere matar... Me desgarra... Ha introducido la muerte en mí, pero por qué hace eso... Por qué...

Su mano se había aferrado a mi brazo hasta hacerme un moratón. Lee comenzó a sollozar sobre mi hombro. La estreché contra mi pecho, y sin embargo estaba conmocionado, como si la hubiese perdido. La separé suavemente de mí ayudándola a echarse sobre la cama. Me pareció oír unos pasos en el pasillo; después volvió a reinar el silencio. Lee me pidió que le diera algo de beber. Agarré la botella de whisky que ella llevaba en el macuto, di un trago y se la pasé. Lee bebió con avidez. El suelo se derrumbaba bajo mis pies. Odiaba aquellos momentos en que ella sufría, pero su vértigo me impulsaba hacia ella cada vez con más amor. Deseaba protegerla, y abismarme con ella al mismo tiempo.

Lee dejó el whisky y me atrajo hacia ella. Sus ojos ardían. Comenzó a acariciarme el pelo.

–Tú tampoco quieres hacerme daño, ¿verdad Dave?

–No, Lee, por supuesto que no.

Lee me rozó el cuello con sus labios.

–Tus piernas son duras y fuertas, David. Realmente duras y fuertes.

–No sigas, Lee.
Sus caricias se hicieron más intensas.
–¿No quieres que te muerda el dedo? ¿Eh, David? Respóndeme. Dime que sí.
–No, Lee.
Su boca se perdía en mi cuello. Me abrazaba meneándome lentamente la cabeza.
–¿David?
–Qué.
–Vas a hacer lo que yo diga, ¿eh? –me preguntó mordisqueándome los labios y cerrando los ojos.
–Sí, Lee.
–Pues entonces házmelo. Házmelo ahora, Dave.

Conservo una idea confusa de Budapest, pero tal vez sea porque una ligera neblina vela mis recuerdos. Nos veo a ambos, a Lee y a mí, saliendo al día siguiente a la calle Stefania. Por una sorprendente facultad de amnesia, ella estaba fresca como una rosa, como si hubiera conjurado sus demonios por un tiempo. Se había anudado alrededor del cuello una red de camuflaje, una *fishnet* reglamentaria que llevaba a modo de fular. Veo de nuevo el uniforme verde oliva, la visera del casco bajada; llevaba terciado sobre el pecho el estuche de las Rollei, dispuesta a recorrer la ciudad en busca de nuevas imágenes.

A mí me costaba más seguir la marcha. La llanura magiar, sus pantanos y sus hojas putrefactas cegaban mis retinas con destellos amarillos. La extraña escena de la noche anterior aún me agobiaba. Tal vez advertía confusamente que los acontecimientos de los últimos meses seguían las pautas de un guión cuyo autor no era yo: Lee suavizaba cada nuevo incidente producido por el azar como si estuviera siguiendo paso a paso una historia varias veces escrita. A lo largo de aquella carrera aleatoria, Lee encontraba hitos, a menudo dolorosamente, a veces hasta llegar a perderse, pero los encontraba. Ella ya había atravesado aquellas noches peligrosas. Aquellos caminos jalonados de cadáveres no le eran extraños. Yo creía haberla guiado y, al menos una vez, sacado del atolladero. Pero el rumbo que seguíamos era el suyo. Lo cual me llevaba a una curiosísima conclusión: cuanto más avanzábamos en el espacio, más retrocedía ella en el tiempo. Lee se afeaba, se empequeñecía deliberadamente. Pero no por coquetería de anciana hermosa. Más bien tengo la impresión de que Lee, haciendo desaparecer a la mujer que había sido, buscaba en cierto modo la salvación. Su cuerpo vivo había sido captado por los estudios y, luego, los hombres que la habían petrificado con un *snapshot* habían guardado sus fotos en los archivos del exilio. Lee había muerto ya una vez al legarles aquel perfil. Para sobrevivir, tenía que borrar aquellas antiguas imágenes. Doblar el papel, rayar la copia firmemente con las uñas.

Lee había visto alzarse sobre los caminos del Este la atroz jauría de la guerra, su preocupación por sí misma se anonadaba en la piedad por el mundo. Lo que ella rechazaba, pero también lo que reconocía a lo largo de aquellas llanuras incendiadas, era una parte de sí: la peor. Cuando el fuego nos ha alcanzado, tan sólo queda el olor negro del fogonazo; los dioses malignos se retiran, hartos de destrucción. Lee atravesaba aquellas inmensidades entregadas a las cuadrillas pretorianas, aquellas ciudades donde los hombres tenían hambre. Allí estaba también lo que ella esperaba de la vida, el enigmático deseo de muerte, el rastro rojo que deja un cuerpo sobre el suyo.

En Budapest, caminábamos por una ciudad cercana al invierno. No sé si discierno bien las formas, sus contornos, su desastre. Lee me guía; ella ve lo que yo no veo. Se fija en una confitería en ruinas donde anidan los mendigos. Al borde del río, las orillas cenagosas se extienden bajo un cielo gris. El armazón férreo del Lánchid, del *puente de cadenas*, se oxida en mitad de la corriente. El Danubio es rubio, dicen los húngaros, pero yo tan sólo la veo a ella, tan rubia, tan mía entonces. Lee arrastra su fatiga sin permitírsela: de golpe ha alcanzado esa madurez sosegada de las mujeres que nos conocen y a las que nosotros conocemos. Son indulgentes y tal vez agradecidas, pueden sentarse en silencio diciendo naderías en un tono similar a la ternura. Y no por ello se extingue la pasión, al contrario; eso las vuelve pasionalmente adorables.

Lee me señala un bajorrelieve semioculto en un nicho de piedra: una diosa antigua coronada de laureles. Lo fotografía. En ese instante, Lee tiene el aspecto delicado, el rostro sereno de la figura de piedra. Me parece estar viendo nuevamente a la mujer hermosa de Colmar en las tabernas de la Launch. Lee ríe, se arroja en mis brazos, yo la beso como a una novia. Y, sin embargo, la noche anterior estaba llorando.

Caminamos por la calle Apród. Una placa cubierta de palabras húngaras resiste clavada en una fachada. Un nombre, Semmelweis. Probablemente nació en esa casa. Pienso en la *Allgemeines Krankenhaus* de Viena, en el niño azul que moría en su cama de hierro. Lee acelera el paso. Unas escaleras con balaustrada se inclinan sobre el vacío. Nos cruzamos con varios transeúntes arrebujados en sus abrigos, acarreando haces de leña. Al final de una callejuela llena de sauces el dueño de un cafetín levanta el cierre metálico. El interior es sombrío como un antro de piratas. Los parroquianos alzan hacia nosotros sus jetas ariscas, luego vuelven a hundir las narices en sus vasos. El dueño nos sirve dos copas de kummel. Pago en pengos. Cada país tiene su moneda, Europa se parece a los rostros de sus viejas glorias grabados en los billetes. Lee tontea un rato conmigo, me da a besar su mano, se oculta en mis brazos. El alcohol calienta el estómago. Quiero besar sus labios, sus labios sanguinos como la uva pisoteada. Miro sus ojos profundos. ¿Quién es en realidad?

No he olvidado el encanto de aquellos primeros paseos, el ruido del viento, noche tras noche, en torno a las celdas de Stefania Ut. Tardé varios días en habituarme a aquello. Le debía una *story* a mi periódico. Lee, por su parte, buscaba mujeres jóvenes que pudieran posar para su reportaje. El tema era obsceno, y ella lo sabía. En el supuesto caso de que existiera una moda en Budapest, era la de los refugiados que se enterraban en los subterráneos del Var, llevando harapos y borceguíes agujereados; era la moda de los abrigos raídos de los transeúntes y los capotes de los ordenanzas soviéticos, o bien la de las jóvenes madres andrajosas que hacían cola para obtener cántaros de leche. Lee decidió finalmente fotografiar a aquellas húngaras de la calle, vestidas con nada, pero tan bonitas, tan insolentes como jóvenes reinas. Yo comencé a indagar y, en cierta manera, tuve éxito.

Budapest era un avispero de amenazas sordas. Diez meses después del asedio, el olor a carne descompuesta seguía pegado a las viejas piedras del Var. Húngaros de Eslovaquia, de Voïvodine y de la Transilvania rumana vagaban muertos de hambre por los arrabales. La gente aclamaba la expulsión de Austria del archiduque Otto de Habsburgo: la Doble Monarquía tan vilipendiada por los viejos húngaros desaparecía para siempre. Pero los T-34 de los liberadores protegían a una joven guardia llegada de Moscú. Aquellos hombres se llamaban Rakosi y Nagy, Gerö y Revai. Uno de los jefes de la resistencia interior, Rajk, se había convertido, tras la guerra de España, en su Robin de los bosques. En marzo, los comunistas le habían «aconsejado» al Gobierno provisional una reforma agraria secretamente dictada por Moscú: la aristocracia expropiada estaba ya por los suelos. En noviembre, habían entrado en el gabinete de unión nacional presidido por el Pastor Tildy. Viejos cacharros cubiertos de carteles se cruzaban en las avenidas alfombradas de hojarasca; los raros tranvías que aún circulaban eran asaltados por los partisanos de Rajk que desplegaban en ellos sus banderas rojas. En el barrio del Var, los ancianos surgidos del ocaso habsburgués conversaban con los empleados que llevaban un tulipán otomano en el ojal, el viejo símbolo de los partisanos de Kossuth.

Ya nadie abastecía los mercados de la ciudad. La gente de la ciudad salía en caravanas de bicis o de camiones a los campos para comprar alimento. Como el valor del oro y de las monedas fuertes variaba cada dos por tres, el pengo de antes de la guerra, que seguía siendo la moneda imaginaria, devino inservible. Por eso los campesinos cobraban en especie. Las cocinas, los guardarropas, los salones de Budapest se vaciaban. Un cestón de joyas, de camisas de seda, de tapices franceses, de candelabros metálicos, de tejidos coptos, de molinillos de café, de orfebrería de Augsburgo, de piezas de motor, de muñecas bávaras, de sierras para metales, de instrumentos de música, de pijamas de felpa, de radios de galena, de péndolas, de colecciones de leyendas de la hada Elena, de viejos dolmanes raídos, emigraba al campo húngaro para ser canjeado por un manojo de puerros y de zanahorias, de tubérculos y de manzanas reinetas, de lechugas y de nabos.

Los rumores corrían sin cesar por la ciudad. El nuevo ministro del Interior, Imre Nagy, dirigía un cuerpo de policía política, la AVO, que perseguía a los dignatarios de los «Cruces Flechadas» y a los partisanos de Bardossy, el antiguo primer ministro nazi. Se hablaba de extrañas desapariciones. A un aristócrata de gran influencia, el conde Bethlen, se lo había tragado la tierra; los húngaros de a pie cuchi-cheaban una palabra: *Siberia*. En realidad, la ciudad ya no estaba sitiada. Estaba desarmada. Los cañones enfriados aguardaban otra guerra proveniente del interior. Los fuertes de Budapest habían sido desguarnecidos: el Ejército soviético apostado en la periferia se había apoderado virtualmente de la ciudad.

La Hungría en la que pasé varias semanas durante el invierno de 1945 aún no era un país comunista. Pero el ocaso caía por última vez sobre el centro despedazado del mundo. La estatua del ilusionista Ferencz Kazinczy dominaba la ciudad. Muy pronto se apagarían las luces de la sala. En medio de las bibliotecas despanzurradas, tan sólo el viento pasaba las páginas de la memoria.

Si escribo aquí esto es para autoconvencerme. Al describir Budapest no pienso sino en Lee. La noche acaba de caer sobre Nueva York. Las luces se encienden al otro lado del parque. En la pantalla del televisor, con el volumen bajado, el presidente Ford y el canciller Schmidt se dan la mano. Me veo a mí mismo como a un ser distinto, casi como a un muerto.

No sabría decir si el hombre que subía las escaleras del Var bajo la brisa del anochecer se confunde con el que ahora sostiene esta pluma. Lo irrevocable se ha perdido, lo que no volverá concluye. Si mi vida tan sólo cobra forma durante aquellos meses en Europa, entonces todo cuanto sucedió después me fue dado por añadidura. Fue eso lo que me previno contra la amargura, puesto que yo ya había encontrado lo que no esperaba encontrar, una explicación, una certeza más intensa que el misterio de haber estado allí.

A menudo me he preguntado por qué aquel encuentro

me había sido otorgado de manera casi precoz, y por quién. Si fuese creyente, debería suponer que todo cuanto transfigura los actos procede de Dios, alaba su creación. Pero como no lo soy, lo que a la postre resulta más difícil de sobrellevar, debo aceptar la ausencia total de sentido, el puro azar. Conozco a Lee en agosto de 1944, somos dos personas desplazadas, lanzadas a un viaje en el que se desvela el horror del mundo. Y cuanto más nos hundimos en las tinieblas, más claramente escucho lo que jamás había escuchado, un grito de herida verdad, el aullido de un ser que se tapa la cabeza con las manos como un niño a quien su padre ya no perdonará.

Lee nunca hablaba mucho del pasado. Lo hacía a salto de mata, en el Chevy, o cuando soñaba. Tardé bastante en comprender lo que ella era y ya no quería ser. La fabulosa beldad de los años veinte se iba transformando en una mujer que tan sólo amaba el presente, su trabajo, los caminos que el olvido abría ante nosotros. Había conocido a muchos artistas, pero éstos ya no eran para ella sino los rostros de una juventud, desprovistos del afeite que tan rápidamente les ha dado la historia. Lee no les había fallado: seguían siendo de los suyos. Pero nunca alardeaba de aquellas amistades; no era una mujer pretenciosa, al contrario. Jamás le oí emitir un juicio estético. Agarraba su Rollei, sacaba o no sacaba la foto, y ya está. Eso era todo, pero todo estaba ahí. Aquella guerra la había obligado a asistir a atroces espectáculos. Pero ella no había cerrado los ojos, más bien creo que, en el fondo, deseaba verlos. Algo mucho más grande que nuestras vidas nos había sido repentinamente otorgado. Así me lo dijo en Rosenheim: «Esta guerra era horrible, y también excitante.» Lee pagó por ser libre por última vez.

A mí me gustaba que ella no se gustase, que no se quisiese. Estaba aburrido de coquetas, de codiciosas, de corazones tiernos. Aves de rapiña, por lo general, equivocadas respecto a lo que podían conseguir de los hombres. Todos hemos pasado por eso, los flirteos vanidosos, los vulgares chantajes, los embarazos fingidos como *Stock Exchange*. La mayoría de las personas se resignan a ello y prosiguen su vida al hilo de un sueño triste. Lee, en la época en que nos conocimos, ya está vacunada de todo. Ha pasado por las imágenes y los reflejos de las imágenes. Ha tenido a sus pies a quien quería, e incluso a quien no quería. Estaba desilusionada de todas las ilusiones, de los galanes estrellados en sus aeroplanos, de las mujeres besadas de Montparnasse, y también de la sabiduría del desierto. Podía elegir de un día para otro la rendición, arrojarse en brazos de la Standard Oil. Todo estaba escrito, a los cincuenta años los tés en el Knightsbridge Hotel, los fariseos de la gran banca, la mantita sobre las rodillas, los criados saludando a *lady Elizabeth*. ¿Y luego qué?

En Hungría, Lee conseguía olvidar, pero violentamente. La vuelvo a ver ahora en medio del humo de un café de Pest. Recuerdo cómo reía, con una risa de mujer delicada que lo ha pisoteado todo, que lo ha deseado todo. Tuvo el detalle de no escatimar nada, ni a ella ni a mí, y sin embargo, cuando me daba la mano para que yo se la besara, con aquel aire burlón de entonces, yo sabía que ella aceptaba, que ella consentía. Vuelvo a oír su voz algo salvaje, amansada por el otoño, su predilección por las palabras francesas, le encantaban cosas como *horizon* y *double jeu*, las pronunciaba como quien se quita un guante invisible. Aún tengo la huella de su mano en la mía, los gestos arden y se funden, y aquella mano que ya no volveré a coger dibujaba no sé qué en el aire, o más bien sí, lo sé, un signo, una clave que se ha perdido y que ya no volveré a encontrar.

Egipto se abrió ante sus ojos como un sueño. En el desembarcadero de Port-Saïd, un Packard gris y un chófer les aguardaban. Lee recordaba bien aquel primer viaje por carreteras improbables, aquella luz deslumbradora. Las mezquitas arqueaban el lomo sobre la grava. Los cláxones despertaban a las mulas echadas sobre el camino. Al llegar a los suburbios de El Cairo, Aziz le señaló la punta de una isla separada de ambas orillas por un estrecho canal. El Packard cruzó un puente en el que toda una muchedumbre de felás llevaba sus negocios. Las mercancías eran descargadas de las falúas y colocadas sobre tenderetes en los que las guirnaldas de frutas rivalizaban con las plumas de avestruz y las piñas de la tierra de Pount. El Packard se internó en la alameda central de la isla de Gezireh. Las villas dormían en el corazón de los parques. Las extensiones de césped del Sporting-Club y del hipódromo salpicaban de manchas verdes el horizonte. Un teatro de verano desplegaba sus gradas vacías al borde del río. Estaban en Zamalek, el barrio residencial de los *lawns* de golf, una Inglaterra tostada por el sol, bajo las cúpulas de los palacios de los jedives.

El coche torció, bordeó el muro del recinto y franqueó el portal. La cancela se cerró tras él. Una umbrosa avenida de acacias lebbakhs conducía hacia una explanada. Ante sus ojos, una robusta mansión victoriana rodeada de plantas olorosas acababa de aparecer. Un gran ceibo lanzaba sus hojas hacia el cielo. El fulgor rojo sangre de varios euforbios se extinguía en el polvo. El sol, filtrándose a través de los árboles, dibujaba sobre la fachada puntos de luz a modo de un resalto de guache. Aziz y Lee subieron la escalinata cogidos de la mano. Dos tejos podados en redondo custodiaban la puerta. Un criado la abrió a su paso como por arte de magia.

Lee se halló de pronto en mitad de un vestíbulo cuyas colgaduras verde agua le daban aspecto de acuario. En las paredes colgaban varias sillas de montar de piel de gamo, espadones dorados y dos fusiles de acero azulado. Un estuche de pinceles de seda de Kent, con su espejo de marfil amarillento, dormía en el suelo. Las fauces abiertas de un cocodrilo surgían de un tabique. Lee tenía la sensación de hallarse en un club de campo de Kenya, en la antesala de un dios cazador.

El criado empujó una puerta de madera barnizada. Tras ella había un salón estilo inglés, donde todo parecía detenido, suspendido en su sueño claustral. Las cortinas de damasco, sujetas por unos alzapaños con franjas de cadeneta, tamizaban el destello crudo del sol. Había unas porcelanas de Bristol colocadas sobre dos aparadores que desprendían un olor a copal. En torno a una mesilla, tres sillones de cuero de amplio cabezal hacían juego con un sofá tapizado de chintz. Sobre la mesilla, varias cajitas de cobre, una cigarrera de color ámbar y diversas publicaciones: la edición semanal del *Daily Mirror*, el *Sphinx* de Alejandría y periódicos de París. Aziz la agarró del brazo y la besó.

En el centro de la estancia, una chimenea esculpida aguardaba el invierno provista de todo lo necesario para encender el fuego y de sus morillos de hierro forjado. Lee se sintió como una pantera en medio de un museo de cera. Acariciaba las plantas frondosas que se asfixiaban en los maceteros, digitales altas, algarrobos de invernadero. En una de las paredes, una estampa mostraba la llegada del coche correo de Brighton rodeado de lacayos vestidos con librea color petunia. Tan sólo el lento girar de un ventilador que colgaba del techo perturbaba aquel silencio de castillo. En un altillo artesonado de la habitación se había habilitado un salón de bridge. Los mazos de cartas colocados al lado de varias cajas de puros verdes aguardaban la mano del jugador. Bajo un mapa de las Indias occidentales, un mueble giratorio albergaba licores, botellas de oporto y de jerez, ajenjo francés de sesenta y ocho grados. Al fondo de una hornacina había una pata de elefante convertida en cenicero. Lee se derrumbó en uno de los sillones. Había entrado en el mundo de las cosas.

En El Cairo, Lee tan sólo fue prisionera de sí misma. Con todo el respeto, con todo el amor de que era capaz, Aziz la trató como a una reina. Ella tenía veintisiete años, y la sensación de haber vivido varias vidas. Durante varios meses pensó que aquélla sería la última. Lee había encontrado la casa intacta, como nueva. Aziz había tenido la precaución de hacer desaparecer la ropa, la correspondencia, los cosméticos, todos los signos de pertenencia o de posesión que la muerta había dejado tras de sí. Gracias a él, Lee se sintió en aquella mansión como su primera y única mujer.

Al principio, aceptó de buen grado su propio cautiverio. Cuando se despertaba, Aziz ya se había marchado. Sus ocupaciones en la Misr Bank, sus distracciones de *sportsman* le retenían, como ella comprendió enseguida, en un mundo de invitaciones y de partidas de caza. Jamás dejó de prestarle atenciones y cuidados. Pero para él el día pertenecía a los hombres y la noche a las mujeres. Lee tenía tiempo para ella y libertad para llenarlo como mejor le pareciera. Pero no hizo nada, se abandonó al azar de las horas. Su Leica de Nueva York dormía en una funda.

Después del desayuno que tomaba en su habitación, bajaba recién duchada, enfundada en un vestido de lino o en unos pantalones cortos. Cruzaba el salón, entraba en la biblioteca, cogía un libro, lo hojeaba y lo volvía a dejar en la estantería. Deslizaba un dedo sobre los lomos encuadernados, se detenía en un título. *Nicolas Nickleby*. La vida de Kossuth. Las obras de Magnus Hirschfeld. Un Baedeker de 1935. *La educación sentimental*. Los discursos de Béatrice Webb. *La Odisea*. Luego volvía a cruzar el salón, empujaba una puerta.

La terraza cubierta le ofrecía su toldo, su mecedora, sus comodidades de crucero. La cantinela de las cigarras invadía la extensión. El calor doblegaba ya los macizos de sabals y de jacarandás. Lee cerraba los ojos, los abría. Un polvillo adormecedor brillaba sobre el césped.

Al cabo de un rato bajaba los escasos escalones que daban al jardín, caminaba hacia las dependencias separadas de la vivienda principal. Un viejo amasadero con horno había sido habilitado como segunda cocina. Allí solía encontrar a dos acólitos que enseguida se habían ganado su simpatía. El cocinero sudanés, con su rostro ennegrecido salido del sumidero, se inclinaba ante ella mostrándole todos sus dientes. Se afanaba ante los hornillos bajo la mirada de un mono mangante, un *spider-monkey* de pelambre gris siempre enfurruñado sobre la varilla de su jaula. Lee mataba el tiempo junto a ellos, en medio de un olor a legumbres y fritura. El cocinero se había formado en la escuela italiana. Manejaba con destreza las jarras llenas de aceite de oliva, de pelaza, de fideos genoveses. En unos tarros de gres guardaba los condimentos y las hierbas del delta, hojas secas, melisas y carrizos de los pantanos. Lee probaba la masa de los *pies* de pollo, olisqueaba los quesos fundidos y las lechas. Aquél era otro tipo de taller. Los peces del Nilo, sorprendidos al pasar tan rápidamente del cieno a la capa de mantequilla, hacían sobre la mesa su rictus de gángsteres abatidos. Los rellenos esponjosos crujían como el cuero de un diván. El cocinero ofrecía a Lee, sentada sobre un sofá turco, cuadraditos de *doum* cortados de la pulpa de la palmera. El *spider-monkey* vigilaba celosamente el plato de confituras y pasteles, en el que el cocinero alineaba los albaricoques con sésamo, el *kadayif* con pistachos, las tartas de naranja.

Lee salía de nuevo a la luz. El sol acariciaba su rostro. Tras ella se oían aún las imprecaciones del mono. Seguía caminando por los jardines, descendía hacia un pequeño estanque en el que lagartos y tortugas enanas tomaban el sol. Al advertir su llegada, los lagartos se escabullían bajo las hojas y se ocultaban en las cavidades de las piedras. Lee cogía con el pulgar y el índice una tortuguita más lenta que ellos. Las patas entumecidas del pequeño quelonio se agitaban como una aleta trabada. Lee lo alzaba hasta la altura de su rostro, lo posaba en la palma de su mano y luego volvía a soltarlo sobre una baldosa. La tortuga enana se apresuraba a escapar tanto como podía, cargando malamente con su caparazón igual que un fugitivo con su fardo. Así eran los destinos, con sus ascensos y caídas: una mano invisible nos señalaba, nos levantaba y luego nos liberaba sin necesidad.

El olor de las palmeras datileras se mezclaba con el de la tierra roja. Lee apartaba con la mano las grandes hojas y se internaba en una alameda umbrosa de laureles somalíes. Se detenía, trazaba con la punta de una ramilla signos en el polvo. Poughkeepsie, Nueva York, París, Nueva York otra vez, El Cairo. ¿Qué mano la había depositado, a ella también, a orillas de aquel río cubierto por el limo del origen? La propiedad estaba cercada por una verja que se extendía a lo largo de la ribera del Nilo. A través de un muro de eucaliptos, Lee divisaba la larga y flexible botavara de las barcas de vela latina. De allí abajo ascendía el ruido que producían las garrochas al rascar los fondos pedregosos. El mundo se reducía ahora a eso: al reflejo en el agua de las falúas carmesíes, a sus drizas empavesadas, al sol penetrando entre las hojas.

Lee se dejaba llevar por el instante sin litigar una vez más con los otros, con ella misma. Un río inmemorial fluía ante sus ojos, y la inclinación de las palmeras sobre la corriente le ofrecía una sombra sin efecto, un espectáculo sin motivo. Aquí nada la aguardaba, nada recibiría de ella su sentido o su fin. Sólo cabían dos opciones: asentir o partir. Lee se quedaba. En el tufo de las tardes interminables, cuando la luz filtrada por las persianas caía sobre los azófares del salón y un torpor adormecía la estancia en su sudario de damasco, ella había sentido, quizá por primera vez, que las cosas valían más que su imagen: que era agradable estar ahí. Oculta tras los mosquiteros que rodeaban las habitaciones como una red, se dejaba arrastrar por el flujo de una existencia despreocupada, libre de necesidades. En las ciudades, Lee había huido, se había refugiado en las fachadas buscando un lugar donde ya nadie la mirase. Había entregado su juventud a hombres de los que se reía sin llegar a comprenderles, pero ¿había algo que comprender? Ella los había tratado como a una tribu ingenua, más bien divertida, pero reacia a la excepción. La excepción era Man. Él sí conocía el reverso de las imágenes, él le había enseñado que no tiene nada de ilusorio querer existir más allá de uno mismo. Man la había dominado y, aun más, la había sorprendido. En la bohemia de la rue Campagne-Première, Lee había descubierto la exigencia, la reclusión en el cuarto de revelado mientras pasaban las horas. Hasta su llegada a París no había sido más que una muchacha rebelde. En Montparnasse había conseguido ser libre, libre para transformarse en otra cosa: constriñéndola, Man le había mostrado el camino. Ella, sin embargo, le había abandonado. Pero desde entonces tenía la sospecha de que Man había esperado aquel desenlace que demostraba, aunque fuera en su detrimento, que Lee era digna de las lecciones que le había transmitido.

El crepúsculo anunciaba los placeres sinuosos. Aziz creyó adivinar que Lee no se contentaría mucho tiempo con el nilómetro de los Omeyas y el jardín zoológico de Gizeh. Habría que darle también las noches de El Cairo. Ése fue su primer error. En aquel momento de su vida, Lee tan sólo aspiraba a la soledad.

Al caer la noche, el Packard salía con todos los faros encendidos del dominio de Gezireh. Lee se vestía con los trajes sastres encargados a París, las chambras con cequíes, los chales de noche. Circulaban a lo largo del río dejándose invadir por el silencio. Un viento cálido inclinaba lentamente los árboles de los jardines Esbekiyeh. Las voces de los muecines se enrollaban a lo lejos como serpientes. Aziz posaba la mano sobre su brazo. Ella sonreía. ¿Qué otra cosa eran, en realidad, sino dos seres sumidos en la incertidumbre de las cosas, unidos por ese extravío indescifrable llamado matrimonio? Las luces brillaban al final del Shaniah-El Genaineh. Al aproximarse distinguían una manada de coches aparcados, los De Soto rojos y los Citroën de morro enrejado. Aziz dejaba el Packard delante de la entrada del Shepheards y le entregaba las llaves al botones.

Su aparición sorprendía igual que lo habría hecho la llegada de un califa a una taberna del Surrey. Los sombreros de campana giraban sobre sí mismos, las boquillas tomaban a Aziz y a Lee como punto de mira. El restaurante Saint-James del Shepheards era como una pajarería. La sociedad de El Cairo se mezclaba allí con la gente de paso, plantadores de Kenia, agentes de tránsito de la agencia Cook, ordenanzas camino de las Indias. La entrada de aquella rubia soberbia del brazo de un nativo asombraba tanto como sus piernas desnudas; Lee se abstenía de llevar medias. Un *maître* con fez, que llamaba Excelencia a Aziz, les conducía hasta una mesa. Lee sentía la mirada de los hombres. Para provocarles, volvía a adoptar sus maneras de modelo. Si lo que querían era la apariencia, la simulación, ella se lo daría. ¿Cuál de ellos habría podido comprender que en el momento en que ella aparecía era su anhelo de sombra lo que realmente atraía? Su afán de desaparecer, de silencio. El propio Aziz, ¿lo comprendía acaso? Lee sabía que el orgullo de un marido conlleva también el placer legítimo de mostrar a su mujer. Así que, por una noche, había que interpretar la comedia, sonreír a los magnates coptos, tender la mano a los cumplidos. La marioneta no había muerto.

Lee pasó allí noches y noches que evocaban un París de opereta, un París de esmoquin y tul, de caras falsas y gestos de cartón. La orquesta tocaba españoladas, ritornelos vieneses. Su solícito marido le encendía los cigarrillos, ordenaba que le trajeran rosas a la mesa. Lee no añoraba nada, pero no olvidaba. El Shepheards era un árbol de Navidad adornado con bolas rotas. La velada proseguía en algún cabaret de lujo. Los chauz del Fantasio les abrían la puerta acolchada. La sala estaba cargada de humo. Las muchachas que danzaban como hetairas, con los brazos enroscados, acariciaban a los hombres vestidos con trajes sombríos. En el Parrot's, los jóvenes de corbata blanca lanzaban serpentinas a sus acompañantes. En el Highlife House, un trujamán intentaba venderles bajo cuerda postales obscenas o documentos falsificados: autógrafos de Ramón Novarro, reales despachos de lord Allenby. Lee salía cogida del brazo de Aziz y, a su vez, le abismaba aún más en la noche.

Detrás del Shaniah-El Genaineh se extendía un barrio cuya entrada estaba señalizada por un sencillo cartel: PROHIBIDO EL ACCESO A LAS FUERZAS DE SU MAJESTAD SIN DISTINCIÓN DE RANGO. En las hileras de ventanas se veían colgaduras de algodón. Un aroma a café y a cigarrillos prohibidos flotaba en el aire. Por treinta piastras se podía comprar una buena *china* de hachís proveniente de los cargamentos que venían de la Siria francesa en los ferrocarriles de El-Kantara. Por cincuenta se conseguía una puta griega o armenia. Los chulos, reconocibles tanto por su fez ribeteado como por la porra de hueso de ballena que abultaba bajo la chaqueta, patrullaban a la entrada de unos garitos en penumbra. Había algo opresivo y liberador a la vez en todo aquello, pero siempre angustioso. De aquel revoltijo madrepórico surgían muchachas con ojeras, tullidos con la mano siempre tendida, condenados a la miseria y la fatiga. Eran meras existencias, vidas que valían tanto como otras vidas, que valían tanto como la suya. Estar herido no salva. Pero lo que condena es no estarlo. Aquellos seres existían perdidos. Aquellos seres existían.

Al borde de las piscinas, en los campos de tenis, conoció al otro clan, al de los fariseos. Lee poseía esa intuición social propia de algunos norteamericanos expatriados –los mejores adivinos–, que, si quisieran, podrían ser unos magníficos marxistas. Así que no le llevó mucho tiempo aprender a manejarse en él. La vida de El Cairo se reducía a algunos pachás que reinaban sobre treinta mujeres intercambiables. Podía tratarse de un ministro consejero de la Embajada de Francia, un comerciante en granos libanés, un apoderado de la Morgan. Las reputaciones se propalaban. Las plumas de los sombreros apuntaban como un cañón de artillería al hombre que en aquel momento gozaba del favor general. Pues de favor se trataba, o más bien de elección. En aquellas tierras de mulos, la vida de los hombres era una carrera hípica perezosa, de rienda suelta, de picar espuelas sobre encajes. Una asamblea de grandes electoras afirmaba sus preferencias y fobias caprichosas del mismo modo en que en un concurso de elegancia automovilística la presidencia condecora al ganador. El jurado se encontraba en el bar del Gezireh Palace, en los grupillos de los cotillones o al borde de las piscinas a la hora del último chapuzón. La acidez del *gossip* importado de las capitales se atemperaba con aceite de nuez, mejunje colonial a la medida de la dicha sencilla determinada por el clima, que los hábitos civilizados pronto habían transformado en aburrimiento. Las féminas andaban a vueltas con los hombres como si fueran echadoras de cartas. Sabiéndolas de buena tinta y a ciencia cierta, el Diván en traje de baño especulaba, sopesaba, corroboraba sus informaciones. Al estar todas casadas, sabían que, una vez que el tiempo de las ilusiones ha pasado, los esposos adquieren un valor de cambio y los maridos de las demás un valor de mercado. Así pues, se dedicaban al trueque, apreciando una mercancía que sabían echada a perder con la esperanza de recibir como compensación una rutilante prebenda. Como cada una de ellas actuaba de idéntica manera en aquel *potlatch*, el único remedio a tantas mentiras cruzadas era la constatación *in situ*: acostarse con el susodicho. Cosa que ocurría tarde o temprano, y mal que bien.

Era entonces cuando a tal o cual rostro asomaba una mueca, o más raramente una satisfacción a duras penas disimulada. Tras aquel primer sondeo se imponía un segundo examen. ¿El pasmado en cuestión revelaba o no sorprendentes facultades? ¿Tal o o cual mecánica merecía ser revisada? El asunto, como si se tratara de una prueba controvertida ante un tribunal de Common Law, debía ser *cross-examined*. Una estafeta se prestaba a ello, y luego volvía con el parte. Método de verificación experimental que no desmerecía al lado del de los investigadores de Niels Boehr o de madame Curie; a fin de cuentas, estábamos en el siglo XX. En unos cuantos meses el mapa estaba trazado, las cotizaciones bursátiles fijadas: aquellas damas dominaban tanto el arte del relieve como el del corro. Algunos supervivientes condecorados con una Victoria Cross de alcoba, o más bien con la escarapela de los comicios, se veían entonces para rendir honores. Eran los Lovelace diplomados del delta. El sistema propiciaba la doble paradoja de instilar en los juegos amorosos, habitualmente totalitarios, algunos fermentos de democracia electiva, y de instaurar en aquellas tierras regidas por la ley coránica una poliandria ciertamente minoritaria pero activamente propagada entre los *educated natives* por las esposas de la antigua metrópoli.

Intentaron ganarse a Lee. Aunque no porque desearan cederle un puesto en el consistorio, sino más bien al contrario, porque su presencia alteraba los arreglos, las permutaciones, los *swaps*. En aquel universo en el que las mujeres tan sólo eran probadas, Lee era la única a la que los hombres codiciaban. Durante aquellas veladas, cuando aparecía enfundada en un pantalón, los ojos de todos ellos se fijaban en el ensanche trasero, en el talle ceñido, intentando adivinar las piernas bajo la tela. Ella era norteamericana, lo que supone una falta de gusto. Se había casado con un egipcio, lo que supone otra aún mayor. Era evidente que poseía demasiada seguridad en sí misma como para ser tan joven, que albergaba en su interior libertad suficiente para varias vidas y, peor aún, que esas vidas ya habían sido vividas. Junto a ella, las mujeres temían la anexión de todo lo que sobrepasara la altura de las alfombrillas. A su paso, se aferraban a sus baratijas, se asían al brazo de los hombres. La ausencia aparente de vicios en una criatura cuya belleza no parecía sino corroborarlos las desconcertaba. La camarilla de los pequeños placeres sospechaba en ella la promesa de los grandes, que raramente son otorgados. Se figuraban un pasado tormentoso, cesiones a costa del amor. Galantería. ¿Habría sido una bailarina de music-hall? ¿Vivido en Beirut? ¿Tendría rentas? ¿Cómo podía ser tan *normalmente* rubia? ¿No había ya suficientes zorras en el delta?

Lee las despreciaba, aunque sin ostentación. No porque sus chismorreos de cama posté hubiesen despertado en ella, como suele ocurrirles a las jóvenes casadas, la reprobación –o la añoranza– que provocan los placeres que las demás mujeres se autoconceden cuando una acaba de prohibírselos a sí misma por contrato. En todo momento su propia libertad podía prevalecer sobre la ley que ella había aceptado. La idea misma de estar casada según el sistema egipcio, que mezclaba el derecho romano y los preceptos coránicos preservando la posibilidad de poligamia, le hacía bastante gracia. Así, Aziz bien podría suministrarle otras tres concubinas para que la siguieran a todas partes como los enanos de Blancanieves, mañosos, cómicos y falansterianos. Así, viviría en el harén con TSF y póquer, como una favorita rubia rascándole la epidermis con una palmeta a la cuarta esposa. El número cuatro le parecía especialmente divertido: podía resultar excesivo o insuficiente.

No, lo que realmente le molestaba de aquellas mujeres hasta llegar a repugnarle eran los acomodos, las sujeciones, las desmesuras tibias a las que estaban sometidas. El hecho de que en el amor se prestaran a actos del todo indiferentes

–y de toda índole, incluso fraudulentos–, el valor de una religión social, templada, canalla y, peor aún, prudente. Al proclamar la dignidad de su elección, al convertirse en la viva encarnación de sí mismas seguidas de sus trujamanes y de sus hijos, corrían el riesgo de verse refutadas en su fuero interno a la primera de cambio. Una mujer casada que juega a serlo es como un duque que predica la aristocracia o un oxoniense que canta las excelencias de Oxford: hay que ser lo que se pretende ser, con las correspondientes ventajas que ello conlleva, pero hay que serlo de manera irreprochable.

Lee no había elegido aquel camino, *no podía* elegirlo. Había refrendado algunos actos, pero éstos no la definían. Con ello no obtenía ni respetabilidad ni mucho menos sosiego. Sin embargo, estaba dispuesta a respetar a las que llevaban bien alto la bandera del estatus nupcial del mismo modo en que un agnóstico puede respetar a un sacerdote o un antropólogo constatar una costumbre sin juzgarla. Y aquel respeto conllevaba una cierta creencia, pues ciertamente solemos creer con mayor tenacidad en algo cuanto más parece defraudar a los demás y cuanto más gratuitamente nos es dado. Pero el caso es que cada una de aquellas criaturas, a las que el nombre de un hombre definía en cualquier circunstancia, buscaba obsesivamente la manera de engañarle sin llegar a perderle. Tras celebrar misa a mediodía, colgaban los hábitos a las cinco. Y, al hacerlo, no era a sus compañeros a quienes faltaban –suponiendo que se pueda faltar suficientemente a un hombre– sino a sí mismas. A lo que pretendían ser y no eran. Lee presentía que aquellos pobres apaños entrañaban cierta desdicha. Pues ellas no llegaban a romper nunca con aquella situación. Al contrario, se ajustaban la máscara y continuaban fingiendo. Lee jamás admitiría una recriminación proveniente de ellas; que el clan del amor le diese lecciones de virtud. Ella las despreciaba aún más por haber adaptado su adulterios al clima del país. Rígidas en sus condados, se habían empapado bajo los otoños nilóticos, como esos cascos de cartón que el frío endurece y que el calor gofra. Aquellas pobres tontas ignoraban que la pasión no se rige por los termostatos.

Pasaron los meses. Lee asistió a sesiones de telepatía en los salones del Gezireh Palace, cenas tras las cuales se corría a los night-clubs armando ruido con el cláxon, clases de golf y de árabe. Su relación con Aziz estaba llena de cariño, pero desprovista ya de pasión. No hay duda de que entre ambos hubo deseo, de que las noches le habían empujado nuevamente hacia él. Lee experimentó renaceres de elegancia y languideces de entrega. Pero la disipación que tan bien conocía ya no le tentaba. Aquel dominio de sí misma, más sufrido que buscado, le robaba expresión. Tenía la sensación de estar firmando cheques sin fondos con una pluma ajena.

Volvió a coger su Leica. Todo cuanto sabía del mundo procedía de aquella cajita negra. Al sacar la primera foto de calle, las piedras volaron. Un libro proscribía el robo de imágenes: el Corán se interponía entre los rostros y el objetivo. Tal vez por vez primera, Lee tuvo que apartar la vista de los seres para mirar las cosas. Y las miró.

Abandonó los recintos europeos y se hizo viandante. Sus pasos la llevaban invariablemente hacia el puerto de Bulak. Caminaba a lo largo de los muelles. Un tropel de barcas, chalanas y galeotas pululaba en el fondeadero de las Mensajerías. El humo de los barcos de cabotaje manchaba de corolas grises la línea del río. Los capitanes de falúas, bichero en mano, echaban pestes de los felás de sonrisa desdentada. Descargaban en los muelles cajas y cajas que contenían fibras de yute y de cáñamo, pimienta de Singapur, copra de Manila y tinajas de aceite de soja. Los contables se paseaban con sus ábacos alrededor de las mercancías, oliendo la muestra, evaluando la carga. El mugido de los barcos dragas despertaba un eco en la orilla. Lee se acodaba sobre el antepecho y observaba el reflejo de las portas en el agua amarilla. Una luz cobriza dejaba fulgores en las carenas, en las cadenas desenrolladas de los cabrestantes. Le parecía que la tierra se quebraba allí donde el río mellaba un zócalo muy antiguo. A ras del agua, los puestos de porte construidos de prisa y corriendo mostraban sus cicatrices. Las estacas clavadas en el fondo cenagoso sostenían un lecho de planchas sobre el que descansaban los cimientos. La piedra excoriada, herida por el sol, parecía mendigar el agua tan cercana. Lee aspiraba el aire. Las bodegas levantadas por el estiaje de las crecidas lo llenaban con un olor a jerez seco, mezclado con el de los fustes de roble marcados a fuego.

Sus pies esquivaban las viejas maromas de estopa, las velas acanutadas en rodillos sobre el muelle. Todo anhelaba la partida, el mar adentro. Nada se oponía a ello salvo la línea del horizonte, pero nada se movía. Al ir acercándose a los hangares de la P & O, los muelles se animaban de nuevo. Los agentes coptos provistos de certificados de flete hacían abrir las cajas bajo la mirada atenta de los oficiales de la policía fluvial. Los fardos destripados vertían su contenido sobre la tierra caliente. Los tambores de Madeira y los toneles italianos de sauce rodaban sobre sus encofrados, antes de ser marcados con un trazo de tiza. Lee olía las nueces de palma, los cauchos de Ceilán, los marfiles de Sudán mezclados con las balas de corcho y las hojas de tabaco. A veces una mano cortés ofrecía a la paseante un limón o un puñado de dátiles frescos. Ella mordía su pulpa amarillo azufre sabiendo distinguir ya entre los nubienses, de sabor astringente, y los rojos de Alejandría, más suaves y carnosos.

Lee había hecho amistad con dos capitanes de la policía fluvial dedicados a la vigilancia del puerto. Subía al puesto de observación situado en lo alto de una torre de viguetas. Desde allí contemplaba la explanada cubierta por un armazón de madera ligera que albergaba su reino. Los policías habían convertido su nido de ardillas en un salón suspendido en el aire. El suelo estaba alfombrado con kilims de contrabando. Brújulas y linternas emparejadas constelaban las paredes. Un ventilador mecánico aireaba suavemente el armero donde había varios revólveres reglamentarios alineados. En una mesa baja, un telégrafo morse cubierto de polvo junto a varias pilas de salvoconductos y permisos de flete. Reinaba allí la extraña calma de una torre de observación perdida en la jungla. Lee se sentaba en compañía de aquellos dos hombres, que la recibían educada y amistosamente. Siempre tenía una taza de té frío aguardándola. Lee saboreaba aquella charla en el cielo, por encima del rumor del puerto. Sus ojos se fijaban en los objetos dispersos como un enigma, como aquellos espectros de formas que poblaban las rayografías de Man. El Corán y el almanaque náutico de Brown cohabitaban sobre un estante. Unas esposas candadas permanecían colgadas en la pared a falta de unas muñecas que apresar. Un sextante de Hughs & Sons evocaba improbables navegaciones. A Lee le habría gustado quedarse allí, enjaulada en las nubes, con la cabeza vuelta hacia el sol. En el hueco de una tronera abierta en el tejado, el cañón de una ametralladora Vickers apuntaba al cielo, como si aquellos dos policías quisieran matar a los ángeles.

Pasado un tiempo, Lee no aguantó más. Cada vez hablaba menos. Si abría un libro era para volver a dejarlo enseguida. El espejo le devolvía la imagen de una belleza sin usar. Poco a poco fue cayendo en una de esas depresiones que excavan las brisas marinas cuando se topan con la masa de aire continental. Bebía whisky tras whisky y miraba las estrellas. De pronto le pareció que las estancias de la mansión de Zamalek estaban embrujadas. Le entró miedo. Lee vivía en la casa de una muerta que tal vez se estaba vengando de ella. El recuerdo de los años en París la perseguía. De noche, soñaba con la rue Campagne-Première, veía uno de sus ojos tiritando en medio de la nieve de una bola de cristal. Una estatua blanca le hablaba. Se despertaba sudando. El aire agitaba suavemente las cortinas, las copas de las palmeras ondulaban en el parque.

En menos de una semana tomó la decisión de marcharse. Lee se sinceró con Aziz. Le impuso una tregua, y él la aceptó. El precio que debía pagar para conservarla, aunque fuera de manera intermitente, era el de un billete de embarco de la P & O con escala en Marsella. Lee viajaría sola. Aziz le compró un ida y vuelta y la acompañó al muelle.

Comenzaba el verano de 1937. En la estación de Saint-Charles, Lee cogió un tren para París.

Qué sombrías eran las noches de diciembre en Budapest. La estela dorada de las estrellas fugaces se reflejaba en la corriente del Danubio. El viento llevaba a las casas olores a avena loca y a marisma. En el límite del cielo, por el Sur, una hilera de gruesas nubes bajas desfilaba ante la luna. La ciudad se cerraba en ondas concéntricas alrededor de las avenidas ruinosas de Pest. Pasadas las diez de la noche, un silencio sepulcral se abatía sobre los viejos barrios.

Hacíamos cualquier cosa por no regresar a las frías celdas del convento de las Hermanas de la Piedad. Durante aquellas noches de huida incansable buscábamos un lugar en donde aturdirnos con calor y olvido. Necesitábamos que otros seres nos mezclasen en su espectáculo, nos confiaran algo de su vida azarosa para perdernos en ella como el hilo en el tapiz.

En Budapest el rostro de Lee se confunde con un lugar. Es más, los incidentes diurnos, los pequeños hechos de la jornada me llegan ahora como un latido indiferente entre las noches pasadas en el Park Club. A veces sucede que una ciudadela forzada por un asedio o una epidemia se reune alrededor de un bastión donde las últimas fuerzas se conjugan, donde los últimos amos y señores se encaran. Entonces la gente prende fuego a todo, o bien se deja arrastrar por una felicidad amarga iluminada por los resplandores de un mundo que se extingue. En el corazón de aquella ciudad acorralada al borde del precipicio todavía brillaba una luz. Una luz que tenía el fulgor risueño y turbio de un fuego fatuo que danza sobre las marismas. La imagen de Lee quedó suspendida allí como una película atascada en un fotograma; la acción se detiene; luego, la bobina vuelve a ponerse en marcha hacia su fin. Y yo la miro por última vez rendida a la felicidad.

El Park Club era un antiguo círculo de la aristocracia húngara, el Jockey Club de las grandes familias magiares. Los oficiales de la Comisión interaliada se apoderaron de él para su uso y disfrute. No había en Budapest un lugar mejor abastecido. Las intendencias militares proveían el bar de vodka número 21, de Ballantine's Finest y de Southern Comfort.

Veo ante mí, al final de Stefania Utca, el soberbio edificio 1890 protegido por verjas de hierro forjado. Un ballet de uniformes desfilaba bajo las columnas del vasto salidizo con balaustrada. En mitad del vestíbulo, centinelas soviéticos, americanos y británicos controlaban la identidad de los visitantes. Al levantar la mirada se descubría una galería adornada de viejos tapices ennegrecidos por el humo. La escalera conducía al pasillo del piso superior, donde había bustos de mármol alineados, a los que algún bromista les calaba a veces una gorra. Varios grabados con marcos dorados evocaban escenas de la historia húngara. El rey Luis cubierto de moras silvestres, precipitándose con su caballo al fondo de un arroyo tras su derrota ante Solimán el Magnífico. La Virgen *patrona Hungariae* y el hada Elena nos observaban bajo sus grandes pestañas humedecidas por las lágrimas. Un olor a cera antigua impregnaba las paredes. Los retratos de San Esteban y de San Ladislao, de Kálman *el Bibliófilo* y de Bela IV, de János Hunyadi y del rey Matías, escrutaban al visitante.

Un primer salón de estilo morisco estaba adornado de mosaicos que representaban la tumba del santo musulmán Gül Baba. Aquel salón daba a una sala de baile adornada de frescos. Había un balcón con columnas situado por encima de la pista. En la chimenea encendida se apreciaban aún unas cerámicas esmaltadas de la fábrica Zsolnay. Reinaba allí un aroma a alfombras persas y a madera vieja, intensificado por las emanaciones de alcohol blanco y el olor a agua de colonia de los oficiales recién afeitados. La sala de baile se comunicaba con un bar donde se amontonaba la multitud acreditada del Budapest interaliado y noctámbulo.

Lee desenredó antes que yo los hilos que unían a aquella extraña compañía. En la práctica, los soviéticos tenían Budapest en sus manos, pero su ejército carecía de casi todo. Al lado de los robustos T-34, ellos seguían alineando en Hungría piezas de artillería tiradas por caballos. Al entrar en Budapest, los rusos no se habían comportado mejor que los franceses en Sarre-Palatinat: sus tropas arrancaban los revestimientos antiguos, asaltaban los guardarropas, descuajeringaban los retretes, se llevaban las máquinas de escribir, y luego enviaban su botín rumbo a Ucrania. La tropa ya no recibía paga, si es que alguna vez recibió alguna; los rusos tenían una intendencia aproximativa, dotaciones irregulares de alimento, y el mercado negro para los excedentes.

Los hombres de la delegación británica cobraban en pengos. Estaban tan sometidos como cualquier húngaro a la inflación, y se veían obligados también a las mil y una artimañas del trueque y de la parsimonia. Por contra, la centena de norteamericanos acantonados en Budapest cobraban en dólares. Cada semana, varios P-47 Thunderbolt despegaban de Viena con cargamentos de alimentos y bebidas, instrucciones secretas destinadas a los oficiales generales y un contable del US Army que escoltaba valijas repletas de billetes verdes.

Como el dinero transformaba a los escasos norteamericanos presentes en Budapest en nuevos ricos, el Park Club se había convertido en el C. G. nocturno del Tío Sam. Allí se vengaban de los tejemanejes soviéticos recreando bajo los techos dorados de la vieja Europa un ambiente de club náutico al estilo del Mountak o del Fisherman's Wharf. Los oficiales rusos y británicos que tenían acceso al lugar frecuentaban poco aquella especie de comedor de oficiales yanqui. Una orquesta local, rebautizada The Two Georges, tocaba un jazz relamido, educado, aprovechándose de las partituras suministradas desde Viena por la banda del US Army. Bajo el retrato del poeta János Arany, el saxofonista, el trompetista y el batería tocaban con entusiasmo *He's the boogie woogie boy of Company B* o *Don't sit under the apple tree with anyone but me*, galvanizados por el contrabajista, un sargento negro de Newark que insuflaba a los tres músicos húngaros el *stomp* de los clubes neoyorquinos. A mí me llamaba *brother*, y yo le devolvía el saludo dándole palmaditas en la espalda. Me decía: ¿Ves, Dave? Esto del jazz surge así, en cuanto se reúnen tres vagabundos, un borracho y una puta, o quizá una mujer de mundo. Tocamos, y sin saber por qué de pronto pasamos media hora cojonuda que la gente recordará toda su vida. Eso es el jazz, amigo, incluso aquí. Y se reía. Cuando algunos oficiales soviéticos se aventuraban por el Park Club, la orquesta entonaba un atronador *Hurray for the flag of the free*. Sobre las mesas pululaban copias de *Why we fight*, panfleto de la lucha antinazi distribuido a la tropa durante el conflicto. Desde el VJ Day, aquellos panfletos ya no servían para nada, salvo para demostrarle a Iván que el Ejército norteamericano también sabía ganar guerras.

Otra curiosa clientela animaba el lugar, desmintiendo la apariencia de mero círculo militar aliado que tenía con su presencia. Los antiguos miembros del club, brutalmente empobrecidos por la reforma agraria, expulsados de sus mansiones ancestrales, habían hecho su reaparición. Volvían con dignidad, sin tristeza, provistos a veces de una pitillera chapada en oro o de pendientes incrustados de aguamarinas. Entre vaso y vaso de vino blanco de Mecsek, oficiaban sus misas rezadas con los camareros del bar. A veces se trataba de cigarrillos y de alcoholes americanos, de kilos de sal y de cajas de cartuchos. Muchos hombres y mujeres de la aristocracia húngara eran apasionados cazadores. Podían tolerar que les expropiaran sus bienes, pero no soportaban que les privaran de sus fusiles, de ese olor a pelaje ensangrentado, a cordita y a tierra mojada que había sido su mayor placer. El Park Club se había convertido en una Bolsa de la Caza. Allí se intercambiaban municiones supernumerarias y confidencias divulgadas por los mismos que sabían mejor que nadie dónde encontrar cañadas abundantes en aves y ciénagas ricas en cervatillos.

A lo largo de aquellas veladas, Lee y yo habíamos aprendido a conocerles. El granizo golpeaba los ventanales del club. Los leños ardían en la chimenea mientras los *Two Georges* se quedaban sin aliento soplando piezas de Artie Shaw. Aquellos húngaros sabían engatusar a los amos del dinero de la misma manera sutil en que sus compatriotas Bela Lugosi o André de Toth manejaban a los comensales del Garden of Allah en Hollywood.

Lee los observaba con cierto aire de complicidad. Para ir al Park Club se retocaba los labios con su *lipstick*, como rememorando alguna otra época. Se sentaba a una mesa, encendía un Lucky, dotando a cada uno de sus gestos del encanto de una mujer elegante que observa el mundo recuperado. Los húngaros anhelaban tocar con el dedo todo aquello que les había atraído en su juventud, el verdadero jazz, las películas de Norma Shearer, los calibres 45 de las fundiciones de Michigan. Hablaban perfectamente el alemán y el francés, y no tan bien el inglés, que pronunciaban con ese acento contenido, ronco, que oí años después a algunos *landlords* escoceses.

Los más jóvenes parecían siempre algo borrachos, astutos como señores, locos por los juegos de azar. Evocaban los dulces huesos del rey Bela III y de su mujer Anne de Châtillon, o canturreaban *The Carioca* sacando del bolsillo una lata de sardinas turcas. Una noche, uno de los camareros se derrumbó sobre el parqué, víctima de algún malestar: alrededor de las mesas comenzaron a hacerse apuestas acerca de su suerte. Al escucharles, me acordé de los húngaros de Nueva York, de sus restaurantes situados entre Lexington y la Avenida A, de sus violinistas y de sus caldereros que contraían deudas y aplaudían a los *Burlesks* de Molnár.

Lee les encantaba. Como buena jugadora de bridge, podía hacer frente a sus pujas y sobre todo a sus fullerías. Los húngaros del Park Club, duchos en descubrir la grosería bajo la apariencia, habían entrevisto, por contra, bajo los *slacks* de aquella mujer vestida de hombre, una sofisticación que a más de uno se le escapaba habitualmente. Tal vez su sencillez de reina les prometía, a ellos, que entraban en la noche, su supervivencia: cuando un mundo se desvanece, aún quedan otros caminos luminosos más allá del crepúsculo. Lee les tuteaba; ellos la invitaban a sus mesas. En sus ojos, sobre todo en los de las mujeres, leía yo un presentimiento: aunque no decían ni daban a entender nada al respecto, ellas sabían que nosotros seríamos los últimos en contemplar libremente su libertad.

También en el Park Club corrían rumores. Algunos opiómanos se habían vuelto locos al no poder conseguir más dosis. Aquellos jóvenes, delgados como filos, habían sido elegidos por la muerte. Primero resistían, se quemaban, pero al final se abandonaban a su fin. Hubo varios suicidios. Los catorce cementerios de Budapest acogían cuerpos envueltos en una bandera de la Orden de Malta. Algunos de ellos se hacían con unos cuantos litros de gasolina y atravesaban el campo hasta la finca en la que había transcurrido su infancia. Allí se pegaban un tiro en la cabeza bajo los árboles junto a los que habían crecido. Su sangre caliente marcaba por última vez un blasón rojo en la nieve.

Las mujeres aguantaban más. Muy entrada la noche, algunas de ellas se presentaban en el Park Club. Bebían un poco de vino de Siklos, un vaso de Ballantine's. Las luces de los candelabros oscilaban sobre los vasos de cristal, sobre las porcelanas y los tapices de Oltenia. Las más jóvenes llevaban largos cabellos trenzados a la espalda, cuellos blancos vueltos sobre sus vestidos de lana negra. Conservaban el porte de las debutantes que entran en el salón de su primer baile, cuando la vida es como un bello fruto saboreado bajo la bóveda del cielo. Aquellas muchachas espléndidas habían cabalgado sobre los purasangres de la *Heuschule* vienesa y los corceles castrados e inquietos de las caballerías de Baranya. Habían bailado, y en su corazón la vida seguía bailando. Yo me fijaba en sus gruesas medias de lana, en sus vestidos cortados a la moda de 1938. A veces también se veía por allí, sentada en algún taburete del club, a la condesa Pal Almassy. Sus cabellos brillantes centelleaban bajo la luz. Antes de la guerra había sido una de las mejores amazonas de Europa; algunos jinetes ingleses la habían acompañado al pesaje dándole fuego en cuanto se llevaba un Gold Flake a los labios. Desde entonces nadie le encendía los cigarrillos. En el fondo de sus ojos azules ardía algo perteneciente a un mundo perdido, cuando los jóvenes hermosos de Sussex hacían sonar los cascos de sus caballos sobre el serrín de los picaderos, cuando los cupés, derrapando sobre la gravilla de los clubes, prometían noches repletas de olvido.

Lee y yo permanecíamos horas y horas sentados junto al bar, ahogados en el guirigay de las conversaciones, el humo de los cigarrillos y el rumor de la banda de jazz. A veces los Two Georges tocaban un blues que los gramófonos habían machacado en torno a 1925, *Nobody knows when you're down and out*, o bien el *Georgia Grind* de Edmonia Henderson. El Park Club se asemejaba entonces a uno de los *speakeasies* de nuestra primera juventud. Los jóvenes húngaros sacaban entonces a sus acompañantes a la pista de baile. Algunos se envalentonaban e invitaban a Lee. Ella aceptaba de buena gana bailar con ellos. Bajo las molduras y los frescos mitológicos, Lee retomaba el paso de los viejos bailes, volvía a sentir el brazo de un joven alrededor de su cintura. Yo la miraba dar vueltas con su cabello suelto, las presillas del *slack* metidas en las botas de campaña. Sus labios se redondeaban al pasar junto a mí en un beso mudo. El Park Club era una luz postrera en el bosque, un castillo de fábula en el que el tiempo se detenía. A nuestro alrededor una ciudad se hundía en la angustia y el hambre. Yo observaba cómo Lee Miller pasaba de un galán a otro, *and now charming ladies and young gentlemen, please change partners*, los rostros se encendían, el parqué crujía bajo sus pasos, el bajista negro golpeaba con la palma de la mano las cuerdas despellejándose los dedos, y la gente bailaba una vez más sin saber lo que les aguardaba, bailaban olvidando el presente, reanimados por la certeza de haber amado. Yo observaba el rostro blanco de Lee reflejado en los espejos de la sala de baile. Bajo aquellos pies que hacían crujir el parqué encerado pasaban otras pistas, suelos de Broadway en las horas de los *Scandal Shows*, salones de baile de la Quinta Avenida, pavimentos de la plaza Maubert en las noches de julio, losanges de marquetería de Bricktop y del Jockey, explanadas olorosas del Shepheards al pie de las pirámides, apartamentos del Soho en los que se bailaba con las ventanas abiertas a los árboles...

Aquellas noches estaban encantadas, nadie sabía por qué. Tal vez las habitaba el fantasma de los años perdidos, cuando la vida valseaba antes del gran naufragio.

Los Two Georges iniciaban el *medley* de cierre. Un popurrí de Jerome Kern.

—Amo esta ciudad —decía Lee—. Y amo a esta gente, porque van a perder. No son como los vieneses... ni como los alemanes... Las mujeres son pobres, pero... pero realmente elegantes.
—Los hombres son unos viciosos, Lee. Unos condenados viciosos.
Ella se encogía de hombros, meneaba la cabeza.
—También Man era un vicioso... Bueno, vicioso, no sé... Para empezar, Man no era su verdadero nombre... Se llamaba Emmanuel... Le gustaba ver a las mujeres desnudas, eso es todo... Sus ayudantes eran como él... Berenice... yo... Pascin era mucho más disoluto, mucho más... Man me fotografió con un collar de perro alrededor del cuello, un collar con clavos... Le hacía gracia...

El *medley* se prolongaba hasta el infinito. La sala temblaba.
—¿Qué estabas diciendo, Lee?
—Nada... Hablaba de Man... Rodaba películas con putas... películas para un actor francés, muy feo... Michel Simon, se llamaba... También a mí me gustaba lucirme, con aquellos vestidos... Qué viento hace, ¿no?... ¿Es el viento lo que nos pone tristes?

Le acariciaba la cara. Lee se estremecía.
—Háblame, Dave. Te necesito. Iremos juntos hasta el final... Hasta el final de este viaje... Eres un gran periodista, pero a mí eso me da igual... *Life* y las demás revistas, me importan un bledo... Aún tengo amigos como tú, tan generosos... Eres un hombre bondadoso, Dave, aunque pretendas ocultarlo. Yo te amo tal y como eres... Roland no pudo comprender eso... No pudo. No quiero perderte... Llévame contigo.

La orquesta dejaba de tocar repentinamente. La baqueta del batería acariciaba la caja, una cuerda baja vibraba, luego volvía el silencio. Las parejas se dirigían lentamente hacia el guardarropa. Lee se levantaba, yo la seguía tambaleándome un poco. Una pequeña multitud bajaba la escalera. Nada más salir, un aire frío nos despejaba de golpe.

Había cierta alegría en aquella ciudad triste. Los últimos vividores arrojaban su pobreza al suelo y la pisoteaban antes de desaparecer. Aquellos bailarines, aquellos aristócratas hundidos, aquellos camareros distinguidos, ¿en qué pararon, dos años después? A menudo he pensado en ellos confundiendo sus siluetas con los matices dorados de aquel invierno. La ciudad comenzaba a ensombrecerse. El eco de todas las cosas resonaba apagado como el rumor de la resaca que golpea la orilla. Por aquel entonces el general Patton murió en un accidente cerca de Heidelberg. Una oleada de atentados sacudía las calles de Haïfa y de Jerusalén. Se había abierto el proceso de Nuremberg. Yo escuchaba todas aquellas noticias como si se tratara del latido de un corazón lejano, aturdido por las sílabas de aquel idioma indescifrable. Entre la masa ahogada de la ciudad, nada humano parecía bullir ya. ¿Dónde estábamos? El viento de la noche arrastraba las hojas rojas por las aceras, como si fuera el último aliento de una vieja Europa que se hallase al borde del mundo. Los fantasmas de los paseos felices y de las sombrillas de antaño vagaban por las orillas del Danubio. Un lugar incendiado, petrificado como una ciudad bíblica que hubiese ofendido a Dios.

Pero yo estaba allí por sus ojos. Veía flotar un rostro en las noches, soñaba con la mujer junto a la que dormía. Nadie te amó en aquella ciudad rubia en la que estabas sola, nadie más que yo, aquel hombre insignificante a quien le habías tendido la mano en un París otoñal, y yo te había seguido en medio de nuestra época, Lee, Elizabeth Lee Elizabeth, tú rompiste las cadenas secretas que desgarraban tu vida, estabas enclaustrada como las mujeres que buscan a Dios en el silencio. Convento de las Hermanas de la Piedad, teníamos que contener la risa, respetar las reglas, estar atentos al andar de pájaro de las monjas que caminaban por el pasillo. La celda estaba casi desnuda. Allí es donde querías estar. De noche creías escuchar la voz de los muertos, una desazón te despertaba. Yo iba a buscarte a tu celda transido de frío. Tú estabas de pie junto al camastro, fumando un cigarrillo, bebiendo un poco de alcohol. Una vela ardía sobre la mesilla. Era la vieja luz, la que calienta los dedos entumecidos, la de las noches de diciembre en que nos acercamos al árbol cargado de regalos, y nuestros padres aún están ahí para guiarnos a través del mundo de las cosas que hieren, nuestros padres, que olvidan su inquietud y su muerte cada vez más cercana, que nos aman con un amor que nada exige. Yo te estrechaba en mis brazos, estábamos juntos, enlazados por un estremecimiento de alcohol y de lágrimas contenidas, en el tiempo que pasa y no vuelve. Dime otra vez que me quieres, *say it I love you te quiero*, ya no tengo nada más que esta luz sobre mi rostro, han incendiado los campos y el otoño ha caído sobre el mundo... Las paredes se derrumban, una puerta se abre revelando un paisaje de árboles y de castillos, un río atraviesa la llanura, el viento sopla. Afuera comenzaba a nevar otra vez. Nuestras noches están hechas de sueños igual que nuestros sueños están hechos de noche. Ojalá que pueda cruzar el río, que se abran ante mí las aguas, *we are approaching the river Jordan, crossing into Canaan*. Tu rostro reposa en mis manos, tus ojos se cierran a la noche, Lee, te he amado en lo más profundo de mí, hemos ido hacia el país en que los hombres están desnudos, hemos visto lo que no había que ver. Tus manos que no tenían niño que acunar sacaban de la cubeta un simulacro de la vida, pero no era más que un trozo de papel húmedo en el que nacían imágenes... Huías de aquella muerte viviente que los fotógrafos habían infligido a tu juventud, habías sido aquella sombra que ellos veían aparecer en la placa, hija del agua renaciendo en el tiempo detenido. Pero para mí tu cuerpo vivía en su sabor, en su movimiento, ya no era el reflejo de un pasado sino la eternidad de un instante robado a las imágenes en las que el tiempo te había aprisionado. Y estrechándote contra mí, besando aquella boca que otros habían desgarrado, sentía el oleaje de una vida acosada rompiendo contra la mía, y el tiempo se detenía con la certeza de haber hallado por fin la razón por la que estaba allí.

Lee no había vuelto a Francia desde hacía cinco años. Nada más llegar al Hotel Prince-de-Galles, agarró el teléfono. Las exclamaciones de sorpresa se sucedieron en el aparato. Sin más ni más, Lee se encontró vistiéndose para asistir esa misma noche a un baile de máscaras en casa de las hermanas Rochas.

Al atardecer, un taxi la llevó a la otra orilla. El verano proyectaba su sombra verde sobre las avenidas. Las transeúntes, con las piernas desnudas bajo sus faldas de amplio vuelo, golpeaban el asfalto con la punta del escarpín. Las flores se abrían en los puestos de los mercados que aún no habían cerrado. Lee escuchaba el latir agitado de su corazón.

Cuando entró en el gran salón, un mundo distinto le saltó a la cara. Aquel del que había huido, aquel que la había consumido y que aún seguía existiendo. Varias muchachas dispuestas a enseñar todo lo posible se contoneaban licenciosamente entre las mesas. Una iba cubierta de hojas de yedra, otra llevaba unos platos cosidos a su corpiño blanco. Un grupo de señoritos del Arrabal aporreaba unas panderetas mientras un gramófono lejano devanaba su queja. Max Ernst vagaba de un lado a otro, con el pelo teñido de verde. En plena guerra de España, París no había renunciado a sus corridas.

Lee no pasó desapercibida. Llevaba un vestido azul noche, muy sencillo. Su piel bronceada por el sol de Boûlak hacía resaltar su cabellera rubia. Dos escritores franceses, Georges Bataille y Michel Leiris, le dijeron a Sonia Orwell –según me confesó ella diez años después– que jamás habían visto una mujer tan hermosa. En ese instante, en medio de aquel guirigay, al lado de las ventanas abiertas a la noche, Lee se reencontró a sí misma. París la devolvía a su centro. Sus amigos de 1931 se acercaban a abrazarla. Lee estaba resplandeciente. Creía que aquellos rostros con los que hacía nada soñaba la habían olvidado. Pero no, entre ellos seguía vivo el recuerdo de los momentos compartidos. Minuto a minuto, la oscuridad se iba poblando, y Lee reconocía su *homeland*, el humo en el techo, los tirantes resbalando sobre los hombros, la mirada negra de los hombres. Estaba sola en París, como el primer día. En cuanto una mano se aproximase, en cuanto un cuerpo la rozase, la vida volvería.

De pronto, creyó estar viendo un fantasma. Se apoyó en la campana de la chimenea para no caerse al suelo. Estaba pálida. Una joven antillana, con la frente ceñida por un pañuelo de flores, se reía reposando la cabeza sobre el hombro de un hombrecillo que no dejaba de gesticular.

Man Ray.

Unos cuantos pasos los separaban, y dos continentes, y cinco años. Lee permanecía inmóvil. Él no la había visto. Ella le observaba como observa una mujer al hombre que ha amado, con esa mezcla de desazón y de rencor, pero también con ese sentimiento de amistad que llega con el tiempo. Algo había sido otorgado para siempre, una época de su memoria, una parte de ella vivía en aquel hombre que algún día desaparecería, llevándose lo que tan sólo les pertenecía a ambos, las noches de 1929, la hermosa sonrisa de una mujer de veinticuatro años que se había marchado y nunca le abandonaría.

Man se volvió. Frente a él estaba la mujer del cuello cortado, del traje amaranto. El ojo del metrónomo. Se quedó boquiabierto. Luego sonrió.

Adivino, y sé, todo cuanto ambos se dijeron aquella noche, en medio de la fiesta. Man no se comportó de manera violenta o ácida con ella. Al contrario, se mostró cariñoso. Había sufrido por su causa, pero aquel sufrimiento había iluminado sus años. Lo irrevocable provoca, cuando sanan las heridas, una cierta dulzura que impresiona. Asimismo, creo que aquella familiaridad tierna que él le prodigó, para sorpresa de Lee, era un contrafuego. Man oponía la cordialidad al viejo amor, para seguir viviendo. La joven antillana se acercó a ellos. Era Ady, la nueva compañera de Man. Lee la besó. La época del lirio blanco había pasado. Pero la ternura demostrada era también una forma de despedirse. Si existe una melodía que se prolonga a lo largo de toda una vida hasta darle su forma definitiva, sus notas resonaron en aquel momento. Tanto en 1929 como en 1937, Man estaba siguiendo su propio camino desde que había pisado París. La mano tendida ocho años antes se desprendía entregando a Lee a su soledad. Ella era libre de amar. Pero ella estaba, en aquel momento, sola.

Man había desaparecido entre la gente. La fiesta estaba en pleno apogeo. Lee dudaba entre dos existencias. ¿Quién la aguardaba en el mundo sino un hombre a orillas del Nilo, un hombre de quien ella había huido? ¿Para quién era aquel traje azul noche, aquel cabello rubio? ¿Qué mano le acariciaría la mejilla, qué labios nuevos besarían los suyos? Le entraron ganas de recorrer las calles, de irse con el primero que pasara.

Conozco bien ese estado de ánimo en el que el silencio de las cosas templa el deseo, en el que la huida busca su objeto; lo conozco porque lo he experimentado. La mujer que una noche de 1937 se apoya en la campana de la chimenea, llena de cansancio y de pasión desilusionada, no es muy distinta de la que atraviesa el vestíbulo del Hotel Scribe en agosto de 1944. Cuando me miró por primera vez, yo no podía adivinar que se estaba repitiendo la misma historia y en el mismo escenario.

En 1937, durante aquel baile de máscaras, Lee se halla en el corazón de la noche, abandonada por sí misma. Un hombre va a surgir allí, como ahora, como siempre. Entre la gente, Lee ve pasar a Julien Lévy disfrazado de vagabundo. Su comparsa, un hombre vestido con harapos de mendigo, va cogido de su brazo, con la mano pintada de azul. Al verla, Lévy corre a abrazarla. Lee ya tiene la mirada puesta en el otro personaje. Por su acento, se da cuenta enseguida de que es inglés. Él la mira, seguramente embelesado. Habla muy deprisa, como un hombre inteligente turbado ante una mujer. Ella le escucha, se ríe, está encantada. Lee acepta lo que ya intuye: acaba de conocer a otro hombre al que pronto va a amar. Imagino aquellos primeros instantes, no de seducción, sino de reconocimiento.

Al día siguiente, Lee se despertó en el Hotel de la Paix con aquel apuesto inglés. Se llamaba Roland Penrose.

Lee se entregó a un desconocido que no la decepcionó. Todo en él le evocaba su propio pasado, y lo prolongaba. Su rostro de cuáquero malicioso ocultaba una increíble extravagancia. Un extraño destino. Lee me habló de Penrose como de un hermano incestuoso. Sé mucho de él porque las noches de 1945 en Budapest fueron las más largas de mi vida. En 1937, Penrose era el honorable corresponsal del surrealismo en Inglaterra. Pasaba por pintor, y lo era; pero de manera cortés, igual que un introductor de embajadores intenta pasar desapercibido ante la presencia de aquellos a quienes precede. Tengo todas las razones del mundo para odiar a Penrose. Y también para estimarle.

Durante los últimos treinta años, he seguido su carrera de lejos. He leído sus libros y sus entrevistas. Estaba siempre ausente y presente al mismo tiempo, al otro lado del océano. Veo su figura, advierto su carácter. Imagino a ese hombre como si fuera mi adversario, mi opuesto. Penrose nació bajo las últimas luces de una Inglaterra eduardiana, hijo de un pintor académico que dibujaba ninfas y guerreros Scots acariciando a sus perros. La casa solariega de Watford en la que había crecido era una de aquellas mansiones góticas protegida para la eternidad por bosquecillos de robles. El portal con leones de piedra, la torre dorada y las ventanas de color plomo abrigaban salas de armas repletas de armaduras y de trofeos. El cuarto de antigüedades había llenado de encanto su infancia: un colmillo de narval, el taburete de Newton, esencias exóticas y un frasco con agua del Jordán. Con sus dos hermanos, Penrose organizaba unos curiosos shabbats en los que recitaban fragmentos de Sheridan Le Fanu y las páginas mefíticas de las Escrituras: «ellos incubarán huevos de basilisco y tejerán telas de araña». Salmodiaban las *Noches* de Young ilustradas por William Blake repitiendo los títulos como si fueran sortilegios, *Night the First, On Life, Death and Immortality*; *Night the Third, Narcissa*. Luego se ponían a escuchar alguno de los primeros discos de jazz.

Cumplió los dieciocho años a orillas del Piave, en una unidad de ambulancias. Conoció aquellos crepúsculos en que los cañonazos austríacos iluminaban las lagunas lejanas. Al volver a Cambridge, ya era un antiguo combatiente. Dibujaba monstruos en la antecámara de Keynes intentando encontrar una salida. Su hermano Lionel leía a Freud. Su hermano Beacus recorría como marinero las costas del Labrador en un *Rum and Bible Ship*, dio la vuelta al mundo en el *Garthpool* y sufrió el naufragio del *Lydia Cordell* en las aguas de Yorkshire.

Roland Penrose se contentó con París. En 1922 merodeaba por Montparnasse con unos tipos alocados que enseñaban su prepucio a los gatos y clavaban a las mariposas en las flores. Mantenido por su familia, había conocido a Braque y a Kisling, había actuado en una película de Buñuel, se había casado con una joven dama de la Legión de Honor llamada Valentine. Viajó. En India, vio los murciélagos de Malabar y las vacas sagradas de Bombay. Emborrachándose sin parar de ginebra con limón, contemplaba cómo el maharajá de Indora paseaba a lomos de un elefante a su papá Noel privado. Las posturas eróticas de las estatuas de Kanarak le recordaban a su *nurse*, que además era la hermana de Havelock Ellis. El Imperio predisponía al surrealismo. Penrose se había convertido en su enlace. Su familia le cortó el suministro. Aprendió a vivir sin dinero, organizando exposiciones en Londres, promoviendo conferencias en las que Dalí peroraba metido en una escafandra y flanqueado de dos lebreles blancos. Chistoso como un elfo, era capaz de encontrar analogías entre el cráneo de Darwin y la cúpula de San Pablo, se sentía extranjero en Londres y como en casa en cualquier otra parte. Penrose sabía endiablar la vida. Y aquel verano embrujó a Lee.

Aunque no era supersticiosa, Lee creía en el destino. Cuando conoció mejor a Penrose, descubrió curiosas coincidencias entre ambos. En 1922, Penrose se había cruzado con Man Ray en París. En 1927, en un viaje a El Cairo, había conocido a Aziz Eloui Bey.

En aquellos años, Lee no era más que una modelo neoyorquina, alejada de su vida futura. Y sin embargo tres de los hombres que luego la amarían ya habían sido unidos por el azar. ¿Qué imperiosa necesidad había reunido alrededor de aquella mujer al judío Man, al musulmán Aziz y al cuáquero Penrose? Lo ignoro. Pero pensar que esa necesidad tiene la forma de una ciudad no es algo descabellado. Lee conoció a Man en 1929, en la rue Campagne-Première. En 1931, en la casa de la Villa Saïd, le presentaron a Aziz. Penrose surgió en 1937, en el baile de las hermanas Rochas. En 1944, yo la vi aparecer en el vestíbulo del Hotel Scribe.

París está en el centro de la tela. En ella, el rostro de Lee es el del azar.

Penrose, ya lo he dicho, la embrujó, pero gracias al hechizo, a la vivacidad, a la sorpresa de dos seres que se distraen de sí mismos y de sus cónyuges. Valentine, ya separada, se había quedado en Londres. Aziz aguardaba en El Cairo. Penrose hizo lo que un hombre debe hacer en los primeros días de pasión: agarró a Lee, la metió en un coche y se la llevó al Sur. Atravesaron un país, en pleno julio en el que el calor hacía vibrar los trigales. La carretera les arrojaba a la cara un aroma a campos quemados. La Francia de 1937 vivía sumida en un letargo perezoso, igual que un vagabundo somnoliento oculto tras un seto abre levemente un párpado al oír tocar a rebato. Al borde de la carretera nacional, los manteles extendidos sobre la hierba acogían el pan blanco de las vacaciones pagadas. Mujeres enfundadas en vestidos claros saludaban con la mano. Lejos parecían aún los ladridos inminentes. Una sensación de tierra adormilada, un ramillete de olores vinculados al regreso llenaba todo. En las hozadas recién cortadas, los niños hacían hondas con las horquillas de las ramas bajas. Tras las ventanas abiertas sonaba el canturreo de las viejas radios.

En Mougins se alojaron en un hotel de paredes encaladas. Del carrascal ascendía un vaho de calor mezclado con el soniquete de las cigarras. Lee y Penrose bajaban a la playa por sendas escarpadas y bañadas por la luz. La arena acogía sus cuerpos, y los besos les dejaban en la boca un regusto a sal. Era el verano de sus treinta años. Ocho años después aún seguía cantando en la memoria de Lee como la última estación feliz, como el adiós a todos los soles de la preguerra.

A Penrose le gustaban los retiros poblados. Mougins era el cuartel general de una pandilla en la que Lee creyó ver los rostros de su vida. Man apareció poco después con Ady. Éluard seguía con su mujer Nusch. El minotauro de aquellas orillas se llamaba Pablo Picasso. El rey español tenía su corte en la playa de La Garoupe. A su alrededor las mujeres resucitaban vestidas de colores. Entre Ady, Nusch, Lee y Dora Maar se estableció un concurso de pareos de lunares, de cabellos esculpidos a mano, de capellinas de paja amarilla. Lee hizo buenas migas con Ady, bajo la mirada atenta de Man. Le gustaban los brazaletes redondos de la antillana, sus cintas de huevo de Pascua, y aquel acento isleño que evocaba el paso de una goleta.

Picasso permanecía sentado en la arena como un coloso de Puget vestido con un *maillot* de boxeador. No paraba de inventar objetos utilizando guijarros, junquillos o cascos de botella. Sus gestos eran los de un sillero doblando el mimbre, trenzándolo en forma de remeras. Sus dedos volaban, diablillos veloces con gorro de centellas. Con su francés de Montmartre, le explicaba a Lee el lenguaje del abanico español. Puesto sobre los labios y cerrado, significa rechazo. Meneado lentamente sugiere indiferencia. Pero cuando una mujer pasa el dedo índice sobre el abanico abierto, está proponiendo algo. Y cuando con el abanico cerrado se aparta un mechón de la cara está queriendo decir: «No me olvide.» Con una concha en la mano, Picasso hacía ademán de apartarse un invisible mechón de su cabeza calva. Lee se reía. Aquella situación, tal y como Penrose la había pergeñado, era, ciertamente, un tanto vodevilesca. Nusch, que estaba allí con Éluard, había sido la amante de Picasso. Dora Maar, la compañera de Picasso, había estado liada con Georges Bataille. Lee, enamorada ahora de Penrose, había vivido con Man Ray. Penrose solía dibujar sobre la arena el siguiente croquis, para mostrárselo a Lee:

Picasso → *Nusch y Dora Maar.*
Man Ray → *Lee y Ady.*
Nusch → *Picasso y Éluard.*
Lee → *Man Ray y Penrose.*
La ecuación era infernal. Penrose, educado en Cambridge, ducho en esquemas lógicos, continuaba sus cadenas deductivas:
Picasso no ha tenido ni a Ady ni a Lee.
Nusch no ha tenido ni a Penrose ni a Man.
Lee no ha tenido ni a Picasso ni a Éluard.
Éluard no ha tenido ni a Lee ni a Dora Maar. Pero sí ha tenido a Gala, que ha tenido a su vez a Max Ernst y a Dalí.
Penrose no ha tenido ni a Nusch, ni a Dora, ni a Ady, ni a Gala. Pero tiene a Lee, que es lo esencial.

Lee le suplicaba que parase. Aquel juego le daba dolor de cabeza. Penrose seguía y seguía, hasta lo absurdo. Lee le tapaba los ojos, él la cogía de la cintura, y ambos rodaban por la arena borrando los nombres de aquellos otros amores.

Todo cuanto Lee sabía acerca de Picasso lo descubrió durante aquel verano. Dora Maar era su amante momentánea. Devota, cartomántica, se había confirmado bajo los efluvios del incienso de las capillas surrealistas. Desde entonces, su unión con Picasso la había elevado a los altares. Al lado del maestro, Dora se creía reina morganática, esposa del emperador. Sobrellevaba las suaves demoras en el pabellón del té, los juegos de sombrillas bajo las pagodas, aguardando... *Nada*. Quería ser adorada, pero se veía descrita. Dora tenía que competir con una inspiración, con un demonio. Día tras día debía posar para él. Día tras día, Picasso invitaba a aquella pandilla a su taller para que evaluasen el resultado. Sobre la tela, Dora era atacada, filtrada, quebrada en ángulos, rehecha en perspectiva, disecada, anulada. ¿Ésa eres tú? ¿Una mujer risueña con senos rojos, rayada de amarillo? Oh, no, eres esa mujer que llora. Pero basta de lágrimas, hoy vas a ser la doble de Olga, voy a pintar una bailarina. ¿Eres una mujer? ¿Estás segura? ¿No serás más bien un conjunto de líneas? ¿Una espiral? ¿Un caracol? ¿Un asteroide? Yo te descuartizo, amor mío, te descompongo, y luego te vuelvo a soldar. ¿Qué tal una acuarela figurativa, esta mañana? No, no, laceración cubista. Obsérvate, mirada triple, dedos mordidos, o mejor un solo ojo, eres el cíclope del sombrero de flores. La ira de un dios-mujer se abate sobre el mundo, hace tres meses pinté el *Guernica*, amén. Pero describamos con mayor precisión a ese dios. Por otra parte, sí, eres una mujer. Así que voy a retratarte. Pero ¿cómo que no eres culpable? Eres una mujer, ¿verdad? Sí. Pues entonces. ¿Eres hermosa, dices? Amor mío, eres sobre todo, e inconmensurablemente, cómica. Descansa, Dora. Mañana seguiremos.

Dora salía jadeando de aquellas sesiones. Picasso, contentísimo, daba entonces rienda suelta a su mano, realizando divertidos retratos. Un día bosquejó a Éluard disfrazado de arlesiana, amamantando a un gatito. Y Lee, una mañana, vio a Picasso bajar con un cuadro en la mano, el *Retrato de Lee Miller*. El rostro, de un amarillo brillante, se abría en doble perfil. La pupila era azul como el agua de una cala. Las mejillas rosas sostenían una sonrisa de felicidad en forma de coma. Los pechos despuntaban exuberantes, plantados sobre su superficie. Una Lee de azúcar cande, *sweet*, norteamericana. Una mujer veraniega con labios de naranja.

Lee besó a Picasso. Él la había salvaguardado. Penrose compró el cuadro en el acto, cincuenta dólares, y se lo regaló a Lee.

A finales del verano, Lee y Penrose estaban sin blanca. La aventura parisiense había acabado en vacaciones en Provenza. Se avecinaba el otoño. Cada cual tiraba de la vida del otro. Valentine Penrose seguía ahí, en una casa de Hampstead. Aziz aguardaba a orillas del Nilo. No sabría decir si Lee en aquel momento se mostró cauta. Sabía por experiencia que su pasión resistía a duras penas la prueba del hábito. También creo que en Francia había sentido que estaba de más, y como desligada de Occidente. Luchar en las redacciones, pelear el caché, reabrir un estudio, muchas gracias. Lee no había llegado a lo más recóndito de Egipto, a lo más recóndito de sí misma. Le ofreció a Penrose la ausencia, para así ser más anhelada. Penrose era más que una aventura y menos que un marido. Y a Lee le gustaba ese grado de indefinición, el intervalo entre lo imposible y lo posible.

El *liner* de la P & O que partió de Marsella llevaba a bordo a una mujer aliviada, libre de elegir lo que abandonaría un día. Las costas francesas quedaron atrás. El retrato de Picasso dormía en una maleta. En el muelle, Penrose le había dado un paquete cerrado con una cinta roja. Lee lo abrió a la altura de Italia.

Un par de esposas bañadas en oro.

De los largos meses que aún pasó en Egipto apenas sé nada. Son la imagen de ese momento en la vida de alguien en que el otro se vuelve un desconocido, mientras se encierra en una verdad que tan sólo le pertenece a él.

Durante el otoño de 1937, Lee permaneció un tiempo en El Cairo. La ciudad que al principio la había hechizado, poco a poco le fue resultando más familiar. Lo que al principio la había agobiado adquiría ahora los tintes de un veraneo infantil; ya se sabe, hemos roto con esa época, ya no sabríamos vivir en ella, y sin embargo la evocamos una y otra vez con un sentimiento intenso y particular. Las cosas estaban en su sitio, pero como desligadas de sí mismas, flotando en una bruma ligera. Los garrafones del cocinero sudanés, el transbordador de Bulak, los estucos del acuario de Zamalek representaban para ella un mundo del que esperaba poco y que no exigía nada: a Lee, que deseaba estar siempre al descubierto, el tiempo le daba demasiados créditos.

Lee había padecido la indolencia, y ahora descubría la resignación. Que un tren se pusiera en movimiento en la cabeza de línea de Gizeh, que la humareda de un incendio ascendiese en el cielo de los barrios, que un rayo de sol despertase el polvo de las cortinas de damasco, qué más daba, así eran las cosas y así debían ser. Su mirada se dirigía a la otra orilla, hacia las casas de Embaba donde los cuadros de Desaix aplastaron a los mamelucos de Mourad Bey. También aquello se había esfumado, como las lamentaciones de las plañideras y los rostros amados. Quedaba el rojo asiático de las riberas, el canto de los pájaros en lo alto de las palmeras.

Lee leía pésimas novelas policíacas sin asombrarse ni de los crímenes ni del castigo que recibían los malhechores. El retrato firmado por Picasso estaba colgado en el vestíbulo de la entrada, entre las mandíbulas de cocodrilo y los cañones de acero niquelado. Aziz no le hizo preguntas. Se atenía a las normas de su liberalismo inglés, a una resignación atenta, la de dejarla vivir. Le estaba agradecido por haber iluminado su vida aceptando ser su mujer. La ley egipcia le concedía derechos sobre ella incluso en lo referente a la emancipación. Para repudiarla le bastaba con situarse detrás de ella y pronunciar tres veces: me separo de ti. Pero ambos estaban ya por encima de aquella ley. Eran libres.

Lee no utilizó su libertad en contra de él. Sabía que Penrose la aguardaba. Sería demasiado fácil huir. Entre aquellos dos hombres, Lee eligió la intransigencia y la mansedumbre que conllevaba ser ella misma: aquél fue su año de desierto.

Por entonces se había relacionado con algunos residentes que mataban el aburrimiento realizando incursiones motorizadas por las antiguas carreteras de Leukos y de Berenice. Durante varios meses, una pareja de negociantes portugueses, una egiptóloga británica y un agregado militar de la Embajada de los Estados Unidos fueron sus compañeros de correrías. No sé muy bien qué pretendía Lee con todo aquello. Aquel paisaje cambiante, sin más término que el horizonte, tal vez se asemejase a lo que Lee intuía de sí misma, a lo que había aguardado de los demás.

Al atardecer, encaminaban sus coches hacia el mar Rojo, cegando con la luz de los faros a las abubillas y a los zorros del desierto. El delta, con su vida refrenada, el chasquido secular de los cigoñales hundiendo las paletas en el cieno, quedaba atrás. Otra vida distinta, furtiva, se rebelaba allí contra la muerte tórrida y los estigmas del tiempo. Las ruedas levantaban polvaredas al avanzar por la pista, como al sacudir una manta.

El alba les hallaba al borde de antiguos enclaves romanos. El calor asaeteaba con sus rayos las vetas de pórfiro. Peces extraños nadaban en el fondo de unas cisternas color turquesa. A ras de las rocas, las brechas horadadas por la erosión silbaban al paso del viento. Lee y sus amigos hablaban poco y se entregaban al paisaje. Allí se había librado un combate de dioses, un combate cuyo resultado eran aquellas piedras. La vida de los hombres se refugiaba en el fondo de las cavernas talladas en la roca, como un pueblo hopi. De allí surgían siluetas con vestidos, curiosos pontífices que ofrecían al viajero dátiles y piedras de diorita. Un collar de sal cercaba los manantiales secos. Varias mujeres rascaban aquellos depósitos para extraer el *natrón* que sirve para pulir el vidrio y blanquear el lino. El sol simplificaba las líneas. Lee se sentía limpia, exonerada de todas las comedias. Sentía que el mundo que había dejado atrás jamás podría reclamarla. La carretera se abría ante ellos. A veces la sombra compasiva de un templo cobijaba su reposo. Las piedras rigurosas de Tebas aguardaban el fin de los siglos. Bajo el capitel papiriforme, a la luz de las lámparas de magnesio, la egiptóloga descifraba unos cartones que llevaban el sello de Mentuhotep y de Sesostris, de Psamético y de Seti, de Darío y de Jerjes. Antiguos imperios que la arena había sepultado. Lee se estremecía. El eco le devolvía el sonido de su risa cuando descubría en un bajorrelieve alguna correspondencia extraña. El dios Amón le parecía un *sachem* con escoliosis. El dios Seth, un canguro de Max Ernst. El dios Ptah, el gonguista de la Rank.

A veces los coches se quedaban atascados en la arena. Varios hombres pelirrojos surgían entonces de la duna ofreciéndoles un camello o una mula. Sus rostros eran pétreos, inexpresivos. Luego se desvanecían tal y como habían aparecido, reclamados por la nada. Durante un tiempo supuse que Penrose había estado con ella en alguno de aquellos viajes. Pero la hipótesis es demasiado novelesca, y no encaja. Creo que Lee vivió todo aquello completamente ajena a los hombres. Pasó varias semanas en las dependencias del convento de San Antonio, en los alrededores del wadi Arabab. Bajo el nártex cuadrado, la luz iluminaba los perfiles de los patriarcas de Alejandría, Teófilo y Atanasio, Dióscoro y Marcos el Evagelista. La noche se volvía más fría, y la tierra parecía otra luna. Lee permaneció varias horas cerca del *maghârah*, la antigua caverna en la que los demonios tentaron al santo. Arrebujada en una manta, miraba al infinito.

Viaje tras viaje, aquella pista inclemente la reclamaba. Vio las diosas esmeralda y las cúpulas del wadi Natroum, los oasis de jardines espléndidos y la madre de las columnas;

vio a los santos caballeros atravesando de una estocada a la Bestia, y la fisura sagrada de la que descendió Moises con el Decálogo. Eso lo sé. Pero lo que experimentó durante aquellos viajes a lo largo de 1938 forma parte de su misterio. Lee aprendió entonces algo de lo que jamás hablaba.

Al regresar, encontró varias cartas encendidas de Penrose. Lee había pasado más de cuatro años en El Cairo. Un nuevo vigor la impulsaba hacia Europa. No tenía hijos, ni nada que añorar. ¿Pensaría entonces en la joven que había sido? ¿En las cornisas ennegrecidas de las plazas de París? Por un lado, estaban aquella mansión adormecida, los árboles replegados en retirada y, más allá, un horizonte ciego. Por otro, ¿qué podía saber? Lee era la mujer que paseaba por Nueva York y París cinco años, diez años atrás, ya no sé...

Primavera de 1939: el viento sopla sobre la pasarela del *S.S. Otranto* mientras los pasajeros embarcan rumbo a Southampton. Aziz la ha acompañado de nuevo hasta el muelle. Lee observa cómo aquel hombre que aún la sigue amando agita la mano. Ella le ha prometido que tan sólo estará fuera unas semanas, aunque sabe que jamás regresará. Nadie juzga a nadie, todo sigue igual. Lee tiene treinta y dos años.

En el desembarcadero de Southampton, Penrose aguarda. Una brisa marina riza las olas. La barrera de globos plateados y rollizos flota por encima de los muelles. Inglaterra se moviliza.

Tras la Navidad, comenzamos a sentirnos extraños en Budapest. Lee estaba cansada del Park Club. Ya no había más fotos que hacer, ni más *stories* que escribir. Algunos húngaros empezaban a requerir nuestra influencia, mucho menor de lo que ellos pensaban, para obtener de la delegación norteamericana antibióticos, penicilina e incluso visados. No podíamos negarnos. Pero el engranaje se ponía en marcha: los trapicheos, la mendicidad disfrazada, los chantajes a la desesperada. La proclamación de la República era inminente. Se acababan de nacionalizar las minas y las compañías de seguros. Aquel simulacro de democracia ocultaba una vuelta a lo mismo de final imprevisible: se liquidaba a la gente antes de apretar las tuercas. Durante varias noches consecutivas, las celdas del convento de Stefania Ut se poblaron de sombras furtivas: húngaros perseguidos por la AVO que venían a refugiarse allí antes de intentar pasar a Austria.

Lee regresó una noche trayendo en su Rollei las fotos de la ejecución del antiguo Primer ministro Bardossy. Le habían fusilado en público, de espaldas a una muralla de sacos de arena. Cuatro soldados le habían ametrallado a tan sólo dos metros de distancia. Como estaba helando, el cura que asistía al condenado no había dejado, según me contó ella, de sonarse con la estola. Lee no sintió nada por aquel hombre, un nazi. Pero aquellos arreglos de cuentas apestaban un poco. Al día siguiente, por puro afán de provocación, Lee ofreció su *lipstick* y unos pares de medias a dos jóvenes monjas. Ellas aceptaron aquellos pequeños regalos. Cuando la Madre superiora se enteró, nos amenazó con expulsarnos, y sus palabras eran más que una amenaza. Nuestros días en aquella ciudad estaban contados. Demasiado alcohol, demasiada inmovilidad. Debíamos marcharnos. Pero ¿adónde?

En realidad no teníamos más que un camino, aquella carretera, para hacernos soñar. En medio de aquel amor inerme que sentía por Lee, por sus debilidades, por sus silencios, el vaivén del Chevy era como la certeza de que aún la poseía. La perspectiva de dar media vuelta me oprimía el corazón. Me angustiaba, sí, pensar en el regreso. Cuando le hice la pregunta que debía hacerle, Lee me respondió con una sonrisa. Por supuesto que íbamos a continuar. Por supuesto. Aún teníamos delante otros países devastados y embriagadores, otras noches para poder olvidar. Bastaba con avanzar.

Así pues, sin advertírselo a nuestras respectivas redacciones, y sin consultarlo con nadie salvo con la Embajada de Rumanía –necesitábamos visados–, tomamos la carretera de Bucarest.

Dos días antes de partir había barajado con Lee la posibilidad de regresar a Nueva York. Yo sabía que las fotos que ella había ido enviando a Londres desde agosto de 1944 habían causado furor en las redacciones. A lo largo de nuestro periplo, Lee recibió varios telegramas de felicitación, primero en Rosenheim y luego en Viena. Varios periodistas me habían contado en el Sacher que algunas de aquellas fotos se habían hecho célebres, sobre todo las de la casa de Hitler en la Prinzregentenplatz. Le dije a Lee que, aunque rehusara aquella fama incipiente, no haría mal en entrar a trabajar en cualquier revista de Manhattan. De hecho, no descartó la idea. Incluso evocó a sus padres y a sus dos hermanos, de los que raramente hablaba. Uno se había convertido en aviador emérito. El otro tenía un estudio de fotografía en Los Ángeles. Sus padres, de quienes no sabía nada desde nuestra llegada a Alemania, seguían viviendo en su casa de Poughkeepsie. Tal vez debería volver un día a su tierra natal, volver a ver los depósitos de la East Pacific bajo las frondas en espaldera.

Lee se quedó pensativa. Algo, yo lo notaba, se interponía siempre entre los Estados Unidos y el punto del espacio, cualquiera que fuese, en que nos halláramos en ese momento. Sin embargo, un simple vuelo desde Croydon o Le Bourget, una noche a través de las húmedas brumas del Atlántico, y a la mañana siguiente el macán alquitranado de La Guardia sacudiría las ruedas del avión antes de que éste se detuviera al borde de la pista. Algún día habría que volver a experimentar ese instante en que el motor desacelera, carraspea y luego se calla. Lee encaraba el asunto como alguien que ante un *set* de tarots duda si volver o no la carta. Yo la presioné un poco, aunque era consciente de que tampoco yo tenía ninguna gana de encontrarme otra vez ante el Flatiron Building y las *brownstones* de Washington Square. La llanura inmensa podía seguir extendiéndose ante nosotros. Forcé la decisión. Lee, en apariencia, respiró aliviada. Sin pena alguna, dejamos atrás el Park Club, la ruindad de los esbirros de Nagy y el Var en ruina. Lee y yo íbamos quemando ciudades como si fueran cartuchos. Budapest había pasado.

De aquel viaje conservo la extraña sensación que dejan a veces las largas travesías. Llevábamos días navegando, durmiendo entre dos orillas, y sin embargo los acontecimientos se resumen en algunos detalles vistos durante el tiempo, más bien corto en el fondo, en que su reiteración ha adquirido carácter de ritual. Lee había conseguido en Budapest un chascás de piel por unos cuantos dólares. Lo llevaba siempre puesto junto con su capote del US Army. Yo iba conduciendo vestido igual que ella, pero sin casco. Ahora, al mirar atrás, me resulta raro aquel empeño nuestro en llevar aquellos trapajos. Pero supongo que todo lo justificaba: la calidad de corresponsal de guerra, la inmunidad que aquellas prendas otorgaban, el recelo, y también el respeto, que despertaban en las tropas rusas acantonadas en Europa central. Además, aquellos uniformes eran cómodos, y no nos habían causado ningún perjuicio, al contrario. Creo que para Lee tenían un valor sentimental: bajo esa apariencia había redescubierto la aventura. Había vuelto a ser ostensiblemente norteamericana atravesando el mundo de los hombres. Aquel terliz anónimo borraba de su cuerpo todos los recuerdos de alta costura, y tal vez le aseguraba también que yo la amaba tal y como era, libre de sus antiguas conchas de lujo.

Sin embargo, aquel uniforme, o aquellos uniformes, mejor dicho, pues llegamos a usar varios, tenían más de una variante, cuyo secreto poseía Lee. La visera móvil que había utilizado en Alsacia podía llevarse, igual que la rejilla de un yelmo, alzada o bajada. Fuera de los combates, Lee reemplazaba aquel casco por una gorra que ella deformaba doblando la visera de tela hacia arriba, a la manera de los *pitchers* de béisbol, o bien ladeándola, como si fuera una cantante de cabaret. El casco exigía un cabello recogido en un moño o en una redecilla, mientras que la gorra admitía el pelo atado o suelto, dependiendo de la fantasía. Incidentalmente, Lee sabía combinar muy bien las distintas posibilidades. Su coquetería no era premeditada, más bien surgía de manera instintiva, suscitada por las nuevas prendas que debía ponerse. Así, por ejemplo, podía llevar de cuatro maneras distintas la camisa caqui: cerrada y con una corbata al estilo uniforme oficial; cerrada y sin corbata, como si fuera una guerrera soviética; desabotonada sobre una *T-shirt* verde oliva; desabotonada, sin T-shirt, a flor de piel. A veces lucía en el cuello un *fishnet* anudado a manera de bufanda o incluso, como en Budapest, una auténtica bufanda que había encontrado en los guardarropas del Park Club. Llevaba el cinto de cuero del estuche de la Rollei cruzado sobre el torso, como la banda pectoral de un arnés, pero la presión que éste ejercía sobre uno de sus senos hacía que Lee se lo pusiese otras veces o bien alrededor del cuello, como la correa de unos prismáticos, o bien al hombro, como un bolso de noche. Las camisas de los uniformes de invierno y de verano podían ser sustituidas por una guerrera de *battle-dress*, que le cubría ampliamente las caderas; a veces se la ceñía al talle con un cinturón, pero otras la llevaba suelta, como una blusa recta. Los ganchos del cinturón, destinados en principio a granadas de defensa personal, permitían otros usos: suspensión de bolsas con correas en las que guardaba rollos de películas, o también ajuste de un paquete de cigarrillos ya empezado. Los *slacks* le caían sobre las piernas, sujetos a los tobillos por un cordón cosido a la tela. Según llevara el cordón, anudado o no, la pernera del pantalón o bien le rodeaba la parte de arriba de los *rangers*, o bien caía negligentemente sobre el cuero. Lee llevaba los *slacks* ora superpuestos, ora metidos en las botas, en las que los pies iban más o menos sueltos, según la presión de la hebilla. A todo ello hay que añadir el recurso esporádico al *badging*: las unidades de Alsacia y de Alemania nos habían dado unas insignias que Lee llevaba a modo de recuerdo en la gorra o en el dobladillo del porta-revólver; el uso, en los días de buen tiempo, de unas Ray-Ban reglamentarias, sujetas al cuello con un cordón; y los diversos lamparones, manchas de barro, rastros de polvo que constelaban la tela como un estampado de lunares entre lavado y lavado. Aquella elegancia me resulta ahora paradójica, aferrada como a su pesar a los oropeles anónimos de la guerra. Lee no podía dejar de acomodar a su medida todo cuanto le era dado. Quería pintar a una combatiente, y he descrito a una modelo. Quería contar un viaje, y rememoro una apariencia. Pero fue así como la conocí.

Llegamos a Bucarest agotados tras dos días de carretera. El frío de enero se había apoderado de la inmensa *puszta* húngara. Por ignorancia, había subestimado las distancias. El este de Hungría no era más que una extensa soledad de eriales salvajes en fuga hacia el horizonte. Más que un país congelado por el invierno, teníamos la sensación de estar atravesando una meseta herciniana de la que iban a surgir, hacha de piedra en mano, los guerreros de un combate prehistórico. Los grupúsculos de maleza hética se sucedían petrificados en la masa helada del arcén, semejantes a esos insectos apresados en la transparencia del ámbar. La tierra había adquirido aquí y allá ese jaspeado azul, casi ártico, de los suelos asfixiados por el hielo. Una oleada de yermos agrietados se encrespaba hasta el infinito ofreciendo a la vista un cuadro desolador, un campo de batalla del que se erguían los montículos de los muertos y los escombros de las casas reventadas por los morteros. El Chevy aguantaba bien los embates, aunque a veces las ruedas patinaban entre dos regueros de nieve endurecida. Me vi obligado a utilizar toda la fuerza excavadora de la aceleración para no salirnos de la carretera.

En el puesto fronterizo, varias siluetas siberianas se asomaron al umbral de unas chozas en cuyo interior brillaba el fulgor rojo de unos braseros. Los húngaros fueron muy puntillosos, revisaron las aletas del coche como buscando armas o panfletos. Lee, con la bufanda subida hasta los ojos, el chascás calado hasta las orejas, permaneció sentada sin pestañear. Los guardias tenían pinta de funcionarios humillados. Su orgullo patrio estaba herido: una parte de Transilvania acababa de ser entregada a la soberanía rumana. Por fin, nos dejaron pasar de mala gana. Un poco más allá, varios soldados rumanos saltaron de improviso a la carretera. «*Stai! Stai!*», gritaban alzando el brazo, como si estuvieran interceptando a un fugitivo sospechoso. Yo ya me esperaba algo así. Una semana antes había tenido lugar un tiroteo en Tivnaïa, cerca del Dniester, en el puesto fronterizo con la URSS; aquella escaramuza entre soldados rusos y rumanos había sido provocada, o al menos eso se decía en Budapest, por un asunto de faldas.

Los hombres que venían hacia nosotros estaban a todas luces borrachos. Uno llevaba el fusil al hombro, con la culata hacia arriba. El otro sostenía una botella de un líquido blanco, ginebra o aguardiente. No nos pidieron los visados, sino cigarrillos. Adiós a un paquete de Lucky. Muy simpáticos por lo demás, soltaban palabras confusas acompañándolas con gestos con los que pretendían darnos la bienvenida. Lee no había abierto la boca. Nada indicaba que fuese una mujer. A duras penas, los dos soldados levantaron la barrera.

Estábamos en Rumanía.

No sabría decir por qué, pero el paisaje cambió inmediatamente: en aquel largo fluir hacia la capital fueron surgiendo algunas señales al borde del camino que anunciaban otro mundo. Nada más cruzar la interzona que Hungría acababa de restituir, y en la que los antiguos carteles magiares yacían derribados por el suelo –una comarca sin indicaciones, sin nombres–, aparecieron varios mojones de señalización cargados de palabras suaves y redondas, repletos de *iol* y de *iu*, de *oa* y de *sco*, de sílabas ora ahogadas como el grito de un pájaro, ora abombadas como una pompa antes de reventar. Unos cuantos pueblos despuntaban a lo lejos, encajados en la estribación de las montañas. Atravesarlos era cruzarse con carretas pintadas y enganchadas a jumentos de larga crin, campesinas con trajes multicolores al estilo indio que se cubrían los ojos con una mano para vernos pasar. Una arquitectura gótica, extrañamente alemana, caracterizaba los edificios más viejos. Había pobreza, pero no hambre. Gruesos verracos de duro pelaje engordaban en los corrales de las granjas escarbando con el hocico en la nieve magullada. Grandes humaredas grises ascendían lentamente por el cielo. Por el tufo a caldo y a vinagre, se adivinaba una de esas comarcas de sopas grasas donde los ansiados días de fiesta coinciden con las matanzas de aves.

En Sibiu, nos sorprendieron los ojos pintados en los techos. Sus contornos semiocultos por la nieve orlaban las chimeneas que surgían del tejado. Los habitantes caminaban con las manos en los bolsillos y el aspecto tranquilo de quienes no partirán jamás. El gran macizo transilvano dominaba la ciudad. La nieve hollada por cientos de suelas, el ángulo quebrado de las casas, el eco de las voces en el aire frío, me recordaron los aserraderos de Nebraska. Pasamos la noche en un albergue. En la sala común que hacía las veces de restaurante, de café y de locutorio municipal, varios lugareños vinieron a saludarnos con sincera amabilidad. Una estufa caldeaba la habitación. Como después de las diez se cortaba la luz, el dueño del albergue encendió unos grandes cirios con mechas de cáñamo. Aquella gente de Sibiu sentía curiosidad ante cualquier extraño. Sus tocas de astracán, sus gruesos y humildes abrigos olían a campo. Uno de ellos hablaba francés. Animado por sus compañeros nos dio nuestra primera lección de rumano. El viento invernal que aquella noche sacudía los postigos era el *crivetz*. El pan de maíz negro y crujiente se llamaba *mamaliga*. Nos sirvieron una sopa agria, mezcla de pescado y de pollo, una *ciorba*, y luego unas albóndigas de carne envueltas en hojas de col, *sarmale*. A pesar de su cansancio, Lee participó en la conversación. En un momento dado, creí ver cierta perplejidad en los ojos de aquellos rumanos. Más que perplejidad, esa clase de inquietud que se siente por las personas que están visiblemente extenuadas. ¿Qué hacía allí una mujer así?, parecían preguntarse. ¿Cuántos días más podría aguantar? Tardé un rato en advertir lo pálida que estaba. Lee engañaba fácilmente; yo no quería darme cuenta de que Budapest, con su torbellino de noches en blanco, había agotado sus reservas más allá de lo que suponía. Cuando el dueño del albergue nos invitó a pasar a la cocina, Lee se levantó, dio un paso en falso y a punto estuvo de caerse.

A pesar de ello, le seguimos hasta una sala en la que olía a pimiento morrón y a salami. La bóveda estaba negra de humo y de grasa. En medio de una gran chimenea con morillos labrados ardían unas ascuas. A la luz de una palmatoria, una mujer trabajaba inclinada sobre una tabla de madera en la que yacían alineados unos esturiones recién sacados del torrente. Con mano firme cortaba las cabezas, seccionaba las aletas, rascaba las escamas. El pulgar apoyado en el mango del cuchillo guiaba la hoja a través de la lechaza, hendía el vientre gris de parte a parte antes de arrancarle las vísceras. El pez, así vaciado, era marinado en un baño de vinagre, para limpiar las escorias de turba, luego volvía a la tabla donde acababa troceado y rebozado en una salazón de minúsculos cristales. Lee observaba con aire extraño a aquella mujer. Por un instante tuve la peregrina idea de que deseaba hendir la piel tierna del esturión, arrancarle las entrañas y despedazar salvajemente la carne abierta. Pero puede que tan sólo se estuviese acordando de aquella otra cocina, del *spider-monkey* en su percha, de las rodajas de palmera presentadas en forma de rosetón sobre una bandeja de cobre. El dueño del albergue nos ofreció un vaso de *zuica*, un licor de ciruela que abrasaba la garganta. Tres vasos después, le pedí la llave de la habitación. Como con pena, el hombre nos condujo al piso de arriba. En las paredes, a la luz de una vela, brillaban unos esmaltes gruesos y relucientes.

–*Noapte buna* –dijo el hombre dejándonos en el umbral de la habitación.

Nos desplomamos sobre la cama. Yo ya no veía nada. Lee se había quedado roque.

Al día siguiente estábamos en Bucarest.

Antes de la guerra, el Atenea Palace había sido uno de los mejores hoteles de Rumanía. Vestigios de aquella época eran los sillones de felpa roja, los grifos desdorados de los que salía una agua calcárea, y los botones que se inclinaban murmurando: «*Multumesc, Doamna*» muchas gracias, señora.

Bastaba pasar unas horas en Bucarest para sentir el apretón relajado de una mano de hierro. La ciudad respiraba, pero como oprimida, temiendo una inminencia innombrable, viviendo una tregua que desgarraban a veces las salvas que estallaban en el jardín botánico de Cotroceni, donde acababan con una bala en la boca los últimos partisanos de Antonesco.

El hotel estaba casi vacío. Nuestra habitación daba a la calle Victoriei. Mi primera impresión de Bucarest es un encuadre de Lee. No una foto sino un vistazo, una observación que me hizo junto a la ventana. Al correr la cortina se podía ver un espectáculo similar a los que tenían lugar en las ciudades reconstituidas de la fiebre del oro que tanto reflejaron las *Keystone Pictures* de nuestra infancia: las mismas planchas de madera tiradas en la nieve, las mujeres con vestidos de percal sorteando las placas de hielo, las siluetas barbudas cargadas de bidones, el mismo color pigmentado, nebuloso y confuso que jamás se sabía si era el del barro o simplemente un efecto del granulado de la película maltratada por las sacudidas del proyector. Aquella calle enmarcada por la ventana, igual que una pantalla de cine, evocaba la Norteamérica de 1917 con sus *derricks*, sus transeúntes con sombrero clac, su aroma a aceite de lámpara. ¿Era allí adonde nos había conducido, como un amor, aquel periplo? ¿Lee Miller, *born 1907*, Dave Schuman, *born 1905*, contemplando desde una habitación de Bucarest el paisaje de los años en que jugaban sin conocerse?

Bien podríamos habernos quedado en aquella habitación, sin volver a salir, retrotrayéndonos a nuestro país de origen, a la época en que nuestros padres eran jóvenes, en que Milwaukee y Poughkeepsie, ciudades de nombres indios, se parecían aún a Europa. Veo Bucarest como la ciudad de los sortilegios en la que todo comienza y todo acaba. Veo sus iglesias valacas, la calle de los Nenúfares y el cuerpo de guardia bombardeado del palacio Stirbey, veo de nuevo la falda ceñida al talle de sus mujeres pobres. Oigo la *doina* hipnotizante, embelesadora que cantaba una voz en un café, una de esas endechas que hablan de la soledad de los pantanos y de las dehesas húmedas, que evocan las flores que nacen y mueren, las plantas amargas y las hojas arrastradas por el viento. Sin duda podía haber perdido a Lee en aquella ciudad, pero también la reencuentro ahora.

Sé que fue allí donde realicé los últimos actos, los últimos *verdaderos* actos de mi oficio. Reunirme con nuestro compatriota Burton Berry en la delegación americana para preguntarle por la situación de nuestras fuerzas, el juego de las piezas sobre el tablero de ajedrez; determinar los números de unidades de carros soviéticos estacionados en las afueras de la ciudad intentando adivinar qué era lo que los generales Malinovsky y Tolboukhine tramaban en Rumanía; tirar de la lengua a algunos periodistas próximos al Primer ministro, Petru Groza; escuchar largamente las quejas de los apoderados de las compañías petroleras anglosajonas –la Shell, establecida en la Astra-Romana, la Royal Dutch Shell, que controlaba la Steana Romana, la Phénix, mayoritaria en la British Unirea, la Standard Oil, que poseía la Romano-Americana– para oírles decir a todos lo mismo, quejumbrosamente lo mismo: que esperaban que de un mes a otro les retirasen sus concesiones y se las entregasen en exclusividad a la Sovrom-Petrol, la sociedad de economía mixta formada de mutuo acuerdo entre la URSS y Rumanía. Según ellos, aquello significaría el fin de la presencia occidental allí, pues Rumanía seguía vinculada al mundo libre por el petróleo y a Francia por la gramática, y estaba claro lo que los rusos iban a hacer con el petróleo y lo que los franceses hacían con su lengua... Pero ¿para qué contarlo? Ni siquiera entonces escribí nada al respecto. Aún conservo borradores, notas garabateadas en un cuaderno, algunos retratos esbozados en la contraportada de un ejemplar de *Scanteia*, el órgano del PC rumano, e incluso el negativo de una foto que sacó Lee, en la que se ve a la reina Elena de Rumanía en la escalera de un palacio. Una mujer íntegra, frágil y amenazada. Para qué.

Fue entonces cuando dejó de gustarme aquel oficio. Cuando vi el ocaso de un mundo. En otoño de 1945, las cartas estaban echadas. Una mirada lúcida podía adivinar el juego. Pero aquello no era digno de ver. En Múnich, nosotros éramos los vencedores; en Bucarest, los testigos de un embargo. Hay algo ineluctable en todo, y las palabras no impiden nada. En aquel intervalo aún había lugar para el viaje, para el olvido. Ahora me doy cuenta de que amé a Lee durante los últimos meses de libertad de dos o tres países. Y quizá la amé con la gravedad sorda que emanaba de aquel invierno, antes de que cayese el telón y se saldaran todas las cuentas. En el fondo, sus amantes –Aziz, Penrose– me importan un carajo. Pisoteo los años que vivió sin mí, escupo sobre su pasado. Qué más me dan todos aquellos viajes, si en realidad tan sólo uno cuenta para mí... Tuve a Lee en su peor y en su mejor momento, cuando estaba arrancándose sus viejas máscaras. Y aunque yo no haya sido más que aquel que le tendió la mano para dar el paso, para pasar *al otro lado*, eso me basta.

Eso justifica mi vida.

En Bucarest, Lee se vuelve solitaria; ya no existe sino en mí. De los quince días que pasamos allí –he dicho que todo acaba en Bucarest, pero no es en Bucarest donde concluye mi relato–, me llega un olor a fango. Un empeoramiento imprevisto del tiempo trajo algunos días de lluvia, transformando la ciudad en un lodazal amarillo.

El agua trazaba surcos en el cristal de la ventana que la noche convertía en pequeñas manchas heladas. No teníamos la menor gana de salir. La estufa de la habitación no funcionaba bien, pero lo suficiente para aportarnos un poco de tibieza. Lee se quedaba tumbada durante horas en la cama. El botones nos dejaba botellas de *zuica* delante de la puerta; ambos le habíamos encontrado gusto a aquel licor fuerte que fustiga el paladar y calienta las entrañas. Estábamos viviendo una especie de otoño en medio del invierno, con su olor a hojas quemadas, sus noches prontas, sus horas lentas. Hablábamos de miles de cosas, de todo y de nada, salvo del porvenir. Nuestras conversaciones eran de otra época. Entre vaso y vaso de *zuica* surgían nombres, los nombres de nuestra primera juventud. ¿Por qué recordamos a Johnny Dodds, Alice Terry o el Bowery Savings Bank?... Nombres de Nueva York, veinte años antes. Entonces salíamos de nuestras pequeñas ciudades, dejábamos atrás sus buzones de Correo y sus depósitos de agua erguidos sobre pilotes para ir a las metrópolis donde nos aguardaba la vida. ¿Qué tipo de mujer, nos preguntábamos, había preferido la generación anterior a la nuestra? ¿Cuál nos había gustado a nosotros? ¿Y cuál elegiría la nueva época? En los fuselajes de los B-17 solía verse pintada la figura sinuosa de Betty Grable. «*Forget it*», decía Lee. Ella jamás había tenido la edad de su estado civil. Era una mujer de mucho antes, o de mucho después. La que vieron los pintores. La que difuminaron los viajes. Lee me contó una visita a un taller de la rue Grands-Augustins. Ocurrió en el verano de 1937, antes de partir hacia Mougins. Picasso había alineado en las paredes varios estudios y bocetos: los trabajos preparatorios del *Guernica*. Lee no había olvidado la impresión que le habían causado el caballo gimiente, las madres mostrando al cielo sus hijos asesinados. Pero el *Guernica* no era sino el destello del flash sobre los animales desfigurados, el instante en que el magnesio petrifica las cosas mudas. Era, a fin de cuentas, una fotografía. Aquella guerra nos había llevado a un mundo que rasgaba la tela, mucho más allá del cuadro. Yo no habría podido reconocer al hombre que en agosto de 1944 desembarcaba en la pista de Croydon. Aquel hombre tenía creencias, convicciones, la sombra de un pasado. Yo había cambiado. La Europa de la que procedían mis padres me había modelado una vez más. Y ni siquiera estábamos muertos. Estábamos allí, en aquel callejón sin salida latino, en el fondo de un pasillo de llanuras.

Lee me habló de Egipto. Allí había comprendido que una existencia no es sino un incidente de luz. La sombra de una columna se imprime sobre la tierra, luego la sombra desaparece y la tierra permanece. La hoja de una palmera se desprende, se abisma lentamente en el polvo. Vemos sus nervaduras ahítas de jugo, la trama vivaz de las fibrillas. Dos días después la hoja se ha apergaminado, se ha vuelto quebradiza; la savia seca se transforma en humor amarillo y las hormigas despedazan el limbo. También nuestras vidas están escritas en hojas que se pudren. La fiesta transcurre hasta que se apagan las luces. Las siluetas amadas son como esos figurines recortados de papel: se despliegan a modo de guirnalda entre nuestros dedos, danzan en el aire y luego vuelven a caer rasgados.

Lee se abandonaba a aquella ausencia, y aquella ausencia la invadía. Su rostro acusaba el cansancio acumulado durante los últimos meses. El insomnio, la carretera, las imágenes impresas en la retina, el alcohol y la bencedrina habían labrado su surco en nosotros. Poco a poco, Lee iba dejando de lado su Rollei. Su atención se volvía evasiva. Su vivacidad precisa, su vivacidad de jazzman, cedía el lugar a una dejadez despreocupada de todo. Veía las cosas sin que el deseo de apoderarse de su espectro la impulsase más allá de sí misma. Aquella estación amenazaba con adormecerla por mucho tiempo; era el invierno de la paz. Sus cabellos habían perdido brillo. No dejaba de beber. Una mañana, vi que un hilillo rojo le teñía los labios: le sangraban las encías. Sentía que se iba desprendiendo de aquella exaltación muda que se había apoderado de nosotros durante semanas. Yo era el hombre de aquellas semanas. Abandonándolas, Lee me condenaba.

Me acercaba a ella. Le acariciaba el pelo lentamente, muy lentamente. Lee no era de nadie, era mía. Cuando mi mano asía la suya, sentía latir la vida en su muñeca. Yo no era más que un rostro en medio de los años, una escala entre dos fugas. Éramos unos extraños en la noche, seres solitarios que se buscaban antes del amanecer. Ahora puedo comprender qué hacíamos ella y yo en un hotel de Bucarest, una noche de enero de 1946. Yo conocía el camino, llegué al final de la carretera. Creía que la vida continuaría, y sí, continuó, con la única certeza de haber recorrido aquellos caminos helados. Desde hace años sueño con un viaje en el que las estaciones se detengan, con una carretera en compañía de seres fabulosos. El sol invernal canta entre los árboles una canción perdida. Las hojas ruedan, impulsadas por el viento...

Tenía la sensación de que Lee flotaba. Estaba exhausta. Entonces hice algo de lo que no puedo vanagloriarme. Obsesionado, temeroso de perderla, quise empujarla más allá del cansancio, de la desposesión. Lee, que había corrido delante de todas las ciudades, se protegía de Bucarest. Sin la menor consideración, la obligué a salir. Noche tras noche la arrastré por los arroyos de aquella capital dominada por un frío criminal.

El Chevy reanudaba el servicio cada noche. Una oscuridad carbonosa había caído sobre la ciudad. El coche salía del garaje del Atenea Palace, bordeaba la calle Victoriei, pasaba ante la delegación soviética custodiada por varios pelotones mixtos de soldados rumanos con cascos de acero y de centinelas rusos armados de *banjo-guns*. En las aceras, los hombres caminaban aprisa, las mujeres no levantaban los ojos ocultos bajo sus toquillas. A la luz de los faros dábamos vueltas por Bucarest. Las cúpulas repujadas de los conventos, las verjas de los parques surgían en el doble haz luminoso como animales deslumbrados por un proyector. La nieve encharcada crujía bajo las ruedas. Primero nos dirigíamos hacia el malecón Kisseleff. Por encima del aeródromo de Baneasa veíamos parpadear las luces de posición de los robustos Antonov a punto de aterrizar. El porvenir radiante bajaba del cielo; Rumanía no tardaría en convertirse, como se afirmaba en los cafés de la ciudad, en la XVII República soviética. Pero eso no era asunto nuestro. «*Drive on*», decía Lee. Los amortiguadores brincaban al pasar sobre los raíles de los tranvías. Los mendigos se agolpaban bajo los portales. Con sus vestigios en plena calle, sus trastos a rastras, sus harapos de tramperos, su silencio alrededor de las sinagogas quemadas, aquellos desdichados se asemejaban a la ciudad. Las persianas de los grandes restaurantes del norte de Bucarest – el Lido, el Strand– estaban

bajadas, cubiertas de pintadas difamatorias que les culpaban de haber acogido a los dignatarios de Codreanu.
Lee me gritaba al oído:
–¡Esto parece el West End!
–¡O Clichy!
–¡O Port-Saïd!
–¡O Broadway South!
–*Drive on!*
El Chevy enfilaba la avenida Stefan Cel Mare. Una blancura de nieve estancada ascendía del suelo. El espectro de los tilos helados se proyectaba sobre las fachadas. Yo giraba la cabeza para ver a Lee que, a pesar del brillo febril que había en sus ojos, me sonreía. «*Drive on!*» El barrio nordeste de Bucarest tenía ese color cemento fresco que adquieren al anochecer las ciudades amarillas. Sobre las primeras estribaciones de Colentina, en medio de unos descampados, ardían grandes hogueras. Trineos abandonados, restos de chapa ondulada se amontonaban sobre la tierra batida, desprendiendo un fulgor de vieja reja afilada con piedra, un destello de aperos de labranza abandonados en el fondo de un granero oscuro. Avanzábamos bordeando tienduchas sórdidas, casas con antenas de radio húmedas de lluvia negra sobre sus techos. Las lámparas de los refugiados enterrados en las bodegas proyectaban un rubor de fragua sobre los tragaluces. En las esquinas, grupos de hombres discutían apoyados en viejas bicicletas. Sus voces se perdían tras de nosotros. En mitad de una plaza aparecían grandes cruces votivas, *troitçe* roídas por el polvo como un calvario mexicano. Al girar por el bulevar Ferdinand nos topábamos con una calzada socavada, repleta de amplias zanjas en las que varios hombres trabajaban a la luz de los proyectores. Una partida de soldados rumanos vigilaban, bayoneta en mano, a aquellos curiosos forzados que tanto podían ser empleados del gas como prisioneros de guerra. Se afanaban bajo la luz eléctrica, como piratas en busca de un tesoro. Con frecuencia me veía obligado a reducir la velocidad. Las ruedas del Chevy se agarraban como podían al asfalto semihundido, tan resbaladizo y esponjoso como el fondo de una alcantarilla. Las orugas de los tanques de Tolboukhine habían roturado las aceras, desenraizado los árboles. La

tierra bebía cielo y agua. Bucarest se iba transformando en una ciudad de Asia, con el bulbo de sus iglesias metropolitanas, su olor a *ciorba* y sus puestos de caravasar, pero de una Asia moderna, la de las loterías de Long Island que huelen a ruibarbo y a alquitrán caliente. Todo se había consumido hasta convertirse en una ceniza aceitosa que se pegaba a la piel. El verano de Salzburgo quedaba lejos. No más fuentes acariciadoras, no más sargentos negros bajo las arcadas soleadas...

El Chevy se desviaba hacia una de las avenidas que irrigan en forma de estrella el centro de la ciudad, la calea Mosilor, la strada Teilor. Rodábamos ebrios en la noche de Bucarest, con los ojos clavados en la masa sombría del parque Cismigiu. Otras avenidas venían a mezclarse con éstas, otros anillos interminables, el U Bahn de Leipzig y el Ring de Viena, la periferia de Múnich y el bulevar Barabasilor. Giraban umbilicalmente hasta el centro de la espiral, se enrollaban hasta el fondo del laberinto. Al otro extremo del continente aguardaban el miedo, los logogrifos desencajados de las casas judías, los hombres con ojos de serpiente. Europa acababa al borde del abismo, un surco venenoso se extendía desde París a Bucarest, ocupado por seres espectrales que odiaban a los extranjeros como yo. A lo largo de él me había topado con los milicianos de Vichy y el *Leibstandart* de las SS, los oficiales de Seyss-Inquart y los verdugos de Baviera, los asesinos del Bund y los partisanos de Antonescu, larga cohorte de idéntico rostro negro... Y otros muchos vivían aún en aquel continente, los *fasci* del Duce y los falangistas de Salamanca, los desertores del Ejército Vlassov y los rexistas del Brabant, los policías de Salazar y los hombres de Mosley en el Mall, y los *oustachis* del Poglawnik Pavelic... Así era la hermosa Europa de 1946. La hermosa Europa... Había mucho con que avivar esa vieja pasión americana, la primera de todas, la pasión por el mal.

Y en las orillas del Dambovitza aguardaban los tanques de Malinovsky.

Solíamos dejar el Chevy a la entrada de la strada Lipscani. En aquel terraplén fangoso aparcaban vehículos destartalados, viejas motocicletas, camiones rusos, automóviles supervivientes de 1938. Había que tomar una calle serpenteante como un sendero, un pasadizo estrecho a lo largo del cual nos íbamos enviscando en las huellas de las *snow-boots* y los charcos de nieve fundida. En el aire frío resonaban voces. Figuras confusas, apestando a alcohol, deambulaban en medio de aquella trocha. Lee se apoyaba en mi brazo. Delante, las linternas iluminaban el suelo destripado en terrones amarillos. Los cigarros brillaban como luciérnagas bajo el cielo estupefacto. De repente tropezábamos con algo: la carroña de un gato atestada de parásitos. Al final de aquella senda húmeda brillaba un cartel. Una puerta crujía sacudida por las idas y venidas de un sinfín de cuerpos borrachos. Aquel cabaret, llamado la Mioritza, era una pobre réplica de los viejos clubes anteriores a la guerra, la Fuica, la Mitica Dona, que los jóvenes de Bucarest aún evocaban con nostalgia. Entrábamos en una sala baja iluminada por bombillas cercadas de papel aceitado. El gentío se apretujaba en medio de un olor a tabaco y a comida rancia. Nada que ver con un night-club. Más que un cabaret, la Mioritza era un comedor de oficiales improvisado donde coincidían todos los que no dormían en Bucarest, los soldados rusos, las putas, los noctámbulos. El suelo tenía ese color de paja sucia propio de los graneros. Las escasas mesas de madera descansaban sobre unas alfombras desgastadas, las *scortze* típicas del campo rumano. Sobre los estantes del bar, extrañamente adornados con viejas placas del Aero-Club de Bucarest, se veía alineado todo lo disponible para emborracharse, olvidar, beber y vomitar: botellas de *zuica*, de vodka, de *spritz* –un curioso vino con gaseosa–, cajas de cervezas rumanas, vinos de Dealul Mare, tarros de pepinillos, latas de caviar verde de carpa. Por unos cuantos lei, uno podía comer y beber, lujo inusitado, lujo insular reservado a los extranjeros, a los amos del mercado negro, a los mangantes rusos y a los funcionarios de los ministerios cuando habían cobrado. Los camareros servían en los platos albóndigas de carne, pescado seco, *crêpes* de trigo candeal rociados con *spritz* o cerveza. El sitio olía a guindilla y a posos. Todo cuanto puede obtener dinero de sí mismo iba a venderse allí. Chavalillas de ojos negros, pavorosamente flacas, merodeaban junto a la puerta. Muchachos pálidos de frío buscaban lascivamente tu mirada. Sus cuerpos enjutos, imprecisos, llevaban marcada la sombra azul de la muerte. Algunos cíngaros de Baranya que habían conseguido librarse de las deportaciones reaparecían en Bucarest. Los *oursari* aún llevaban prendidas en el cinturón las anillas en las que ataban a sus osos de los Cárpatos, pero los enormes plantígrados habían desaparecido, devorados por sus amos, convertidos en ragú. Tenían prohibida la entrada; aun así, algunas muchachas de tez oscura conseguían llegar hasta las mesas de la Mioritza, cogerte la mano y leerte el porvenir. Pero ¿acaso había un porvenir?

Lee observaba la sala cargada de humo y decía:

—Este lugar no se parece a ninguno. O, lo que es lo mismo, se parece a tantos otros...

Yo le cogía la mano. Para amarla realmente era preciso haber conocido las orillas de un gran lago en los días de otoño, la caída de las hojas sobre el agua en calma. Lee era mi hermana norteamericana. Cuando se llevaba el vaso a los labios, yo reconocía aquel leve gesto inclinado. Era el mismo que hacían nuestros padres en las noches de fiesta, cuando escuchábamos el cascabel de los caballos enganchados a los coches que iban de casa en casa. Era el recuerdo de una infancia al borde de los caminos. ¿Quería acaso atraerme por última vez hacia aquellos primeros años, o bien ordenarme que no regresáramos más?

Yo le decía, algo borracho ya:

—Vamos, Lee, has tenido una hermosa vida...

—No creas, Dave. He experimentado la felicidad, incluso una gran felicidad a veces. Pero otras nada, sólo hastío. Además, aquello no se parecía en nada a este viaje. No hay nada comparable a este viaje... ¿Sabes, Dave? Yo... Te he querido.

—¿Por qué hablas en pasado?

—Te quiero, Dave.

La imagen que conservo de Lee permanece fijada en aquel instante del tiempo.

A lo largo de aquellas veladas en la Mioritza nos íbamos hundiendo lentamente. Un fonógrafo evocaba sin cesar canciones norteamericanas, discos increíbles de Jimmy

Rushing o de Pinetop Smith, blues acompasados por el taconeo de los soldados soviéticos. A los rumanos les gustaban especialmente las endechas de un cantante de antes de la guerra, su Caruso folclórico, un tal Chiva Pitzigoi. Su voz de muecín resonaba como un eco en el fondo de un pasillo donde todo iba a pudrirse, los estucos de Austria y los cafés húngaros, los cadáveres descompuestos y los rostros de aquella guerra, aquella *rasboiu*, como la llamaban los rumanos, aquella maldita *rasboiu* que para nosotros concluía en una ciudad de buscadores de oro, la ciudad del patriarca Antim, la XVII República soviética, el fin del mundo.

Recuerdo una de aquellas noches... Estábamos sentados a una mesa: Lee melancólica, abandonada al murmullo, bebiendo vaso tras vaso, y yo intentando hablarle en medio de aquel guirigay, desgañitándome, como un borrachín, supongo, o bien intentando simplemente que me escuchase. Uno de los apoderados de la Fénix se acercó a saludarnos. Un fortachón británico que daba grandes apretones de manos. Le presenté a la señora Lee Miller, del *Vogue* londinense, intercambiaron unas cuantas palabras banales acerca de la vida en Inglaterra, y luego el fortachón regresó a la mesa en la que mataba su aburrimiento entre dos rumanas del género venal.

–Disculpe –dijo una voz tras de mí–, pero no he podido dejar de escuchar un nombre que usted ha pronunciado.

Me volví, sorprendido por aquella voz que hablaba inglés con un marcado acento. En la mesa intermedia, un hombre de edad indefinida me miraba. Sentado ante un vaso de *spritz*, tenía una mano apoyada sobre el libro que acababa de cerrar. Sus ojos hundidos en las órbitas tenían un curioso brillo. Llevaba el cuello envuelto en una gruesa bufanda.

–¿Ha hablado usted de Lee Miller? –preguntó.

–Sí –contesté, desconcertado.

–¿La conoce?

Me quedé helado, entre el estupor y la risa.

–Pues la verdad es que... La tiene usted ante sus ojos –le dije volviéndome hacia Lee.

Lee alzó la nariz de su vaso y miró sin inmutarse al hombre de la bufanda. Él la observaba con inmenso interés.

–¿Lee Miller?... Le parecerá gracioso, señora, pero... usted no es Lee Miller.
–¿Ah no?
–No. Aunque es usted muy hermosa.
–Gracias –dijo Lee, entre intrigada y fastidiada–. ¿Conoce usted a alguna otra Lee Miller?

El hombre hizo una pequeña mueca.

–Conocer, lo que se dice conocer... En realidad, no. Pero la he visto en fotos. Y, créame, no se parece a usted. Perdóneme, señora, pero la Lee Miller a la que yo me refiero jamás se vestiría así...

–¿Dónde ha visto usted esas fotos de las que habla? –le pregunté en un tono agresivo.

El hombre interpuso las manos entre él y yo, como para apaciguarme.

–Discúlpenme, supongo que debería haberme presentado antes. Me llamo Nicu Veredan. Pero, suponiendo que ustedes lo entiendan, preferiría expresarme en francés.

Lee asintió con la cabeza. El hombre prosiguió.

–Déjenme explicarles... En 1922, llegué a París. Quería ser poeta. Poeta surrealista. Tenía un amigo allí, un pintor rumano, Victor Brauner. Él me presentó a todos los creadores importantes del momento. Conocí a Man Ray. Y bueno, en aquella época, todo el mundo creía que se iba a suicidar...

Sus palabras destacaban claramente en el tumulto de las voces. En el gramófono, una mano acababa de poner un disco de Chiva Pitzigoi.

–¿Por qué dice eso? –le interrumpió Lee.

–Porque eso fue lo que me contaron, señora. Quería morir por una mujer; una norteamericana, como usted... Una modelo de alta costura, muy inteligente. Muy perversa. Eso al menos decían los amigos de Man Ray. Quiso morir por ella...

–¿Es que acaso alguna mujer merece que alguien muera por ella? –dijo Lee bebiendo nerviosamente un trago de *zuica*.

–Ella sí –respondió el hombre–. Le repito que vi algunas fotos de Lee Miller. Unos desnudos. Había como un precipicio alrededor de aquella mujer. Un abismo de silencio, por decirlo de alguna manera.

—Era una mujer desnuda, nada más —cortó Lee—. Vista una, vistas todas.

—No, señora, era más que eso. Algo infinitamente misterioso... Lo más curioso es que, al parecer, era una mujer muy pizpireta, *très dégourdie*, como dicen los franceses.

Lee le escuchaba, sosteniendo el vaso en el aire. Parecía buscar a alguien en el fondo de su memoria.

—Y Man Ray —dijo Lee—, ¿qué le pareció?

—Por aquel entonces era un hombre triste. Vivía rodeado de bonitas mujeres a las que no prestaba atención. O a las que hacía sufrir. En realidad, creo que poseía una energía, en su trabajo, en sus amistades, que a la larga consiguió salvarle... Una energía colérica. Toda aquella gente había comenzado por ambición, y continuaba por cólera. Aquí, en Bucarest, ocurre generalmente a la inversa, ya ven.

Varios soldados rusos acababan de entrar en el garito. Los camareros iban de una mesa a otra sin parar. Lee acariciaba el contorno del vaso con su dedo índice, sin quitarle ojo al rumano.

—¿Y por qué no se quedó usted en París? —le preguntó.

Veredan se pasó una mano ante los ojos, como queriendo disipar un espejismo.

—Me encuentro mucho mejor en Bucarest. Mis padres me han dejado una casa. Trabajo en la Biblioteca Nacional. Prácticamente vivo allí, con mis libros y mi tabaco. Y además he descubierto algo, señora.

—¿Qué? —preguntó Lee.

Veredan se inclinó hacia nosotros como para hacernos una confidencia.

—Lo que fui a buscar en París ya estaba aquí, desde siempre. Las conspiraciones de los surrealistas que acuden a los cafés en busca de la clave de los sueños... Aquí es adonde deberían venir, señora. Rumanía es surrealista. Un país realmente cruel, ¿sabe? ¿Recuerdan a Tarzán, el hombremono? Pues bien, nació aquí.

—El Tarzán del libro era inglés —comenté—. Lord Greystoke.

—Ya, ya, pero Johnny Weissmüller nació en Timisoara. Un sajón de Transilvania, como lo oye, señora... Un alemán del Banat, al puro estilo María-Teresa... Reina sobre los simíos, pero en su cabeza hay un pequeño *voïvode* con su bastón esculpido. Tarzán es un producto de los Siebenbürgen... un Kuruzzen feroz... ¡En la sabana! ¡En los árboles! ¡Con los gorilas! ¡Borrachos... los gorilas... de vino del Prut! ¡De *zuica*! *Noroc!* ¡A la salud de los gorilas moldo-valacos! Sí señora...

Alzó su vaso.

–*Noroc!*

–*Noroc!* –dije yo a coro con Lee.

–En realidad –prosiguió en un tono más calmado–, yo buscaba en París algo estremecedor... una historia a lo Salgari, a lo Julio Verne. ¡Pero el castillo de los Cárpatos está aquí! De la Carniola a los Balcanes, las fortalezas malditas se yerguen sobre sus roquedos... No necesitamos los caballos neoclásicos de Chirico... Tenemos a los jenízaros enterrados a orillas del Danubio... los caballeros de Macedonia... los *haïdouks* en sus caballos negros... Man Ray no ha soñado nada igual... ¡Ni Breton! Fui a París, a ver qué se cocía. Todos los grandes timadores estaban allí. Brancovan, Vacaresco, Lahovary... Bibesco, Soutzo, ¡todos en el Ritz! Como me dijo un día el profesor Iorga, los rumanos nacen francófilos, antisemitas y divorciados... Es verdad... Pregúntenle al Conducator Antonescu. ¡A la Guardia de Hierro! Se creen Césares... Las legiones abandonadas por Roma a orillas del Danubio... ¡Auténticos surrealistas, todos ellos! ¡Y los de ahora no tienen nada que envidiarles! ¡Pauker y Gheorgescu, el Stoïcu y Dej el pequeño Stalin! ¡Todos aguardan su trono repintado de rojo! ¡Dacios, ilirianos, domadores de osos! Somos un país pobre, pero el oro del mundo está aquí, señora. ¡Aquí! Sólo es preciso remontar... remontar...

Su mano dibujaba un horizonte invisible. De pronto me pareció que aquel hombre estaba loco. Lee dejó de reírse.

–¿Remontar qué? –le preguntó.

El hombre resopló:

–Las vidas se remontan, se renuevan, señora. Fíjese, esa mujer que se llama como usted ahora es una reina en El Cairo. Cena todas las noches en la mesa del rey Faruk... ¡Con las momias! ¡Con los dioses cabeza-de-gato! Qué decepción... Una mujer como ella, hecha para vivir con los artistas... ¡Viviendo con los Faraones! ¡Con los papiros!... Aquí, en cambio, se remonta la carretera. Lo salvaje aguarda al final de la carretera. Uno busca a otra persona, cree buscar a otra persona, pero en realidad se busca a sí mismo. Al final de la carretera hay un rostro...

–¿Qué carretera? –insistió Lee.

El hombre guardó silencio un instante. La voz ululante de Chiva Pitzigoi resonaba en el aire. La Mioritza estaba cada vez más llena de humo.

–La que está delante de usted... Sígala. Es la carretera quemada... La senda del Junco... La ruta que Esteban de Moldavia hizo quemar para detener a las tropas de Mohamed II... Un camino de muerte. A veces se ven pétalos rojos cubriendo la tierra, pero son gotas de sangre. No crea que me lo estoy inventando. Basta con salir de Bucarest y avanzar hacia el delta... Verá los fresnos y los cañaverales... Los senderos de agua, los *ghiol*... Verá pontones yendo rumbo a los subterráneos, a los abismos llenos de tesoros... Ahí, ahí abajo es adonde hay que ir, señora, al Ponto Euxino... Allí fue exiliado Ovidio, y allí descubrió criaturas fabulosas... ¡Aquello es mucho mejor que Dalí! ¡Lo más cruel! Los mirlos se posan sobre los cardos, y en las marismas arenosas se deslizan las serpientes de agua... Si aún conserva usted sus ojos, verá las barcas negras de los lipovenos de larga barba perderse entre las cañas... Hay bancos de carpas que habitan en bosques inundados cuyo fondo no se ve. No le miento, créame... Todo está escrito. Allí abajo estaba el reino de Cimeria... el origen... el desierto de los getas... el país de los odrisios... Arrastraban a los vencidos por el polvo de la hojarasca amarilla... Llevaban grandes cimeras blancas... Mejor que Tanguy, que Miró... ¡Mucho mejor! Pero aún no le he contado lo más terrible.

Se bebió de un trago el resto de su vaso de *spritz*. Algunas de las muchachas cíngaras de ojos negros se sentaron a las mesas vecinas en compañía de rusos ebrios. Lee cerró la mano con fuerza, como si temiera que pudieran leer en ella algún signo.

–Lo más terrible –prosiguió Nicu Veredan–, es lo que hay más allá. Sí, señora. Más allá se hallan los ríos de la muerte... Los amos del caos... Los tracios remontaron ese camino antes que usted, con sus caballos cubiertos de oro y de bronce... Iban al encuentro de Zalmoxis, el Dios oculto... Sí, señora, Zalmoxis *el Silbador, el Lacerador* en su cueva sin fondo... Siga, siga remontando... Algunos aviones que parten hacia el Mar Negro jamás regresan... En el fondo del Balta, en lo más recóndito de todo, los dioses malvados aguardan en su reino... Eleusis... Hécate tricéfala y la Gran Cibeles... y el más atroz, el Devorador... el Horrible... Glykón el de la cabeza de perro, sí, señora, el mismo... ¡Glykón *el Inmundo*, Glykón el de la cabeza de perro!

El hombre se llevó el vaso vacío a la boca, y luego le echó a Lee una mirada ardiente.

–No crea que lo que le cuento son meras fábulas. Si avanza por el delta verá entonces un rostro. Se aparece ante cada uno de los que le buscan, y para cada uno es diferente. Tal vez sea el suyo... tal vez sea otro distinto. Tras haberlo visto, uno puede morir. Y más allá de esa muerte existen otras ciudades eternas. Una ligera brisa barre sus calles. Esas ciudades tienen nombres que resuenan suavemente en nuestros oídos... Constanza la voluptuosa, donde todo concluye... Y bajo la luz de los veranos, una ciudad muerta aguarda como un laberinto. Para nosotros, es el espejo del pasado. Los turcos la llamaban Güzel Istria... La hermosa Istria...

–¿Istria?...

Lee estaba pálida. Acababa de pronunciar ese nombre con una voz neutra, echando la cabeza hacia atrás.

–Sí, señora, Istria... ¡Sí, ya sé!... En París había un hotel con ese nombre. Allí estaban todos: Duchamp, Picabia y Maïakovsky, y Louis Aragon... Man Ray vivía a dos pasos... Una noche, en su estudio, vi esas fotos de las que le he hablado. Sí, las vi. Aquella mujer era tan hermosa...

El disco de Chiva Pitzigoi se había callado. Lee bajó la cabeza, ocultando sus ojos.

–Sí –murmuró–, tan hermosa...

Aquella noche, Lee se despertó gritando en la habitación del Atenea Palace. Estaba bañada en sudor. Intenté tranquilizarla. Tenía los ojos clavados en el techo. Nos pimplamos una botella de *zuica*, luego volvió a dormirse. Cuando despertó nuevamente, a eso del mediodía, todo estaba preparado, yo sabía lo que me iba a decir. El Chevy cargado, el depósito lleno.

–Partamos, Dave –me dijo con una mirada extraviada–. Partamos enseguida.

El coche remontó la calle hasta la plaza Victoriei. Bajo los tilos helados del parque Filipesco, los carteles de la glorieta indicaban dos direcciones opuestas. Hacia el Sudeste, Constanza e Istria. Hacia el Noroeste, Sinaïa y Ploiesti. Sin abrir la boca, Lee señaló la dirección de Istria.

Tomé la otra carretera. La de Sinaïa.

Lee vivió cuatro años en Londres. Los días sedentarios volvían, pero siempre en una isla. Sin embargo, Lee no dejó de renovar la que cada dos por tres era su costumbre: tomar la casa de otra mujer conservando al hombre en cuestión. Había suplantado a Kiki en el corazón de Man, había expulsado a Nimet de la vida. Esta vez sucedió a Valentine en los hábitos de Penrose.

La casa de Downshire Hill, Hampstead, en la que vivían, era modesta pero confortable. En los días claros, Lee podía divisar las colinas grises del Middlesex. De los jardincillos bien cuidados ascendía un olor picante a encurtidos. Paseé por aquel lugar el año pasado. Allí seguían las mismas casitas de ladrillos, un pueblo de muñecas en el que las luces se encienden al atardecer para alumbrar el nido de los elfos. Tras las ventanas de guillotina se adivinaban domingos de hastío, el *cant*, el olor mixto a malta y a tabaco. En una de las plazas se oía el piar de los gorriones. Caballeros muy ingleses, ataviados con camisas de cuello duro, merodeaban por allí como peregrinos alrededor de la Kaabah. Los grandes autobuses rojos enfilaban la cuesta tosiendo, hasta que el ruido del motor se perdía a lo lejos. Era la Inglaterra de la decencia y de los arbitrios. Era la Inglaterra con sensación de eternidad.

Me imagino a Lee allí, en 1940.

Lee fingía haberlo pasado bien durante aquellos años, haber aprendido de los ingleses que lo trágico es, en cierta forma, una falta de delicadeza. Londres resultó ser una especie de Montparnasse con la DCA a modo de jazz-band. Lee vivió allí, como siempre, entre su pasión por la Leica y su amor por un hombre.

Inglaterra le sorprendió. Inglaterra, quizá, la envejeció. París ofrecía a las mujeres los espejos de sus callejones; la calle le decía a cada una de ellas que era la más hermosa de todas. En Londres, las casas tan sólo les daban la espalda, la oquedad de sus ventanas emplomadas. La piedra gris de Portland se mostraba agradable con la luz, pero nada amigable con los rostros. ¿Dónde estaban ahora los gallos del Hotel Istria, su emulación sonora, sus festejos eléctricos? ¿Y el adobe del delta, las secas líneas en diagrama del desierto?

Lee frecuentó algunos de esos lugares en los que los caballeros llevan chaqués hilo a hilo grises y las damas petunias en el occipucio. Los ingleses la miraban como si se hubiera escapado de la Small Cat House del zoo londinense. Una norteamericana en Londres: un objeto sin tasa, una reliquia del *cash and carry*. La miraban como si se tratase de los tejedores flamencos huyendo del duque de Alba, de los hugonotes franceses o de los carbonari. Gran Bretaña, que alardea de haber dado parlamentos a todos los pueblos atrasados, jamás se repondrá del golpe que para ella supuso ver a los Hurones de Nueva-Inglaterra crear uno en contra de la metrópolis. Lee tuvo la sensación de que los ingleses evolucionaban presos en un tarro invisible, siendo más dados a la cuchara que al encanto; de que las maniobras de acceso sociales exigían largos palabreos de escafandra a batiscafo para que por fin se abrieran las portillas. Cuando mantenía una conversación, le parecía que sus tonos eran primeramente analizados por el Departamento de Longitudes de Greenwich, antes de que la posición social así determinada generase la respuesta adecuada.

Cuando alguien se enteraba de que había vivido en Francia, su rostro se teñía de curiosidad. Una yanqui de París, eso ya era otra cosa, bastante más romántica: una pantera lasciva, una salamandra de *cosy-corner*. Los británicos dan un valor especial al episodio vivido, a la verdadera vida. Entonces la miraban como a una oveja descarriada, como a una golfilla exótica, porque, claro, había conocido esa ciudad de tan particulares salones, de algaradas en cada esquina y de mujeres a millares que es París. Lee notó una curiosa disociación. Francia, desde Calais a Lyon, era tenida por una especie de Kenya reprobable donde se protegía a la fauna adúltera. Pero pasado Avignon estaba el Paraíso. «*Do you know Provence?*», le preguntaban arqueando una ceja a modo de cuchilla a punto de caer. Ante su respuesta afirmativa, una gran media luna iluminaba los rostros. Sí, en efecto, conocía Provenza, la playa de La Garoupe, y todo lo demás. Lee jamás hablaba de ello, como tampoco de sus otras vidas.

Varias pelirrojas escandalosas y otras tantas morenitas de baja costura le demostraron simpatía, por lo que Lee pensó que al fin se le abrían las puertas. «*Fierce dykes*», soltó Penrose: menudas tortilleras. O como Man habría dicho, en buen francés: *des gousses perdues*.

La guerra comenzó casi en broma. El frente francés aguardaba impaciente la ofensiva, que se retrasaba. Lee, como para burlarse de todo aquello, se tomaba muy en serio su papel de *housewife* británica. En los jardincillos de Hampstead, las plantaciones de orquídeas crecían al abrigo de unas garitas de hierro. Los cascos de los *tommies* –los reclutas ingleses– brotaron repentinamente sobre la cabeza de las «marujas» de la defensa pasiva como cacerolas transformadas en chapeos ante la quiebra de los sombrereros.

Lee vagabundeó por los hoteles de Piccadilly. En el bar, emisarios interaliados, norteamericanos del YMCA, expertos en balística se cruzaban sin cesar, con los oídos bien abiertos. Los jóvenes aviadores de la RAF rotaban por las habitaciones a la espera del combate. Hablaban de lo que estaba ocurriendo sin animosidad, como si la agresión alemana no hubiese sido más que el proyecto erróneo de un pueblo importuno. Igual que William Pitt le había parado los pies a Bonaparte, nadie dudaba de que Churchill tenía suficientes redaños como para hacer trizas a aquel jefecillo austríaco que, según decían algunos en plan de guasa, tenía pinta de *francés*.

Penrose había sido movilizado; cumplía servicio en el Ejército territorial como instructor de camuflaje. Allí iban a parar los artistas, los diseñadores, los prestidigitadores. La guerra, que en cualquier otro lugar es siempre causa de desgarro, devenía allí una escuela de sordina, de dibujo al carboncillo. ¿Cómo ocultar las fábricas? ¿Cómo velar los nidos de DCA? ¿Cómo esfumar las cúpulas de los monumentos? ¿Cómo disimular un rostro? Con la ayuda de Lee, Penrose estudió primeramente las soluciones clásicas: la red de gambas, el rayado de cebra y la piel de camaleón. Todas estaban muy vistas. Había que resolver ecuaciones a base de movimientos, de sombras continuas, de superficies brillantes, encontrando combinaciones inéditas. El salón de Hampstead fue transformado en taller de maquillaje. Penrose y Lee rivalizaban febrilmente, cortando el papel, manipulando las telas, recorriendo los museos. Estudiaron los rayados bicromos de las muñecas Kachina, las tierras ocres del Luberon e incluso la funda peniana de los masais, que tal vez pudiera servir para cubrir las chimeneas. Supieron de las costumbres del guacamayo cingalés, que despliega sus plumas en forma de palma para simular una hoja. Analizaron las rocallas italianas, la vida de los sapos geomorfos, las fresas del duque de Essex. Penrose sentía predilección por la espiral del mandala y el péndulo de los magnetizadores. El cubismo les proporcionaba una solución radical: tapar toda Inglaterra con el cuadrado blanco de Malevitch para hacerla desaparecer. El tachismo, el puntillismo, las floralias del Quattrocento, los rostros hortelanos de Arcimboldo ofrecían algunas pistas más felices. Lee descubriría que el verde de Hesse utilizado para los uniformes de la Wehrmacht imitaba los tonos diluidos de estanque, las tonalidades acuosas de los cuadros de Millais o de Burne-Jones. Quién lo hubiera dicho: el estado mayor alemán era prerrafaelista.

Una empresa de cosméticos les propuso probar un ungüento corporal verdoso destinado a los comandos. En el jardín oculto a las miradas, Lee se embadurnó valientemente el cuerpo con aquel potingue. Penrose se partió de risa. Lee parecía un dogón enfadado al ver un paquebote. A Lee no le hizo tanta gracia. Al lavarse con agua caliente, el ungüento verdusco no desaparecía. ¿Permanecería eternamente verde como una rana? Tan sólo el agua fría conseguía disolver aquella pasta clorofílica.

Una noche, cayeron las primeras bombas sobre Londres. Casas reventadas, maniquíes desnudados, globos de observación abatidos: aquella primera oleada bélica se asemejaba al surrealismo común y corriente.

Del *Blitz*, la época de los bombardeos, Lee conservaba recuerdos subterráneos. Una bruma anegaba el barrio de ventanas barreteadas con papel de embalar. Las farolas brillaban a medias. En cuanto se oía el primer aullido de sirena había que meterse corriendo en cualquier boca de metro. El cielo vibraba por el Sur con un fragor tenebroso. Los haces luminosos de los reflectores de DCA se entrecruzaban en las estrellas como palillos de restaurante chino. Traído por el eco, resonaba por doquier el zumbido de los Spitfire despegando de Croydon y de Stag Lane.

Las bocas negras vomitaban sobre los andenes del metro una población de ojos enrojecidos. Allí, toda aquella gente reanudaba una vida adventicia, instalada ya en sus costumbres. Transcurridas las primeras semanas, Londres se convirtió en una ciudad subterránea al igual que Venecia es una ciudad submarina temporalmente devuelta al aire libre. Mientras los Heinkel pasaban por encima de Highgate, completamente a oscuras, algunos policías recorrían los andenes parándose a observar alguna partida improvisada de ajedrez. Los *cockneys*, con su eterna gorra en la cabeza, mordisqueaban regaliz. Algunas familias dormían guarecidas bajo toldos de jardín, custodiadas por la mirada pensativa del padre, que de cuando en cuando se llevaba a la boca la pipa apagada del comisario. También se veía a algunas secretarias alejadas de sus habituales diversiones, envueltas en impermeables de tres al cuarto. Lee se fijaba en las costuras ficticias, pintadas, para ahorrar, sobre las piernas desnudas; le conmovía aquella apariencia cuidada, aquella espera pese a todo del amor. Comenzaban a escasear los cascos. Por eso los guardias urbanos llevaban *crash-helmets*, unos cascos de motociclista de carreras. Bajo la bóveda húmeda del metro, auténtica cúpula de templo sij, las familias hindúes, luciendo sus turbantes, sacaban de sus baúles algunas reliquias de *tandoree food*. Extraños viajeros cargados con su maletín se apalancaban allí como si hubieran recorrido a pie la línea de los raíles.

Noche tras noche crecía la animación. Una vida de plaza italiana se iba apoderando de aquellos bajos fondos. Algunas solteronas sentadas junto a sus peces rojos charlaban de exposiciones caninas y de la última semana de Ascot en 1939. Deploraban que se hubiesen suspendido las regatas de Cowes, pero se alegraban de que el *Times* continuase publicando, entre comunicado y comunicado del *War Office*, la relación de presas cazadas en las monterías de los condados. A veces un puñado de ratones atravesaba furtivamente los raíles. Se cantaban *Christmas carols* para tranquilizar a los escasos niños que aún permanecían en la ciudad, y que clavaban sus ojos redondos en la entrada del tunel, esperando ver surgir de la negrura a los condestables felones de Juan sin Tierra, o tal vez a una armada de hadas minúsculas con las alas manchadas de hollín. Luego se desplegaban banderolas. El sonido de las campanillas se elevaba, seguido del ligero tintineo de los cepillos de iglesia. Toda una filantropía de ligas, de congregaciones, todo un pueblo de perros lazarillos y de viejas damas alzadas contra el vicio encontraba en el metro una causa a su medida. Varias escuadras del Ejército de Salvación cebadas por la miseria buscaban en los rostros mal afeitados una presa, y luego embriagaban hasta la saciedad a sus víctimas con sones de armonio. Los presbíteros predicaban el Armaguedón mientras en el otro andén los adventistas del Séptimo Día incitaban a la precaución testamentaria. Los versículos se respondían unos a otros, las biblias volaban en medio de los bookmakers con visera de celuloide que hacían apuestas sobre los impactos. Desperdigados aquí y allá, algunos vagabundos transformaban en mantas los periódicos del día: sobre su espalda se podían leer las noticias referentes a la Commonwealth, las matanzas en Mysora, los datos pluviométricos de Sidney. Lee recordaba con especial cariño a una vieja zarrapastrosa que llevaba un loro en una jaula. El ave contemplaba aquel espectáculo disgustado, erizaba sus plumas y, cuando ya no aguantaba más, soltaba a los parroquianos un sonoro «*King Geoooorge!*».

Al finalizar la alerta, el caravasar subía en oleadas lentas hacia los accesos. Una luz de claraboya remarcaba las ojeras, barría el aire de kermesse que reinaba en aquellos subterráneos. Aquella gente parecía un grupo de juerguistas de regreso de la boda de Behemoth, con el rostro ennegrecido por las tinieblas. Los guardias volvían a cerrar las verjas. La vuelta a las calles era como regresar a cubierta de un barco tras la tempestad. Columnas de humo oscurecían el cielo. Los árboles de las plazas se erguían intactos, rodeados por una blancura lechosa, color bruma, color alerta. La gente se despedía sin mucha efusividad, como se despide uno, al llegar la hora, de sus compañeros de trabajo. El grito del contraventor se elevaba por última vez sobre la multitud adormilada.

«*King Geooorge!*»

Al resurgir de aquellas noches en vela, Lee se tiraba en la cama. Tras sus párpados cerrados se sucedía un sinfín de imágenes, hasta que volvía a abrirlos para hacerlas desaparecer. El techo blanco gravitaba sobre ella. Se levantaba. En la cocina, se preparaba unas tostadas con mantequilla, se tragaba sin ganas sus correspondientes bollos. Lee sorprendía en el espejo angular un reflejo pálido. Observaba el tapón de una botella de malta, se servía un trago. Las noches eran casi alegres comparadas con la luz hiriente del día. Penrose se había ido una vez más a su cuartel. Lee daba vueltas por las habitaciones. Luego, cuando ya no lo soportaba más, salía.

Cogía un taxi que la dejaba en el centro de la ciudad. Caminaba sin rumbo. Durante los días del *Blitz*, se dedicaba a patear las calles con su Leica en la mano, igual que un robinsón recorre las playas de su isla. Fotografiaba los *slums* de Hackney despedazados en reliquias negras, las cuadras de Mayfair calcinadas por las bombas. Seguía la alineación de Saint James's Park velado por la *fog*. El Almirantazgo, el Foreign Office, Carlton House Terrace, se erguían entre la bruma como acantilados del plioceno, acolchados con sacos de arena. Los frontones griegos le recordaban otros templos, el destello perdido del sol de Egipto. Los estanques de los parques habían sido vaciados para que la aviación alemana no pudiese basar sus tiros en los distintos puntos hidrográficos. Montones de sillas plegables, arrastradas por la borrasca, yacían como barajas tiradas por el suelo. Las aves acuáticas habían huido. Tan sólo quedaban algunos pavos atontados. Varios sacos agujereados de los que manaba grava y salitre teñían de un tono arenal el césped. Las estatuas habían abandonado su pedestal; en su lugar, las pequeñas ardillas grises adoptaban la pose de Nelson o de lord Cavendish. Surgido de alguna extraña parte, un jinete atravesaba a veces Hyde Park montado en su caballo trotón. Las perspectivas breñosas se entremezclaban. Aquélla no era ya la claridad a cielo abierto de las Tullerías en invierno, ni el luto umbroso de los palmerales. Era un cielo teatral que a veces hendía una afilada lámina de sol que enseguida volvía a tragarse algún nubarrón.

Londres ofrecía a la vista algunas escenas curiosas. Lee las fotografiaba: los franceses, de guasa, saliendo de las oficinas Citroën en Devonshire House, los polacos exiliados paseando delante de las cancillerías de Grovesnor Square. Las cuadras de Belgravia habían sido transformadas en depósitos de piquetas y de máscaras de gas. Delante de Queen's Hall, varias motocicletas de la Caballería ligera aguardaban aparcadas. Lee vio salir varias veces de allí un Silver Ghost negro. Las dos alas de la *Silver Lady* que se veía en la rejilla del radiador estaban envueltas en unas minúsculas Union Jack.

Sorprendentemente, seguía habiendo carreras de galgos, pero sólo por la mañana. En el canódromo de White City, los perros lucían cascos de cartón-burbuja en vez de los tradicionales, para dar ejemplo. A Lee le parecían *tommies* con cráneo de lémur, flechas traicioneras y huidizas. «*Cowards!*», gritaban los *cockneys*. A la salida, solía haber bronca. Los chuloputas franceses que vendían a sus tolonesas en la acera de la avenida Shaftesbury se habían vuelto ultragaullistas. Estaban dispuestos a dar una paliza a los italianos del *fascio* de Greek Street que, tras haber sufragado la ascensión de Mussolini, se hacían pasar ahora, desde el inicio de la guerra, por *niçois*.

Lee atravesaba barrios arrasados por las bombas. Aquello fue el preludio de lo que luego ocurrió en Europa; una primera impresión del sombrío viaje. Escombros barridos, humos de fábricas, partículas de gasolina quemada, levantaban un polvo gris y pringoso que impregnaba la ropa, embadurnaba la piel, haciéndote sentir pegajoso. Sobre la ciudad flotaba algo similar a la muerte silbante, al pavor apabullante que las máquinas marcianas de H. G. Wells arrojaban sobre la tierra devastada.

Lee emprendía el regreso a Hampstead, asqueada.

Al anochecer, escuchaba con Penrose las emisiones en francés de la BBC. Los dos habían vivido en París. Ambos sentían la extrañeza de aquel idioma convertido a su vez en un idioma de exilio, hablado desde su propia tierra. Voces jóvenes y nerviosas desgranaban en el éter frases que habrían podido salir de una sesión de escritura automática. *Le chat montera sur la branche du figuier, je répète, le chat montera sur la branche du figuier. Anatole a sorti ses oeufs du panier, je répète, Anatole a sorti ses oeufs du panier. Le père a décidé de châtier sa fille, je répète, le père a décidé de châtier sa fille.* Lee y Penrose se miraban. ¿Dónde estaban aquellos que les habían enseñado la dulzura de las risas al alba y los árboles del bulevar Arago en el deslumbramiento de la primavera? Lee amaba aquel idioma, el idioma de Francia, sobre todo en labios extranjeros, cuando un acento lo doblega mansamente, le arranca su alteridad simpatizando a la vez con una historia que no es la suya. Recordaba las diversas entonaciones de quienes se adentraban en ese fraseo del mismo modo en que uno halla un refugio en una montaña. El francés catalanizado de Picasso, con sus toques chabacanos de *montmartrois* 1900. El francés sajón de Man Ray, salpicado de expresiones parisienses *à la mode*. El francés sincopado, ágil y desbrozado de los haitianos del Spanish Harlem, que se juegan a sus mujeres a los dados en las noches de plenilunio. El francés charlatán, casi marsellés, de los negociantes issas que suben en Port-Saïd, con sus fardos destripados sobre el muelle. El francés tan untuoso como un arroz paddy de Aziz, hablando a orillas del río. El francés preciso de Julien Lévy, que refrenaba sus palabras igual que un auriga sujeta las riendas.

¿Dónde estaban ahora todos aquellos seres de su vida? Perdidos, sí, pero ¿en qué tinieblas?

Lee había reencontrado su albergue juvenil. Volvió a tener un empleo en *Vogue*. Pero no estaba contenta. La edición inglesa iba destinada a unos cuantos lectores de Eaton

Square que la hojeaban bajo sus columnatas mientras se sonaban con sus cortinas de chintz. Londres vivía a la hora del *Blitz*, y el *Vogue* inventaba el camuflaje de salón. A pesar de las restricciones –la distribución de la madera canadiense estaba limitada–, la revista era un extenso muestrario de cuñas de anaqueles y borlas, espejos con láminas de oro y yedras retorcidas, tejidos plisados y ramajes de estudio. Cecil Beaton imponía sus gustos como un emperador chino. Volátil, socarrón y desinhibido, infligía a una aristocracia que había arruinado a su familia –o que no la había enriquecido– su particular *vendetta*. Confundiendo, en su venganza, el Londres encopetado con las mujeres que lo habitaban, había decidido gobernar por medio de la sobreabundancia y el recargamiento. Elogiaba las rosas del jardín de Wilsford, con su perfume *rosa pálido*. Impulsaba hiperbólicamente los desmayos de las mujeres de la alta sociedad, todo era *terribly nice, too sweet, divine*. Sentía predilección por los tonos melindrosos, por los colores pastel: el verde almendra, el blanco amarillento, el cabritilla claro. Recomendaba a las sobrinas herederas las falsas conchas, las cremas de palma y los quioscos con cenadores. Como fotógrafo, colocaba a sus clientas bajo pérgolas floreadas y las trataba como ramilletes de jardín Ming. El asesinato con trenzados era su preferido. Rara vez hizo alguien mejor uso de las mujeres en su contra, y con su consentimiento, para más inri, lo cual es el colmo del arte.

Hacía posar a Helen Bennet ante bloques de hielo. A Natasha Paley tumbada sobre una cama, estrangulada por un hombre tatuado. A Tilly Losch empotrada en el tronco de un árbol, como un viejo búho. A la Dietrich dialogando con una estatua. A madame Milbanke bajo un globo de cristal. Toda puesta en escena, cuanto más depurada está, más vampiriza: la sangre de las mujeres bebida, los humores purgados. El resultado, rostros diáfanos, pieles translúcidas, miradas de mártires. Insinuando, dando alas incluso a la familia real, Beaton arrastraba tras él a una fauna de ricas excéntricas que le acompañaban en cortejo como una caballería funeraria Tang. Al esnobismo de las jerarquías sociales, Beaton añadía, en efecto, el de las afinidades sensuales, cosa en lo que se mostraba británicamente ortodoxo. Stephen Tennant, con su abrigo de cuero negro con un gran cuello de chinchilla, cubría las paredes con papel de plata y los suelos de parqué con pieles de osos polares. Edward James mandaba tejer en la misma alfombra de su salón la huella del pie de la mujer que pretendía amar. Augus McBean, el fotógrafo del Old Vic, y John Gieguld hacían otro tanto. Beaton, sin embargo, no era un ser lánguido aguardando la embestida. Era él quien embestía, encorsetado y resoplando, y a veces se convertía en el Nerón de *Quo Vadis*, observando en las facetas de su carbunclo el espectáculo de los cristianos arrojados al suplicio. Añoraba el Londres isabelino, las *masques* y los *pageants*. Añoraba también los años veinte, los jóvenes lores empalados sobre orquídeas, los caligramas bolcheviques pintados en las paredes, los marineros con brazos de bomberos en traje de baile. Por eso se sentía obligado a burlarse del viejo sir Rufus Isaacs y de los judíos de Whitechapel, que iban a transformar Mayfair en Bessarabia.

Me topé con Beaton en Nueva York, después de la guerra. Aunque sabía de sus andanzas, no me hice una idea sobre él. O sí: me pareció uno de esos personajes que con su farisaísmo, para mí palmario, pero inapreciable para la mayoría de las personas, atraviesan infiernos en los que hallarán, quizá más que nosotros, su salvación.

Lee no fue presa de Beaton. A veces se topaban en las oficinas del *Vogue*, sin demostrarse la menor simpatía. Él estaba por delante de ella. Ella le detestaba. Bajo su mando, Lee no era más que una oficiala de modista. Una suplente.

Lee ya había cumplido los treinta y cinco. Se mantenía sobre la cuerda floja de toda existencia que se extiende entre un pasado que ya ha vivido y el tiempo que aún le queda. Lee experimentaba la línea divisoria entre los dos mundos a los que se había entregado. Por un lado, las colgaduras de teatro, los torsos prisioneros de los cercos de tafetán, las mujeres exaltadas como anatomías inmovilizadas en un gesto: aquellas modelos eran los detalles de una floralia cuya clave poseían los hombres que no amaban a las mujeres. Por otro, la verdad oblícua rayando la tela, la violencia del Sur, el sol implacable de Mougins, la piel cocida sobre la arena como en un horno, Picasso, en fin, aquella guerra de sí misma contra sí misma, aquellas odaliscas rotas, la España prohibida.

Lee había pasado de una a otra orilla; había sido la estatua de una película y la mujer de aquel retrato de 1937, y recordaba los dos instantes. Sobre todo el primero. Cocteau, con la camisa remangada, rodaba en el estudio retocando el maquillaje de yeso. Era un hombre rebelde, adorable, pero eso no le impedía fijarla en una ganga de mármol blanco. A la tercera toma le dijo: «No te muevas, querida, estás hecha para no moverte.» Lee aún sentía la anquilosis que se había apoderado de ella, sus pies enraizándose, la petrificación que se iba apoderando de sus miembros. «Estás hecha para no moverte.» Cocteau la deseaba así, estática, apresada por el sueño de la piedra, eternamente joven, eternamente muerta. Cada vez que posaba, Lee volvía a transformarse en aquella estatua que una mano modelaba hasta la muerte. Al final, no había podido soportarlo más, había escapado de aquella instantánea mineral que cada foto que le hacían reproducía. Luego, había utilizado aquel demiurgo que le resultaba intolerable en contra de los otros. Cuando era ella quien fotografiaba, Lee imponía a su vez la inmovilidad al sujeto, esculpía su blancura, se vengaba de la inercia infligiéndola a otra persona. La idea de pertenecer a una familia la había tranquilizado. Ella era Cocteau modelando un fetiche de barro, *no te muevas, querida*. Era George Hoyningen-Huene, la igual del maestro, la mirada que fijaba las pedrerías y las carnes en un mismo metal agrisado. Y eso le confería autoridad sobre las cosas, y más aún sobre los seres, sometidos, entregados a su voluntad, detenidos por su mano.

Lee estaba satisfecha, alcanzando o creyendo alcanzar un punto en su vida en el que había conseguido unir la figura de su padre y la de Man. Ese punto en el que la mirada de un hombre planifica las cosas, dirige el espectáculo, tiene al modelo a su merced. Tras haber sido ella el objeto de los hombres, su Galatea, Lee veía ahora lo que ellos habían visto. Había comprendido que la fotografía no puede existir sin que haya un principio masculino, aunque sea simulado o negado, en el objetivo apuntado hacia las cosas para robarles su espectro, para matar su movimiento, igual que un cazador bate al salir del bosquecillo al pájaro sorprendido. Al principio, ella había sido la presa, el ave enviscada. Ahora se había convertido a su vez en depredadora, enfocando con su cámara cuerpos a los que imponía el silencio. No siempre estaba convencida de amar a los que retrataba; pero amaba la influencia que el retratista ejerce sobre el modelo, ese derecho sobre la vida y la muerte que le otorga el objetivo. Visor: la palabra servía tanto para un fusil como para una cámara. Lee había asistido a la escuela del estudio donde los gestos se regulan como un ballet, donde el tiempo no cuenta, donde la iluminación es tan premeditada como una ofensiva militar. Cuando revelaba un negativo, ya no distinguía sino un paisaje de formas cuyos contornos atenuaba o precisaba a su antojo: una ecuación de luz en la que una sonrisa, una frente, unos ojos tan sólo contaban por su *valor*, pues ella únicamente calculaba contrastes, ya no veía los rostros.

Ya no veía nada. Al mirar atrás, Lee no encontraba nada que justificara la obstinación que durante años había puesto en fotografiar a los seres, salvo la pura necesidad de hacerlo. Había que vivir, y la fotografía le daba dinero. Pero aquellos negativos desordenados, aquellos millares de fotos acumuladas componían una memoria hecha de vidas ajenas. Y aquella memoria le resultaba intolerable.

Lee se rebelaba, pero muy educadamente aún. Fue uno de los primeros fotógrafos en hacer retratos de moda entre los escombros. Pero aquella pobre audacia no le satisfacía, muy al contrario. La mecha estaba encendida: había que arder. Creo que en aquella época, por primera vez en su vida, Lee comenzó a beber en exceso. El alcohol era el principio de un viaje cuyos gastos corrieron a cargo de Penrose. A Lee le gustaba su sutileza, su fantasía. Pero le hacía sufrir lo que muy bien podríamos llamar su inherente cobardía. El encantador duendecillo se manifestó al cabo de un tiempo como lo que también era: un *instructor de camuflaje*.

¿Por qué decidirse por un lugar, por un hombre? Lee había permanecido cuatro años en una isla. De aquella guerra inclemente tan sólo había entrevisto aquellas noches en los refugios, aquellas ruinas incendiadas. Después, los ataques aéreos se hicieron menos frecuentes. Inglaterra se transformaba en la retaguardia perpetua de un mundo que ardía. Lee se reprochaba, además, el permanecer entre dos aguas. Necesitaba recibir certezas, ver su vida esclarecida. Había conocido tres de los rostros del amor. La pasión imprudente, que embellece. El bovarismo colonial, que pudre el alma. Y las simas oscuras; el vértigo. Creo que durante toda su vida estuvo buscando a un hombre a quien amar, una pasión que iluminase sus días. Le gustaban los inicios y los apogeos, y huía en cuanto amenazaba el frío. En el fondo, era una norteamericana, una auténtica norteamericana, de las que antes caminaban apretando los dientes hacia la frontera que se aleja sin cesar. Y, desde luego, no una de esas adeptas al diafragma dominical, amantes de la viudez y de la *nursery*, que están a punto de ser mayoría en mi país. A los treinta y siete años, Lee seguía siendo inflexible. Había aprendido el silencio, pero el viento soplaba de nuevo.

El mes de junio de 1944 fue providencial. El continente perdido se abría. Las redacciones bullían. El final de la guerra prometía los más hermosos reportajes del decenio. Lee no lo dudó. Obtuvo su credencial del US Army, consiguió del *Vogue* permiso para ir a París con el pretexto de que las casas de costura reanudarían pronto su actividad. Convenció a Penrose de que tan sólo estaría fuera unas semanas, aunque en realidad tenía en mente un plan muy distinto.

Lee llegó a París con la primera oleada de tropas motorizadas. Allí, alguien había encaminado sus pasos hacia el Hotel Scribe.

El Chevy se había ahogado en las primeras pendientes de los montes Boutchégui. Bucarest había quedado ochenta millas atrás; lo que ahora teníamos ante los ojos era el cerco de un valle que se abría a lo lejos. Lee dormía en su asiento, con la cabeza ladeada sobre el cuero.

Desde que salimos de Bucarest, había estado siguiendo los carteles señalizadores. Los eriales cenagosos del norte de la ciudad habían dado paso a unos campos nevados donde se distinguía la ondulación gibosa de las *stinas*, unas chozas de madera semejantes al casco de una barca vuelto del revés. Una bandada de cornejas surcaba las alturas. Sentía claramente los latidos de mi corazón, el martilleo de la sangre en las sienes. Mis ojos iban y venían sin cesar de la carretera al rostro de Lee. Estaba morada de frío, extenuada. La amargura amarilla de Bucarest se había transformado en angustia. ¿Hacia dónde podíamos ir ahora sino hacia aquellas montañas que habían surgido en el horizonte, hacia aquel monte que un condestable que huía de los turcos bautizó con el nombre sagrado de Sinaï, *Sinaïa*.

La carretera se estrechaba a medida que se iba haciendo más escarpada. Al tomar una curva, los ejes de las ruedas chirriaban. De cuando en cuando aparecían unas grandes cruces votivas talladas en los pinos descortezados. Un sol magro se filtraba a través de las ramas, despertando destellos resinosos en las cascadas petrificadas. El largo invierno había adormecido la tierra rumana bajo una borra de nieve.

Lee no veía todo aquello. Descansaba como una niña bamboleada por el traqueteo de un éxodo, y el vapor acuoso que exhalaba su boca se perdía en el interior helado del Chevy. Pero lo que se extendía ante nosotros, a la sombra de una ladera monumental, era un inmenso valle donde fluía un río sinuoso y brillante como el marfil, un río que arrastraba hacia lo lejos conchestas grises. A lo largo de las orillas se advertía la silueta de los pueblos enclavados en la blancura como cardos negros. Los linderos de los bosques suspendidos sobre la vertiente rocosa, tupidos, constreñidos, amoldándose a la ondulación inmaculada del terreno, se confundían. En los claros de los abetales despuntaban las agujas de varios castillos pequeños. En la lejanía parecían frágiles, minúsculas, como de cristal.

Aquel río era el Prahova. La estación nevada que se veía sobre una estribación era Sinaïa, la zona de veraneo de los grandes boyardos que habían edificado sus palacios alrededor de las residencias reales de Pelesch y de Pelisor. Allí, sobresaliendo en desplome del interior del bosque, se yergue una muralla rocosa que las colinas subcarpáticas suavizan hasta la gran llanura valaca. Antes de la guerra, los balcánicos afortunados residían allí a la sombra de los senderos que olían a resina de pino. Era su Davos, su Garmisch, su Sintra. Las iglesias, con sus campanarios de tejadillos recubiertos de planchas de madera, protegían las fábricas de papel y las azucareras de Bouchténi, las serrerías y la gran fábrica de cervezas de Azuga. Algunos ermitaños se ocultaban en la espesura de los hayedos. En Campina, una central eléctrica prolongaba sus casamatas hasta las proximidades del pueblo, donde las campesinas vestidas con faldas amplias y fruncidas se refugiaban en sus casillas adornadas con cerámica negra de Suceava. Un tren ascendía las cuestas renqueando y silbando. Más allá de la pradera del Bouc, la cascada Urlatoarea, la Rugiente, vierte con estrépito sus aguas entre las aguas. El valle está dominado desde el alba de los tiempos por tres cimas: el monte Pietra Arsa; el Vîrful cu Dor o Cima de la Nostalgia; y el monte Furnica, donde una muchacha, según cuentan los ancianos rumanos, vive prisionera de las hormigas, que la eligieron como reina por su gran sabiduría, pero prohibiéndole regresar nunca al mundo de los hombres.

Los cilindros del Chevy estaban mugrientos. El motor jadeaba bruscamente. Yo iba conduciendo a ciegas, tomando las curvas en zigzag, avanzando hacia aquellas montañas que cercaban el horizonte. Lee seguía durmiendo un sueño inconexo, un sueño de herido evacuado hacia la paz. Yo había sido su chófer, y ella mi prisionera, porque también yo le había prohibido regresar al mundo de los hombres. No había hecho sino llevarla hasta aquel pico cuyo nombre era el nombre de su pasado. La cima de la nostalgia se perdía entre las nubes impulsadas por el viento. Aún la sigo viendo, aguardando en mi memoria, como una montaña blanca que nadie franqueará jamás. Al ir descubriendo aquel valle entre neblinas, ascendían a mis labios los versículos de antaño... *Mi ángel os conducirá hacia la tierra donde fluyen la leche y la miel... Os he transportado sobre las alas del águila para conduciros hasta mí... En el campamento resuena como un tumulto de batalla. No son gritos de victoria, ni clamores de derrota, sino cánticos lo que escucho.*

Los árboles gigantes proyectaban su sombra sobre la nieve. Pronto se haría de noche. Consulté mi reloj: las cuatro de la tarde. Minuto a minuto, el cielo se iba oscureciendo. El ruido de las conchestas arrastradas por la corriente, rodando, entrechocando, crujiendo, ascendía hasta la carretera. A mi izquierda vi surgir las edificaciones heladas de una estación petrolífera. Las torres de perforación y las barracas de hojalata erguían sus armazones desolados al borde del Prahova. Nada se movía. Algunas vagonetas yacían volcadas bajo altos montículos de arena surcados por el viento. Varios trépanos apilados en desorden sobre el suelo despedían un fulgor ferroso de ciudad-fantasma. Tuve tiempo de descifrar la inscripción de un gran panel emborronado de escarcha. Aquéllas eran las concesiones abandonadas de la Regatul y de la Dutch-Astra.

Aceleré. Me dolía la cabeza. Un bache arrancó a Lee un breve gemido. La carretera ascendía hacia una mancha más densa, más concentrada, situada bajo las ramas, que en lo alto parecía señalar las primeras casas de un pueblo. Minutos después llegamos a él. El lugar era una de esas explanadas pegadas a la roca en la que habían construido, como en cualquier otra zona de veraneo montañosa, un hotel con sus correspondientes villas. Un cartel bailoteaba ante mis ojos: Hotel Caraiman. El edificio era de ese estilo alpino que tanto les gustaba a los *Jäger* de Baviera, y que, por contagio, se había extendido por toda Europa central antes de la guerra. Di una vuelta por la explanada. Ni un alma. Los postigos del hotel estaban arrancados. Bajo la marquesina de hierro colado, una puerta derribada recordaba que la guerra y los saqueadores actuaban por doquier. El motor del Chevy despertó un eco siniestro en la fachada: no había nada que esperar de aquella ruina de nieve. Como última esperanza, tomé la carretera limítrofe. El sol pálido agonizaba ya en el horizonte. El Chevy se internó bajo una bóveda de abetos fustigada por el frío. Una mano se posó en mi hombro. Lee acababa de abrir los ojos.

–¿Dónde estamos, Dave?
–En Sinaïa.
–Tengo frío –dijo con voz embotada.
–Pronto pararemos.

Aceleré de nuevo. El coche emergió del tunel de abetos. El valle reapareció bajo la luz del ocaso, majestuoso, helado, atrincherado en el inmenso circo de las montañas.

–Esto es increíble –comentó Lee sorprendida, casi obnubilada en el asiento.

Daba la sensación de que de un momento a otro íbamos a ser aplastados por aquella prisión de piedra que se elevaba hasta el cielo. Las cornejas planeaban por encima de nuestras cabezas como sombras mortíferas. El viento pulía la superficie de los campos levantando una polvareda blanca. Aquel paisaje parecía observar con indiferencia a los seres que lo atravesaban. Qué le importaban a él el hambre, el frío, los castillos de los Lahovary, el Chevrolet de dos periodistas americanos al límite de sus fuerzas. Qué le importaban los cuerpos enlutados y las quimeras que nacen en el corazón de los hombres... Lee se acurrucó bajo su capote. El rugido seco del motor resonaba en el aire, pero nadie salvo nosotros parecía habitar aquella tierra solitaria. La cabeza me iba a estallar. Ante mis ojos desfilaban el tiroteo en la nieve de Alsacia, los tanques de Torgau, el general Cork y su salón de música, y el niño moribundo de Viena, y los nobles desposeídos de Budapest... Todo se había sucedido sin necesidad, hasta aquella montaña a la que irremediablemente nos conducía el camino.

–Mira –dijo de pronto Lee.

A la derecha de la carretera se extendía un pastizal nevado que daba una impresión de desnudez, de violento apartamiento. Varios cientos de cruces blancas se erguían formando un cuadrado. Aquel cementerio geométrico que ascendía como una ola hacia la linde de los bosques tenía la nitidez de una auténtica alucinación. No eran *troitçe* rumanas con su típico tejadillo piramidal, sino cruces anónimas, reglamentariamente idénticas, adormecidas por una simetría blanca. La alineación evocaba esos cementerios de Nueva Inglaterra donde las tumbas están delimitadas por cordeles. Las cruces, engarzadas en la nieve, apenas podían distinguirse. Como para confirmar lo irreal de aquella visión, una bandera norteamericana desplegada por el viento ondeaba ante las tumbas. ¿Quién podía descansar en paz en medio de aquella pradera desgarradora?

–Para –dijo Lee.

Nada más frenar, Lee abrió la puerta y salió del coche. Al dirigirse hacia el talud dio un traspiés. Dejé el coche parado con el motor en marcha. Lee ya había comenzado a trepar por el pequeño montículo helado que separaba la carretera del cementerio de cruces blancas. A duras penas, hundiendo los zapatos en la nieve, corrí tras ella. Sí, era una bandera norteamericana la que crujía encima de aquella extraña funeraria. A diez pasos delante de mí, Lee acababa de arrodillarse. Cuando llegué a su lado, estaba limpiando una placa fijada al suelo. Con las manos enguantadas barría la fina capa de nieve endurecida. Apareció una inscripción. Lee permaneció inmóvil unos segundos, luego se volvió. Leí lo que ponía en la placa.

Todos aquellos muertos eran norteamericanos. Varios meses antes, la US Air Force había lanzado sus fortalezas volantes sobre Ploiesti. Los ataques aéreos resultaron desastrosos. La *Flak* había ametrallado aquellos grandes aviones extraviados, lejos de sus bases. Algunos explotaron en pleno vuelo. Otros se estrellaron, agotado el carburante. Al final de la guerra, la *War Graves Commission* había reagrupado a los muertos sobre una de las laderas del Sinaïa, en aquella inmensa pradera donde las tumbas, como advertí en aquel instante, no llevaban ningún nombre. Los arcángeles de los

B-17 descansaban anónimamente en el fondo de una soledad helada.
　Lee sacó una foto con flash. Luego corrió hacia el Chevy. Tropezando varias veces, fui tras ella.
　–Vámonos, Dave –vámonos, me dijo en cuanto cerré la puerta.
　Aceleré. El motor aún rugía, pero de cuando en cuando también tosía inquietantemente. Estaba anocheciendo. Encendí los faros. Lee permanecía callada, con la mirada clavada en el horizonte. La carretera desierta serpenteó entre dos terrenos. Los fantasmas de los aviadores derribados debían de errar por allí, al borde de los torrentes, bajo los abetos cubiertos de escarcha. Hasta el final la muerte, hasta el fin las sombras del pasado.

　Diez minutos después, el Chevy fue a morir lentamente al borde del camino, con el motor estropeado. Intenté repararlo. No había nada que hacer. Muy lejos, casi al final del valle, brillaban las luces de unas casas. Lee estaba transida de frío en su asiento. Tiritando, se arrebujó en una manta que sacó del maletero. Debíamos encontrar ayuda enseguida. Lee se quedó dentro del coche. Yo enfilé la carretera, en busca de un refugio.
　Caminé un rato siguiendo las huellas de unas ruedas. Mis pasos producían un ruido seco en la nieve hollada. La silueta del Chevy se empequeñecía a lo lejos. Seguí avanzando, buscando un rayo de luz, una casa. Tan sólo respondía el silencio tenebroso de los abetos, el débil fulgor de la nieve helada. La luna había salido. A lo lejos sonaba el eco de las conchestas arrastradas por el Prahova. Buscaba desesperadamente con los ojos el inicio de un claro, un sendero que condujese hacia una guarida humana. Nada. De cuando en cuando, surgía de un arbusto el rumor de un animal que huía de mí.
　Por fin, distinguí en medio de una hilera de árboles un claro hecho por la mano del hombre. Entre dos troncos de abetos divisé una verja arrancada. Detrás había una alameda que partía bajo los árboles, perpendicular a la carretera. La verja ya había sido forzada; apenas había ofrecido resistencia. Me deslicé a través del paso. Al final de la alameda se

erguía la silueta de una gran casa con torres. Corrí como un insensato por la nieve. Me ardían los pulmones. La luna iluminaba la fachada gris de una mansión abandonada. Ni una señal de vida. Al llegar ante la casa, subí la escalera de la terraza. Una doble puerta dormía presa del hielo. Pero la madera resquebrajada, el intersticio que había entre el marco y el renvalso demostraban que otros la habían abierto antes que yo. Rompí la costra de hielo golpeándola con el talón. La puerta cedió.

Una media hora después, Lee cruzaba también el umbral de la casa. Como de costumbre, tiró su petate al suelo. Yo había cogido algunas mantas y una lámpara del maletero del Chevy. La lámpara alumbró nuestro nuevo refugio. Estábamos en una gran mansión, una especie de casa solariega edificada en medio de un parque. Un vestíbulo con vidriera servía de entrada a un salón deshabitado, prisionero de un cepo de escarcha. La casa había sido saqueada. Un fresco neomedieval, que representaba varias escenas de torneos, estaba cubierto de pintadas rojas recientes. En una de las paredes de la estancia vacía se adivinaba el antiguo emplazamiento de los tapices arrancados. Una ventana ojival de grueso cristal, intacta, daba al parque. Botellas vacías, restos de viejos periódicos, haces de támara alfombraban el parqué.

Encendí un cigarrillo y se lo pasé a Lee, que le dio con ansiedad una calada.

–¿Estás bien? –le pregunté.

–Estoy bien.

Cuando me devolvió el cigarrillo, acaricié su mano enguantada. Estaba temblando. Lee me señaló la chimenea.

–Intenta encender un fuego, Dave.

Subí al piso de arriba en busca de muebles que quemar. Los azulejos de las habitaciones estaban partidos. Un aire glacial se colaba por las ventanas rotas. Finalmente, encontré dos sillas y un velador en un gabinete. Al bajar, me encontré a Lee arrodillada sobre el parqué, juntando los pedazos de madera desperdigados por la habitación.

Una tras otra, y con todas mis fuerzas, golpeé las sillas contra la pared. Ambas saltaron hechas trizas. Luego hice lo mismo con el velador. La capa de yeso de la pared explotaba en los puntos de impacto. Luego coloqué en la chimenea los pedazos sobre un lecho de astillas, rellenando los intersticios con las hojas de los viejos periódicos amontonados sobre el suelo. El papel se contrajo bajo la llama del zippo. Al verme soplar sobre las pavesas, Lee se acercó y me puso en la mano dos formas redondas: un par de rollos de películas.

Desenrollé apresuradamente el primero de ellos y lo arrojé al hogar. La película flexible se retorció exhalando un olor químico. Luego una llamarada azul hizo estallar varias burbujas de resina en las estrías de la madera. Volví a soplar. Las lenguas de fuego atacaban el extremo de un leño. La corteza crujía. El fuego prendía, con un rubor pálido, pero prendía. El otro rollo de película originó una llama semejante. Podía sentir el calor en las manos. La cabeza me zumbaba. Lee se había arrellanado contra la pared. Me miraba sonriendo débilmente.

–Tengo sed, Dave.

Saqué de mi morral una cantimplora en la que quedaba un poco de *zuica*, que Lee se bebió con avidez. El fuego iluminaba su sombra transida. Tras la ventana, vi que estaba nevando de nuevo. Me acerqué a ella y la abracé. Lee era lo que era, una mujer exhausta, apoyada contra la pared, calentándose junto a la lumbre de un fuego vacilante.

Yo la amaba.

Lee me acarició con una mano el pelo. Luego dijo algo del todo inesperado, algo que treinta años después aún arde en mi interior:

–Aquel chaval que se cayó al estanque, ya sabes... Si hubiera vivido, seguramente habría tenido tu rostro.

Lee no sabe en qué se ha convertido mi rostro.

Anochece en Nueva York. Miro la única fotografía que me queda de ella. Si la rasgase, si arañase la superficie, tal vez la encontraría entre la imagen revelada y el reverso blanco. Esta foto es un tiempo detenido: todo lo que queda de aquel otro. Miro a Lee, pero ella ya no me ve a mí. Está ahí tal y como fue tantas veces, un cuerpo fijado por el flash, una estatua de sal. No, las fotografías no nos sobreviven. Más bien uno sobrevive a sus fotografías, todo el tiempo que le es dado para envejecer. Cada foto es una primera muerte. Así pues, yo sobrevivo a Lee.

Ella ha hecho que la miseria de mi vida carezca de importancia.

Con esto no estoy afirmando que el pasado sea esencialmente mejor. Creo que la vida tan sólo responde de sí misma, en cualquier momento: ella da a los que no la rechazan todo lo que puedan arrancarle, y a veces mucho más. Aunque no siempre lo creo. Aquellos cadáveres tirados en los jardines de las Tullerías, con una ristra de cartuchos alrededor del cuello, aquellos Feldwebels que vi clavados por las ráfagas en el invierno de Alsacia, ¿cayeron allí en cumplimiento de un destino? ¿Qué necesidad había de aquella mezcolanza de infancia, de ilusiones y de amargura que llevaba a un hombre a morir lejos de los colores de su tierra natal, en otro suelo teñido con su sangre? A veces he pensado que murieron para defender todas aquellas extrañas cosas por las que se suele morir: la patria, la libertad, los hijos. La mayoría eran soldados, hombres enrolados de uno y otro bando. Obedecían órdenes, como cualquier ciudadano, y sin embargo aquella obediencia que justificaba a los unos condenaba a los otros. Pues si persisto en justificar al país al que serví, si mantengo que los dos bandos eran desiguales ante la justicia, no hago sino privar de dignidad a una parte de aquellos muertos, no porque hayan perdido, sino porque estaban del lado del mal.

Es una palabra altisonante, lo sé, pero no podemos obviarla. Reconozco que para un norteamericano todo es más fácil, Dios y la Constitución proveen. El mal: nosotros nos acomodamos a él interiormente, con nuestras mujeres y nuestros banqueros. Pero está ahí. La gente de mi edad ha sido civilizada por la muerte. En 1944 había una guerra, un continente sumido en la noche, el Ejército nazi y, más allá, el soviético. En Alsacia sentí estima por el valor de los soldados alemanes y desprecio por su causa; y luego horror, cuando comprendí que el coraje de los últimos servidores de *Panzerfaust* ocultaba un mundo en el que se mataba de un tiro en la nuca a los niños. Eso es todo, eso es lo que pienso, y nadie me convencerá jamás de lo contrario. Lo demás, lo guardo para mí. Lo demás es que no por el hecho de ser un soldado de la libertad, como suele decirse, se está a salvo de esa vibración que sacude la tierra cuando cae un obús, de ese olor a cordita y a rastrojos quemados. Y ése es el olor de mi juventud, y el ruido metálico de aquellas orugas en las carreteras de Francia, el perfil de los campanarios en el horizonte, todo resuena en mí como una canción interminable. En aquel instante del tiempo, fui requerido por un enigma cuyo reflejo leí en los ojos de una mujer. Mi generación, si es que tal palabra tiene un sentido, era eso, una ciudad cada alba, el rostro de las muchachas a merced de las fronteras. Hombres que avanzaban codo con codo, muy lejos, hasta el interior de sí mismos; hombres que llamaban a su madre al morir. Europa entró en nosotros como un sueño, y yo vi al final del camino aquellas llanuras rojas que se extendían hacia Asia. Me detuve en la frontera de las conquistas, en los límites de los reinos. Y jamás regresé de allí.

Tanto es así que veces me pregunto si realmente puede haber una existencia digna sin esos combates en los que se muere, sin esas tierras resquebrajadas por las que avanza un ejército. En Norteamérica, cada camada de hombres ha encontrado frente a ella una lucha, un conflicto, cada treinta años. Cuando yo era niño, las viejas estafetas del Ejército Grant seguían saliendo cada 4 de julio con sus capotes azules, sus Remington de anilla al hombro, sus sables de hilo dorado bordados en las gorras. Mientras, sus hijos mordían el polvo de Les Éparges tras los tanques de Pershing. A mí me tocó ver a los GIs en el vivac de Torgau, cuando las aguas del Elba arrastraban cuerpos quemados, cuando las balas trazadoras partían hacia las estrellas. Y ahora los hijos de Iwo Jima vuelven al Este, los F-105 patrullan en el cielo del Mékong. Cada una de las veces nos hemos sentido justificados, aunque cada vez menos, quizá. En los arrozales todo se ha vuelto más tenebroso. Se mata a un dragón y de él nacen otros diez. Pero ¿realmente hay que matar a los dragones?

En el fondo, durante la época en que Lee está conmigo, sigue siendo la mujer de dos hombres. No se ha divorciado formalmente de Aziz. Y Penrose, aunque sigue tonteando, la espera en Londres. Cada día el sol, al volver, despierta a uno de sus hombres, luego a otro, y a otro, y así hasta Man Ray, que vive en Los Ángeles. Así que, en lo que respecta al asunto de la posesión, yo estaba prevenido: otros hombres la esperaban a la vuelta de la esquina, a la vuelta del futuro, sin haber renunciado a ella del todo. Lee tenía treinta y ocho años. Tras ella, varios hogares hospitalarios que ya no quería. Tampoco hijos. Como siempre, había vuelto a París. Cuando se cansaba de un hombre sin poderle dejar, se abandonaba al azar francés. Man en 1929. Aziz en 1932. Penrose en 1937. El Hotel Scribe en 1944.

Ahora puedo, finalmente, confesármelo: durante todos estos años he tenido la perniciosa y obsesiva idea de que con la edad Lee estaría a mi merced. Qué equivocado estaba.

Vuelvo a ver las carreteras minadas, diez escalones de minas en profundidad, los vehículos atravesando el fango, el destello naranja de las ametralladoras batiéndolos en enfilada. Todo era un sueño que también se ha esfumado. Nunca he vuelto a ver aquellos paisajes. No sé cómo será hoy aquella carretera de Alemania. Tal vez algunos niños jueguen bajo las enramadas. ¿Eras tú el sueño de un sueño, el sueño de un rostro, mujer de Nueva York y de El Cairo, portada del *Vogue*, estatua blanca, retrato en Mougins, qué hacías en mayo de 1945 en una casa de Rosenheim? He vuelto, en cambio, a ver los lugares de tu vida, aquel París anterior a nosotros. Las ventanas altas de la rue Victor-Considérant, las verjas de la Villa Saïd. Ya no recordaba la dirección, la casa. Pero adiviné, pero supe.

Rue Victor-Considérant, bajo los muros del cementerio Montparnasse. Creo que era aquél. Un inmueble de talleres de altas vidrieras, haciendo esquina. La acera estaba desierta. En la ciudad aún quedaban sin duda algunos seres que un día atravesaron el portal, que recordaban a otra mujer que yo no conocí. Al final de la calle estaba esa gran plaza, Denfert-Rochereau, había unos árboles verdes en un jardín cerrado. Varios coches giraban y desaparecían. ¿Quién sabía algo?

Tú, allí, en 1931.

Noches del invierno de 1944, viento silbante en la plaza de la Ópera, olor a viejas colgaduras, carraspeos de los jeeps en las avenidas. Varias orquestas sonaban en la TSF francesa, oigo la agradable tristeza de Ravel, aquella música de oquedales y de adioses. Oigo las teclas de la Baby Hermes, halo de luz en la mesa de madera, veo la silueta de Eisenhower en el vestíbulo del George V y la dignidad de los hambrientos. Yo era un hombre más en una ciudad negra y blanca, con su aroma a planchas quemadas y a café aguado. Las voces de Nueva York resonaban en el teléfono, irreales, provenientes del más allá. ¿Qué mundo era aquél, en qué noche me había abismado?

Noches, albas, claridad tras los postigos del Sacher, horas sin sueño. ¿Cuántas veces subí la vieja escalera, pasillos de papeles rasgados, destello azul de las bombillas eléctricas? Se oían voces en las habitaciones, voces de hombres y de mujeres. Era preciso, sí, antes de volver a partir, para nada, para vivir simplemente, aquel hundimiento de un cuerpo en otro, aquellos pasillos sombríos, henchidos de risas de mujeres, aquellas camas de sábanas remendadas en una habitación fría. Habitaciones, bombillas de flash sobre el escritorio, olor a whisky; te habría gustado aquello. Era una pobre escala antes de nuestros combates, un reino para nuestra estación. En la penumbra veía tus ojos enfierecidos, los ojos de otra, mano crispada, violentos y mortales altercados, no hay manera de conocer a los demás, son inaccesibles, no hay remisión, pero tú eras hermosa, en la fatiga eras hermosa, tus piernas se cerraban como para aprisionar la vida, como para retenerla, y en tus ojos sucedía algo desgarrador.

En la mesilla, las Rolleiflex dormían en el mundo de las imágenes muertas.

Sé que, a veces, algunos fotógrafos no vuelven a tocar sus cámaras, ya no pueden hacerlo, es pedir demasiado, han vivido en exceso al límite del peligro, de la fragilidad, se han atravesado demasiadas veces el mundo como si fuera un muro perforado, agujereado, y los hombres y las mujeres también están hechos para destruirse. Lee, perdida en la noche que rechaza la noche, huyendo a través de las llanuras del Danubio de la luz que petrifica, sigue ahí, para siempre, fotos de Steichen y de Man, imágenes de Cocteau, retrato de Picasso. Ahora la *veo*.

Siempre he mantenido amistad con *Life*, con sus periodistas. Año tras año, he estado siguiendo las crónicas de Corea, de Indochina, de Suez, los artículos procedentes del Congo y de Centroamérica. Siempre lo mismo, la eterna canción. En mayo de 1965, la revista publicó un suplemento especial. Jamás me había saltado una página, así que le eché un vistazo a aquello.

En medio del cuadernillo había unas fotos fechadas el 30 de abril de 1945. El corazón me dio un brinco. Estaban firmadas por una mujer junto a la cual yo había estado mientras ella las encuadraba en silencio. Jamás he podido hablar de aquel día, y aún hoy sigo sin poder hacerlo. Pero el ángulo desde el cual habían sido sacadas aquellas fotos era el de un lugar en el que yo había estado y que el mundo comenzaba a olvidar. Lee había fotografiado aquello sin fla-

quear. Cara a cara. Revelando el punto de extremo anonadamiento de los seres.
Dachau, la tarde del 30 de abril de 1945. «*I implore you to believe this is true*.»

Que el viento siga soplando, que me arrastre con él. Nada quedará de mí, no he sabido consignar las pruebas. A veces reconozco a un ser cercano en sus fotografías infantiles, es otro ser distinto, y al mismo tiempo ya es él mismo. La verdad duerme ahí, en el mundo de lo que fue, en los viejos negativos olvidados en el fondo de las carpetas. Quién sabe, tal vez un joven se topará un día con los de Lee. Entonces me verá en los jardines Mirabell una tarde del verano de 1945, silueta gris ante las lilas del Kapuzinerberg. Se preguntará quién era ese muerto, esa sombra oculta en la fotografía. Jamás lo sabrá, pero ¿acaso lo sabía yo? No conservaré de esta vida, y esta vida no conservará de mí, más que una sola certeza: la certeza de que, un día, el espectro de lo que yo era impresionó una película. La certeza de que, ese día, Lee me vio.

Ríos, nuestras vidas son ríos atravesados, aguas turbias, entremezcladas. Tú y yo nos detuvimos en la orilla del Prahova, y el agua helada fue el último espejo en que vi tu rostro, no el de las cubetas químicas, sino el paso fluido, la profundidad azul. Tan sólo el agua refleja el paso, tan sólo el movimiento señala el movimiento, y tú habías ido de río en río, Manhattan entre el East River y el Hudson, el Sena al atardecer y el Lauch helado, el Nilo entre palmeras y el Támesis oscuro, y el Rin arrastrando conchestas y el Danubio a lo largo de las llanuras, ríos que olvidan el tiempo, ríos hasta el fin, ríos hasta el mar que jamás volveremos a ver.

A veces era tan dulce. Lee dormía pegada a mí, yo pasaba un brazo alrededor de su cuerpo. Mi mano se posaba en la suya, éramos esa trabazón que el sueño no distingue, esa ola que la oscuridad arrastra en la época de los inicios. ¿Acaso podrían volver los días de 1912 en que ambos caminábamos sobre la tierra de América sin conocernos, hijos de un hombre y de una mujer, niño de siete años, niña de cinco, entregados al aire, a las estaciones, destinados a vivir, prometidos a las heridas? ¿Acaso podría recuperar alguna vez aquellos días en que aún vivían los que iban a morir, los padres, las madres de hermosas sonrisas, las noches llenas de estrellas proyectando su cúpula inmensa sobre el lago? Yo caminaba junto al río, por el oquedal de senderos claros, y una mujer dulce, mi madre, me tendía la mano, un jirón de brisa en una brizna de hierba, el perfil de los abetales, aquel mundo soberbio me había sido otorgado. ¿Qué iba a quedar al final, tras relegar las pequeñeces, las hojas que se lleva el viento? ¿Acaso la vida podría conducirme de nuevo a aquellos caminos por los que me perdí siendo niño, hacia la carretera general que se cernía sobre la noche?

Tenía entre mis brazos a aquella mujer; qué es una mujer, un cuerpo que se marchitará, una piel, un retal de satén, una voz que murmuraba en mis oídos, que decía David, que me dio nombre por segunda vez; este nombre de rey que tengo y este ser de barro que soy se acoplaron a lo largo de las noches invernales tan sólo porque una voz de mujer los pronunció. Yo era David tan sólo porque ella hacía rodar bajo su lengua mi nombre, tan sólo porque ella lo permitía, tan sólo porque ella me lo daba, *my David*, los dos habíamos conocido aquella extraña dicha, aquella tristeza violenta de un mundo que concluía. Yo había esperado en vano la certeza, había buscado sin saberlo la luz que da la existencia de ese otro ser que atrae. Vivía sin recursos, de tener y no tener un nombre, ella me lo dio, me llamó David, éramos la hora detenida y la hora que ya no llegaría, pero que siempre llegaba. Siempre he sabido que el amor es una fábula, un suceso interior, un suceso policial, no creo en él, nada es recíproco, y menos eso. Pero a veces las conchas se parten, los ríos remontan la corriente hasta su manantial, la hora suena y ya no vuelve a sonar, y lo que debía llegar sucede, el amor se vuelve amor porque es amor, muere pero es amor, y lo es hasta el final.

Duerme apaciblemente, mi verdadero, mi único amor, y al despertar me inclinaré sobre ti, de nuevo nos rodeará el polvo de septiembre, de nuevo se reflejarán las luces en el Sena. Cruzaremos el río atravesando un puente de madera, compraré un periódico recién impreso que aún huele a tinta, leeremos palabras francesas al borde del agua, y luego iremos hacia los bulevares por callejuelas que nunca cambian. Desearía que no hubieses cambiado, tampoco tú, desearía que fueses como las cosas que no mueren, pues alrededor no hay más que seres condenados a envejecer, a morir, a perderse en la noche, las cosas no tienen corazón, no te ven, y también yo partiré, olvidaré, porque el mundo olvida. Para siempre habré sido el que te llevaba del brazo por las calles de Europa, año 1945. Las ciudades pasan inadvertidas a los ojos de los que nacen en ellas, las ciudades aguardan la mirada del extranjero que está de paso. Las ciudades dan todo a aquellos de los que no exigen nada, pues no es preciso exigir nada, pues sólo siendo rechazado se aprende a amar.

Acaba de entrar un soplo de brisa, levantando la cortina, arrojando polvo sobre el umbral, ese viento que sopla al atardecer me trastoca la memoria como si fuera un saco, volcando los años como si fueran objetos que alguien tira a un abismo, y los ve caer, al sesgo, en espiral, parecen no descender, o hacerlo muy lentamente, como impulsados por el aire algodonoso que los retiene, y de pronto llegan al fondo, se hacen trizas sobre las rocas, sin ruido, muy lejos, y se acabó.

Mi madre solía leerme una leyenda griega. *Orfeo*. El hombre que va a buscar una mujer entre los muertos.

Salí a contemplar la noche de Sinaïa. La luna iluminaba un cielo lanoso: la nieve caía suavemente sobre el parque. De cuando en cuando, los gritos de las aves nocturnas resonaban a lo lejos. El viento traía un rumor de aguas rugientes y crecientes desde las orillas del Prahova. Paseé un poco por la terraza antes de bajar la escalera. La alameda se extendía hasta las proximidades de la verja. Allí distinguí los cristales rotos de dos lámparas semienterradas en la nieve. ¿Qué paseos habrían alumbrado, qué dichas?

La brisa inclinaba ligeramente las copas de los abetos. La ondulación de las ramas daba una curiosa sensación de lentitud, como si estuviese caminando en sueños sobre un suelo arenoso en el que los pies se hunden blandamente. La fachada de la casa señorial destacaba a través de la nube de copos. Tras el postigo del salón, el fulgor del hogar creaba sombras. Aquella mansión estaba muerta. Pero Lee me aguardaba junto al fuego. En el fondo de aquel paisaje abandonado ella era la vida, como sucede a veces cuando ante un cuadro la sonrisa enigmática de un personaje parece dedicarnos un gesto. Volví hacia la casa. Como antaño, el avanzar hacia el umbral despertaba en mí la certeza del regreso, como cuando uno camina hacia una morada en la que resuena el murmullo agradable de la estufa. Al llegar, nos calentamos las manos entumecidas, y la taza de leche humeante ya está encima de la mesa.

Lee seguía dormida junto a la chimenea. El fulgor de las brasas hacía danzar sombras rojas sobre sus rasgos, pero su tez pálida prolongaba la blancura de la nieve que caía en la noche. La tapé bien con la manta. Una puerta crujió en el piso de arriba. Luego volvió el silencio. Una parte de Lee se liberaba en el sueño. Su fuerza azarosa, arriesgada, se abandonaba como a una onda turbia, y a la vez era prisionera de un extraño cuarto oscuro, estaba presa en la caja cuadrangular del salón helado. Aquella respiración lenta, aquellos cabellos como cortina de lluvia, aquel hermoso rostro de mujer desvanecida parecían de pronto habitados por todos los caminos que la habían raptado y devuelto a sí misma, y sobre aquellos ojos que un día cerraría la muerte otros seres se habían inclinado, otros seres que jamás regresarían. Y supe entonces que la había amado sabiendo que se me escaparía como se me escapaban las imágenes que poblaban sus sueños.

Me tendí a su lado. El fuego languidecía. Mis ojos, finalmente, se cerraron.

¿Fue sólo un sueño? No, de nuevo veo la escena, después, en medio de la noche. Un olor a madera consumida flotaba en la habitación. Arrebujado bajo mi manta, abrí los ojos. Lee se había despertado. Estaba de pie ante la ventana, un cigarro en la mano, mirando afuera, con la mirada perdida. Desde donde estaba, tan sólo veía su espalda. Seguía nevando. Después, me dormí de nuevo.

Me imagino perfectamente lo que estaba viendo Lee. Lo que miraba a través del cristal era un mundo al que yo no la seguiría. Veía un estanque de Nueva Inglaterra, un hermoso día de verano, y aquel muchacho a quien ella amaba se abismaba lentamente en el agua, la superficie se abría para apresar su cuerpo, para engullirlo, y ella había gritado, ella lanzaba un grito que tan sólo se acallaría con su muerte. Veía las alas destrozadas y la carlinga en llamas de un biplano estrellado en el aeropuerto Roosevelt, mientras un *liner* constelado de rosas rojas salía del Hudson llevándola hacia otra vida. Veía a un hombre perdido escribiendo diez veces, cien veces en una hoja de papel *Elizabeth Lee Elizabeth Lee*, recortando un ojo y clavándolo en la varilla de un metrónomo, observando cómo ese ojo acompasa el tiempo y el olvido. Veía a una mujer tendida en una habitación del Hotel Bourgogne y Montana, su vestido abierto, manchado de vómitos, aquella circasiana era hermosa, y estaba muerta, y al pie de la cama dormitaba una botella vacía. Veía a un hombre moreno recorrer los muelles de Boûlak, resignado, triste, cerrando los postigos de su casa frente al río, rogando a Dios que una y restaure lo que decidió separar y romper según Su voluntad. Veía a Penrose en una casa de Hampstead, colgando en la pared los cuadros salvados de la guerra, mirando la cama en la que habían dormido, pero ella ya no era más que una ausencia. «¿Crees que es tan sencillo librarse de una herida? ¿Cerrar la llaga de una herida?» ¿Cómo es posible que a tanto amor entregado Lee no haya sabido corresponder sino con la huida, que a aquellos que la habían amado no les haya traído sino la muerte? Pero ¿quién era ella, quién era ella, entonces? No sé si apartó la mirada de la ventana para volverla hacia mí; no quiero imaginarlo, no quiero saber nada de aquella última mirada, una noche del invierno de 1946 en el fondo de una casa destartalada de Sinaïa, en un país que desde entonces permanece enterrado al otro lado del tiempo.

Un rayo de sol me despertó. Un rayo de ese sol invernal que entra pálido en las casas y anuncia el regreso de un pálido día. Me froté los ojos, entumecido hasta los huesos. El fuego ya no era sino un montón de cenizas frías. Había dos mantas arrugadas delante de la chimenea. Busqué a Lee por la habitación. No estaba. Las paredes devolvieron el eco de mi voz. Grité su nombre, una vez, dos veces, con más y más fuerza. Nada.

En el salón no había rastro alguno ni de su capote, ni de su petate, ni del estuche de las Rollei. Todo el campamento familiar que me rodeaba desde hacía meses se había esfumado. Me levanté deprisa, corrí hacia la puerta. Una angustia indecible me atenazaba el estómago. Salí a la terraza.

La gran calma de la mañana se había apoderado del abetal. Un manto de nieve inmaculada cubría el paisaje. En ese momento vi las huellas. Partían del umbral, seguían por la escalera y continuaban en la nieve. Grité su nombre bajando los escalones, corrí por la alameda con la mirada clavada en su rastro. Cada paso me quemaba, era un martirio, ya sabía lo que iba a encontrar, lo que había perdido. Las huellas se dirigían hacia la carretera. Me caí, me levanté, grité su nombre en el silencio. La corriente negra del Prahova fluía a lo lejos.

Al llegar a la carretera, vi que los neumáticos de un coche habían dejado un doble surco en la nieve fresca que cubría la calzada. Aquel coche se había desviado hacia la entrada del dominio, había parado, y luego había vuelto a partir.

Las huellas de Lee desaparecían en el lugar en que el vehículo se había detenido.

Miré la carretera, que se perdía en dirección al valle. Un cúmulo de nubes densas y rojizas como las llamas de un incendio surcaba el horizonte.

Jamás la he vuelto a ver.

Este libro va a cerrarse como una ciudad que alguien abandona, como una puerta que nadie volverá a abrir. La verdadera y la falsa vida siempre se entremezclan cuando cae el telón. ¿Quién me asegura que no estoy inventando este relato, que el pasado aquí descrito no es la fabulación de un hombre que ha envejecido? Quien me lea será, pues, mi víctima; y yo habré transmitido a su memoria hechos que no son sino el testimonio del estado de confusión en el que me han sumido los años. Quién sabe: tal vez nos estemos convirtiendo en este instante en los personajes de una fábula: yo le pido a quien me lea que crea en lo que no ha existido, y él me corresponderá creyendo en lo que habría podido ser. Lee Miller: puede que la haya visto una noche en Budapest, una noche de 1945. Vino a sentarse a mi mesa, nos caímos mutuamente mal, y jamás la he vuelto a ver. ¿Tal vez conocí en Nueva York a alguno de sus amigos, a Alfred de Liagre o a Julien Lévy, o incluso a Man Ray, de quien obtuve los detalles de esta historia? Entre la cuadrilla de corresponsales acreditados en París en septiembre de 1944 había un reportero de *Life* llamado Dave Sherman. Yo me llamo David Schuman. Debimos de coincidir en Torgau, y antes en Normandía. ¿Quién le dice a ese supuesto lector que, mediante una traslación fácilmente explicable, no me he endosado el romance de aquel hombre con Lee convirtiéndome al cabo del tiempo en el actor de una historia de la que por entonces no fui sino el testigo celoso? He descrito aquí a una mujer, es cierto. Pero su rostro no es sino el de una desconocida a quien decidí llamar Elizabeth Miller. ¿Existe acaso alguna fotografía en la que yo aparezca junto a ella? Y en el caso de que yo la posea, ¿quién puede afirmar haberla visto? Su vida en Egipto, en Nueva York, ¿quién podría dar testimonio de ella? Quien lea este manuscrito lo atravesará como si fuera un espejismo; pero entonces esta historia, por el mero hecho de haber sido leída, habrá existido. Mi versión de los hechos es una variación extraída de actos sin huellas, y tú, lector, eres el espejo de acontecimientos que tal vez no hayan sido vividos, precisamente porque a través de ti son. Una existencia –tal y como he aprendido para mi mal– se justifica si en ella ha habido una mujer realmente importante para uno y un niño a quien se transmite esa existencia. Yo no tengo hijos. Así que puede que tú, lector, te hayas convertido, dando crédito a mi relato, en el hijo que no tendré. Mi vida ya no está en mi vida, está en la tuya. Esta Lee que has conocido en toda su frescura, intacta, es la mujer que se me apareció hace treinta años, y que no regresará. Ahora es tuya. Para mí ya no existe, y la nostalgia que yo siento será la tuya, que jamás podrás conocer su rostro tal y como era aquel primer día. Yo te he inoculado mi tormento. Tu pena me libra de la mía.

Una cosa más, antes de que todo se desvanezca. Todo cuanto me queda de todos estos años, de todos los seres entrevistos, de algunos de los que he conocido, pero en el fondo tan poco, es la convicción de que un hombre, o una mujer, no es sino el reflejo de los valores en los que cree y que componen su rostro último, en el que se imprime un carácter de apatía o de nobleza. He visto las máscaras, y he conocido el asco. En realidad, nadie está obligado a nada. Uno camina a lo largo de los ríos escuchando el bufido de los árboles, y las frondas inclinadas le dicen que es el tiempo quien finalmente gana. Todas las barbaries son posibles, coinciden con la indiferencia de las cosas, y creo que nunca se juzga a alguien según el grado de sus abdicaciones. Creo, más bien, que existe mucha impunidad, demasiada. Porque lo que más he valorado en esta vida, además del amor que nunca nos es dado, y que tarde o temprano pasa, es la estima que podía sentir por otra persona. Por los que manifiestan respeto, piedad o simpatía por la vida. Los que con inteligencia saben aminorar la parte reptiliana de su cerebro para considerar las cosas con ecuanimidad. Los que no renuncian a esa transacción tenebrosa, dolorosa, consigo mismos, de la que a veces surge un ser que se conoce, que da mal por mal –jamás me han gustado los corderos–, pero que es fiel a la idea que los demás, los mejores entre los demás, tienen de él. Las mayores heridas no son las que causan las afrentas, las batallas perdidas, las mujeres traicioneras: para mí, son las que uno sufre cuando alguien a quien se estima te decepciona. He conocido a gente que a los treinta años eran firmes en sus ideales, fieles al llamamiento, y que finalmente condescendieron. Condescendieron a la envidia, a su parte de perniciosa infancia, a la megalomanía ordinaria. Y yo sentía que ese desprecio por sí mismos me acusaba tanto como a ellos; ellos se equivocaban y yo les mataba; pero, al hacerles desaparecer, una parcela de confianza en la vida se calcinaba también, ellos quemaban esa parte de mí que antes habían iluminado. Y me hacían desgraciado.

Jamás me ha gustado admirar a nadie, eso se lo dejo a las mujeres que frecuentan los espejos. Me ha gustado, eso sí, sentir estima. Pues la estima es un sentimiento que no entraña forzosamente reciprocidad, pero que nos justifica. Uno es libre de estimar en silencio, de seguir de lejos a quien no se oculta, de estar de acuerdo con él interiormente. La estima es un sentimiento sin remuneración, que tan sólo deja huella en uno mismo y desaparece con uno mismo. Pero esa huella, cuando se imprimió en mí, me ayudó, me impulsó.

Yo, como todo el mundo, conocía las facilidades del cinismo: la violencia que niega, el fin justificado por todos los medios. Previendo lo peor, la mayoría de nosotros no se arriesga, salvo raramente, al desengaño. No creas, lector, que yo me sentía incapaz de todo aquello, bastaba con seguir el mal camino, el mío: cargarse a alguien, ajustar el visor, *y para colmo apechugar con ello.* Conozco el juego, conozco los trucos. Pero no me sentiría justificado si, al caer la noche, no hubiese buscado en los demás –y esto sigue siendo un enigma para mí– las razones que tenía para confiar en ellos y, a través de ellos, en mí.

Así soy yo, por desgracia. El hecho de que una persona que goza de mi estima se rebaje a sí misma es para mí como una traición personal. Como una bofetada. Cosa que en nada me ha ayudado, claro está. A pesar de eso, soy muy tolerante. Y siento una compasión indistinta por todo el que sufre. Pero no soy nada indulgente con quien rehuye su verdad, con quien se traiciona. Durante aquellas largas estaciones de la guerra, Lee me pareció a veces injusta, a veces rencorosa. Pero nunca, ni una sola vez, la vi abjurar de lo que constituía su vida. Sin duda los tiempos de guerra, lejos de envilecer, sacan a la superficie todo cuanto debe ser salvado. Hay circunstancias que posibilitan el buen ángulo, la perspectiva correcta para ver las cosas. Pero también creo que no debemos dudar de la nobleza de un ser, cuando uno la experimenta, cuando es evidente.

Y en el caso de Lee lo era.

Durante estos años, a menudo he soñado muerta a Lee para que con ella muriese lo que quedaba de aquel sueño. Pero Lee está viva. Ya nada me autoriza a adentrarme en lo que conformó sus tormentas, pues hubo otros muchos además de mí. Este relato no será mi relato.

La noche en que se fue de Sinaïa, Lee volvió a Bucarest. Desde allí, atravesó Europa en tren hasta París. En Londres, alguien la estaba esperando. En septiembre de 1947 tuvo un hijo. El padre se llama Roland Penrose. Lee es su mujer.

Penrose ha envejecido siendo director de museos, protector de las artes. Los viejos países saben recompensar a sus marginados claves. En 1966, la reina le concedió un título nobiliario. Lee Miller es ahora *lady* Penrose. Unas diez veces pude haber coincidido con ella en ese mundillo que ahora es el mío, pero siempre lo evité, no quise volver a encontrármela. Me bastaba con abrir el Burke's Peerage, y llamar por teléfono. No la volveré a ver. Lo pasado jamás nos es devuelto.

Mi vida va a concluir como concluyen todas las vidas, sumida en esa dulzura que, a falta de iluminar, contenta. Qué importa que en este instante en que escribo ella haga un gesto, que su mano reacia a toda videncia se abra: no es la mía la que aguarda. Lo que fue, ha sido. Lo que debía ser, es. Ya no regresaremos nunca a las riberas del Prahova, ya nunca volveremos a pasear bajo los fresnos de su vado. El aire que respiro, estas brisas que cruzan el Atlántico acaban de orear el viejo zócalo, barren sus llanuras hasta los últimos confines del continente. Nunca volveré a ver a la señora Roland Penrose. Nunca volveré a ver a lady Lee.

Ella habita algún lugar en el trayecto de estos vientos.

Este libro es una obra de ficción. Lee Miller (1907-1977) aparece en él como un personaje novelesco, transformada en la forma en la que la soñé.

Dada la imposibilidad de citar todos los documentos consultados, relatos de corresponsales de guerra, historias de la Segunda Guerra Mundial, memorias del surrealismo, testimonios referentes a la Mitteleuropa de la posguerra, me limito aquí a dejar constancia de mi deuda personal para con algunos libros. Citar, ante todo, dos álbumes de fotografías, *The Lives of Lee Miller* (Thames and Hudson, 1985) y *Lee Miller Photographer* (Thames and Hudson, 1989). Firmado por su propio hijo, Antony Penrose, el compendio biográfico incluido en el primero de los álbumes citados arroja una magnífica luz sobre la verdadera Lee Miller. La obra colectiva *Man Ray* de Ediciones Gallimard (1985) aporta datos sumamente útiles sobre el período parisiense de 1930. Lo mismo puede decirse, en lo que respecta a los años 1937-1944, del *scrapbook* de Roland Penrose titulado *Quatre-vingt ans de surréalisme* (Cercle d'Art, 1983).

Con tales fragmentos en mis manos me dediqué a buscar a una ausente, como también a través de sus fotografías y de algunas imágenes animadas: las de la película *La sangre de un poeta*. Di por concluido esto una noche de marzo de 1993, en Budapest, ante un edificio olvidado que antes había sido el Park Club.

El viento soplaba en la calle Stefania.

Fue allí donde le dije mi adiós definitivo a Lee.

EN ESTA COLECCIÓN

FRIDA KAHLO Rauda Jamís	**COLETTE** Herbert Lottman	**IRÈNE NÉMIROVSKY** Elisabeth Gille
ISABELLE EBERHARDT Eglal Errera	**TINA MODOTTI** Pino Cacucci	**FRANCIS BACON** Andrew Sinclair
EDIE Jean Stein George Plimpton	**LEOPOLD SACHER-MASOCH** Bernard Michel	**MARTHA GRAHAM** Martha Graham **NICO** Richard Witts
CAMILLE CLAUDEL Anne Delbée	**PIER PAOLO PASOLINI** Nico Naldini	**LA CASA YAMAZAKI** Laurence Caillet
ISADORA Maurice Lever	**GEORGIA O'KEEFFE** Roxana Robinson	**SIBILLA ALERAMO** René de Ceccatty
SYLVIA PLATH Linda W. Wagner-Martin	**VICTORIA OCAMPO** Laura Ayerza de Castilho Odile Felgine	**DYLAN THOMAS** George Tremlett
JANE BOWLES Millicent Dillon	**H. G. WELLS** Anthony West	**ELIZABETH SMART** Rosemary Sullivan
KATHERINE MANSFIELD Claire Tomalin	**CISNES SALVAJES** Jung Chang	**ROBERT MAPPLETHORPE** Patricia Morrisroe
ALEXANDRA DAVID-NÉEL Ruth Middleton	**VANESSA BELL** **VIRGINIA WOOLF** Jane Dunn	**ALEXANDR BLOK** Nina Berberova
LOTTE LENYA Donald Spoto	**LAWRENCE DE ARABIA** Jeremy Wilson	**CARSON McCULLERS** Josyane Savigneau
NINA BERBEROVA Nina Berberova		**DJUNA BARNES** Phillip Herring
ANNEMARIE SCHWARZENBACH Dominique Grente Nicole Müller	**JEAN HUGO** Jean Hugo	**VIOLET** Jessica Douglas-Home
	LOUISE BROOKS Barry Paris	**ANNE SEXTON** Diane W. Middlebrook
MOURA BUDBERG Nina Berberova	**JACK KEROUAC** Gerald Nicosia	**ARTEMISIA GENTILESCHI** Rauda Jamís
JACKSON POLLOCK Steven Naifeh Gregory White Smith	**NATACHA RAMBOVA** Michael Morris	**COCO CHANEL** Axel Madsen